a prostituta errante

-2012-

SUMA de letras

Iny Lorentz

a prostituta errante

Tradução
Jens e Patricia Lehman

SUMA de letras

Título original
Die Wanderhure

Todos os direitos desta edição reservados à
EDITORA OBJETIVA LTDA., rua Cosme Velho, 103
Rio de Janeiro – RJ – CEP 22241-090
Tel.: (21) 2199-7824 – Fax: (21) 2199-7825
www.objetiva.com.br

Capa
Glenda Rubinstein

Revisão
Ana Grillo
Lucas Bandeira de Melo
Rodrigo Rosa de Azevedo

Editoração Eletrônica
FUTURA

CIP-BRASIL. CATALOGAÇÃO-NA-FONTE
SINDICATO NACIONAL DOS EDITORES DE LIVROS, RJ.

L866p

Lorentz, Iny
A prostituta errante / Iny Lorentz, tradução de Jens Lehman, Patricia Lehman. - Rio de Janeiro: Objetiva, 2007

494 p.

Tradução de: Die Wanderhure
ISBN 978-85-60280-08-7

1. Romance alemão. I. Lehman, Jens. II. Lehman, Patricia. III. Título.

07-0839

CDD 833
CDU 821.212.3-3

PRIMEIRA PARTE

O Processo

Constança,
no ano do Senhor de 1410

I

Com a consciência pesada, Marie esgueirou-se de volta para a cozinha e tentou retomar discretamente o trabalho. Mas Wina, a governanta, uma mulher baixa e corpulenta, de rosto sincero embora sério e tranças tendendo ao grisalho, já havia percebido sua ausência e chamou-a para junto de si com olhar reprovador. Quando Marie se aproximou, a governanta colocou a mão sobre o ombro da menina e suspirou profundamente.

Desde o falecimento da esposa de mestre Matthis durante o parto, Wina procurou ser a substituta da mãe para a menina. Não havia sido nada fácil encontrar o caminho entre a tolerância e o rigor, mas, até o momento, ela estava satisfeita com a forma como Marie se desenvolvera. A criança curiosa e freqüentemente travessa de outrora se tornara uma moça obediente e temente a Deus, da qual o pai podia se orgulhar. Entretanto, desde que soube que seria dada em casamento, Marie mudou. Em vez de cantar e dançar pela casa, pulando de alegria, ela fazia seu trabalho de cara emburrada e se comportava como um potro que recebe as rédeas pela primeira vez.

Outras moças se regozijavam quando recebiam a notícia de que um homem de família distinta as cortejara. Marie, no entanto, havia ficado completamente transtornada, como se receasse dar o passo mais importante da vida de uma mulher. Mas ela não poderia ter tido melhor sorte. Seu pretendente era o magistrado Ruppertus Splendidus, filho de um conde do império, embora a mãe dele tivesse sido apenas uma serva. Apesar de sua juventude, ele era um advogado renomado, com um futuro brilhante pela frente.

Wina partia do princípio de que o distinto senhor havia escolhido Marie por precisar de uma esposa com energia suficiente para administrar uma casa grande com muitos servos. Esse pensamento a enchia de orgulho, pois ela havia criado Marie para agir de forma independente e não se esquivar de qualquer trabalho que fosse. Isso a fez voltar ao presente. Faltava muito para terminar os preparativos para o casamento e já anoitecia. Rapidamente, empurrou uma tigela de massa para as mãos de Marie.

– Mexa bem para não encaroçar. E, afinal, onde é que você estava?

– No pátio, pegando um pouco de ar puro. – Marie abaixou a cabeça para Wina não perceber o descontentamento estampado em seu rosto, o que, certamente, desencadearia uma nova sessão de censuras ou um sermão salpicado de alusões confusas a respeito dos deveres matrimoniais.

Marie não conseguia fazer Wina ver que a surpreendente reviravolta em sua vida a apavorava. Ela tinha acabado de completar 17 anos e era a única filha de seu pai. Por isso, havia suprimido de sua mente qualquer idéia de casamento. Agora, no entanto, em questão de um dia, teria que se submeter aos caprichos de um homem pelo qual não sentia absolutamente nada.

Ela só se lembrava de que Ruppertus Splendidus tinha estatura mediana e era magro, como muitos rapazes que conhecia. As feições eram angulosas demais para considerá-las bonitas, embora não fossem desagradáveis – ao contrário dos olhos, que pareciam atravessar tudo e todos. Quando Marie o viu aquela única vez, seu olhar e o toque inexpressivo de sua mão gélida, quase inerte, provocaram-lhe um frio na espinha. Mesmo assim, não houve como convencer nem Wina nem seu pai do motivo pelo qual a idéia de se unir ao filho do conde de Keilburg não a inebriava de felicidade.

Como parecia que Wina ainda estava disposta a passar um sermão sobre a forma correta de se comportar, Marie tentou mudar de assunto.

– Os rolos de tecido de Flandres que os carroceiros trouxeram pela manhã do porto do Reno estão no meio do pátio, e parece que vai chover.

– O quê? Mas não é possível! Essa mercadoria deve ser devidamente guardada, e já! Mas, claro, os carroceiros devem estar todos na taberna, comemorando o enlace de amanhã. Não haverá xingamento nem elogio que os traga de volta. Vou ver se encontro um dos servos para, pelo menos, cobrir os rolos com uma lona. Enquanto isso, continuem sem mim. – A última frase não se destinava apenas a Marie, mas às irmãs Elsa e Anne, as duas servas que também estavam ocupadas com os preparativos do casamento.

Assim que Wina deixou a cozinha, Elsa, a mais nova das duas irmãs, virou-se para Marie, com seus olhinhos redondos e brilhantes, e disse:

– Bem sei por que você sumiu. Você queria ficar observando seu amado às escondidas.

– Também, o Sr. Ruppertus é um homem bonito – acrescentou Anne, levantando os olhos cheios de emoção. – Uma festa de casamento nobre destas é bem diferente de quando uma de nós chega ao leito nupcial.

Enquanto completava a lenha, Anne não conseguia esconder a inveja que sentia enquanto observava a filha de seu senhor. Marie Schärer não só era uma rica herdeira, como também atraía os olhares dos homens com seu rosto angelical, os grandes olhos de um azul brilhante e os longos cabelos louros. Seu nariz tinha o tamanho exato para não passar despercebido, e sua boca, de curvas delicadas, era vermelha como uma papoula. Além disso, ela tinha um corpo inigualável. Sobre os quadris sutilmente arredondados, estendia-se um corpinho de cintura fina e seios do tamanho de suculentas maçãs outonais. Aquele seu vestido cinza, tão simples, com o corpete apertado, revelava melhor seus encantos do que o realce que o veludo e a seda costumavam provocar no corpo de outras moças.

Anne tinha certeza de que o magistrado Ruppertus poderia ter procurado uma esposa nos círculos mais nobres e concluiu que seu interesse por Marie não se limitava ao generoso dote que mestre Matthis lhe oferecia. Possivelmente, ele a havia visto na praça ou na igreja e se encantara com sua beleza.

Marie percebeu o olhar carregado de inveja da serva e, desconfortável, encolheu os ombros. Não precisava olhar-se no espelho para saber que era extraordinariamente bela. Praticamente todos os homens das redondezas haviam-lhe dito isso nos últimos dois anos. Mas esses elogios não tinham subido à sua cabeça, pois o pastor lhe explicara que a única beleza que contava era a interior. Desde que o magistrado surgira em sua vida, no entanto, Marie começou a questionar qual teria sido seu valor sem o brilho das moedas de ouro de seu pai. Ruppert havia pedido sua mão antes de conhecê-la, portanto, ela presumia que nem sua beleza nem suas qualidades haviam-no impelido a desposá-la. Ou ele a teria visto alguma vez antes e se enamorara dela? Havia essa possibilidade. Mas, se esse tivesse sido o caso, ele certamente teria se comportado de forma diferente diante dela.

Enquanto isso, Anne observava sua imagem espelhada na brilhante superfície de cobre da caçarola de sopa. Para seu pesar, ela era uma criatura tão sem cor e sem presença quanto sua rechonchuda irmã. Os pertences de ambas se resumiam a pouco mais do que a roupa que vestiam, e elas podiam dar-se por satisfeitas se encontrassem pretendentes que preferissem uma mulher trabalhadora a uma beldade. Acontecia de servas serem desposadas por ajudantes de artesãos no caso de estes receberem o aval de seus mestres. Mas a maioria dos rapazes se esmerava em procurar uma noiva que, além de si mesma, trouxesse um vultuoso dote ao novo lar.

Marie havia crescido com as duas criadas e sabia que as preocupações de Anne eram semelhantes às suas, embora partissem de outro ponto de vista. Comparando seu destino com o das irmãs, ela não podia senão alegrar-se e até orgulhar-se por ser considerada um bom partido. Entretanto, a insegurança ia tomando conta dela, pois como poderia ela alegrar-se quando um homem do mundo como Ruppertus Splendidus, que freqüentava o mesmo ambiente de membros de conselhos e da hierarquia eclesiástica, desposava-a em função do dote?

Ela procurava imaginar o dia-a-dia com um homem que lhe devotasse pouco amor e pelo qual tampouco ela nutrisse muitos sentimentos. Wina e o pastor haviam-lhe garantido que o amor viria com o matrimônio. Portanto, cabia a ela tornar-se uma boa esposa para o magistrado. Isso não podia ser tão difícil, afinal, não havia nenhum outro homem em sua vida. O único rapaz pelo qual ela sentia certa simpatia era Michel, um amigo de infância. Porém, ele estava fora de cogitação como noivo, afinal, sendo o quinto filho de um taberneiro, era mais desprovido que rato de igreja. Mas, em suas idas dominicais à igreja e em suas visitas à praça, ela também conhecera muitos outros rapazes de Constança. A jovem perguntava-se por que o pai não a dera em casamento a um deles, ao filho de um dos vizinhos ou de um de seus pares, como era comum entre as famílias abastadas de Constança. Em vez disso, ele dera sua mão a um desconhecido que não havia trocado sequer uma palavra amigável com ela.

Marie estava ficando irritada com seu desânimo. A maioria das moças se casava com homens que mal conheciam e elas acabavam se tornando noivas e esposas felizes. Seu pai queria o melhor para ela e, certamente, era capaz de avaliar se o magistrado seria o esposo adequado para a filha. Mas ele poderia, pelo menos, ter-lhe perguntado. Com um lamento silencioso, ela colocou a colher na tigela e mexeu a massa como se fosse uma inimiga.

Elsa a estivera observando e começou a rir.

– Você já deve estar ansiando por partilhar a cama com o nobre senhor. Mas não se decepcione demais. Na primeira vez, não tem graça nenhuma. Só dói e sangra sem parar.

Marie olhou para ela, confusa.

– E como é que você sabe disso?

Elsa só deu uma risadinha e voltou ao trabalho. Marie não podia suspeitar que a moça falava por experiência própria. Pouco depois de ter completado 15 anos, ela seguira um vizinho para trás de um arbusto, fato de que ainda se arrependia. A irmã tinha sido mais esperta, pois se envolvera com o pai do rapaz, que lhe dera uma bela jóia em troca. Ela escondera o adorno, envolvido em tecido, dentro de seu saco de palha, e o guardava para oferecê-lo como dote.

Anne deu uma olhadinha de escárnio para a irmã e disse:

– Não é para tanto, Marie! Não deixe Elsa amedrontá-la! A dor se esquece rapidamente e, logo, logo, você achará bom quando seu marido for procurá-la por baixo das cobertas.

Elsa fez uma careta.

– Esses homens estudados, como o magistrado Ruppertus, são muito exigentes. Eles não se contentam em fazê-lo no escuro, embaixo das cobertas. Já ouvi cada coisa...

Seu relato foi abruptamente interrompido, pois alguém começou a esmurrar a porta da frente.

– Quem poderia querer alguma coisa a esta hora? – indagou Anne, bocejando, e, mal-humorada, deu as costas ao barulho.

Como as servas permaneciam sentadas e Marie não podia parar de mexer a massa, ninguém abriu a porta para a visita inesperada, que, impaciente, começou a chutar a porta a ponto de estalar a madeira. Ouviu-se a voz irada de Wina:

– Elsa! Anne! O que é que vocês estão fazendo, suas preguiçosas! Já para a porta ver quem é!

As duas irmãs se entreolharam, uma intimando a outra a ir. Elsa, como de costume, perdeu o duelo silencioso e saiu da cozinha de cara amarrada. Pouco depois, voltou com um rapaz que cambaleava sob o peso de um grande barril. Era Michel Adler, cujo pai, Guntram, tocava uma taberna no fim da ruela.

Ele colocou o barril sobre a mesa e suspirou aliviado.

– Boa noite! Trouxe a cerveja para as bodas.

Elsa bufou como um filhotinho de gato.

– E não poderia ter esperado até amanhã cedo? Agora, Anne e eu vamos ter que levar o barril para a despensa, no subsolo.

A irmã deu para o rapaz um sorriso que, supunha Elsa, era capaz de derreter até gelo.

– Michel não é nenhum grosso, mal-educado, que obrigaria duas mocinhas frágeis como nós a carregar um peso desses. Não é mesmo, Michel? Você vai nos fazer a gentileza de descer o barril para nós, não vai?

Michel cruzou os braços sobre o peito e balançou a cabeça, negando.

– Não é minha obrigação. Eu só tinha que trazer o barril até aqui.

– O que é que deu em você? Antes, você costumava ser tão solícito. Você está tentando imitar aqueles bobos dos seus irmãos? – Anne lançou um olhar cheio de ódio para o filho do taberneiro e mandou a irmã ajudá-la a segurar o recipiente. As duas moças, então, levantaram o barril, protestando e suspirando muito, e desceram-no pela estreita escadaria que levava à despensa. Marie ainda ouviu quando o alçapão se fechou. Agora, estava só com Michel.

– Você o ama?

A pergunta de seu amigo de infância surpreendeu-a de tal forma que Marie não a compreendeu de imediato. Atônita, ela o fitou. Apesar do bronzeado, ele estava pálido, e tinha os maxilares tão comprimidos que a musculatura da mandíbula se desenhava como nódulos sob a pele.

Michel era aproximadamente três anos mais velho do que ela e era o único rapaz que tolerava sua insistente companhia. Ele havia permitido que ela o acompanhasse nas pescarias; por vezes, brincara de esconde-esconde com ela e lhe contara histórias fantásticas. Em troca, ela trançara coroas de flores para ele e o admirara como a um rei. Como a posição social do pai do rapaz estava muito aquém da do pai dela, proibiram-na, ao completar 12 anos, de se relacionar com o menino. Desde então, ela só o via, e à sua família, durante a missa.

Agora, Michel encontrava-se tão próximo a ela, depois de tantos anos, que ela podia observá-lo melhor. Era verdade que havia crescido, mas continuava magro como antes. Apesar disso, parecia robusto e tenaz. A testa alta, os maxilares protuberantes e os ombros largos sob o tecido do jaleco apertado demonstravam que ele engordaria assim que recebesse mais do que a magra ração diária que o taberneiro Adler destinava aos filhos, com exceção do primogênito. Ele poderia se tornar um homem bonito, pensou Marie, com uma pontinha de tristeza. Mas isso não o ajudaria muito, pois, como quinto filho, não valia mais do que um servo e jamais formaria uma família. Por isso, ela considerava a pergunta uma grande ousadia da parte dele. Entretanto, em consideração à amizade de longa data, concedeu-lhe uma resposta.

– Eu praticamente não conheço o senhor magistrado. Mas, por meu pai tê-lo escolhido, ele deve ser a pessoa certa para mim.

Ela se irritava com as próprias palavras enquanto as proferia. Ela poderia ter dito a verdade a Michel. Pareceu-lhe que a resposta não agradara ao rapaz, pois seus olhos faiscaram de ódio. Marie perguntou-se se ele não estaria enciumado, o que teria sido bobagem, pensou ela, já que ele deveria saber que seu pai jamais o levaria em consideração como um pretendente para a filha. Matthis Schärer recusara até Linhard Merk, empregado como seu escrivão e descendente de prestigiosa família de comerciantes. Marie bem se lembrava de como seu pai se enfurecera quando Linhard se atrevera a pedir sua mão. Num ímpeto de fúria, ele o despedira imediatamente. Logo depois, entretanto, chamara-o de volta, pois o homem já havia se tornado imprescindível.

Marie ficou feliz pelo pai não ter permitido que Linhard a desposasse, pois não gostava dele. O escrivão bajulava o pai como um servo bajula seu nobre senhor, enquanto tratava os carroceiros e demais serviçais com desdém, como se fosse o dono da casa. Ela tinha certeza de que não teria sido feliz com aquele homem. Nesse momento, teve a sensação de que deveria sentir-se feliz por desposar um homem culto como o magistrado Ruppertus.

Michel não se deixou intimidar nem pela resposta curta nem pela fisionomia reprovadora.

– Ele a ama?

O tom de voz do rapaz não agradou Marie. Por isso, sua resposta saiu mais rude do que intencionava:

– Suponho que sim, caso contrário, não me teria feito a corte.

Michel bufou, irritado.

– Afinal, você sabe que tipo de homem é esse magistrado?

– Ele é um homem prestigiado e culto. E é uma honra que ele tenha me escolhido como esposa. – Essas eram quase as mesmas palavras com as quais seu pai havia-lhe comunicado sua decisão.

Michel aproximou-se e mirou-a, sério.

– Você acha mesmo que será feliz com ele?

Marie levantou o queixo, combativa. O que ela mais queria era dizer-lhe que ele não tinha nada a ver com aquilo. Ao mesmo tempo, ela esperava que o rapaz pudesse lhe contar mais sobre seu noivo.

Contra sua vontade, sorriu, melancólica.

– Como é que eu vou saber? Dizem que amor e felicidade vêm com o casamento.

– Eu lhe desejo tudo isso – cuspiu Michel –, embora duvide. Pelo que ouvi dizer, esse Ruppertus é uma pessoa inescrupulosa e calculista, que só quer levar vantagem e que, para isso, venderia até a mãe.

Marie balançou a cabeça, contrariada.

– Como é que você pode saber se não o conhece pessoalmente?

– Ouvi alguns comentários que viajantes fizeram sobre ele na taberna. O seu magistrado é um advogado conhecido. Você sabe o que isso significa?

– Não, não sei ao certo.

– Um advogado é alguém que estuda as leis e pesquisa pergaminhos antigos para dar vantagem a uma pessoa, em detrimento de outra, num tribunal. Ruppertus, por diversas vezes, já ajudou o próprio pai, o conde Heinrich von Keilburg, a arrebatar castelos, terras e servos por meio de estratagemas jurídicos.

– E o que há de errado nisso? O conde, certamente, recebeu o que lhe era devido. – Marie se irritara porque Michel só lhe passara informações que ouvira de um bando de bêbados. Pelo visto, ele estava tão enciumado que viera apenas para caluniar Ruppertus. Decepcionada, deu-lhe as costas e passou a dar atenção à massa, que havia tão solenemente desprezado.

A vontade de Michel era sair correndo de lá, mas não passou da porta. Após hesitar um momento, voltou-se e dirigiu-se novamente à mesa. Marie, entretanto, fez um movimento defensivo e abaixou ainda mais a cabeça na direção da tigela. Furioso, ele cerrou o punho e começou a procurar as palavras certas. Como seria possível convencer essa criatura completamente ingênua de que desgraçaria sua vida se aceitasse o cortejo daquele conhecido rábula? O homem já tinha levado muitos à miséria e praticamente duplicado o poder e os bens de seu cruel pai.

Michel achava que Marie havia se deslumbrado com os títulos do magistrado e com o fato de ele ainda ter muitos mecenas influentes. Ela era como uma ovelha sendo levada ao matadouro. Várias vezes ele quis reiniciar a conversa, mas a expressão obstinada do rosto de Marie fê-lo entender que ela não se deixaria convencer. Por fim, sentiu-se um idiota por ter ido lá. Qualquer um de seus irmãos poderia ter levado o barril de cerveja.

– Eu já estou indo – disse, na esperança de que ela o incentivasse a continuar a conversa.

Marie balançava as tranças, mal-humorada, enquanto mexia energicamente a massa tentando desfazer os caroços que haviam se formado. Nesse mesmo instante, Wina retornou e encarou Michel com as sobrancelhas levantadas.

– Eu trouxe a cerveja – ele justificou sua presença.

– Sei, e onde está?

– Elsa e Anne levaram o barril para a despensa – respondeu Marie, no lugar de Michel.

– Elas estão na despensa? Então, é bom eu descer rapidinho para ver se aquelas duas aves de rapina não estão fazendo a festa com os salsichões defumados.

Ofegante, Wina abriu o alçapão e desceu a escada.

Marie achou uma injustiça que as servas fossem chamadas de ladras só porque, às vezes, comiam os restos de salsichão e carne das refeições. Para a governanta, entretanto, era um pecado mortal do qual as duas não poderiam ser absolvidas nem pelo papa.

Marie sorriu intimamente. Para Wina, o papa era uma espécie de santo para o qual se podia rezar, embora ela não tivesse nenhum papa específico em mente. Isso também teria sido difícil, já que, na época, havia três chefes da Igreja que reclamavam para si o título de sumo pontífice. Marie não entendia nada do assunto. Seu pai e os amigos, no entanto, conversavam freqüentemente sobre a santa Igreja e, nas rodas de vinho, expressavam, em altos brados, a esperança de que o imperador desse um basta naquela situação e impusesse obediência àqueles padrecos.

Um pigarrear trouxe Marie de volta ao presente. Michel ainda estava lá, implorando sua atenção com o olhar, mas não queria mais saber dele. No dia seguinte, ela se tornaria a esposa do magistrado e começaria vida nova, na qual não haveria lugar para o filho impertinente de um taberneiro. Somente seus servos lidariam com esse tipo de gente, pois ela própria teria que estar à frente da casa e devotar a vida ao marido, para quem ela tinha o firme propósito de se tornar uma esposa eficiente e amorosa. Ao se conscientizar de seu propósito, percebeu que nem sabia onde ia morar após o casamento. O magistrado Ruppertus não possuía residência em Constança. Ele morava, segundo mestre Matthis, no castelo de Keilburg, a morada principal do nobre pai. Será que ele a levaria para lá?

Wina reapareceu do porão empurrando, à sua frente, as servas visivelmente contrariadas. Seu olhar triunfante evidenciava que elas haviam sido pegas em flagrante, o que evitou o furto de salsichões.

– Você ainda está aí? – vociferou ela, olhando para Michel. Ela fez um gesto, como se quisesse indicar o caminho da porta, mas acabou colocando a mão na bolsinha de couro que levava pendurada na cintura avantajada e tirou uma moeda de lá. – Ah, é! Você deve estar esperando pela gorjeta. Toma!

Wina não poderia ter expressado melhor a diferença entre um senhor como Ruppertus Splendidus e ele próprio, pensou Michel, com vontade de jogar a moeda aos pés da governanta.

Ele não sabia onde estava com a cabeça quando decidiu ir perguntar a Marie se ela tinha noção daquilo em que que estava se metendo com esse casamento. Era possível que a moça estivesse orgulhosa de tornar-se a esposa de um advogado importante e que já o houvesse esquecido há tempos. Ele tinha certeza de que ela não seria feliz com aquele homem, mas nada podia fazer para protegê-la de seu destino. Triste, virou-se e deixou a casa sem se despedir. No pátio, largou a moeda que Wina lhe dera como se fosse de ferro incandescente.

II

Mestre Matthis sentia-se tão satisfeito que tinha vontade de ronronar como um gato velho próximo à lareira. Avaliando seus convidados, balançou a cabeça em sinal de aprovação. Seus dois amigos e parceiros nos negócios, o tanoeiro Jörg Wölfling e o tecelão de linho Gero Linner, não conseguiam tirar os olhos de seu futuro genro. O magistrado Ruppertus Splendidus era um homem distinto, que, ao contrário de tantos jovens, tinha berço e modos. Ele sabia como se comportar diante dos mais velhos e mais experientes. Mombert Flühi também admirava o senhor Ruppertus e não se dava ao trabalho de esconder a inveja que sentia do sucesso de seu cunhado.

Ruppertus Splendidus não era nem altivo nem orgulhoso em excesso. Ao contrário, dava até uma impressão de modéstia, apesar de sua ascendência. Suas vestimentas eram de tecido de qualidade, embora não tivessem as frivolidades da moda que os jovens da época tanto gostavam de ostentar. A capa marrom, pendurada num gancho ao lado da porta de entrada, era de lã pesada, e a camisa cinza era simples e confortável. As calças verde-musgo eram justas, embora não ofendessem o olhar mais observador se comparadas às cores gritantes dos tecidos que cobriam as pernas dos demais jovens de boa família.

Em tudo, o magistrado Ruppertus correspondia às expectativas do mestre Matthis. Apesar de, aos 24 anos, ainda ser muito jovem para um estudioso, já havia se tornado um dos conselheiros do bispo de Constança, Otto von Hachberg. Geralmente, entretanto, ele estava viajando a serviço do pai, que era um dos homens mais influentes do antigo ducado de Suábia e só devia subserviência ao imperador. Mestre Matthis vira o conde de Keilburg apenas uma vez e, ainda assim, de longe, mas era capaz de enumerar com exatidão todas as propriedades que o conde contava como suas além da residência principal, como os terrenos na Floresta Negra e ao largo dos rios Reno e Danúbio.

A diferença social entre o pai de Ruppertus e ele próprio não era motivo de preocupação para o mestre Matthis. O magistrado, por ser filho de uma serva, não esperava receber uma herança do pai, pois os bens da família passariam para as mãos de Konrad, filho legítimo do conde. Assim sendo, a própria fortuna proporcionava ao mestre Matthis uma sensação de segurança.

Além da casa paterna em Constança, ele ainda possuía uma propriedade tão bela quanto aquela em Meersburg, bem como alguns dos melhores vinhedos na margem norte do lago. Cada gole que tomava de sua taça convencia-o da qualidade da uva que ali crescia. A venda do próprio vinho dera-lhe tanto lucro que, naquele preciso momento, estava construindo mais uma casa nos arredores, em Paraíso, onde os mais nobres tinham suas residências de verão.

A origem da riqueza de mestre Matthis estava menos no vinho do que no comércio que empreendia com terras longínquas. E ele também ostentava isso. Tábuas de madeira cobriam as paredes das diversas salas de estar, cujos tetos resplandeciam em cores, como era de costume nas casas de famílias abastadas. Para a sua sala predileta, na qual tinha por hábito receber os amigos, importara uma mesa grande da Itália, de pés torneados e tampo ricamente marchetado. No momento, nela repousavam taças de prata artisticamente trabalhadas, pratos do mesmo material, além de incontáveis taças de vidro, de forma que nada faltasse aos seus convidados. O tecido das cortinas era de um brocado finamente bordado, que combinava com o amarelado das vidraças olho-de-boi e indicava aos passantes que o proprietário não era nenhum pobre coitado.

O magistrado observava a alta e imponente estatura do futuro sogro com um sorriso difícil de decifrar. A considerável barriga do comerciante comprimia-se no colete de veludo verde-escuro; seus dedos grossos e curtos ostentavam brilhantes anéis de ouro com pedras semipreciosas, cujo uso jamais envergonharia um conde; e as protuberâncias gordurosas sob os olhos, no queixo e na nuca testemunhavam que o homem, com o avançar da idade, se deliciava mais e mais com os prazeres da mesa e, em especial, do vinho.

Nesse instante, Matthis Schärer ergueu novamente sua taça para brindar com os convidados. Ao contrário dos demais, Ruppertus apenas bebericava. Já dava para ele ter uma idéia de quanto mestre Matthis havia bebido, embora a tarde ainda não houvesse dado lugar à noite. O rosto largo e rude estava rubro, e os olhos cinza, que costumavam observar com perspicácia o mundo à sua volta à procura de vantagens, encontravam-se foscos e injetados em suas órbitas.

O sorriso de Ruppertus se acentuou ao empurrar para mestre Matthis duas folhas de pergaminho densamente escritas.

– Redigi o contrato exatamente em conformidade com a sua vontade, meu sogro. Por favor, certifique-se de que tudo está de acordo com os seus desejos.

"O rapaz tem tamanho autocontrole que parece até que estamos negociando a compra de um rolo de tecido e não os detalhes de seu casamento", pensou mestre Matthis, com admiração. A um homem desses, podia-se confiar a mão da filha e a riqueza, sem qualquer receio. Tomou o pergaminho e leu-o atentamente, como era obrigação de um comerciante experiente. Não se decepcionou. Ruppertus ateve-se quase literalmente a cada palavra dita durante o acordo verbal. O olhar de Matthis passou pelo parágrafo que o comprometia a dar-lhe a filha virgem em casamento, donzela virtuosa e intocada. Ele podia assinar aquilo sem medo, visto que Marie tinha sido sempre uma menina bem-comportada. Além disso, Wina sempre ficara de olho para que nenhum rapaz se aproximasse demais.

Mestre Matthis, satisfeito, deu umas batidinhas no ombro do magistrado.

– Excelente, meu genro! Se você não tiver nada contra, podemos assinar o contrato imediatamente.

– Será um prazer!

O magistrado Ruppertus baixou a cabeça e colocou os dois documentos na frente de mestre Matthis. Este chamou seu escrivão, que, até então, permanecera mudo em um canto escuro. Linhard era um homem alto e esguio, de cabelos louros claros e finos, e rosto delgado, de feições angulosas. Sua atitude de devoção ao seu senhor tinha um quê de zombaria para os que o observavam atentamente. Mas mestre Matthis não percebia isso e tinha-o em alta estima.

– Traga pena e tinta!

O escrivão curvou-se perante mestre Matthis como se ele fosse um nobre e correu para o escritório. Pouco depois, voltava com uma pequena bandeja sobre a qual havia, perfeitamente ordenados, um tinteiro de prata, uma caixa – também de prata – contendo penas para escrever, uma faca para afiá-las e um recipiente com lacre.

O comerciante pegou uma das penas, afiou-a e mergulhou-a no tinteiro. Nesse momento, ele assumiu, por inteiro, sua condição de homem de negócios, que não se permitia qualquer distração. Mais uma vez, deu uma passada de olhos nos parágrafos mais importantes do contrato de casamento e apôs sua assinatura no pergaminho. Então, aqueceu o lacre com uma vela, pingou-o cuidadosamente embaixo de sua assinatura e, com o anel, imprimiu seu selo.

Linhard ofereceu a bandeja com os utensílios de escrita ao magistrado Ruppertus. O advogado estudou o contrato que ele mesmo havia redigido com muito cuidado, como se estivesse procurando armadilhas escondidas. Finalmente, também assinou e selou o documento. Entregou-o em seguida ao tanoeiro Jörg Wölfling, que, bem como o mestre Gero Linner e o cunhado de Matthis, Mombert Flühi, teriam que testemunhar a validade do acordo com suas assinaturas.

Mestre Jörg estudou o documento, quase incrédulo. O rico dote da noiva estava descrito, peça por peça, além de todos os bens do pai da noiva, que, após sua morte, passariam a pertencer à filha. O tanoeiro se arrependeu de não ter pensado antes em oferecer seu primogênito, Peter, como genro. Era bem verdade que o rapaz era quatro anos mais novo que a moça, mas isso não tinha importância se a união era do interesse dos pais. Agora que mestre Matthis recebia o magistrado de braços abertos, era tarde para tais considerações. Mestre Jörg tinha a impressão de, pelo menos, ter solucionado o enigma por trás do interesse do jovem, reconhecidamente descendente de uma das mais nobres famílias, em cortejar uma moça cujo avô chegara à cidade como servo fugido e só bem mais tarde, com trabalho árduo e casamento favorável, adquirira prosperidade.

Também Gero, o tecelão, se perguntara como mestre Matthis conseguira tal partido para a filha. Agora, tornava-se dolorosamente evidente que o comércio com terras longínquas era lucrativo, a despeito de todos os queixumes sobre roubos, impostos e temporais que prejudicavam sobremaneira os negócios. Os bens dele e de mestre Jörg juntos não se comparavam à riqueza de Matthis Schärer, embora descendessem de antigas famílias de artesãos que, em turnos, faziam parte do Conselho da Cidade.

Mestre Matthis observava os velhos amigos enquanto liam o documento e tinha a grata satisfação de ver a surpresa estampada em suas fisionomias. Ambos os artesãos visitavam-no com freqüência, bebiam de seu vinho e saboreavam os pratos deliciosos que a habilidosa governanta criava. Isso, porém, não os impedia de, vez por outra, deixar claro que havia uma diferença social entre eles e tratá-lo até com altivez, abrindo, assim, repetidamente, a cicatriz que marcava o comerciante desde pequeno.

Os membros das famílias abastadas jamais viram o pai de Matthis, Richard, e ele próprio como seus pares. Apesar da crescente riqueza e da aquisição a altos custos do direito à condição burguesa, eles sempre foram tratados como servos fugidos e apenas tolerados na cidade. Malgrado todos os obstáculos, Richard Schärer conseguira juntar uma bela fortuna, a qual Matthis tinha possivelmente decuplicado. Um orgulho desmesurado subia-lhe à cabeça e ele tinha vontade de gritar, para todos ouvirem, que valia muito mais do que aqueles que podavam seus direitos de burguês. Agora, finalmente, ele conseguira superar a todos. Até mesmo os Pfefferhart, os Muntprat e todos os demais membros da aristocracia de Constança o invejariam por ter um genro como o magistrado Ruppertus.

Mestre Schärer recordava-se de como o nobre senhor o abordara, algum tempo atrás, para solicitar a mão da filha. Primeiro, ele não conseguira acreditar, pensando tratar-se de uma piada de mau gosto. O magistrado Ruppertus, entretanto, fê-lo lembrar, com discurso virtuoso, da própria riqueza e do fato de não haver outro pai, para muito além dos limites de Constança, que pudesse oferecer semelhante dote à filha.

"Vamos brindar a isso", pensou Matthis Schärer. Ele ergueu a taça depois de terem-na enchido novamente.

– Bebam, amigos! É provável que jamais vivenciemos de novo um dia tão memorável como este.

O tecelão deu um sorriso azedo.

– O dia de amanhã, quando você conduzir o honrado magistrado ao leito nupcial de sua filha, certamente será tão memorável quanto o de hoje.

Mombert Flühi acabara de assinar, por último, o contrato e observava o cunhado com um olhar de censura.

– E onde se meteu Marie? Ainda não a vimos desde que chegamos. Afinal, ela deveria estar aqui servindo seu amado.

Matthis balançou a cabeça, com um ar tolerante, diante da impertinência do cunhado, tão corpulento quanto ele próprio, embora uma cabeça mais baixo. Em seu rosto redondo e honesto também era evidente o vinho consumido em quantidade.

– Marie está trabalhando na cozinha, como é devido a uma boa dona de casa. Afinal de contas, amanhã festejaremos suas bodas. E tudo tem que estar perfeito, não é mesmo, meu genro?

Ruppert assentiu com a cabeça. Jörg, o tanoeiro, interrogou-o com os olhos, mas não teve coragem de lhe dirigir a palavra. Em vez disso, começou a balançar a cadeira para lá e para cá e a tamborilar na mesa para chamar a atenção do noivo para si. Quando Ruppert se voltou para ele, Jörg pigarreou, pouco à vontade.

– Perdoe-me a indiscrição, magistrado Ruppertus. Teria interesse em saber por que seu pai não lhe deu uma educação nas artes cavalheirescas, como é de costume nos círculos da nobreza, tornando-o, em vez disso, um homem do saber. – Enquanto fazia a pergunta, mestre Jörg ria-se, pois, embora soubesse ler e escrever, considerava estudar uma perda de tempo.

Os lábios de Ruppert curvaram-se num sorriso sugestivo.

– Quando criança, eu era muito franzino e não tinha o físico para uma formação bélica. Por isso, meu pai achou melhor que eu estudasse para tornar-me, a princípio, seu secretário e, posteriormente, seu advogado.

Não era todo filho bastardo de um nobre que tinha tais privilégios, portanto, Ruppert deveria ser especial. Podia-se ler esse pensamento na testa de cada um daqueles burgueses. O advogado gozava da admiração dos demais convidados, embora estes o recordassem da dolorosa verdade dos fatos.

Heinrich von Keilburg não havia demonstrado qualquer interesse por seu nascimento nem pelos primeiros anos de sua vida. Assim sendo, ele passara a infância trabalhando arduamente, alimentando-se com o mínimo e morando, com os outros servos, em um dos cantos distantes e ventosos do castelo. A partir do momento em que o capelão do castelo informou ao conde que seu filho bastardo levava uma cabeça muito inteligente sobre os ombros, sua sorte mudou. Heinrich não se deu nem ao trabalho de chamá-lo à sua presença, limitando-se apenas a dar uma única ordem, que acabou tendo conseqüências abrangentes. O capelão levou Ruppert aos monges do monastério Waldkron, conhecidos por sua austeridade, e informava-se uma vez por ano sobre os progressos que havia feito. A vida no monastério era ainda mais dura do que no castelo. O ensino de teologia era apenas superficial. Os ensinamentos de gramática, retórica e os fundamentos jurídicos, por outro lado, eram-lhe transmitidos acompanhados de severos castigos físicos.

Apesar das chibatadas, da escassa alimentação e da corrente de ar que passava no sótão onde dormia, Ruppert gostaria de ter podido ficar com os monges. Como bastardo de Heinrich von Keilburg, teria chegado a prior ou abade de um próspero monastério, o que lhe teria garantido rendas vultosas. Um belo dia, entretanto, o conde lembrou-se dele e chamou-o para ser seu secretário a fim de testá-lo.

No passado, dolorosas experiências haviam demonstrado ao conde que parágrafos e leis podiam ser mais afiados do que uma espada, e, agora, ele queria ter um advogado que defendesse todos os seus interesses. Por isso, não demorou muito e ele enviou seu filho bastardo à Universidade de Heidelberg, fundada havia poucos anos, para que estudasse as ciências jurídicas. Como o conde não queria desperdiçar seu dinheiro, enviou junto um servo parrudo, munido de uma vara, para lembrar ao rapaz que deveria levar os estudos a sério. Mas isso não teria sido necessário, pois Ruppert sabia que a vida lhe concederia uma chance dessas uma única vez e empenhou-se, por si só, em tirar o máximo proveito dos estudos. Assim, ele pôde surpreender o pai com a melhor nota possível – *summa cum laude.*

No início, Ruppert serviu como advogado ao conde Heinrich e, às vezes, também a seu amigo Hugo, abade do monastério Waldkron, vencendo, com o tempo, um processo após o outro. A recompensa por seus esforços, entretanto, deixava muito a desejar. O conde Von Keilburg raramente gastava dinheiro, a não ser consigo mesmo. Até mesmo seu filho Konrad tinha que se contentar com uma mesada insignificante, insuficiente para apresentar-se condignamente. Pelo menos, como herdeiro legítimo, ele não precisava passar fome.

O magistrado correu os olhos pelos restos da refeição opulenta enquanto, distraidamente, girava uma taça, com haste de vidro trançado de Colônia, incrustada de pedras semipreciosas. A partir daquele dia, poderia viver como lhe apetecia e gozar dos prazeres que só conhecia de ouvir falar.

Uma batida à porta arrancou Ruppert de seu prazer antecipado. Marie entrou, mas logo estancou e levantou a mão para chamar a atenção de mestre Matthis. Quando ele a viu, começou a resmungar, o que a fez corar e alisar o simples vestido cinza que trajava.

– Perdoe-me, pai, se venho atrapalhá-lo. Não conseguimos encontrar Linhard em lugar algum. Os carroceiros deixaram os rolos de tecido no meio do pátio e parece que vai chover daqui a pouco. Alguém tem que estender uma lona por cima.

Holdwin, servo pessoal do dono da casa, estava servindo o tecelão nesse momento. Ele colocou imediatamente a jarra na mesa e saiu correndo em direção da porta. O escrivão, por sua vez, se reclinou, esticou as pernas e acenou displicentemente.

– Não deve chover esta noite.

Mestre Matthis olhou agradecido para a filha.

– A mercadoria é preciosa demais para nos arriscarmos. Portanto, Linhard, vá ajudar o servo! Marie pode encher as nossas taças nesse meio-tempo. A minha já está vazia de novo.

A moça, visivelmente nervosa, pegou a jarra e encheu a taça que o pai lhe estendia. Os demais convidados também esvaziaram suas taças e deixaram-se servir por Marie.

– Seu vinho é excelente, mestre Matthis. Nem o bispo Otto bebe vinho melhor, não acha, senhor magistrado? Não dá para recusar!

Mestre Jörg bebia com gosto e deixou-se servir novamente.

– A adega de Sua Eminência é repleta de bons vinhos. No entanto, nem ele teria como não apreciar estas gotas. – O magistrado Ruppertus considerou o momento oportuno para lembrar aos demais seu excelente relacionamento com o bispado.

Esse relacionamento era de conhecimento dos presentes. Mesmo assim, todos concordaram, respeitosamente. Mestre Matthis inflou-se de orgulho. Esse fato confirmava que ele não poderia ter escolhido melhor partido para sua filha.

Marie encheu as taças sem olhar para o homem com quem compartilharia o resto de sua vida. Ela deveria ter sentido amor por ele ou, pelo menos, gratidão por elevá-la acima de seu status. Em vez disso, ele se tornava cada vez mais antipático aos seus olhos. A sua vontade era de jogar-se aos pés do pai e pedir-lhe para dispensar o noivo. Mas já era tarde demais para isso. Marie viu os contratos que a comprometiam com o magistrado assinados sobre a mesa. A resina do lacre parecia uma mancha de sangue. Ela teve que desviar o olhar. De cabeça baixa, serviu os convidados até Linhard e Holdwin retornarem, quando deixou a sala com uma pequena mesura dirigida antes aos amigos do pai do que ao noivo.

Mestre Jörg acompanhou-a com os olhos brilhando.

– Sua filha é uma jóia rara. Certamente, o prazer antecipado do magistrado deve revelar-se nas calças cada vez mais apertadas.

O tecelão também estava sentindo os efeitos do vinho e acabou contando uma piada suja que levou todos a gargalhar. A fisionomia de Ruppert, no entanto, permaneceu inalterada. As alusões obscenas sobre a noite de núpcias pareciam não afetá-lo. Às vezes ele passava a mão no queixo, como se seus pensamentos estivessem bem longe.

III

Os homens continuavam festejando por muito tempo depois de Marie e as servas já terem ido dormir. Os demais convidados não repararam que o magistrado somente bebericava da taça, enquanto eles bebiam uma taça após a outra. A língua de mestre Jörg já estava tão pesada que suas palavras haviam se tornado quase incompreensíveis. Mas isso não o impedia de contar piadas quilométricas.

– O senhor tem que admitir que poderia ter tido pior sorte do que desposar minha sobrinha – disse mestre Mombert, enquanto colocava o braço em volta do ombro de Ruppertus e o puxava para si. – Se posso lhe dar um conselho, de homem mais experiente para jovem, então... – Mas não conseguiu transmitir sua sabedoria, pois, naquele momento, alguém batia energicamente no portão do pátio.

– Vou ver quem é – disse Linhard, e deixou o recinto antes que seu senhor pudesse reagir.

Pouco depois, ele retornava ofegante.

– Senhor magistrado, tem alguém lá embaixo que precisa falar urgentemente com o senhor.

– Por que não pediu que subisse? – perguntou mestre Matthis, irritado.

Linhard tremia pelo corpo todo, como se tivesse visto uma assombração.

– O homem deseja conversar a sós com o senhor magistrado.

– Se esse é o caso, terei que descer. – Ruppert levantou-se e pegou o manto do gancho para se proteger da noite fria.

Enquanto seus passos ecoavam na escadaria, os demais convidados se entreolharam.

– Não será um mensageiro do pai proibindo o casamento dele com sua filha? – O sorriso debochado do tecelão demonstrava claramente quão agradável lhe seria tal guinada nos acontecimentos.

Mestre Matthis rejeitou essa possibilidade com um movimento vigoroso das mãos.

– Ratificamos os contratos de casamento e de herança com assinatura e selo. Portanto, o magistrado Ruppertus terá que se casar com a minha Marie amanhã.

Seu cunhado, Mombert, concordou com um movimento da cabeça.

– O magistrado Ruppertus também seria muito burro se voltasse atrás. Afinal, a minha sobrinha levará mais bens para essa união do que o dote que o conde Eberhard von Württemberg deu à sua filha Ursula. E o noivo dela ainda era o visconde de Rheinburg.

– O magistrado vai assumir seus negócios? – perguntou mestre Jörg, mordaz.

Mestre Matthis não se alterou.

– Ainda poderei ficar à frente dos negócios durante alguns anos. Depois, veremos.

Quando Ruppert voltou, seu rosto expressava ódio. Ele ficou parado, olhando para o dono da casa como se fosse um inseto repugnante.

– Matthis Schärer, o senhor é um farsante da pior espécie. O senhor me ofereceu uma donzela virtuosa como esposa, enquanto, na verdade, ela é uma meretriz desclassificada que já se deitou com uma infinidade de homens.

Se a casa tivesse vindo abaixo não teria tido maior efeito nos quatro homens do que aquela acusação. Jörg Wölfling e mestre Gero se entreolharam chocados, embora maliciosamente satisfeitos, enquanto o olhar confuso de Mombert corria do cunhado para o magistrado e vice-versa. O dono da casa tentou, por várias vezes, tomar a palavra, mas o vinho consumido com exagero havia paralisado sua língua. Além disso, ainda não estava conseguindo avaliar a amplitude da acusação. Quando finalmente conseguiu se expressar, disse:

– Contaram-lhe um monte de mentiras, meu caro genro. Por minha filha, ponho minha mão no fogo...

– E acabaria queimando-a. Tenho uma testemunha que pode jurar a veracidade dessa afirmação.

Aos poucos, começou a ficar claro na mente turva de mestre Matthis que o magistrado estava falando sério ao fazer a acusação. Tomado pelo ódio, bateu com o punho na mesa.

– Mande o desgraçado subir para que eu possa enfiar-lhe a calúnia goela abaixo.

O magistrado fez um sinal e Linhard deixou o cômodo para voltar, pouco depois, com um homem forte, de meia-idade. Pelos trajes grosseiros, tratava-se de um carroceiro. Os olhos claros do homem correram a sala até pararem para encarar o mestre Matthis.

Ruppert empurrou-o até a mesa.

– Este é Utz Käffli, um carroceiro conhecido por sua honestidade e bondade.

– Nós o conhecemos – disse Jörg Wölfling, sem que ficasse claro se ele concordava ou não com a opinião de Ruppert sobre o carroceiro.

Mestre Matthis levantou-se com as pernas bambas e, de boca aberta, ficou encarando o homem.

– É claro que o conhecemos. Ele também já trabalhou para mim. O que significa isso, Utz? Que mentiras você tem inventado sobre a minha filha?

O carroceiro deu um sorriso estranho, com os cantos da boca caídos.

– Não são mentiras! Que Deus me castigue se eu não estiver dizendo nada mais que a verdade. Eu jamais teria falado mal de Marie se não conhecesse o magistrado Ruppertus, homem nobre e distinto, que não merece sofrer tal infelicidade.

O tecelão Gero ficou olhando para o carroceiro, cheio de curiosidade.

– Você chegou a ver algum homem dormindo com ela?

– Eu mesmo já dormi com ela incontáveis vezes.

– Seu patife! Seu caluniador sem honra! Como se atreve...

Mestre Matthis emitiu um grito de fúria desumana enquanto tentava colocar as mãos em volta do pescoço do carroceiro.

Ruppert ordenou que se contivesse com um movimento quase imperceptível.

– Mesmo que não lhe agrade, Schärer, quero saber de toda a verdade. Pode continuar, Utz. Os honrados senhores mestres, que assinaram como testemunhas, também têm interesse em saber a história por trás da filha do mestre Matthis. Ela realmente se entregou a você?

– Não somente a mim. Sei de outros com quem ela também dormiu – asseverou o carroceiro, solícito.

– Mentiras! Nada mais que mentiras! – interrompeu mestre Matthis, aos gritos.

O carroceiro parecia crescer com os gritos.

– Não são mentiras, Schärer. Posso comprovar o que digo. Sua filha não fez nada de graça, ela recebia dinheiro e presentes bonitos por isso.

– Você quer dizer que ela vendeu o corpo como uma prostituta? – A voz do magistrado Ruppertus evocava tanto horror e nojo que teve um efeito contagioso nos demais.

Utz deu de ombros.

– Pois bem, na última vez dei-lhe uma borboleta de madrepérola que havia trazido da Itália.

Mestre Matthis deu uma gargalhada sarcástica.

– A minha filha não possui tal adereço.

– Isso é possível de se comprovar.

Ruppert acenou para os mestres Jörg e Gero.

– Meus senhores, sugiro que entremos no quarto de Marie e façamos uma busca. Caso encontremos uma bijuteria de madrepérola, com formato de borboleta, então sua culpa estará comprovada.

O tecelão parecia um aprendiz, tal era a solicitude com que concordava com a cabeça.

– O senhor tem toda a razão, senhor magistrado.

Matthis Schärer bufava.

– Madrepérola! Ora! A minha filha não usa dessas bijuterias baratas.

Quando os convidados se levantaram para invadir o quarto de Marie, Mombert Flühi protestou.

– Você não pode permitir isso, Matthis! Esta é a sua casa e é a sua filha que está sendo tão desavergonhadamente caluniada.

Mestre Matthis bateu com tanta força na mesa que ressoou por toda a casa.

– Você tem razão, Mombert! Eu não tenho que aceitar isso!

O magistrado Ruppertus olhou para o dono da casa com altivez.

– O senhor não deveria recusar, caso contrário, terei que mover uma ação na justiça.

– Então, mova uma ação! – gritou mestre Matthis para o homem que havia pouco tinha abraçado.

O cunhado de Matthis, Mombert, travava uma batalha contra o álcool que turvava seus pensamentos. Ele balançou a cabeça, como se quisesse clareá-la dessa forma. A situação não estava lhe agradando. Assim sendo, ele se voltou ao seu colega de corporação, Jörg Wölfling, que também era membro do Conselho da Cidade de Constança.

– Faça alguma coisa! O magistrado não pode fazer uma busca na casa como se fosse o representante do imperador em pessoa.

– Caberia ao tribunal local determinar isso – concordou mestre Jörg, com relutância.

Antes de poder se aprofundar na questão, no entanto, Utz Käffli, sem que os demais notassem, cutucou o escrivão nas costelas. Linhard engoliu em seco, visivelmente nervoso, e aproximou-se da mesa levantando a mão.

– Perdoem-me, senhores, mas minha consciência...

Ele interrompeu a frase, respirou profundamente e disparou o que tinha para dizer com tal velocidade que pasmou os demais presentes, até eles compreenderem a extensão de sua acusação.

– Eu também dormi com a filha de meu mestre.

Teria sido possível ouvir uma agulha cair no silêncio que se fez.

– Linhard?! Você... Você, seu caluniador infame!

Matthis Schärer cambaleou na direção do homem, querendo agarrá-lo pela veste, mas Utz segurou o dono da casa e empurrou-o com violência na cadeira.

– Você ainda acha que estou mentindo?

Mestre Matthis estava com falta de ar, como se estivesse pendurado numa forca, e seu rosto começou a ficar rubro. "Mas isto não pode estar acontecendo", pensou ele, desesperado. "A minha Marie sempre foi um anjinho que nunca se interessou por homens. Mas seria possível que o carroceiro e o escrivão estivessem inventando essas acusações?" Matthis lembrou-se da insistência com a qual Linhard cortejara sua filha. Será que tinha sido por isso, porque ela se entregara a ele em um dos cantos da casa? Perguntas e mais perguntas atordoavam-no, mas ele não tinha resposta para nenhuma delas. Ao mesmo tempo, uma dor latejante tomou conta de sua cabeça e parecia queimar-lhe o cérebro. Mestre Matthis estava tão ensimesmado que não percebeu como o magistrado Ruppertus apontava para o contrato, enquanto dirigia um olhar grave para Jörg Wölfling.

– Como parte lesada, exijo que seja realizada a busca no quarto de Marie imediatamente. Além disso, pergunto aos dois homens que receberam seus favores se eles se prontificam a repetir as acusações sob juramento perante um tribunal.

Utz levantou os braços.

– A qualquer hora e em nome de todos os santos.

Linhard ficou olhando o vazio por um instante, como se tivesse que consultar sua consciência. Em seguida, aprumou os ombros e ergueu o queixo.

– Eu me prontifico, sim.

Sob o comando de Utz, o escrivão buscou uma lamparina de sebo e acendeu-a com uma das muitas velas que ali se encontravam. A expressão no seu rosto era deplorável, como se a acusação recaísse sobre sua própria filha.

– Vamos acabar logo com isso! – disse ele, como para si mesmo, embora olhasse ao redor na esperança de que alguém ainda o repreendesse.

Mestre Jörg tomou-lhe a lamparina das mãos e indicou o caminho aos demais. Parou diante do quarto de Marie e bateu na porta.

– Abra a porta, criança! Seu pai quer lhe falar.

Pouco depois, surgia o rosto sonolento de Marie.

– O que está acontecendo, meu pai?

– Marie, fizeram graves acusações contra você – explicou o tecelão, adiantando-se a Matthis.

A moça fitou-o, sem entender nada.

– O que o senhor quer dizer com isso, mestre Gero?

– Aqui há homens que afirmam que você não é mais virgem. Ao contrário, entregou-se ao demônio da luxúria.

A sua voz ecoava pela casa, enquanto seus olhos fixaram-se na silhueta de Marie, que se delineava claramente sob o tecido fino da camisola.

Marie cruzou os braços sobre o peito, pois se envergonhava de estar em trajes tão sumários diante daqueles homens.

– Não estou entendendo. O que foi que eu fiz?

O magistrado Ruppertus empurrou o tecelão para o lado e encarou Marie com um olhar repugnante.

– Há testemunhas aqui, homens honrados, que juram por Deus e por todos os santos que você se prostituiu com eles.

– Pela Virgem Nossa Senhora, isso é mentira!

Marie olhou para o pai, procurando ajuda e estendendo os braços em sua direção. Mas mestre Matthis nem lhe deu atenção. Ofegante, apoiou-se na parede e olhou para o chão, como se estivesse envergonhado da filha.

– Pai, por que você se afasta de mim? Você acredita mesmo que eu seria capaz de fazer algo tão horrível assim?

Marie quis se aproximar dele, mas o magistrado impediu-a empurrando-a para o outro canto do corredor. Depois, apontou para seus aposentos.

– Teremos a prova em breve. Mestre Jörg, mestre Gero, os senhores não são nem testemunhas nem acusados. Portanto, peço-lhes que façam a busca no quarto.

Marie estava tão chocada que não teve coragem de se mover quando os dois artesãos invadiram seu quarto e vasculharam a cama, as prateleiras e o baú. Como ambos estavam bêbados, jogavam roupas e dote desrespeitosamente no chão, pisoteando as peças sem o mínimo de consideração. De repente, mestre Jörg deu um grito triunfante e levantou a mão. Uma borboleta branca de madrepérola brilhava entre seus dedos.

– Aqui está a bijuteria que você mencionou, Utz Käffli. Você disse a verdade.

Marie cambaleou para a frente e fitou, estarrecida, a borboleta.

– Mas isso não é meu! Eu nunca vi essa borboleta antes!

Ruppert puxou-a de volta.

– Negar não vai adiantar nada agora, sua vadia suja! Você recebeu essa bijuteria de Utz Käffli, como pagamento por ter se entregado a ele.

– Eu teria tido um romance com aquele homem ali? Mas isso é mentira!

Marie olhou o carroceiro nos olhos.

– Por que me calunia?

– Por que eu a caluniaria? Porque não fui o único com quem você se deitou?

O carroceiro lambia os beiços enquanto falava, como se ainda estivesse se deliciando com a lembrança do encontro que teria ocorrido.

Marie se afastou dele, enojada.

– Como pode afirmar uma imundície dessas?

Mestre Gero empurrou Linhard, que, até então, se mantivera fora do alcance do foco de luz.

– Olhe aqui! O escrivão de seu pai também confessou ter mantido relações sexuais com você.

Marie cobriu o rosto com as mãos e procurou conter as lágrimas.

– Mas tudo isso é mentira! Por Jesus Cristo e todos os santos, ainda sou virgem!

– Negar não lhe adianta de mais nada, sua vadia! Você sujou minha honra e exijo um processo para apurar a gravidade da sua culpa. – O magistrado deu as costas para Marie, como se não conseguisse suportar seu olhar, e apontou o dedo indicador para mestre Matthis.

– Segundo as leis da Santa Igreja e do imperador, não é permitido a uma mulher acusada de prostituição permanecer sob o teto de uma casa honrada. Portanto, sua filha terá que passar o resto da noite no cárcere. Mestre Gero, faça a gentileza de mandar vir o comissário e seus guardas para levarem essa meretriz.

As duras palavras do magistrado invadiram o vazio que se fizera na cabeça de mestre Matthis, que uivava como um animal ferido.

– Não, não, esta é a minha casa! Não permitirei que levem minha filha daqui!

Um resquício de lucidez lhe dizia que o melhor seria deixar Constança depois desta noite para afastar a filha do alcance de Ruppert. O magistrado parecia ter lido seus pensamentos, pois apontou o dedo em sua direção como se fosse uma faca.

– O senhor quer se opor às leis do imperador?

Embora a voz de Ruppert não tivesse se alterado, os demais se encolheram como se tivessem sido ameaçados com um chicote.

Mombert Flühi tentou interceder.

– Contenha sua ira, magistrado Ruppertus, e permita-nos conversar sobre a situação. Conheço Marie desde criança e não consigo imaginar que ela tenha se entregado à prostituição sem que tivéssemos percebido. Não, Marie não seria capaz disso.

O rosto de Ruppert continuou imóvel como uma máscara.

– Não seria capaz, diz o senhor? O que essa mulher fez foi um crime contra as leis de Deus e do imperador. Quando se comprova que uma donzela imaculada cedeu à prostituição, o homem à qual estava comprometida pode condená-la à morte sem temer qualquer punição.

Mombert se exaltou, estarrecido.

– O senhor não pode fazer isso!

– Sou homem da pena, não da espada. Deixo isso a cargo da justiça. E, agora, levem essa vadia daqui.

Mombert não se deu por vencido.

– E se nada disso for verdade, se Marie ainda for virgem...

– Isso será comprovado amanhã de manhã. Mandarei uma matrona honrada examiná-la. Caso ela ainda seja virgem, o carroceiro e o escrivão serão trancafiados no calabouço por calúnia e julgados, enquanto eu comemorarei com pompa minhas bodas com Marie.

– Isso faz sentido – concordou mestre Jörg. – O magistrado Ruppertus é entendido nas leis e sabe o que deve ser feito.

– Pai! Não! Não permita que me levem! Você acredita mesmo que eu seja tão vil quanto esses mentirosos alegam? – A voz de Marie parecia a de alguém prestes a se afogar.

Ela não compreendia a reviravolta de seu destino e procurava, desesperadamente, um apoio. Seu pai parecia não se incomodar com sua aflição, já que não tirava os olhos do chão enquanto murmurava palavras incompreensíveis. O magistrado Ruppertus, no entanto, permanecia na frente dela como um anjo vingador, ou pior, como uma assombração maligna que parecia ter imenso prazer em condená-la. Marie se perguntava, angustiada, por que ele dava mais ouvidos às acusações dos dois homens do que ao que ela afirmava.

Ela olhou nos olhos dos dois caluniadores para certificar-se de que não se envergonhavam das injúrias lançadas contra ela. Linhard virou imediatamente o rosto para o outro lado. Utz, ao contrário, deu um sorriso malicioso enquanto brincava com a língua entre os dentes podres. Marie desviou mais que depressa o olhar; o homem lhe metia medo.

Mestre Gero, mal tinha saído, já retornava com um dos guardas municipais.

– Encontrei Hunold lá embaixo, na ruela. Deve bastar se ele levar a pecadora ao cárcere.

Hunold era uma cabeça mais alto do que todos à sua volta. Seu braço era mais grosso do que as coxas da maioria dos homens, e os músculos do peito mais pareciam amarras da espessura de um braço. Ele abriu um largo sorriso, como se a situação o enchesse de alegria, e curvou-se diante do magistrado Ruppertus.

– Sempre às ordens, nobre senhor!

– Carregue essa vadia para o cárcere. Farei com que seja julgada amanhã.

Hunold passou seus olhos cobiçosos por Marie e sacudiu a cabeça.

– No cárcere da cidade e no calabouço do bispado estão trancafiados homens vis. Eu não atiraria uma codorninha gostosa dessas para eles saciarem a fome.

O magistrado registrou o comentário com um gesto irritado.

– Trancafie-a, então, em algum lugar seguro.

– Também não posso levá-la para os monges, no monastério da ilha. Portanto, só resta a Ziegelturm. O calabouço da torre de tijolos está vazio no momento.

– Leve-a para lá, então. – A voz do magistrado soava impaciente.

Hunold tirou uma corda do cinturão, amarrou os braços de Marie nas costas e empurrou-a na direção da escada. Ao forçar passagem pelo pai da moça, mestre Matthis levantou a cabeça, como se acordasse de um pesadelo, e segurou-o.

– Trate bem a minha filha e certifique-se de que nada lhe falte. Retribuirei com uma generosa gratificação.

Hunold parecia gargalhar intimamente.

– Não se preocupe, mestre Matthis! Sei que o senhor é um homem muito generoso.

Seu olhar, entretanto, evitava o do dono da casa, fixando-se ameaçadoramente sobre o magistrado. Ruppertus Splendidus concordou com desagrado e, com um gesto enérgico da mão, ordenou que o guarda levasse a moça embora.

Mombert respirou profundamente, como se quisesse espantar o efeito do álcool de sua cabeça.

– Vou acompanhá-los até a torre.

Ele se despediu descortesmente do cunhado e dos dois mestres artesãos e desceu as escadas, sem sequer conceder um olhar ao magistrado e a suas testemunhas.

Jörg Wölfling cutucou mestre Gero.

– Também deveríamos ir andando.

Gero Linner concordou, aliviado. Desceu as escadas e deixou a casa como se estivesse fugindo. Como seu amigo, também ele estava louco para contar a novidade à mulher.

O magistrado Ruppertus estava, agora, ao pé da escada, olhando para Matthis Schärer, que permanecia no topo dela, segurando-se ofegante ao corrimão.

– O senhor deve compreender que não posso continuar sendo seu convidado. Nos veremos amanhã, no tribunal.

Mestre Matthis balbuciou algumas palavras incompreensíveis até sua voz ficar nítida.

– Vá! Desapareça já! Não espere lágrimas de mim! E não se esqueça de levar esses homens que emporcalharam a minha casa. Eu poderia perder o controle e estrangulá-los.

Ele cambaleou na direção de Linhard, que ainda se apoiava na parede, sem forças. Naquele momento, a vida voltou ao corpo do escrivão. Ele pulou escadas abaixo como se o diabo o perseguisse, escancarou a porta e desapareceu na escuridão da noite.

Ruppert seguiu-o, calmamente. No portão do pátio, pegou a lamparina que deixara ali ao chegar, mas acendeu-a apenas ao chegar à ruela, e olhou à sua volta. Detrás da esquina seguinte, surgiu Utz, como um fantasma saído do breu, arrastando Linhard atrás de si.

Nos lábios de Ruppert delineava-se um sorriso malévolo.

– Vocês sabem o que fazer!

Utz riu.

– Faremos tudo como o senhor planejou. Mas antes tenho que convencer este maricas de que ele está metido nisto até o fim.

Ruppert mediu Linhard com um olhar ameaçador.

– Está querendo pular fora? Não se esqueça de que foi você quem contrabandeou a borboleta para dentro do baú da garota. Se você me trair, mando torturarem-no na roda de despedaçamento por perjúrio, traição àquele que lhe dá de comer e outros delitos mais.

Linhard se encolheu todo e levantou as mãos, pedindo clemência.

– Não, senhor. Farei tudo que me ordenar.

– Então, obedeça às ordens de Utz. Ele lhe dirá o que fazer. Vão, agora! Espero vocês amanhã, no tribunal.

O magistrado virou-se sem se despedir e foi embora.

Utz acendeu uma tocha, segurou-a com a mão esquerda, enquanto empurrava o escrivão com a direita na direção da margem do Reno.

IV

Marie tinha a impressão de que não era mais ela mesma, e sim um fantasma que pairava ao lado do corpo e olhava incrédulo para ele. Era mesmo ela quem estava sendo arrastada e empurrada pelas ruelas da cidade, àquelas horas da madrugada, descalça e vestindo apenas uma fina camisola? Era mesmo o corpo dela que estava sendo apalpado por aquela mão enorme, em lugares que ela mesma praticamente não tinha coragem de tocar. Tudo aquilo não podia estar acontecendo. O casamento de amanhã certamente a havia afligido a tal ponto que, agora, ela estava sendo torturada por um pesadelo absolutamente hediondo.

Apesar de sua boca estar cerrada, ela conseguia ouvir suas preces para acordar logo e reencontrar-se em sua própria cama. Mas não havia Menino Jesus nem santo que as atendesse. Era como se um demônio dos infernos a mantivesse presa e brincasse com ela como se fosse um boneco de madeira. Uma vez no porão da torre, quando Hunold a empurrou para o chão e acorrentou seus braços a uma argola de ferro presa ao solo, ela chegou a ficar aliviada, pois tinha esperança de que o pesadelo tivesse chegado ao clímax e estouraria como uma bolha de sabão. Certamente, ela acordaria logo, se aconchegaria sob o frouxel de penas que cobria sua cama e pensaria em algo bonito para esquecer as imagens horríveis daquele pesadelo.

Mas o tempo passava e ela não percebia nada além da fria umidade do chão adentrando seu corpo e da negritude impenetrável que não permitia sequer um raio de luar. Aos poucos, Marie foi compreendendo que não estava encarcerada em um sonho. Em vez disso, começou a se refugiar na ilusão de ter se tornado vítima de uma brincadeira de mau gosto, que costumava ser feita com moças rebeldes antes do casamento. A qualquer momento, a porta se abriria e apareceriam seu pai e seu noivo, que a libertariam sob as gargalhadas dos vizinhos e dos servos.

Quando sentiu algo peludo roçar suas pernas e fez um movimento brusco de defesa, ouviu um chiado estridente que a conscientizou, de uma vez por todas, da desgraça que a acometia. Haviam-na realmente acusado de libertinagem, arrastado e encarcerado como uma serva flagrada com seu amante no feno ou uma ladra ordinária. Como a corda em volta dos punhos a prendia ao chão, ela encolheu as pernas junto ao corpo, colocou a cabeça nos joelhos e tentou rezar.

– Virgem Maria, a senhora sabe que eu não me entreguei à luxúria. Antes desta noite, jamais fui tocada por um homem de uma forma que pudesse envergonhar uma donzela. Não sou uma prostituta, a senhora sabe disso, e nunca aceitei um presente por um pecado. Deus meu, por que me caluniaram assim? – Soluços incontrolados sufocavam sua voz.

Marie não parava de se perguntar por que os dois homens haviam levantado falso testemunho contra ela. Jamais havia ofendido nem o carroceiro nem Linhard, ou sequer falado mal deles. Ela tinha tido pouco contato com o escrivão, uma vez que ele se ocupava dos negócios comerciais e viajava com freqüência. Também só havia visto Utz Käffli poucas vezes, quando trazia ou levava mercadorias a mando de seu pai. Ela sempre procurara manter distância dele, pois suas palavras eram de baixo calão e sua diversão era rir-se à custa de todos.

Será que o carroceiro levara a mal sua timidez a ponto de inventar tudo aquilo para humilhá-la? Ou será que Linhard tinha inveja do noivo nobre que a cortejava e incentivou o carroceiro a encenar aquela farsa? Mas ambos sabiam muito bem que teriam que jurar a veracidade de suas afirmações perante a cruz na presença do juiz.

Marie respirou profundamente ao pensar no tribunal que teria que enfrentar no dia seguinte. Na verdade, nada poderia acontecer-lhe, pois, de manhã, uma matrona viria para certificar-se de que ainda era virgem. Linhard e Utz seriam desmascarados como caluniadores e, caso tivessem jurado em falso, o tribunal os condenaria a uma pena cruel. Não havia clemência para caluniadores.

Após convencer-se de que não corria perigo, Marie começou a questionar como o magistrado Ruppertus havia acreditado tão facilmente neles. Será que ele já se arrependera de tê-la cortejado e assinado o contrato de casamento e estava aliviado de poder desistir do casamento? Ou será que tinha sido sua indignação inicial? Era possível que, nesse meio-tempo, ele tivesse se conscientizado de que, diante de sua reação precipitada, teria que abrir mão de considerável fortuna e, agora, estaria mais interessado do que nunca em esclarecer toda a verdade. Ele a ajudaria, mesmo que fosse por interesse próprio.

Mais uma vez, Marie quis que o pai houvesse escolhido um outro marido para ela; então, nada disso teria acontecido. Foi então que o rosto de Michel surgiu diante dela e ela se lembrou de como ele tentara adverti-la sobre o magistrado. Será que seu amigo de infância teria sido um noivo mais amoroso?

Naquele momento, alguém abriu o ferrolho do lado de fora e colocou uma chave na fechadura. Marie sentiu-se aliviada. Seu pai e o noivo haviam chegado para levá-la dali! Então, tudo realmente não passara de um trote para castigá-la por sua relutância. A chave virou-se lentamente, quase inaudível, e a porta se abriu sem fazer barulho. Do lado de fora, alguém sussurrava, e o local se iluminou, como se diversas tochas tivessem sido acendidas.

Naquele momento, Marie conseguiu ver em que buraco nojento a haviam jogado. As paredes do cárcere eram feitas de blocos de granito, sem qualquer acabamento, e eram tão grandes que nem o mais forte dos homens conseguiria tirar do lugar. Elas, bem como o teto, estavam repletas de grossas teias de aranha. O chão era coberto por uma imundície só; apenas em um ou dois lugares dava para ver que era feito de argila batida. Marie se arrepiou e olhou, cheia de esperança, para a porta. Para sua decepção, Hunold apareceu no umbral. Ele levantou a tocha e olhou para ela, com um sorriso malicioso. Depois, virou-se e puxou Linhard com tanta força que este atravessou metade do local aos trancos. O escrivão cambaleava como um bêbado, e seu rosto estava desfigurado como se estivesse morrendo de medo. O guarda chegou para o lado e permitiu que Utz também entrasse. O carroceiro colocou a tocha numa argola apropriada, olhou para Marie como se quisesse devorá-la com os olhos e lambeu os beiços. Marie sentiu o estômago revirar e desviou o olhar. Hunold fechou a porta e virou a chave duas vezes. Depois, colocou sua tocha numa argola sobre a cabeça de Marie e esfregou as mãos, cheio de desejo.

Marie ficou petrificada de medo. Levantou-se o quanto as cordas lhe permitiram.

– O que vocês querem de mim?

Hunold curvou-se e quis tocá-la, mas o carroceiro deu-lhe um puxão e ficou cara a cara com Marie.

– Você não ia querer que Linhard e eu prestássemos falso testemunho amanhã, ia?

Marie encolheu-se até a parede, sem se incomodar com os insetos e outros bichos que saíam correndo.

– Não estou entendendo...

– Não se preocupe, você já vai entender.

Utz pegou as pernas de Marie e puxou-as de uma só vez, de forma que ela ficou deitada de costas com os braços esticados. Uma dor cortante percorreu-lhe os pulsos e os ombros, mas o medo lhe fechara a garganta e ela não conseguia emitir um som sequer.

Hunold empurrou Utz para o lado.

– Pare! Por tudo que fiz por vocês, mereço possuí-la primeiro.

O carroceiro deu uma olhada no corpanzil do guarda e, de má vontade, deu um passo atrás.

– Então, ande logo, senão eu chego antes da hora.

– Você acha que não consegue se segurar até eu acabar?

Hunold aproximou-se de Marie e rasgou sua camisola até o pescoço.

Naquele momento, Marie conseguiu respirar de novo e começou a gritar.

– Não! Não! Pela Virgem Maria e por todos os santos! Vocês não podem fazer isso! Isso é uma heresia contra os mandamentos de Deus!

Utz e Hunold se cutucaram e dobraram-se de tanto rir. Enquanto o guarda segurava a barriga, às gargalhadas, o carroceiro apontou para a abertura de um palmo no teto e ordenou-lhe que não fizesse tanto barulho. Depois, debruçou-se sobre Marie, deu-lhe um tapa na cara e meteu um pano sujo em sua boca, de tal forma que ela só conseguia gemer.

– Afinal, não queremos que alguém nos ouça e acabe com a brincadeira – troçou Hunold.

Enquanto Utz segurava as pernas da garota, que se batiam violentamente, Hunold abriu a braguilha, tirou seu pênis, que crescia a olhos vistos, expondo-o, todo prosa, diante de Marie. Ele fedia mais que a latrina atrás da casa de seu pai.

Utz fixou os olhos na pélvis de Marie, suspirou e deu um soco atrás do joelho de Hunold.

– Anda logo, senão meus colhões acabam explodindo!

Hunold ainda se virou, rindo para ele, enquanto se deixava cair sobre Marie.

Com o peso dele, Marie sentiu que faltava ar nos pulmões e teve a impressão de ouvir suas costelas quebrarem, mas aquela dor não era nada comparada à que sentia no baixo ventre. Hunold penetrou-a com tamanha violência que parecia colocar ferro em brasa nas suas entranhas. Enquanto ela se batia desesperadamente com a mordaça, tentando respirar, o corpo do homem comprimia-se ao dela com toda a força. Então, ele se ergueu e ela pensou que o pior já tivesse passado, mas ele não parava de penetrá-la com uma violência brutal, como se quisesse rasgá-la.

Ela estava envolta numa nuvem de martírio. Seu mundo havia se despedaçado. A saliva do guarda escorria sobre ela, enquanto ele arfava e balbuciava palavrões. Devido à força com que Utz imprensava seu tornozelo esquerdo, parecia que aquele pé já não fazia mais parte de seu corpo. E as mãos amarradas pelas cordas doíam-lhe como se milhares de agulhas estivessem espetadas nelas. Em silêncio, ela invocava Deus e todos os santos. "Por que permitem tudo isso?", perguntava-se, "o que foi que eu fiz, para ser punida dessa forma?".

Com um último grito, Hunold empinou-se e rolou para o lado. No mesmo momento, o carroceiro jogou-se sobre ela e penetrou-a, a despeito do sangue que jorrava entre suas coxas. Marie se encolheu numa onda de repugnância.

Quando Utz a deixou, seu corpo estava possuído pela dor. O mundo à sua volta parecia ter-se transformado em um navio que era jogado de um lado para o outro, e seu único desejo era que o chão se abrisse e a engolisse junto com todo o seu suplício. Através do véu de lágrimas que tinha nos olhos, viu Utz e o guarda se aproximarem de Linhard, que se segurava à porta e tremia por todo o corpo.

– Agora é a sua vez! – ordenou o carroceiro.

Como o escrivão não demonstrava nenhuma reação, Hunold segurou-o entre as pernas.

– Você está de pau duro, então, entre nela! Você já esperou bastante por isso.

– Eu não sei... Não consigo... – balbuciou ele.

– E o que você pretende? Dar falso testemunho amanhã, no tribunal? Ou está pensando em botar o rabo entre as pernas e trair a gente? Das duas uma, ou você está nisto até o fim ou, ainda esta noite, o seu corpo estará boiando Reno abaixo!

Utz deu-lhe um pontapé que jogou Linhard em cima da moça.

Quando sentiu o corpo nu de Marie, o desejo tomou conta dele. Desajeitadamente, ficou mexendo na braguilha até conseguir desfazer os nós dos cordões e abaixou as calças até os joelhos. Quando ia penetrá-la, olhou para baixo e fez uma cara de nojo. Com um forte puxão, arrancou um pedaço da camisola de Marie e limpou o sangue e o esperma das coxas da garota. A reação de Linhard humilhou-a mais do que as violentas investidas dos outros dois homens. Respirando com dificuldade, ela tentou se desvencilhar dele, mas Utz pisou com tamanha força em cima da sua perna direita que ela achou que o osso acabaria quebrando. O escrivão parecia não perceber nem sua tentativa desesperada de repeli-lo nem sua repugnância, pois penetrava-a com o rosto virado para o lado, movimentando várias vezes a pélvis para cima e para baixo, como se estivesse cumprindo uma ordem. Ofegante, ergueu-se para, em seguida, deixar-se cair sobre ela. Utz e Hunold olharam atônitos para ele, curvaram-se às gargalhadas e levantaram-no.

Os sentimentos de Marie passaram por uma violenta metamorfose. Se há pouco ela ainda estava mergulhada em um mar de desespero, agora uma chama vermelha crescia em sua alma. Embora Linhard praticamente não a tivesse machucado e também não fedesse desmesuradamente como os outros dois, pela primeira vez em sua vida ela sentia puro ódio. O carroceiro e o guarda eram homens rudes e sem consciência, entregues à própria maldade; o escrivão, por outro lado, há muitos anos fazia parte do dia-a-dia da casa de seu pai e era quase um membro da família. A traição dele atingia seu íntimo de tal forma que ela teria sido capaz de trucidá-lo com as próprias mãos. Ao mesmo tempo, ela queria estar morta.

Linhard parecia perceber seu olhar acusador, pois deu-lhe as costas de supetão e levantou as calças.

Rindo, Utz apontou para as nádegas dele.

– Você sempre mostra sua bunda magra quando dorme com as servas do seu mestre?

Linhard balançou a cabeça.

– Não, nunca tive nada com nenhuma delas.

– Então, já não é sem tempo, homem! Eu sempre como aquelas assanhadas quando vou lá. Por exemplo, aquela gorda da Elsa, que adora quando a gente a pega de jeito.

Hunold suspirou e tirou seu membro novamente das calças.

– Se você continuar falando, acabo ficando com tesão de novo.

Utz levantou as mãos, em defesa.

– Essa vadia vai acabar morrendo se você trepar com ela mais uma vez. Isso pode acabar mal para a gente, já que ela tem que aparecer no tribunal amanhã. Pelos diabos, se eu tivesse sabido o animal que você é, eu teria...

– ...você teria deixado ela para mim de qualquer jeito. Sem mim, vocês não teriam conseguido levar a cabo o belo plano que armaram. Portanto, pare de me provocar!

Hunold foi para um canto e urinou ruidosamente na parede.

Naquele momento, o estômago de Marie se livrou do que havia dentro dele. A mordaça, entretanto, não permitia que o vômito saísse, sufocando-a. Espasmos tomaram conta de seu corpo enquanto ela começava a perder os sentidos.

Linhard percebeu como ela se contorcia, tirou o pano de sua boca e virou-a de bruços para que vomitasse. Marie arfava por ar, ao mesmo tempo que desejava que ele a tivesse deixado morrer. Ela virou-se para Linhard com um olhar tão acusador que ele se afastou dela rapidamente e se levantou cambaleante.

Utz não demonstrou gratidão pela rápida reação de Linhard, pelo contrário, lançou-lhe um olhar de desprezo.

– Acabamos por aqui. O que vocês acham de ainda darmos um pulo na taberna do Guntram Adler para tomar uma caneca de cerveja?

– Tudo bem, mas você paga. O escrivão aí parece precisar de mais do que apenas uma cerveja.

Hunold abriu a porta, empurrou Linhard para fora e esperou até que Utz, que havia tirado as tochas das argolas, passasse por ele. Fechou então a porta atrás de si e trancou-a cuidadosamente.

Lá dentro estava escuro e silencioso como numa tumba. Marie sentiu o frio tomar-lhe conta do corpo com maior intensidade ainda do que antes. Mesmo assim, ele não diminuía o ardor que queimava suas entranhas. Procurou se erguer como pôde, colocou a cabeça nas mãos atadas e puxou os joelhos em direção ao peito para tentar suportar a dor. O sangue não parava de escorrer entre as pernas e as convulsões pareciam querer virá-la do avesso.

Ela estava convencida de encontrar-se com a morte e pedia para a Virgem Maria e para todos os mártires que a morte a libertasse em breve de sua tortura. Mas ninguém ouvia suas súplicas. Com o tempo, compreendeu que a morte a renegava e começou a se perguntar o que o destino ainda lhe reservava. Ninguém questionaria se ela tinha sido desonrada e violentada por culpa alheia. Todos apontariam para ela, a humilhariam e a denegririam. Mesmo que o pai oferecesse seu peso em ouro, nenhum homem honesto haveria de querer casar-se com ela, nem mesmo um pobretão como Michel. Ao seu pai não restaria outra coisa, senão oferecê-la a um beberrão como Anselmo, o tosquiador de ovelhas, que se importaria mais com o vinho que o dote lhe compraria do que com a virgindade e a honra da noiva.

Novamente, seus pensamentos voltaram-se para os homens que inicialmente a caluniaram para depois destruírem sua vida de forma tão cruel. Ela não se importava mais com os motivos que poderiam ter tido. Marie estava quase sufocando no ódio que sentia e só desejava ver, com os próprios olhos, os três serem condenados por seus crimes, contorcerem-se sob as chibatadas do carrasco e terminarem sendo escorraçados da cidade sob as vaias e o escárnio alheio. Infelizmente, essa era a pena máxima para quem violava a honra de uma donzela.

Impacientemente, aguardava o raiar do dia. Se ela fosse examinada por uma das anciãs da cidade de Constança, a verdade certamente viria à tona. A mulher veria o sangue, os vestígios recentes do estupro e saberia imediatamente que até aquela noite ela ainda tinha sido virgem. Se aqueles três canalhas se atrevessem a repetir as acusações sob juramento, perante o juiz, acabariam desmascarados por perjúrio e teriam a mão direita decepada.

Até essa pena parecia-lhe pouco diante de tudo que lhe haviam feito. Melhor seria se ela não sobrevivesse àquela noite, pois, só então, os três animais seriam acusados de assassinato e condenados à morte. Enquanto ela imaginava Linhard passando por seu corpo sem vida, a caminho da execução, lembrou-se das palavras prediletas do padre de sua paróquia: "Amai seus inimigos e perdoai aqueles que lhe têm ofendido." Mas não havia mais amor em seu coração, somente ódio. Ela seria capaz de fazer um pacto com o diabo só para ver seus três algozes morrerem.

De repente, Marie assustou-se com seus próprios pensamentos e tentou encontrar amparo na Virgem Maria e em todos os santos para escapar da loucura que a acometia. Mas as preces proferidas pelos lábios eram sufocadas pela raiva.

V

Através das grades do buraco, a luz do raiar do dia entrava e tingia o teto de um vermelho gosmento que parecia pingar, como sangue, sobre Marie. Ela escondeu o rosto entre os braços para não precisar olhar. Quando, do lado de fora, uma chave moveu-se na fechadura e a tranca foi destravada, ela ficou imóvel de medo, sem ter coragem nem de respirar. Será que os homens haviam voltado para torturá-la novamente?

Assim que uma mulher corpulenta, de meia-idade, entrou, Marie começou a chorar, aliviada. Era a viúva Euphemia, que morava três casas depois da sua e a conhecia desde que nascera.

A mulher colocou a tocha na argola sobre a cabeça de Marie, pôs as mãos nas cadeiras e olhou para a moça que estava encolhida aos seus pés. O olhar que dispensava a Marie poderia ter sido o mesmo que dispensaria a um pedaço de carne de porco magro demais. Sem dizer uma palavra, ela se curvou, pegou as pernas de Marie e puxou-as para a frente. Involuntariamente, Marie enrijeceu os músculos, mas a viúva obrigou-a, com mão de ferro, a abrir as pernas. Marie teve a impressão de que a mulher estava se deleitando ao vê-la suja de sangue e vômito, e, no íntimo, contorceu-se de vergonha.

A mulher largou as pernas de Marie e levantou-se com um risinho malicioso.

– É isso que dá quando uma menina cresce sem mãe.

Ela ficou na espreita, como se aguardasse mais alguém. Como nada parecia se mexer do lado de fora, abriu novamente as pernas de Marie e examinou sua vagina, que ainda sangrava. Sem piedade, ela tocou nas feridas até que Marie se contorcesse, gemendo de dor.

– Isso aconteceu esta noite – expeliu Marie, com os dentes trincados. – Utz, o carroceiro, o guarda Hunold e Linhard, nosso escrivão, entraram aqui e me violentaram. Euphemia, você está vendo a quantidade de sangue que perdi! Eu ainda era virgem, até o momento em que eles me atacaram. Você tem que testemunhar isso no tribunal.

A viúva riu, azeda.

– Eu não tenho que fazer nada! Seu pai deveria ter sido mais esperto e se casado comigo depois da morte da sua mãe. Sob meus cuidados, você teria se tornado uma donzela honrada. Mas Matthis Schärer, esse filho empedernido de um servo fugido, julgava-se bom demais para a viúva de um simples sapateiro.

O choque causado por aquelas palavras maldosas despertou em Marie força suficiente para erguer-se até onde conseguia e olhar nos olhos da mulher.

– Do que é que você está falando? Você não está vendo o que aconteceu comigo? O que é que você está querendo? Que os homens que me caluniaram e fizeram isto comigo não sejam punidos como merecem?

– Quem merece ser punida aqui é você, sua vadia lasciva! Agora, eu vou apanhar água para lavá-la. Afinal de contas, tenho que apresentá-la no tribunal em uma hora.

Marie tentou conter a azia que lhe subia na garganta, mas sua língua estava ressecada.

– Mas já? Que seja!

– Quanto mais cedo condenarem uma vadia como você, melhor – disse a viúva, sarcástica.

Nesse momento, a porta abriu-se novamente e Hunold entrou, carregando um balde de água. Sobre o braço, levava um tecido de linho e algo que parecia uma túnica de algodão cru.

Marie começou a gritar quando o viu, encolheu as pernas e comprimiu-as junto ao corpo. A viúva levantou a mão, como se quisesse esbofeteá-la, mas abaixou-a em seguida.

– Se você me criar problemas, deixo você a cargo de Hunold, para ele foder você até morrer. O juiz vai acreditar em mim se eu disser que você se suicidou de vergonha, esta noite, por não ser mais virgem.

Marie percebeu que a mulher estava falando sério.

– Por que você está fazendo isso comigo?

Euphemia simplesmente deu de ombros, mergulhou o pano na água e começou a passá-lo em Marie, sem um mínimo de delicadeza. Quando a viúva começou a esfregar a pélvis da moça para retirar o sangue coagulado, ela abriu ainda mais as feridas e Marie não conseguiu conter seus gritos de dor. Mas não se defendeu, pois ainda se aferrava à esperança de que o juiz descortinaria aquela teia de mentiras e violência que haviam tecido à sua volta. Assim sendo, ficou olhando, imóvel, enquanto a viúva lavava uma tira da sua camisola, a amassava e a introduzia em sua vagina machucada para estancar o sangramento. Quando Euphemia a liberou das amarras, Marie suspirou, aliviada.

Ela deixou que a levantassem e também não se mexeu quando Euphemia colocou sobre ela o tecido rude e pediu que Hunold se aproximasse.

– Assim poderemos apresentar essa vadia ao supremo tribunal.

O guarda amarrou os braços atrás das costas de Marie, como na noite anterior, e empurrou-a com violência em direção à porta. A julgar por sua cara, ele não parecia se preocupar de ser acusado do crime que cometera. Pelo contrário, seu olhar ainda transbordava cobiça. O homem a apavorava e ela sentia o medo apertando o coração. Como podia Hunold achar que se livraria de sua merecida punição?

Ela estava tão ocupada pensando em sua desgraça que não percebeu de imediato para onde o guarda a estava levando. Somente quando estavam atravessando a ponte, Marie viu que Hunold a levava ao monastério dos freis dominicanos, conhecidos por sua falta de misericórdia.

VI

O grande salão do monastério da ilha, no qual teria lugar o processo, impressionava a todos que ali entravam pela primeira vez. As paredes eram feitas de blocos de arenito perfeitamente aparelhados, cuja imponência ainda era realçada por imensas tapeçarias de cenas bíblicas. Nas janelas estreitas, que alcançavam o teto, as pinturas das vidraças contavam o sofrimento dos santos mártires, tão caros à ordem dominicana. O teto finamente esculpido era feito de madeira escurecida com mordente e sustentado por enormes vigas de madeira. Os brasões de todos os bispos de Constança e dos abades daquele monastério estavam ali reproduzidos. Toda aquela pompa dava ao visitante a sensação de estar em um dos mais sublimes locais da cristandade.

Atrás de uma mesa de pedra talhada, no lado frontal do salão, havia um trono magnífico, cuja beleza dificilmente poderia ser superada pela do trono do próprio imperador. O juiz episcopal, Honorius von Rottlingen, um monge dominicano trajando o hábito preto e branco da ordem, estava ali sentado.

À sua direita e à sua esquerda, encontravam-se os juízes adjuntos, monges como ele e igualmente sentados em cadeiras de encosto alto, enquanto o escrivão tinha que se contentar com um simples banquinho. A uma distância de dois passos da mesa do juiz, na parede lateral, havia uma cadeira, também ricamente trabalhada, reservada para a promotoria. Naquele dia, esse papel caberia ao magistrado Ruppertus, que, nesse processo, representava tanto a vítima quanto a acusação. Na parede oposta, sobre uma mesa enorme de madeira não ornamentada, encontrava-se a espada de execução; e, imediatamente ao lado, haviam colocado o banco para o carrasco de Constança. Atrás da mesa, ainda havia alguns oficiais de justiça prontos para executar as ordens do juiz.

As cadeiras e os bancos para os espectadores estavam vazios, e os das testemunhas também estavam praticamente desocupados. Os dois artesãos, Gero Linner e Jörg Wölfling, pareciam ainda sofrer as conseqüências da bebedeira da noite anterior, a julgar pela forma como levavam as mãos à cabeça e olhavam ao redor – tímida e acabrunhadamente –, como se houvessem deixado o célebre orgulho próprio aos cidadãos de Constança do lado de fora. Do outro lado do mesmo banco estavam Utz Käffli e o escrivão. O carroceiro avaliava o ambiente com um sorriso desrespeitoso, como se a dignidade espartana da ordem e dos monges o divertisse, enquanto Linhard mantinha os olhos bem apertados, visivelmente combatendo os efeitos do excesso de álcool consumido.

Matthis Schärer sentara-se no último banco de testemunhas, bem distante dos homens que haviam incriminado sua filha. Estava pálido e acabado, e uma das faces estava ligeiramente caída. Ele se agarrava ao cunhado, que o havia apoiado até ali, e lamentava seu fado baixinho. A voz e o olhar deixavam claro que sua mente não havia digerido os acontecimentos da noite anterior.

Mombert também parecia abatido, mas, ao contrário de Matthis, conseguia pensar com lucidez. A rapidez com que o magistrado Ruppertus havia dado início ao processo contra Marie e as fisionomias frias e distantes do juiz e dos adjuntos apavoravam-no. Ele considerava um mau presságio que o caso de Marie fosse julgado no tribunal episcopal e não perante o tribunal do júri da cidade de Constança, responsável por todos que possuíam o direito de cidadania. Lá, a palavra de mestre Matthis e dele próprio teriam maior credibilidade do que a de um carroceiro errante e de um serviçal, e eles conseguiriam defendê-la de forma mais eficaz. Ali, em contrapartida, eles não tinham nenhuma chance contra o magistrado Ruppertus, que trabalhava para o bispado como consultor jurídico e era sempre bem-vindo.

Mombert se irritava com a atitude de mestre Jörg, que, como membro do Conselho Superior de Constança, deveria ter protestado contra o julgamento no tribunal episcopal. Ele era da opinião de que o processo não respeitava os direitos assegurados da cidade. Jörg Wölfling permanecia mudo em seu lugar, embora estivesse atento a cada movimento e som ao seu redor.

Um pigarro exigiu a atenção dos presentes. Honorius von Rottlingen deu uma olhada no contrato de casamento que Ruppert havia colocado na mesa e leu as linhas nas quais mestre Matthis jurara dar-lhe em casamento sua filha, donzela intocada e honrada.

– Tragam a vadia! – ordenou, finalmente.

O juiz parecia já haver chegado a um veredicto. Mombert se arrepiou, pois tinha horror àquele monge fanático, e, quando o guarda trouxe Marie na túnica de algodão cru, com as mãos amarradas, não conseguiu conter as lágrimas. Seu cunhado curvou-se para a frente, como se estivesse passando mal, e cobriu o rosto com as mãos.

Marie tinha olheiras escuras e tremia convulsivamente. Seu rosto se contorcia como se estivesse sentindo fortes dores. Apesar de tudo aquilo, sua beleza angelical continuava intacta, e seus olhos revelavam que seu espírito também.

Um oficial de justiça levou-a ao banquinho dos réus e obrigou-a a se ajoelhar. Por instantes, ela se encolheu como se tivesse perdido todas as forças. Mas logo endireitou-se e olhou para o juiz.

– Eu acuso! – gritou com uma voz de notável firmeza. – Aqueles três homens ali: Linhard, o escrivão; Utz, o carroceiro; e o guarda Hunold; eles entraram na minha cela esta noite e me violentaram.

O pai de Marie levantou-se como se quisesse correr em sua direção, mas logo despencou, com a mão no peito. Mombert segurou-o e fitou Utz, que começou a gargalhar.

– Agora você enlouqueceu de vez, mocinha! Daqui a pouco você vai jurar que até o honrado juiz a violentou.

– Não, Utz, eu acuso você! Você e seus dois comparsas! – Ela abaixou a cabeça perante o juiz e, então, olhou para ele, suplicante. – Santo Padre, eu estou dizendo a verdade! Linhard, Hunold e Utz tiraram-me a virgindade esta noite, de forma violenta, para que não precisassem jurar em falso aqui, e ainda me jogaram isso na cara. Eu juro pela Virgem Maria e pelo Menino Jesus que, até esta noite, eu ainda era virgem.

– Você escolheu uma forma curiosa para se defender. – A voz do juiz expressava dúvida. – Se você acusar esses três homens indevidamente, a sua pena será ainda pior.

– Estou dizendo a verdade! – exclamou Marie. – Eu juro...

O magistrado Ruppertus cortou-lhe a palavra.

– Juramentos são proferidos com rapidez pela boca das mulheres, mas raramente têm valor. Santo Padre, vamos continuar ouvindo essa vadia acusar três homens honrados de crime tão hediondo que somente servos do príncipe das trevas poderiam cometer?

– Então, esses três são servos do diabo! – gritou Marie, tão alto que ressoou nas paredes.

O magistrado Ruppertus fez um movimento de desdém com a mão.

– Temo que a mulher tenha perdido a razão desde que sua vida promíscua veio a público. Ou então ela é tão esperta que quer desviar nossa atenção de seus próprios crimes fazendo uma acusação sem fundamento.

Mombert levantou-se e seus olhos faiscavam ao dirigir-se ao magistrado.

– Quem lhes disse que sua acusação é sem fundamento? A Marie que conheço é uma criança obediente, temente a Deus e incapaz de falar mal do que quer que seja.

Ruppert sacudiu a cabeça com indulgência.

– É muito nobre de sua parte, mestre Mombert, intervir a favor de sua parenta. Entretanto, ela não cometeu seu crime com a boca. Ou, pelo menos, é de se esperar, para que não pese ainda mais sobre sua pobre alma. Mas não foi o senhor o guardião desta criatura descaminhada. O senhor também estava presente, ontem à noite, quando Utz Käffli e Linhard Merk nos asseguraram, de forma contundente, que haviam tido relações sexuais com ela. Tendo em vista a gravidade de seu crime, é natural que ela tente se defender jogando a culpa nos dois. Mas essa história de que ela teria perdido a virgindade somente esta noite e, ainda mais, contra sua vontade é realmente o cúmulo! Espero que o Santo Padre leve em consideração esse seu descaramento na sentença final.

– Eu fui violentada! – gritou Marie. Porém, mesmo aqueles que eram a favor dela, fitavam-na com dúvida.

– Que história é essa do guarda? – perguntou Mombert. – Afinal, não se falou dele ontem.

– É claro que ela também tem de acusá-lo. Quem, além dele, poderia ter dado a chave do cárcere a Utz e Linhard? Santo Padre, Vossa Eminência está vendo como essa mulher é desavergonhada e astuta? – A última frase era dirigida ao juiz, que concordou em silêncio.

– A verdade será comprovada em breve! – exclamou um dos juízes adjuntos. – Sugiro que chamemos a viúva Euphemia Schusterin para dizer-nos se a acusada ainda era virgem quando a examinou.

– Primeiro, deve-se dar início, oficialmente, ao processo e formalizar a acusação – corrigiu o magistrado. – Afinal, não se trata apenas da perdição dessa vagabunda, e sim de um juramento contratual fraudulento com fins ilícitos.

Ao sinal do juiz, Ruppert levantou-se e dirigiu-se ao meio do salão. Com a toga preta e a cruz prateada no peito, assemelhava-se a um monge. "Só falta a tonsura", pensou Mombert, com a fisionomia irada.

Ruppertus Splendidus, filho bastardo do conde Von Keilburg, acusou mestre Matthis de tê-lo conscientemente enganado e forçado ao noivado com sua filha.

– Ele pensou que podia empurrar a filha para um estranho que raramente vinha a Constança! – gritou, finalmente, com voz retumbante. – Mas estes dois homens honestos, seguindo a voz da consciência, avisaram-me sobre o golpe de Matthis Schärer e sobre a vida devassa de sua filha.

– Isso mesmo, foi assim mesmo! – concordou Utz.

Marie virou-se para seu pai na esperança de que ele se levantasse e protestasse contra aquelas afirmações infames. Matthis Schärer, entretanto, balançava-se de um lado a outro no banco, segurando a cabeça enrubescida com ambas as mãos e evitando olhar para ela. Assim sendo, não restou outra coisa a Marie senão tentar defender-se e, dessa forma, defendê-lo também.

Ela esboçou uma mesura e olhou nos olhos do juiz.

– Isso é uma infâmia, é uma mentira atrás da outra, Santo Padre! Quando meu pai assinou o contrato, eu ainda era uma virgem casta e inocente, juro por Deus! Esta noite, aqueles canalhas ali roubaram-me à força aquilo que sempre resguardei sob a proteção da casa de meu pai. A Virgem Maria é minha testemunha!

– Se você está dizendo a verdade, a matrona que a examinou confirmará suas palavras. Mas, se estiver mentindo, o peso da justiça recairá sobre você.

Marie se revoltou.

– Mas ela não pode confirmar a minha inocência! Euphemia só me viu na minha vergonha e limpou com as próprias mãos o sangue das minhas coxas.

Padre Honorius suspirou.

– Marie Schärer, se a viúva Schusterin confirmar que correu sangue da defloração, você será declarada inocente e toda a severidade da justiça atingirá os verdadeiros culpados.

O rosto do juiz, bem como sua voz, revelava que ele não acreditava nessa possibilidade. Marie sentiu cada pêlo de seu corpo arrepiar-se. Ela só podia esperar que Euphemia, diante da cruz e das imagens dos santos à sua volta, obedecesse à consciência e não acabasse jurando em falso por vingança contra seu pai, que a tinha rejeitado, pondo fim às suas expectativas de casar-se com ele. Mas, assim que a viúva foi trazida, Marie viu que ela não pretendia dizer a verdade.

Padre Honorius ordenou que a mulher se aproximasse e ficou encarando-a até ela começar a ficar inquieta.

– Você é Euphemia Schusterin, viúva do sapateiro Otfried, e recebeu a incumbência de comprovar, hoje pela manhã, a virgindade de Marie Schärer, acusada de prostituição. Informe ao tribunal como julga sua situação.

Euphemia fez uma careta e soltou o ar entre os dentes.

– Santo Padre, não posso mais chamá-la de donzela virtuosa.

Padre Honorius olhou-a com severidade.

– Euphemia Schusterin, em nome de Deus e de Jesus Cristo, nosso Senhor, exijo que diga a verdade. A acusada sangrava? Você viu vestígios de que ela foi violentada durante a noite? Pense bem e descreva-nos exatamente o que viu.

A viúva não titubeou um instante sequer.

– Não vi nenhuma gota de sangue e nenhum vestígio de que ela tivesse sido usada por homem durante a noite. Eu juro por Deus onipotente.

Marie deu um grito selvagem.

– Ela está mentindo! Ela odeia meu pai e por isso está de conluio com os que me violentaram.

O magistrado Ruppertus deu um pulo.

– Santo Padre, assim não é possível! Temos que evitar que essa vadia continue arrastando pessoas inocentes para a lama.

Padre Honorius deu um tapa tão forte na mesa que a pedra chegou a ressoar.

– O senhor tem razão, magistrado Ruppertus! A desfaçatez dessa criatura perdida é coisa do diabo! Guarda, amordace a acusada. Ela não merece ouvir a própria voz de novo.

Marie gritou enraivecida.

– Virgem Maria, Mãe de Deus! Que tribunal é esse que poupa os culpados e condena os inocentes?

Nesse momento, dois oficiais de justiça aproximaram-se dela. Um deles segurou-a com violência e forçou-a a abrir a boca. O outro empurrou um toco de madeira entre os dentes e manteve-o firme até o colega amarrar, na nuca de Marie, as duas cordas que estavam nas extremidades do pedaço de pau. Apesar da mordaça, Marie tentou continuar afirmando sua inocência, mas só produzia sons inarticulados.

O juiz agradeceu aos oficiais de justiça com a cabeça e virou-se para Linhard e para o carroceiro.

– Vocês dois declararam ter tido relações sexuais com Marie, filha de Matthis Schärer. Vocês estão dispostos a jurar perante a cruz que suas afirmações correspondem à verdade?

Utz levantou-se, foi à mesa do juiz e colocou a mão sobre a cruz que lhe era estendida.

– Estou disposto, sim. Juro por tudo que é mais sagrado que me deitei com Marie Schärer.

Linhard suava quando viu o olhar inquiridor do juiz voltado para ele. Ele se aproximou da mesa com a cabeça encolhida, como se esperasse que um raio caísse sobre si a qualquer momento, e agarrou a cruz com mãos trêmulas. Então, pronunciou as palavras que a condenaram à desgraça.

– Eu juro por todos os santos.

Padre Honorius balançou a cabeça, satisfeito.

– Com isso, a acusação de prostituição foi comprovada e o peso da justiça recairá sobre a acusada. Agora, resta decidir sobre a extensão da pena. Magistrado Ruppertus, visto que as ações hereges da acusada macularam sua honra, cabe ao senhor decidir a pena apropriada.

O magistrado concordou, como se não esperasse outra coisa.

– Eu lhe agradeço, Santo Padre. Segundo as leis da Santa Igreja e do império, a pena imputada deve ser a seguinte: quando a culpa de uma falsa donzela é comprovada e ela a reconhece e se arrepende perante o tribunal, ela é enviada a um convento para poder rezar pela absolvição de seus pecados.

Ele fez uma pausa e olhou em volta, cheio de expectativa, recebendo silenciosa anuência. Depois, olhou para Marie, intimidando-a.

– Você está, finalmente, disposta a reconhecer seus pecados? Pense bem, pois será a única maneira de pagar por seus erros e salvar sua alma da danação eterna.

Marie cambaleou. Se outra pessoa tivesse feito a pergunta, ela teria respondido "sim", pois seu único desejo era poder se esconder em algum lugar. Seu baixo ventre estava tomado por dores quase insuportáveis e seus olhos só conseguiam ver manchas vermelhas dançando à sua frente, como se fossem as labaredas do inferno. Atrás dos muros de um convento, ela conseguiria esquecer a crueldade do mundo. Mas tinha consciência de que só seria absolvida se jurasse em falso e, aí sim, estaria cometendo um pecado mortal. Além disso, estaria livrando de toda culpa os três homens que a haviam estuprado e a viúva Euphemia, cuja calúnia herética selara seu destino. Assim sendo, balançou violentamente a cabeça e fez um ruído que pôde ser claramente compreendido como um "não".

Por um instante, a reação do magistrado Ruppertus foi um misto de alívio e satisfação, como se não esperasse outra coisa, senão a refutação. Quando olhou para o juiz, entretanto, sua fisionomia estava irada.

– No caso de a moça manter-se irredutível – continuou o magistrado – e se recusar a reconhecer sua culpa, então ela será açoitada e degredada de sua cidade natal.

O juiz não demonstrou qualquer emoção.

– Assim está escrito! Marie Schärer, você está disposta a reconhecer sua culpa perante Deus e os homens?

Marie balançou novamente a cabeça. Seu pai levantou-se, ofegante, e foi em sua direção. Quando se aproximou, ela viu que um de seus olhos não o obedecia. Sua respiração ainda cheirava a álcool, o que pôs fim à compaixão que ela tinha por ele.

– Filha, você não sabe o que está fazendo! Reconheça sua culpa e eu a levarei para as Irmãs Serviçais da Ordem Terceira de São Francisco, aqui em Constança. – Sua voz soava chorosa.

Marie virou a cabeça e olhou para o outro lado.

– Se a moça reconhecer sua culpa, essa graça lhe será concedida – disse um dos juízes-adjuntos, misericordioso.

Marie ouviu o "por favor" que o pai pronunciou baixinho e de forma quase incompreensível e viu o olhar suplicante que seu tio Mombert lhe dirigia. Até o juiz movimentava a cabeça animando-a. Era como se o mundo todo conspirasse contra ela. Mas, se ela aceitasse o hábito, teria que se sujeitar, até o fim de seus dias, ao desprezo das freiras nobres, em cujas mãos estava o destino das freiras serviçais, e seria castigada por pecados jamais cometidos. Pior, se ela concordasse, cometeria um pecado mortal para o qual não poderia nem fazer penitência, pois juraria em falso diante da cruz e estaria condenada à danação eterna. Não, ela não estava disposta a isso!

Marie olhou para o juiz e balançou energicamente a cabeça. Honorius von Rottlingen ficou visivelmente irritado. Deixou a mão cair com força sobre a mesa e ordenou ao escrivão que pegasse a pena.

– Visto que essa meretriz é tão teimosa a ponto de não reconhecer sua culpa, ordeno que lhe seja imputado o castigo mais severo para seu delito.

Ele se consultou rapidamente com seus adjuntos, levantou-se em seguida e olhou para baixo, na direção de Marie.

– Marie Schärer, você foi considerada culpada por prostituição, pela tentativa de enganar o ilustre magistrado Ruppertus Splendidus, pretendendo casar-se com ele como se ainda fosse uma donzela honrada, e pela difamação de cidadãos honrados, sendo condenada a trinta açoites e ao desterro definitivo de sua cidade natal e redondezas.

O juiz já queria se levantar e, assim, dar por encerrada a sessão, mas o magistrado Ruppertus ainda pediu a palavra.

– Perdoe-me, Santo Padre, se ainda tenho um pedido. Considero inapropriado permitir que essa vadia seja expulsa da cidade por um dos portões ao sul, como costuma ser imposto pela justiça civil. Aquela gentalha de rebeldes, que se autodenominam confederados, certamente a ajudaria, mesmo que fosse para humilhar Vossa Reverendíssima Eminência, bispo Otto. Deixe que a levem para o outro lado do Reno e que a acompanhem por alguns dias seguindo a oeste, para que a cidade e suas redondezas se livrem dela de uma vez por todas.

Enquanto o padre Honorius concordava com a cabeça, Ruppertus continuou:

– Além disso, nenhum dos seus servos deve açoitar a prostituta. Ela é bela como o pecado e, pela minha experiência, os açoites da maioria dos homens acabam sendo mais débeis do que deveriam quando se trata de uma mulher assim. Sugiro que o guarda Hunold execute a pena. Ele, certamente, não poupará a pecadora.

– Certamente não, depois de ela tê-lo acusado de um crime hediondo daqueles. – O juiz levantou a mão para, mais uma vez, chamar a atenção dos presentes. – A sentença será executada hoje mesmo. Levem a meretriz para a praça, onde o guarda Hunold se encarregará do castigo. Depois, dois servos deste tribunal a levarão para longe de Constança.

Marie viu como o rosto de Hunold se iluminou e sentiu as últimas forças se esvaírem. O guarda se aproximou dela com um sorriso de satisfação, pegou a corda com a qual já a havia arrastado duas vezes pelas ruelas da cidade e deu um puxão tão violento que ela caiu no chão.

– É assim que tem que ser – zombou ele –, e não adianta nada jogar-se aos meus pés pedindo misericórdia. Você deveria ter pensado nisso antes.

VII

No dia em que Marie foi julgada, havia feira em Constança. Os fazendeiros das redondezas haviam chegado cedo à cidade e vendiam legumes, aves, cordeiros e leitões. No final da manhã, quando grande parte da mercadoria já havia sido vendida, eles começavam a desmontar suas barracas e ofereciam alguns produtos mais barato para não precisarem levá-los de volta. De um momento para outro, o alvoroço da feira parou como por encanto. Até mesmo as cidadãs, que até recentemente corriam de barraca em barraca como se o tempo lhes escapasse por entre os dedos, abraçaram as cestas abarrotadas de compras e olharam boquiabertas na direção do celeiro.

De lá, surgiram três guardas, que portavam bastões revestidos comprovando sua autoridade e que começaram a ordenar a retirada de algumas carroças que obstruíam a passagem até o tronco. Os compradores se aproximaram e perguntavam-se, surpresos, o que ia acontecer. Mas ninguém tinha resposta. Geralmente, a punição de criminosos era anunciada por pregoeiros com dias de antecedência, para que os cidadãos pudessem chegar a tempo ao local da execução ou à praça pública.

Os espectadores não precisaram esperar muito, pois, pouco depois, surgiu outro guarda com um amarrado de açoites, sinal de sua autoridade, e solicitava educadamente aos presentes que abrissem caminho para o Excelentíssimo Juiz Honorius von Rottlingen e seu séquito. No meio da crescente multidão, abriu-se rapidamente um corredor, que ia da plataforma onde se encontrava o tronco até o caminho por onde vinham os monges do monastério da ilha.

O juiz, os adjuntos e o escrivão foram recebidos com um burburinho cheio de expectativa. Depois dos quatro monges, vieram Ruppertus e suas testemunhas. Quem mais chamou a atenção, porém, foi Hunold, que arrastava Marie atrás de si como um bezerro. Dois outros homens, que também faziam parte do cortejo, mas tinham ficado alguns passos para trás, foram ignorados. Tratava-se de Mombert Flühi e do pai de Marie, que se apoiava com todo o seu peso no cunhado e não parava de balançar a cabeça.

Enquanto o juiz e os acompanhantes se sentavam nos bancos providenciados pelos servos do tribunal, Hunold arrastava Marie para o tronco, um pedaço de madeira recoberto de ferro, que estava tão profundamente fincado na terra que resistiria à fúria do mais forte dos homens. Com o decorrer do tempo, a madeira ficara negra e lisa como pedra polida devido ao contato dos corpos dos condenados que ali se contorciam sofrendo seu castigo. Hunold permitiu que a visão do tronco fizesse seu efeito sobre Marie. Depois, empurrou-a contra a madeira e amarrou suas mãos a tal altura que só os dedos do pé tocavam o chão. De um golpe, ele arrancou a túnica e jogou-o ao lado.

Marie ficou petrificada de vergonha quando se viu nua diante da multidão.

Hunold ainda não parecia satisfeito, pois encostou o queixo no ombro dela e sussurrou para que só ela o ouvisse:

– Adoro quando as mulheres gritam enquanto apanham, por isso, vou tirar a sua mordaça agora.

Ele desfez o nó na nuca dela e arrancou-lhe o toco da boca. Depois, tirou uma faca da cintura, cortou suas tranças e guardou-as sob a camisa.

Marie virou a cabeça para o lado, tanto quanto os braços esticados lhe permitiam.

– Que Deus te condene ao mais profundo dos infernos!

Hunold só riu e deu um passo para trás a fim de abrir caminho para o escrivão, que se colocou ao lado do tronco com ares de importante e, obedecendo a um gesto do juiz, leu a sentença. Nesse meio-tempo, Mombert havia encostado o cunhado – em estado de choque – numa carroça e avançara até a primeira fileira dos espectadores. Ele não sabia bem o que estava procurando ali. Será que ninguém via que ali se cometia uma injustiça incomensurável? Por que não havia ninguém para impedir aquilo? Mas ninguém ouviu sua súplica silenciosa e o milagre que ele tanto esperava não aconteceu.

A multidão à sua volta não sabia o que pensar da situação. Muitos conheciam Marie e confirmavam entre si que a tinham por uma donzela virtuosa. Mas a maioria exprimia a altos brados a convicção de que os demais haviam caído no conto-do-vigário, e essas vozes soavam maliciosas e satisfeitas.

Os mais equilibrados perguntavam-se onde estaria o representante do imperador na cidade, que, junto com o Conselho da Cidade, era responsável pela justiça civil e pela condenação de criminosos em Constança. Outros respondiam que ele havia deixado a cidade há dois dias e não voltaria até o início da semana seguinte.

As discussões acaloradas que se faziam ouvir na multidão silenciaram assim que um dos servos entregou três galhos de aveleira a Hunold. As varas haviam ficado alguns dias na água para tornarem-se mais elásticas. Hunold franziu a testa. Ele teria preferido galhos mais fortes. Honorius von Rottlingen, porém, tinha por princípio não castigar mulheres com varas mais grossas do que seu polegar e, para infelicidade do guarda, o abade tinha dedos delgados.

O carrasco bufou com desdém e jurou para si mesmo que, apesar disso, Marie sentiria cada chibatada até os ossos. Ele escolheu a vara mais forte e cortou o ar diversas vezes com ela, provocando um silvo. Depois, mediu a distância correta das costas da moça e cutucou-a de leve. Com um prazer antecipado, ele viu como os músculos dela se retesaram de medo. Visivelmente satisfeito, Hunold virou-se para o juiz, requerendo autorização para começar. Quando padre Honorius abaixou o polegar, o guarda levantou o braço e começou o castigo.

Marie cerrou os dentes enquanto a vara queimava suas costas. Envolta numa espessa névoa, ouviu o escrivão contar "um". Novamente, a vara estalava em seu corpo. Dessa vez, foi com tamanha violência que ela achou que sua espinha havia cedido àquela força toda. Seu corpo parecia estar em chamas e ela maldizia sua teimosia, que a impedira de optar pelo convento. Não demorou muito e ela não conseguia mais pensar com clareza, pois cada milímetro de seu ser tinha sido inundado pela dor. Nem o sofrimento do purgatório podia ser pior.

Marie não queria dar a Hunold o gostinho de ouvi-la gemer. Mas, na quinta chibatada, sua vontade não tinha mais poder sobre sua carne. Ela tinha a sensação de ter sido tragada por uma onda vermelha. Ao abrir a boca para respirar, ouviu o próprio grito. Primeiro, ela expulsava seu sofrimento a cada chibatada; mas, finalmente, sua garganta emitia apenas um gemido ininterrupto, que não parecia mais humano. Até o vigésimo golpe, Marie acompanhara a contagem do escrivão. A partir de então, seus sentidos não conseguiam discernir nada além da dor.

Hunold se satisfazia vendo aquele corpo de mulher que se contorcia em convulsões enquanto as costas se tingiam de vermelho. Quando ele percebeu que havia chegado à trigésima chibatada, sentiu um repuxão de alívio na virilha que, no segundo seguinte, molhou sua calça. Ele não teria sentido gozo maior se tivesse podido repetir o estupro da noite anterior. Satisfeito, observou o desenho ensangüentado que se talhara fundo até os músculos na pele dilacerada das costas de Marie e se estendia dos ombros até as nádegas.

Sua mão alcançou involuntariamente a pesada bolsa de dinheiro na cintura. Os trinta centavos que receberia pelos açoites não eram nada comparados à soma que havia recebido do magistrado por seus préstimos. Mas o dinheiro jamais se compararia ao prazer que a pequena Schärer lhe havia proporcionado. Satisfeito consigo mesmo e com o mundo, virou-se e informou ao juiz que a pena havia sido consumada.

– A meretriz ainda está viva? – A voz de padre Honorius soou tão alheia como se estivesse perguntando as horas ao sacristão da igreja de Santo Estêvão.

Hunold soltou as cordas que amarravam Marie ao tronco e ficou vendo-a desabar até cair por terra. Por um momento, olhou para ela no chão; depois, esvaziou um balde de água fria previamente preparado para esse fim e deu-lhe um chute nas costelas.

Marie gemeu e levantou a cabeça com dificuldade.

– Você deixou de ser humano, Hunold; você se tornou um demônio!

O guarda deu uma sonora gargalhada.

– Eu também poderia ter matado você, sua vadia! Então, me agradeça por ainda estar viva.

Ele virou o rosto e deixou-a a cargo dos dois servos que a levariam da cidade. Os homens botaram-na de pé. Enquanto um a segurava, o outro soltava as amarras e colocava-lhe a túnica da vergonha, que mal cobria o corpo até a parte superior da coxa e mais parecia um saco do que uma vestimenta. Ela era de um amarelo-canário e tinha a cara retorcida do demônio desenhada na frente e nas costas, representando a luxúria e o despudor. Os homens amarram-na novamente e a viravam, de forma que os espectadores ainda pudessem observá-la uma última vez. Depois, acenaram para o servo que segurava seus cavalos.

– Vamos, sua vadia, agora é hora de dizer adeus à cidade!

Antes que Marie pudesse compreender o que o servo queria dizer com isso, ele passou, em volta das mãos amarradas diante do seu corpo, uma corda, cuja extremidade oposta havia sido presa a um estribo. Sem conceder-lhe mais um olhar, os dois montaram nos cavalos e atiçaram-nos.

Como as pernas de Marie não obedeceram, ela foi jogada ao chão e arrastada pelo calçamento de paralelepípedos. Uma alma caridosa levantou-a e deu-lhe um pequeno empurrão, que a fez cambalear atrás dos cavaleiros. A multidão dividiu-se em duas alas, que ladeavam o caminho, passando pelo grande hospital e pelas casas dos mercadores estrangeiros, em direção à ruela que margeava o rio até o portão do Reno. Dali, eles atravessariam a ponte rumo a Petershausen e, depois, seguiriam por campo aberto.

Marie sentiu-se novamente como se estivesse vivendo um pesadelo. Cada fibra do seu corpo vibrava. Mas, naquele momento, um anjo bondoso parecia ter-lhe tirado as dores. Manchas multicoloridas dançavam diante de seus olhos, misericordiosamente escondendo os rostos das pessoas à sua volta. Em contrapartida, outras coisas vinham-lhe à mente com clareza impiedosa, como o galo dourado na torre da catedral, que parecia despedir-se dela com um cacarejo sarcástico por cima dos telhados.

VIII

Matthis Schärer e Mombert Flühi acompanharam o cortejo que seguia os servos. O pai de Marie havia envelhecido décadas desde o momento em que ela havia sido presa. Apesar disso, parecia ter encontrado novas forças de repente, abrindo caminho entre a multidão com tamanha energia que o cunhado mal conseguia acompanhá-lo. Seu espírito, entretanto, ainda parecia estar vagando nas trevas, pois ele ficava balbuciando palavras incompreensíveis enquanto estendia os braços na direção da filha, embora não a tocasse nem a ajudasse quando ela tropeçava e caía. Mombert também não conseguia tirar os olhos da sobrinha, cujo sangue tingia a túnica amarela de vermelho.

Ele pensou em Edviges, sua própria filha, que acabara de completar 12 anos havia pouco, e imaginou-a no lugar de Marie. Ele não teria se dado por vencido tão rapidamente quanto o cunhado. Além disso, mais do que nunca, estava convencido da inocência da sobrinha.

No momento em que os servos conduziram os cavalos através do portão pelo qual se deixava o subúrbio de Petershausen em direção oeste, Marie viu Michel, que abria caminho na multidão para ficar ao seu lado. Por um breve momento, eles se entreolharam. O rosto do rapaz estava marcado pelo horror e pela impotência. Mas ela também via pena e desejo de ajudá-la. Quando ela tropeçou numa pedra saliente e caiu, ele correu para socorrê-la. Nesse momento, no entanto, apareceu Guntram Adler, que o pegou pela nuca e o arrastou de volta para a cidade aos palavrões.

Sob os comentários irônicos de alguns dos presentes, Marie conseguiu erguer-se sem a ajuda de ninguém e continuou cambaleando. Naquela hora, notara que existia pelo menos uma pessoa que acreditava em sua inocência, e isso lhe deu novas forças. Na noite anterior, ela tinha tomado suas palavras por intriga invejosa de um rapaz enciumado. Mas agora ela se conscientizava de que havia sido injusta para com ele. Michel a amava e tentara protegê-la daquele destino. E ela jamais poderia agradecer a ele por isso.

Marie espantou a tristeza, pois seria melhor para ambos se nunca mais se reencontrassem. Após sua condenação como prostituta, um homem como o taberneiro Adler não permitiria sequer que ela servisse bebidas aos seus clientes, que dirá deixá-la aproximar-se do filho.

A partir daquele momento, encontrava-se desprotegida, era uma apátrida e não tinha qualquer direito; estava à mercê da arbitrariedade de quem quer que a encontrasse. Os únicos que podiam ajudá-la eram seu pai e seu tio Mombert. Esperava que os dois a seguissem e levassem a algum lugar onde ela pudesse se esconder do mundo e cuidar das feridas que cobriam seu corpo e sua alma. Marie se agarrava a esse pensamento enquanto os pés seguiam, por conta própria, os cavalos dos servos.

Após Petershausen, até os curiosos mais persistentes perderam o interesse. Quando os últimos deram meia-volta, seu pai e seu tio também pararam. Marie viu Mombert sussurrar algo no ouvido do pai, como se quisesse consolá-lo. Schärer, no entanto, gesticulou vigorosamente, virou-se de supetão e cambaleou de volta para a cidade, sem olhar uma última vez para Marie. Mombert abriu, impotente, os braços, alternando o olhar entre Marie e o cunhado, como se não conseguisse decidir para quem olhar. Quando ele viu Matthis tropeçar, correu em sua direção para ampará-lo.

Marie, estupefata, fitou-os enquanto se afastavam. Seu pai a abandonara! Aquilo era a última coisa que ela teria podido imaginar. Sem a ajuda dos familiares, sem uma moeda no bolso nem um lugar para se abrigar, ela dificilmente sobreviveria nos dias que se seguiriam. Cravou os olhos nas costas dos dois cavaleiros e perguntou-se se eles realmente a largariam em qualquer lugar à beira da estrada. Os dois homens não se viraram uma vez sequer. Eles conversavam, animadamente, como se estivessem fazendo um agradável passeio a cavalo. Marie se conscientizava de que deveria se dar por feliz com o pouco-caso dos dois. Se Hunold tivesse recebido a incumbência de levá-la, ele a teria torturado de todas as formas possíveis, até ela acabar morta na imundície da estrada.

Mas isso não lhe servia de consolo. O choque de ver os familiares abandonarem-na ao seu destino reabriu as comportas para suas dores e sua desgraça, que uma mão misericordiosa havia mantido temporariamente fechadas. O sol queimava sem dó e sua língua grudava no céu da boca do mesmo modo que a túnica na sua pele dilacerada. As pedras pontiagudas cortavam seus pés e seu coração se contraía a cada batida. O mundo à sua volta estava cinzento e ela mal conseguia ver onde pisava. "Será que era a morte se anunciando?", perguntou-se Marie. "Ela viria resgatá-la?"

Por um tempo, suplicou em silêncio a todos os santos de que se lembrava, pedindo que fizessem um milagre acontecer e enviassem ajuda. Mas, como na noite anterior, suas preces não foram ouvidas, e as dores aprofundavam-se na alma a cada passo que dava, expulsando a esperança e a fé que ainda lhe restavam. Ela sentia o espírito se esvaindo e seu único desejo era que seu coração silenciasse para sempre em breve.

Marie não podia saber que os servos tinham interesse em poupá-la e, por isso, mantinham curtas as rédeas dos animais. Se a mulher morresse enquanto estivesse sob a responsabilidade deles, ela não poderia ser simplesmente abandonada. Nesse caso, os servos seriam obrigados a levar o corpo para o cemitério de indigentes mais próximo e enterrá-lo com as próprias mãos, ou então, cavar uma cova rasa nas entranhas de alguma floresta e cobrir o corpo com terra e pedras para que animais selvagens não pudessem desenterrá-lo. E esse era um trabalho de que eles queriam se poupar. Além disso, não havia ninguém que os apressasse. Durante o percurso, eles já ansiavam pelo vinho servido em Wollmatingen. Quando, finalmente, chegaram à taberna local, a satisfação deles era grande.

Amarraram Marie junto aos cavalos e deram-lhe o resto da água com a qual haviam saciado a sede dos animais. Depois, entraram na taberna e se acomodaram, bebendo vinho e se deliciando com uma farta refeição, até o sol baixar a oeste. Quando continuaram viagem, já era fim de tarde e começava a refrescar.

Marie era jovem e forte, e a longa pausa havia lhe proporcionado um bom descanso. Os batimentos do seu coração tinham se acalmado e o véu cinza na frente dos olhos havia se dissipado, de forma que ela podia assimilar novamente o mundo à sua volta. Não sabia se devia estar feliz ou decepcionada, já que o cavaleiro da morte a havia rejeitado de novo. Como uma ovelha que é levada à feira, ela marchava, de cabeça baixa, atrás dos guardas, enquanto sua alma flutuava em um mar de desespero.

Os dois servos do tribunal passaram a noite, confortavelmente, sobre sacos de palha em um albergue, em Allensbach, enquanto Marie teve que se contentar com o chão frio de um galpão. Mais uma vez, deram-lhe apenas a água da tina dos cavalos para beber, e nada para comer. Apenas no dia seguinte, um dos servos pediu uma caneca do vinho mais barato e um pedaço de pão ao taberneiro e empurrou-os para as mãos amarradas de Marie.

– Coma e beba! – ordenou ele. – Você ainda tem um árduo caminho pela frente. Mas, logo mais à tarde, você se verá livre da gente e poderá ir aonde quiser, desde que não seja na direção de Constança.

Marie agarrou a caneca com as duas mãos e bebeu com tamanha avidez que derramou parte do conteúdo. O líquido parecia ácido descendo pela garganta e queimava no estômago. Mesmo assim, bebeu até a última gota. Ela queria pedir uma segunda caneca, mas o homem virou-se com a cara de que tinha se arrependido da comiseração que sentira.

– Trate de ficar de pé, sua vadia! Não queremos perder o dia aqui!

Ele a amarrou novamente ao seu estribo e saiu trotando, sem se preocupar se ela já estava pronta ou não. O puxão arrancou o último pedaço de pão da mão de Marie. Lamentando-se baixinho, ela se levantou com muito esforço e cambaleou atrás dos dois.

Na parada seguinte, já se via a catedral de Radolfzell ao longe. Um dos homens desmontou, desamarrou as mãos de Marie e empurrou-a na estrada.

– Você tem que ir naquela direção! E nem pense em aparecer em Constança, senão o excelentíssimo senhor juiz não será mais tão benevolente.

– Benevolente? – Marie se engasgou com o próprio ódio e respirou com dificuldade. Ela tinha sido caluniada, estuprada, açoitada e escorraçada de sua casa, e esses homens ainda chamavam isso de benevolência? Ela queria gritar a verdade na cara deles, mas, antes de sua voz obedecer, os cavaleiros já haviam montado seus cavalos e galopavam na direção contrária. A Marie só restavam o caminho empoeirado e o sol, que, naquele belo dia de julho, queimava no céu.

Após poucos passos, ela alcançou um carvalho secular, cuja copa estava emaranhada de tempestades passadas, e que dava sombra ao cruzamento onde o caminho se bifurcava na direção de Singen e Radolfzell. Durante algum tempo, Marie ficou ali, na dúvida entre os dois caminhos. Finalmente, decidiu-se pela estrada para Singen, que desfrutava da sombra de velhas árvores.

IX

Após ter ido ver Marie sob o pretexto de entregar o barril de cerveja, Michel não conseguira dormir a noite toda, assombrado por premonições malévolas. Para voltar a si, saiu de casa ainda antes do amanhecer e foi à missa matinal designada aos servos. Lá, encontrou-se com Elsa, que, com uma expressão atemorizada no rosto, sussurrou-lhe que Marie havia sido acusada de prostituição e presa durante a noite. Primeiro, ele ficara estupefato e se questionara se havia julgado mal a amiga de infância. Após refletir um pouco, no entanto, concluiu que ela devia ter sido caluniada.

Portanto, os temores, ainda não de todo maturados, que o haviam atormentado desde que soubera do casamento de Marie com Ruppertus Splendidus confirmaram-se rapidamente. Para ele, estava claro que esse noivado levaria Marie à desgraça, mas jamais poderia ter imaginado que seria com um desfecho tão medonho. Talvez tivesse sido melhor se ele tivesse contado a ela como seu noivo havia ganhado um processo contra uma honrada família da nobreza, a fim de usurpar suas terras em nome do pai, e com que métodos cruéis ele tinha levado os perdedores à ruína. Mesmo se apenas metade do que se dizia sobre aquele Ruppertus fosse verdade, tratava-se de um homem sem honra, dignidade nem sentimentos e que desconhecia a palavra misericórdia.

Michel levou aquelas acusações a sério e não as considerou simples conversa de bêbado, pois um dos dois homens que comentavam o caso, em um canto escuro, tinha sido servo daquela família e acabara ficando sem seu senhor, tendo, por fim, que se juntar a mal reputados mercenários. O homem não tinha papas na língua e falou de fraude, calúnia, falsificação de certidões, crimes sobre os quais recaíam pesadas penas. As acusações eram tão veementes que a pessoa à sua frente aconselhou-o a calar a boca se quisesse continuar vivo. Uma vez que Michel já havia ouvido outros comentários parecidos sobre Ruppertus Splendidus, ficara preocupadíssimo com Marie e, naquele instante, culpava-se por não havê-la alertado de forma mais convincente.

Até perto do meio-dia, ele ainda achava que a inocência de Marie seria comprovada em breve. Mas, quando estava limpando as mesas e cadeiras na frente da taberna, alguém gritou-lhe que haviam condenado Marie Schärer por prostituição e que a estavam amarrando ao tronco, naquele momento, para açoitá-la. Michel deixou cair o pano e correu atrás dos homens. Visto que muitos dos que estavam fazendo compras na feira tinham chamado amigos e vizinhos, a multidão já se comprimia para não perder o espetáculo, e Michel teve que se contentar com um local na periferia da praça. De lá, não dava para ver o tronco da vergonha, mas ele conseguia ouvir as chibatadas e se encolhia internamente a cada grito de dor de Marie, como se fosse ele a ser atingido pela vara.

Ele só conseguiu vê-la quando os servos do tribunal a estavam arrastando atrás deles, vestida naquela túnica da vergonha. Ensangüentada, com os cabelos curtos, que mais pareciam formar uma auréola ao redor de sua cabeça, e com o rosto marcado pelo sofrimento, Marie lhe pareceu a imagem viva de uma mártir. Aquela moça era pura e inocente como um anjo, disso ele estava mais convencido do que nunca. Quando olhou para os cavaleiros que a levavam da cidade, ficou arrepiado. Os homens abandonariam a sua Marie, desamparada, em algum lugar da estrada.

Embora soubesse que, há muito, já não havia mais ursos nem lobos nas redondezas das cidades e nos vilarejos às margens ao norte do lago de Constança, Michel estava convencido de que essas feras acabariam farejando e dilacerando Marie. Ele tinha que impedir isso. Naquele momento, decidiu que protegeria a amiga contra todos os perigos do mundo. Sem pensar que só dispunha das roupas do corpo e das mãos vazias para ganhar seu sustento, deixou-se arrastar até Petershausen no meio da multidão de curiosos, para sair da cidade sem ser visto.

Justamente quando quis atravessar o portão para levantar Marie, que havia caído e sido arrastada alguns passos, seu pai descobriu-o e pegou-o pelo pescoço, como se fosse um cachorrinho. Guntram Adler empurrou-o de volta para a cidade e só o soltou quando entraram na ruela onde se encontrava a taberna. Lá, jogou-o contra a parede de uma casa e cresceu à sua frente.

– O senhor meu filho abandona seus afazeres para seguir uma vadia seminua enquanto seus irmãos têm que fazer todo o trabalho. Trate de voltar imediatamente para casa, seu preguiçoso, senão vai se ver comigo! Em um dia como o de hoje, as pessoas têm sede. Já limpou as mesas e colocou o barril de cerveja no cavalete, como mandei?

Como Michel não respondeu de imediato, o pai levantou o braço e deu-lhe uma bofetada que jogou sua cabeça contra a parede.

– Seu negligente imprestável! Você não vale nada e só me custa os olhos da cara! Anda! Vai trabalhar! Senão vai apanhar ainda mais!

Michel não se atreveu a se rebelar abertamente contra o pai. Isso só lhe traria mais uma surra e algumas noites em um canto do porão, a pão duro e água. Se quisesse salvar Marie, não poderia oferecer nenhuma resistência agora; teria que esperar até que o pai e os irmãos estivessem suficientemente ocupados servindo os fregueses.

Ele não estava presente quando estabeleceram a sentença, só ouvira os comentários dos que estavam por perto. Por isso, não sabia até onde os servos iam levar Marie. Como tinham montaria, certamente iriam para além da circunscrição jurídica de Constança, o que significava mais de um dia de viagem. Se não quisesse perder o rastro, deveria segui-la antes do escurecer. Assim sendo, ficou esperando, impacientemente, uma oportunidade para deixar a casa sem ser visto.

Guntram Adler não tolerava o ócio, muito menos em seus filhos. Naquele dia, cada um deles teria que trabalhar por dois, pois os fregueses se apinhavam na taberna e, do lado de fora, as mesas também estavam lotadas, de forma que muitos tinham que tomar sua cerveja em pé. Bruno, o mais velho, encontrava-se atrás do balcão. Assim que Michel foi empurrado para dentro da taberna pelo pai, Bruno ordenou-lhe que fosse buscar mais barris de cerveja no porão.

Quando Michel completou a incumbência, foi para a cozinha, onde teve que substituir a serva que, até então, tinha virado o assado no espeto e, naquele instante, era chamada para o fogão. Mal deixou o braseiro, serviu os fregueses e foi buscar mais barris. Sempre que queria descansar, Bruno ou o pai davam-lhe uma nova tarefa. Para sua irritação, não havia nenhuma tarefa que o levasse para longe dos familiares e permitisse sua fuga. No finzinho da tarde, Bruno deu-lhe uma pausa. Ele parecia satisfeito com o desempenho do irmão, já que lhe ofereceu escondido uma caneca de cerveja.

– Beba! Para refrescar e renovar as forças!

– Obrigado. – Michel deu uma olhada em volta para ver se não estava no campo de visão do pai e bebeu a cerveja de um gole só.

Guntram Adler achava que o vinho e a cerveja só estavam ali para ser consumidos por ele próprio e pelos fregueses. Seus filhos tinham que se contentar com água do poço. Somente Bruno, por ser o mais velho, podia tomar uma caneca pequena de vez em quando, e só mediante autorização.

Agora que Michel havia descansado, o rosto sofrido de Marie estampou-se imediatamente diante de seus olhos. Ele cerrou os punhos e lamentou não ter conseguido planejar nada devido ao excesso de trabalho. Ele se condenava pela própria covardia, pensando que teria sido melhor fugir em vez de obedecer ao pai.

Enquanto quebrava um pedaço de pão e cortava uma fatia da carne do leitão que estava assando sobre a brasa, não parava de pensar na moça que amava com cada fibra de seu ser. Precisava ajudá-la, nem que lhe custasse o pouco que tinha, ou seja, sua cidade natal. Com cuidado olhou ao redor e pensou na melhor maneira de sair de casa sem ser notado. Se o pai sentisse sua falta, mandaria Bruno ou os dois irmãos mais novos procurá-lo. Portanto, precisaria de uma boa dianteira.

Quando viu os irmãos subirem do porão com os cabelos encharcados de suor, perguntou-se se alguém realmente daria por falta dele e o seguiria. Afinal, ele tinha sete irmãos e duas irmãs e alguns ainda não haviam saído de casa. O pai já havia enviado Küni, o segundo mais velho, como servo para a taberna dos Stern, em Meersburg, na esperança de que ele conseguisse conquistar a única filha e herdeira de seu mestre. Rasso, o terceiro, trabalhava como servo com os frades devotos de Reichenau e, provavelmente, acabaria seguindo a vida monástica. O caçula, Wolfhard, morava em Kreuzlingen havia tempos, com um primo que não tinha filhos próprios e cuidava de sua educação. Ele acabaria herdando o imponente albergue "O Cisne". Assim sendo, além de Michel, ainda sobravam três irmãos na casa. Como só um poderia herdar a taberna, os mais novos que não tivessem encontrado uma opção melhor teriam que trabalhar como servos para o primogênito, sem chance de formar uma família. Michel gostava muito de seu irmão mais velho, embora já previsse que, uma vez tendo herdado a taberna, Bruno o trataria da mesma forma que o pai.

Uma voz de trovão interrompeu seus pensamentos. Guntram Adler estava acima dele, com o braço levantado.

– Já está vadiando de novo? Anda logo, vai trabalhar! Tem gente na frente da taberna que está esperando para ser servida.

O rapaz se encolheu à espera de uma bofetada, mas o pai havia se virado para responder à pergunta de um vizinho. Michel pegou a meia dúzia de canecas que Bruno empurrara em sua mão e correu para fora. No pequeno gramado em frente à taberna, havia uma aglomeração de jovens que não tinha encontrado lugar do lado de dentro. A maioria deles trabalhava nas ruelas vizinhas como ajudante. Mas também juntaram-se ao grupo filhos de artesãos e mestres de guildas, que, como de costume, eram os donos da palavra. O assunto da noite era, naturalmente, Marie. Os jovens falavam detalhadamente sobre suas qualidades físicas, que ficaram tão expostas na praça da cidade.

– Eu estava tão perto do tronco que podia ver os bicos dos seios dela balançarem a cada chibatada – afirmou Benedikt Munk, filho do ourives, com brilho nos olhos.

Um jovem ajudante olhou para ele com inveja.

– Se eu tivesse sabido que pedaço de mau caminho era a filha do Schärer, também teria me enfiado embaixo da saia dela. Eu não teria sido pior que Linhard, pode ter certeza.

O filho do ourives riu na cara dele.

– Imagine! Marie não teria deixado um esfomeado como você nem cheirar as coxas dela. Você não ouviu que ela só se entregava em troca de dinheiro e de jóias?

– E você acha que teria tido alguma chance com ela?

Benedikt fez um movimento entediado com a mão.

– Achar? Imagine! Eu até já me deitei com ela algumas vezes. E que transas!

Michel foi tomado de uma raiva feroz contra aquele sujeitinho. Ele colocou as canecas com tamanha força na mesa que o conteúdo transbordou, e pegou o jovem ourives pelo colarinho.

– Seu mentiroso! Marie não teria nem olhado para um verme como você!

Benedikt olhou para ele, surpreso.

– Que é isso? Me solta! Afinal, o que é que você tem a ver com isso, se eu me deitei ou não com a Marie?

– Uns bons tabefes é o que você merece por suas mentiras. E daqueles que façam suas orelhas zumbirem por dias a fio.

Michel não deixou só na intenção e varreu Benedikt do banco com duas tremendas bofetadas. O rapaz levantou-se, irado, e enfrentou Michel. Ele era dois anos mais velho e bem mais corpulento. Até aquele dia, sempre havia ganhado qualquer briga entre os dois. Mas, dessa vez, nem sua força nem seus truques ajudaram-no. Michel estava prestes a dar a maior surra de sua vida, quando seu pai interveio e separou os dois galos de briga.

– Vamos parando por aqui! Nada de brigas na minha taberna!

Benedikt enfiou sua camisa rasgada na calça e jogou a cabeça para cima.

– Seu filho começou a briga sem nenhum motivo.

Guntram Adler não deu ao filho nem a chance de se justificar e esbofeteou-o com toda a força.

– Vou ensinar você a não arrumar briga com os fregueses e ainda mais com o filho do digníssimo ourives Munk.

Ele levantou o braço novamente, mas, dessa vez, Michel estava preparado e conseguiu se esquivar. O taberneiro olhou para o filho, explodindo de raiva, colocou a mão no ombro de Benedikt e sorriu-lhe benevolente.

– Vá sentar-se lá dentro, meu filho. Bruno providenciará um banco para você e encherá uma caneca das grandes. E você, Michel, não apareça mais na minha frente, entendeu?

Sem conceder ao próprio filho mais um olhar sequer, acompanhou o filho do ourives para dentro da casa. Os demais rapazes seguiram-no na esperança de também conseguir um lugar no salão para continuarem a conversa.

Michel acompanhou-os com o olhar e se sacudiu, como um cachorro que caiu na água. O ódio que sentia pelo ourives mentiroso cedeu lugar à ira contra o pai. "Não é para eu aparecer mais na frente dele?", pensou o rapaz. "Então, está bem, vou fazer-lhe esse favor." Decidido, deu a volta na casa até a porta dos fundos e subiu a escada estreita até o sótão, que ele dividia com os dois irmãos mais novos. No quarto, havia três sacos de palha, sobre os quais estavam estendidos cobertores desgastados, e vários ganchos de madeira, onde eles penduravam as poucas vestimentas que possuíam. Antes, ainda havia um baú encostado na parede, mas o pai dera-o ao segundo filho quando este partira para Meersburg.

Michel enrolou sua roupa reserva em um cobertor e amassou-o. Depois, abriu o saco de dormir e apalpou a palha à procura de um pacotinho embrulhado em um retalho de linho que havia escondido ali. Ele continha toda a sua fortuna, ou seja, as moedas que fregueses satisfeitos lhe haviam dado como gratificação sem que seu pai nem os irmãos percebessem. Na verdade, ele deveria ter dado todo o dinheiro ao pai, pois apenas Bruno tinha autorização de ficar com as gorjetas. Michel escondeu o pacote sob a camisa, jogou a trouxa sobre os ombros e deixou, silenciosamente, o quarto.

Na escada, parou diversas vezes para ficar escutando. Ele ouviu o vozeirão do pai, que parecia estar explodindo a taberna. Quando falava com os fregueses, sua voz era sempre jovial e solícita, enquanto que, com os filhos, só falava aos gritos. Um mestre desconhecido não poderia ter sido mais rigoroso do que o próprio pai. Michel não tinha sido mais que um servo sem remuneração na casa do pai e bem sabia que não havia nenhuma esperança de uma vida melhor em outro lugar. Mas, como as coisas estavam, preferia ganhar alguns trocados trabalhando para um fazendeiro. Antes de mais nada, no entanto, tinha que encontrar Marie.

O destino parecia estar a seu favor, pois, quando Michel se esgueirou pela entrada lateral e, depois, pela passagem estreita entre a taberna e a casa vizinha, não encontrou ninguém até chegar à segunda ruela seguinte. Mesmo assim, só teve coragem de respirar novamente após haver deixado para trás os guardas entediados do portão às margens do Reno e atravessado a ponte para Petershausen. Dentro de pouco mais de uma hora anoiteceria, mas, como o céu limpo prometia noite de luar, ele decidiu seguir Marie até onde fosse possível. Como seu pai e seus irmãos só começariam a procurá-lo a partir da manhã seguinte, ele queria estar longe o suficiente para fazê-los desistir da busca.

Michel afastou os pensamentos sobre a família e a casa dos pais e passou a pensar sobre o que precisaria fazer quando encontrasse Marie. Ela estava muito machucada e, com certeza, morta de fome e sede. Naquele momento, arrependeu-se de não ter tido coragem de levar um filão de pão e um pedaço de salsicha ou de presunto da cozinha. Ele teria que comprar mantimentos em Wollmatingen ou Hegne e, para tal, sacrificar suas primeiras moedas. Quando olhou para a lua, que aparecia por sobre a copa das árvores, lembrou-se de que o tempo não pára e acelerou o passo. Continuou a andar até as pernas pesarem como chumbo e o estômago começar a roncar de tal forma que não podia mais ignorá-lo.

Ao raiar do dia, estava tão esgotado que se afastou da estrada e se escondeu embaixo dos arbustos para tirar uma soneca. Mas, mal tinha fechado os olhos, foi acometido de pesadelos, nos quais via Marie morta à sua frente, abatida por seu próprio pai, enquanto um guarda o amarrava ao tronco e o açoitava até ele acabar no purgatório. Acordou gritando e decidiu, apesar do cansaço, continuar andando. Parou numa taberna e comprou, por alguns trocados, uma caneca de vinho e um pedaço de assado frio. Só ficou o tempo necessário para engolir a refeição, pois o temor por Marie não o deixava. Ele queria alcançá-la o mais rapidamente possível.

Durante o dia, cruzou com carroceiros e viajantes a caminho de Constança. Michel nem tinha coragem de cumprimentar os passantes, muito menos perguntar se tinham visto Marie. Bastaria um daqueles homens ir à taberna de seu pai e contar que havia cruzado com ele para seus parentes saberem onde procurá-lo.

A noite já estava próxima quando viu dois cavaleiros se aproximando. Ele reconheceu os dois servos do tribunal que haviam levado Marie e aproximou-se deles. Como eles não quisessem parar, ele segurou a rédea de um dos cavalos.

Os dois homens já haviam esvaziado inúmeras canecas de cerveja na taberna de seu pai e cumprimentaram-no surpresos.

– Olá, Michel! Para onde você está indo a esta hora?

– Boa noite, Burkhard! Boa noite, Hannes! Conseguiram se livrar da Marie?

– Claro, Michel! Tão cedo ela não volta para Constança!

O homem que Michel havia chamado de Burkhard riu como se tivesse sido uma boa piada. Mas, em seguida, fechou a cara e olhou para o rapaz.

– Por que está perguntando? Não me diga que está indo atrás daquela putinha?

Michel ficou tão sem jeito com aquela pergunta que os dois servos começaram a rir.

– Será que aquela mulherzinha atiçou sua imaginação, Michel? Quer um conselho? Esqueça-a. Você vai acabar se metendo em encrenca e ela não vale isso.

Michel balançou teimosamente a cabeça.

– Mesmo assim, vocês poderiam me dizer em que direção ela foi.

Burkhard hesitou, mas seu companheiro não se fez de rogado.

– Nós a deixamos no cruzamento da estrada para Radolfzell. De lá, ela foi para o sul. Deve estar planejando ir ao Reno. Uma nova prostituta é sempre bem-vinda entre marinheiros e carroceiros. Agora, vai com Deus, Michel! Queremos chegar a Allensbach antes do anoitecer ainda.

Dito isto, ele esporeou o cavalo e seguiu viagem. Burkhard seguiu-o, balançando a cabeça.

– Por que você mentiu para ele? Você também viu que ela pegou a estrada para Singen.

Seu colega deu de ombros.

– Você quer que uma vadia faça o Michel de bobo? Eu não. Deixe-o ir para Radolfzell e seguir em direção ao Reno. Isso lhe dará tempo para esquecê-la. Além disso, os marinheiros o conhecem e o levarão de volta para Constança. Não dou nem três dias para o garoto estar de volta em casa. Seu pai vai nos agradecer e ainda ganharemos umas canecas de cerveja de graça.

– Eu não teria nada contra um gole de cerveja na taberna do Guntram Adler. Ele faz a melhor cerveja de Constança.

Burkhard decidiu fazer uma visita ao pai de Michel logo que chegasse, no dia seguinte.

Enquanto isso, Michel continuou sua caminhada com novas esperanças. Pouco antes do pôr do sol, chegou ao cruzamento para Radolfzell e tomou a estrada em direção sul. Menos de meia hora separavam-no de Marie. Quando ele chegou a Stein, na noite seguinte, após cruzar o monte Schien numa marcha fatigante, e perguntou se alguém a tinha visto, as pessoas só balançavam a cabeça.

Burkhard e Hannes se enganaram em um ponto. Michel não voltou mais para casa. Além disso, ninguém estava à sua procura. Seu pai ainda falou mal, algumas vezes, do rapaz ingrato, mas acabou dando de ombros e procurou esquecê-lo. Ele ainda tinha muitos outros filhos e não precisava ficar chorando a perda daquele. Seus fregueses, no entanto, ainda perguntavam com freqüência sobre o rapaz, e lembraram Guntram, assim, por muito tempo ainda, daquele dia em que Marie Schärer fora exilada e Michel Adler a seguira.

X

Enquanto Michel ainda girava o espeto com o assado sobre o fogo na taberna do pai, Matthis Schärer tomava uma decisão. Sua cabeça, que, desde o momento em que aquela desgraça recaíra sobre ele não conseguira mais pensar com clareza, estava funcionando com perfeição de novo. Podiam ter condenado, açoitado e escorraçado Marie da cidade; mesmo assim, ela continuava sendo sua filha. Ele não permitiria que sofresse ainda mais. Mas não fazia sentido correr atrás dela e, depois, ficar jogado na estrada como um mendigo, aguardando a misericórdia de alguma alma caridosa. Não! Ele tinha que voltar para casa, atrelar os cavalos, carregar a carroça com bagagem suficiente e, com uma bolsa cheia de dinheiro, sair em seu socorro.

Ele a levaria para algum lugar onde ela pudesse viver em paz e esquecer as atrocidades que lhe haviam feito. Infelizmente, não poderia deixá-la na bela propriedade que adquirira em Meersburg, pois lá a autoridade do bispo Otto von Hachberg era ainda mais ilimitada do que em Constança, que, como cidade livre do império, gozava de certa autonomia. Mas ele tinha negociantes amigos em Laufenburg que, certamente, ajudariam na compra de uma casa.

Reanimado por esses pensamentos, mestre Matthis livrou-se das mãos do cunhado e correu, com a energia de um rapazola, de volta para casa.

– Embrulhe algumas peças de roupa para Marie e diga a Holdwin para atrelar o cavalo malhado à carroça e selar outro – gritou para Wina, que o recebeu à porta, lívida e horrorizada. Ele já tinha subido meio lance de escadas quando percebeu que a governanta continuava petrificada no corredor.

– O que é que deu em você?

– O magistrado! Ele está lá em cima! – A voz de Wina soava tão baixo como se tivesse medo de que Ruppert a ouvisse.

O rosto de Matthis Schärer ficou roxo. O ódio pelo homem que acreditara naqueles caluniadores da sua filha, destruindo a vida dela, fez o sangue subir-lhe à cabeça de tal forma que o mundo girou ao seu redor. Ele começou a respirar com dificuldade, abaixou a cabeça, marchou escada acima e escancarou a porta de seu escritório. Mas não havia ninguém ali. Quando se virou, viu Linhard sair da sala, dar uma espiada no corredor e voltar rapidamente. Matthis correu naquela direção e invadiu o recinto em que, menos de 24 horas antes, havia comemorado o contrato de casamento com Ruppert e seus convidados. Ali, encontrou o magistrado e o carroceiro Utz Käffli sentados à sua mesa, bebendo do seu vinho, das suas taças de prata. Linhard, a personificação da consciência pesada, escondeu-se atrás do carroceiro, como se procurasse proteção.

Ruppert estava jogado na cadeira preferida de Matthis, com as pernas negligentemente esticadas à sua frente, e recebeu o pai de Marie com um sorriso sardônico no rosto.

Matthis Schärer sacudiu os punhos cerrados.

– O que está fazendo na minha casa? Não admito um desonrado como o senhor sob o meu teto! Fora, e já! Desapareça e leve essa gentalha junto!

O magistrado pegou um pedaço de pergaminho da mesa e jogou-o na direção de mestre Schärer, como se nada tivesse acontecido.

– Em sua casa? Visto que eu, por meio do casamento com a sua filha, receberia generoso dote e, posteriormente, sua herança, foi-me adjudicado, pelo tribunal episcopal de Constança, o montante de todos os seus bens, como compensação pela humilhação provocada por sua filha e pelo senhor e, claro, pela perda da herança futura. Modere, portanto, seu tom de voz, porque agora o senhor é meu convidado.

Enquanto Ruppert se comportava com extrema serenidade, como se estivesse falando do tempo, Utz cuspia veneno contra Matthis.

– Agora você chegou aonde sua filha já se encontra, Matthis Schärer, na sarjeta!

Naquele exato momento, mestre Matthis compreendeu toda a amplitude da conspiração, da qual ele e Marie haviam sido vítimas. Apenas agora, tarde demais, ficou claro que Marie jamais tivera uma relação desonrosa com Linhard, com Utz ou com quem quer que fosse.

A desgraça abateu-se sobre ele como uma onda incendiária e pareceu cortar-lhe a respiração e queimar-lhe a cabeça. Sua filha tinha sido injustamente encarcerada e brutalmente estuprada para poderem apresentá-la diante do tribunal como prostituta. Matthis lembrou-se dos gritos de dor enquanto ela era açoitada e quase se sufocou no ódio que sentia pelo homem que provocara tudo aquilo e que, agora, com um sorriso de superioridade, esfregava-lhe um pedaço de papel na cara com o qual lhe usurpava todos os bens. Pelo visto, o magistrado Ruppertus Splendidus havia planejado tudo com tal perfeição diabólica que ele, Matthis Schärer, não tinha nem condições de estender sequer um pedaço de pão para a sua única filha, que dirá oferecer-lhe um futuro.

– Finalmente compreendi. Desde o início, o que você queria era a minha desgraça. Por sua causa, a minha filha foi expulsa da cidade, sem poder voltar, e, quem sabe, já esteja até morta.

Ruppert riu.

– A culpa foi sua, meu caro! Você voou sobre o meu pedido como uma abelha sobre o mel e ficou se gabando por toda a cidade do genro maravilhoso que tinha conseguido. Você realmente achou que eu ia me rebaixar a ponto de casar-me com a filha de um ridículo novo-rico?

Ele não conseguiu continuar. Matthis havia se jogado para cima dele, colocado as mãos em volta do seu pescoço, e estava prestes a estrangulá-lo. O magistrado não tinha nenhuma chance contra a ira desenfreada daquele homem corpulento. O rosto de Ruppert já estava começando a ficar roxo quando Utz correu em seu socorro. O carroceiro deu um soco com ambos os punhos no rosto do comerciante, sem, no entanto, conseguir refreá-lo. Finalmente, pegou a mão direita de Matthis e arrancou-a do pescoço de Ruppertus com um puxão violento.

Matthis Schärer quis empurrar o carroceiro para o lado, mas um anel incandescente envolveu sua cabeça.

Utz aproveitou a oportunidade e deu-lhe vários socos com toda a força. Mestre Matthis fitou-o com os olhos injetados de sangue e tentou dizer algo, mas sua voz não o obedecia mais. De repente, caiu como um saco de milho e ficou estirado, sem vida.

Utz chutou-o várias vezes.

– Graças a Deus! Esse se foi!

Enquanto Linhard, apavorado e de boca aberta, olhava para o mestre, Ruppert massageava o pescoço e cuspia veneno para Utz.

– Quase que ele me mata. Você não poderia ter sido um pouco mais rápido, seu idiota?

– Mais rápido, impossível! – respondeu o carroceiro, dando de ombros, e com o bico da bota chutou Matthis novamente. – O que vamos fazer com ele?

O magistrado Ruppertus olhou enojado para o homem agonizante e apontou para a porta.

– Jogue o sujeito na rua!

Enquanto o carroceiro se curvava para levantar Schärer, Linhard balançava a cabeça, hesitante.

– Não sei se é uma boa idéia, senhor magistrado. Se os vizinhos o acharem assim, na rua, e souberem que a casa agora pertence ao senhor, o falatório tomará conta da cidade e isso não seria nada bom para a sua reputação. Não se esqueça de que ele ainda tem parentes aqui que poderiam processá-lo. Com certeza, o senhor não se esqueceu de Mombert Flühi.

O magistrado concordou.

– Você tem razão, Linhard! Levem-no para um galpão. Uma serva pode verificar, mais tarde, se ele ainda está vivo. – Mas logo se corrigiu. – Não! Nada de serva! Utz, você vai se incomodar com ele enquanto for necessário e tome cuidado para ele não escapar! Ninguém pode descobrir o que aconteceu com Matthis Schärer. Se alguém perguntar, digam que ele deixou a cidade para procurar a filha.

Matthis Schärer ainda viveu três dias. Depois, aquele que fora um dos homens mais ricos de Constança foi enterrado em uma cova no cemitério de indigentes.

SEGUNDA PARTE

A Desterrada

I

Marie sentia que ia morrer.

As dores nas costas e no baixo ventre haviam se irradiado até a ponta de cada pêlo que cobria seu corpo e tornavam cada movimento um suplício. Seu corpo se incendiava de dentro para fora e, se pudesse, ela teria se arrastado até embaixo de um arbusto, no frescor de uma sombra, para aguardar ali o seu fim; mas o medo a impelia a seguir. À direita e à esquerda da estrada estendiam-se plantações e descampados, escassamente interrompidos por arbustos ressecados que não ofereciam nenhuma proteção de olhares alheios. Ela não queria simplesmente se deixar cair, pois os homens que a haviam estuprado e ridicularizado ainda a assombravam, e ela temia ser novamente espancada se ficasse à vista na estrada.

Quando Marie alcançou um pequeno bosque e quis se deitar sobre uma almofada de musgo para esperar pelo cavaleiro da morte, o murmulho da água de um riacho próximo fez com que mudasse de idéia. Durante um longo momento, só pensou em saciar a sede torturante e refrescar suas feridas. Ela entrou na água e se deliciou com seu frescor. Depois, levantou-se e bebeu até não poder mais. Com um cansaço que parecia não ter fim, ela se encolheu na margem, sob os galhos de um chorão, que caíam até a beira do riacho. Por um instante, ainda ouviu o vento na copa da árvore e o canto dos pássaros. Ela parecia ter alcançado o lugar certo para escorregar, suavemente, em direção ao silêncio da morte. Mas a única coisa que a cercava era a escuridão de um sono profundo.

Ao raiar do dia, Marie acordou tremendo de frio e foi para a beira do riacho saciar sua sede, que parecia interminável. Quando quis se esconder novamente, a fome manifestou-se com tal violência que não havia como ignorá-la. Tremendo de frio e, ao mesmo tempo, suando, Marie lutou para ficar em pé. "Por que este suplício não pára? Por que Deus não me deixa morrer?", pensou, desesperada. Marie tropeçava de fraqueza e só conseguia avançar vagarosamente. Depois de pouco tempo, alcançou um pequeno vilarejo.

A esperança de encontrar ajuda superou a humilhação de ser vista naquela túnica da vergonha. Ela se dirigiu à primeira casa para mendigar por comida. Não passava de um barraco, na frente do qual pastava uma cabra, amarrada a um toco de madeira. Um garotinho, vestindo roupas imundas, estava acocorado junto ao animal e mastigava um pedaço de pão. Dois dias antes, Marie teria jogado aos porcos um pedaço de casca de pão daqueles, sujo e duro. Naquele momento, no entanto, pareceu-lhe o manjar dos deuses. Ela ficou em pé diante do menino e estendeu-lhe a mão, mendigando.

– Dê-me um pedaço do seu pão! Estou morrendo de fome!

O garoto olhou para ela primeiro e depois para o pão, e pensou. No mesmo momento, uma mulher saiu do barraco na direção de Marie e começou a xingá-la.

– Será que não se tem um momento de sossego? Sempre esses mendigos e essa gentalha? Desaparece, vai!

– Por favor, me dê apenas um pedaço de pão! – implorou Marie – Deus haverá de recompensá-la.

A mulher olhou para a túnica amarela de Marie e cuspiu, enojada.

– Para alguém da sua laia, não tenho nem sobra. Suma daqui, sua vadia, senão ponho você para correr!

Como Marie não reagiu de imediato, a mulher se abaixou, pegou uma pedra e começou a gritar por socorro.

Marie viu aparecerem várias mulheres e homens, cujas fisionomias não eram nada convidativas, e pôs-se a correr. Pedras e punhados de terra voaram atrás dela e um homem que se preparava para ir para o campo levantou a enxada como se quisesse matá-la. Naquele momento, o corpo de Marie ainda conseguiu produzir uma força inimaginável. Ela escapou da multidão aos gritos, sem tropeçar uma vez sequer nem sentir algo que não fosse medo de morrer. Em seu pânico, não reparou que eles só haviam dado alguns passos em sua direção, voltando logo aos seus afazeres.

Marie só parou de correr quando não havia mais nem sinal do vilarejo e então desabou, ofegante. Mas o medo levantou-a em instantes. Após alguns passos, ela descobriu um arbusto carregado de frutos. Colheu alguns e comeu-os com avidez, mas eles só aumentaram sua fome. Marie começou a se perguntar onde conseguiria ajuda.

Depois da primeira experiência, ela não teve mais coragem de se aproximar de outra cidade e também começou a se esconder sempre que algum viajante se aproximava. Só foi suspirar aliviada quando finalmente avistou uma fazenda que se localizava a certa distância da estrada. Se pobres camponeses não queriam lhe dar nada, então ela teria de apelar à piedade de fazendeiros.

Mas ali também não obteve sucesso, pois, assim que se aproximou da cerca viva que circundava os jardins em frente à propriedade, vários cães peludos dispararam para cima dela, latindo e rosnando. Marie deu meia-volta e correu na direção da estrada. Os cachorros, no entanto, eram mais persistentes do que os moradores do vilarejo. Eles a acossaram e a encurralaram como se fosse uma caça, até que o primeiro avançou e tentou mordê-la na garganta. Mas ela se jogou no chão com tal velocidade que o animal errou o alvo.

Marie virou-se de barriga para baixo e começou a se arrastar pelo chão para tentar escapar das mandíbulas dos cães. Mas eles já estavam sobre ela, enterrando os dentes em sua carne. Naquele momento, soou um apito alto e estridente. Os animais pararam e rosnaram, preparando-se para atacar novamente sua presa. Mais um apito estridente e os cães voltaram para a casa, ganindo.

De alguma forma, Marie conseguiu levantar-se de novo. Enquanto caminhava, começou a chorar, baixinho. De repente, sua cabeça parecia flutuar bem acima do corpo, longe do sangue que corria por suas pernas e de todas as dores que sentia. Mal conseguia se lembrar de quem era e por que tropeçava descalça pela estrada. "Não precisa mais fugir", dizia-lhe uma voz interior. "A morte chega a qualquer lugar e vem como amiga e libertadora." Com um derradeiro impulso da vontade, Marie continuou seu caminho, até alcançar a sombra de uma faia. Apoiou-se no tronco, deixou-se cair no chão e deitou a cabeça sobre um travesseiro de musgo.

II

Um grupo de saltimbancos seguia, devagar, pela estrada de Singen. Homens, mulheres e crianças vestindo roupas remendadas de cores berrantes, que, em sua maioria, não passavam de trapos. Liderando o grupo, havia uma carroça caindo aos pedaços, puxada por dois pangarés. Sentado no banco, um homem esguio, de meia-idade, barba curta e negra, conduzia aqueles cavalos que fazendeiro algum ainda atrelaria ao arado. Enquanto isso, dois rapazes, cuja semelhança com o condutor era indiscutível, caminhavam ao lado da carroça. Eles seguravam porretes de madeira resistente e olhavam para trás sem parar, como se tivessem que proteger uma carga preciosa. Os demais seguiam a pé atrás da carroça. As mulheres caminhavam com dificuldade sob o peso das trouxas que levavam nas costas, enquanto os homens carregavam pouco peso e vigiavam atentamente a estrada e as imediações. Era a trupe de saltimbancos de Jossi, que se dirigia à quermesse de Merzlingen, uma cidadezinha entre Singen e Tuttlingen, e outros viajantes de origem humilde que haviam se juntado ao grupo.

Fechando o cortejo, ia uma mulher alta, de seus 25 anos e cabelos louros descorados pelo sol, que atendia pelo nome de Hiltrud. Ela não era nem feia nem especialmente bonita, mas tinha um rosto agradável e olhos cinza-claros com um brilho maroto. Vestia uma saia larga, marrom, na qual balançavam fitas amarelas, e uma blusa amarela de linho, que se ajustava aos seios fartos e firmes. A mulher parecia estar acostumada a andar descalça, pois caminhava agilmente sobre as pedras pontiagudas que cobriam a estrada sem fazer uma careta sequer. Com uma vara fina, conduzia duas robustas cabras atreladas a uma pequena carroça com xalmas, completamente abarrotada.

Volta e meia, um dos homens dava uma olhadinha em sua direção, só para ser prontamente xingado ou gozado por uma das mulheres do grupo. A mulher no final do cortejo fazia pouco caso tanto dos olhares zangados quanto dos comentários maldosos que também lhe eram dirigidos. Ela não fazia parte da trupe, mas havia se juntado aos saltimbancos até a quermesse seguinte, para aproveitar da segurança que a viagem em um grupo maior oferecia. Mulheres que viajavam sozinhas eram presas fáceis dos homens com que cruzavam na estrada. Ela já sabia disso por infeliz experiência própria. Por isso, não se incomodava se as outras mulheres debochavam dela. Algumas das artistas, cuja moral era mais liberal, a ponto de se oferecerem a qualquer marmanjo por algumas moedas, viam nela uma concorrência indesejável. E as demais temiam que os maridos e os filhos pudessem cair em tentação e gastar o pouco dinheiro que tinham com ela. Mas dificilmente um daqueles homens pagaria por seus serviços. Eles simplesmente esperavam que ela abrisse as pernas em troca da carona. Hiltrud olhou para a gorda mulher do líder, que gingava feito um pato entre a prole, e se perguntou, com ironia, o que ela diria se soubesse que o marido já havia cobrado o preço de sua proteção na noite anterior. A jovem não havia nem desgostado, pois Jossi era um amante atencioso, bem diferente da maioria dos homens que entravam em sua tenda.

De repente, o filho mais velho do líder parou e apontou para uma árvore.

– Tem uma mulher morta ali, à beira da estrada.

Um velho fez um sinal de descaso com a mão.

– Continue andando e não se meta. Ou você prefere que o acusem da morte da mulher ou o obriguem a enterrá-la?

Apesar dos próprios conselhos, o velho também parou ao lado da árvore e ficou fitando o corpo sem vida. Não demorou muito e o grupo todo estava em volta da faia. Até mesmo Hiltrud deixou as cabras à própria sorte e aproximou-se, curiosa. A morta era uma jovem, vestindo uma túnica da vergonha e brutalmente espancada.

– Ela vai começar a feder logo, logo – ironizou um dos saltimbancos. Naquele momento, Hiltrud percebeu que os lábios da moça se mexiam e balançou a cabeça.

– Ela ainda não está morta!

Enquanto os artistas olhavam com desconfiança, Hiltrud curvou-se sobre o corpo imóvel. Apesar da camada de sujeira no rosto contorcido de dor, dava para ver que a menina era de uma beleza extraordinária. A túnica amarela indicava que havia sido expulsa de uma das cidades da região. Como o tecido nas costas estava tingido de vermelho-sangue e, como Hiltrud constatou após tentar puxá-lo, grudado na pele, estava claro que a pequena tinha sido açoitada com força descomunal. As caretas dos demônios na túnica revelavam que tinha sido condenada por prostituição; mas ela devia ter aprontado muito mais, porque o castigo por impudicícia não costumava ser tão extremo.

Em geral, os habitantes das cidades não se incomodavam com a vida de servas e de mulheres mais humildes. Quando elas passavam da conta, eram obrigadas a colocar a túnica da vergonha e a sumir para nunca mais voltar. Mas não eram espancadas quase até a morte. Hiltrud viu as mãos da menina e coçou a cabeça. A delicadeza e a suavidade daquelas mãos não eram condizentes com uma serva ou criada. A pequena devia ser filha de um cidadão abastado ou até da nobreza. E isso tornava a situação ainda mais misteriosa, pois as famílias ricas casavam suas filhas desonradas, o mais rapidamente possível, com um subalterno complacente, ou as colocavam em um convento.

O mistério atiçava a curiosidade de Hiltrud. Será que o filho de um rico senhor feudal se apaixonara por uma moça abaixo de seu nível e seu pai exigira o castigo extremo para evitar o casamento? Ela amaldiçoou o pensamento rapidamente, percebendo que começava a sentir pena da menina.

– Se ela ainda não está morta, está para morrer. Não podemos fazer nada por ela.

O líder afastou-se dando de ombros e montou na carroça novamente. O resto da trupe também queria ir embora. Hiltrud continuou lá, indecisa. No fundo, ela não tinha nada a ver com a menina, mas abandonar uma pessoa à própria sorte na beira de uma estrada ia contra seus princípios. Sabia que já devia se dar por satisfeita por ter o suficiente para comer e que não podia se incomodar com mais ninguém. No entanto, quando ouviu Jossi atiçar os cavalos estalando a língua, ela bloqueou seu caminho.

– Por favor, espere só um instante, Jossi. Eu quero levar a menina.

O barbudo balançou a cabeça.

– Se demorarmos, não conseguiremos um bom lugar na quermesse.

– Só alguns minutos – pediu Hiltrud.

– Você pode ficar para trás se faz questão de ajudar essa vadia suja. – A mulher de Jossi enfatizou a palavra "vadia" para magoar Hiltrud.

Mas ela já estava tão acostumada a ouvir todas aquelas humilhações que tinha ficado imune a elas. Irritada, viu o líder erguer o chicote e atiçar os cavalos, sem se incomodar se ela abriria caminho ou não. Depois de dar uma olhadela na menina, afastou-se e foi falar com um dos rapazes do grupo.

– Ajude-me a colocá-la na minha carroça, por favor! Vou cuidar dela quando chegarmos a Merzlingen.

– Mas se ela morrer no meio do caminho, você vai ter que cavar o buraco sozinha – respondeu o jovem, de má vontade. Mesmo assim, curvou-se para levantar a menina desmaiada.

Hiltrud ajudou o rapaz a colocar a menina na carroça e, enquanto ainda agradecia, a mulher de Jossi se virou e chamou, com rispidez, o filho para junto de si. A moça percebeu como ele se encolhera e se afastara rapidamente, como se tivesse sido pego fazendo algo proibido.

Ela ainda estava sorrindo quando cutucou as cabras de leve para que andassem. Mas o sorriso desapareceu no mesmo instante, pois os animais não conseguiam tirar o carro do lugar com o peso adicional. Assim sendo, teve que atar uma corda no timão para, também ela, se atrelar à carroça.

"Bem feito, quem manda ter coração mole!", reclamou para si mesma. "Agora você virou seu próprio animal de tração e isso por uma mulher que, provavelmente, vai morrer ainda hoje à noite. Se tiver azar, vai ter que cavar a cova dela com as próprias mãos e enterrar algumas moedas na mão do padre para ele rezar por sua alma."

A cada passo que dava, seu humor ia piorando. Puxar a carroça num calor daqueles era um trabalho árduo. Para se animar um pouco, Hiltrud começou a pensar no que faria com a menina caso ela sobrevivesse.

"Até que ter uma serva para me ajudar a montar a tenda e cozinhar para mim cairia bem. Além disso, ela é muito bonitinha e atrairia clientes. Assim que ela puder voltar ao trabalho, vou aliviar os fregueses de suas ricas moedinhas."

A sobrevivência da menina tornou-se a maior preocupação de Hiltrud. Quando passaram por um riacho, ela parou para encharcar um pedaço de pano e passar nos lábios rachados da protegida.

No último pedaço do trajeto para Merzlingen, os saltimbancos aceleraram o passo e deixaram Hiltrud para trás. Isso não a incomodou, uma vez que já conseguia ver os telhados das casas e, a partir dali, não correria mais perigo de ser violentada, roubada ou, até mesmo, morta em plena luz do dia. Como seu ritmo era bastante vagaroso, outros viajantes a caminho da quermesse de Merzlingen a ultrapassavam com mais freqüência. Alguns deles eram conhecidos seus de anos anteriores, e ela os cumprimentava. A maioria dava uma olhadela no seu achado, dentro da carroça, mas não fazia perguntas; a não ser Bodo, um repugnante vendedor de utensílios de barro, que freou o animal que o puxava e ficou olhando para a menina de todos os ângulos.

– Que garota bonita você encontrou por aí, Hiltrud! Ela está à venda?

Hiltrud deu de ombros.

– Primeiro, tenho que tratar dela.

O homem lambeu os beiços.

– É, faça isso mesmo.

– Mas não alimente grandes esperanças. É mais provável que eu acabe tendo que enterrá-la no cemitério de indigentes de Merzlingen. Duvido que ela consiga passar desta noite.

– Mas, se passar, você promete se lembrar de mim?

O mascate voltou para sua charrete e bateu com as rédeas no magro lombo da égua atrelada ao veículo.

– Tudo bem, pode deixar! – gritou Hiltrud, atrás dele.

O sorriso irônico nos seus lábios poderia ter revelado a Bodo que ela estava pensando o oposto do que ele esperava.

Ela sabia de onde vinha todo aquele interesse pela menina. As pessoas iriam preferir comprar pratos e panelas da mão de uma bela serva do que da dele. Ademais, ela teria que lavar e cozinhar para ele, além de satisfazer todas as outras necessidades que tivesse. Hiltrud era muito asseada e, sempre que possível, se lavava todos os dias. Aquele vendedor fedorento não entraria na tenda dela nem pelo dobro do preço, e ela não pretendia entregar a ele uma moça que, visivelmente, vinha de círculos mais abastados. Sabia que não dependia daquele pobre vendedor e que poderia fazer melhor negócio com a menina.

Enquanto pensava em um jeito de transformar seu achado em moeda tilintante, Hiltrud chegou ao terreno onde seria a quermesse. Ali, já se encontravam inúmeras tendas e barracas, e outras ainda estavam sendo montadas. Hiltrud ia justamente procurar um bom local para armar sua tenda na periferia do gramado quando o fiscal da quermesse de Merzlingen a abordou para receber o imposto sobre prostituição. A julgar pelo olhar, ele tencionava cobrar dela um ágio in natura mais tarde. Ela torceu o nariz e só esperava que o homem se lavasse antes de voltar. Enquanto ainda estava contando as moedas que tinha extorquido dela, ele apontou para Marie e perguntou:

– E ela?

– Eu a achei no meio do caminho e decidi trazê-la. Você dificilmente vai poder me cobrar imposto por ela. – Hiltrud quis se afastar, mas não se livraria tão facilmente do representante das autoridades locais.

– A julgar pela túnica, trata-se de uma prostituta. Portanto, você vai ter que pagar dois centavos por ela.

– Ela está à beira da morte e é óbvio que não vai poder trabalhar!

– Isso não interessa! Pague por ela ou desapareça.

Hiltrud suspirou.

– Volte amanhã. Eu lhe darei o dinheiro se ela ainda estiver viva.

O fiscal riu e estendeu o braço. A prostituta não sabia o que a irritava mais, a capacidade daquele homem ou o seu coração mole. Suspirando, tirou o saco de moedas e ficou procurando até encontrar dois centavos de Halle para pagá-lo, em vez da moeda de Regensburg, bem mais valiosa. Com desagrado, o fiscal aceitou o pagamento e afastou-se para indicar o lugar de outro comerciante que acabava de chegar e receber o imposto. Hiltrud ficou aliviada, pois agora ela mesma podia escolher onde trabalharia.

Os saltimbancos de Jossi haviam montado as tendas sob a sombra de algumas árvores. Perto dali, Hiltrud encontrou um lugarzinho livre. Ela puxou sua carroça até lá, desatrelou as cabras e prendeu-as em dois tocos de madeira que martelara no chão com uma pedra. Dessa vez, teria que arregaçar as mangas e tirar a menina da carroça sozinha, pois, espertamente, nem os filhos de Jossi nem os demais artistas apareceram para ajudar. Enquanto ela estava descarregando Marie, a carroça tombou, espalhando todas as suas posses no chão. Hiltrud começou a xingar baixinho, mas montou a tenda com a rapidez de costume e guardou suas coisas lá. Finalmente, arrastou a menina maltratada para dentro e deitou-a sobre uma coberta. Quando ela se levantou, percebeu que tinha arrumado um problema desnecessário ao recolher a garota. Durante o tempo em que se incomodara com ela, Hiltrud já poderia ter faturado várias moedas. Ela deu uma olhadela nos homens que já estavam vagando pela quermesse, fingindo se interessar pelas barracas e mercadorias ainda acomodadas em trouxas e pelos saltimbancos que, cá e lá, davam pequenas demonstrações de suas habilidades. Na verdade, a maioria estava observando as prostitutas e, após curta negociação, desaparecia com elas nas tendas ou no matagal à beira do rio. Quando um cliente se aproximou e puxou conversa, Hiltrud não teve outra opção senão balançar a cabeça. Ele cuspiu uma maldição e, pouco depois, conseguiu fechar negócio com uma das mulheres da trupe de Jossi.

Hiltrud pôs as mãos nas cadeiras e olhou para Marie, que continuava desmaiada.

– Você por acaso sabe que problemas está me causando? Por sua culpa, estou perdendo os melhores negócios. Portanto, é bom ficar viva, porque pretendo recuperar cada centavo que você está me custando.

Ela pegou a chaleira e deixou a tenda para buscar água. Lá embaixo, à beira do rio, esfregou bem o utensílio com areia antes de enchê-lo de água fresca. Depois, procurou musgo, galhos secos e um pouco de grama, armou o tripé em frente à tenda e acendeu o fogo embaixo da chaleira. Enquanto a água começava a ferver, cortou os trapos que sobravam da túnica, deixando apenas as partes grudadas às feridas. Quando a água ferveu, mergulhou um pedaço de pano lá dentro e começou a amolecer e soltar com cuidado os restos de tecido colados ao corpo.

Enquanto Hiltrud se concentrava no seu papel de boa samaritana, um homem baixo e franzino, de meia-idade, chegou ao local e olhou em volta como se procurasse algo. Ele vestia uma calça cinza limpa, uma camisa marrom e sapatos de couro com fivelas de cobre. Uma prostituta novata na feira de Merzlingen foi rebolando em sua direção, mas outra a chamou de volta, rindo.

– Você está perdendo seu tempo empavonando-se para ele, Lalá. O farmacêutico está procurando uma amiguinha em especial.

Ela colocou as mãos na boca formando uma concha.

– Ei, Sr. Ervraiz! A tenda da Hiltrud está ali, embaixo das árvores, onde o pessoal do Jossi se espalhou.

O homem a quem se dirigia acenou com a cabeça, agradecido. E, assim que a prostituta fez um gesto como se contasse dinheiro, ele colocou a mão no saco de moedas e jogou-lhe uma. Ela apanhou-a habilmente no ar e riu.

– Divirta-se, mas lembre-se de mim no caso de querer variar.

Peter Ervraiz não estava mais prestando atenção nela, apressando-se na direção da tenda de sua preferida. Quando chegou, viu a lona da frente levantada e já ia entrando quando reparou que Hiltrud estava ocupada. Primeiro, pensou que outro cliente tivesse chegado mais cedo e quis afastar-se, mas em seguida reparou no corpo de mulher todo machucado.

– Olá, Hiltrud! O que foi que você arrumou aí?

Hiltrud virou-se de má vontade, mas seu rosto se iluminou assim que reconheceu a visita. O farmacêutico era um cliente assíduo, que sempre a procurava quando havia quermesse. Ela gostava dele, pois pagava bem e, ainda por cima, era um amante carinhoso, que a tratava melhor do que a maioria dos homens. Por um momento, ficou com medo de perdê-lo se o mandasse embora agora.

Ervraiz não a obrigou a nada nem foi embora ofendido. Ao contrário, ajoelhou-se ao seu lado e ficou olhando para Marie. Hiltrud ficou satisfeita ao reparar que o olhar dele ficou indiferente ao passar pela bunda excepcionalmente bem formada da menina. Ele só tinha olhos para o emaranhado de vergões abertos e ensangüentados nas costas. Em sua fisionomia espelhava-se uma mistura de profunda piedade, revolta e um certo interesse profissional.

Hiltrud fez uma cara de desespero quase cômica.

– Achei a menina na beira da estrada. Não me pareceu correto abandoná-la à própria sorte. Mas agora não sei mais o que fazer. Se ela não receber um tratamento apropriado, vai acabar morrendo na minha mão e eu vou ter problemas com o fiscal da feira.

Nesse instante, ela estava retirando, com um suspiro, o último pedaço de pano das costas de Marie e apanhou um pote de pomada. Para sua infelicidade, estava quase vazio. Antes que pudesse espalhar o resto do conteúdo sobre as feridas, o farmacêutico segurou o braço dela.

– Isso tem que ser tratado com um remédio diferente. Espere um pouco. Vou buscar outra pomada e ataduras em casa e também trazer algo para baixar a febre dela.

Hiltrud suspirou, visivelmente aliviada.

– Muito obrigada por sua ajuda, Peter. Acho que me excedi com essa menina.

O farmacêutico sorriu para ela, animando-a.

– Volto já. Você poderia cozinhar um pouco de caldo de carne nesse meio-tempo? Precisamos do caldo para misturar com as minhas ervas e pingar na boca dela.

Hiltrud olhou receosa para Marie.

– Ela não está reagindo a nada. Duvido que consigamos fazê-la tomar qualquer coisa.

– Não se preocupe. Eu sei como tratar os doentes.

O farmacêutico olhou para ela, encorajando-a, e partiu a passos largos.

Quando voltou, trazia uma cesta com, entre outras coisas, um pote cheio de pomada, uma tigela com ervas picadas e um frasco, que ele manuseava como se fosse um frágil tesouro.

– Destilei esta essência a partir de diversas plantas medicinais. Ela limpa as feridas e ajuda na cicatrização – esclareceu ele a Hiltrud, enquanto abria o frasco e encharcava um pano limpo com o líquido de odor penetrante. Depois, ele se ajoelhou e limpou as mordidas dos cachorros e os vergões ensangüentados.

Hiltrud teve que se afastar, pois o elixir era tão forte que irritava suas narinas. Até a desmaiada ficou inquieta e gemeu várias vezes.

O farmacêutico levantou a cabeça rapidamente.

– Essa coisa queima como fogo na carne viva, mas impede que os vergões continuem a inflamar. Se a pequena não estivesse desmaiada, gritaria de dor.

Hiltrud se sacudiu.

– Só de respirar, isso corrói a garganta. Você tem certeza de que não vai fazer mal a ela?

O homem riu.

– Pode ter certeza que não. Vou passar pomada nas feridas abertas para que sarem. Por Deus! Já vi muitos homens chicoteados, mas não me lembro de nenhum com as costas dilaceradas como as dessa criança. Quem fez isso não era gente, mas um animal.

Hiltrud ficou olhando enquanto ele tratava as feridas com mãos hábeis. O farmacêutico não colocou ataduras, pois elas acabariam grudando novamente nos machucados de Marie. Em vez disso, cobriu as costas com um pano que amarrou com fitas nos braços e coxas dela. Depois, virou-a e levantou-a com a ajuda de Hiltrud, que lhe estendeu o caldo no qual flutuavam suas ervas. Com muita paciência, ele colocou uma colherada após a outra na boca da menina. Embora ainda não reagisse, ela engolia a sopa como uma criança obediente.

Ervraiz, satisfeito, acenou com a cabeça para Hiltrud.

– Acho que ela vai se recuperar. Mas olhe só para isto. Essa criança realmente caiu nas mãos de animais humanos. – Ele apontou para os lábios vaginais da sua paciente, completamente inchados.

Hiltrud ficou indignada consigo mesma por não ter percebido antes que a pobre coitada não tinha sido somente açoitada, mas também estuprada. Para esse tipo de machucado, ela tinha seus próprios remédios. Como freqüentemente tinha clientes que não se incomodavam se lhe causavam dor, e que até mesmo chegavam a lhe abrir feridas, ela sempre tinha na bagagem um estoque de uma tintura que ela mesma preparava. Pegou uma pequena moringa da bolsa e passou o líquido, de um verde reluzente, no baixo ventre de Marie.

– Pronto. Para começar, isso deve bastar.

O farmacêutico ficou feliz quando, finalmente, Hiltrud terminou de passar o remédio em Marie, pois o corpo nu da menina não o deixara de todo frio. Insinuativo, começou a passar a mão por baixo da blusa da prostituta.

– Eu acho que agora mereço uma pequena recompensa.

Hiltrud lançou um olhar azedo para Marie, que ocupava mais da metade da tenda.

– Você vai ter que me ajudar a empurrar a garota um pouco para o lado, para termos espaço suficiente. E, por favor, tenha um pouco de paciência. Estou muito suada e gostaria de me lavar antes.

– Pode ir! É disso que gosto em você, é sempre tão asseada, enquanto o resto do mulherio...

O farmacêutico não terminou a frase, mas Hiltrud compreendeu mesmo assim. Muitas mulheres de seu ofício não ligavam a mínima para seus corpos e fediam a ponto de enojar clientes mais exigentes que delas se aproximassem. Ela, ao contrário, cuidava do próprio corpo, e por isso tinha, em cada feira, clientes regulares vindos das classes mais abastadas.

Hiltrud pegou uma bolsa impermeabilizada com pez que lhe servia de balde, apanhou água no rio e pendurou o recipiente entre duas hastes da tenda. Depois, fechou a entrada da tenda e tirou a roupa. Os olhos do farmacêutico abriram-se de desejo quando vislumbrou seu corpo nu. Ela percebeu que o que ele queria mesmo era deitá-la imediatamente sobre a coberta. Mesmo assim, concedeu a si mesma tempo suficiente para lavar-se da cabeça aos pés, antes de se deitar com ele. Ervraiz já havia tirado as calças e logo ocupou seu lugar entre as pernas da prostituta.

III

A consciência de Marie emergia de um charco nas profundezas do inferno, no qual demônios a maltratavam e estupravam. Por um momento, foi como se estivesse deitada em seu quarto, com o sol quente e o barulho da rua entrando pela janela aberta. Mas, quando suas mãos tatearam ao redor, percebeu que estava nua, deitada de bruços sobre uma coberta no gramado. Assustada, quis levantar-se. Naquele momento, os sofrimentos infernais fizeram-se sentir novamente. Dores cortaram-lhe a carne como adagas e por pouco ela não desmaiou de novo. Suas costas estavam inchadas, formando uma armadura à sua volta, e doíam cada vez que respirava; seu baixo ventre queimava e seu corpo estava tão retesado que ela não conseguia mexer um músculo sem que doesse.

Foi então que ela abriu as pálpebras coladas e olhou ao redor. Estava deitada sobre uma coberta velha e desbotada que cheirava a lavanda. Por cima dela havia uma coberta tão velha quanto a anterior, embora mais fina. Mais acima, estendia-se uma lona desbotada pela idade e pelo uso. Nela brincavam raios de sol e sombras de galhos e folhas.

Marie lembrava-se vagamente de que a última coisa que fizera havia sido fugir de uma matilha de cães bravos e deitar-se sob uma árvore. Estaria morta? Não, aquilo não parecia o paraíso e, certamente, também não se assemelhava ao inferno. Apesar das dores, virou-se, levantou-se e descobriu uma mulher que parecia ocupar o resto da tenda.

A estranha, que estava sentada de pernas cruzadas sobre uma coberta puída e muito remendada, costurava uma túnica amarela. Apesar do tamanho, todo o seu corpo parecia estar em harmonia. Os cabelos claros e a pele queimada denotavam que ela vivia muito ao ar livre.

Hiltrud reparou que Marie a observava, levantou a cabeça e avaliou-a com seus severos olhos cinza, pouco amáveis.

– Acordou finalmente? Você parece estar bem melhor! Que bom!

Apesar das palavras gentis, seu tom de voz era tão carrancudo quanto seu olhar. Marie retraiu-se, insegura, e ficou encarando a mulher, que continuava a costurar sem parar. Só depois de alguns momentos teve coragem de lhe dirigir a palavra.

– Onde estou? E quem é você? – Sua voz soava como o grasnar de um corvo.

– Na minha tenda, na quermesse de Merzlingen. Eu me chamo Hiltrud.

– E eu me chamo Marie.

Hiltrud colocou a mão sobre a testa da menina e balançou a cabeça, satisfeita.

– Parece que você conseguiu! A febre passou!

– Febre? Então, eu estava doente? – Enquanto ainda formulava as perguntas, vieram-lhe à lembrança as últimas horas que passara em Constança e, involuntariamente, tentou alcançar as costas dilaceradas.

Hiltrud segurou sua mão e puxou-a para a frente de novo.

– Não toque nas costas! Você tem que deixar que elas cicatrizem e não deve coçá-las de jeito nenhum. A aparência das feridas não é nada boa, mas Peter acha que as cicatrizes não ficarão muito visíveis. Mas só se os vergões não inflamarem mais, senão você acabará com nódulos nas costas.

– Quem é Peter?

– Peter Ervraiz é um farmacêutico de Merzlingen e um bom amigo meu. Ele me ajudou a tratar de você.

– Merzlingen? – Demorou um pouco até que Marie se lembrasse do lugar. – Mas isso fica tão longe de casa!

Hiltrud apontou para os restos da túnica de Marie, que ela tinha jogado de qualquer jeito num canto.

– Ao que parece, você não tem mais casa. Se você não tiver nada contra, vou queimar aquilo. Enquanto isso, você pode vestir esta túnica aqui. Espero que caiba, pois tive que apertá-la sem poder tirar as suas medidas antes.

Marie ficou olhando, horrorizada, para a peça de roupa; engoliu um comentário desagradável e perguntou, em vez disso:

– Como é que eu cheguei até aqui?

– Encontrei você na beira da estrada e a recolhi.

Marie abaixou a cabeça.

– Preferia que tivesse me deixado morrer lá.

– Por quê? Eu posso fazer bom uso de uma serva bonita. – Hiltrud não tinha nenhuma vontade de poupar Marie. Quanto antes a menina se conformasse com seu destino, melhor para ambas.

Marie olhou em volta, desconfiada. Tudo à sua volta estava deteriorado e gasto. E o tecido do vestido da mulher era de tão má qualidade que Elsa e Anne certamente teriam devolvido a roupa, indignadas.

– Uma serva? Quem é você para precisar de uma serva?

Hiltrud levantou uma das fitas amarelas presas à sua saia, que indicava a todos sua condição.

– Sou uma sedutora.

Ela logo se arrependeu de ter descrito sua profissão com aquele eufemismo, em vez de dizer clara e abertamente que era uma prostituta errante.

Mas Marie compreendeu-a assim mesmo. Seu rosto se contorceu de nojo e ela se afastou até encostar-se na lona da tenda.

– Você se deita com homens de livre e espontânea vontade? – Sua voz revelava o horror de uma menina, cuja única experiência com homens havia sido um estupro brutal.

Hiltrud deu de ombros.

– Eu tenho que viver de alguma coisa, não é mesmo?

– Mas qualquer outra coisa ainda é melhor do que isso, até mendigar!

Hiltrud apanhou no canto o que restara da túnica da vergonha e esfregou a carranca do diabo da luxúria no rosto da menina.

– Agora, minha querida, ouça bem e vê se acorda! A julgar por esta sentença, você não é mais considerada gente para os habitantes das belas cidades, e sim escória, como eu. Para os cidadãos finos e os servos que lambem seus pés, valemos menos que os excrementos que expelem diariamente. Geralmente, nos proíbem de entrar em suas cidades e até nos xingam quando batemos as botas, de frio e fome, em frente aos portões de entrada. Às vezes, vendem-nos ao cafetão do lugarejo e acham que fizeram um ato de misericórdia. Uma vez, porque precisava urgentemente de tecidos e mantimentos, me arrisquei e passei, sem ser notada, pelos guardas do portão para ir à feira semanal na paz e na tranqüilidade daquela cidade. Claro, o fiscal da feira me pegou e me levou ao tribunal, onde me condenaram a dez chibatadas. Por sorte, o guarda que deveria executar a pena estava interessado em deitar-se comigo. Assim sendo, bateu-me com tanta delicadeza que quase não senti.

Marie olhava boquiaberta para Hiltrud.

– E aí? Você se entregou a ele?

Hiltrud não entendia o espanto de Marie.

– Claro que sim! Afinal, uma mão lava a outra. Se eu tivesse tido azar, provavelmente as minhas costas teriam ficado iguais às suas.

De repente, Marie se reviu nua, pendurada ao tronco, à vista de todos os curiosos.

– Eu... Eu não sei por que fizeram isso comigo. Sou a filha de um cidadão abastado de Constança e ainda era virgem até a noite anterior à minha condenação. Dois homens me caluniaram e afirmaram que eu havia cometido impudicícia com eles...

Ela cuspiu toda a sua história trágica e gemeu de dor quando o choro convulsivo estremeceu seu corpo.

Hiltrud apanhou um pedaço de pano, mergulhou-o no recipiente pendurado ao lado de sua cabeça e limpou o rosto de Marie. Depois, colocou o pano sobre sua testa.

– Procure se acalmar, senão a febre acaba voltando. Não há nada que você possa fazer. Você vai ter que acabar se conformando com a sua nova vida.

Marie respirou com cuidado e apertou, agitada, a mão de Hiltrud.

– Não, não, não posso! Meu pai não permitirá isso! Tenho certeza de que ele já está vindo para cá e que vai aparecer a qualquer momento.

Hiltrud olhou para ela, cética.

– Isso seria ótimo para você.

– Tenho certeza de que ele vai aparecer nas próximas horas. E você será ricamente recompensada por ter-me socorrido. Talvez, então, você não precise mais... viajar desse jeito. – Marie apontou para a blusa amarela de Hiltrud.

Hiltrud compreendera, daquilo que Marie havia lhe contado, que o pai não se empenhara tanto assim por ela. Mas, como não queria machucar a menina, não lhe disse nada que pudesse destruir suas ilusões.

– Não vou ter nada contra seu pai se me der algumas moedas, afinal, não consegui ganhar nada ainda porque tive que cuidar de você.

Marie não conseguiu responder, porque, nesse momento, a cabeça do farmacêutico surgiu na entrada da tenda.

– Olá, minha querida... Ora, ora, a nossa pequena paciente já acordou! Eu não falei para você que ela tinha sangue saudável e bom correndo nas veias? – disse isso sorrindo e pediu-lhe para virar de costas.

Marie balançou a cabeça e apertou a coberta contra si.

Hiltrud riu, debochando dela.

– Não seja ridícula! Peter só quer ver os seus machucados. Ele é melhor curandeiro do que muitos médicos estudados, que só falam de doenças demoníacas e odores infernais e, depois, acabam receitando porcaria para os pacientes. Peter conhece cada erva e cada raiz, e estudou o efeito delas sobre as doenças do corpo e da alma, como, aliás, dá para perceber pelo seu nome, Ervraiz.

Marie se encolheu e permitiu que o farmacêutico, com a ajuda de Hiltrud, desnudasse suas costas e tateasse e examinasse as feridas.

– Ótimo! – elogiou ele. – As feridas estão cicatrizando muito bem! Só terei que tratar alguns dos vergões com a minha essência e, claro, as mordidas de cachorro. É possível que substâncias venenosas tenham se acumulado nelas. Coloque um pedaço de madeira entre os dentes, minha filha, ou morda a coberta, porque vai doer muito daqui a pouco.

Marie resmungou desobediente, pois achava que, depois de todo o sofrimento que tivera que suportar, ela estaria imune a qualquer dor. Mas, quando o farmacêutico tocou suas costas com o pano encharcado de essência, seus olhos encheram-se de lágrimas e sua boca abriu-se para soltar um grito estridente. Antes que pudesse fazê-lo, no entanto, Hiltrud já havia enfiado um trapo em sua boca.

– Ande, morda aí e fique quieta! Ou você quer chamar a atenção de metade da feira com seus gritos?

Marie só conseguia bufar pelo nariz e contorcer-se sob a mão do farmacêutico. Peter Ervraiz não parou de trabalhar um instante sequer.

– Relaxe, menina, já está acabando! Minha essência fará com que suas feridas sarem rapidamente sem deixar cicatrizes feias.

Quando ele guardou o frasco, Marie cuspiu o trapo da boca. Se era para continuar vivendo, que, pelo menos, não ficasse marcada para sempre. Por um momento, olhou desconfiada para o pote de pomada na mão de Peter. Mas, quando ele passou o creme em suas costas, ela sentiu as dores serem aliviadas. Com um suspiro que parecia quase de satisfação, ela deixou que ele terminasse de tratá-la. Depois de um tapinha animador na sua coxa, ele se levantou.

– Pronto, agora, vejamos como estão as coisas lá embaixo. Vire-se, por favor!

A princípio, Marie não entendeu o que ele quis dizer com aquilo. No entanto, quando ele a virou com a ajuda de Hiltrud e abriu suas pernas, seu rosto ficou vermelho como um tomate, e ela cobriu suas partes íntimas com as mãos. Hiltrud, que apoiava as costas de Marie para que ela não precisasse se deitar sobre as feridas, puxou, com um movimento rápido, os braços da menina sobre o peito e segurou-os ali.

– Será que vou ter que colocar uma mordaça na sua boca de novo? – perguntou a prostituta quando Marie soltou um grito débil. – Eles machucaram você de forma vergonhosa e Peter só quer ver se pode ajudá-la.

Marie cerrou os dentes e permitiu que o farmacêutico a examinasse minuciosamente.

– Aqui também está sarando bem. Só deve demorar mais do que nas costas, porque não posso tratá-la com a minha essência. Se eu a passasse aqui embaixo, você atravessaria a lona da tenda de dor. Mas Hiltrud tem uma mistura eficaz de ervas especiais e eu ainda trouxe outra pomada, que evita uma cicatrização cheia de nódulos.

Hiltrud estendeu o frasco de barro com a tintura ao farmacêutico e ficou olhando como ele despejava, cuidadosamente, o líquido sobre os lábios roxos e inchados, deixando-o escorrer até penetrar bem fundo na vagina. Marie quase desmaiou de vergonha, pois, até então, a não ser pelos três canalhas na torre de tijolos, nenhum homem a vira nua, muito menos a tocara em qualquer outro lugar que não fossem as mãos. Depois, pensou nas inúmeras mãos que a haviam tocado enquanto era expulsa de Constança e respirou fundo para espantar a lembrança.

Hiltrud percebeu o horror em seus olhos e passou a mão sobre seus cabelos, para acalmá-la.

– Pronto! Agora você está tratada. Você acha que poderia sentar-se um pouco lá fora? Encoste-se na carroça e dê uma olhadinha em volta.

– Posso tentar.

Com a ajuda de Hiltrud, Marie conseguiu levantar-se. Seus joelhos tremiam, mas, de uma forma ou de outra, ela conseguiu ficar de pé. O farmacêutico acertou o pano que havia colocado sobre suas costas e ajudou Hiltrud a vesti-la com a túnica que ela havia apertado. Ela lhe caía como uma cortina e chegava até seus pés.

O farmacêutico sacudiu a cabeça, satisfeito.

– Essa é a roupa ideal para os próximos dias. O tecido não pesa sobre seus ombros e não pressiona os vergões.

Marie olhou, horrorizada, para a cor amarela, com a qual as prostitutas mostravam ao mundo a profissão vergonhosa que tinham, e começou a chorar. Se pudesse, arrancaria o tecido do corpo, mas ela não tinha nada com que cobrir a nudez. Agora, todos que olhassem para ela veriam apenas uma pecadora, cujo destino eram os abismos dos infernos. A sua perdição era tal que nenhum padre a deixaria passar pela soleira da porta de uma igreja. Apesar disso, ela não impediu que Peter a levasse para fora e agradeceu, não só a ele, mas também a Hiltrud, que havia dobrado uma de suas cobertas para fazer as vezes de almofada, de tal forma que Marie pudesse sentar-se sem sentir muitas dores, na sombra esparsa dos galhos que se moviam ao vento. No entanto, quando viu Peter enfiar a mão na blusa de Hiltrud e ela, rindo, passar a mão na braguilha dele, Marie virou rapidamente o rosto.

Isso não ajudava muito, pois a carroça estava imediatamente ao lado da tenda e, com isso, ela ouvia as insinuações que o casal trocava entre si e alguns sons que a arrepiavam. Horrorizada, tapou os ouvidos com as mãos, mas abaixou-as em seguida, pois parecia que fogo líquido passava pelos músculos retesados.

Marie tentava se convencer de que não tinha direito de se envergonhar por Hiltrud e nem de julgar a vida que ela levava. Aquela moça, certamente, não tinha se tornado prostituta por vontade própria. Assim mesmo, era desagradável saber-se sentada a poucos metros de um casal que copulava. Amor corporal era assunto reservado aos homens, e isso apenas quando não havia nenhuma mulher por perto e o vinho lhes havia soltado a língua. Às mulheres não era sequer permitido pensar em prazeres carnais, se não quisessem ser consideradas impuras e pecadoras. Até hoje, Marie havia se empenhado em viver tal como a Virgem, Mãe da Igreja, esperava de uma jovem comportada e, agora, não podia senão concordar que vestia a túnica amarela por merecimento, pois, aos olhos da Igreja e de toda a humanidade, ela era considerada uma prostituta desde a sentença do tribunal episcopal.

Para se distrair, passou a olhar para as duas cabras deitadas perto dela, no gramado, ruminando pacificamente, como se não houvesse razão de desgosto ou preocupação neste mundo. Uma delas levantou a cabeça e fitou Marie com curiosidade, como se quisesse descobrir se a menina tinha alguma guloseima para lhe dar. Como Marie não correspondia à mendicância da cabra, ela bufou, decepcionada, e puxou um punhado de grama. Mas os animais não conseguiram fazer Marie esquecer por muito tempo as dores que sentia nem o barulho na tenda. E, assim, ela deixou o olhar vagar adiante.

Ela conhecia a grande quermesse de Constança e as feiras menores, que eram montadas em homenagem aos diversos santos. Desde pequena, ia visitá-las acompanhada de Wina ou do pai. Diante de seus olhos, surgiram as imagens das barracas apinhadas de mercadorias, onde deliciosas salsichas fritas e tortas doces estavam à venda. Sua boca encheu-se de água quando se lembrou de como mastigava – a boca cheia de guloseimas – enquanto ouvia os adultos regatearem o preço de panelas, tecidos ou carregamentos inteiros de vinho. Para seu pesar, embora nunca tivesse reclamado, jamais permitiram que visse os saltimbancos em suas roupas coloridas, pois Wina não os tinha em boa estima. Eles roubavam galinhas e crianças pequenas. Por isso, meninas honradas deviam se manter a distância.

Ali, em Merzlingen, as barracas e as tendas eram parecidas com as de Constança, mas, ainda assim, tudo era diferente. Próximo a Marie, mulheres vestidas de trapos tomavam banho com os filhos no rio, despudoradamente, e conversavam com vozes estridentes. Enquanto isso, uma mulher excepcionalmente gorda, vestindo um traje estranho e colorido, acendia uma fogueira perto da margem e despejava uma massa líquida numa frigideira rasa.

Um homem barbudo passou por ela, tirou a primeira panqueca de dentro do óleo fervente com a mão e mordeu-a, com visível prazer. Marie não conseguiu ouvir o que ele disse à gorda, mas ela pareceu ficar contente, pois respondeu-lhe com um sorriso, enquanto suas mãos não paravam de trabalhar. Um jovem, parecido com o barbudo, deixou que lhe servissem a panqueca sobre uma tábua fina, da qual ele arrancava os pedaços da comida com os lábios, um a um, enquanto fazia malabarismo com três varetas de madeira. Quando o homem mais velho terminou de comer, tirou algumas facas de dentro de seu camisão e lançou-as sobre uma tábua encostada num tronco de salgueiro. A cada arremesso, ele acertava um círculo colorido no meio do disco.

Um pouco além, um comerciante de cerâmicas tentava convencer uma cliente a comprar uma panela. A mulher examinou o recipiente com cuidado, mas colocou-o de volta e seguiu seu caminho, sem comprar nada. O negociante xingou-a pelas costas, irritado, mas silenciou-se quando cruzou com o olhar de Marie. Ele deixou sua barraca e aproximou-se dela.

– Você não é a garota que Hiltrud recolheu pelo meio do caminho?

Marie concordou e ficou vermelha, porque da tenda ainda vinham ruídos de cópula. O homem parecia não se incomodar com aquilo. Ele chegou mais perto, levantou o queixo de Marie e avaliou-a como se fosse um cavalo à venda.

– Já falei com Hiltrud sobre você e o negócio está prestes a ser fechado. Quando você estiver recuperada, será minha serva. Vai me ajudar a vender meus pratos e panelas, e vai lavar e remendar minha roupa. Não se preocupe, eu não sou pão-duro. Você também pode dizer isso a Hiltrud quando ela terminar o serviço. Diga-lhe também que vou dar uma passadinha mais tarde para conversarmos e fazer um outro negócio.

Ele deu um sorrisinho ambíguo e fez um gesto como se quisesse apalpar os peitos de Marie, que se delineavam sob a túnica. Ela ficou petrificada e levantou a mão para afastar o homem, que, naquele momento, levantou-se e correu para sua barraca, onde uma mulher muito carregada, com três crianças cheias de energia pulando à sua volta, tinha parado. Marie olhou para ele, enojada. Ele fedia feito um bode e fitou-a da mesma maneira que Utz Käffli na torre. A menina estremeceu com a idéia de ter que trabalhar para alguém assim e juntou as mãos em prece, mas nenhuma das orações que lhe vinham à mente expressava suas necessidades ou conseguia confortá-la.

Será que Hiltrud era tão má a ponto de pensar em vendê-la como uma rês? Mas ela não havia dito que a queria como serva para si? Provavelmente, ela só tinha falado por falar, afinal, como uma pobre prostituta teria condições de manter uma serva? Era possível que, desde o início, pretendesse vendê-la àquele que desse o maior lance, como um barril de vinho em um leilão. Marie arrepiou-se só de pensar. Mas logo repreendeu-se por seus maus pensamentos. Hiltrud havia salvado a sua vida e coberto a sua nudez. E isso não era do feitio de uma pessoa má. Ela tinha sido severa, mas estava pagando com o próprio corpo os cuidados que o farmacêutico lhe dispensara, e pagar suas dívidas era obrigação de uma moça de boa família.

Marie apoiou a cabeça nas mãos sem saber mais o que pensar. Tinha saudades de seu mundo organizado, onde ela era uma mulher e não uma mercadoria que podia ser vendida a bel-prazer, e no qual não era necessário pecar para ganhar o pão de cada dia. Finalmente, ela se agarrou à esperança de que seu pai a tivesse seguido e a levaria de volta. Ele não podia demorar muito a aparecer, pois não havia tantas estradas que cruzassem o caminho do portão de Petershausen até Singen. Ela pediria a ele para comprar uma casinha para Hiltrud, com um pedaço de terra arável e um pasto com cabras, o suficiente para ela poder se alimentar de forma honesta e fazer doações para salvar sua alma. Além disso, também pediria a ele para recompensar o farmacêutico à altura. Depois, seu pai teria que levá-la a um lugar onde ela pudesse se esquecer, com o passar do tempo, de todas as coisas horríveis pelas quais havia passado.

Enquanto Marie ficava imaginando como seria quando o pai aparecesse, o farmacêutico saiu da tenda com um sorriso satisfeito. Ele acenou para ela e sumiu na direção dos muros cinza, que se estendiam do outro lado do gramado.

A cabeça de Hiltrud apareceu na abertura da tenda.

– Pode entrar de novo, Marie. O que você acha de um bom café-da-manhã? Você gosta de leite de cabra, não gosta?

– Não sei, acho que sim. – Marie percebeu, só agora, que o cheiro das panquecas que a alcançava havia aberto seu apetite. Mas, ao tentar se levantar, tudo girou à sua volta e ela caiu sentada gemendo alto.

Hiltrud colocou rapidamente seu vestido, levantou Marie e levou-a para onde estava a coberta estendida. Ali, ajudou-a a se deitar de tal forma que ela não sentisse muita dor. Depois, pegou duas canecas e foi ordenhar as cabras. Quando voltou, além das canecas cheias, trazia duas panquecas embrulhadas em folhas, que ela havia comprado da mulher de Jossi. O desprezo que a gorda tinha por Hiltrud não a impedia de ganhar algumas moedas dela.

– Vê se dorme mais um pouquinho! Não vai demorar muito e você terá que sair de novo. Mais tardar à tarde, chegam os primeiros clientes – explicou-lhe Hiltrud, entre duas mordidas. – Se eu quiser sobreviver ao inverno, ainda terei que ganhar muito dinheiro. Vou arrumar um cantinho aconchegante, embaixo dos salgueiros, para você ficar na sombra.

Marie sentiu um nó na garganta. Ela lamentava dar tanto trabalho a Hiltrud e, ao mesmo tempo, envergonhava-se de comer pão ganho por meio de impudicícia e prostituição. Para seu estômago, entretanto, dava no mesmo, pois ele gritava por mais. Marie cerrou os dentes e pediu mais uma caneca de leite à prostituta.

A mulher alta saiu da tenda e voltou, logo depois, com meia caneca.

– As cabras não querem dar mais leite do que isso. Mas, se quiser, pode tirar um pouco de água da chaleira. Ela vem da fonte, logo ali.

– Eu não queria acabar com todo o seu leite – sussurrou Marie, sem jeito. – Muito obrigada por tudo.

– Tudo bem. Eu também não posso deixar você passar fome, senão demora mais ainda até você sarar completamente.

Hiltrud levantou-se e firmou a lona da entrada da tenda a uma barra atravessada.

– Tenho que ver se passa algum homem que valha a pena abordar.

Marie ficou olhando para ela.

– Por que é que você faz isso? Uma mulher forte como você deveria conseguir outro tipo de trabalho.

Hiltrud balançou a cabeça, compreensiva.

– Nenhuma dona de casa empregaria uma prostituta como serva. Até mesmo para salvaguardar a moral do marido e dos filhos.

– Afinal, como você se tornou uma... sedutora?

Marie usou esse termo inocente porque não conseguia pronunciar o que considerava palavrão.

– Meu pai me vendeu a um cafetão quando eu tinha 13 anos – respondeu Hiltrud, sem mágoa na voz. – Trabalhei quase dez anos no bordel dele, até conseguir economizar o suficiente para comprar minha liberdade. Agora sou uma prostituta errante, sem lar nem domicílio, mas sou dona de mim mesma.

Os olhos de Marie encheram-se de lágrimas.

– Lamento!

– Por quê? Não é culpa sua!

Hiltrud notou vários homens em trajes urbanos e guardou rapidamente as canecas.

– Agora você vai ter que sair mesmo. Os sujeitos parecem estar prontos para uma boa negociação.

Sem esperar uma resposta de Marie, ela se levantou e rebolou na direção dos homens.

Marie levantou-se apoiada numa barra da tenda e cambaleou para fora. Quando se curvou para apanhar a coberta que ficara no chão, tudo à sua volta começou a girar. Mas queria se afastar o máximo possível da tenda e dos ruídos que ali seriam produzidos. Ela se segurou a uma árvore e dirigiu-se, vagarosamente, à beira do rio, na direção de um dos salgueiros mais distantes da tenda. Quando olhou para trás, viu que Hiltrud havia acertado com um dos homens e rezou para que a Virgem Maria guiasse seu pai o quanto antes para onde ela se encontrava e, assim, livrasse-a daquele pesadelo. Mas tampouco dessa vez suas preces trouxeram-lhe conforto.

IV

Ao cair da noite, quando o vinho servido na quermesse havia enchido de coragem os corações dos homens, Hiltrud estava muito ocupada. Ela lamentava que Marie não pudesse trabalhar com ela. Juntas, teriam feito ótimos negócios, pois muitos de seus clientes perguntavam sobre a menina. A notícia de que ela tinha recolhido Marie da rua, coberta pela túnica da vergonha, já havia se espalhado até a cidade e dera corda à fantasia de muitos homens. Para conseguir refrear os clientes mais persistentes, Hiltrud explicava em altos brados que Marie ainda não podia trabalhar devido às costas em carne viva. A maioria deles se satisfazia com a resposta. Um deles, no entanto, insistiu que ainda havia outras maneiras de ter uma relação com uma mulher, além de deitá-la de costas.

Hiltrud balançou energicamente a cabeça.

– Mas nenhuma que agrade a Santa Igreja.

– Quem sabe você estaria disposta a me dar esse prazer? Vamos, mostre-me a sua bela bunda. – O homem ficou olhando para Hiltrud como um cachorrinho mendigando por comida e juntou as mãos em prece.

Ela reparou que estava amolecendo e suspirou.

– Mas isso não é barato.

Em vez de responder, o homem empurrou-lhe várias moedas. À luz do pôr do sol, Hiltrud viu o ouro brilhar. Jamais alguém lhe oferecera tanto por alguns minutos a dois na tenda. "Talvez Marie esteja me trazendo sorte", pensou ela, enquanto se curvava e levantava a saia.

Marie estava, novamente, sentada ao lado da carroça, como Hiltrud havia ordenado. Ela achava que ali estaria mais segura do que sob uma árvore solitária. Sem vontade nem apetite, tomava um caldo de carne em que boiavam ervas amargas. Quando o homem começou a arfar dentro da tenda, ela deixou cair o recipiente e tapou os ouvidos. Os gemidos e grunhidos dele lembravam-na demais dos momentos horríveis que passara no cárcere. Para se esquivar dessas lembranças dolorosas, levantou-se e se misturou à multidão que passeava pela quermesse. Mas a reação dos que estavam à sua volta deixou bem claro o que significava estar à margem da sociedade. As mulheres honradas, assim que a viam, apertavam as saias ao próprio corpo de forma a não encostarem nela e ralhavam com os maridos, que a fitavam descaradamente ou até mesmo procuravam aproximar-se dela.

Quando Marie viu se aproximar, através da cortina de lágrimas, um grupo de bêbados que gritava comentários indecorosos a algumas servas, ela se apressou para alcançar outra ala de barracas. A realidade era bem diferente quando se passeava pela feira sob a proteção de um pai generoso, respondendo aos cumprimentos educados dos vizinhos e comendo saudosas guloseimas, que, agora, ela só podia ver de longe.

De repente, ela começou a ficar apavorada e quis voltar para a tenda de Hiltrud, mas não conseguia encontrar o caminho e olhou, confusa, à sua volta. Próximo, um grupo de saltimbancos divertia seus espectadores com malabarismos e músicas estranhas. Quando ela se afastou de um cuspidor de fogo, uma mocinha aproximou-se dela e estendeu-lhe uma cesta de palha na qual já tilintavam várias moedas.

Marie abaixou a cabeça, envergonhada.

– Não tenho dinheiro.

A moça bufou, irada, e levantou o braço, como se intencionasse bater nela.

– Então pare de ficar olhando. Siga o seu caminho, sua vadia!

Marie se apressou para os limites da quermesse e logo descobriu a árvore sob a qual as cabras de Hiltrud pastavam. No caminho, passou por uma barraca na qual um homem de meia-idade vendia frutas secas e outras conservadas em mel. O cheiro era tão bom que ela ficou com a boca cheia de água. Como não tinha dinheiro, passou apressadamente. Mas não conseguiu ir muito longe, porque o dono da barraca foi atrás dela e pegou-a pelo braço.

– Você não está com vontade de comer uma pêra no mel, donzela?

– Não tenho dinheiro. – Marie esperava que ele a deixasse ir depois dessa resposta. Em vez disso, ele a puxou para junto de si até que seus rostos quase se tocassem.

– De uma moça tão bonita como você, eu não vou querer dinheiro. Acompanhe-me até os arbustos e lhe darei a minha melhor pêra. – Dizendo isso, ele escorregou a mão pelo decote de Marie.

O susto que levou deu a Marie forças para se libertar e sair correndo.

Para seu alívio, o homem não a seguiu, só vociferou insultos.

– Mas o que é que há com você? Você não é a putinha que veio com Hiltrud? Se quiser uma pêra, terá que merecê-la.

Marie estremeceu e seguiu aos tropeços. Quando finalmente se deixou cair ao lado da tenda, cobriu o rosto com as mãos. Será que a moral e os preceitos da Igreja valiam tão pouco fora das muralhas da cidade que ela chegava a ser moeda de troca para um pedaço de pêra conservada no mel? Só agora compreendia por que seu pai a proibira, a partir de seu aniversário de 12 anos, de continuar brincando com outras crianças nos descampados. Pelo mesmo motivo, não a deixara mais sair de casa desacompanhada. Ele a havia protegido com o maior desvelo, pelo menos até o momento em que o pedido do magistrado lhe virara a cabeça de tal forma que ele deixara todas as precauções de lado, escancarando suas portas para caluniadores cruéis.

De repente, ela viu o rosto de seu noivo diante de si. Era surpreendente como ele acreditara prontamente nas afirmações daqueles mentirosos. Pensando bem, fora a predisposição dele para condená-la que causara todo o seu sofrimento. Portanto, o noivo jamais tinha estado interessado nela, e sim em sua herança. Mas ele deveria ter sabido que seu orgulho exacerbado acabaria fazendo com que perdesse uma fortuna. Ou será que ele havia achado uma noiva ainda mais rica e aquele fora o jeito que encontrara para descartá-la? Marie procurou lembrar-se, durante alguns instantes, de cada palavra e de cada expressão no seu rosto, mas nem isso ajudava a desvendar o mistério. Dessa forma, só lhe restava esperar que seu pai pudesse esclarecer tudo quando viesse buscá-la na manhã seguinte.

V

Nos dias subseqüentes, Marie evitou as alas da quermesse. Ela se embrulhava na coberta, mais para esconder a túnica amarela do que para se proteger do vento, e sentava-se na estrada que ligava Singen a Constança, apenas aguardando a chegada do pai. Hiltrud não se metia, pois achava que a menina estava fora de perigo ali. Além disso, ela tinha a tenda de novo para si e para os clientes. E isso era imprescindível, já que o tempo bom atraía um número excepcionalmente grande de visitantes à quermesse de Merzlingen, e os carroceiros traziam continuamente novas mercadorias até altas horas das noites de lua cheia.

Enquanto as mulheres geralmente só tinham olhos para tecidos, panelas e outras coisas úteis, e perdiam muito tempo regateando preços, a maioria dos homens costumava passear com olhares desejosos para as tendas das prostitutas, a fim de fazer bom uso da abundante oferta. Apesar da concorrência do grupo crescente de prostitutas, Hiltrud ganhava bom dinheiro, pois se mantinha asseada e era muito sensual. Além disso, a sua grande estatura provocava forte atração em homens pequenos, que queriam provar como eram bons deitando-se com a maior prostituta da quermesse. Hiltrud os encorajava nesse sentido, pois sempre reforçava nos clientes a imagem de masculinidade que eles tinham de si. Isso lhe trazia muitas moedas além do preço previamente negociado por seus serviços amorosos.

Quando os comerciantes começaram a desmontar suas barracas na tarde do último dia da quermesse, Hiltrud juntou-se a Marie, que, mais uma vez, estava sentada na grama, à beira da estrada.

– Vou continuar viagem amanhã. Como seu pai ainda não apareceu, é melhor você ir comigo.

Marie balançou energicamente a cabeça.

– Quero ficar aqui, esperando por ele. Ele chegará... Algum dia...

Hiltrud, irritada, levantou o braço direito e deixou-o cair em seguida.

– Você está louca! E do que é que você pretende viver?

– Se for necessário, mendigarei.

– É mesmo? – zombou Hiltrud. – Você sabe o que isso significa? Para os cidadãos, ali na cidade, você não passará de um problema a ser enxotado. E, se você está pensando que a mendicância a protegerá das arbitrariedades e da crueldade dos homens, está muito enganada. A pessoa pode ser velha e feia quanto quiser, mas, se estiver sozinha, qualquer mendigo leproso pode arrastá-la para um arbusto e usá-la ao seu bel-prazer. Quanto mais uma menina nova e bonita como você, que atrairá todo e qualquer malandro como fruta podre atrai vespas. Aquele que dá esmolas no mosteiro a deitará no feno da mesma forma que o servo do estábulo daquela taberna, na frente da qual você pretende mendigar. E, se você se juntar a um grupo de mendigos, sua sorte não será melhor. Você não só terá que servir ao líder do bando e aos amigos dele, mas também aos homens para os quais eles vão alugá-la por algumas horas ou uma noite.

Marie abaixou a cabeça e mordeu os lábios.

– Meu pai virá me buscar – repetiu ela, teimosa. – Mais tardar amanhã ele estará aqui.

Hiltrud viu aqueles olhinhos suplicantes e suspirou.

– Então, está bem! Ficarei até depois de amanhã, cedinho. Aí, sairá uma caravana na direção de Trossingen. Vou perguntar ao líder se podemos nos juntar a ela. Ulrich é um sujeito muito bom e não me incomodo em abrir as pernas em troca de sua proteção.

Os olhos de Marie encheram-se de lágrimas com a idéia de que cada passo que Hiltrud dava em sua vida era remunerado com seu corpo.

– Quando meu pai chegar, prometo, você não precisará mais vender seu corpo!

Hiltrud fez um muxoxo e olhou ao longe. Mas sua fisionomia revelava que não acreditava que Matthis Schärer apareceria. Quando Marie percebeu a dúvida da prostituta, sentiu a esperança que alimentara nos últimos dias se pulverizar e dar lugar a um grande vazio. Ela não sabia mais o que fazer. Estava claro que não poderia ficar com Hiltrud, pois, mais dia menos dia, também teria que levar homens para a tenda. Levantou os ombros e apertou a coberta ainda mais de encontro ao corpo.

– Erich, o vendedor de condimentos, perguntou se eu não quero trabalhar para ele. Ele disse que tem um casebre nas imediações de Meersburg, onde meu pai tem uma propriedade. Talvez eu devesse acompanhá-lo e convencê-lo a contatar meu pai.

Hiltrud olhou para ela com a cabeça inclinada e deu uma gargalhada.

– Então, sugiro que você vá antes com aquele fedorento do Bodo, o vendedor de cerâmicas, pois ele, pelo menos, é solteiro. Você é muito bobinha, Marie. Erich tem mulher e um estábulo cheio de filhos, para os quais sempre volta a cada inverno. Ele vai usá-la, bater em você, porque isso o diverte, e depois vendê-la a outro comerciante, que você também não sabe se vai largá-la no meio da estrada, durante o inverno, ou passá-la adiante para o próximo cafetão. Eu o conheço tão bem quanto os demais comerciantes, porque sempre nos encontramos de novo nas quermesses. Se você trabalhar para um desses sujeitos, vai ter que servi-lo de todas as formas sem saber quando ele a enxotará sem um centavo. Tenho que reconhecer que, nesse caso, prefiro meus clientes. Quando um deles me trata mal ou fede demais, simplesmente não deixo entrar na tenda.

Marie fitava-a chocada.

– Você quer dizer que aquele simpático do Erich também quer que eu... – balbuciou ela.

– Pode ter certeza disso! Ele não deixaria escapar uma gostosura como você! A maioria dos homens desta feira teria dado tudo para fazer uma visitinha entre as suas pernas. Você não imagina quantas ofertas eu recebi por você! Por Deus, garota, aqueles sujeitos só lhe deixaram em paz porque você estava comigo. Afinal, todo mundo já sabe que eu viro fera se me criam problemas.

– Não entendi! Como assim, eles têm medo de você?

Um sorriso malvado estampou-se no rosto de Hiltrud.

– Há alguns anos, o servo de um carroceiro estuprou e estrangulou uma jovem prostituta que viajava comigo e com algumas outras colegas de profissão, sem que fosse levado à justiça. Algumas semanas mais tarde, ele se encrencou com um mercenário suíço a ponto de irem às vias de fato. Ele não sobreviveu. Alguns dias antes desse evento, minhas colegas e eu havíamos convidado o suíço à nossa tenda e o mimamos de todas as formas, durante horas.

Marie engoliu em seco ao imaginar a situação, mas ao mesmo tempo sentiu um estranho alívio. Prostitutas errantes não tinham qualquer direito e estavam à mercê da benevolência e da indulgência de guardas, fiscais de feiras e tipos assim. Mas, se elas se mantivessem unidas e chegassem a fazer amizade com seus clientes, então até elas conseguiam defender a própria pele. Sozinhas, entretanto, eram tão impotentes quanto um pintinho sem galinha.

Muda e ensimesmada, Marie acompanhou Hiltrud para a tenda. Era muita coisa para assimilar de uma só vez. Ela se sentia como um camundongo sobre o qual já pairava a sombra do gato.

Durante a noite, sonhou com o pai. Primeiro, parecia que ele vinha salvá-la, mas, mal ela tinha recuperado as esperanças, ele se transformou em Ruppert diante de seus olhos. O noivo a empurrava para a sarjeta, zombando dela e chamando-a de "puta imunda". Ela acordou com o próprio grito e viu Hiltrud como uma sombra escura curvada sobre dela.

– O que houve, Marie?

– Nada, só tive um pesadelo.

Hiltrud tateou sobre o rosto de Marie até que a palma quente de sua mão descansou sobre a testa da menina.

– Pelo menos você não está com febre. Graças a Deus! Tente dormir de novo, Marie. Quem sabe você tem sorte e seu pai aparece mesmo amanhã.

– Espero que sim. – Marie pegou a mão de Hiltrud e acariciou-a. – Durma bem, você também.

Enquanto Hiltrud adormeceu logo, Marie ficou acordada durante muito tempo. Desde seu julgamento em Constança, a lembrança do noivo não a deixava e, dia após dia, tornava-se cada vez mais claro que ele também era culpado da sua desgraça. A ele, certamente, cabia igual parcela de culpa que aos três homens que a haviam violentado. Aos poucos, ela já conseguia pensar naqueles dias mantendo certo distanciamento e, naquela noite, parecia que os fragmentos de suas lembranças se encaixaram, por si mesmos, formando uma imagem.

Era impossível que Linhard, Utz e Hunold tivessem agido sozinhos. Da mesma forma, Euphemia dificilmente teria jurado em falso por iniciativa própria, provocando a desgraça de Marie. O rosto estreito e sempre controlado do magistrado surgiu diante de seus olhos com tal nitidez como se ele estivesse, de fato, na sua frente. Não havia nenhuma ponta de simpatia em seu olhar quando ele pedira sua mão. É mesmo! Ele até a evitara, como se não quisesse ter nada a ver com ela. Isso indicava que ele era o instigador dos outros quatro. Marie não conseguia explicar o motivo para ele desejar tanto sua desgraça, mas estava mais do que convencida de que ele tinha planejado tudo.

No dia seguinte, o gramado foi se esvaziando a olhos vistos. Os comerciantes juntavam suas mercadorias, atrelavam as magras éguas ou a si próprios às carroças e seguiam viagem. Os saltimbancos também levantaram acampamento. Jossi passou com exagerada indiferença por Hiltrud, embora lhe lançasse um olhar inquiridor. Como ela não fizesse menção de desmontar a tenda, ele lamentou, dando de ombros, e fez um sinal para que seu grupo partisse.

Perto do meio-dia, a tenda de Hiltrud era a única que sobrava no gramado. De repente, Marie achou aquele silêncio à sua volta deprimente. A grama estava pisoteada por todos os lados e, onde antes havia barracas e tendas, tinha ficado amarelada. Pouco depois de o sino badalar duas horas, um guarda da cidade apareceu e perguntou, pouco amável, o que elas ainda estavam fazendo ali. Para alívio de Marie, ele se deu por satisfeito quando Hiltrud lhe disse que seguiriam viagem para Trossingen no dia seguinte, junto com a caravana Ulrich.

À tardinha, Peter Ervraiz ainda deu uma passadinha para dar uma última olhada nas costas de Marie. Enquanto tocava nas cicatrizes, que, aos poucos, iam clareando, mexeu a cabeça, satisfeito.

– Muito bom, minha filha! Os vergões se fecharam e devem sarar sem deixar maiores cicatrizes. Mas você não deve carregar nada nas costas durante algum tempo.

Marie abaixou a cabeça.

– Não tenho nada para carregar, já que não tenho mais nada de meu. Nem mesmo a túnica que estou vestindo é minha.

O farmacêutico sorriu apontando para uma trouxa que havia trazido.

– Trouxe algumas roupas que tinha no sótão. Elas pertenciam à minha mulher. Ela engordou de tal forma nos últimos anos que, certamente, não dará por falta. Mas elas caberão numa menina esbelta como você.

– Muito obrigada, Peter, você é maravilhoso! – Hiltrud beijou-o no rosto e pegou a trouxa. – Vou costurar, imediatamente, fitas de prostituta nelas para que ninguém reclame ao vê-la com trajes de cidadã.

– Você realmente tem que fazer isso? – Marie não gostou da idéia de ser estigmatizada como prostituta.

Hiltrud bufou, irritada.

– Se não fizermos isso, os carroceiros não nos levarão. E, se viajarmos sozinhas, seremos presas fáceis para qualquer bando de homens que cruzar nosso caminho. Eu já expliquei isso para você, ou não?

Peter Ervraiz concordou.

– É melhor obedecer a Hiltrud. Ela tem razão. Agora, vire-se para eu ver a frente mais uma vez.

Marie levantou hesitante a túnica e cerrou os dentes, enquanto os dedos de Peter a tateavam entre as pernas.

– Também aqui parece que tudo vai ficar bem. Mas é bom esperar uma semana ou duas antes de se meter com homens. Não seja econômica com a tintura da Hiltrud e com a pomada que eu preparei para você, pois justamente os ferimentos na vagina precisam sarar por completo. Veja, ainda lhe trouxe mais um pote cheio.

A única coisa que Marie ouvia era que tinha que sarar logo para se prostituir. Teve vontade de jogar a pomada aos seus pés. Estava convencida de que jamais voltaria a se meter com um homem em sua vida. Hiltrud percebeu o faiscar de seus olhos e pegou-a pelo braço.

– Você poderia me fazer um favorzinho e deixar-nos a sós, Marie? Gostaria de me despedir de Peter. Se quiser, pode dar uma voltinha, porque deve demorar um pouco.

Marie saiu da tenda em silêncio e começou a caminhar pelo gramado em direção à estrada. Lá, ela se sentou no lugar de costume e ficou olhando para os viajantes, que ainda passavam por ela em grande número. Em sua maioria, eram pessoas que deixavam Merzlingen para retornar às suas cidades, mas também havia os que começavam viagem rumo a outra feira. Poucos vinham de Singen para Merzlingen. Marie observava cada um, cuidadosamente, mas nenhum era seu pai, seu tio Mombert ou alguém conhecido.

Ela continuou lá bem depois do escurecer e de o ar frio da noite lhe cortar a pele. Marie não sentia nada além de um vazio e decepção. Não conseguia entender por que o pai a havia abandonado. Depois, pensou que ele não poderia ter adivinhado para onde Hiltrud a trouxera. Talvez ele estivesse procurando por ela pelo Reno, ou até tomado a estrada para Messkirch ou Tengen. Algum dia, entretanto, ele também acabaria vindo para cá.

Mas o que aconteceria se ela seguisse viagem com Hiltrud para Trossingen, que ficava do outro lado do Danúbio? Com certeza, jamais passaria pela cabeça do pai que ela pudesse ter ido para lá. Depois de tudo que Hiltrud e o farmacêutico lhe haviam dito, no entanto, estava claro que ela não podia permanecer sozinha ali. Apesar de ficar horrorizada cada vez que Hiltrud levava um cliente para a tenda, a prostituta era a única pessoa da qual podia esperar ajuda. Peter Ervraiz não podia fazer mais nada por ela, pois sua mulher era muito severa. Portanto, só lhe restava uma opção – seguir viagem com Hiltrud.

De repente, ela sorriu. A situação ainda não estava perdida, pois o farmacêutico havia dito que ela ainda teria que esperar duas semanas antes de se deitar com homens. Até lá, seu pai certamente a teria encontrado. Quem sabe, antes disso, ela encontrasse um negociante conhecido que pudesse levar uma mensagem dela ao pai. Aí, finalmente, ele saberia onde procurá-la.

A idéia animou-a um pouco, até o momento em que lhe veio a possibilidade de encontrar-se com alguém que assistira à sua flagelação no tronco. Ela se perguntou se teria coragem de ficar cara a cara com um cidadão de Constança. Marie oscilava entre a esperança de salvação e a desesperança daquela situação, até não saber mais o que pensar. Foi nesse estado de espírito que voltou à tenda e deitou-se, sem uma palavra.

Hiltrud curvou-se em sua direção para desejar-lhe boa-noite e percebeu que Marie estava tremendo. Ela gostaria de tê-la consolado, porém sabia que nenhuma palavra no mundo seria capaz de diminuir a dor que sentia no íntimo. Assim sendo, apenas puxou-a para si, a fim de dar-lhe um pouco de calor humano.

Na manhã seguinte, Marie ajudou Hiltrud a desmontar a tenda e carregá-la na carroça de tal forma que pudesse secar ao sol durante o dia. Depois de um café-da-manhã bem magro, que consistia apenas de uma caneca de leite de cabra e de um pedaço de pão dormido, atrelaram as cabras e caminharam em silêncio, lado a lado, na direção da estrada.

Elas não precisaram esperar muito, pois, pouco tempo depois, aproximou-se uma fileira de carroções, com rodas da altura de um homem, cada um puxado por seis bois fortes. Com um sorriso malicioso, os tropeiros apontavam para a nova companhia e faziam comentários insinuantes, que Hiltrud respondia à altura. A escolta que protegia a caravana de ladrões era formada por homens mal-encarados e armados que não demonstravam o mínimo interesse por elas, muito pelo contrário, viravam os rostos bafejando.

Hiltrud deu uma cutucada na cintura de Marie para adverti-la.

– Mantenha distância daqueles homens. Durante o dia, eles desprezam você. À noite, arrastam-na para uma moita antes de você conseguir respirar.

Depois, ela foi cumprimentar o líder. Era um homem de meia-idade, corpulento, trajando as roupas simples, porém resistentes, de um mercador viajante.

– Cá estamos nós, Ulrich. Gostaria de lhe agradecer, novamente, por podermos acompanhá-lo.

Ulrich Knöpffli olhou com desdém para a carroça com as cabras.

– Vocês vão ter que se apressar se quiserem manter o passo. Não pensem que vamos parar no meio do caminho para esperar por vocês.

– Não se preocupe. Não atrasaremos vocês. – Hiltrud colocou, rindo, o tirante sobre o ombro para ajudar as cabras e enfileirou-se atrás da caravana, na última posição.

VI

O crepúsculo ainda não havia cedido lugar à noite, mas as minúsculas faíscas que saíam da fogueira já pareciam estrelas cadentes durante os rápidos momentos em que fulguravam. Marie tinha a cabeça apoiada no joelho e pensava que sua vida anterior também tinha se apagado em um piscar de olhos. Seu olhar passou de relance pelas quatro mulheres que, como ela, rodeavam a fogueira e jogavam sombras trêmulas no gramado. Hiltrud estava à vontade e calma, como sempre. Ela mantinha um galho sobre a chama, em cuja ponta havia espetado uma bola de massa. De tempos em tempos, puxava-o para si para examinar o pão, mas só se deu por satisfeita quando a crosta estava completamente preta, queimada.

Ela quebrou um pedaço e ofereceu à Marie.

– Esta é a sua parte.

– Obrigada. – Marie pegou o pedaço e o soprou, pois o pão ainda estava pegando fogo. Ela começou a jogá-lo de uma mão para a outra, enquanto Hiltrud esperava que o seu pedaço esfriasse na extremidade do galho.

O pão era feito apenas de farinha e água, sem um grão de sal, mas Marie devorou-o, esfomeada, e mais um pedaço teria sido bem-vindo para saciar a fome do seu estômago barulhento. Fora uma caneca de leite de cabra, essa era a primeira refeição do dia, pois a caravana só fazia pausas quando os animais tinham que beber. Ulrich Knöppfli queria chegar ao albergue antes do anoitecer. Naquele exato momento, ele estava na companhia de outros comerciantes e de viajantes mais abastados na taverna, cujas janelas, iluminadas pelos archotes, se diferenciavam das paredes escuras. Os carroceiros e demais servos reuniram-se no pátio, bebendo vinho, enquanto Hiltrud e Marie haviam sido rechaçadas arrogantemente e tiveram que pernoitar do lado de fora do portão. Para seu alívio, três outras prostitutas, que o taberneiro também havia proibido de pernoitar no pátio, juntaram-se a elas.

Nessa noite, Marie aprendera mais uma lição na luta pela sobrevivência na estrada. O taberneiro não só as expulsara de sua propriedade, mas também cobrara mais delas, por uma sopa rala e um naco de pão, do que pedia por uma fatia de assado dos clientes mais endinheirados. Hiltrud dera-lhe as costas, sem dizer uma palavra, e montara a tenda protegida por uma cerca de roseira-brava, enquanto as demais prostitutas continuavam discutindo com ele. Finalmente, as três mulheres fizeram companhia a Marie e sua amiga e aceitaram, agradecidas, a sugestão de Hiltrud de misturar a farinha que ainda tinham para fazer uma massa simples de pão. O pão assado na ponta do galho matava a fome pelo menos tão bem quanto a comida do taberneiro.

Enquanto Marie lambia os últimos grumos dos dedos, ela avaliava as três prostitutas desconhecidas que, como Hiltrud, também percorriam as estradas havia anos. Nos últimos dias, ela havia tido uma prova do que significava ser desterrada e marginalizada, e perguntava-se como aquelas mulheres conseguiam suportar tal vida. Prostitutas errantes eram tratadas de maneira pior do que mendigos nas escadarias das igrejas. Elas estavam sujeitas à arbitrariedade dos guardas das cidades, que as tratavam como bicharada inconveniente, e à boa vontade de alguns poucos. Durante aquela curta viagem, os portões da cidade e das tabernas haviam permanecido fechados à sua passagem, de forma que ela teve que pernoitar ao sereno ou na tenda de Hiltrud, em algum lugar entre arbustos ou sob os galhos de árvores, tendo a vegetação como única proteção contra os olhares de estranhos.

Em Tuttlingen, havia conhecido um perigo bem diferente. Lá, um homem gordo e calvo a abordara e a convidara a visitar seu albergue, com extrema amabilidade. Hiltrud só rira e dissera que, certamente, Marie não gostaria de cair nas mãos de um cafetão, que lhe tiraria o dinheiro ganho com muito sacrifício e bateria nela cada vez que o desobedecesse. O homem afastara-se, praguejando, e, para se vingar, enviara os guardas da cidade, que as expulsaram de onde estavam acampadas, fazendo ameaças. Naquela noite, haviam sido obrigadas a desmontar a tenda, úmida da garoa, às escuras e, a certa distância da cidade, na várzea do Danúbio, montá-la novamente, sem uma fogueira à entrada para afastar os mosquitos.

Nesse meio-tempo, Marie havia se conscientizado de que, junto com a túnica da vergonha que lhe havia sido imposta em Constança, também lhe fora queimada na testa a marca de Caim, que a mantinha, sem piedade, no lodaçal da sociedade humana. Somente os leprosos valiam menos ainda, mas isso porque as pessoas sãs evitavam sua proximidade por temerem ser contagiadas. Uma prostituta era desejada quando estava no lugar certo, na hora certa. Durante quermesses e grandes festas religiosas, as autoridades locais se alegravam por poderem contar com a presença de prostitutas ou de servas solícitas, como eram chamadas, enquanto, no resto do ano, elas eram descritas como irmãs do diabo e, freqüentemente, escorraçadas.

Marie havia compreendido, a essa altura, que seu pai, apesar de toda a sua riqueza, não conseguiria comprar seu retorno à sociedade burguesa. Mesmo que ele a envolvesse em seus trajes de outrora, e ela pudesse viajar, sob sua proteção, sem aquelas fitas amarelas estigmatizantes, não haveria lugar algum onde seria considerada uma cidadã honrada de novo. A única chance de estender o manto do esquecimento sobre sua desgraça seria casar-se com um cidadão digno que se dispusesse, em troca de um generoso dote, a fazer vista grossa e ouvidos moucos assim que os boatos sobre sua vergonha o alcançassem. Ela podia se dar por satisfeita por não ter tido a mesma sorte de Fita, a mais nova das outras três.

Fita era uma mulher bonita, introvertida, com pouco mais de 20 anos, cabelos castanhos e nariz e bochechas cobertas de sardas. Ela tinha sido serva na residência de um artesão abastado e fora obrigada a se entregar a ele. Quando Fita engravidou, a mulher de seu senhor a acusou de prostituição perante o padre da igreja e exigiu severa punição. O devoto clérigo ordenou que ela fosse chicoteada e ferreteada em ambos os ombros. Marie havia visto as marcas enquanto se banhavam no riacho. Mesmo tendo clareado com o tempo, a aparência delas ainda era horrível.

Berta, a colega rechonchuda de Fita, uma mulher baixa de rosto redondo e vermelho, com cabelos negros e curtos, parecia não ter tido uma sina tão pesada e estava até mesmo satisfeita com a vida que levava. Ela sempre tomava a palavra, só falava de si mesma e de homens, e isso usando termos que faziam Marie corar. Seu corpo era o capital de seu negócio, moeda de troca com a qual agiotava. Mas, segundo suas próprias palavras, ela não era muito exigente no que se referia aos clientes e, a julgar por seu cheiro, também não tinha a própria higiene em alta estima. Ela devia ser apenas alguns anos mais velha do que Hiltrud, mas dava a impressão de acabada.

A terceira mulher chamava-se Gerlind e era a mais velha de todas. Tinha os quadris largos de uma matrona, mas seu rosto ainda era tão liso quanto o de uma jovem. Somente os cabelos grisalhos e abundantes, que lhe caíam até os quadris, revelavam sua idade. Ela se mantinha asseada e também cuidava de suas vestes, e sua boa aparência era um visível motivo de orgulho. Hiltrud tratava Gerlind com uma respeitosa timidez, por ela conhecer os segredos de muitas ervas, das quais destilava poções e tinturas úteis. Nesse sentido, ela tinha até mesmo – e isso Hiltrud sussurrou a Marie – mais experiência do que Peter Ervraiz.

Berta, que naquele momento dava o melhor de si ao contar uma nova história, ouviu o comentário de Hiltrud e cutucou Gerlind.

– Naquela época, eu poderia ter usado o seu caldo para evitar a gravidez. Assim, teria me livrado de quatro gestações. Mas eles não sobreviveram muito tempo, os pobres coitados.

– Não é culpa minha! – retrucou Gerlind.

– Não estou reclamando, muito pelo contrário, fico feliz por você me dar esse negócio. Se eu penso naquelas infelizes dos prostíbulos da cidade, que têm que abrir as pernas para todo mundo, do guarda do vilarejo ao prepósito da catedral, e acabam tendo uma cria por ano, fico arrepiada. É com prazer que abro mão de um telhado sobre minha cabeça em troca de liberdade e autonomia.

Fita virou a cabeça e levantou as mãos em desagrado.

– Eu daria quase tudo se pudesse servir a alguém que me desse de comer duas vezes por dia e se tivesse um teto sob o qual dormir. Como odeio esta vida!

Berta olhou para ela, sem entender.

– O que tem de tão ruim em ser uma prostituta errante? Somos nossos próprios senhores e podemos fazer tudo que queremos. Se nos der vontade de ir para a Boêmia ou para as margens do Reno, nós vamos. Comparado com as "Oh! Tão nobres esposas", temos uma vida boa. Elas estão à mercê de seus maridos, que têm maior prazer em espancá-las do que em transar com elas; e, se forem reclamar com o padre, ele ainda vem com uma conversa de que essa é a vontade de Deus. Não que eu não consiga imaginar algo melhor do que estar aqui, diante desse albergue desgraçado, mas sempre me digo que hoje é hoje e amanhã é outro dia. Pensamentos supérfluos só atrapalham.

Fita levantou a cabeça, exasperada.

– Você não poderia estar mais certa! Às vezes, gostaria de poder refrear meus pensamentos como um cocheiro seus cavalos, mas não consigo. Sempre penso no passado e sofro por ter de pecar diariamente para sobreviver.

Berta deu uma gargalhada.

– Se você não agüenta umas boas fodas, melhor se afogar.

Fita entrelaçou os dedos das mãos, como se fosse rezar.

– As portas do céu permanecem fechadas aos suicidas e não quero perder as esperanças de ser recebida lá em cima. Deus sabe como sofro e será misericordioso. Jesus não se compadeceu de Maria Madalena, embora ela fosse prostituta?

Enquanto as prostitutas conversavam animadamente, um dos servos dos carroceiros abriu o portão do albergue e olhou para elas. Berta levantou-se e foi rebolando em sua direção. As outras ficaram olhando enquanto ela trocava algumas palavras com ele para, depois, desaparecem atrás de uma moita.

Gerlind sacudiu a cabeça, em reprovação.

– Berta procura o caminho mais fácil e, com isso, transgride todas as regras, sem pensar. Isso ainda vai lhe custar muito caro.

Marie, que até então tinha ficado calada, escutando, olhou para ela, curiosa.

– Que regras?

Gerlind levantou as sobrancelhas, como se a ignorância de Marie a surpreendesse.

– Aquelas que jamais foram escritas, mas que facilitam a nossa sobrevivência. Em uma feira, somos todas concorrentes. Ali, Berta pode abordar qualquer homem e negociar com ele. Quando estamos juntas, no entanto, esperamos até que um homem se aproxime de nós e fazemos com que ele acabe escolhendo aquela que, nos últimos tempos, ganhou menos. Fita teria sido a próxima.

– Fazemos isso para que todas nós tenhamos dinheiro suficiente para a viagem – acrescentou Hiltrud. – Acabaria dando briga se uma ou duas prostitutas passassem fome enquanto as demais tivessem o que comer. Nós preferimos nos juntar e formar grupos maiores quando viajamos de uma feira a outra, assim, não precisamos ficar mendigando com mercadores ou líderes de outras caravanas. Em cinco, já dá para enfrentar as estradas.

Aquilo soava como um convite para as outras três.

Gerlind avaliou Marie, cética.

– No que diz respeito a você, Hiltrud, eu não pensaria duas vezes. Mas e a sua companheira? Ela não é uma de nós.

– Marie é uma pobre coitada com a mesma sorte trágica de Fita. Talvez, até pior, pois ela foi violentamente estuprada e machucada de tal forma que só poderá trabalhar em uma ou duas semanas. Assim que ela sarar, vai começar a trabalhar como nós.

Marie estremeceu com as palavras de Hiltrud. Ela jamais faria isso, pensou. Ao mesmo tempo, seu coração encolheu de medo. Se seu pai não a encontrasse a tempo, ela não teria outra opção, a não ser que seguisse o conselho que Berta dera a Fita e acabasse com a própria vida no rio mais próximo. As ondas certamente seriam mais clementes do que os seres humanos.

Enquanto Marie se batia com seu destino, as demais discutiam planos. Fita imediatamente tomou partido de Marie, na qual reconheceu uma companheira de infortúnio. Gerlind, no entanto, só fez meia promessa, após muito hesitar.

– Vamos esperar para ver o que Berta tem a dizer. Se ela não tiver nenhuma boa razão contra essa sugestão, podemos, a princípio, seguir juntas até a próxima feira.

Marie pensou nas noites em que Hiltrud e ela dormiram sozinhas na tenda, enquanto os servos do mercador usufruíam da proteção dos muros de uma cidade ou de um albergue. O pavor de ser atacada tomava conta dela a cada barulhinho e fazia com que se encolhesse sob a coberta.

– Mas não é perigoso se viajarmos sozinhas, sem a proteção de um grupo?

– Com cinco, podemos arriscar. Afinal, não somos coelhinhos indefesos.

Para reforçar, Gerlind levantou a bengala sobre a qual se apoiava e mostrou a Marie a ponta de ferro.

– Posso usá-la como um espeto. Berta tem um facão na bagagem e Fita leva um punhal sob a saia. Pode ter certeza de que isso é o suficiente para manter afastados mendigos impertinentes e ladrões. É claro que não temos nenhuma chance contra um bando maior, mas caravanas menores também não têm melhor sorte.

Hiltrud assentiu, sorrindo.

– Eu não disse, minha filha, que nós, sedutoras, não somos indefesas?

– Então, você também carrega uma arma? – Marie quis saber.

Ela não tinha nem pronunciado a última palavra e Hiltrud já segurava a machada na mão.

– Que tal, você acha que é o bastante? Afinal, você já rachou lenha com ela.

– Para mim, a machada não era uma arma.

Marie pegou-a da mão de Hiltrud e passou a ponta do polegar sobre seu gume. Ela sentiu as mossas que tinha provocado ao bater na pedra em vez de na lenha, e se propôs a afiá-lo assim que possível.

Gerlind olhou, preocupada, para a moita atrás da qual Berta havia desaparecido com o servo.

– Já está na hora de eles terminarem... Espero que o sujeito não tenha feito nada de mal a ela. É melhor eu ir ver.

Mas, antes de ela se levantar, o portão do albergue abriu-se mais uma vez. Sob a luz de um lampião, reconheciam-se os vultos de dois homens que se aproximavam, hesitantes, das mulheres. A julgar pelas vestimentas, o mais velho devia ser um mercador abastado, trajando um manto debruado com pele e um gorro de pele de castor. Seu acompanhante era um rapazola que tinha certa semelhança com o mais velho, e se segurava a ele como uma criança medrosa.

O mercador levantou o lampião e iluminou os rostos das mulheres.

– Um ninho cheio de prostitutas! Exatamente o que eu estava precisando.

Gerlind balançou a cabeça, indiferente, e quis dizer algo, mas o homem fechou a cara, imediatamente.

– Você, não, sua velha! Eu quero uma potra puro-sangue para ensinar ao meu filho o que ele tem que saber na noite de núpcias.

Fita levantou-se a um sinal de Gerlind.

– Estou à disposição. Se me derem um minuto, vou montar minha tenda.

– Numa noite agradável como a de hoje, o garotão certamente não resfriará a bunda – zombou o homem, empurrando o garoto na direção de Fita. – Faça o serviço bem-feito, sua vadia! Ele tem que aprender como é bom ser casado. Senão, ele ainda acaba sendo motivo de galhofa de sua prometida.

Não dava para ver quem estava mais infeliz, se Fita ou o garoto, que não devia ter nem 17 anos. Fita pegou-o pela mão e conversou docemente com ele, enquanto o empurrava entre os galhos baixos de alguns pinheiros. Por momentos, pareceu que o pai queria segui-los, quando seus olhos se fixaram em Marie.

– Minhas ancas também estão precisando relaxar. Vem, sua vadia!

Marie se afastou e se encolheu toda. O homem bufou irado e deu um passo em sua direção, como se quisesse levantá-la à força.

Hiltrud o impediu.

– Minha amiga não pode trabalhar no momento. Ela está doente.

O homem afastou-se e olhou com ar preocupado para as árvores, atrás das quais Fita havia sumido com seu filho.

Hiltrud sossegou o mercador.

– Não se preocupe, não é nada contagioso. Minha amiga se machucou, só isso. Quem sabe, o senhor se contenta com os meus serviços. – Ela curvou-se e permitiu que ele desse uma boa olhada no seu decote.

O homem refletiu por um momento, tirou seu manto, dobrou-o pedantemente e colocou-o sobre um galho mais resistente.

– Vem, sua vadia! Minha calça está quase estourando.

Hiltrud respondeu algo que o fez rir. Foi quando o terceiro casal desapareceu atrás dos arbustos.

Gerlind ficou olhando para eles e cuspiu no fogo.

– Que pessoa mais desagradável! Como cidadão abastado, acha que pode nos tratar de qualquer jeito.

Marie assentiu, deprimida.

– Ele age como se fôssemos propriedade sua.

– Se assim fosse, ele nos trataria com mais cuidado. Mas ele só percebe a nossa presença quando a braguilha fica apertada demais. Caso contrário, ele simplesmente passa de nariz torcido, fazendo-se de enojado, como se não existíssemos. – Gerlind imitava o tom de voz do homem de tal forma que, apesar da amargura das palavras, Marie teve que rir.

– Espero, pelo menos, que ele pague bem. – Mal tinha acabado de falar, Marie envergonhou-se de si mesma. Ela já falava com a vulgaridade de Berta. Se continuasse por muito tempo com aquelas mulheres, não demoraria muito e ela se tornaria ávida por dinheiro e depravada como aquela prostituta gordinha.

Pouco depois, Berta voltou para o fogo. Ela estava descabelada e parecia sem fôlego. Quando se aproximou da claridade da fogueira e olhou para a palma da mão, teve um acesso de raiva.

– Que cachorro sarnento! Fica pulando em cima de mim feito um coelho enlouquecido e ainda me passa para trás.

Gerlind disse secamente:

– Você deveria ter pedido pagamento antecipado.

– Ele me mostrou as moedas, mas, na escuridão, não deu para ver que ele tinha me dado moedas de Halle em vez das de Regensburg, como combinado – Berta bufou, ofendida, e estendeu as moedas para Gerlind.

Gerlind deu de ombros.

– A primeira coisa que uma prostituta tem de aprender é reconhecer as moedas com a ponta dos dedos. Você foi com muita sede ao pote, bem feito! Na verdade, era a vez da Fita.

– Era a vez dela? Eu tinha me esquecido disso. Onde é que ela está, afinal?

Berta olhou em volta. Nisso, Fita apareceu por entre os arbustos. O filho do mercador seguiu-a alguns passos e parou, de repente, para fechar as calças na claridade da fogueira. Sua cara abobada revelava o prazer que os últimos minutos haviam lhe proporcionado.

Seu pai precisou de mais tempo para voltar.

– E aí, descobriu o significado de "ser homem"?

O jovem assentiu, confuso.

– Acho que sim. Foi uma experiência esquisita, mas gostei!

– Espero que sim! Afinal, uma mulher dessas custa dinheiro e o meu não está aí para ser jogado fora.

O mercador tirou o manto do galho e, somente depois de tê-lo vestido, pareceu se conscientizar, novamente, da presença das prostitutas. Com um curto grunhido, que revelava sua infelicidade por ter que gastar dinheiro, abriu a bolsa de moedas, contou algumas e atirou-as no gramado ao lado da fogueira.

– Vamos, garoto! – ordenou ao filho e afastou-se, sem conceder um olhar sequer às mulheres.

– Que sujeitinho mal-educado! – Hiltrud tirou um galho da fogueira e iluminou o lugar onde ele havia jogado as moedas para juntá-las. – Não se pode dizer que ele seja muito generoso – disse ela para Fita, enquanto lhe estendia metade do pagamento.

Berta fez uma careta.

– Pelo menos, vocês ganharam mais do que eu.

Gerlind riu, maliciosa.

– Se você não tivesse furado a fila, o que Fita ganhou teria sido seu.

Berta parecia estar acostumada com as repreensões de Gerlind, pois não entrou em discussão.

– Quem eram aqueles dois?

– Um pai que queria desvirginar o filho e acabou ficando com apetite – esclareceu Hiltrud.

Marie começou a dar risadinhas, contra sua vontade.

– Não são só mulheres que são desvirginadas?

O riso frouxo também tomou conta de Gerlind.

– E como é que você chamaria isso, então? "Desraparizar" soa horrível!

– "Desmasculinizar" também não é o ideal, parece com castrar, e isso é bem diferente – acrescentou Berta. – Sua barriga e seus peitos balançavam tanto enquanto ria que, momentaneamente, deu a impressão de que suas banhas rasgariam o tecido puído de seu vestido.

Marie voltou a ficar introspectiva e começou a combater as lágrimas. Gerlind e Fita eram muito simpáticas, mas ela começou a ficar aflita de ter Berta como companheira de viagem. A mulher correspondia exatamente à imagem que cidadãos honrados faziam de uma prostituta errante. Ela era suja, ordinária e pensava apenas em tirar vantagem. E era justamente dela que dependia se Marie e Hiltrud poderiam juntar-se às outras três. A caravana com a qual elas haviam viajado até agora não estava a caminho de uma feira. Por isso, Hiltrud já estava pensando havia dois dias em se separar dela aqui, sem saber, no entanto, como conseguiria continuar viagem em segurança. Agora, que tinha duas bocas para alimentar, não podia se dar ao luxo de perder um dia sequer de viagem.

Gerlind sorriu para Hiltrud, por cima da fogueira, atiçando a chama até crescer de tal forma que iluminou a todas.

– Hiltrud acabou de sugerir que nós cinco viajássemos juntas. Descendo o Danúbio até Ulm, há uma série de feiras, nas quais podemos fazer bom dinheiro.

Marie admirou a habilidade de Gerlind. Ela trouxera à tona a sugestão de seguirem viagem juntas sem que Hiltrud parecesse uma pedinte.

Berta sacudiu a cabeça e colocou alguns galhos na fogueira antes de responder.

– Pensei que fôssemos na direção do Reno. Hiltrud e Marie podem acompanhar-nos até lá.

O suspiro de Gerlind revelou a Marie sua satisfação por ter conseguido resolver a situação sem muita discussão. A mulher olhou para Hiltrud com inocência, como se desconhecesse qualquer segunda intenção.

– O que você acha da sugestão de Berta?

– Ótimo! Nos portos do Reno dá para ganhar muito dinheiro.

Como nunca havia tido a intenção de viajar ao longo do Danúbio, Hiltrud não teve dificuldade alguma em fazer essa concessão.

– Estão está acertado, ficaremos juntas! – Berta assentiu satisfeita, como se ela tivesse saído vitoriosa em uma batalha contra todo o grupo. Ela esticou os braços e bocejou longamente. – Estou morrendo de sono. Deveríamos ir dormir.

Fita olhou em volta, apavorada.

– Não seria melhor se uma de nós montasse guarda? Os homens lá dentro estão fazendo uma barulheira, parece que estão todos bêbados. Para dizer a verdade, estou com medo deles.

Hiltrud concordou com ela.

– Eu também sou a favor de montar guarda. Esses sujeitos são capazes de aprontar uma conosco.

Marie começa, decidiu Gerlind, que, apesar da encenação de Berta, assumiu a liderança do grupo.

– Ela acorda Fita, que acorda Berta, que me acorda. Hiltrud pode pegar as primeiras horas da manhã.

Nenhuma das mulheres contestou. Marie pegou a bengala de Gerlind para defender-se, caso fosse necessário. Como o tempo estava bom, nenhuma delas havia montado a tenda. Assim, as quatro enrolaram-se em suas cobertas e deitaram perto da fogueira. Marie sentou-se entre elas, para ficar de olho no portão do albergue.

De tempos em tempos, ela colocava mais galhos na fogueira ou pedaços de raízes meio apodrecidas que Fita e ela haviam encontrado no bosque próximo, pouco antes do anoitecer. Para variar, procurou não pensar naquelas horas horríveis em Constança. A lembrança ficava espreitando nos limites de seu consciente, esperando apenas o momento oportuno para torturá-la. Para se distrair, começou a observar as mulheres que dormiam e tentou formar sua opinião sobre cada uma delas.

Ela já sabia o que pensar de Berta. Simplesmente não confiava nela. A mulher só pensava em seu próprio proveito e dava até a impressão de estar satisfeita com a vida de prostituta errante. Motivo para tal era, possivelmente, o fato de nunca ter conhecido outra vida. Fita, ao contrário, considerava o que se passava com ela como o purgatório na Terra e tinha esperanças de que todo aquele sofrimento lhe trouxesse a felicidade eterna. Segundo os comentários irônicos de Berta, a jovem prostituta depositava a maior parte do dinheiro arduamente ganho nas bandejas de oferendas das poucas igrejas que estavam abertas durante os dias de feira. Pelo fato de não ter a sagacidade de uma prostituta e, com isso, atrair menos clientes do que as demais, ela passava fome com freqüência ou se deitava com homens só para conseguir uma porção de farinha ou um pedaço de pão dormido. Marie se perguntava se Fita se submetia a todas aquelas privações na esperança de morrer cedo.

Gerlind era difícil de julgar. Ela tinha presença de espírito e certo humor negro, embora fosse um pouco fria e reservada. Já devia ter passado dos 40 há tempos, mas não estava tão acabada. Talvez isso se devesse ao fato de ela se manter menos com o que ganhava com a prostituição e mais com a venda de poções e pomadas, que destilava das mais diversas plantas. As outras prostitutas pagavam uma pequena fortuna pelo remédio contra gravidez indesejada. Barrigões espantavam os clientes, enfraqueciam as mulheres e causavam ainda mais problemas quando os bebês sobreviviam.

De repente, Fita começou a ficar inquieta. Levantou a cabeça, olhou para as estrelas e empurrou a coberta para o lado.

– Pode se deitar, Marie. Eu pego daqui, já que não consigo dormir, mesmo.

Marie atiçou o fogo com um galho para conseguir ver Fita melhor nas faíscas que subiam.

– Não passou nem meia hora!

– Como? Já passou mais de uma! – Fita cobriu a brasa com um punhado de folhas secas e ficou vendo as chamas crescerem entre elas. Seu sorriso dava uma impressão infeliz e fatalista naquela claridade vermelha e irrequieta, como se até o purgatório já significasse a redenção para ela.

Marie apertou as cobertas sobre os ombros, pois soprava uma brisa fresca.

– Eu também não consigo dormir ainda. Podemos conversar um pouco, assim o tempo passa mais rapidamente.

Fita levantou as mãos, como se não concordasse, mas abaixou-as em seguida e assentiu com a cabeça. Marie aproximou-se dela e fitou as chamas. Fita não parecia estar muito propensa a conversar, mas logo pegou a mão de Marie e começou a acariciá-la.

– Eles também a escorraçaram da cidade na túnica da vergonha, não é mesmo?

Marie assentiu.

– Isso mesmo, mas ainda não consegui descobrir como tudo aquilo aconteceu. Na noite anterior, fui dormir com a certeza de que seria levada ao altar, vestida de noiva, no dia seguinte. Durante aquela noite, no entanto, me arrastaram para um cárcere e me roubaram a virgindade. De manhã, condenaram-me como prostituta, fui açoitada e expulsa da minha cidade natal. Foi... Não, continua sendo um pesadelo sem fim.

– Um pesadelo... É, também tenho essa impressão, embora deva confessar que, para mim, não foi tão inesperado assim. – A voz de Fita soava doce. Ao contrário de Marie, ela não parecia sentir ódio. – Mas não pude fazer nada para evitar. Meu senhor era muito mais forte do que eu e me usava como se fosse um direito seu. E talvez fosse mesmo, pois, quando reclamei em casa, fui repreendida. Meus pais me disseram para deixar de ser tão sensível. A mulher do meu senhor foi muito severa comigo, mas deixava o marido fazer o que quisesse. Somente quando engravidei ela descarregou toda a sua raiva e o seu ciúme em mim.

Fita suspirou profundamente e contou sobre o processo que sua patroa tinha iniciado.

– Ela deve ter me odiado, pois seu marido tinha feito um filho comigo, enquanto ela ia todos os dias à igreja e rezava por herdeiros à Mãe de Deus, que, no entanto, nunca vinham. Mas o que eu tinha a ver com isso? O tribunal me condenou por prostituição e ordenou ao guarda que fosse severo comigo.

Fita olhou para Marie intensamente.

– Você sabe o que isso significa?

– Não.

– Primeiro ferretearam-me e depois chicotearam-me, sem levar em conta que eu estava grávida. Durante o castigo, perdi a criança. Ainda pude ver que era um menino. O padre que estava presente afirmou que, de qualquer forma, aquela criança iria para o inferno, e foi assim que enterraram o meu pequeno, sem batizá-lo. Mas tenho certeza de que Deus acolheu o meu filho no céu, pois ele era o que menos culpa tinha de meu senhor me obrigar a deitar-me com ele. Creio...

Fita falava e falava... Ela falava do filho como se ele estivesse em seus braços e ela o ninasse, invisivelmente, e o visse brincando no gramado celeste. Marie pensou, a princípio, que ela estivesse louca, mas logo compreendeu que uma religiosidade que nada tinha a ver com os ensinamentos da Igreja se manifestava em suas palavras. Fita parecia estar viva apenas para se penitenciar por seu filho, que não havia sido batizado, e para se preparar para o Reino dos Céus.

Enquanto escutava a história de vida de Fita, Marie teve uma ponta de inveja. Aquela mulher ainda acreditava na justiça divina e encontrava conforto na oração. Mas o que seria de Marie se o pai não a encontrasse em breve? Ela não tinha mais fé, embora continuasse rezando à Virgem Maria, pedindo que enviasse um anjo para guiar seu pai até ela a fim de livrá-la da vergonha. Mas suas preces eram palavras vazias, que não lhe traziam mais esperança.

Não, milagres não aconteciam mais neste mundo. Muitos lhe haviam dito que toda desgraça que acontecia no mundo era causada pelos três homens que se haviam nomeado papas e que brigavam entre si para saber qual deles era o verdadeiro representante de Cristo na Terra. A era do diabo e seus demônios transformava os homens em animais e permitia que pecassem contra todos os mandamentos divinos. Até há pouco, Marie não havia se interessado por esse assunto, mas agora estava convencida de que as pessoas tinham razão. Com sua discórdia, os três papas impediam a redenção que Jesus havia trazido para a humanidade, enquanto ofereciam as almas dos fiéis a Satanás.

Marie assustou-se com os próprios pensamentos. Se ela se convencesse disso, perderia qualquer ponto de apoio e acabaria sucumbindo. Mas não queria nem acabar como Fita nem optar voluntariamente pela morte, e, sim, continuar acreditando que seria salva em pouco tempo. Certamente não seria fácil para seu pai seguir sua pista, pois ela já tinha se afastado demais. Além disso, ele jamais imaginaria que ela tinha acabado entre as prostitutas errantes. Se ele visse em que condições ela se encontrava, ficaria de coração partido.

VII

No dia seguinte, o sol subiu no horizonte sem nuvens e raiava em toda a sua magnificência, secando o orvalho antes que pudesse se transformar em névoa. Em curto espaço de tempo, ficou tão quente que Berta começou a reclamar.

– Hoje vai ser mais quente do que ontem. Já estou suando em bicas.

Gerlind olhou para cima, preocupada.

– Estou mais preocupada com um temporal. Um dia como o de hoje pode trazer uma chuva de granizo de rachar o crânio.

Hiltrud também estava preocupada.

– Se chover granizo, temo mais pelas minhas cabras do que por mim. Quando chove, ainda posso acomodá-las na tenda, comigo, em caso de necessidade. Mesmo que no momento esteja um pouco apertado lá dentro.

– Não falem do diabo que ele acaba aparecendo – zombou Berta.

Fita, que estava justamente amarrando sua trouxa, olhou para elas.

– Não estou com vontade de me molhar.

– Nem você, nem a gente – disse Hiltrud, que atrelava, com a ajuda de Marie, as cabras à carroça e escondeu sua machada sob a coberta, de forma a ter fácil acesso a ela.

Fita também verificou com que facilidade alcançava seu punhal sob o vestido. E Berta amarrou o facão à cintura com uma corda. Como Gerlind tinha sua bengala, Marie era a única que estava desarmada. Ela procurou em volta e pegou um galho grosso o suficiente para ser usado tanto como porrete quanto como apoio para caminhar.

As três novas companheiras de viagem carregavam todos os seus pertences nas costas, enquanto Hiltrud e Marie andavam sem carga graças às duas cabras. Como não precisavam acompanhar a velocidade de carroças de boi, Hiltrud não se atrelou à carroça dessa vez. De tempos em tempos, ela tinha até que conter um pouco seus animais, para que as demais pudessem acompanhar seu passo.

A estrada passava primeiro por uma mata que parecia intocada, de carvalhos e faias seculares que se assemelhavam a gigantes petrificados. A proximidade entre as árvores era uma bênção para as mulheres, pois sua sombra as protegia dos raios do sol, que ardiam sobre a pele. Apesar disso, o suor escorria pelos rostos de Gerlind, Berta e Fita.

Marie lembrou-se dos últimos dias, durante os quais, só tentando acompanhar o ritmo de Hiltrud e das cabras, seus pés se abriram em feridas. Hoje, ela tinha a impressão de estarem fazendo um passeio agradável, perturbado apenas pelo roncar de seu estômago. Quando o sol ficou a pino e nenhum obstáculo o impedia mais de calcinar a estrada, também ela começou a sentir calor. Berta comentou que esse era o tipo de tempo em que nenhum bandido sairia de sua toca escura, muito menos tentaria violentar cinco moças que caminhavam sozinhas. As demais riram com a piada, mas Marie, involuntariamente, deu uma olhada em volta para ver se não havia ninguém à espreita. Mas, à sua volta, só havia o farfalhar do bosque e o balir das cabras pedindo água.

Perto do meio-dia, a oeste, o céu tornou-se cinza como chumbo. Gerlind ficava monitorando, preocupada. Pouco mais de uma hora depois, quando chegaram a uma cabana entortada pelo vento, daquelas usadas por pastores de porcos quando pernoitavam nos bosques, ela sugeriu que se abrigassem ali, até o temporal passar.

Berta apontou para o cercado atrás da cabana. O fedor de excremento de porcos alcançava a estrada.

– Não, obrigada, é melhor seguirmos. O próximo albergue não está longe.

Marie ficou surpresa de ser justamente Berta quem reagia cheia de melindres. Gerlind, no entanto, bufou, irada, e fincou sua bengala no chão.

– Pode estar certa de que não conseguiremos um teto ali. Afinal, você conhece o dono, ou se esqueceu? Ele cobra até para dormir em cima de palha podre e pulguenta nos abrigos abertos. A nós, então, ele não permitiria nem que nos abrigássemos do vento atrás das carroças de carga. Não, Berta, eu sei muito bem o que você pretende. O que você quer mesmo é chegar cedo para poder deitar-se com o maior número possível de servos de carroceiros.

Marie começou a dar risinhos, contra sua vontade. A julgar pelo olhar furioso de Berta, a sua intenção era, realmente, conseguir o maior número possível de clientes. Fita, ao contrário, parecia satisfeita de poder descansar mais um pouco.

Embora fosse velha, a cabana ainda tinha um telhado firme, de ripas de madeira cobertas por uma grossa camada de juncos. Dentro, havia um monte de folhas apodrecidas e outros detritos que tinham voado com o vento através das aberturas das portas tortas sustentadas por suportes de couro fendido. Em um dos cantos, havia excrementos de animais. Fita aparou um galho até conseguir uma forquilha rudimentar, com a qual varreu a imundície para fora. Hiltrud e Marie recolheram grama e galhos de bétula para forrar o chão e, assim, terem o mínimo de conforto antes da chegada do temporal. Por fim, ainda levaram as duas cabras para dentro e cobriram a carroça com uma camada de galhos folhados para protegê-la.

Mal haviam se acomodado, as comportas do céu se abriram. Já nos últimos minutos, a derradeira luz do sol havia dado lugar a uma meia-luz cinza-azulada. Gerlind apontou para uma nuvenzinha esbranquiçada que flutuava perdida a oeste, sob um céu negro como piche, e fez o sinal-da-cruz.

– Por Deus, vamos ter chuva de granizo mesmo! Se tivéssemos dado ouvidos a Berta e continuado viagem, o granizo teria nos alcançado bem antes de chegarmos ao albergue.

Da porta, todas fitaram a pequena nuvem, que, de repente, começou a crescer com uma velocidade descomunal enquanto mudava a tonalidade para um amarelo-canário e, finalmente, cobria todo o horizonte a oeste. Não demorou muito para alcançar a cabana. Naquele momento, as cinco mulheres ouviram um ramalhar esquisito vindo dos galhos das árvores, superado, em instantes, por um estalar e crepitar violento.

Pela fresta da porta, Marie viu, apavorada, pelotas de granizo do tamanho de um ovo dançarem em volta da cabana. Não era a primeira vez que ela presenciava um temporal, mas, até então, sempre se sentira segura e protegida sob o teto da casa paterna. Ela temia que o telhado não resistisse à força da natureza e as expusesse à chuva de granizo. Por puro medo, abraçou com força uma das cabras, que começou a se virar e coicear, nervosa. Hiltrud segurava a outra, que tremia em seus braços, e, para proteger-se e ao dócil animal da natureza enfurecida, puxou a coberta sobre ambos.

A tempestade de granizo terminou tão subitamente quanto havia começado. Pouco antes, ainda ouviu-se um barulho como se o telhado fosse ceder sob o peso das pelotas de granizo. De repente, tudo tinha passado como uma assombração maligna. O céu abriu-se, e o primeiro raio de sol entrou timidamente no barraco.

Gerlind foi a primeira a levantar-se e fez um sinal para que Marie a ajudasse a empurrar a porta, pois as pelotas de granizo tinham formado um talude em volta da casa. Quando saíram, afundaram os pés numa massa, que rangeu. Os pedaços de gelo eram tão frios que o coração de Marie quase parou de bater. Ela gritou e recuou assustada.

– Você é mesmo muito melindrosa! – zombou Berta, que estava afundada até a batata da perna nas pelotas de granizo. – Mire-se no nosso exemplo: somos bem mais resistentes que as mulheres da cidade e não desmaiamos por qualquer ventinho frio.

Marie estava, realmente, prestes a desmaiar, mas cerrou os dentes e entrou na massa gelada.

Hiltrud apontou para a estrada, onde o branco do granizo se misturava ao verde dos galhos quebrados.

– Isso não me parece nada bom!

Fita se sacudiu.

– Receio que teremos de pernoitar aqui. Não vai dar para passar por aí.

Gerlind olhou para o céu, que clareava rapidamente, e sentiu a energia do sol sobre sua pele.

– Vai dar, sim! Em no máximo meia hora, não sobrará muita coisa do granizo.

– Mas, se tiver uma árvore caída bloqueando a estrada, o que vamos fazer? – perguntou Fita, preocupada, apontando para a carroça de Hiltrud.

– Então, a gente simplesmente passa por cima, sua medrosa. – Berta pendurou a trouxa nas costas e também abandonou a cabana. – Vai ficar um pouco mais de frio nos pés, mas, se andarmos mais depressa, vamos nos aquecer rapidinho. – Dito isso, ela pôs o pé na estrada sem esperar pelas demais.

Hiltrud tirou os galhos que protegiam a carroça e constatou, aliviada, que ela continuava intacta. Marie tirou as cabras da cabana e ajudou a atrelá-las. Uma grossa camada de galhos quebrados, de todos os tamanhos, se misturara com as pelotas de granizo, formando um tapete que alcançava até o tornozelo e tornava a caminhada um suplício. Gerlind e Fita, no entanto, andavam energicamente atrás de Berta, olhando impacientemente, de tempos em tempos, para as companheiras que ficavam para trás. Não restou outra opção a Hiltrud, senão atar uma corda em volta dos ombros e puxar a carroça com os animais. Marie a empurrava por trás e, assim, elas avançavam passo a passo. Agora, as três levavam vantagem, apenas com as trouxas nas costas. Gerlind e

Fita se mostravam solidárias e ajudavam Marie a tirar os galhos maiores do caminho. Para alívio delas, só tiveram que carregar a carroça uma vez, por cima de uma árvore atravessada na estrada. Apesar de todos os obstáculos, estavam conseguindo avançar sem perder Berta de vista, que disparava à frente delas.

Pouco antes do anoitecer, alcançaram o albergue. A tempestade também havia chegado ali, mas não provocara maiores estragos. Dois servos encontravam-se sobre o telhado de telhas planas para substituir as defeituosas. Um terceiro ocupava-se de juntar em um monte as folhas caídas. O grande pátio, protegido por uma cerca simples, estava lotado de carroças de carga, cujas lonas bem estiradas tinham resistido ao mau tempo, bem como os bois de tração amarrados sob um alpendre. Os carroceiros já haviam verificado a carga e estavam, naquele momento, sentados em círculo, satisfeitos.

Como a parte da frente do albergue não era murada, não havia um portão fixo nem um servo para afastar as pessoas indesejadas. Assim sendo, Berta pôde se aproximar dos homens sem que a impedissem. Quando viu as companheiras se aproximarem, bateu a palha que ficara presa à roupa depois de ter desaparecido em um palheiro com o primeiro cliente, e correu na direção delas, acenando alegremente.

– Vai dar para ganhar alguma coisa aqui. Há duas caravanas grandes: uma vinda de Constança, e a outra, de Stuttgart. O pessoal está tão feliz de ter sobrevivido ao temporal sem um arranhão que, certamente, não será mesquinho.

– De Constança, você disse? – perguntou Marie, com a voz trêmula. Sem esperar a resposta de Berta, ela se aproximou de uma carroça com a insígnia de um estabelecimento comercial que conhecia. Seu olhar percorreu o grupo de homens, que havia se acomodado nas mesas entre as carroças e bebia vinho de canecas simples de madeira, na esperança de encontrar algum rosto conhecido. Talvez encontrasse clientes de seu pai ou, quem sabe, até ele próprio. Não demorou muito e ela viu um homem que lhe pareceu familiar, embora estivesse de costas. Por um momento, estancou, insegura. Mas, quando ele virou a cabeça para responder a uma pergunta que lhe haviam feito, ela se escondeu na sombra de uma das carroças e olhou mais uma vez, para ter certeza. Não, ela não havia se enganado. Sentado ali estava Utz Käffli.

Marie abraçou o próprio corpo e se curvou sob as fortes dores que, de repente, cortavam seu baixo-ventre, como se tivesse acabado de ser estuprada.

A visão daquele homem imundo, vestindo as roupas surradas de carroceiro, encheu-a de pavor. Se tivesse podido, teria saído correndo, mas a esperança de descobrir algo sobre o pai a conteve.

Como Berta, Gerlind e Fita atraíam a atenção dos carroceiros, ninguém se incomodou com Marie. Nem mesmo Hiltrud, que, mais que depressa, amarrara as cabras na cerca e se juntara ao grupo. Para não ser descoberta, Marie afastou-se e se escondeu atrás de um dos alpendres. Eles tinham três lados abertos e, logo mais à noite, acomodariam não só os bois, mas também os servos. O crepúsculo anunciava rapidamente o cair da noite e escondia Marie do olhar dos demais, enquanto ela própria conseguia ver o que acontecia na claridade das fogueiras.

Ela viu quando Hiltrud fechou negócio com um homem de meia-idade, bem-vestido, e o seguiu para debaixo da lona de uma carroça. Fita foi arrastada para um canto escuro por um sujeito grosseiro. Outro servo tentou alcançar Berta, mas Utz foi mais rápido e puxou a prostituta rechonchuda consigo, com um sorriso triunfante. Não demorou muito e Gerlind também encontrou seu par, com o qual desapareceu atrás de uma das rodas gigantescas. Os demais servos olhavam para eles com inveja.

Um deles levantou-se, impaciente, e olhou em volta.

– Elas não eram cinco?

Um outro riu.

– Você está precisando tanto que não dá nem para esperar? Se quiser saber, só vi quatro.

– Eu também só vi quatro – completou um terceiro. – Fique feliz que as quatro chegaram na hora certa. Assim, a gorjeta que o patrão deu por termos chegado ao albergue antes da tempestade já está valendo dobrado.

Naquele momento, Fita voltou e atraiu a atenção dos demais. Mal conseguira guardar o dinheiro, um rapaz truculento empurrou-a para a sombra. A infelicidade da prostituta estava estampada em seu rosto. Apesar disso, ela não teve coragem de escolher outro cliente. Sua fragilidade parecia atrair justamente os homens que entendiam o ato do amor como submissão. Marie tinha pena da moça e rogou uma praga para aqueles que haviam condenado aquela quase criança a uma existência tão deplorável.

Quando Utz retornou, visivelmente satisfeito, e sentou-se no seu lugar, Marie voltou a se arrastar até a carroça e escondeu-se atrás de uma das rodas para ficar escutando. Ela tinha que saber o que havia acontecido após sua saída de Constança, mas não queria ser vista, de forma alguma, por aquele demônio. Se ele a descobrisse, com certeza instigaria todos os servos para cima dela. Por isso Marie havia desistido de sua idéia inicial, ou seja, oferecer seus serviços de prostituta a um dos homens vindos de Constança para poder interrogá-lo.

Primeiro, ela não estava disposta a se vender, principalmente naquele momento, quando a sua salvação parecia tão próxima. E, depois, teria que ter aparecido na claridade da fogueira para atrair a atenção de um deles. A presença do homem que a caluniara e violentara impedia Marie de procurar conquistar a confiança de alguém, pois, o que quer que ela afirmasse, ele torceria e afirmaria o contrário, divertindo-se às custas de seu sofrimento. Portanto, ela teria que se satisfazer com o que conseguisse ouvir.

Para sua tristeza, os carroceiros conversavam apenas sobre os problemas do dia-a-dia e sobre as novidades que tinham escutado durante a viagem. Foi assim que o tema acabou em política. Um homem reportava, em detalhes, certo concílio que o papa de Roma, Gregório I, queria convocar, sem haver recebido autorização do imperador para tal. A partir daí, os demais começaram a discutir animadamente sobre o fato de os três papas se excomungarem mutuamente e até enviarem seus seguidores com exércitos de mercenários para acabarem com os seguidores dos partidos opostos a fim de enfraquecê-los. E faziam isso sem a mínima consideração pela confusão infernal que criavam na cabeça dos fiéis. Marie não tinha nenhum interesse nesse tema e receava não chegar a ouvir nada sobre o seu pai. Estava prestes a deixar seu esconderijo e procurar um lugar seguro para passar a noite quando o cliente abastado de Hiltrud voltou, sentou-se junto com os carroceiros de Constança e bebeu pelo sucesso dos negócios durante aquela viagem. A julgar pelas roupas que trajava, tratava-se de um comerciante a quem pertencia parte das carroças provenientes de Stuttgart. Marie esperava que ele levasse a conversa para outro tema. A princípio, ele participou da discussão sobre os três papas, dando sua opinião sobre os dois que deveriam ser expulsos. Chegou uma hora, no entanto, em que ele perdeu o interesse no tema e virou-se para Utz, que liderava a outra caravana.

– Vocês estão vindo diretamente de Constança? Então, você deve conhecer o comerciante Matthis Schärer, não conhece?

Utz grunhiu algo por entre sua barba desgrenhada e assentiu de má vontade.

O comerciante pareceu não perceber a atitude de desagrado do carroceiro, pois sorriu aliviado.

– Matthis Schärer me encomendou vários carregamentos de tecido de Flandres e ia me mandar parte do dinheiro assim que eu recebesse a mercadoria. Já lhe enviei duas mensagens, mas ele ainda não respondeu. Você poderia me dizer...

– Não precisa contar mais com esse sujeito, senhor! – interrompeu outro servo, rindo. – O comércio do mestre Matthis acabou desde que sua única filha foi expulsa da cidade por impudicícia e outros delitos. Schärer ficou tão abalado que vendeu tudo o que tinha e desapareceu. Ao que se sabe, ele atravessou o lago de Constança para se juntar a peregrinos a caminho de Roma ou, até, da Terra Santa.

Outro servo fez um sinal de desdém.

– Que história é essa! Isso não passa de um conto de fadas que seus amigos bem-intencionados estão espalhando por aí. Eu soube que Schärer se jogou no lago e se afogou, no mesmo dia em que a filha foi condenada.

Um servo mais velho balançou a cabeça, em dúvida.

– Não sei o que tem de verdade em toda essa história. Há quem diga que ele vendeu todos os bens para o "quase genro" e saiu à procura da filha.

Marie já queria suspirar aliviada quando ouviu aquilo, mas um viajante que acompanhava a caravana de Constança e que parecia, pelas roupas, um estudioso de Lucerna balançou a cabeça, mal-humorado.

– Isso é impossível! Eu conheci o magistrado Ruppertus Splendidus e seu progenitor, o conde Heinrich, durante um processo judicial. Ruppert é pobre como rato de igreja e não consegue pagar nem uma toga decente de advogado. Como poderia ele comprar os bens de um rico cidadão de Constança? – disse com voz hostil.

O servo mais idoso discordou com veemência.

– Com certeza, deve haver algum engano. O magistrado está morando na casa do mestre Matthis e sempre anda muito bem-vestido. E aí, Utz, diz alguma coisa. Você estava lá quando aconteceu tudo aquilo com a jovem Schärer e o mestre Matthis desapareceu.

Todos os olhares se voltaram para Utz. O coração de Marie disparou de tal forma que ela achou que os demais poderiam ouvi-lo. Apertou a mão no peito e segurou a respiração para que nenhuma sílaba da resposta lhe escapasse.

Utz levantou os ombros, fez um gesto de desagrado e cuspiu no fogo.

– Para que todas essas perguntas idiotas? Eu também não sei mais do que vocês. A filha de mestre Matthis foi condenada por prostituição e expulsa da cidade. Não faço idéia do que aconteceu com ela e com o Schärer depois disso.

– Mas você entrava e saía da casa dele quando o magistrado Ruppertus já estava morando lá. Você certamente deve ter ouvido alguma coisa – gritou um dos servos, cuja curiosidade estava estampada no rosto.

Marie se aproximou para não deixar passar nenhuma expressão do rosto de Utz. Quando ele negou com um gesto e afirmou, em tom agressivo, que não sabia de absolutamente nada, ela sentiu um fio gélido passando por sua espinha. O homem estava mentindo – isso ficou claro até para alguns companheiros sentados à mesa – e começou a se esquivar das demais perguntas com mordacidade. Quando a insistência dos demais começou a incomodá-lo, ele se levantou e se dirigiu a um dos sacos de palha sem terminar de beber seu vinho. Um dos guardas armados reclamou aborrecido que ele fora dormir sem sequer determinar a seqüência da ronda, como de costume. Os homens à mesa acharam aquele comportamento inexplicável e começaram a fazer especulações mirabolantes sobre o possível motivo. Mas, como não conseguiam satisfazer a curiosidade, as conversas foram tomando outros rumos.

Durante instantes, a angústia de Marie deixou-a petrificada. Ela indagava por que Utz, que, com sua calúnia, fora o pivô de todo o seu sofrimento, naquele momento minimizava sua participação na trama. Havia algo que ele queria esconder de Deus e do mundo e que não dizia respeito somente a ela. Utz não era o tipo de homem que teria conseguido convencer a viúva do sapateiro, Euphemia, a levantar falso testemunho. Só Ruppert teria conseguido isso, enquanto o carroceiro não passava de um mero ajudante. Será que os dois haviam assassinado seu pai para se apoderarem de suas propriedades? No entanto, ela não conseguia imaginar como isso poderia ter acontecido, já que as autoridades se apossavam de imediato de todos os bens sem herdeiros. De repente, ela lembrou que o noivo tinha excelente relacionamento com o bispado e com outros nobres senhores, e concluiu que ele poderia ter tomado posse da casa paterna com a ajuda deles. Afinal, se o pai continuasse vivo, jamais teria permitido o magistrado passar da porta.

Marie teve vontade de levantar-se e acusar Utz de estupro e assassinato diante de todos, mas logo caiu em si que, com isso, só prejudicaria a si mesma e às companheiras. Ninguém acreditaria nela – apenas Utz, mas ele não teria nenhum escrúpulo em matá-la também, bem como às suas companheiras. Os bosques ao redor podiam esconder muitos segredos obscuros, e, se algumas prostitutas desaparecessem lá dentro, ninguém sentiria falta.

Marie não sabia de onde conseguira a força para deixar o pátio sem ser vista. Do lado de fora, acocorou-se e encostou-se na cerca. Perdida em pensamentos, começou a acariciar as duas cabras. De uma coisa ela tinha certeza: seu pai não viria para salvá-la e não lhe restava mais ninguém que se incomodasse com seu destino. Ruppert havia espalhado o boato de que o pai tinha partido em busca dela para despistar seu tio Mombert e outras pessoas.

Ela escutava o marulhar do rio nas proximidades. Gerlind havia dito que era o Elta. Será que ele era profundo e rápido o suficiente para garantir-lhe uma morte misericordiosa? Ela não temia ser considerada suicida. Se Deus era tão duro a ponto de não ouvir suas súplicas, quem sabe o diabo seria mais solícito? Nem ele conseguiria tratá-la mais cruelmente do que os seres humanos. Continuar vivendo significava tornar-se igual a Gerlind e às outras. Como sedutora, ela teria que seguir pelas estradas afora, uma prostituta errante, e deitar-se sob todo e qualquer sujeito imundo para conseguir um naco de pão duro. Ela jamais conseguiria fazer isso. Com movimentos cansados, pôs-se de pé para descer até a margem do rio.

No entanto, ao dar os primeiros passos, ela já se conscientizava de que não havia ninguém, além dela, que pudesse contestar a apropriação criminosa de Ruppert. Ele lhe havia tomado o pai e o direito de cidadania, e, graças ao magistrado, ela fazia parte daqueles cujas vidas valiam menos do que a de uma ovelha ou de um porco. Se ela se suicidasse agora, ele haveria triunfado em todas as frentes.

Marie permitiu que esse pensamento pairasse em sua cabeça. O que ela poderia fazer? Como vadia errante, não teria qualquer chance de enfrentar um homem como o magistrado Ruppertus Splendidus, um cidadão honrado que, além disso, era filho do conde imperial Heinrich von Keilburg. "Desista!", disse para si mesma, "ou você quer passar o resto da sua vida se martirizando como Fita?"

Mas havia algo dentro dela que crescia. Não fora Hiltrud quem dissera que prostitutas não eram, necessariamente, indefesas? Marie era bonita e jovem. E se ela não escondesse mais essas qualidades, será que seria capaz de virar a cabeça de um homem a ponto de se dispor a matar Ruppert, Utz, Linhard e Hunold somente para tê-la para si? Melhor seria se conseguisse juntar dinheiro suficiente para contratar um assassino que matasse os quatro. A idéia de vingança não era nada cristã, mas a Igreja a havia condenado e seu caminho para o inferno já estava predestinado, independentemente de ela se tornar uma assassina ou passar o resto da vida se penitenciando por uma culpa que não lhe cabia. Portanto, seria melhor viver em função da vingança do que passar agora pelos portões incandescentes do inferno.

Marie só acordou de seus pensamentos quando as quatro prostitutas voltaram. Hiltrud ralhou com ela e chamou-a de inútil, pois ela não havia nem dado água às cabras, nem montado a tenda e tampouco se incomodara em fazer uma fogueira. Mas a amiga não estava falando sério, pois parecia muito satisfeita. Berta também parecia ter feito bons negócios, pois cantarolava uma canção alegre e brincava com as moedas que havia recebido, fazendo-as tilintar. Também Gerlind estava rindo à toa. Fita, no entanto, se queixava e se curvava, enquanto apertava a mão contra a barriga.

– Por que os homens sempre têm que ser tão estúpidos? – perguntou ela, chorosa.

Gerlind balançou a cabeça, suspirando.

– Você permite que eles façam gato e sapato de você. Se você escolhesse os homens certos, não teria tantos problemas. Anda, vai pedir a tintura da Hiltrud, ou melhor, a pomada que ela ganhou do farmacêutico de Merzlingen. Ela não arde tanto.

Hiltrud foi até a carroça e procurou o pote.

– Gerlind tem razão. Você tem que aprender a dominar esses animais, senão você não vai agüentar por muito mais tempo – disse ela a Fita, estendendo-lhe o recipiente. – Pegue! Esse negócio é milagroso. Também ajudou Marie. Realmente pegaram a menina de jeito, e agora não dá para ver mais nada.

Berta levantou a cabeça bufando.

– É mesmo? Marie se recuperou? Então, me surpreende que você não a faça trabalhar. Já que ela é sua serva, a maior parte dos ganhos dela é sua. Hoje não faltava homem com dinheiro no moedeiro. Poderíamos ter trabalhado tranqüilamente as cinco. Talvez tivesse sido melhor para Fita se tivesse tido um ou dois clientes a menos. Se ela realmente está tão machucada quanto aparenta, vai demorar alguns dias até poder trabalhar novamente.

– Deixo Marie decidir quando ela pretende começar a trabalhar. – Hiltrud teve vontade de esganar Berta e de dizer-lhe que aquilo não era da sua conta. Todas aquelas censuras não facilitavam as coisas para ela, que continuava tentando convencer Marie das vantagens da vida de prostituta. Ainda existia o risco de a menina preferir se afogar a criar juízo e tomar consciência de que nenhum parente a tiraria da rua. Mesmo assim, ela cerrou os dentes para não entrar em discussão.

Mas Berta não desistiu.

– Então você é uma burra! Eu já teria deitado a delicada senhorita embaixo de um robusto garanhão, até mesmo à força, se necessário fosse. Se ela pretende nos acompanhar, vai ter que entrar no esquema. Não tolero uma comedora inútil no nosso grupo. – As últimas palavras soaram hostis.

Gerlind bateu com a palma da mão no gramado. Berta tinha ameaçado sua autoridade com aquelas palavras, e isso não lhe convinha.

– Em primeiro lugar, não é você quem tem que alimentar Marie. E, em segundo, você deveria se dar por feliz de ter podido ganhar mais dinheiro pelo fato de ela não ter roubado nossos melhores clientes com aquele rostinho bonito.

Fita se levantou.

– Vou descer para o rio e me lavar.

Ela detestava brigas e fugia de qualquer discussão. Dessa vez, não houve ninguém que a repreendesse por isso. Gerlind e Hiltrud aceitaram a sugestão e acompanharam-na até a margem. Marie juntou-se a elas para tomar conta das roupas das demais, como de costume. Após fazer beicinho por alguns instantes, Berta também seguiu o grupo, embora não passasse por sua cabeça tirar o vestido e entrar nas águas frias do rio. Ela não engolira a descompostura de Gerlind e continuava agressiva.

– Cuidem-se para não se resfriarem lá embaixo, senão ainda terei que trabalhar sozinha nos próximos dias.

Gerlind começou a rir.

– Mas não é exatamente isso que você gostaria que acontecesse? Ser a única prostituta nas redondezas?

Esse comentário fez até Berta rir. A tensão entre as mulheres desapareceu com a mesma rapidez com que havia surgido. Enquanto Berta e Marie esperavam na margem, Gerlind, Hiltrud e Fita caíram na água. À luz do luar, elas pareciam sereias em um reino repleto de mistérios. Finalmente, até Marie tirou o vestido e entrou no rio. A água gelada quase lhe tirou o fôlego e ela teve que criar coragem para continuar a ponto de a água cobrir os ombros.

– Muito bem, Marie! Essa é a primeira regra que uma prostituta deve observar: manter-se limpa.

O olhar de Gerlind revelava que aquelas palavras eram, antes, destinadas a Berta. E elas também chegaram lá.

– Alguns dos homens fediam além da conta. – Berta levantou um pouco mais a saia e, bufando, começou a se lavar entre as pernas.

– Então, seria bom você não lavar apenas a sua mina de ouro. Afinal, aqueles sujeitos também passaram a mão em outros lugares – provocou Gerlind.

Mas, para isso, a água estava fria demais, achou Berta.

Andando com dificuldade contra a corrente, Marie foi na direção de Hiltrud e tocou no seu braço.

– Preciso falar com você.

Hiltrud a olhou espantada. Ela compreendia a batalha interior que Marie estava travando e se deu conta de que algo havia acontecido. A menina não parecia mais tão desesperada. Em suas palavras havia uma força e uma determinação que surpreenderam a companheira. Ela se lembrou de que uma das duas caravanas provinha de Constança e esperava que ela tivesse caído em si com as novidades que havia ouvido.

Hiltrud acariciou suavemente o cabelo de Marie e caminhou com ela, de braços dados, até a margem.

– Pode se abrir comigo quando quiser, querida.

Marie fechou os olhos e sentiu a corrente do riacho lamber docemente seu corpo. Não, não era neste rio que ela teria um fim rápido e misericordioso. A bem da verdade, também não era mais isso que ela almejava. O que Marie queria, de coração, era que Ruppert, Utz e Linhard – principalmente aquele traidor fingido – ardessem no fogo do inferno, e esperava que eles chegassem lá bem antes dela mesma. Para tal, suportaria uma sina que, há algumas horas, parecia-lhe pior do que a morte. Ela olhou para a companheira e respirou fundo.

– Estou disposta a trabalhar, Hiltrud, mas você terá que me ensinar muita coisa ainda.

TERCEIRA PARTE

Castelo Arnstein

I

Àquela hora da manhã, as alas entre as barracas ainda estavam vazias, e os tabuleiros, cobertos com lonas. Os mercadores e os artistas itinerantes ainda dormiam em tendas ou sob as carroças. Alguns madrugadores, tanto homens quanto mulheres, lavavam-se sem cerimônia no rio. Quando certos homens começaram a fazer comentários mais despudorados, a maioria das mulheres afastou-se ruborizada para banhar-se em paz.

Marie havia feito a higiene pessoal bem antes, junto com Hiltrud, e já estava sentada diante da tenda, sobre um cobertor. Enquanto se deliciava com o calor dos raios de sol, ela costurava um rasgo no vestido. O cheiro de carvão em brasa de uma fogueira desviou sua atenção. Hulda, que tinha uma cozinha ambulante, colocava as primeiras lingüiças na grelha, logo espalhando um cheiro tentador pela feira. Marie desfrutava do cheiro. Quando quis se levantar para ir naquela direção, Hiltrud saiu da tenda.

– Pelo visto, você não consegue nem esperar Hulda terminar de assar as primeiras lingüiças.

– O que há de mau em comer uma lingüiça de manhã cedo? Ainda mais que esta é uma região em que as lingüiças são da melhor qualidade.

Hiltrud olhou para a amiga com uma doce ironia.

– Você gosta delas em qualquer lugar, mas não quero estragar seu prazer e vou trazer duas para você.

Marie viu Hiltrud afastar-se e pensou que lingüiça era um dos poucos prazeres que podia pagar. Desde que começara a acompanhar Hiltrud pelas estradas, aprendera a se contentar com muito pouco. A lembrança de sua vida anterior parecia-lhe, mais e mais, um sonho de criança. Mais de três anos haviam se passado desde que Hiltrud a achara, semimorta, na beira da estrada e a levara consigo. Três anos, nos quais conhecera o desprezo do mundo honrado e a amizade dos desprezados. Mas nem o tempo nem tudo pelo que passara desde então conseguiu aplacar a amargura que se havia aninhado em seu coração desde sua vergonhosa condenação.

Por vezes ela tivera que se conter para não voltar de imediato a Constança e jogar na cara dos nobres senhores a injustiça que haviam cometido contra ela. Quando tinha sobre si um cliente mais bruto, ela cerrava o punho com ódio impotente e calculava quanto dinheiro ainda precisaria ganhar para pagar um assassino de aluguel que matasse seu ex-noivo e os cafajestes que a haviam violentado. Sempre que Marie comentava sobre isso com Hiltrud, a amiga zombava de seu desejo impossível de vingança ou até ralhava com ela. Mas Marie somente agüentava aquela vida por se agarrar à esperança de poder vingar-se no futuro. Haveria de chegar o dia em que tiraria a desforra dos homens que a haviam feito sofrer, e ela também não se esqueceria da viúva Euphemia, que a caluniara.

– Você está, novamente, torcendo o pescoço daquele Ruppert na sua mente? – A voz de Hiltrud arrancou Marie de seus pensamentos.

As duas lingüiças que a amiga lhe estendeu livraram-na de uma resposta. Ela as tirou da tábua e começou a jogá-las de uma mão para a outra, pois ainda estavam quentes demais.

– Fominha! – Hiltrud olhou para ela, enquanto meneava a cabeça, e sentou-se na grama, perto das cabras.

Enquanto as duas mulheres comiam, cada uma se perdia em pensamentos. Hiltrud estava preocupada com Marie, que se batia com fantasmas que acabariam sendo sua perdição. Ela já havia visto muitas prostitutas perderem a cabeça ou se suicidarem por não conseguirem viver com as lembranças de suas vidas passadas e das injustiças que lhes haviam sido feitas, fossem elas reais ou imaginárias. Para não tentar sua amiga a se vingar por conta própria e na esperança de que ela criasse juízo com o tempo, Hiltrud havia evitado a região próxima a Constança o máximo possível. Entretanto, nem broncas nem conselhos haviam conseguido fazer com que Marie se conscientizasse de que o mundo é injusto, nem fazê-la dar um basta no passado.

Marie percebeu que Hiltrud estava preocupada com ela e lamentava isso, pois não tinha a intenção de causar-lhe desgosto. Desde o início, a companheira tinha sido boa e atenciosa e jamais a tratara como serva ou a obrigara a fazer algo insuportável. Marie ainda se lembrou do primeiro cliente, que a prostituta experiente havia escolhido a dedo para ela. Havia sido um homem agradável e carinhoso, que a tratara com todo o cuidado.

Ainda assim, ela suportara o ato sexual com punhos cerrados, dentes trincados e olhos fechados. Se não tivesse usado a poção de Gerlind, que a mergulhara numa nuvem de indiferença, ela teria fugido dele aos gritos. A partir daquele dia, Marie começou a tomar a poção anestesiante, até que Hiltrud tirou-a dela, quase provocando a primeira grande briga entre as duas. Mesmo então, a amiga demonstrara ter muita paciência, explicando-lhe repetidas vezes que aquele líquido viciava e, se usado regularmente, poderia acabar destruindo tanto sua mente quanto seu corpo.

Marie teve bastante dificuldade em abrir mão daquela droga. Mesmo passados três anos, quando ela tinha que se deitar com um homem mais desagradável, sentia vontade de tomá-la. E isso ocorria, apesar do privilégio de poder escolher seus clientes. O problema é que nem todos eram o que aparentavam. Muitos homens educados e galantes, uma vez na tenda, revelavam-se clientes violentos, para quem a mulher embaixo de si não passava de um objeto, cujo uso eles haviam comprado com algumas moedas.

Marie lembrou-se de Berta, que freqüentemente apresentava hematomas. Quando o pagamento era maior do que a média, Berta até costumava expô-los, orgulhosa. Involuntariamente, olhou para a tenda onde a companheira de outrora morava. Durante dois verões, ela e Hiltrud haviam cruzado as estradas junto com Berta, Fita e Gerlind. Em Rheinau, durante a feira de outono, Berta havia iniciado uma briga por puro ciúme, pois Hiltrud e Marie sempre conseguiam os melhores clientes. Foi então que se afastou do grupo. Fita, que se apegara a Berta como um cachorrinho, continuara viagem com ela, enquanto Gerlind permanecera junto a Hiltrud e Marie.

No inverno seguinte, Gerlind decidira encerrar sua vida itinerante e continuar morando na cabana que as três haviam alugado, durante o outono, e decorado de maneira aconchegante. Ela queria passar a viver das ervas que colhia, misturava e vendia. Além disso, ao se despedir, dissera, rindo, que pretendia arranjar uma jovem para ser sua serva e futura fonte de renda. Marie perguntou-se se voltaria a ver a velha prostituta algum dia. Ela também não imaginara rever Fita e Berta, pois ambas pretendiam descer o Danúbio, na direção da Boêmia. Em algum momento, elas deviam ter mudado de idéia, pois estavam trabalhando naquela mesma feira. Berta, no entanto, havia simplesmente bufado quando Marie a cumprimentou simpaticamente. Por isso, Fita não tivera coragem de lhes dirigir uma palavra amiga.

Marie achou que a tenda de Berta estava muito esfarrapada e que a mulher tinha a aparência ainda mais descuidada do que um ano e meio atrás. Se antes ela era apenas rechonchuda, agora estava extremamente gorda. Fita, ao contrário, estava magérrima e envelhecera antes do tempo. Apesar disso, ambas faziam bons negócios, a julgar pela quantidade de homens entrando e saindo das tendas delas no dia anterior. Mas eles não passavam de aprendizes de artesãos e servos, que haviam conseguido economizar alguns centavos para sentir, pelo menos uma vez ao ano, o corpo quente de uma mulher.

Mais alguns anos e Marie talvez também tivesse que se satisfazer com aquele tipo de cliente, pensou ela, suspirando. No momento, entretanto, Hiltrud e ela não precisavam aceitar um cliente que lhes oferecesse três centavos de Halle. Com sua estatura avantajada, Hiltrud atraía muitos senhores abastados com a necessidade de auto-afirmação. E ela própria podia escolher seus clientes dentre muitos, exigindo preços bem superiores aos que um simples artesão podia pagar.

Um de seus clientes mais generosos e regulares havia lhe proposto, repetidas vezes, que se tornasse sua amante; em troca, ele lhe daria uma bela casa. O homem era comerciante de lã, originário de Flandres, e queria levá-la consigo para sua terra natal. Se ela o tivesse seguido, no entanto, precisaria ter abandonado Hiltrud, e isso ela só faria se tivesse a oportunidade de realizar sua vingança.

Por diversas vezes, Marie tentara obter informações sobre Constança, mas não tivera coragem de abordar as pessoas que poderiam responder às suas perguntas – em sua maioria carroceiros e mercadores que conheciam Utz e lidavam freqüentemente com ele. Finalmente, ela pagara a um trovador itinerante, a caminho de Constança, para descobrir o destino que seu pai tivera. Eles haviam combinado reencontrar-se dois meses depois, na quermesse de Basiléia, mas, para sua grande decepção, ele não aparecera. Ela nunca mais o encontrou nem ninguém que o tivesse visto, e já temia que algo lhe tivesse acontecido enquanto se informava. Hiltrud, por outro lado, achava que o cantor lhe havia tirado o dinheiro com falsas promessas e partira, havia muito, para a Itália ou para os confins da Áustria. Marie deixou-se convencer pela amiga e acabou rogando uma praga para o trovador pegar tísica.

Assim sendo, não lhe restava outra coisa a não ser aguardar uma nova oportunidade, que, todavia, ainda não tinha aparecido. Ela teria voltado para

Constança, havia muito, se tivesse tido coragem de se aproximar da cidade. Um exilado que voltava sem autorização era castigado com o dobro de chibatadas e com ferretoadas. Mesmo se conseguisse entrar na cidade com suas fitas de prostituta na roupa, não conseguiria fazer duas perguntas sem acabar na torre. E Marie não tinha nem coragem de imaginar o que Hunold faria com ela nessa situação.

– Tão pensativa... – Hiltrud havia comido suas lingüiças e limpava as mãos gordurosas num tufo de grama. – Você está pensando no passado de novo? Por favor, Marie, esqueça de uma vez por todas o que aconteceu, principalmente o que tem a ver com seu ex-noivo. O homem é poderoso e influente demais para você conseguir prejudicá-lo.

Marie lançou um olhar cheio de raiva para Hiltrud.

– Se não posso nem ficar imaginando como a minha vingança atingiria aquele canalha e seus ajudantes, então não vale a pena viver esta vida desgraçada.

Hiltrud balançou a cabeça com indulgência.

– Mas não vivemos tão mal assim! Para prostitutas errantes, você há de convir, ganhamos até muito bem. Tenho que reconhecer que devo pelo menos metade dos meus ganhos a essa sua carinha de anjo, ao fato de você atrair clientes abastados como o mel atrai a abelha e de os amigos de seus clientes também quererem se divertir. Mas, se você continuar com essa cara rabugenta, vai acabar espantando os homens e ficando velha e feia antes do tempo.

O sorriso satisfeito de Hiltrud minimizava o efeito de suas ameaças, mas ela não tinha como não sorrir, afinal, ter encontrado Marie trouxera-lhe sorte. Sem a amiga excepcionalmente bela, não teria podido se dar ao luxo de tornar-se tão exigente quanto era.

Como Marie continuava em guarda, Hiltrud tentou desviar seus pensamentos.

– Encontrei Fita na cozinha ambulante. Ela está com uma aparência horrível, e uma curandeira que ela procurou por causa das dores no peito disse-lhe que não tem muito tempo de vida. Eu a aconselhei a não seguir viagem com Berta. Ela realmente a trata como se fosse sua escrava.

O olhar de Marie perdeu-se para além do rio, nos vinhedos que se espalhavam pelas encostas. Mas, interiormente, ela se via com as costas em carne viva, na tenda de Hiltrud, enquanto a amiga e o farmacêutico tratavam dela. Hiltrud cuidara dela, apesar de não ter certeza de que ela se recuperaria. Mesmo que a amiga parecesse reservada, sarcástica e calculista, tinha um coração compadecido.

– Não tenho nada contra se Fita vier conosco. Acho que conseguiríamos revigorá-la. É uma pena que ela se apegue tanto a Berta, que só explora seu afeto desavergonhadamente.

Hiltrud deu de ombros, impotente.

– De qualquer forma, vou sugerir, mais uma vez, que Fita se junte a nós. Talvez... – Ela ainda queria completar a frase quando viu um homem muito bem-vestido, de meia-idade, marchar rapidamente para as tendas das prostitutas. – Parece que o homem está louco de vontade. Você acha que ele seria um cliente à nossa altura, Marie?

Marie olhou para os trajes de guerra do homem e balançou a cabeça.

– Não gosto de soldados. Eles são rudes demais para o meu gosto. Por que ele não escolhe Berta? Ela está bem acolchoada e não vai sentir aquelas mãos pesadas.

Hiltrud riu e indicou com a cabeça a tenda das prostitutas de centavos.

– E é exatamente isso que ele vai fazer. Olhe só, agora ele está conversando com ela. Enfim, guerreiros têm, por vezes, um gosto peculiar. Certa ocasião, conheci um oficial que podia pagar as prostitutas mais bonitas da feira, mas sempre procurava uma prostituta gorda e velha, e acabava tão satisfeito como se tivesse se deitado com a mais linda donzela.

Como não havia nenhum cliente à vista, Hiltrud e Marie ficaram observando a negociação entre Berta e o homem, que elas julgavam ser o secretário de um nobre senhor. Finalmente, em vez de desaparecer com ela na tenda, ele fez um sinal para que Fita e as outras prostitutas se aproximassem. Hiltrud balançou a cabeça, surpresa.

– Talvez ele queira contratar prostitutas para acompanharem a legião.

– Mas está tarde demais para isso, a não ser que seu senhor tenha em mente uma operação militar durante o inverno.

– Vamos descobrir já, já. Ele parece estar vindo para cá.

Hiltrud levantou-se, como fazia sempre que um possível cliente se aproximava da tenda. Marie ficou sentada e, após ter dado uma olhada no rosto antipático do homem, virou-lhe as costas. Geralmente, dava para notar se um pretendente ansiava por alguns momentos de alegria nos braços de uma prostituta. Aquele homem, com certeza, não era um cliente em potencial. Ele parou a alguns passos delas e observou-as carrancudo.

– Vocês são... sedutoras? – Era mais uma constatação do que uma pergunta.

– Diga logo "putas", já que a palavra está na ponta da sua língua – retorquiu Marie.

O homem resmungava feito um urso mal-humorado.

– Para mim dá no mesmo o modo como vocês se autodenominam. Estou procurando uma companheira de leito agradável e, acima de tudo, limpa para meu senhor.

– Se ele quer uma de nós, deve vir pessoalmente. – Marie detestava ser avaliada como uma cabra prenha.

– Isso é impossível, pois cavaleiro Dietmar encontra-se no castelo Arnstein, em Tettnang – explicou o homem. – Sou Giso, comandante da guarda do castelo, e tenho a missão de encontrar uma prostituta adequada, que aqueça sua cama durante os próximos meses, pois ele não pode partilhar o leito de sua esposa grávida.

Marie deu uma gargalhada incrédula.

– Então, seu senhor deve ter uma esposa bastante liberal, ou será que ela não tem o que dizer na própria casa?

– Isso não é da sua conta! – contrapôs o administrador. – Incumbiram-me de levar uma prostituta adequada, mas a sua língua parece-me afiada demais.

– Geralmente, avalia-se outra parte do corpo numa prostituta, não a língua. A não ser que seu senhor não se atenha aos mandamentos da Santa Igreja.

Marie não tinha muita vontade de ficar trancafiada num castelo ventoso, durante meses a fio, para servir, primeiro, ao senhor e, depois, ser empurrada para seus amigos.

Hiltrud ficara curiosa.

– E qual é o pagamento?

– A prostituta escolhida sairá do castelo com um saco cheio de moedas – respondeu o homem, jactando-se.

Marie deu de ombros.

– Cheio de centavos de Halle? Isso não nos bastaria.

Giso torceu o nariz como se tivesse mordido uma maçã podre.

– Não me informaram o valor exato. A prostituta que corresponder às nossas exigências não terá nenhum motivo para se arrepender.

– Bom para ela. Então, desejo-lhe muita sorte. Ali há muitas à escolha. – Marie apontou para Berta e um grupo de outras mulheres que discutiam sem parar e sempre voltavam o olhar para Marie e Hiltrud. Apesar da distância, dava para ver que o rosto de Berta se contorcia de pura inveja.

Giso não se incomodava nem com os olhares às suas costas nem com as alfinetadas de Marie.

– Quero vê-las em uma hora na tenda de minha se... na minha tenda. Ela se encontra um pouco afastada das demais. Não dá para errar, pois as armas de meu senhor, um falcão alçando vôo, estão hasteadas.

– De saída, eu já vou abrindo mão, pois, como você mesmo disse, minha língua é afiada demais para seu senhor. – Marie quis se afastar, mas o homem não desistiu.

– Tenho a incumbência de juntar todas as prostitutas da quermesse e levá-las para serem avaliadas.

Marie mostrou os dentes.

– Se formos à sua tenda perderemos tempo precioso, pois poderíamos estar ganhando dinheiro.

Giso cerrou o punho, mas acabou apoiando a mão à vontade no quadril, como se recusasse a provocação.

– Todas as prostitutas serão recompensadas por seus esforços. – Dito isso, ele se virou, sem se despedir, e saiu marchando.

Marie girou o indicador próximo à cabeça.

– Que camarada esquisito! Do jeito que age parece até que somos galinhas e ele tem que escolher a mais gorda para ser abatida.

Hiltrud riu com a comparação. Mas, depois, apontou para as alas, que continuavam vazias entre os tabuleiros da feira.

– Se ganharmos dinheiro simplesmente indo lá, por que não? Ainda vai demorar pelo menos uma hora até chegarem os clientes mais aceitáveis. As únicas que vão sair perdendo serão Berta e suas amigas. Já dá para ver os primeiros servos rondando suas tendas.

– Você deve estar pensando: "a cavalo dado não se olha o dente" – zombou Marie. – Não ganharemos mais do que alguns centavos, pode ficar certa disso. Mas, quem sabe, dá para comprar uma lingüiça extra?

Hiltrud inclinou a cabeça.

– Se você continuar comendo tantas lingüiças, acabará gorda como a Berta.

– Eu? – E Marie esticou o vestido com ambas as mãos, para Hiltrud ver sua barriga sequinha. – Onde é que você está vendo gordura?

Hiltrud olhou para ela, zombeteira.

– Eu não disse que você já estava gorda, mas que não vai demorar muito se continuar devorando esse negócio. Agora, voltando a esse tal de Giso, também não seria tão ruim estar amparada durante o inverno. Você conhece os problemas que tivemos há dois anos, quando nos expulsaram da cabana depois da primeira nevasca. Se não tivéssemos tido a sorte de encontrar aquele casebre abandonado, teríamos passado por maus bocados.

– Mas só uma de nós iria para o castelo... como se chama mesmo?

– Arnstein – socorreu Hiltrud.

– Para o castelo Arnstein passar o inverno. A outra voltaria a se juntar ao grupo de saltimbancos com que temos viajado até agora, e esse preço é alto demais para mim. Se estivermos juntas, ainda podemos ganhar alguns trocados pelos nossos serviços. Se eu estiver sozinha, só me restará deitar-me com eles de graça.

– Sem você, eu jamais iria para o tal castelo – disse Hiltrud enfaticamente. – Além disso, Giso deve escolher você. Provavelmente, sou grande demais para seu nobre senhor.

– O quê? Eu não vou para lá, mesmo! – Marie ergueu o nariz, empurrou o queixo para a frente e listou ainda meia dúzia de motivos por que um castelo não seria o lugar ideal para passar o inverno. Segundo tinha ouvido dizer, dentro daquelas paredes era frio e ventoso, com exceção dos aposentos da senhora do castelo. Além disso, castelos eram habitados por parentes pobres, servos e soldados, que dormiam sobre a palha rapidamente espalhada à noite pelos salões e corredores. Uma prostituta não teria um segundo de sossego ali.

Hiltrud ficou escutando as objeções de Marie durante algum tempo, até fazer um gesto indicando que já era o suficiente.

– Minha cara, eu não acredito nisso. Nenhum soldado teria a coragem de sequer olhar torto para a companheira de leito de seu senhor. Uma boa sova seria o mínimo que ele poderia esperar em um caso desses.

Marie discordou e, assim, começou uma discussão acalorada, durante a qual cada uma defendia seu ponto de vista ao extremo. Com isso, o tempo passou tão rapidamente que as duas mulheres se surpreenderam ao olhar para cima e ver um soldado, com o falcão alçando vôo dos Arnstein sobre o peito, parado diante delas. Ele ordenou que o acompanhassem.

Berta e as demais prostitutas já se aglomeravam ao redor da tenda indicada por Giso. Marie olhou para Hiltrud, ainda na dúvida, mas acabou se levantando de má vontade quando a amiga fez um gesto com a cabeça.

– Já que estamos sendo convidadas com tamanha gentileza, então o acompanharemos – disse ela ao soldado.

Ele não reagiu a essas palavras, mas olhou com tamanha repugnância que parecia estar levando duas criminosas ao interrogatório.

A tenda dos Arnstein era relativamente grande, mas não tinha nenhum adereço da moda, com os quais as tendas de outros senhores abastados costumavam estar ricamente decoradas. Ela não possuía pára-ventos bordados com as armas do castelo nem tetos solares, e as laterais também não eram pintadas de diversas cores. No fundo, não passava de um grande cubo, feito de tecido de linho resistente, com um teto ligeiramente caído, por onde escorria a água da chuva. A entrada também carecia de adornos. A lona que fechava a entrada estava presa com fitas de couro e permitia entrever o interior da tenda, cujo último terço ainda estava fechado com mais uma cortina.

Giso encontrava-se de pé, ao lado da entrada da tenda, e avaliava, com visível aversão, o grupo de prostitutas reunido por seus homens. Uma mulher mais velha, trajando as vestimentas austeras de governanta, saiu naquele momento, lançou um olhar sombrio para as mulheres que tagarelavam sem parar e fez um sinal para os homens permitirem que entrassem.

Marie deu passagem às demais, deixando que fossem na frente, e se posicionou ao lado da entrada observando a cortina na parte posterior. Curiosa, ficou imaginando quem poderia estar lá atrás. O tecido moveu-se várias vezes e, quando isso ocorria, uma fresta se abria, cá e lá, como se alguém estivesse espiando.

Quando a governanta postou-se perto da cortina, abaixou a cabeça e ficou à escuta, Marie teve sua primeira impressão confirmada. A prostituta adequada para Dietmar von Arnstein não seria escolhida nem por Giso nem pela governanta, mas sim pela pessoa escondida na parte posterior da tenda. Ela partilhou sua suspeita com Hiltrud, que também olhava de soslaio para a cortina.

– Acho que você tem razão. Quem será? O próprio Arnstein? Quem sabe, ele é aleijado e só quer se revelar à escolhida após ter tomado a decisão.

– Também acho. Senão ele não se daria tanto trabalho para conseguir uma companheira de leito. Em seu castelo, deve haver mais de uma serva disposta a esquentar sua cama.

Apesar do tamanho, a parte dianteira da tenda ficou apertada para as dez prostitutas e os guardas. Depois de todas estarem no recinto, dois soldados soltaram as fitas de couro e fecharam a entrada.

– Será que eles estão com medo de que a gente fuja? – sussurrou Marie, ironicamente, para Hiltrud.

Sua amiga não conseguiu responder, pois Giso levantou o braço e ordenou que todas ficassem em silêncio.

– Mandei chamá-las aqui porque meu senhor está à procura de uma mulher para lhe abrir as pernas, voluntariamente, durante os próximos meses. Deve ser uma prostituta que, acabado esse período, continue o seu caminho, pois a moral das servas do castelo não deve correr perigo em função das necessidades sexuais do meu senhor.

A julgar pelo tom de voz dele, Marie concluiu ser essa apenas parte da verdade. Parecia-lhe mais que a esposa do senhor do castelo não permitiria a uma de suas servas tomar o seu lugar, nos meses por vir, e acabar fazendo exigências desagradáveis. Provavelmente, ela não queria que a mulher permanecesse no castelo e continuasse sendo uma tentação para seu marido no futuro. Uma prostituta receberia o pagamento por seus serviços e continuaria com sua vida. Talvez a senhora também quisesse evitar que mais um bastardo fosse criado nas dependências do castelo.

Foi exatamente esse tema que Giso abordou em seguida.

– No caso de a prostituta escolhida engravidar de meu senhor durante a sua estadia no castelo, ela poderá ficar até ter seu filho e será ressarcida por todo esse período. Meu senhor promete que a criança será criada junto com os filhos de seus servos e será sempre bem cuidada.

Marie deu de ombros. Naquele meio-tempo, ela havia conseguido a receita da poção anticoncepcional de Gerlind, que lhe fora muito útil até então. Uma criança não tinha lugar em seus planos, independentemente de quem fosse o pai. Hiltrud pensava exatamente como ela. Algumas outras prostitutas já criavam esperanças de receber uma quantia maior em dinheiro caso possibilitassem ao cavaleiro de Arnstein ter um bastardo do sexo masculino. Berta era uma delas. Ela havia se colocado bem à frente e procurava deixar as demais prostitutas para trás com seu corpanzil. Giso empurrou-a, irritado, e ordenou que as mulheres formassem um semicírculo diante dele.

– A mulher deve ser saudável, limpa e ter um gênio agradável.

– Isso dificilmente pode-se dizer de Berta – sussurrou Hiltrud, aos risinhos, no ouvido de Marie.

– Nem de Fita – retrucou Marie.

Como num passe de mágica, Fita começou a tossir e ofegar.

A governanta torceu o nariz.

– Aquela mulher ali está doente. Ela pode se retirar.

– Você ouviu? Vê se some daqui! – gritou Berta à sua fiel companheira. Como ela não reagiu de imediato, Berta a empurrou na direção da entrada, que foi aberta por um soldado e, em seguida, fechada novamente.

Quando Berta abriu espaço aos empurrões para retomar seu lugar, Marie sibilou baixinho:

– Você é muito canalha! Afinal, Fita é sua amiga.

Ela recebeu um olhar raivoso e em seguida arfou, pois Berta dera-lhe uma cotovelada nas costelas.

A governanta fez um gesto autoritário.

– Agora, tirem a roupa.

Berta obedeceu tão rapidamente que acabou empurrando uma das outras mulheres para a lona lateral da tenda, fazendo-a cair. Enquanto a prostituta se levantava com dificuldade, praguejando, Berta já estava apresentando seus dotes ao comandante. Apesar de suas dimensões avantajadas, ela ainda tinha uma boa aparência. Sua bunda era volumosa, mas empinada; e os bicos de seus peitos grandes e firmes apontavam convidativamente para Giso.

As demais prostitutas também haviam se despido e olhavam para Giso. Só Marie e Hiltrud mantinham-se vestidas e se escondiam perto da entrada.

A governanta avaliou Berta como se fosse um pedaço de carne, perguntando-se se já não estaria podre, e parecia farejar seu cheiro, desconfiada.

– Você também pode ir andando. Eu jamais poderia apresentar algo imundo como você ao meu senhor.

– Mas eu posso me lavar! – Berta não fez menção de se retirar.

A governanta tocou o vestido da prostituta com a ponta do sapato.

– Lavar-se não será o suficiente, no seu caso. Terei que ordenar às servas que defumem a lona da tenda, senão ainda teremos ninhos de piolhos e pulgas aqui.

Algumas prostitutas davam risinhos enquanto Berta colocava o vestido, com o rosto completamente enrubescido.

– Não vai ser tão fácil se livrar de mim. Aquele sujeito ali – disse ela, apontando para o comandante – prometeu-nos que receberíamos uma compensação por vir a essa tenda cheia de percevejos. Quero o dinheiro agora, e também o da minha amiga que saiu há pouco.

Marie explodiu, irritada.

– Agora Fita voltou a ser sua amiga. Antes você não sabia com que rapidez livrar-se dela.

– Você não tem nada a ver com isso! – Berta mantinha a mão estendida para Giso, cobrando o prometido.

O comandante da guarda retirou seu saco de dinheiro da cintura, abriu-o e jogou-lhe várias moedas.

– Isso deve bastar. E agora suma daqui!

Berta recolheu as moedas e saiu pela fresta aberta por um soldado na entrada da tenda.

– Não se esqueça de dar a Fita a parte que lhe cabe. Vou perguntar a ela, mais tarde – gritou Marie.

– E por que vocês duas ainda não tiraram a roupa? – perguntou a governanta para Marie e Hiltrud, altiva.

– Vamos, Marie, se essas distintas pessoas estão dispostas a pagar, então merecem ver alguma coisa. – Hiltrud tirou o vestido pela cabeça, dobrou-o com cuidado e pendurou-o por cima do braço.

Marie hesitou por um momento, para logo imitar a amiga. Mas ela se manteve a distância, enquanto a governanta chamava uma prostituta após a outra, ordenava que lhe mostrassem os dentes e tateava-as entre as pernas, para saber as condições das mulheres lá embaixo. Para a maioria das prostitutas, a governanta meneava a cabeça e ordenava que Giso as ressarcisse. Dessa forma, o grupo na tenda diminuía rapidamente. Somente duas jovens puderam permanecer ali: uma loura, de formas graciosas; a outra, de cabelos castanhos e formas mais avantajadas. Nessa hora, a governanta dirigiu-se para Marie e quis tocar seu rosto com a mão direita, para examinar seus dentes. Marie segurou sua mão.

– Imagine se vou deixar você tocar meu rosto com esses dedos que mexeram na vagina das outras mulheres. Se quiser ver meus dentes, cá estão! – Marie mostrou os dentes ostensivamente e bateu com os nós dos dedos neles. – Como pode ver, eles são brancos, saudáveis e estão bem firmes na boca. Se quiser se certificar pessoalmente, faça o favor de lavar as mãos primeiro.

– Desde o início essa sujeitinha está sendo bem impertinente. – Giso estava com cara de não querer outra coisa, senão expulsar Marie da tenda.

Também a governanta parecia não ser muito favorável a ela. Atrás da cortina, soou um chamado baixinho, que deteve os dois. A governanta deu uma volta em torno de Marie, sem tocá-la, para depois dedicar-se a Hiltrud.

– Vocês podem ficar aqui, a princípio. Mas acredito que acabaremos escolhendo uma das outras duas prostitutas.

Marie não tinha nada contra ficar mais um pouco, pois estava curiosa para saber como as coisas terminariam por ali. A voz atrás da cortina era, claramente, de mulher. Marie começou a concentrar-se, de novo, nos movimentos do tecido e aguçou os ouvidos. Pareceu-lhe ouvir um "não, essa também não", e não se surpreendeu quando o comandante estendeu algumas moedas para a morena.

A mulher reclamou, decepcionada.

– Seu senhor acha que é muito especial. Já me deitei sob o peso de condes e outros grandes senhores, e todos ficaram muito satisfeitos comigo.

– Desapareça! – Esse foi o único comentário de Giso.

A mulher ficou irada e quis enterrar as unhas no rosto dele. Nessa hora, entretanto, abriu-se a entrada da tenda e um soldado, grande como uma árvore, correu para dentro e, apesar do tamanho avantajado da moça, jogou-a para fora como se fosse uma trouxa de roupa. Giso pegou seu vestido e atirou-o atrás dela.

– Desgraçada! – suspirou ele, com desespero estampado no rosto.

Marie percebeu que ele queria mesmo era estar longe dali.

A governanta pediu que a pequena loura se aproximasse e começou a interrogá-la. Ela parecia não saber bem o que responder e reagia de forma tão arrogante a algumas perguntas que Hiltrud cutucou Marie, sorrindo.

– Pelo visto, a escolha acabará recaindo sobre uma de nós.

Esse também parecia ser o julgamento da pessoa misteriosa por trás da cortina. Ela deu a conhecer sua opinião com um curto som, e Giso pagou a prostituta. A mulher olhou para a quantia, que certamente superava, e muito, o que costumava cobrar por seus serviços, e deu de ombros, zombeteiramente.

– Pelo visto, eles não pretendem levar nenhuma de nós para o castelo – disse ela para Marie e Hiltrud. – Vai ver que, atrás dessa cortina, tem uns tarados se deliciando com o que temos para mostrar. Quem sabe, o cavaleiro é até impotente? Mas, por esse preço, não me importaria nem em repetir a apresentação. – Ela espremeu um pum por entre as nádegas e curvou-se para pegar o vestido.

Naquele momento, ela viu a mão do irado Giso levantar-se, soltou um grito estridente, e saiu correndo.

– Bem, agora vocês duas.

Dava para perceber que Giso não estava nem um pouco satisfeito por Marie e Hiltrud terem ficado até o final. Mas, antes de poder continuar, Marie levantou o braço.

– Primeiro, gostaria de esclarecer uma coisa. Minha amiga e eu viajamos juntas pelas estradas, há anos; e também não pretendemos nos separar agora. Ou vamos juntas ou não vai nenhuma.

Giso bateu com o punho cerrado na mão.

– Você é a coisa mais atrevida que eu já vi na vida!

Uma voz enérgica de mulher, vinda por trás da cortina, refreou-o.

– Silêncio, Giso! Elas têm o direito de não se separarem.

– Mas só precisamos de uma prostituta para o senhor – adiantou-se a governanta, tentando socorrer Giso. – Uma segunda mulher desse tipo só vai enlouquecer os homens no castelo.

A mulher riu.

– As duas não me parecem tão burras assim. Acho que conseguiremos controlá-las.

A cortina abriu-se e uma mulher apareceu. Ela era da altura de Marie, mas, certamente, tenha cerca de 25 anos, e usava um vestido largo, bordado, que não conseguia mais esconder as formas arredondadas da gravidez. Seu rosto não era nem bonito nem feio, mas sua fisionomia era agradável e simpática, e suas madeixas louras conferiam-lhe uma aparência nobre.

– Sou Mechthild von Arnstein – apresentou-se ela. – Como podem ver, estou em estado de graça e devo evitar a cama de meu esposo até o nascimento. Mas não desejo que ele fique sem companhia de leito durante o inverno.

Hiltrud olhava para ela, incrédula.

– Então, a senhora está procurando uma prostituta para seu esposo? A serva de um fazendeiro teria sido muito mais barata.

– Meu esposo não gosta de uma companhia irrequieta na cama, morrendo de medo. Ele quer uma mulher sadia e robusta, que lhe dê prazer.

– Se quer uma mulher robusta, então escolha minha amiga Hiltrud. Ela é muito forte.

Isso lhe custou um olhar amargo e zangado da amiga.

Os cantos da boca da nobre senhora pareciam tremer, divertidos.

– A sua amiga é muito vistosa. Mas meu senhor não tem um... digamos... corpo atlético. Ele certamente não ficaria muito feliz se eu lhe levasse uma companhia maior do que ele. Mas eu gostei de você. Por isso a escolhi.

Marie levantou as mãos, como se recusasse.

– Eu?

– O que há de surpreendente nisso? – perguntou a dama, sorrindo. – Você é de uma beleza excepcional e não tem papas na língua.

– Isso ela não tem mesmo! – concordou Giso, azedo.

Marie contorceu-se intimamente. Alguma coisa parecia não estar certa ali.

– Por que uma dama como a senhora procuraria uma prostituta para seu esposo? Essa não é a função de uma esposa cristã!

– Isso não é da sua conta, garota! – retorquiu a governanta.

Sua senhora ordenou, com um gesto, que se calasse.

– Desejo harmonia em meu lar. Em parte, isso significa que não quero vê-lo resmungando pelos cantos do castelo só por não poder afirmar sua masculinidade. Também não admito que ele se deite com minhas servas, como meu pai costumava fazer. Quando minha mãe engravidava, e isso acontecia com freqüência, ele convidava uma delas para o seu leito. Aquelas folgadas começavam a se achar as tais, se esquivavam do trabalho e passavam a responder minha mãe com um atrevimento insuportável.

Mechthild von Arnstein parecia não permitir tal atitude de seus servos. Ela era resoluta demais para isso. Enquanto Marie ainda refletia sobre a proposta, a dama continuou:

– Meu senhor ri de meus cuidados exagerados e diz que conseguiria abdicar de uma mulher durante os quatro ou cinco meses em que deve evitar meu leito. Mas eu conheço os homens. Quando o inverno os trancafia em seus aposentos e eles não encontram consolo na cama, acabam, cedo ou tarde, pensando em bobagem ou entrando em depressão.

Marie concordou e fez os cálculos, rapidamente.

– Cinco meses, a senhora disse? Isso seria a segunda quinzena de fevereiro, cedo demais para começarmos a viajar novamente. Precisamos de um teto para morar até meados de março, ou, se o tempo não ajudar, início de abril. Não gostaria de ter que ir para a estrada enquanto ainda estiver nevando.

– E isso não vai acontecer – prometeu a dama. – Vocês serão nossas convidadas até a primavera, mesmo não precisando mais de seus serviços.

Marie balançava pensativa a cabeça, enquanto Hiltrud a cutucava discretamente.

– Essa não é uma proposta tão má assim. Ficaríamos no sequinho durante todo o inverno e não precisaríamos gastar nada com moradia e alimentação.

Mechthild von Arnstein sorriu para Marie, encorajando-a.

– A sua companheira compreendeu as vantagens de nossa proposta.

Marie suspirou, já quase convencida.

– Como é o seu marido? Eu escolho com cuidado os homens que permito entrar na minha tenda e mantenho afastado qualquer brutamontes que maltrate mulheres na cama.

A dama sorriu, perdida em pensamentos.

– Não precisa se preocupar com isso. Meu esposo sempre foi um amante carinhoso.

– O que significa toda essa indecisão, Marie? – perguntou Hiltrud, irritada. – Uma oportunidade dessas você não terá de novo tão cedo.

Marie fechou os olhos e começou a refletir, introvertida. Hiltrud tinha razão. Se ela concordasse, estariam bem cuidadas durante o inverno e não precisariam gastar nenhum centavo das suadas economias. Talvez ela até conseguisse ganhar o suficiente para enviar alguém para Constança, na primavera seguinte. Ela só precisava encontrar um mensageiro mais confiável do que o passarinho trovador que a tinha passado para trás, da última vez.

Marie respirou fundo e assentiu com a cabeça.

– Eu concordo.

II

Marie estava acostumada a viajar movida pelos próprios pés e era exatamente isso que ela teria preferido fazer, pois a carroça que Hiltrud e ela dividiam com uma dúzia de servas, caixotes, cestas e barris rangia e balançava mais que um batelão no Reno. Cada junta de seu corpo doía e, aos poucos, ela começou a invejar o servo que andava ao lado da carroça atiçando os dois teimosos bois. As cabras de Hiltrud estavam amarradas do lado de trás, na caçamba. Elas acompanhavam o ritmo, com disposição, não sem arrancar um ou outro tufo de grama da beira da estrada e balir de vez em quando para chamar a atenção de Hiltrud. Os servos haviam tirado as rodas da pequena carroça para amarrá-la sobre a grande, que era puxada por dois pares de bois e fechava a caravana.

Na frente, seguia a carroça fechada de Mechthild von Arnstein, que, como as demais carroças de carga, afundava em um buraco a cada dois ou três passos e emergia, novamente, aos trancos e solavancos. Marie vira como haviam acomodado a dama sobre um leito de almofadas macias, para protegê-la dos baques e sacudidas. Mesmo assim, a viagem naquelas condições devia estar sendo uma tortura para a senhora. Marie também ansiava chegar logo ao castelo por causa dela, pois, a partir de agora, tudo dependia de seu bom estado de saúde. Se o filho acabasse nascendo morto antes do tempo, o seu esposo certamente veria as duas prostitutas errantes como comilonas inúteis e as poria na rua.

Marie suspirou e, ao mesmo tempo, agarrou-se à lateral da carroça, pois um solavanco particularmente forte a fez perder o equilíbrio. Começou a rezar aos céus para chegarem antes do anoitecer ao castelo de Arnstein, embora não tivesse nenhuma ilusão sobre o que a esperava lá. No caminho, já haviam passado por muitos castelos fortificados e até pernoitaram em alguns deles. Durante essas ocasiões, o preconceito de Marie havia-se mostrado plenamente justificado. Os castelos das linhagens de cavaleiros eram, realmente, ventosos, frios e úmidos, e transbordavam de gente. Ela desejava de todo coração que Mechthild não a colocasse junto às servas da casa, para pernoitar na cozinha ou no corredor que dava para o poço; e esperava poder ficar em um dos quartos sem calefação, onde dormiam as amas da senhora. A julgar pelo que haviam visto até então, Hiltrud e ela não teriam, nem de longe, tanto conforto no inverno próximo quanto no velho casebre que haviam encontrado no ano anterior. Marie suspirou ao lembrar-se da grossa camada de folhas secas sobre o chão e da fogueira, que elas mantinham constantemente acesa, com grama e galhos finos, para poder cozinhar e ficar aconchegantemente quente.

De repente, acordou assustada de suas conjecturas sombrias, pois Hiltrud a havia cutucado com o pé.

– O que está acontecendo?

Hiltrud apontou para os soldados que faziam a escolta da caravana. Os homens haviam apertado as cintas das armaduras e mantinham as armas de prontidão.

Perto dali, a estrada levava a uma estreita ponte de madeira. Algumas dúzias de mercenários haviam se posicionado ali e estava claro que pretendiam bloquear a passagem do comboio dos Arnstein. Quando as carroças se aproximaram, Marie conseguiu ver o brasão que eles levavam no peito. Tratava-se de uma torre vermelha guarnecida de ameias sobre a qual flutuava a cabeça negra de um varrão. Ela conhecia aquelas armas, mas não sabia de onde. Isso não era de se estranhar, pois, durante suas andanças, ela já havia visto os mais diversos brasões no peito de servos e mercenários de nobres senhores. Ao ver aquele símbolo, entretanto, ficou arrepiada, sem saber o motivo.

Pouco antes da ponte, Giso ordenou que os cocheiros parassem e conduziu seu garanhão castanho na direção dos bandoleiros. Ele se aproximou de tal forma do líder do grupo que a cabeça do cavalo quase se encostou à do homem.

– Abram caminho imediatamente! – ordenou ele.

– E por que haveríamos de fazê-lo? – perguntou o chefe dos mercenários, provocador. – Para sua informação, a gentalha de Arnstein não tem mais nada que mandar por estas bandas.

Giso levantou o queixo.

– Estas são as terras do cavaleiro Otmar e os canalhas do Keilburg não têm nada o que procurar por aqui. – A voz de Giso se sobrepunha ao mugir dos bois, que pateavam nervosamente sobre a estrada, e ecoava nos ouvidos de Marie. Ela engoliu em seco e apertou a mão sobre o coração palpitante, pois agora estava claro onde ela havia visto o brasão pela primeira vez. Ruppert carregava-o no anel. Era o símbolo de seu pai, Heinrich von Keilburg. No afã de enfatizar a grandeza de seu noivo, seu pai contara-lhe muito sobre o conde, mencionando, inclusive, que o castelo principal de seu futuro sogro outrora se chamava Keilersburg. Heinrich havia mudado o nome para Keilburg por ocasião de sua nomeação para conde do império. Marie ficou apreensiva para ouvir a resposta do líder dos Keilburg.

– Por que desertos você tem vagado, meu caro? Todos estão sabendo, neste meio-tempo, que o conde Otmar cedeu seus bens ao meu senhor, o conde Konrad, e se afastou do mundo retirando-se em um mosteiro.

Giso deu uma gargalhada.

– Esse deve ser mais um daqueles contos de fadas que seu senhor costuma espalhar por aí. Se o conde Otmar realmente tiver se retirado para um mosteiro, então suas propriedades agora pertencem ao meu senhor. Pois eles fecharam um contrato de herança e o cavaleiro Otmar está proibido de repassar seus bens para quem quer que seja.

– Pelo visto, ele repassou, sim! – exclamou o líder dos Keilburg, impassível.

– De qualquer forma, o direito de posse do meu senhor está documentado e selado. Frederico von Zollern, novo bispo de Constança, e o abade Hugo von Waldkron assinaram o contrato como testemunhas; e o imperador em pessoa o sancionou.

Giso fez menção de esganar seu interlocutor, mas, em vista das espadas desembainhadas dos mercenários dos Keilburg, ele se conteve.

– Você está mentindo! Ande, libere o caminho, imediatamente! Tenho que levar minha senhora para o castelo. Ela está em estado de graça e não sobreviverá a longos desvios por estradas esburacadas.

O líder dos Keilburg, riu, sarcástico.

– Então, ela deveria ficar em casa, como é devido a senhoras honradas. Vocês não passarão por aqui, a não ser que você desmonte desse seu garanhão, ajoelhe-se perante mim e suplique, em nome de sua senhora, que eu abra uma exceção.

O rosto de Giso ficou vermelho de raiva e ele levantou a espada. Seus homens aproximaram-se e, durante alguns instantes, pareceu que chegariam às vias de fato. Como o número de homens de Keilburg era três vezes o de Giso, Marie temeu pelo pior. Naquele momento, entretanto, abriu-se a lona da carroça e a cabeça de Mechthild von Arnstein apareceu.

– Recue, Giso! Não admito batalhas armadas sem uma carta de contenda e não vou sacrificar homens bons sem saber o que realmente aconteceu. Venha, vamos dar meia-volta e procurar outro caminho. E você, seu Keilburg... – dirigindo-se ao líder do outro grupo –, pode dizer ao seu ganancioso senhor que nós, os Arnstein, defenderemos nossos direitos.

Giso tremeu como se tivessem jogado água gelada em cima dele.

– Mas, senhora, não podemos fugir como cães medrosos. Olhe para essa gentalha, eles vão espalhar por aí que os Arnstein são uns covardes.

– Mas é exatamente isso que vocês são! – alfinetou o chefe dos mercenários.

Por um instante, Giso deu a impressão de que ignoraria a ordem de sua senhora, mas logo colocou a espada de volta na bainha e ordenou que seus homens fizessem o mesmo. Enquanto os soldados retornavam às carroças,

Giso deu alguns passos para trás, lentamente, com seu garanhão, mantendo os Keilburg em seu campo de visão, como se receasse que o atacassem pelas costas.

– Seu senhor ainda vai se arrepender amargamente disso – gritou ao líder. Depois, encostou o cavalo na lateral da carroça principal e trocou umas palavras, baixinho, com sua senhora.

Mechthild von Arnstein balançou a cabeça, rápida e resolutamente.

– Nós vamos dar meia-volta, Giso, ainda que isso lhe fira o orgulho. O conde de Keilburg pagará caro por isso, eu juro.

Embora ela falasse com tranqüilidade, suas palavras eram ditas com tamanha força de vontade que Marie sentiu grande respeito pela senhora. Para Mechthild von Arnstein, ceder naquele momento não era sinal de vergonha, e sim de sabedoria; e, apesar de sua irritação, ela demonstrava uma certa brejeirice, como se já estivesse pensando na revanche. Enquanto Giso era incapaz de ver mais longe que a ponta da espada, ela parecia planejar para além do dia seguinte.

O comandante da guarda acatou a decisão de sua senhora com uma curta mesura, que beirava a indelicadeza, e gritou algumas ordens. Parte dos homens começou a desatrelar os bois, enquanto os demais formaram um paredão de frente para os Keilburg. Era trabalho duro virar as carroças naquela estrada estreita, que passava entre o rio e um pântano cheio de lodaçais, onde os bois podiam acabar afundando. Por isso, os pesados carros tinham que ser virados à mão.

Marie e Hiltrud seguiram o exemplo das duas servas, que pularam imediatamente da carroça para ajudar a empurrar. Mechthild von Arnstein também já queria descer para facilitar o trabalho de seus homens, porém Giso permitiu apenas que Guda, a governanta, deixasse a carroça.

– Mas, senhora, não pretende ir a pé, como uma fazendeira, e dar ainda mais motivos para os sujeitos ali adiante zombarem de nós?

Guda apoiou o comandante.

– Giso tem razão! Aquela gentalha de Keilburg já tem motivos de sobra para rir-se às nossas custas.

– Quem são aqueles sujeitos ali, afinal? – perguntou Marie quando Giso ficou ao seu lado, ajudando a empurrar a carroça que havia afundado na lama para a estrada firme.

– Mercenários sem dono, saqueadores que o conde de Keilburg contratou para seus serviços.

– Eu já ouvi falar de um conde Heinrich von Keilburg – insistiu Marie. Ela estava curiosa para saber se seu ex-noivo tinha algo a ver com os homens na ponte e seus senhores.

Giso parecia estar feliz de ter alguém com quem conversar e, assim, extravasar sua raiva.

– Heinrich era o pai do atual conde. Quando o diabo veio buscá-lo, no ano passado, todos nós suspiramos aliviados e pensamos que, a partir de então, tudo mudaria para melhor. Mas o jovem Keilburg é ainda mais ganancioso e inescrupuloso que o velho. Agora ele está tentando apossar-se das propriedades do cavaleiro Otmar von Mühringen. Mas ele vai acabar se engasgando com essa mordida, isso eu lhe garanto.

Ele respirou fundo e deu um último empurrão na carroça de forma que os homens conseguiram atrelar os bois novamente. Como Marie continuava olhando para ele, cheia de curiosidade, Giso acabou ficando ao seu lado e explicou como os Keilburg procuravam aumentar suas propriedades às custas dos vizinhos.

– Eles esfregaram um testamento do tio de Gottfried von Dreieichen na cara dele e exigiram um terço do castelo de Ganerben e as propriedades adjacentes. Quando ele se recusou, Heinrich von Keilburg arranjou uma carta de contenda e conquistou o castelo de Dreieichen, antes mesmo de o cavaleiro Gottfried ter tido tempo de pedir ajuda a um de seus amigos. Tomaram as terras de Walter von Felde após terem-lhe apresentado um certificado lacrado e assinado por testemunhas, por meio do qual o pai penhorava suas terras ao Keilburg. Apesar de Walter afirmar, sob juramento, que isso era impossível e tentar manter seu castelo à força, ele foi derrotado e acabou sendo preso na masmorra de Keilburg. Seu vizinho, Bodo von Zenggen, que o apoiara, acabou perdendo nessa batalha não só suas propriedades como também a vida. Quando os herdeiros exigiram que Heinrich von Keilburg lhes devolvesse o castelo de Zenggen, ele simplesmente riu na cara deles. Esses não são os únicos que sofreram perdas sob a ganância do Keilburg e, se ninguém o impedir, esse sujeito ainda acabará se apossando de metade do ducado da Suábia. No momento, está tentando tomar o que o meu senhor herdou do cavaleiro

Otmar. Mas o cavaleiro Dietmar e, principalmente, a senhora Mechthild não permitem que alguém tire o que lhes pertence por direito tão facilmente.

Giso piscou o olho para Marie, mas logo voltou a ficar sério, ralhando com seus homens, que giravam a carroça da senhora em torno do próprio eixo, num vai-e-vem frenético.

– Cuidado, seus idiotas, ou vocês querem jogar a senhora Mechthild dentro do rio?

Os homens que haviam levado a reprimenda conseguiram, no último momento, conter a carroça, que já pendia perigosamente e ameaçava derrapar. Em seguida, fazendo um esforço extremo, posicionaram-na de volta na estrada. Um dos soldados colocou rapidamente uma pedra sob o veículo, a fim de bloquear as rodas, e limpou o suor do rosto com um gesto exaltado.

– Ainda acabarei sufocando de ódio se em breve aqueles canalhas não pagarem por essa desfeita – exclamou o soldado, irado.

– Você não é o único! – respondeu Giso, gesticulando como se quisesse estrangular, pessoalmente, cada um dos quarenta homens sobre a ponte.

Ele não confiava nos sujeitos e temia que acabassem tendo a idéia de seqüestrar sua senhora para utilizá-la como refém contra o esposo. Por isso, suspirou aliviado ao ver a última carroça atrelada de novo e a comitiva pronta para partir.

No início, conseguiram avançar com certa rapidez. Após pouco menos de uma hora, no entanto, a caravana tomou uma estrada muito irregular, coberta de grama e de pequenos arbustos. Mais de uma vez, soldados tiveram que abrir caminho entre brenhas e cortar galhos que obstruíam a passagem das carroças. Passado algum tempo, o terreno argiloso foi dando lugar a um solo pantanoso, no qual a carroça de carga, que estava na frente a essa altura, começou a afundar mais e mais. Não demorou muito, os bois exaustos estancaram de vez, recusando-se a obedecer até mesmo ao comando dos chicotes.

Giso decidiu passar parte das caixas e cestas para a carroça menor, obrigando as quatro mulheres a seguirem a pé. Enquanto as duas servas ajudavam os soldados, Hiltrud e Marie colocavam as rodas nos eixos da carroça pequena e atrelavam as cabras de novo. Elas tinham que ajudar os animais a puxar o veículo, mas não se importavam, pois estavam felizes de poder esticar as pernas após terem ficado sentadas por tanto tempo naquela carroça desconfortável.

Pouco depois, alcançaram novamente o rio, que era mais largo ali do que onde se encontrava a ponte, embora a correnteza fosse menor. A estrada dava em um vau, que antigos viajantes haviam enchido de pedras. Nesse lugar, até Mechthild von Arnstein teve que descer. Um soldado forte carregou-a até a margem oposta, onde a colocou cuidadosamente no chão e permaneceu ao seu lado, com a espada desembainhada.

Quando a caravana passou pelo vau, o sol já tocava o horizonte a oeste. Homens e animais estavam tão exaustos que os carroceiros mal tinham forças para levantar os chicotes. Por isso, Giso, mal-humorado, deu ordem de acampar. Dava para ver que ele também culpava os Keilburg por aquela noite ao ar livre.

Mechthild von Arnstein e sua governanta, Guda, se acomodaram, confortavelmente, no interior da bem estofada carroça. Enquanto isso, Marie e Hiltrud, que estavam acostumadas a dormir a céu aberto, enrolaram-se em seus cobertores sob uma árvore. Os soldados também não se deram muito trabalho para dormir, simplesmente se enrolaram em suas cobertas e caíram no sono antes mesmo de conseguirem se acomodar direito. As duas servas, no entanto, tremiam de medo e de frio, e reclamavam de fazer dó. Por ordem de sua senhora, Guda deu-lhes duas almofadas e cobertas e ordenou-lhes que se deitassem sob a carroça. Mas elas só se acalmaram quando viram Giso, que ainda estava espumando de raiva e, por isso mesmo, assumira a primeira ronda, circundar o acampamento como um cão de guarda.

Na aurora do dia seguinte, a peregrinação continuou sem café-da-manhã, na expectativa de uma lauta refeição no castelo de Arnstein. O sol já estava a pino quando o bosque de faias ficou para trás e um extenso vale, com plantações e campos, abriu-se diante deles. Pouco depois, passaram por um pequeno vilarejo, que parecia deserto.

Mechthild von Arnstein começou a ficar visivelmente nervosa e insistiu que se apressassem. Não demorou muito, alcançaram a estrada principal e viram, sobre o morro, o castelo de Arnstein. Não se tratava de um daqueles grandes castelos de co-herdeiros que geralmente dominavam o topo das florestas e, com seus anexos e ampliações, não formavam uma construção harmoniosa. Ao contrário, era uma fortaleza sólida, que se encontrava na parte mais plana do declive, e era fortificada por uma muralha frontal e duas imponentes torres laterais.

O castelo tinha sido construído sobre uma elevação que se projetava como uma cunha invadindo o vale. Os flancos eram tão íngremes quanto a ponta, ligeiramente arredondada. Na parte superior das escarpas, a muralha de proteção tinha a metade da altura da frontal, da mesma forma que as torres ali situadas também não alcançavam as dimensões das duas torres na muralha frontal. As servas haviam contado a Marie que o castelo possuía duas alas, e que a edificação principal havia sido construída de tal forma que ainda podia ser defendida mesmo que o inimigo já tivesse passado por cima da primeira muralha. Para Marie, o castelo não passava de um bloco de rocha cinza, de formas bizarras, no qual não conseguia imaginar que alguém pudesse se sentir à vontade.

Quando um dos guardas avistou a caravana da senhora, soprou com tamanho vigor a trompeta que ressoou até as profundezas do vale. Nas ameias da torre à esquerda, que vigiava o portão de entrada, surgiram algumas pessoas que acenavam aos recém-chegados. Pouco depois, um grupo de cavaleiros deixou o castelo e cavalgou ao encontro deles. Um nobre, trajando leve vestidura de batalha, liderava o grupo. Sem se incomodar com Giso e com os demais, ele foi imediatamente em direção à carroça principal, abriu a lona e colocou a cabeça para dentro.

– Graças a Deus, você retornou sã e salva para mim! – exclamou ele, cheio de alegria.

"Então, esse deve ser o cavaleiro de Arnstein", pensou Marie. Sua estatura realmente não era das maiores e seu corpo também não era nada atlético. Ele era, no máximo, dois ou três dedos mais alto que ela, enquanto Hiltrud devia medir quase uma cabeça a mais do que ele. Parecia haver se preocupado com a esposa, o que fez Marie simpatizar com ele. Ela se aproximou mais um pouco para não deixar passar nada. Sem se constranger com os servos, que sorriam desconfortavelmente diante da cena, o cavaleiro dirigia-se de forma quase infantil para a mulher, chamando-a, carinhosamente, por apelidos e descrevendo-lhe, detalhadamente, como temera por sua vida durante sua ausência.

– Mas tudo correu bem, não é mesmo, Dietmar? – Ela sorriu e abraçou-o como se fosse um menino. Em seguida, virou-se para seus seguidores – a julgar pelas vestimentas, a maioria, fidalgos – e cumprimentou-os cordialmente.

Marie compreendeu que aqueles homens eram amigos e vizinhos dos Arnstein. Eles também estavam tendo problemas com os Keilburg e tinham vindo ao castelo para discutir um plano de ação comum. Marie tremia de exaltação. O encontro com Mechthild von Arnstein parecia ser um sinal dos céus, pois, se tivesse sorte, encontraria ali, no castelo, aliados que a ajudariam a vingar-se de Ruppert e de seus ajudantes.

As palavras seguintes da senhora fizeram-na lembrar-se de sua posição e trouxeram-na de volta à realidade dos fatos.

– Esta é Marie, a prostituta que escolhi para você. Gostou?

Dietmar von Arnstein olhou para Marie de má vontade.

– Como é que você consegue pensar nisso numa situação destas? É um desaforo o que aquele Keilburg está aprontando. Ele e aquele nojento do meio-irmão infernizaram o velho Otmar a tal ponto que ele acabou cedendo e assinando um contrato em favor do Konrad. Mas, desta vez, isso não vai ser de grande valia para Keilburg.

Um dos fidalgos abriu caminho ao seu encontro.

– A senhora não precisa se preocupar, senhora Mechthild. Seu esposo nos informou que ele tem uma cópia do testamento contra-assinada pelo abade do mosteiro de Santa Otília, a quem confiou a guarda do documento. O conde Konrad não terá como se opor a uma declaração do abade Adalwig.

Marie não achava muito inteligente fazer tal comentário na frente de todos. Ruppert, com certeza, não haveria de tratar os vizinhos de seu meio-irmão com maior honestidade do que tratara a seu pai e a ela própria. A senhora parecia ser da mesma opinião, pois lançou um olhar irritado ao marido e ordenou que seguissem para o castelo.

A construção se aproximava rapidamente. O caminho serpenteava na direção da torre à esquerda, o que surpreendeu Marie, já que não havia portão ali. Enquanto cruzavam a ponte sobre um profundo fosso, as tábuas rangiam com o peso das carroças. Depois, a estrada fazia uma curva fechada para a direita, e continuava sob uma fileira de balestreiros ameaçadores que se projetavam da parede, até chegar à extremidade oposta, onde se dobrava, e seguia até o portão que se encontrava na segunda torre. O espaço entre a parede e o fosso era tão exíguo que os servos tinham que usar alavancas para empurrar a carroça de bagagem para dentro.

Ao atravessar o portão, Marie olhou para a grade levadiça sobre sua cabeça e teve um calafrio. Os balestreiros que se encontravam por cima dela pareciam estar apenas esperando o momento oportuno para jogar líquidos ferventes sobre agressores descuidados. Como não havia porta que levasse à torre em si, Marie supôs que o acesso a ela fosse possível somente pelo passadiço da ronda e por uma passagem subterrânea. Atrás do portão, abriu-se a ala anterior, que era ladeada pela muralha externa e por uma parede divisória tão sólida quanto a primeira. Dali também não era possível ter acesso aos passadiços. O único caminho que levava ao interior do castelo era outro portão extremamente resistente. Em tempos de paz, a ala dianteira servia de pasto para os animais. Por ora, entretanto, os habitantes e animais do vilarejo abandonado estavam ali acampados.

O cavaleiro informou à esposa que os Keilburg, após haverem tomado o castelo de Mühringen do cavaleiro Otmar, passaram a ameaçar o vilarejo que pertencia a Arnstein. Isso e o bloqueio da estrada indicavam uma contenda ainda não declarada. Marie foi tomada de uma sensação estranha. Ela se encontrava no meio de uma situação que, através de Ruppert, estava ligada ao seu próprio destino; e ela se perguntava como poderia tirar proveito dos acontecimentos. Como prostituta, destituída de direitos, Marie dificilmente encontraria apoio dentre os nobres, mas ninguém podia impedi-la de manter os olhos e os ouvidos bem abertos. Talvez conseguisse conquistar a confiança do senhor do castelo a ponto de esclarecer-lhe a perfídia de que o magistrado Ruppertus lançava mão para enganar as pessoas.

Enquanto isso, a caravana alcançava a ala posterior, que tinha um terço do espaço da anterior e era cercada por casas e estábulos de pedra bruta. Os fundos das casas estavam encostados nas muralhas do castelo, que se estreitavam no final dessa segunda ala como a cintura de uma vespa. Ali se encontrava mais uma torre com portão fortificado, construída de blocos de granito, e que, como as demais, era protegida por um fosso e uma ponte levadiça. As três carroças atravessaram mais esse portão até pararem em um pátio pequeno, entre os prédios principais do castelo. Mechthild von Arnstein deixou que o marido a carregasse para fora e ordenou que os servos levassem as bagagens e as compras até seus aposentos. Antes de entrar na torre onde residiam, ela mandou Marie se aproximar.

– Guda lhes indicará o cabril e, depois, as levará ao seu quarto. Vocês ficarão ao lado dos meus aposentos, para que eu possa mandá-la chamar a qualquer hora.

Antes que Marie pudesse responder, a senhora virou-se, sem comentários, e partiu. A governanta não parecia satisfeita com a incumbência adicional e fez um gesto – como se estivesse espantando galinhas – para indicar que Marie e Hiltrud deviam andar na sua frente.

III

Marie esperara encontrar um quarto pequeno, grande o bastante para comportar dois sacos de palha. Guda levou-as, no entanto, para um quarto limpo e amplo, maior do que a sala onde seu pai recebia os convidados. Na parede oposta à porta, havia uma cama larga o suficiente para duas pessoas dormirem confortavelmente. Ao lado da cama havia um baú imenso, no qual seus bens e os de Hiltrud, inclusive as tendas, teriam cabido várias vezes. O chão, coberto de tapetes feitos de tiras de diversos tecidos costurados entre si, prometia pés quentes no inverno. O mais extraordinário era o forno artisticamente decorado com belos azulejos, em torno do qual havia um banco coberto de pequenos tapetes de lã de ovelha. Ainda fazia parte da mobília uma mesa, cujo tampo era confeccionado de uma única peça de madeira de faia, e três cadeiras do mesmo material. O valor da decoração era superado pelas duas estreitas janelas, cujo caixilho de chumbo enquadrava vidros amarelados, que banhavam o recinto com uma luz suave durante o dia. A esquadria de madeira permitia que a janela fosse aberta sem qualquer problema, como Hiltrud constatou de imediato, de forma que se podia olhar para o pátio e para a paisagem além das muralhas.

– Isto aqui é realmente impressionante! – disse ela, visivelmente perplexa. – Nunca tive tanto luxo! Espero que possamos mesmo passar todo o inverno aqui.

– E o que nos impediria?

– Talvez essa contenda estúpida. Enquanto o senhor Dietmar estiver se batendo com aquele Keilburg, ele não deve precisar dos seus abraços.

Marie compartilhava essa preocupação. Se o cavaleiro Dietmar chegasse à conclusão de que não precisava dela, provavelmente a poria no olho da rua sem mais delongas. Em outras circunstâncias, isso não a teria incomodado. Durante os dias mais amenos do outono, elas ainda conseguiriam sobreviver. Mas, no caso de serem expulsas, ela perderia a primeira chance, em quase quatro anos, de poder descobrir qualquer coisa sobre seu ex-noivo e seus planos.

Nas duas horas que se seguiram, os nervos tensos fizeram Marie crer numa expulsão iminente do castelo. E a vista da janela também não era muito encorajadora, pois só se via, por todo lado, soldados do senhor Dietmar e de seus aliados. Marie tentou contar quantos eram, mas não conseguia diferenciar os homens em seus trajes de guerra. Quando percebeu que havia contado alguns deles duas vezes, desistiu, mas tinha certeza de que havia mais de cem homens armados dentro das muralhas do castelo.

Hiltrud começou a se cansar.

– Quer fazer o favor de vir se sentar! Você vai acabar me enlouquecendo com esse seu vaivém!

Marie sentou-se em uma das cadeiras e abraçou um dos joelhos, como se tivesse que se segurar. E isso realmente se fazia necessário, pois ela estava se assustando com qualquer barulhinho, olhando para a porta e, de lá, para a janela, apesar de só conseguir vislumbrar o céu de onde se encontrava.

Hiltrud acabou ficando de pé na frente da amiga e colocou as mãos nas cadeiras.

– Afinal, por que é que você está tão nervosa? Você está se comportando como uma galinha da qual roubaram os ovos do ninho.

Marie levantou os ombros e envolveu o corpo com os braços, como se estivesse com frio.

– Trata-se do conde Keilburg. Eu tenho que descobrir mais sobre ele, a todo custo.

– E o que é que você tem a ver com esse daí?

– Com ele, nada. Tenho a ver é com seu meio-irmão.

Por um momento, Hiltrud fitou-a sem entender nada, depois levantou as sobrancelhas, estupefata.

– Não me diga que esse tal de Ruppertus Splendidus, de quem Giso tanto falou, é seu ex-noivo?

Marie cerrou os punhos.

– Tenho certeza absoluta. Deu para entender, agora, por que seria fatal se já tivéssemos que partir?

– Será que você não consegue pensar em outra coisa além dessa sua vingança? – A voz de Hiltrud soava mais divertida do que outra coisa. Ela já havia tentado convencer Marie inúmeras vezes de que uma desprezível prostituta errante não teria chance alguma contra um senhor tão abastado, mas tinha a impressão de sempre falar com uma parede.

Marie tivera que ouvir as objeções de Hiltrud tantas vezes durante os últimos anos que já as conhecia de cor, por isso levantou os braços para evitar novo sermão.

– Eu sei o que você vai me dizer. Mas, desta vez, por favor, não comece. Tenho que pensar.

– Mas não quebre a cabeça. Ela é muito dura para eu conseguir costurá-la.

Marie já não estava escutando. Seu pensamento girava em torno das manobras de Ruppert e da possibilidade de conseguir conquistar a senhora Mechthild e seu esposo como aliados.

Finalmente, Hiltrud não suportou mais a tensão daquele silêncio. Ela se levantou de um pulo e foi até a porta.

– Vou ver se conseguimos algo para comer. Afinal, só tivemos ar morno e água para o jantar de ontem e nada além disso para o café-da-manhã de hoje.

Justamente quando ela queria sair para o corredor, duas servas vieram ao seu encontro, cada qual segurando uma bandeja. De longe, ela sentia o cheirinho de pão e outras delícias vindo de uma das bandejas, enquanto na outra havia uma jarra de barro e duas canecas.

– Com os mais sinceros cumprimentos da senhora – disse a mais nova das servas, alegre. – A senhora Mechthild lamenta que tenham tido que esperar tanto tempo, mas ela teve que cuidar primeiro do marido e seus nobres convidados.

Hiltrud ficou com água na boca ao ver as grossas fatias de presunto defumado, as salsichas inchadas e o grande pedaço de queijo ao lado de meio filão de um pão enorme. Quando uma das servas encheu as duas canecas, ela arregalou os olhos e, incrédula, disse:

– Mas isso tem cara de vinho!

A serva mais velha assentiu, orgulhosa.

– Esse vinho vem dos vinhedos que fazem parte do dote da senhora Mechthild.

Marie lembrou-se dos vinhedos de seu pai, nas redondezas de Meersburg, e sentiu sua garganta se fechando. Ela engoliu as lágrimas ao mesmo tempo que tremeu de ódio. Suas mãos formavam garras que se fechavam em volta de um pescoço invisível. Em quanto Ruppert e seus comparsas haveriam lesado Marie? Custou-lhe grande esforço despedir-se das duas servas e, apesar da fome enorme que sentia, levou algum tempo até conseguir dar a primeira mordida.

Hiltrud não deu a mínima atenção às preocupações da amiga. Comia com a alegria de uma criança que recebe sua refeição predileta e conteve com dificuldade para deixar um pedaço do presunto para Marie.

– Nunca comi tão bem em toda a minha vida. Se isso continuar durante todo o inverno, vou estar gorda como a Berta na primavera.

Como Marie não respondeu, ela cutucou-a com o pé.

– Diga alguma coisa, ou você não está gostando?

Marie suspirou profundamente e um sorriso sonhador amenizou sua fisionomia.

– Creio que vamos poder ficar. A não ser que a senhora Mechthild queira adoçar nossa despedida com essas delícias.

– Minha cara, nesse caso, uma tigela de cozido da cozinha dos servos teria bastado. Não! Tenho certeza de que ficaremos por aqui. Se você for esperta e não irritar o senhor com suas histórias, passaremos o inverno mais agradável de nossas vidas.

Marie poderia ter enumerado todos os invernos maravilhosos que havia passado durante a infância e adolescência, mas não quis estragar o bom-humor da companheira. Na verdade, ela estava ansiosa demais pelo que estava por vir e, cada vez que ouvia passos do lado de fora, fitava a porta, inquieta. Mas parecia que ninguém estava interessado nela. Depois de algum tempo, as duas servas voltaram para tirar a mesa. Como a jarra de vinho estava quase no final, trouxeram mais uma.

Hiltrud informou-se onde era a latrina e descobriu que ela ficava depois do corredor. Pouco depois, voltava de lá satisfeita.

– Por mim, pode continuar assim até a primavera!

Marie deu de ombros.

– Tenho que lembrá-la de que não estamos aqui apenas para comer e beber vinho.

– Tenho cá minhas dúvidas se o senhor Dietmar a chamará ainda hoje. Ele me pareceu revoltado demais para lembrar-se dos prazeres da vida.

– De qualquer forma, ficarei preparada.

– Por mim, tudo bem! Vou para o cabril, dar uma olhadinha nas cabras. Está na hora de ordenhá-las. Será que o pessoal do castelo costuma beber leite de cabra?

– Não sei. Em último caso, você terá que fazer queijo.

– Mas ele não vai agüentar até a primavera. Vou perguntar às servas se a senhora gosta de leite de cabra. Dizem que é muito saudável para mulheres grávidas.

Marie ficou olhando para amiga até que a porta se fechou atrás dela e suspirou aliviada. Apesar de gostar de verdade da companheira, a falação provocada por seu entusiasmo a incomodara. Serviu-se de um pouco mais de vinho, diluiu-o com três quartos de água e bebeu-o em pequenos goles. Marie não podia se embebedar de jeito nenhum, pois queria dar a melhor impressão possível ao cavaleiro Dietmar e à senhora Mechthild.

Quando a porta se abriu após algum tempo, pensou que Hiltrud tivesse voltado. Eram, entretanto, as duas servas com um balde de água. A mais jovem, uma menina muito agitada que mal alcançava seu queixo, saiu mais uma vez e voltou com um lençol e um pedaço de sabão.

– A senhora disse que você tem que se lavar.

Marie queria esperar até as duas terem saído, mas elas continuaram ali, olhando para ela de forma intimidante. Deu de ombros e tirou o vestido por cima da cabeça. Qual era o problema se as servas a vissem nua? Desde que era pequena, estava acostumada com isso. Mas, nos últimos anos, sempre procurava banhar-se nas primeiras horas do dia, para ninguém vê-la. Quanto aos seus clientes, ela só se despia se eles pagassem extra.

As servas não deixavam passar nenhum movimento de Marie, como se tivessem que controlar se ela realmente se limpava minuciosamente.

A mais nova sorria, cheia de admiração.

– Você é bela como um anjo. Venha, vou ajudá-la a lavar o cabelo.

Quando ela soltou a trança de Marie, descobriu as finas cicatrizes brancas nas costas da moça e, assustada, soltou o ar dos pulmões.

– Meu Deus, que surra que deram em você! – Sua voz soou tão horrorizada, como se tivessem sujado uma santa.

Marie deu uma gargalhada, mas ficou logo séria.

– Amarraram-me ao tronco da vergonha e me açoitaram. Se um dedicado farmacêutico não tivesse tratado das minhas costas com pomadas e tinturas, elas hoje se assemelhariam à casca de um pinheiro.

– Então você deve ser muito grata a esse gentil senhor.

– Pode ter certeza, eu sou muito grata a ele. – Marie sorria, pensativa. Sempre que ia à quermesse de Merzlingen, também levava o farmacêutico para sua tenda. Ele desfrutava de cada momento, embora não deixasse de manter a calorosa relação com Hiltrud. Ela espantou os pensamentos da cabeça e concentrou-se no presente, uma vez que Guda entrava no quarto naquele momento.

A governanta fez uma careta quando viu as duas servas paradas ali.

– Mexam-se, suas preguiçosas! A senhora ordenou que eu levasse a sedutora para os aposentos do senhor.

As servas enrolaram Marie no lençol previamente separado e empurraram-na para a porta. Guda, no entanto, interrompeu sua passagem e tirou um pequeno frasco do bolso. Ao abri-lo, o perfume de rosas inundou o quarto. Ela passou uma gota atrás das orelhas de Marie e fechou, cuidadosamente, o recipiente.

– Esse é o perfume da senhora. Ela quer que ele sinta o cheiro dela quando você se aproximar – esclareceu a governanta, que começou, então, a empurrá-la porta afora. Marie lembrou-se das loções oleosas e especiarias que seu pai também negociava. Às vezes, ele abria um dos frascos e permitia que ela o cheirasse. Depois, o pai costumava dizer que, quando ela crescesse, compraria os perfumes mais deliciosos para ela. Agora, pela primeira vez, ela sentia a sensação de óleo de rosas sobre a pele. Mas isso não a alegrava, pois apenas fazia parte dos negócios. Cabia-lhe satisfazer as vontades do cavaleiro Dietmar. Ou será que eram antes as vontades da senhora? Esse pensamento a divertia.

Os aposentos do senhor encontravam-se no extremo oposto do corredor. Quando a levaram para dentro, Dietmar von Arnstein e sua esposa encontravam-se no meio de um recinto pouco maior do que o que ela e Hiltrud compartilhavam e decorado de forma semelhante. Os tapetes, no entanto, eram mais ricamente decorados e, junto às paredes, encontravam-se diversas arcas grandes, artisticamente pintadas, que certamente comportavam as vestimentas do casal. Em um canto, amontoavam-se alguns dos bens adquiridos pela senhora Mechthild na feira. Pelo visto, a senhora ainda não tivera tempo para decidir que destino dar às compras. Marie não se surpreendeu, pois Mechthild von Arnstein parecia estar constantemente ocupada em paparicar e acalmar o esposo mal-humorado.

Ele deu as costas a Marie e Guda e bradou para a mulher:

– Mas que droga, Mechthild, eu não preciso da sua prostituta.

Sua esposa fez-lhe um carinho no rosto e sorriu, docemente.

– Precisa, sim, principalmente agora. Você é um homem forte, que não pode ficar muito tempo sem uma mulher. Estive duas semanas fora e, mesmo antes, não conseguia satisfazê-lo como você merece.

– Eu estava mais do que satisfeito com você e não quero outra mulher senão você – protestou Dietmar.

A senhora Mechthild encostou sua bochecha no queixo barbeado do marido.

– Mas eu sei disso, meu amor! Nenhuma mulher tem a sorte de ter um marido melhor do que eu. Por isso mesmo, permita-me pensar no que é melhor para você. Tanto eu quanto nosso filho nos sentiremos melhor sabendo que você está satisfeito.

– Como é que alguém pode estar satisfeito com um vizinho como Keilburg batendo à porta? – bufou o cavaleiro.

A sua esposa limitou-se a rir e a mover a cabeça de tal forma que ele tinha que olhar para Marie.

– Ela não é linda? – disse Mechthild, com tamanho orgulho que o marido teve que rir.

– Você está jogando um jogo perigoso, Mechthild. O que você faria se eu mantivesse a bela prostituta e a devolvesse ao seu pai?

– Você jamais faria isso, pois eu levaria seu filho, que carrego sob o coração.

O cavaleiro tomou as mãos da esposa e beijou-as.

– Eu amo você, e não gostaria de magoá-la deitando-me com outra mulher.

– Você me magoaria se não dormisse com Marie. Eu a escolhi especialmente para você. – A senhora Mechthild fingiu choramingar e fez de conta que estava ofendida, ao mesmo tempo que piscou para Marie, conspirativa.

O esposo de Mechthild acabou caindo na armadilha da esposa, pois, por instantes, se comportou como um cachorro que tivesse apanhado.

– Então, está bem, vou deitar-me com ela. Mas só para você me deixar em paz. Além disso, não posso me demorar, tenho que me juntar aos meus amigos no salão. Eles estão me aguardando.

– Não se preocupe, eles já estão se reconfortando com algumas saborosas gotas de nossa adega. Não acredito que estejam em condições de manter uma conversa mais séria hoje à noite ainda. – Mechthild ficou na ponta dos pés, beijou o marido na extremidade do nariz e dirigiu-se à porta. – Agora, deixo-os a sós. Volto mais tarde.

Dietmar von Arnstein assentiu com a cabeça e já queria se despir quando se lembrou de algo.

– Diga-me uma coisa, mulher, como é que você tem tanta certeza de que dará à luz um filho?

– Acendi uma vela para a Madona de Santa Otília, para que ela nos concedesse a graça de um filho homem. O abade Adalwig garantiu-me que ela atenderá minhas preces.

O cavaleiro deu uma gargalhada e jogou a cabeça para trás.

– Eu não teria nada contra um primogênito para dar continuidade ao nome; mas, quando olho para você, desejo ter uma filha para conter um pouco o seu orgulho, mulher. Você tem andado com o nariz bastante empinado ultimamente.

O olhar que ele lançou à mulher enquanto dizia essas palavras demonstraram a Marie o quanto ele a amava.

Tamanha afeição como a que havia entre aquelas duas pessoas jamais viria a sentir, pensou Marie, com uma pontinha de inveja. Obedecendo a um aceno de Mechthild, deixou cair o lençol e apresentou-se ao cavaleiro como Deus a havia criado. Naquele momento, os olhos de Dietmar começaram a brilhar. Mas, em vez de arrastá-la imediatamente para o leito, ele ainda fez graça com a mulher, pedindo-lhe para ajudá-lo a tirar a camisa. Mechthild soltou com mãos experientes os laços, beijou-o e deixou os aposentos, apressada, antes que ele pudesse detê-la mais uma vez.

O cavaleiro virou-se para Marie e apontou para a cama com o queixo. Ela se estendeu sobre o leito e perguntou-se o que ele esperava dela. Suas mãos deslizaram sobre o corpo da moça, examinando-a, enquanto ela se batia contra aquela freqüente sensação de não passar de um objeto, do qual qualquer homem podia fazer uso por algumas moedas. Estava claro que Marie estava sendo injusta com o cavaleiro. Era bem verdade que ele não lhe dirigia a palavra, mas suas mãos não eram tão rudes e gananciosas quanto as de muitos outros clientes.

Quando ele se deitou sobre ela, apoiou-se nos cotovelos e não a pressionou com seu peso sobre as almofadas. O ato sexual não foi nada de espetacular.

Dietmar não era tão suave e carinhoso quanto o farmacêutico Ervraiz, mas também não tinha ares de touro selvagem, que só pensava no próprio prazer. Mais uma vez, Marie não sentira nada, mas estava satisfeita, pois ele não a machucava. E, por gratidão, ela fingiu estar excitada.

Após alguns momentos, o ritmo dele acelerou, até cair sobre ela, com um suspiro de alívio. Quase na mesma hora, a porta se abriu e a senhora Mechthild entrou no aposento, como se soubesse exatamente de quanto tempo seu marido precisava.

– Viu, querido, não é melhor assim? – disse ela, sorrindo.

Dietmar rolou de cima de Marie e ficou deitado de costas. No seu rosto estampava-se culpa, o que levou sua mulher a abrir um sorriso de satisfação.

– Dê-me um beijo! – ordenou Mechthild.

Ele obedeceu e ficou aliviado quando ela retribuiu seu carinho com paixão.

– Em alguns meses, poderemos partilhar dos prazeres do leito novamente. Até lá, Marie tomará o meu lugar – esclareceu ela quando recuperou o fôlego. – Mas continuaremos dormindo lado a lado, todas as noites, e conversando. Agora que você relaxou e a raiva contra o Keilburg não o mantém mais em suas garras, devemos discutir como proceder. Simplesmente aceitar a contenda e enfrentá-lo no campo de batalha, como quer Hartmut von Treilenburg, não me parece ser uma decisão acertada.

Dietmar abriu as mãos, em desespero.

– Mas temos que fazer algo. Se não dermos um basta a esse conde ladrão, ele acabará nos engolindo a todos.

– É claro que temos que fazer algo contra ele – concordou a esposa, com voz doce. Ela enfiou-se debaixo das cobertas, empurrando Marie para fora da cama. – Você me serviu a contento. Agora, pode ir para o seu quarto – ordenou e virou-se para o marido.

Marie deixou rapidamente os aposentos e só percebeu no corredor que havia se esquecido do lençol. Embora se envergonhasse de caminhar nua pelo castelo, não teve coragem de voltar. Cobriu o busto e o púbis com as mãos, como pôde, correu apressadamente pelo corredor e entrou em seu quarto, sem fôlego, mas feliz por ninguém tê-la visto.

Ela não podia ter adivinhado que, mesmo assim, alguém a vira. Um homem esquelético, vestindo uma batina surrada, encontrava-se atrás de uma porta entreaberta e observava o corredor como se tivesse que prestar atenção naqueles que iam e vinham. Desse modo, ele pôde apreciar a beleza de Marie em todo o seu esplendor e acompanhá-la com o olhar até ela desaparecer em seu quarto. Quando a porta se fechou, ele fez um movimento como se quisesse segui-la. Mas seus pés não obedeceram, parecendo enraizados, e suas mãos movimentaram-se no ar, como se ele tivesse que se esforçar para manter o autocontrole.

Durante algum tempo, o homem ficou escutando para ver se não havia nenhum perigo. Depois, dirigiu-se aos aposentos do senhor na ponta dos pés, encostou o ouvido à porta e ficou de olho no corredor. Sua fisionomia, tensa de tanta expectativa, foi se repuxando até fazer uma careta desapontada, como se ele não conseguisse escutar o suficiente ou não estivesse satisfeito com o que ouvia.

IV

Já que Marie estava a serviço de apenas um homem, tinha tempo suficiente para ficar olhando em volta, ouvindo o que as pessoas tinham a dizer e refletindo. Freqüentemente, passava o tempo pensando no relacionamento da senhora com o cavaleiro. Ela se admirava do poder que a senhora Mechthild exercia sobre o marido. A extensão dessa influência, no entanto, tornou-se clara apenas quando ela se escondeu atrás da balaustrada da escadaria que levava ao Salão dos Cavaleiros e ficou escutando uma das conversas entre o senhor Dietmar e seus aliados. Ali, ele usava exatamente as mesmas palavras que a senhora Mechthild havia colocado em sua boca na noite anterior.

Quando Marie partilhou sua surpresa com Hiltrud, a amiga riu em sua cara.

– A senhora é, como nós duas bem sabemos, muito inteligente e, no mínimo, determinada. Não é de surpreender, portanto, que o cavaleiro Dietmar dependa tanto de seus conselhos.

– O que eu não entendo é como ela pode colocar uma outra mulher em sua cama e, mesmo assim, conseguir mantê-lo nas rédeas como a um cavalo. Os padres não costumam dizer que a mulher tem que ser submissa ao homem e obedecer-lhe? Uma moça burguesa aprende isso antes mesmo de dar os primeiros passos.

Hiltrud fez um gesto com a mão.

– Você deveria aceitar as coisas como são e não ficar bisbilhotando a vida alheia. Acho que o seu problema é tempo livre de sobra. Por que você não pede a Guda para arranjar alguma coisa para fazer? Se continuar sentada aqui sem fazer nada, só vai acabar pensando besteira. Na maior parte do tempo, eu ajudo nos estábulos, e isso me diverte. Você sabia que eles têm um rebanho de cabras aqui no castelo? Thomas, o servo responsável pelo cabril, prometeu que me daria seu melhor bode para cobrir as minhas cabras. Quando formos embora, teremos novamente alguns cabritinhos.

Os olhos de Hiltrud se iluminaram. Mas Marie não tinha cabeça para essas coisas.

– Bom para você! Mas as cabras não me interessam no momento. Se eu pedir a Guda para me arrumar trabalho, não terei mais tempo para ficar escutando as conversas no salão e, assim, descobrir mais alguma coisa a respeito de Ruppert.

Hiltrud balançou a cabeça, preocupada.

– Você deveria manter distância de lá. Se alguém a vir, acabarão pensando que você é espiã dos Keilburg. Garanto que não terão muita consideração!

Marie fez um gesto de pouco caso.

– Não me pegarão tão facilmente, pois aquela escada raramente é usada. E, se alguém resolver passar, faço de conta que estou admirando as armas e os troféus de caça.

Hiltrud bateu com a palma da mão na mesa.

– Não é apenas o seu pescoço que está em jogo aqui! Se apanharem você, também desconfiarão de mim. E aí poderemos nos dar por satisfeitas se nos puserem na rua em pleno inverno. É mais provável que acabemos apodrecendo nas masmorras.

– Você é pessimista demais! – respondeu Marie, que ficou feliz quando as servas chegaram com o jantar e permaneceram com elas para jogar conversa fora.

Para seu alívio, Hiltrud encarregou-se de contar algumas histórias de terror para as duas moças, que pareciam ter medo de tudo, de forma que Marie conseguiu se voltar para seus próprios pensamentos. Hiltrud tinha razão. Se ela continuasse espionando os nobres senhores, estaria arriscando não somente sua agradável moradia de inverno, mas também a própria vida, pois aqueles homens estavam a tal ponto irados que descontariam sua raiva em qualquer um. Apesar disso, ela era sempre atraída até eles. No início, quando os ânimos estavam ainda mais acirrados, pareceu-lhe que os senhores aceitariam de pronto a contenda com o conde Konrad von Keilburg e o mandariam, junto com seu irmão bastardo, para o inferno. Mas essa esperança logo se desfez, pois o senhor Dietmar procurava convencê-los de que um ataque contra o conde só seria vitorioso se conseguissem juntar mais aliados.

Keilburg tinha mais do dobro dos soldados que o cavaleiro Dietmar e seus aliados tinham a seu dispor, mas parecia que o conde também não podia agir a seu bel-prazer contra os cavaleiros. Marie descobriu muito sobre a legislação de contendas, que impedia Keilburg de atacar o cavaleiro Dietmar ou um dos outros senhores sem aviso prévio. Ela também veio a saber tudo que seu anfitrião devia fazer ou deixar de fazer para não dar ao conde Konrad um motivo para declarar uma guerra.

Assim como os cavaleiros ali reunidos, o conde Keilburg era obrigado a levar em consideração outros vizinhos e, em seu caso, também aqueles que estavam acima dele no império. Marie repetia, em pensamento, o nome daqueles que o meio-irmão de Ruppert teria mais motivo para temer. Havia um tal conde Eberhard von Württemberg. Ele era um dos nobres mais influentes do antigo ducado da Suábia, que sobrevivera apenas no nome. Ao lado dele, o visconde Bernhard von Baden e Frederico IV von Habsburg-Tirol também desempenhavam papel importante no instável equilíbrio de forças do qual Keilburg se aproveitava inescrupulosamente.

Todos aqueles senhores reunidos em Arnstein, que se sentiam livres como o vento em seus castelos, temiam seus vizinhos poderosos, embora não admitissem isso abertamente. Apesar desse temor, às vezes repetiam que estariam dispostos a fazer uma aliança com um dos vizinhos contra o poder do conde Keilburg, que crescia a olhos vistos.

Na noite seguinte, quando Marie sentou-se novamente na escadaria para espiar através da balaustrada, Dietmar von Arnstein estava, justamente, levantando esse tema.

– A única escolha que nos resta é entre Satanás e Belzebu. Temos a opção de tornar-nos parte de Habsburg ou de Württemberg, caso contrário, seremos engolidos, um a um, por Keilburg.

– Eu sou a favor do duque Frederico. O tirolês é o mais poderoso de todos – afirmou Degenhard von Steinzell, que estava hospedado no castelo Arnstein com o filho, Felipe, mais uma vez deixando clara sua preferência pelo nobre de Habsburg.

Rumold von Bürggen fez uma careta de nojo.

– E é justamente por isso que eu sou contra essa aliança. Se nos unirmos a Frederico, nos tornaremos vassalos insignificantes e teremos que pular ao menor sinal do nobre senhor. Teríamos que nos envolver em guerras que não nos dizem respeito e privar nossas terras de homens capazes de lutar por elas. Não, amigos, não temos outra escolha senão contar com nossas próprias forças. Seria o cúmulo se uma aliança de todos os senhores e cavaleiros independentes não conseguisse colocar Keilburg em seu devido lugar e pôr fim à sua ganância por terras.

– Você tirou as palavras da minha boca – concordou Hartmut von Treilenburg. – Por que curvaríamos nossas cabeças diante de Habsburg ou de Württemberg? Temos que confiar em nosso próprio poder, essa é a minha opinião. Creio que não teríamos dificuldades em formar uma aliança contra o conde Keilburg. Afinal, ele já irritou tantos de nós, como o abade de Santa Otília, por exemplo. Ainda há pouco, Keilburg tomou-lhe a Steinwald, que havia sido doada por Gottfried von Dreieichen ao monastério, para que rezassem por sua alma lá. Quando o abade Adalwig ordenou que Keilburg devolvesse a floresta que lhe havia sido prometida, este o recebeu com escárnio e ironia. Há quem diga que ele chegou até a ameaçar o clérigo.

O cavaleiro Dietmar apoiou a cabeça nas duas mãos.

– Se o conde Konrad intimidar o abade de Santa Otília, então as coisas ficarão pretas para o meu lado. Afinal, ele é testemunha do meu contrato com meu tio Otmar.

Hartmut von Treilenburg encorajou-o com um aceno.

– Não se preocupe com Adalwig. Ele está do nosso lado, firme como uma rocha, mesmo que acabemos em guerra com Keilburg.

O cavaleiro Dietmar fez um gesto de resignação com a mão.

– Mas isso também não nos adianta. Eu preferiria se o senhor Adalwig pudesse nos ajudar enviando homens armados ou se ele fosse rico o suficiente para contratar mercenários. Com seus setenta monges, no entanto, ele será de pouca valia se houver uma guerra.

– Por isso, deveríamos nos aliar ao duque Frederico – repetiu Degenhard von Steinzell.

Rumold von Bürggen esmurrou a mesa.

– Prefiro até me juntar a Eberhard von Württenberg. Seu poder não chega nem perto do poder do duque Frederico, mas alguns de seus vassalos mais ao norte tornaram-se vizinhos de Keilburg. O conde Eberhard tem que se cuidar para que o conde Konrad não lhe passe a perna. Keilburg tem ambição de sobra para isso, como já ficou comprovado no caso de Bodo von Zenggen, entre outros, quando ele fez uso, inescrupulosamente, da contenda com o vizinho para anexar as terras e o castelo dele. Konrad não teria se atrevido a fazer isso se Bodo não tivesse se indisposto com Württenberg pouco antes.

– Se vocês querem a minha opinião, estamos jogando muita conversa fora – rosnou Hartmut von Treilenburg. – Afinal, somos homens ou carpideiras? Cada um dos nossos soldados vale por dois ou três dos mercenários que Keilburg recrutou.

O cavaleiro Dietmar levantou a mão, acalmando os ânimos.

– Eu sou contra chegar às vias de fato! Uma guerra só nos custará bons homens, que, em tempos de paz, cuidam de nossas lavouras, enquanto o conde Konrad pode substituir seus soldados de aluguel a qualquer hora. Além disso, ele não precisa pagar o soldo para aqueles que caem no campo de batalha. No momento, entretanto, só a alimentação dos homens já está lhe custando os olhos da cara. Enquanto nos ativermos às leis e não lhe dermos motivo para declarar guerra, ele sairá mais prejudicado do que se permitirmos que seus homens e os nossos se massacrem.

– É você que é contra a guerra, Dietmar, ou será que é a sua esposa? – perguntou Rumold von Bürggen, sem dissimular seu sarcasmo. – Nós sabemos que a senhora Mechthild é uma mulher muito inteligente, mas ela deve deixar a arte de guerrear para nós, homens.

O rosto de Dietmar ficou roxo de raiva. Ele deu um pulo da cadeira e perfurou Bürggen com os olhos.

– Isso passou dos limites! Eu não vou permitir que me chamem de covarde e maricas!

– Então não aja como tal! – retorquiu Rumold, impassível.

Degenhard von Steinzell fez um gesto para acalmá-los.

– Para que essa briga estúpida? Se vocês se estranharem, só vão ajudar Keilburg a acabar conosco. Temos que ficar juntos, lembrem-se disso.

Dietmar von Arnstein cerrou os punhos e deixou-se cair, pesadamente, sobre a cadeira.

– Não permito que me chamem de covarde!

Rumold von Bürggen fez um gesto de desdém com a mão enquanto lançava um olhar para o senhor de Arnstein, que o deixou ainda mais irado.

– Degenhard tem razão! – apaziguou Hartmut von Treilenburg. – Se não conseguirmos um consenso, não demorará muito e estaremos todos mortos ou nos reencontraremos nos calabouços de Keilburg.

Marie não conseguiu saber se o apelo do cavaleiro tinha sido bem-sucedido, pois escutou passos atrás de si, levantou-se de um pulo e voltou pelo corredor, para esconder-se no nicho de uma das portas. Mas já era tarde. Jodokus, o monge que servia ao cavaleiro Dietmar como escrivão e pregador, havia bloqueado seu caminho. Seus olhos descorados fixaram-se nela, enquanto mostrava seus dentes fortes e amarelados em um sorriso grotesco.

– Deus lhe abençoe, virgem Marie. Alegro-me em vê-la.

Marie recuou um pouco.

– Virgem? O senhor está alguns anos atrasado para me tratar assim.

Os anfitriões de Marie tinham o monge em alta estima e a senhora Mechthild já o havia elogiado várias vezes diante de todos. Marie, no entanto, não gostava dele e via-o com desconfiança. Os olhares com que ele a avaliava repugnavam-na tanto quanto o modo asqueroso como sempre tentava puxar conversa com ela.

Irmão Jodokus sorriu docemente, como se quisesse acalmá-la, colocou a mão em seu ombro e puxou-a para mais perto de si.

– Você se envergonha daquilo que a vida fez de você, Marie. Entretanto, você é bonita como um anjo do Senhor. Uma mão bondosa e experiente certamente poderia guiar também você ao paraíso.

Estava claro para Marie que o monge se referia a um paraíso bem terreno. Sua outra mão já estava apalpando seu busto e descendo na direção das coxas. Marie afastou-o com força e tentou passar por ele, mas ele tomou-a com tanta firmeza que ela sentiu suas unhas através da lã grossa de seu vestido.

– Por que você me rejeita, se qualquer homem pode tê-la por alguns centavos?

Marie começou a ficar com medo. O monge parecia querer arrastá-la ao primeiro quarto vazio e possuí-la à força. Em qualquer outro lugar, ela teria usado de violência para mostrar-lhe que não se deve pôr a mão em uma prostituta contra sua vontade, a não ser que se tenha a força de um urso. Mas, lá, não podia contrariá-lo, pois ela estava inteiramente em suas mãos; ele tanto podia arruinar o resto de sua permanência no castelo como provocar a expulsão dela e de Hiltrud de lá. Assim sendo, tentou mantê-lo a distância escolhendo cada palavra.

– No momento, não sou um bem disponível. A senhora trouxe-me para cá para que eu prestasse meus serviços exclusivamente ao seu esposo, e eu, certamente, atrairia sua ira se servisse a qualquer outro homem.

Irmão Jodokus fez uma careta como uma criança mimada da qual se quer tomar o brinquedo.

– A senhora Mechthild não precisa ficar sabendo.

Marie riu na cara dele e afastou suas mãos, que ainda seguravam frouxamente seu vestido.

– E será que acontece algo neste castelo sem que a senhora Mechthild venha a saber? Numa quermesse, você poderia comprar o meu corpo por algumas moedas, mas aqui a vontade da senhora o impede.

O monge deu um profundo suspiro, tomou-a novamente em suas mãos e apertou-a contra si com tamanho vigor que ela mal conseguia respirar.

– Não quero apenas seu corpo. Desde que a vi pela primeira vez, nua como Deus a criou, soube que tinha que possuí-la.

Marie empurrou-o, confusa. "Quando foi que ele me viu nua?", perguntou-se assustada. Ela não conseguia se lembrar. Uma das coisas às quais dava grande valor era sua privacidade. Desde que se tornara uma prostituta sem valor, ela ansiava pela proteção de quatro paredes que fossem suas e aprendera a valorizar a segurança de sua tenda, onde ela e suas poucas posses mal cabiam. O comentário de Jodokus levou-a a concluir que havia uma espia em seu quarto, através da qual o monge conseguia observá-la. Esse pensamento a arrepiou e ela decidiu inspecionar as paredes minuciosamente.

– Posso ser uma prostituta, mas não me vendo para qualquer um – respondeu, mais enfática do que desejara.

Sua recusa parecia atiçar ainda mais a paixão do monge.

– Não me rejeite, minha bela criança. Juntos, poderíamos alcançar a maior bem-aventurança na Terra e no além.

– Como? Mendigando pelas estradas?

Jodokus sorriu.

– Você não deveria me subestimar, bela prostituta. Não vai demorar muito e serei um homem rico e, se você vier comigo, poderá viver como uma dama burguesa.

Ele descreveu detalhadamente como gostaria de cobri-la de jóias e roupas. Nem o comerciante de Flandres havia lhe feito uma oferta tão generosa. Marie fez de conta que escutava atentamente, esperando a primeira oportunidade para se desvencilhar dele. Mesmo que ele estivesse dizendo a verdade, havia uma série de razões para ela não se meter com ele.

Como monge, ele havia feito voto de celibato e, provavelmente, também de castidade. Mas, como a maioria dos homens do clero, parecia não se ater a isso. A moral dos padres e dos monges ia ladeira abaixo desde que os papas Gregório, João e Bento haviam começado a disputar a liderança da cristandade, embora eles não passassem de marionetes da Espanha, da França e do imperador alemão, que só nomeavam bispos e abades entre seus seguidores fiéis.

Marie lembrou-se de um comentário irônico que havia ouvido durante suas andanças. "Por que um padre não precisa se casar?", perguntara-lhe, uma vez, um saltimbanco, só para responder em seguida: "Porque todas as mulheres de sua paróquia estão à sua disposição."

Embora Marie houvesse rido na época, a resposta correspondia à verdade. Apesar disso, havia uma diferença entre o pastor de uma paróquia ou um bispo manter uma amante e um monge largar a batina, enriquecer inexplicavelmente e viver abertamente em concubinato ou, até, maritalmente. Nesse caso, certamente os hipócritas se voltariam contra Jodokus e ninguém demonstraria clemência nem com ele nem com a mulher ao seu lado. Fazer uma acusação era coisa rápida e veredictos eclesiásticos raramente eram favoráveis ao acusado, como Marie sentira na própria pele.

Ela se arrepiou diante da ganância desvelada do monge. Mesmo que ele não fosse um clérigo e ela pudesse tornar-se uma esposa honrada casando-se com ele, Marie não o faria. Jodokus lhe era extremamente antipático, e o fato de não poder jogar-lhe isso na cara a incomodava.

– Perdoe-me se não o compreendo, afinal, não passo de uma mulher ignorante – murmurou ela, na tentativa desesperada de ganhar tempo.

Por um momento, pareceu-lhe que o monge fosse dizer algo mais, mas ele mordeu os lábios como se estivesse evitando que palavras impensadas lhe escapulissem. Enquanto isso, ele engolia Marie com um olhar faminto. Com a respiração ofegante, ele acabou a soltando.

– Eu a desejo e haverei de tê-la.

Aquelas palavras soaram como uma ameaça aos ouvidos de Marie. Ela fez uma rápida mesura e já estava pronta para voltar ao salão, ainda que isso criasse suspeita entre os cavaleiros. De repente, no entanto, ele abriu passagem para ela. Marie saiu em disparada pelo corredor para que ele não pudesse segurá-la de novo. Mesmo depois de trancar a porta do quarto atrás de si, ela parecia sentir o olhar do monge na nuca.

E, de fato, Jodokus acompanhou-a com o olhar enquanto a luz que vinha do salão permitia. Depois, encostou-se na parede, tremendo, e resfriou sua testa nas pedras. A prostituta tinha razão. A senhora Mechthild não permitiria que outro homem, que não o marido, tocasse nela. Ele quase morreu de ciúmes ao pensar que a jovem tinha que servir ao cavaleiro, embora Dietmar não tivesse nenhum interesse nela. Apesar disso, o monge não considerava sua causa perdida. Mais tardar em três meses, o filho da senhora Mechthild teria nascido e, oito semanas depois, ela poderia ocupar novamente seu lugar no leito do esposo. Nesse meio-tempo, seus planos se tornariam realidade e ele poderia comprar Marie, seu corpo e sua alma. A partir de então, ele não deixaria nenhum outro homem aproximar-se dela. Jodokus sorriu tão satisfeito com esse pensamento que Guda, que cruzara com ele, fitou-o surpresa. Até aquele dia, ela jamais vira o monge a não ser com uma fisionomia azeda.

V

Durante as primeiras semanas no castelo de Arnstein, a amizade entre Marie e Hiltrud foi submetida a duras provas, pois, pela primeira vez desde que haviam começado a andar juntas, seus interesses iam em direções diferentes.

Hiltrud aproveitava mais da vida no castelo do que jamais poderia ter imaginado em seus mais ousados sonhos. Elas viviam como princesas em um quarto enorme, com uma lareira em que nunca faltava lenha e uma cama tão macia quanto deviam ser as nuvens para os anjos. Para comer, elas recebiam do bom e do melhor e tinham liberdade para fazer o que bem entendiam. Em troca, esperava-se apenas que Marie cumprisse com seu compromisso perante o senhor do castelo e que Hiltrud não se oferecesse de forma provocante aos homens.

As servas que cuidavam delas tratavam-nas um pouco como animais exóticos – daqueles expostos nas quermesses por alguns centavos –, mas eram sempre simpáticas e tinham senso de humor. Também os demais servos não se atreviam a dirigir-lhes qualquer palavra depreciativa com medo de provocar a ira da senhora. Como Hiltrud havia previsto, os homens deixavam Marie em paz. Da mesma forma, deixavam Hiltrud em paz, embora se empertigassem como galos de briga quando ela passava. De tempos em tempos, ela até dormia com um ou outro. Giso, o mal-encarado comandante da guarda, já pagara alguns xelins polidos, no valor de doze bons centavos, por seus favores. E ela se alegrava com isso, pois não podia se dar ao luxo de abrir mão de uns trocados para suas economias.

Ao contrário dos demais, Thomas, o servo que pastoreava as cabras, não precisava pagar nada. Ele era um ano mais velho que Hiltrud e aleijado de nascença, de forma que não poderia se tornar soldado. Os cabelos louro-escuros e cheios emolduravam seu rosto estreito e os olhos cinza profundos. Hiltrud gostava dele por ser quem era e não por sua semelhança com o cavaleiro Dietmar. Haviam lhe contado que Thomas nascera aproximadamente sete meses após o atual senhor de Arnstein. Pelo visto, o antigo senhor do castelo também não conseguira se abster de um delicado corpo de mulher durante a gravidez da esposa. O que atraía Hiltrud a Thomas era o modo como lidava com os animais e o jeito maravilhosamente gentil e companheiro de tratá-la.

Ele sabia que Hiltrud não conseguiria contar os homens com os quais havia se deitado por dinheiro. Apesar disso, Thomas se deleitava com o amor que Hiltrud tinha por ele, como se fosse um presente caro, e alegrava-se com o afeto dela. Ela, por sua vez, tentava conter seus sentimentos por ele, no que não era muito bem-sucedida. Não era bom para uma prostituta apegar-se a um homem, isso ela já havia sentido na própria pele. Seu amor não poderia sobreviver ao inverno, pois, na primavera, ela teria que retomar sua vidinha anterior e vagar pelas estradas. Por isso, Hiltrud não estava disposta a renunciar ao que podia ganhar de Giso e de outros homens em nome de seus sentimentos.

Uma vez, ela havia dormido até com o monge Jodokus, embora ele não cheirasse bem e tivesse oferecido apenas alguns centavos de Halle por seus serviços. Normalmente, ela o teria recusado como cliente, mas não teve coragem, pois a senhora Mechthild tinha a palavra do monge em alta estima e Hiltrud temera que ele a caluniasse para a senhora. O sexo fora rápido e não valera mais do que os quatro centavos, já que o monge não tinha experiência com mulheres venais. Depois, entretanto, ficara claro o que Jodokus realmente queria, pois ele interrogou-a durante mais de uma hora sobre Marie. Mais tarde, naquela noite, ela zombaria de Marie por causa daquele amor enrustido. Mas a amiga não se deixou impressionar pelas piadinhas de Hiltrud. Ao contrário, quando ouviu o nome Jodokus, fez uma careta e rogou algumas pragas cruéis para o monge.

Marie realmente ficara esquisita, pensou Hiltrud, enquanto estava com Thomas no cubículo sobre o cabril que servia de quarto para ele. O pequeno cercado era feito de tábuas toscas, das quais não se tirara nem a casca, e era preso na cumeeira de forma que parecia até um ninho de passarinho. Apesar disso, era muito aconchegante. Thomas havia feito uma cama, uma pequena mesa e dois tamboretes de outros restos de madeira. Duas prateleiras sob o teto baixo e dois ganchos feitos de um galho em forma de forquilha completavam a decoração. Mais não teria cabido naquele quarto minúsculo. O pastor de cabras, entretanto, estava satisfeito com o que tinha.

Enquanto o olhar de Hiltrud passeava, pensativo, Thomas levantou-se e fitou seus seios que, apesar do tamanho, ainda eram firmes.

– Você é linda!

– Marie é linda! – retrucou Hiltrud. – Eu sou apenas passável.

– Você não tem muita auto-estima – repreendeu Thomas, suavemente. – Para mim, você é a mulher mais bonita do mundo, e eu ficarei muito triste quando você me abandonar.

– Não sou uma mulher pela qual um homem como você deveria se apaixonar. Mesmo agora, eu não lhe sou muito fiel, como você deve estar sabendo.

– Você corre atrás do seu pão de cada dia, da mesma forma que eu tenho que pastorear as cabras. – A voz de Thomas lhe acariciava como o vento da primavera, e Hiltrud começou a pensar em como tudo aquilo poderia ser maravilhoso se ela não tivesse que se preocupar com Marie.

O pastor de cabras pareceu perceber sua preocupação, pois cobriu-a com a coberta e acariciou sua bochecha.

– Afinal, o que a está preocupando tanto?

– Não é nada, só Marie. Por que ela não pode se satisfazer apenas com o presente, como nós dois? Ela só fica pensando no homem que desgraçou sua vida e em um jeito de vingar-se dele. É o mesmo que pegar um punhado de neve e jogar contra o sol para tentar apagá-lo.

Thomas sorriu pensativo.

– Às vezes, basta um punhado de neve para apagar um fogo.

Hiltrud balançou a cabeça, indignada.

– Faça-me o favor de não ficar apoiando as bobagens dela.

– Eu jamais faria isso, mas você deveria alertá-la. As pessoas já estão comentando que ela sempre se esgueira no salão quando os cavaleiros se reúnem ali. Se isso chegar aos ouvidos da senhora Mechthild, sua amiga será vista como espiã e acabará trancafiada no calabouço da torre. Prometa-me que vai cuidar dela. Ela já teve que suportar sofrimento demais em sua vida.

Hiltrud olhou para ele, desconcertada.

– Como é que você sabe disso? Eu nunca lhe contei nada a respeito!

– Eu olhei através dos olhos dela e vi a dor em sua alma – disse Thomas, simplesmente.

– Eu cuidarei dela! – prometeu Hiltrud e se aninhou a ele.

Quando deixou o quarto de Thomas, alguns instantes mais tarde, estava disposta a tirar aquelas idéias da cabeça de Marie. Mas então viu que os convidados e seus séqüitos se preparavam para partir e suspirou aliviada. Não precisava mais temer pela amiga.

Apesar de os cavaleiros se despedirem com muito barulho e, a julgar pelas aparências, cordialmente, via-se a preocupação estampada em seus rostos. Embora todos corressem o mesmo perigo, o fosso entre os vizinhos parecia ter se aprofundado ainda mais. Hiltrud ficou observando os cavaleiros até terem deixado o pátio interno e benzeu-se três vezes intimamente. Os servos que haviam acompanhado a partida do grupo pareciam tão aliviados quanto ela. Eles sussurravam despedidas maliciosas entre si, que certamente queriam fazer em voz alta para alguns dos cavaleiros.

A senhora Mechthild, vestida em um traje verde, encontrava-se na porta da torre residencial e ria aliviada. Durante os últimos dias, estivera ocupadíssima evitando que seu marido e os amigos esquentados cometessem atos impensados que pudessem levar a um final desastroso. Com força bruta, como haviam sugerido Hartmut von Treilenburg e Rumold von Bürggen, não havia como vencer um embate com Keilburg. Os senhores dos castelos vizinhos acabariam se voltando contra eles, pois batalhas prejudicavam o comércio e diminuíam as receitas.

Mechthild acenou sorrindo para o marido, que acompanhara seus hóspedes até certa altura e, agora, retornava mal-humorado.

Quando ele desmontou, ela correu em sua direção e apertou a mão do cavaleiro contra sua bochecha.

– Bem sei que aliados são importantes; ainda assim, estou feliz de ter o castelo só para nós agora. Com o tempo, nossos vizinhos começaram a se tornar um pouco cansativos.

Dietmar retirou sua mão e atirou as rédeas para um cavalariço. Depois, fitou-a com uma mistura de raiva e desespero.

– Aos olhos deles, não passo de um covarde, pois não defendo meus direitos com os punhos.

– Um direito que se obtém com os punhos é o direito do mais forte – repreendeu-o a senhora Mechthild, com suavidade. – Somente teremos uma chance contra o conde de Keilburg se nos impusermos contra ele na justiça do império. Ele também não é tão poderoso assim a ponto de se atrever a contradizer um veredicto do imperador. Se, ainda assim, ele fizer isso, conquistaremos muitos aliados, que vão procurar obter, por meios legais, parte das propriedades que ele roubou. Até lá, teremos que encontrar um amigo mais importante do que Keilburg.

– Quer dizer que você continua achando que eu deveria me aliar ao senhor de Württemberg? – O cavaleiro Dietmar não parecia muito entusiasmado.

Isso parecia não incomodar o bom humor de sua esposa. Ela assentiu sorridente, abraçou-o – o que, nas condições dela, era um pouco mais difícil do que de costume – e beijou-o afetuosamente.

Hiltrud pegou-se fazendo exatamente o que criticava na amiga, ou seja, escutar a conversa alheia. Por isso, virou-se e subiu rapidamente. Quando entrou no quarto, Marie estava olhando por uma das janelas. Ela fitava um ponto distante, numa clareira por cima de um declive arborizado, onde se reconhecia uma pequena fortificação que podia ser facilmente defendida. Tratava-se do castelo Felde, que tinha sido uma das últimas propriedades a cair nas mãos de Keilburg. De lá, num piscar de olhos, o conde Konrad havia conseguido tomar Mühringen, o castelo de Otmar, tio do cavaleiro Dietmar.

Hiltrud colocou as mãos nas cadeiras e meneou a cabeça, em desaprovação.

– Você não pára de pensar, Marie.

Marie estremeceu e olhou para Hiltrud, assustada, como se a amiga a tivesse arrancado de um sono profundo.

– Eu não consigo parar de pensar! Desde que cheguei aqui, não paro de pensar em Ruppert. Por Deus, não vejo a hora de ele e aqueles outros canalhas receberem o devido castigo. Houve um tempo em que eu esperava que o cavaleiro Dietmar declarasse guerra a Keilburg. Sem seu meio-irmão nascido em berço de ouro, Ruppert perderia o melhor aliado. E, se eu tivesse sorte, eles cairiam juntos. Aí, só precisaria de um assassino de aluguel para me livrar daquela escória que me violentou e caluniou.

– Você terá que sonhar durante muito tempo ainda para isso acontecer. A senhora Mechthild nunca permitirá que se chegue a uma contenda. Ela acabou de dizer isso.

Marie assentiu sombria.

– Eu sei disso, afinal, prestei bastante atenção enquanto conversavam.

– É, e foi bastante descuidada ao fazer isso. Os servos já estão comentando e Thomas pediu-me para preveni-la.

Marie deu de ombros e empurrou o lábio inferior para a frente.

– E o que é que um pastor de cabras sabe disso?

– Ele é muito esperto e sabe melhor que os outros o que se passa no castelo. Você deveria tomar jeito e tirar essas minhocas da cabeça. Aproveite essa temporada que podemos ficar aqui. Você está conseguindo ganhar dinheiro agora com uma facilidade que não se compara aos três últimos anos.

– Preferiria ser uma prostituta acompanhando uma legião à guerra, pronta para destruir Konrad von Keilburg e seu meio-irmão – cuspiu Marie. – Aqui, não consigo chegar um passo adiante. O cavaleiro Dietmar e seus amigos não declararão guerra a Keilburg. Em vez disso, vão procurar a justiça do império. Talvez eles consigam, de fato, um veredicto favorável; mas de que me adianta isso? Nenhum tribunal deste mundo conseguirá me satisfazer.

Marie começou a chorar. Hiltrud percebeu seu desespero e abraçou-a para consolá-la. A amiga se agarrou a ela como uma criança pequena, mas as palavras que sussurrava continham um ódio tão profundo que fizeram Hiltrud estremecer.

VI

Pouco depois da partida dos senhores, começou a nevar bastante e Arnstein pareceu hibernar. Era raro alguém chegar ao castelo ou partir de lá. Por duas vezes, Marie vira um mensageiro de um dos aliados abrir caminho penosamente na neve, ser retirado completamente exausto da sela e carregado para dentro da residência. Ambas as vezes, não lhe fora possível ouvir a conversa. Por isso, ela tivera que se contentar com os boatos que fizeram a ronda entre os servos.

Parecia que nem o senhor Dietmar nem os demais aliados haviam conseguido atrair para sua causa senhores de outros castelos. O inverno também parecia imobilizar Keilburg. Ouvia-se dizer que ele tinha demitido parte dos mercenários e enviado o resto de seu exército para passar o inverno em casa. Seus homens continuavam controlando a estrada principal em direção ao norte, mas permitiam, sem causar problemas, a passagem das carroças e viajantes que se atreviam a enfrentar o inverno. Apenas os soldados e os servos que pertenciam a Arnstein e a Rumold von Bürggen tinham que se submeter ao desvio pelo pântano, ainda mais perigoso nessa época do ano. Essas não eram notícias extraordinárias, pensou Marie, que começou a se entediar.

Ela raramente conseguia conversar com Hiltrud, que passava a maior parte do tempo com Thomas e, quando voltava, tinha como assunto principal as cabras. Hiltrud estava empolgada com os cabritinhos que estavam para nascer. Thomas havia cedido seu melhor bode para cobrir as fêmeas. Era a vida que ela havia pedido a Deus. Hiltrud tinha que combater as lágrimas sempre que se lembrava de que esse paraíso teria fim justamente no início da primavera.

Marie deixou Hiltrud na ilusão de que ela havia se conformado com o fato de o cavaleiro Dietmar e seus amigos não tomarem nenhuma atitude contra o conde Keilburg. Na verdade, ela continuava torcendo para que terminasse em guerra. Mesmo se Ruppert sobrevivesse ao embate, estaria enfraquecido e, dessa forma, seria um alvo mais fácil para o assassino que ela contrataria. Na atual situação, só lhe sobrava a esperança de encontrar alguém corajoso o suficiente para enfrentar um dos homens mais poderosos do país.

Para não preocupar Hiltrud, ela procurava só pensar nisso quando se encontrava no quarto de costura, com mais algumas servas, entretida com roupas novas para os Arnstein. Na verdade, tratava-se de decorar com belos bordados o enxoval da criança que estava para nascer em poucas semanas. Marie já tinha muita prática com agulha e linha, pois havia costurado e bordado a maior parte do seu próprio enxoval. A senhora Mechthild ficara tão satisfeita com ela que a havia presenteado com uma trouxa de restos de tecido e boa linha – o suficiente para fazer um vestido para si e outro para Hiltrud –, além de duas mantas e algumas camisetas. O trabalho fazia bem a Marie, pois a distraía de seus pensamentos sombrios. Entretanto, certa manhã, após uma noite maldormida, durante a qual fora atormentada por um pesadelo após o outro, ela não teve a mínima vontade de fazer o que quer que fosse. À sua frente, havia algumas fitas a serem bordadas para enfeitar os lençóis do recém-nascido, mas ela não conseguia fazer nenhum progresso. Volta e meia, ela colocava as mãos no colo e ficava olhando pela pequena janela. Dali não dava para reconhecer nada além de algumas árvores sem folhas, com as copas cobertas de neve, e um pedaço da estrada que levava ao castelo. Apesar disso, a paisagem dava-lhe a sensação de não estar trancada.

De repente, piscou os olhos, surpresa. Havia mais de uma semana, ninguém que não fosse do próprio castelo ou do vilarejo havia vindo a Arnstein.

Naquele momento, no entanto, cavaleiros estranhos se aproximavam. Como volta e meia as árvores os encobriam, Marie não conseguia contá-los com precisão, mas pareciam totalizar uma boa dúzia. Enquanto ela ainda decidia se devia avisar Guda sobre a visita inesperada, ouviu-se a trompa do vigia da torre.

As servas levantaram-se de um pulo e correram à janela. Em sua avidez, empurravam-se mutuamente, sem, no entanto, conseguir ver nada, pois os cavaleiros já haviam desaparecido atrás da muralha. Como Guda deixara seu lugar para auxiliar sua senhora a receber os visitantes, as servas correram como uma ninhada de pintinhos pelo corredor, até chegar a uma janela que dava para o pátio interno. Enquanto o cavaleiro à frente do grupo passava pelo portão empinando orgulhosamente a bandeirola com o brasão, uma delas gritou surpresa:

– Mas essas não são as armas de Keilburg? O que esses sujeitos estão procurando aqui?

Marie sentiu o coração bater. Ela nem tentou olhar para fora, mas saiu correndo para procurar um esconderijo de onde pudesse observar os cavaleiros se cumprimentarem. Como os visitantes ainda não haviam alcançado o último portão, ela passou pela ponte levadiça na parte interna do castelo e escondeu-se no estábulo, onde se encontravam os cavalos do senhor Dietmar. Ela empurrou uma caixa sob a abertura de ar gradeada e subiu nela. Dali, conseguia ver tudo o que acontecia do lado de fora.

Mal ela tinha tomado posição em seu posto de escuta, os estranhos entraram no pátio. Tratava-se realmente de gente de Keilburg, a julgar pelos brasões nas mantas. Podia-se deduzir, pelas roupas desiguais que usavam e pela atitude que tinham, que os dez homens armados não eram soldados comuns, e sim mercenários contratados para escoltar um nobre senhor. Marie olhou para o décimo primeiro homem e sentiu o sangue congelar nas veias. Não era ninguém menos que o magistrado Ruppertus Splendidus, seu noivo de outrora.

A menos de dez passos de distância, ele parou seu cavalo e olhou em volta. Ele parecia contar os soldados que haviam se posicionado no pátio e no passadiço interno e, pelo jeito como cerrou os lábios, Marie percebeu que não havia esperado tantos homens. Ela sorriu triunfante. Ruppert tornara-se vítima da artimanha cuidadosamente preparada pela senhora Mechthild.

Pouco depois de os aliados terem partido sem chegar a um consenso, a senhora havia mandado fazer armas e uniformes para cada servo, para dar a impressão de que o castelo possuía uma guarnição muito maior do que de fato. E, assim que o brasão de Keilburg fora reconhecido, o material começou a ser distribuído entre os homens. Até mesmo Thomas, o pastor de cabras, tinha uma grande lança na mão. Ele tinha tomado posição sobre o passadiço, onde ninguém poderia ver que se tratava de um corcunda.

O sorriso malicioso de Marie desapareceu quando ela observou Ruppert mais detalhadamente. Os últimos três anos e meio haviam-lhe sido favoráveis. Ele parecia mais gordo do que ela se lembrava e estava mais bem-vestido do que um homem de sua estirpe normalmente poderia se permitir. Um gorro de pele de castor cobria sua cabeça e uma manta do melhor tecido de Flandres, debruado com pele de lobo, protegia-o contra o frio do inverno. Quando ele desmontou e tirou as luvas, uma meia dúzia de anéis de ouro brilhou em seus dedos.

– Desejo falar com o cavaleiro Dietmar. – Ele não falara alto, mas sua voz ecoou no pátio.

– O que você deseja de mim?

O senhor do castelo apareceu no balcão, onde ele e a esposa costumavam se sentar em tempos de festa, quando seus fazendeiros se reuniam no pátio. De lá, ele podia manter o visitante indesejado em seu campo de visão, sem precisar temer um ataque traiçoeiro.

Ruppert teve que levantar a cabeça para olhar no rosto no cavaleiro.

– Venho em nome de meu nobre irmão, o conde de Keilburg. Ele me enviou para negociar com o senhor.

A oferta foi tão surpreendente que, a princípio, o cavaleiro Dietmar pareceu não saber o que responder. Ele se apoiou no balcão e fitou Ruppert como se quisesse ler em sua testa se ele estava dizendo a verdade.

– Se o conde Konrad quiser me devolver a herança que tomou de meu tio Otmar, então você é bem-vindo. Caso contrário, cada palavra dita aqui será desnecessária.

O sorriso de Ruppert era indecifrável.

– Não posso lhe ser útil nesse sentido. É possível que o cavaleiro Otmar tenha lhe prometido o castelo de Mühringen algum dia, porém mudou de idéia e deixou o castelo, junto com as terras, para meu irmão, de papel passado e lacrado. O conde Konrad, no entanto, não deseja uma contenda com o senhor e, por isso, enviou-me com uma mensagem de paz. Mas, em vez de ficar aqui no frio, expressando perante todos a que venho, preferiria explicá-lo degustando um copo do excelente vinho oriundo dos vinhedos de sua esposa.

Ruppert parecia querer convencer o senhor de Arnstein de que era seu semelhante e dar-lhe esperanças de poder resolver, na mesa de negociações, a disputa que não teria como ganhar. Marie suspeitava, pela própria infeliz experiência, de que uma conversa com Ruppert seria mais perigosa para o senhor Dietmar do que milhares de homens armados às portas de Arnstein. Mas, a julgar pelo que sabia do cavaleiro, ele consideraria a oferta de Keilburg como um sinal de fraqueza e acabaria aceitando essa negociação.

Marie respirou fundo. Ela não podia perder aquela conversa. Em um pulo, ela desceu do caixote e correu para a ala dos servos, do lado oposto da cozinha. Dali, ela teria que atravessar alguns corredores e subir vários lances de escadas para alcançar a torre da residência, de onde um corredor levava à galeria sobre o salão. Como as servas tinham se concentrado nas janelas que davam para o pátio para poderem ver as visitas inesperadas, Marie conseguiu chegar, sem ser vista, ao seu posto de observação, nos degraus mais altos. Tinha certeza de que o cavaleiro Dietmar só receberia Ruppert naquele salão, onde pinturas de seus antepassados e troféus de muitas guerras demonstravam o poder de uma linhagem que vinha de longa data.

E assim foi. Mal ela tinha enrolado a saia do vestido em volta das pernas para se proteger da friagem, o senhor do castelo adentrou o salão, acompanhado de sua visita. Ele se sentou primeiro, para poder imperar, por alguns instantes, como um pequeno rei na extremidade da grande mesa, acomodado em seu trono artisticamente talhado. Em seguida, ordenou que lhe enchessem uma caneca de vinho, enquanto Ruppert teve que esperar, como um requerente, até que um servo lhe trouxesse uma cadeira. Não dava para perceber se aquela humilhação havia afetado o magistrado, já que aquele sorrisinho fino não desapareceu de seu rosto um momento sequer. Ele se sentou na cadeira que lhe foi oferecida, esperou até que o servo tivesse enchido também a sua caneca e brindou ao senhor de Arnstein com uma fisionomia tal como se os dois fossem os melhores amigos.

– Vamos lá! O que é que o seu irmão quer de mim? – O cavaleiro Dietmar não escondia sua rabugice, mas Marie percebeu, irritada, que Ruppert tinha conseguido impressioná-lo, pois o cavaleiro estava se dirigindo ao magistrado como a um igual.

– O conde Konrad lamenta a desavença que surgiu entre ele e o senhor, e gostaria de pôr fim a essa situação.

– Ele só precisa me devolver o que é meu por direito – respondeu Dietmar, secamente.

Mais uma vez, os lábios de Ruppert formaram um sorriso misterioso.

– Infelizmente, meu irmão não vê a situação como o senhor. Ele possui um contrato, autêntico e incontestável, que confere a ele a posse dos bens do cavaleiro Otmar, e não vê por que deveria abrir mão desse direito.

– Não diga? Ele não vê por quê? – O cavaleiro Dietmar estava tomado pela raiva e mandou chamar, a plenos pulmões, o seu escrivão.

Marie já queria levantar e sair correndo pensando que Jodokus viria do corredor do primeiro andar. Para seu alívio, abriu-se uma porta no salão, como se alguém tivesse esperado atrás dela, e o monge entrou no recinto. Ele carregava um canudo de couro, como se fosse uma preciosidade, e entregou-o ao seu senhor.

O cavaleiro Dietmar pegou o canudo e tirou um pergaminho de dentro, que ele passou ao magistrado Ruppert com ares de triunfo.

– Leia você mesmo! Neste documento, juramentado e selado, está escrito que meu tio passou para o meu nome todos os seus bens e que este testamento não pode ser alterado sem o meu consentimento.

Ruppert deu uma olhada no contrato e fez uma careta involuntária, mas recuperou-se de imediato.

– Isso é uma questão de interpretação. Segundo as leis atuais, um testamento mais recente invalida o anterior. Mesmo que o senhor leve o caso a julgamento, não caberia a você mais do que uma pequena indenização, que nunca chegaria aos custos e ao desgaste que um processo lhe traria.

Ruppert colocou o documento diante de si, sobre a mesa, e cruzou os braços. A partir desse momento, ele desprezava o vinho sem lhe conceder sequer um olhar, enquanto o cavaleiro Dietmar já mandava encher a caneca pela terceira vez.

– Mas, para manter a boa vizinhança e para pôr fim a essa briga... – Ruppert enfatizou a palavra "vizinhança" – meu irmão lhes oferece a Steinwald.

O senhor do castelo bateu com força na mesa.

– Ele roubou a Steinwald do Monastério de Santa Otília! Por acaso, ele pretende provocar uma desavença entre mim e o abade?

– O senhor não deve ser tão precipitado. Não foi meu irmão quem tomou essa propriedade do monastério, e sim o próprio cavaleiro Gottfried. Ignorando qualquer lei de direito, tentou tomar à força o que correspondia legalmente ao meu pai, o conde Heinrich.

Durante alguns minutos, Marie teve a impressão de ouvir a mesma voz cruel que a havia condenado, frente ao tribunal de Constança, anos atrás. Ruppert era um inimigo traiçoeiro, que sabia como derrotar o oponente apenas com palavras. Naquele instante, ele parecia disposto a encurralar Dietmar. O cavaleiro ainda mastigava as últimas palavras do magistrado, quando este levantou o braço e continuou a falar.

– Antes de o senhor dizer ou fazer algo de que possa vir a se arrepender no futuro, sugiro que ouça o que tenho a dizer. Meu irmão não é seu inimigo. Ele não faz mais do que defender seus direitos. O senhor também não teria aceitado se seu tio tivesse passado seus bens para o senhor e um outro vizinho contestasse esse direito com um testamento mais antigo.

O cavaleiro Dietmar abaixou a cabeça involuntariamente, como se quisesse concordar, mas levantou o queixo em seguida. Ruppert, entretanto, havia percebido o gesto e sorriu.

– Por que o senhor não aceita a situação como ela se apresenta? Aceite a mão que meu irmão lhe estende em sinal de amizade e se alie a ele. Em contrapartida, o conde Konrad lhes oferece o castelo Felde e um terço das terras que, um dia, pertenceram ao cavaleiro Walter. A propriedade seria de maior valia para o território que o senhor já possui do que as terras de seu tio.

Marie percebeu a força quase hipnótica que Ruppert colocava em suas palavras e acreditou, por um momento, que o cavaleiro Dietmar ia aceitar a oferta.

Parece que essa também era a opinião da senhora Mechthild, que, sem fazer barulho, surgira ao lado de Marie.

– Meu esposo jamais fará isso! – gritou ela para baixo.

Antes de Marie conseguir levantar-se e sair correndo, sentiu a mão da senhora agarrar seu ombro.

– Você vai ter muito o que me explicar depois, prostituta! – sussurrou ela, sem mover os lábios ou perder de vista seu marido e o magistrado.

Como nenhum dos homens disse nada, ela se voltou a Ruppert.

– Pode dizer ao seu irmão que Arnstein jamais se curvará perante ele. Aceitar tal oferta seria uma vergonha. Nós exigimos o que nos é devido e faremos valer o nosso direito.

O rosto de Ruppert ficou roxo de raiva por um momento. Mas, então, levantou a caneca de vinho, como se quisesse esconder a ironia estampada em seu rosto, e virou-se na direção do cavaleiro, por cima da borda.

– Então, é verdade o que dizem por aí de vocês? A sua senhora é quem veste as calças por aqui e o mantém na coleira.

Por um momento, o cavaleiro parecia um cachorrinho molhado. De repente, ele deu um soco na mesa, que retumbou pela sala.

– Ninguém me diz isso na cara impunemente! Muito menos um bastardo desgraçado de um pai ainda mais desgraçado. Desapareça, rapaz, senão mando meus servos porem-no para fora.

Por essa o magistrado não esperara. Seus olhos vagavam do cavaleiro para o testamento e de volta para Dietmar e, involuntariamente, ele estendeu o braço para o pergaminho cheio de selos diante de si.

O cavaleiro recolheu o valioso documento.

– É isso que você queria, não é, seu cachorro? A sua reação comprova que eu conseguiria reaver meus bens diante do tribunal do imperador, sem precisar erguer minha espada.

– Isso é o que veremos! – sibilou Ruppert, levantando-se de um pulo e deixando a sala sem se despedir.

O cavaleiro Dietmar não lhe concedeu sequer um olhar, ao contrário, virou-se para a esposa e balançou a cabeça.

– Você está brincando com fogo, mulher! E se o acordo de paz de Keilburg for verdade?

– Se você tivesse aceitado, teria dado uma facada pelas costas nos nossos vizinhos. Um acordo desses seria visto por seus amigos como traição, e com razão! Aí, não teríamos mais aliados e você estaria sujeito, até o final dos tempos, à benevolência do conde Konrad.

– Mas eu teria recebido o castelo Felde e um bom pedaço de terra...

– E o conde Konrad poderia tomar tudo isso em um piscar de olhos, a qualquer tempo, sem que alguém movesse um dedo a seu favor. Não, Dietmar, não temos muito mais do que o nosso nome honrado e não podemos colocá-lo à prova por um simples prato de lentilhas.

– Mulher, temo que, mais uma vez, você tenha razão! Mas, agora, preciso de ar fresco para digerir tudo isso.

Dietmar von Arnstein respirou fundo, bebeu o resto do vinho que tinha e deixou o salão com os ombros caídos. A senhora Mechthild acompanhou-o com o olhar, balançando a cabeça, até que a porta se fechou atrás dele. Então ela olhou para Marie, como se estivesse se decidindo se a jogaria imediatamente no calabouço.

– Pronto, agora é a sua vez, vadia! Por que é que você está espionando o meu esposo? Pelo que sei, esta não foi a primeira vez. O que você tem a ver com o conde Konrad. Você está bisbilhotando para ele por aqui?

Marie limpou, com as costas da mão, as lágrimas que lhe corriam pelo rosto, por puro nervosismo.

– Não, senhora, não tenho nada a ver com Keilburg. Mas tenho tudo a ver com aquele santo do meio-irmão dele.

A senhora Mechthild levantou, surpresa, as pálpebras.

– E o que é que tem o magistrado Ruppertus?

Marie suspirou, pois a mão da senhora machucava seu ombro.

– Ele foi meu noivo. Ele me roubou tudo o que eu tinha e tornou-me o que a senhora está vendo diante de si.

A mão da senhora afrouxou-se um pouco. O rosto da senhora Mechthild demonstrava um misto de dúvida e de interesse.

– Você vai me contar tudo que sabe sobre ele. Venha!

Ela levou Marie a um quarto que consistia de, praticamente, apenas um nicho na parede, do qual se via o pátio do castelo e partes da ala interna. Além do banco de pedra, que se encontrava sob as três janelas e era bem acolchoado com almofadas e mantas, havia ainda um delicado armário, uma mesa de costura marchetada combinando e um apoio para os pés, também acolchoado. As peles de carneiro que cobriam o chão e as tapeçarias de lã que pendiam das paredes conferiam ao quartinho a impressão de tratar-se de uma caverna. A senhora do castelo trancava-se ali quando queria ficar sozinha.

Mechthild ordenou que Marie se sentasse no banco à esquerda. Depois, pegou duas canecas do armário, encheu-as de vinho, que estava pronto para servir dentro de uma moringa, e sentou-se de tal forma que seu rosto permanecesse na penumbra, enquanto o de Marie era iluminado pelo sol invernal que se punha lentamente.

– Agora, conte tudo, vadia! Mas, estou lhe avisando, se eu tiver a impressão de que você está me enganando, não terá outra chance!

Marie fitava as mãos enquanto tentava se livrar do nó que tinha na garganta. Era muito menos a ameaça da senhora do que a lembrança do passado que tomava conta dela e a fazia balbuciar no início. Mas, quando Mechthild começou a ouvir o que ela tinha a dizer, calmamente, sem interrompê-la, Marie começou a se sentir confiante e a jorrar, como se fosse uma cachoeira, tudo pelo que tinha passado e que tinha vivido. Ela não omitiu nada, nem os planos de assassinato que tramava.

Quando quis entrar em detalhes sobre suas andanças, a senhora de Arnstein levantou a mão e voltou a falar de Ruppert. Marie teve que repetir tudo o que dizia respeito a ele. Finalmente, ela se levantou segurando as costas, como se estivesse tentando impedir que quebrassem sob o peso da criança e da responsabilidade.

– Se tudo o que você me contou for verdade, então nosso inimigo é bem mais perigoso do que imaginávamos.

– Eu juro por todos os santos que eu disse a verdade! – disse Marie, com a calma que conseguia exprimir apesar da revolta que sentia.

– Espero, para o seu próprio bem. Vou enviar uma pessoa de confiança para Constança, para saber o que aconteceu ali. Até ela voltar, você está proibida de deixar o castelo.

A senhora Mechthild levantou-se novamente e abriu a porta, para fechá-la em seguida e colocar sua mão sobre o ombro de Marie.

– Se for verdade o que você me contou, o magistrado Ruppertus agiu da forma mais vergonhosa possível com você.

Marie viu-se, novamente, com Utz e os outros dois homens na torre e soluçou.

– Não foi só ele!

– Controle-se agora, menina!

A senhora Mechthild não deu tempo a Marie de se entregar à sua desgraça. Ao contrário, ordenou que ela fosse para o quarto e se arrumasse para servir ao marido. Quando Dietmar retornou de seu passeio, ele continuava irritado e não tinha nenhuma vontade de deitar-se com uma mulher. Mas ele não conseguia se opor às vontades da esposa.

VII

Mechthild von Arnstein levou tão a sério a história de Marie que enviou o próprio comandante da guarda para Constança, a pessoa na qual depositava maior confiança. Esse foi, durante algumas semanas, o último acontecimento que trouxera um pouco de variação na rotina do dia-a-dia. As nevascas tinham acabado, mas, depois, o frio intenso e as geadas mantiveram as terras sob seu poder, e ventos gelados começaram a soprar nos cumes das montanhas. Apesar do frio, Marie andava, dia após dia, no passadiço da ronda e escalava as torres para ver se Giso não retornava. Ela se sentia aliviada porque a senhora não a mantivera presa e a deixara andar livremente pelo castelo. De outro modo, ela não teria resistido à tensão em seu interior.

Hiltrud tentava distraí-la e levava-a para o cabril. Thomas apresentou-lhe os animais pelo nome, como se fossem seus filhos, e se esforçava para animá-la com uma série de histórias divertidas. Durante alguns dias, Marie estava se sentindo bem em ir para lá, pois Thomas sabia ser sucinto quando contava histórias, mas, não demorou muito, ela sentiu-se como uma intrusa importunando a felicidade da amiga. Compreendeu que havia se formado um elo entre aquelas duas pessoas tão distintas que ia muito além de uma simples amizade. Entretanto, quando Marie sugeriu à amiga que pedisse à senhora Mechthild autorização para ficar no castelo Arnstein, Hiltrud sacudiu vigorosamente a cabeça.

– Não, isso não daria certo, mesmo gostando tanto um do outro como nos gostamos. Thomas é um servo e não pode dar um passo sem a autorização de seu senhor; quanto a mim, sempre me dariam a entender que não passo de uma desprezível prostituta. Nós estamos aproveitando o momento e saberemos valorizar essa bela lembrança. Pessoas como nós não podem esperar outra coisa.

– É uma pena! O seu Thomas é uma boa pessoa e seria um companheiro dedicado.

Quando Marie viu as lágrimas nos olhos de Hiltrud, percebeu como doía à amiga falar sobre os sentimentos que tinha por aquele homem e resolveu não tocar mais no assunto. Depois daquela conversa, não acompanhou mais a amiga ao cabril com tanta freqüência. Enquanto Marie passava o tempo sobre o passadiço ou no quarto de costura, a gravidez incomodava cada vez mais a senhora. Mechthild von Arnstein combatia, energicamente, sua fraqueza e continuava a controlar se tudo estava em ordem, apesar de o marido aconselhá-la a descansar.

Pouco antes do Natal, começou a nevar fortemente de novo e, durante algum tempo, deu a impressão de que o castelo ficaria isolado do resto do mundo. Em meio à pior nevasca, Giso voltou, finalmente, de sua missão. A senhora Mechthild correu para o pátio, apesar da enorme barriga, para cumprimentá-lo. Marie seguiu a senhora com uma caneca de vinho quente temperada com ervas e ficou feliz ao ver que a dama estava tão ansiosa por ouvir o relato de Giso quanto ela própria.

O comandante da guarda tomou o vinho das mãos de Marie e bebeu-o de um trago, sem conceder-lhe mais que um rápido olhar. Depois, bateu a neve do manto, jogou-o para um servo que se encontrava dentro do salão e esfregou as mãos quase congeladas.

– Isso não é tempo para se fazer uma viagem, senhora. Mas acho que valeu a pena. Tive que esperar por algumas informações importantes em Constança, senão eu teria voltado antes das nevascas e não teria deixado a senhora tanto tempo sem notícias.

A senhora Mechthild olhou para ele espantada.

– Foi tão difícil conseguir descobrir alguma coisa sobre Marie?

Giso fez um gesto de desdém com a mão.

– Claro que não. Eu já sabia tudo sobre ela após três dias. Mas há novidades, senhora, que devem interessar mais à senhora e ao seu esposo do que o destino desta mulher. O imperador Sigismund irá a Constança e ficará por lá durante três ou quatro meses, pelo menos. Isso lhes dará tempo suficiente para viajar até lá e conversar com ele sobre a disputa a respeito do testamento do cavaleiro Otmar.

– Essa é a melhor notícia que recebi nos últimos tempos. – A senhora Mechthild suspirou aliviada e, por instantes, juntou as mãos em prece.

O imperador costumava ficar em Praga a maior parte do tempo, mas também viajava, para lá e para cá, visitando suas propriedades no império. Para apresentar-lhe sua causa, o cavaleiro Dietmar teria que sair à sua procura e, para sua própria proteção, ainda levar um séqüito maior. Isso, porém, teria despojado o castelo de muitos soldados experientes e dado a oportunidade a Keilburg de tomar Arnstein em um piscar de olhos.

Giso sabia que pensamentos passavam pela cabeça da senhora. Por isso, aguardou até ela se recompor e fez um movimento encorajador com a cabeça.

– O imperador quer reunir um concílio em Constança, que deve provocar um vendaval no cristianismo e varrer toda a sujeira que há no momento, a começar pelos três papas indignos.

– Um concílio, você disse? Em Constança? – Essa notícia surpreendeu tanto a senhora Mechthild que ela se esqueceu por completo do motivo pelo qual enviara Giso à cidade. Ela ainda interrogou o comandante sobre os detalhes do que descobrira e começou a caminhar pelo salão, para cima e para baixo, procurando digerir o que ouvira.

Marie, que não conseguia mais conter sua impaciência, atreveu-se a dirigir a palavra a Giso.

– Você chegou a descobrir algo sobre o meu pai?

O rosto do homem ficou sombrio.

– O seu fado ainda teve muita repercussão em Constança. Todos com quem falei tinham algo a dizer. Depois do que aconteceu, muitas pessoas ficaram chocadas com a forma como haviam procedido com você. Alguns membros do conselho da cidade protestaram perante o comissário do império contra o rápido julgamento realizado no tribunal dos dominicanos, pois seu pai possuía plenos direitos de cidadania e o veredicto deveria ter sido confirmado pelo conselho da cidade. Nenhuma providência legal foi tomada, no entanto, uma vez que seu pai desapareceu no mesmo dia em que você foi expulsa. Disseram-me que ele foi atrás de você para levá-la a um convento longe da jurisdição do bispado de Constança. Outros, no entanto, asseguraram-me, com plena convicção, que ele teria partido para a terra prometida, para rezar pela absolvição dos seus pecados. Finalmente, por duas canecas de vinho, um tosador de ovelhas chamado Anselmo, que vive bêbado, contou-me uma história que me pareceu a mais convincente. Parece que, alguns dias depois de você ter sido expulsa, ele ajudou o coveiro a levar um corpo para o cemitério de indigentes. O homem estava enrolado apenas em um pedaço de pano e, quando o jogaram na cova, ele ficou parcialmente descoberto, de forma que o tosador reconheceu o morto. Anselmo jurou-me por todos os santos que o morto era Matthis Schärer, seu pai.

Aquilo não era surpresa para ela. Marie abaixou a cabeça e ficou esperando pelas lágrimas que deveriam começar a rolar, mas seus olhos permaneceram secos. Quase apática, ela ouvia Giso explicar à sua senhora, que havia se aproximado curiosa, o processo relâmpago contra Marie e sua imediata condenação. Igualmente apática, ela tomou conhecimento de que Ruppert havia exigido seus direitos sobre todos os bens de seu pai e que os mesmos lhe foram concedidos. O magistrado também ganhara alguns processos contra seu tio Mombert, que havia se rebelado contra a desavergonhada apropriação dos bens do cunhado.

– Considero tudo aquilo o cúmulo da canalhice daquele bastardo de Keilburg – encerrou Giso seu relato. Sua fisionomia revelava que sua vontade era de estrangular o magistrado com as próprias mãos.

A senhora Mechthild acariciou a cabeça de Marie.

– Eu sou-lhe muito grata, menina, pois agora sei com que tipo de cafajeste temos que lidar. E, além disso, tenho a certeza de que poderemos levar nosso pleito perante o imperador em breve. Quanto a você, meus profundos pêsames pelo falecimento de seu pai. Esse advogado do diabo deve ter essa morte na consciência, mesmo que não o tenha matado com as próprias mãos.

Marie agradeceu a senhora com algumas frases feitas, mas seus pensamentos estavam naquele dia, três anos antes, quando ouviu as palavras de Utz e viu seu rosto. Ela tinha se convencido, então, de que nunca voltaria a ver seu pai novamente. Mas só com o relato de Guiso, no entanto, pôde fazer as pazes com ele e pedir-lhe perdão, pois passara-lhe pela cabeça que o pai a tivesse abandonado. Apesar disso, não queria ficar de luto. Tudo que sentia era um ódio mortal por todos que haviam provocado a morte do pai e a deixaram à mercê da desgraça.

– Ruppert mora agora na casa de meu pai e faz de conta que é o grande senhor – disse ela, amargamente.

Giso concordou, com pena.

– Isso é verdade, infelizmente. Ele se tornou um cidadão honrado de Constança e o novo bispo o tem em alta estima. Parece que ele também desempenhará um papel muito importante na preparação do concílio.

A senhora Mechthild jogou a cabeça para trás.

– Então, parece que não será tão fácil como eu pensava. Se ele é tão bem visto, poderá levar o imperador a reconhecer o testamento que o conde Keilburg lhe apresentar. Gostaria de poder conversar com o tio de meu marido. O cavaleiro Otmar estava a caminho do Monastério de Santa Otília, mas nunca chegou lá.

Giso mostrou os dentes cerrados.

– É possível que o conde Konrad tenha mandado matá-lo.

A senhora Mechthild fez o sinal-da-cruz.

– Deus me livre! Parece que cometi um erro ao impedir meu marido de se aliar ao conde Keilburg.

Giso fez um gesto de profundo nojo.

– Se o conde Konrad é servido por um canalha como o magistrado Ruppertus, então seria um pecado perante Deus aliar-se a ele.

– Só espero que meu esposo pense o mesmo que você – retorquiu a senhora Mechthild, começando a ficar assustada.

Marie tomou coragem e apertou a mão da senhora, sentindo-se feliz ao perceber que ela não a afastou.

– O senhor a ama profundamente e jamais lhe dirá nada de mal, principalmente agora, que seu filho está próximo.

– Neste instante, só posso esperar que seja um homem, senão meu esposo ficará extremamente decepcionado. – A senhora Mechthild suspirou e pediu licença a Giso e Marie.

Quando ela deixou o salão, caminhando pesadamente e deprimida como nunca, Marie ficou observando-a, preocupada, até ela fechar a porta atrás de si. Depois, se voltou para Giso, que acabava de esvaziar sua terceira caneca de vinho quente.

– Você chegou a descobrir alguma coisa sobre os outros que eu havia mencionado? Por exemplo, o que aconteceu com a nossa governanta, Wina, e as duas servas, Elsa e Anne?

– A velha Wina trabalha agora para o seu parente, Mombert. As servas também procuraram novo serviço; uma, em Constança; a outra, em Meersburg. Na casa de Ruppert, não há mais nenhum servo do tempo de seu pai.

– E o que aconteceu com Linhard Merk, o escrivão? – Marie cuspiu o nome como se algo nojento tivesse ficado preso entre os dentes.

– Alguns meses depois de você ter sido expulsa, Linhard acabou indo para o Mosteiro dos Escoceses, em Constança, e adotou o nome de irmão Josephus.

Marie deu uma gargalhada amarga.

– Um assassino e estuprador veste a batina de um monge. Cidadãos honestos acabam confiando em um tipo desses, pensando que, com sua ajuda, alcançarão antes o reino dos céus. E o que foi feito de seus dois comparsas?

Giso coçou o nariz e refletiu por instantes.

– Hunold continua trabalhando como guarda na cidade. Quanto a Utz, esse viaja pelo mundo afora, como carroceiro e líder de caravanas de mercadores, gozando da confiança dos comerciantes de Constança.

– Pelo visto, eles não ganharam nada com o crime que cometeram. Eu imaginava que pelo menos Utz tivesse sido ricamente recompensado por Ruppert. E a viúva Euphemia, o que aconteceu com ela?

– Essa ganhou menos ainda com a maldade que lhe fez. Três meses depois do processo contra você, foi encontrada morta na cama. O curioso é que ela estava com uma saúde de ferro e, pouco antes de morrer, ainda andou se gabando de que ficaria muito rica em breve.

– Quem sabe ela estava tentando chantagear Ruppert e acabou sendo assassinada por ele ou por um de seus comparsas?

Aquilo foi de pouco consolo para Marie. Ela só podia esperar que Euphemia tivesse recebido o castigo justo e que realmente tivesse que suportar, no inferno, as dores extremas previstas pela Igreja a caluniadores.

Ela ainda perguntou a Giso como estavam seus parentes. Porém, ele só sabia dizer que mestre Mombert e sua família estavam de luto, pois o filho desejado só nascera para deixar o mundo logo em seguida. Marie tentou lembrar-se da filha de Mombert, Edviges, porém não conseguiu. Enquanto Giso ainda contava uma ou outra coisa sobre sua viagem, e, por sua vez, perguntava sobre Hiltrud, Marie lembrou-se de Michel, o filho do taberneiro. Ela já queria perguntar sobre ele, mas, como não havia pedido ao comandante para colher informações a seu respeito, deixou para lá. Ela agradeceu e prometeu que contaria a Hiltrud que ele havia chegado.

VIII

Era como se o retorno de Giso tivesse sido a senha para desencadear uma série de outros eventos que mantiveram a população do castelo ocupada. O sol ainda estava no zênite quando um dos guardas da torre anunciou a chegada de um cavaleiro que, apesar dos caminhos cobertos de neve, exigia vigoroso galope do seu cavalo. O animal escorregou várias vezes na ladeira congelada. O cavaleiro nem pensava em desmontar e puxar o cavalo pela rédea, levantando-o sempre de novo com chicote e espora.

Giso mandou abrir os portões e foi na direção do homem com a intenção de dar-lhe uma bronca pelos maus tratos ao animal. Não conseguiu fazê-lo, no entanto, pois só aproximou-se a tempo de segurar o cavaleiro no momento em que caía da sela. Suas sobrancelhas estavam cobertas de cristais de gelo e ele tremia tanto que mal conseguia falar.

– Tenho que falar com o cavaleiro Dietmar. É urgente!

– Mas esse não é Felipe von Steinzell? – gritou o vigia do portão, surpreso.

Somente então Giso reconheceu o fidalgo e perguntou-se que nova desgraça o rapaz teria para anunciar. Pegou o visitante inesperado por baixo das axilas e arrastou-o para a torre residencial. No caminho, Giso lembrou-se do cavalo. Ao virar-se, viu o animal completamente exaurido, com as patas arranhadas e os flancos ensangüentados, tremendo embaixo da arcada do portão.

– Leve o cavalo para o estábulo e chame o pastor de cabras. Mande-o colocar compressas de ervas no animal e tratar dele até sarar.

Giso carregou o jovem Steinzell para o salão – apesar da idade, o rapaz já estava acima do peso – e infundiu nele o vinho que, poucas horas antes, também o havia reanimado. Quando o cavaleiro Dietmar entrou no recinto, Giso já sabia da má notícia.

– Rumold von Bürggen nos passou a perna! – gritou ele para o senhor do castelo. – Ele se aliou a Keilburg e, em troca, recebeu Steinwald e o castelo Felde com parte do terreno.

Dietmar estancou, como se um raio tivesse caído na frente dele, e ficou roxo.

– Como é que é? Mas isso é traição! Não, não posso acreditar!

Felipe von Steinzell assentiu, sombrio.

– Infelizmente, é isso mesmo! Meu pai mandou que eu viesse, imediatamente, e pediu para eu dizer que, agora, não há outra saída, senão a que ele sempre sugeriu. Temos que oferecer vassalagem ao duque Frederico e prestar-lhe homenagem. Como o duque já fez um acordo com Keilburg, o conde Konrad não pode tomar mais nenhuma atitude contra nós.

Enquanto o cavaleiro Dietmar ainda precisava de algum tempo para acalmar a respiração e digerir a notícia, a senhora Mechthild começou a interrogar o jovem Steinzell. Sua informação não deixava margem para dúvida. A aliança entre os quatro senhores de castelos havia se rompido, antes mesmo de dar algum resultado. A partir desse momento, também Rumold von Bürggen contava como inimigo de Arnstein. Felipe confirmou repetidamente que seu pai se aliaria ao duque Frederico von Tirol-Habsburg e suplicou ao cavaleiro Dietmar que fizesse o mesmo.

Marie, que não precisava mais ficar escutando no topo da escada e podia permanecer no salão como um membro da família, viu o senhor de Arnstein se contrair, desesperado. A traição de Bürggen parecia ter selado seu fim, pois seu terreno se expandia como uma cunha entre o terreno de Bürggen e o dos demais vizinhos, ainda seus aliados. A partir daquele momento, três quartos de suas propriedades estavam cercados pelas terras do ganancioso Keilburg. Quando o fidalgo Steinzell terminou seu relato, o cavaleiro Dietmar soltou sua raiva com um grito tão alto que sua voz ecoou nas paredes.

– Se eu tivesse sabido que Rumold era um traidor, eu mesmo teria aceitado a oferta do conde Konrad e estaríamos numa situação bem melhor agora.

A senhora Mechthild balançou a cabeça e disse algo como "não confio". Ao mesmo tempo, seu rosto se contorceu de dor. Ela segurou a barriga com as duas mãos e começou a ofegar violentamente.

– Como dói! – sussurrou ela, em lágrimas.

No instante seguinte, seu grito ressoou pelo salão, tornando todo o resto insignificante.

Guda surgiu no mesmo momento e sustentou sua senhora, levando-a ao aposento das damas.

– Está na hora! Rezem a Deus para que tudo corra bem! – gritou para o senhor do castelo e começou a distribuir ordens entre os servos.

O salão esvaziou-se tão rapidamente que Marie ficou sozinha com o jovem Steinzell. Ela já pensava em oferecer seus préstimos a Guda quando o fidalgo Felipe lhe estendeu a moringa.

– Encha, mocinha! Mais um gole do quentão de vocês me fará bem.

Marie foi para a cozinha e encheu uma jarra limpa. Ela tirou o vinho da panela que permanecia ao lado do fogo para mantê-lo quente. Marie voltou com a mesma rapidez com que fora, para encher a caneca do rapaz. Em pensamento, no entanto, estava com a parturiente, o que a impediu de notar o rubor que aparecia no rosto do jovem. Ele não estava prestando a mínima atenção ao vinho fumegante. Em vez disso, agarrou Marie, puxou-a para si e forçou sua perna direita entre as coxas dela.

– Você não é a prostituta que a mulher de Arnstein arrumou para ele? No momento, duvido que ele precise de você. Ao contrário de mim, que ainda estou morrendo de frio da viagem. Portanto, faça o favor de me aquecer.

– Só tem um probleminha, eu acho que não quero. – Marie tentou soltar-se, mas não conseguiu se desvencilhar da força do homem. Felipe von Steinzell só ria, enquanto a puxava para mais perto.

– Você já tinha me chamado a atenção da última vez em que estive aqui. Mas não consegui me aproximar porque a senhora Mechthild me manteve vigiado por seus servos o tempo todo. Agora, ela tem outros afazeres e não pode mais intervir a seu favor. Assim sendo, não fuja ou a tomarei à força.

Marie viu que ele falava sério e quis pedir ajuda, mas ele tapou sua boca com a mão enluvada. Apesar da resistência dela, Felipe arrastou-a como uma trouxa de pano para um corredor do outro lado do salão e empurrou-a para dentro de um quarto que servia para guardar as bagagens das visitas. O quarto continha alguns baús grandes o bastante para servir de ninho de amor improvisado e estava tão afastado que ninguém ouviria seus gritos através das grossas paredes. Marie compreendeu, naquele instante, por que uma das servas mais novas tanto evitara o filho do cavaleiro Degenhard durante sua última visita. Desesperada, pensou nos conselhos de Hiltrud e relaxou para não acabar muito machucada.

Naquele momento, a chave virou na fechadura e o ferrolho moveu-se para trás.

– Mas que diabos... – xingou o fidalgo enquanto se erguia.

Foi então que ele viu Jodokus na sua frente. O monge parecia não se interessar pelo que estava acontecendo, pois sua voz soou impassível.

– Marie, a senhora deseja vê-la.

– Ah, seu maldito batina preta, não está vendo que estamos ocupados? Desapareça! – Felipe ainda soltou um palavrão e deitou-se sobre Marie.

Jodokus pegou-o sem cerimônia e arrancou-o de cima dela. Ele tinha uma força surpreendente para aquele seu físico franzino.

– Contenha-se, senhor Felipe. Não cai bem a um convidado apossar-se dos bens do anfitrião.

– Deixe-me em paz, urubu! Essa rameira já foi usada por tantos que um a mais não fará diferença.

O monge não arredou o pé.

– A senhora deseja que Marie faça companhia ao senhor, o que ela dificilmente poderá fazer com o sêmen de outro homem grudado nas coxas.

O seu tom de voz não deixava dúvida de que delataria Felipe ao seu senhor caso o jovem não largasse Marie.

Estava claro que a vontade de Felipe von Steinzell era de acabar com o monge inconveniente, mas ele tinha vindo para convencer Dietmar von Arnstein a tornar-se, também, um vassalo de Frederico von Habsburg. Se ele torcesse o pescoço daquele intrometido, acabaria tendo que partir sem completar sua missão e atrairia para si a ira de seu pai. Assim sendo, liberou Marie a contragosto.

– Ainda não terminamos... Vou pedir ao cavaleiro Dietmar para me dar você de presente quando ele se cansar de seus serviços.

– Acho que o senhor vai acabar ficando no seco. Não sou serva nem do cavaleiro Dietmar nem de vossa senhoria.

Marie ajeitou o vestido e passou correndo pelo cavaleiro, saindo porta afora. Jodokus seguiu-a e segurou-lhe o braço.

– Espero que você não se esqueça de que eu a salvei daquele idiota ali – sussurrou ele, com voz rouca, em seu ouvido.

Marie assentiu em silêncio. Jodokus era do tipo de pessoa de uma teimosia extremada. Aguardaria pacientemente até que a senhora Mechthild a liberasse de seus serviços e, só então, cobraria seu preço. Apesar disso, ela lhe devia gratidão, pois era-lhe mais fácil entregar-se a alguém como uma prostituta do que ser tomada à força. Assim sendo, concedeu-lhe um sorriso em agradecimento.

– É verdade que a senhora me mandou chamar?

– Sim, você deve acalmar seu esposo para ele não atrapalhar as servas. – Ela sentiu um calafrio ao perceber o ciúme na voz de Jodokus. Pela primeira vez, ela ansiava pelo dia de deixar o castelo de Arnstein, embora, por ora, estivesse feliz por poder ir aos aposentos da senhora. Por isso, não conseguiu mais ver o olhar malicioso com o qual o monge aguardava o fidalgo Felipe, que saiu do quarto após alguns instantes, procurando alguma serva por perto para ele saciar sua luxúria. Mas só encontrou o irmão Jodokus.

– O céu se abriu e será uma noite clara de luar. Se o senhor se apressar, conseguirá chegar em casa hoje mesmo. Aqui, em Arnstein, o senhor não pode ficar, pois os servos não têm tempo de se ocupar de hóspedes. Por favor, envie meus cumprimentos ao senhor seu pai. Diga-lhe que falarei com o cavaleiro Dietmar em seu nome e tentarei convencê-lo a se unir ao duque Frederico.

Felipe recusou-se a seguir as ordens do monge.

– Devo esperar aqui até que o seu senhor concretize a aliança com o duque Frederico.

O monge sorriu docemente.

– Enquanto a mulher dele estiver dando à luz, ele não pensará em outra coisa a não ser nela e na criança. O resultado do parto é que determinará quando ele estará disposto a falar com o senhor. O senhor quer deixar seu pai sem notícias dias a fio?

Não, Felipe não queria isso de jeito nenhum e, já que não havia nenhuma serva por perto que pudesse saciar-lhe os desejos, acabou concordando de má vontade. O monge ajudou-o a vestir a manta, estendeu-lhe, solícito, as luvas, ao mesmo tempo que pedia a um cavalariço para selar um cavalo descansado. Jodokus chegou a acompanhá-lo até o portão externo e ficou olhando até o crepúsculo envolvê-lo por completo. Só então voltou para o salão.

Por um momento, o monge parou na frente da escada, tentando escutar os sons que vinham dos aposentos da senhora. Lá em cima, a senhora Mechthild chamava para si todas as atenções. Também o senhor não conseguiria pensar em outra coisa senão nela. O monge estava certo de que o cavaleiro Dietmar não estaria muito receptivo para os encantos de Marie e ficou imaginando como seria possuir a jovem prostituta. De noite, ele sonhava com Marie; de dia, quase enlouquecia de desejo de possuí-la. Ela era o único motivo pelo qual ele ainda se encontrava no castelo, pois, havia muito, o monge deveria ter cumprido sua missão e desaparecido dali.

O tempo urgia para Jodokus. Se quisesse ter sucesso, teria que agir nas próximas horas. Dificilmente teria uma segunda oportunidade. Mas, se desaparecesse naquela noite, correria o risco de jamais tornar a vê-la. Essa possibilidade quase o levou a desistir de seus planos. Foi então que bateu com a palma da mão contra a testa. Se não agisse já, certamente seu sonho de riqueza teria chegado ao fim. Ele sabia o suficiente a respeito da jovem prostituta para reencontrá-la. E, caso tudo corresse bem hoje, em breve chegaria o dia em que ela lhe pertenceria e a mais ninguém.

Sem fazer barulho, o monge subiu a escada para o primeiro andar e deslizou pelo corredor feito uma sombra. Parou por um instante diante da porta da senhora do castelo, escutando seus gritos e as vozes agitadas das servas na antecâmara. As coisas não pareciam estar correndo bem. Era possível que o cavaleiro perdesse, ainda naquela noite, sua mulher e o filho que ainda não nascera.

Inicialmente, Jodokus quis fazer uma prece, mas logo se convenceu de que não deveria se deixar sensibilizar pelo destino da mulher e seguiu em frente, rapidamente. Pouco depois, alcançou a porta do quarto onde o cavaleiro Dietmar guardava as coisas que lhe eram caras e sentimentalmente valiosas. Havia quatro pessoas que possuíam a chave da porta de carvalho reforçada: o senhor de Arnstein, a senhora, o comandante Giso e ele próprio, como escrivão e pessoa de confiança do casal.

O monge tirou a chave de sob sua batina e colocou-a na fechadura. Naquele instante, uma serva saiu correndo dos aposentos da senhora Mechthild e passou por ele completamente descabelada. Embora ela não lhe desse a mínima atenção, Jodokus levou um susto descomunal. Ele se encolheu contra a madeira, esperou até a moça desaparecer, abriu a porta com as mãos trêmulas e esgueirou-se para dentro. Para não levantar nenhuma suspeita, apenas encostou a porta atrás de si, apoiou-se por um momento nela e respirou fundo. Depois, aproximou-se de uma arca com ornamentos de prata e três fechaduras, que se encontrava à parte, em um nicho da parede. Inicialmente, Jodokus só tinha uma das três chaves, mas não tinha sido difícil conseguir apoderar-se das outras duas por curto espaço de tempo, o suficiente para fazer moldes de cera. Durante uma viagem ao Monastério de Santa Otília, ele cruzara com alguém que lhe devia um favor e que, no caminho de volta, lhe deu cópias perfeitas das duas chaves.

Ele destrancou as três fechaduras e ergueu um pouco a tampa, com cuidado, para evitar que as dobradiças sem lubrificação rangessem e fossem audíveis até no salão. Sua mão experiente tateou o canudo de couro contendo o testamento do cavaleiro Otmar e tirou-o de dentro do baú. Depois, retirou a cápsula de prata e estendeu o couro à sua frente. Retirou, em seguida, um frasco de vidro de dentro da bolsa que levava à cintura e removeu a rolha. Cuidadosamente, despejou o conteúdo da garrafinha sobre o testamento, enrolou o canudo, prendeu-o na extremidade com a cápsula para evitar que desenrolasse e devolveu-o ao baú.

Suas mãos tremiam tanto que Jodokus quase não conseguiu trancar as três fechaduras de novo. Se alguém descobrisse, àquela altura, o que ele havia feito, estaria perdido. O monge ficou escutando atrás da porta e, após se certificar de que não havia ninguém no corredor, saiu do quarto e trancou-o rápida e cautelosamente. Pouco depois, ele deixava o castelo Arnstein por uma porta lateral caminhando a passos largos para alcançar, o mais breve possível, o castelo Felde.

IX

Quando Marie chegou aos aposentos da senhora Mechthild, encontrou-a sobre o leito, com os olhos apertados e as mãos contraídas, gritando de dor. Apesar disso, ela parecia ter consciência do que acontecia ao seu redor, pois, quando Marie se curvou sobre ela, a senhora afundou as unhas nos seus ombros e fitou-a com os olhos arregalados de medo.

– Você deve tranqüilizar meu marido. Não quero que ele se preocupe demais comigo. Nos últimos tempos, ele teve que suportar mais do que até o mais valente dos homens poderia agüentar sem a ajuda de Deus.

Marie abriu os braços, sem saber o que fazer.

– Mas eu não posso atraí-lo para o leito enquanto a senhora está entre a vida e a morte.

Guda parou ao lado de Marie e segurou-a pelo outro ombro.

– Vá, mocinha, e faça o que a senhora ordenou. Se o senhor não quiser deitar-se com você, encha-o de vinho. Só não deixe que ele se aproxime daqui, pelo amor de Deus.

– Então, está bem, vou tentar.

A senhora somente a soltou quando Marie assentiu com a cabeça, confirmando.

– Diga-lhe que sempre o amei, caso... – A senhora Mechthild ergueu-se de tal forma que o resto da frase ficou incompleta. Mas Marie compreendeu-a, assim mesmo.

Saiu apressada do quarto, onde as servas mais se assemelhavam a galinhas, correndo de um lado para o outro nervosamente, embora houvesse pouco que pudessem fazer pela senhora. Marie se esgueirou pela porta lateral na antecâmara, que levava aos aposentos do cavaleiro Dietmar. O cavaleiro encontrava-se encostado na parede, ao lado da porta, e fixou o olhar na moça, como se esperasse ver o Deus todo-poderoso em pessoa.

Marie levantou as mãos, desculpando-se.

– A senhora mandou-me vir aqui para cuidar do senhor.

– Só faltava essa, ficar rolando na cama com uma prostituta numa hora dessas! – esbravejou ele.

Marie passou por ele, delicadamente, levantou a caneca que havia caído no chão e limpou-a com um pedaço de pano. Depois, com mãos trêmulas, encheu-a novamente de vinho.

– Beba, senhor! Isso lhe fará bem! Claro que não é hora de ficar brincando na cama. Deveríamos nos ajoelhar e rezar para que os santos acompanhem a senhora Mechthild durante estes momentos difíceis.

O cavaleiro Dietmar bebeu a caneca de um gole só, como se estivesse cheia de água, e não do pesado vinho. A palavra "rezar", no entanto, penetrou em seu cérebro enevoado e ele assentiu com a cabeça.

– Isso mesmo, vadia, rezemos para que o Senhor seja misericordioso com minha esposa. Jesus também abençoou Maria Madalena. Talvez Ele ouça também as suas súplicas. – Dito isso, ele se ajoelhou no meio do aposento e juntou as mãos em prece.

Marie imitou-o e começou a rezar. Demorou um pouco até ela encontrar as orações adequadas para uma parturiente. Assim que as palavras lhe vinham à cabeça, as pronunciava em voz alta para o cavaleiro. Enquanto isso, ela ficava atenta aos sons vindos dos quartos adjacentes, na esperança de ouvir, a qualquer momento, as expressões de júbilo e de elogio que acompanhavam um nascimento bem-sucedido. Ela só conseguia ouvir, no entanto, as ordens repassadas em voz baixa, o ir-e-vir de incontáveis pés e os gritos da parturiente, que predominavam sobre os demais sons, ecoando de forma horripilante pelas grossas paredes. O cavaleiro Dietmar encolhia-se cada vez que ouvia a voz da esposa, e apertava os punhos cerrados contra a própria barriga, como se ele próprio sentisse as dores que ela tinha que suportar. Finalmente, não agüentou mais. Levantou-se e correu para a porta. Marie tentou impedi-lo, porém ele empurrou-a para o lado. Ao abrir a porta, deparou-se com Giso que, apesar do corpanzil gigantesco, teve dificuldade de segurá-lo e empurrá-lo de volta para o quarto.

Dietmar vociferou contra o comandante de sua guarda e chegou a esmurrá-lo para manter o cavaleiro distante:

– Largue-me, cachorro! Tenho que ficar com a minha mulher!

Marie tentou ajudar Giso implorando que o cavaleiro se acalmasse.

– O senhor não pode ajudá-la. A parteira está com ela. Se o senhor a atrapalhar, só conseguirá piorar as coisas. Portanto, seja sensato e fique aqui!

Dietmar não lhe deu a mínima atenção. Continuava brigando com Giso, que o segurava e procurava tranqüilizá-lo. Finalmente, Dietmar acalmou-se e deixou Giso conduzi-lo até a cama. Marie estendeu-lhe a caneca, que havia enchido mais uma vez, e ficou olhando com que velocidade ele engolia seu conteúdo. Depois disso, ele se agarrou a Marie, a quem tratava com completa indiferença a não ser quando estava na cama, e repetiu, soluçando, uma das preces que ela havia lhe dito em voz alta. Parecia, no entanto, que as súplicas à Virgem Maria não lhe traziam consolo.

– Deus será tão cruel a ponto de me tirar minha esposa? – perguntou ele a Marie, com os olhos esbugalhados de pavor.

– Não, claro que não! – jurou-lhe Marie, na esperança de que tudo corresse bem.

Ela pensou, com um calafrio, o que o cavaleiro faria, tomado pela ira, se a senhora Mechthild não sobrevivesse ao parto.

– Eu a amo tanto! Sem ela, sou apenas meio homem. Ela é a minha força, meu vigor, meu... – O cavaleiro Dietmar se desmanchou em lágrimas, que nem Marie nem Giso interpretaram como sinal de fraqueza.

O comandante idolatrava sua senhora e teria dado a vida por ela. Naquela hora difícil, no entanto, ninguém poderia ajudá-la, a não ser Deus.

Quando mais um grito desumano ecoou pelo castelo, Dietmar silenciou-se de repente. Ele cerrou os punhos e olhou para o comandante.

– Se Mechthild me abandonar, sei quem é o culpado. Giso, vá e organize seus homens para partirem caso a minha esposa morra. Foi a traição de Rumold que lhe desferiu este golpe. Eu me empenharei para que ele não sobreviva muito tempo à morte de Mechthild.

– O senhor quer atacar Bürggen agora, no meio do inverno, e sem mesmo lhe declarar guerra? – Giso fitou seu senhor, incrédulo. A fisionomia impassível do cavaleiro convenceu-o, no entanto, de que Dietmar estava falando sério. Assim sendo, o comandante levantou-se, pesadamente, e suspirou. – Como queira. Juntarei os homens. Quem sabe teremos uma chance, já que ninguém esperará uma loucura dessas vinda de nós.

Somente quando ouviu a voz de Giso, esgoelando-se para juntar seus homens diante da torre residencial do castelo, Marie percebeu o silêncio ao lado. Ela não tinha coragem de deixar o cavaleiro sozinho e, assim sendo, não lhe restava outra coisa senão ficar de olho na porta, até alguém chegar para lhe contar as novidades. Não demorou muito e a maçaneta se mexeu. Marie segurou a respiração e envolveu o braço completamente petrificado do cavaleiro. A porta se abriu e Guda entrou. Ela segurava nos braços, enrolado em um dos panos bordados por Marie, um embrulho que parecia se mexer. Com um sorriso de orelha a orelha, estendeu-o para o cavaleiro.

– O senhor tem um filho, senhor Dietmar! Mais saudável e vivaz, impossível!

Como para confirmar suas palavras, o bebê começou a se manifestar, chorando baixinho.

O cavaleiro, no entanto, não prestou atenção na criança. Ao contrário, fitou a governanta, apavorado.

– E minha esposa?

– Ela está exausta, mas sobreviveu ao nascimento e passa bem.

Dietmar deu um grito de júbilo que assustou o bebê e fez com que começasse a chorar novamente. Depois de dar uma rápida olhada no rostinho vermelho e enrugado, empurrou Guda para o lado e correu para o quarto adjacente. Marie e a governanta seguiram-no, aliviadas. A senhora Mechthild repousava exausta, mas satisfeita, na cama. Ela abriu um sorriso quando o marido ajoelhou-se ao seu lado.

– Eu não lhe disse que seria um filho homem? – sussurrou ela.

– Mais importante do que todo o resto é que você sobreviveu! – respondeu Dietmar.

Ele beijou a esposa e balançou a cabeça para Marie, que se encontrava ao pé da cama e felicitava a senhora Mechthild pelo nascimento da criança.

– Para agradecer à Virgem Maria, que protegeu minha esposa e meu filho, farei uma peregrinação até Einsiedeln e, no dia da consagração dos anjos, acenderei uma vela em sua homenagem – prometeu o cavaleiro, solenemente. – Mas, antes, ergueremos meu filho na pia batismal.

– E como se chamará? – perguntou Marie, curiosa.

– Grimald – respondeu o cavaleiro, sorrindo. – E também já sei quem será o padrinho.

Ele olhou para a mulher com um sorriso maroto e deu uma gargalhada alegre, como se todos os seus problemas tivessem desaparecido repentinamente.

X

Na manhã seguinte, Giso e alguns acompanhantes partiram para levar a boa-nova sobre o nascimento do filho aos amigos do cavaleiro Dietmar. O curioso é que estava levando cavalos de carga, como se a viagem fosse demorar. Marie descobriu que ele tinha que ir ao encontro do homem que o cavaleiro havia escolhido para padrinho e convencê-lo a aceitar o convite. Ninguém sabia dizer de quem se tratava, pois Dietmar não havia confidenciado seu nome sequer à esposa, que se roía de curiosidade.

Marie estava menos interessada na identidade do padrinho do que no destino do irmão Jodokus. Agora que ela lhe devia gratidão, ele tornara-se ainda mais detestável aos seus olhos, e Marie queria evitar ao máximo cair em seus braços em algum canto escuro. Quando passou, sem fazer qualquer barulho, pela capela do castelo, na qual ele deveria estar rezando uma missa pelo bem-estar da senhora e de seu filho, Marie se surpreendeu com o silêncio que ali reinava. Por isso, acabou dando uma olhada lá dentro. Em gratidão pelo nascimento do herdeiro, três velas acesas para a Santíssima Trindade deveriam estar no altar, e uma quarta, diante da estátua da Virgem Maria. Entretanto, apenas os raios do sol, que entravam quase horizontalmente na capela, iluminavam a abóbada ricamente pintada. Marie começou a ficar desconfiada.

Uma das servas pessoais disse-lhe que Jodokus não fora felicitar a senhora pelo nascimento e também não aparecera no salão, onde o cavaleiro Dietmar havia reunido seus sequazes para comemorar a chegada do herdeiro. Curiosamente, também Felipe von Steinzell desaparecera, como que tragado pelo chão. Marie descobriu que o fidalgo deixara o castelo à tardinha do dia anterior para retornar à casa paterna. De repente, veio-lhe o pensamento de que Felipe poderia ter matado o monge por vingança por ele tê-la protegido, e ela ficou com a consciência pesada. Quando Jodokus também não apareceu para o jantar, alertou Guda de sua ausência.

A governanta pareceu não se interessar muito pelo monge.

– Irmão Jodokus gosta de trancar-se em seus aposentos. Prefere ficar de joelhos, em seu quarto, se autoflagelando, a rezar uma missa. Para dizer a verdade, prefiro assim. Quanto menos cruzar com ele, melhor! Não gosto do jeito que ele se aproxima da gente, sorrateiramente. E eu aconselho você a manter distância, pois não confio nem um pouco naquele homem.

Guda enfatizou a palavra "homem", como se soubesse da paixão que ele sentia pela prostituta. Marie ficou satisfeita com aquela explicação. Mais tarde, quando ela perguntou a Hiltrud se havia visto Jodokus, a amiga começou a fazer troça.

– Você está sentindo falta de seu admirador? Pensei que não sentisse nada por um bode de duas pernas.

Entretanto, assim que Marie contou à amiga o que acontecera entre Felipe de Steinzell e o monge, Hiltrud não achou mais graça.

– É melhor você ficar calada, se não quiser criar confusão. As graças dos poderosos são bastante volúveis e quem há de saber como a senhora interpretará tudo isso?

No dia seguinte, à noite, Jodokus ainda não dera as caras, e o cavaleiro Dietmar começou a ficar preocupado. Ordenou uma busca dentro dos muros do castelo, que não rendeu nenhum resultado. Finalmente, enviou servos com tochas para procurar nas redondezas, partindo do princípio de que o monge poderia ter se acidentado durante um passeio. Era bastante improvável, no entanto, que ele ainda fosse encontrado com vida, devido ao frio intenso. Mesmo assim, não acharam nem sinal dele. O desaparecimento do monge permaneceu um mistério que ninguém conseguiu desvendar no castelo de Arnstein.

Nos dias que se seguiram, Hartmut von Treilenburg e o abade Adalwig de Santa Otília vieram, pessoalmente, felicitar o cavaleiro e sua esposa. Eles também prometeram voltar, sem falta, para o batizado. Quando Giso voltou, após pouco mais de uma semana, e entregou ao seu senhor um documento com múltiplos selos, as preocupações no rosto do cavaleiro desapareceram e deram lugar a um orgulho resplandecente. Dietmar ordenou que seus servos preparassem uma grande festa e, em seguida, foi correndo dar as boas-novas à esposa, que recuperava as forças a cada dia que passava.

Marie viu-se liberada das funções que a haviam trazido para o castelo bem antes do esperado. Após o nascimento do filho, o cavaleiro recusava-se energicamente a fazer uso dos serviços da bela prostituta. Ansioso, não via o dia em que a senhora Mechthild pudesse partilhar novamente o leito dele. Marie não o levava a mal por isso, além do que, Hiltrud e ela tinham bastante para fazer. Guda precisava de toda ajuda que pudesse conseguir para preparar a festa do batizado. Ao mesmo tempo, queriam comemorar o Natal, que, devido à traição de Bürggen e ao nascimento da criança, tinha passado em brancas nuvens.

Embora ainda faltassem algumas semanas para o batizado, a princípio não parecia que os preparativos ficariam prontos a tempo. Mas, assim que a senhora Mechthild se recuperou a ponto de poder deixar o leito e reassumir o controle, nova motivação tomou conta da criadagem. Os servos riam e faziam piadas, apesar do trabalho duro. Até mesmo os soldados ajudavam de boa vontade, apesar de, normalmente, se sentirem superiores para desempenhar os afazeres que cabiam aos servos. A senhora Mechthild compensava a dedicação dos guerreiros com muitos elogios e várias jarras de vinho.

O mês de janeiro passou e as festividades de São Blásio e das candeias se aproximavam. Como Jodokus continuava desaparecido, o abade de Santa Otília rezou a missa. Como combinado, Adalwig apareceu a tempo para supervisionar os preparativos do batizado na capela. O abade era um bom amigo do cavaleiro Dietmar e inimigo declarado de Keilburg. Embora o conde Konrad não ameaçasse diretamente o monastério, ele já tinha se apossado, por duas vezes, de territórios destinados à abadia por seus proprietários originais. Os demais convidados e os servos achavam que o cavaleiro Dietmar tinha escolhido o abade para padrinho do filho. Mas a festividade das candeias passou sem que o abade pronunciasse a bênção batismal. Para surpresa geral, o cavaleiro Dietmar ordenou o adiamento da festa e desculpou-se devido à ausência de mais um convidado de suma importância. A identidade do convidado, porém, continuava um mistério.

Dois dias depois, o guarda da torre anunciou um grupo maior de cavaleiros que se aproximava do castelo. Hartmut von Treilenburg e alguns outros senhores temiam uma armadilha de Keilburg e chamaram seus homens às armas. Entretanto, o cavaleiro Dietmar tranqüilizou-os e ordenou que os portões fossem escancarados. Em trajes de festa, protegido do frio cortante apenas por uma manta debruada com pele de raposa, o anfitrião foi ao pátio para recepcionar os novos convidados. A senhora Mechthild acompanhou-o, trazendo uma serva que carregava uma jarra de vinho quente condimentado e várias canecas para servir aos recém-chegados.

– Estou enganado ou esse é o brasão do conde de Württemberg? – gritou um dos convidados, que não se encontrava longe de Marie.

O homem não estava enganado. O estandarte levava o veado saltitante de Württemberg. Quando os cavaleiros se aproximaram, viu-se que levavam sobretudos de peles de carneiro por cima das mantas para se protegerem do frio. Mantas também cobriam os cavalos e alguns deles ainda tinham bandagens protegendo as patas. As barbas dos homens estavam cobertas de gelo e nuvens brancas saíam das narinas dos cavalos.

– O conde Eberhard deve ter o cavaleiro Dietmar em alta estima, para empreender a viagem de Stuttgart até aqui, em pleno inverno – sussurrou um convidado no ouvido de Hartmut von Treilenburg.

Este assentiu com a boca aberta, embora seu rosto expressasse dúvida, como se ainda não soubesse bem o que pensar da situação.

O conde Eberhard passou pelo portão e parou diante do cavaleiro Dietmar e de sua esposa. Imediatamente, dois servos correram em sua direção para ajudá-lo a desmontar do cavalo. E isso se fazia necessário, pois, apesar das peles e do sobretudo, o conde estava congelando sobre a montaria. Agradecido, aceitou a caneca fumegante com o vinho condimentado que a senhora Mechthild lhe estendeu e bebeu-o de um trago.

– Como isso faz bem! – disse ele, finalmente, enquanto a serva oferecia o vinho ao seu séqüito.

O conde Eberhard bateu a neve que tinha sobre as vestes, tirou as luvas e estendeu a mão ao cavaleiro Dietmar.

– Minhas felicitações pelo nascimento de seu filho, senhor von Arnstein. Nos dias de hoje, precisamos de rapazes valentes.

– Meus agradecimentos por ter vindo, senhor von Württemberg. – O cavaleiro Dietmar soou aliviado, pois o conde tratara-o como igual.

Parecia que o amargo cálice da vassalagem, que Degenhard von Steinzell teria que beber até a última gota com Frederico von Habsburg, lhe passaria ao largo. Hartmut von Treilenburg também interpretara a situação dessa forma, pois seu rosto sombrio clareou em questão de instantes. Ele se aproximou de Württemberg e apertou sua mão estendida.

– É um prazer vê-lo, conde Eberhard.

– Eu me sinto honrado por ter sido convidado – esclareceu Württermberg com uma passada de olhos pela parte interna do castelo fortificado.

O que ele viu pareceu impressioná-lo, pois, num gesto de reconhecimento, bateu no ombro de Arnstein, que o acompanhou para dentro da torre residencial. Ali, os servos ajudaram-no, e aos demais cavaleiros, a livrar-se dos sobretudos e das pesadas mantas de inverno.

Naquele momento, Marie pôde ver que Württemberg era grande e largo e, ao contrário de muitos outros de sua idade – ela o avaliava como se ele tivesse quarenta e cinco anos –, permanecera esguio. Seu rosto era emoldurado por uma barba louro-escura, que já começava a ficar grisalha, e seus olhos admiravam o mundo com uma aparente alegria imbatível. O colete era preto e dourado, as cores de Württembeg, sendo que o ouro dava a aparência de desbotado, o que fez Maire lembrar, bem-humorada, do amarelo das suas fitas de prostituta. As calças do conde eram azul-escuras e a proteção das genitálias era de tal forma acolchoada que parecia que a sua posição dentre os grandes senhores do Ducado da Suábia dependia disso.

Tudo estava preparado para receber os convidados no salão principal. As servas já estavam trazendo a comida, visto que o conde e seu séqüito estavam com fome após o longo caminho percorrido no frio. Marie também teve que ajudar a pôr a mesa, até que a senhora Mechthild chamou-a para junto de si.

– Deixe as servas trabalharem e sente-se ao meu lado. Está escrito na sua testa que você está morrendo de curiosidade. Além disso, ainda tenho uma tarefa para você. – A voz da senhora do castelo soava animada como há muito tempo não se ouvia.

Ela não precisou repetir uma segunda vez. Marie pousou a travessa de porco assado, que até então tinha nas mãos, na mesa, bem na frente do conde de Württemberg, tirou o avental, entregou-o a uma das servas e tomou lugar no tamborete que lhe fora destinado. Hiltrud, que também estava servindo a mesa, olhou para ela, surpresa.

Württemberg mostrou-se igualmente interessado, inclinando-se para a frente e puxando-a pela manga.

– Você é extremamente bonita, moça. Qual o seu nome?

– Esta é Marie. Ela é sedutora e realizará seus desejos, se essa for sua vontade – respondeu a senhora Mechthild, no lugar de Marie.

Os olhos do conde Eberhard se iluminaram, cheios de desejo, e Marie compreendeu que, antes mesmo do anoitecer, já partilharia seu leito. Por um momento, ela se irritou, pois não esperava ser tratada pela senhora Mechthild como uma moeda, que se passava adiante quando se queria comprar algo. Mas logo teve que rir da própria ingenuidade. Ela tinha sido trazida ao castelo como prostituta. Por que a tratariam de outra forma, de repente?

Além disso, não era tão mau negócio assim. Afinal, o conde de Württemberg era um cliente muito mais agradável do que Felipe von Steinzell, e não fedia tanto quanto Jodokus. Ainda por cima, ele era inimigo de Konrad von Keilburg. Nesse meio-tempo, ela havia aprendido a não se iludir. Os nobres senhores só faziam algo para seus semelhantes quando eles próprios podiam tirar proveito. Aquele acordo tinha uma vantagem para Marie, pois ela poderia permanecer na presença do conde Eberhard e ouviria tudo o que seria dito entre ele, o cavaleiro Dietmar e a senhora Mechthild.

Enquanto aguçava os ouvidos, ela procurava se lembrar de tudo que sabia sobre o conde Eberhard. Ele era um dos quatro mais poderosos no antigo Ducado da Suábia, junto com Frederico von Habsburg – o qual comandava, além da região de seus antepassados, o Tirol, parte do leste da Áustria e, na região de Elsas, tinha grandes propriedades de terra –, com o visconde Bernhard von Baden e Konrad von Keilburg. Desde a morte do último descendente de Staufer, o título de duque da Suábia havia ficado sem dono, pois nenhum dos grandes senhores da região conseguira conquistar para si o título e a nobreza de um duque e, com isso, ganhar poder sobre as demais casas aristocráticas.

Marie se perguntava se Württemberg almejava o ducado, mas nada do que ela ouvia indicava algo nessa direção.

Primeiro, o conde e o cavaleiro Dietmar conversaram sobre assuntos gerais, como o inverno extremamente frio e o concílio, que estava para começar no outono seguinte. O conde Eberhard também tomaria parte no evento e convidou o senhor do castelo e sua esposa a acompanharem-no até Constança. Somente mais tarde, quando as servas já tinham tirado a mesa, os homens começaram a discutir os problemas com Keilburg.

– Pelo que ouvi dizer, o conde Konrad se apossou de um castelo que estava designado a vocês – começou Württemberg.

– Isso mesmo – esclareceu o cavaleiro Dietmar e comentou sobre o inesperado segundo testamento de seu tio, que, supostamente, concedia as propriedades de Mühringen a Keilburg. – Ele se apossou do castelo em um piscar de olhos e não está disposto a levar meus direitos em consideração – completou ele, irado.

Eberhard von Württemberg estufou as bochechas.

– E não dá para perguntar ao cavaleiro Otmar o que o levou a fazer este segundo testamento?

– Eu já teria feito isso, se tivesse sido possível. O conde Konrad afirma que meu tio acabou indo para um mosteiro, mas que não sabe para qual, senão já teria mandado chamá-lo há muito tempo.

O rosto do cavaleiro Dietmar demonstrava que ele considerava aquilo uma desculpa esfarrapada.

O conde Eberhard parecia compartilhar daquela opinião. Ele apoiava o queixo barbado na mão direita, enquanto brincava, com a esquerda, com um dos botões de enfeite no seu colete.

– Não posso dizer que essa situação me agrade. De qualquer forma, vou apresentar a sua questão perante o imperador. O senhor diz ter um testamento de seu tio, selado e assinado por testemunhas.

– É isso mesmo, e em duas vias! – gritou Arnstein, com um sorriso satisfeito. Ele soltou uma chave do cinturão, estendeu a mão direita para a esposa e recebeu uma chave semelhante. Giso tirou uma terceira chave do próprio cinto, pegou as duas outras e deixou o salão para buscar o documento. Pouco depois, ele voltou com um estojo de couro, que ele mantinha a certa distância.

– Aqui está o contrato, senhor. Temo dizer, no entanto, que ele não está cheirando muito bem.

O senhor de Arnstein olhou irritado e cheirou o couro. O cheiro que exalava o canudo o fez tossir.

– Tem alguma coisa errada aqui! – exclamou ele, assim que conseguiu respirar novamente.

Desenrolou o canudo com cuidado e fitou, incrédulo, o pergaminho em frangalhos e completamente descolorado, que emanava um fedor penetrante. Um dos servos estendeu um pedaço de pano para que Württemberg pudesse proteger a mão ao levantar um dos pedaços. Parecia queimado e não se lia mais nada das letras de outrora. O conde estendeu-o, sacudindo a cabeça, ao cavaleiro.

– Parece que Keilburg passou a perna em vocês. Alguém jogou ácido no pergaminho, destruindo-o. Temo que tenham um espião no castelo.

Para seu desespero, Marie viu alguns pares de olhos voltarem-se em sua direção. O cavaleiro Dietmar fixou os olhos no couro, como se não conseguisse compreender o que via. Depois, jogou aquela coisa fedorenta no chão e bateu com o punho na mesa.

– Isso também não será de nenhuma ajuda para Keilburg. Afinal, a segunda cópia está bem guardada no Monastério de Santa Otília. O conde Konrad e seus homens certamente não conseguirão pôr a mão nela.

O abade Adalwig, sentado do outro lado do anfitrião, soltou um grito de surpresa.

– Como assim? O senhor enviou seu escrivão Jodokus, há algumas semanas, para buscar o testamento, cavaleiro Dietmar.

O senhor do castelo olhou para o abade com os olhos esbugalhados.

– Impossível! Nunca... – Ele interrompeu a frase e rangeu os dentes. – Então é por isso que Jodokus sumiu! Primeiro, ele destruiu a minha cópia com ácido, para depois buscar a outra via no monastério. Mas que ingênuo eu fui! Por que não desconfiei logo quando o desgraçado do monge não apareceu mais?

No salão, não se ouviu mais nada depois da explosão de raiva do anfitrião. As pessoas se entreolhavam e em seus rostos estava espelhado o temor a um inimigo cujo poder era tal que se mostrava capaz de destruir contratos guardados em baús trancados com várias fechaduras entre grossas paredes. Alguns deles se benzeram.

O conde de Württemberg percebeu que era hora de fazer algo para espantar o medo dos presentes pelo poder, aparentemente ilimitado, de Konrad von Keilburg. Ele bebeu um gole de vinho e colocou sua mão sobre o ombro do anfitrião.

– Não tínhamos sido convidados para um batizado, cavaleiro Dietmar?

O ouvinte assentiu surpreso.

– Sim, mas...

– Nada de "mas" – gritou Württemberg, com voz de trovão. – Afinal, não vamos deixar que o conde Konrad estrague a nossa festa. Senhora Mechthild, mande buscar meu afilhado e trazer água benta. Mas, não, nada de água benta! Ela foi maculada pelo monge traidor. Adalwig, faça as preces e benza tanto a água quanto a criança. Tenho certeza de que Deus apreciará esse gesto.

– Mas, agora? Aqui, no salão? – perguntou o abade, estarrecido.

– E por que não? – respondeu o conde. – A maioria das crianças não é batizada na igreja, mas sim em casa. Além disso, está aconchegantemente quente aqui. Na capela do castelo a criança sentiria um frio medonho.

O abade trocou um olhar desesperado com o senhor do castelo e sua esposa. A senhora Mechthild assentiu e mandou Guda buscar o menino. Ela havia compreendido que Württemberg queria espantar a sombra ameaçadora de Keilburg com o sacramento do batismo e era-lhe tão agradecida que decidiu que mandaria rezar três missas, em Santa Otília, por sua saúde e por sua alma.

Quando Guda trouxe o bebê, tudo já estava pronto para o batizado. Giso e alguns de seus homens haviam trazido não só o crucifixo de ouro da capela, como também a pia batismal, que pesava tanto que foram necessários seis homens fortes para carregá-la.

Eberhard von Württemberg foi ao encontro da governanta, que lhe estendeu a criança.

– Um menino adorável! – disse ele, sorrindo, enquanto reparava, com satisfação, como as bochechas da senhora Mechthild coravam de felicidade.

– Diga suas preces, honrado abade – disse ele a Adalwig, que ainda não havia compreendido bem o que estava acontecendo.

Em seguida, no entanto, o velho clérigo se levantou e foi até a pia batismal. Ele teve certa dificuldade para se lembrar das preces, por isso interrompeu-as várias vezes. A bênção do batismo, entretanto, foi pronunciada sem um erro sequer, finalizando-a com um "amém" aliviado, enquanto fazia o sinal-da-cruz sobre a criança.

– Amém! – ecoou da boca dos presentes.

A maioria dos convidados achava que seria dada continuidade à refeição. Württemberg, entretanto, levantou a mão para chamar, mais uma vez, a atenção dos demais para si.

– Uma vez que me foi dada a honra de ser o padrinho desta criança, também gostaria de lhe entregar meu presente – exclamou ele, com um vozeirão que encheu o recinto. – Para reforçar os laços entre sua família e a minha, concedo ao meu afilhado, Grimald, o feudo Thalfingen, às margens do Neckar.

Ele girou 360 graus com a criança em seus braços para apreciar o efeito de seu presente nos demais e, satisfeito, sorriu intimamente.

O cavaleiro Dietmar fitou-o com a boca aberta e os olhos brilhantes. Para ele, tanto fazia que seu filho se tornasse um vassalo de Württemberg ao receber esse presente, pois essa relação protegeria Arnstein de qualquer outro ataque de Keilburg. O conde Konrad pensaria duas vezes antes de encurralar um aliado e vassalo do conde de Württemberg. A senhora Mechthild também parecia uma menina à qual haviam acabado de presentear a boneca mais linda do mundo. O abade Adalwig percebeu, com alegria, que o nobre convidado manteria sua mão protetora sobre a cabeça de seu amigo Dietmar e ergueu aos céus uma prece em agradecimento. Hartmut von Treilenburg soltou a respiração, que havia prendido por tempo demais, e levantou a taça para beber à saúde do conde e de seu afilhado. Essa aliança com Württemberg também lhe valeria a proteção de que necessitava tão urgentemente.

Marie percebeu que a visita de Eberhard von Württemberg enchera o castelo de Arnstein de novo ânimo. O conde não parecia pessoa que se esquivasse de um combate com Keilburg. Assim sendo, também ela se encheu de esperança de que o magistrado Ruppertus finalmente tivesse o merecido castigo. Por instantes, avaliou se deveria se abrir com Württemberg e solicitar sua proteção. Entretanto, como as injustiças haviam sido cometidas fora de sua jurisdição, acabou desistindo imediatamente da idéia. Em Constança, o conde de Württemberg não tinha nenhuma influência e nada poderia fazer por ela.

Além disso, era pouco provável que o nobre senhor se interessasse pelas questões de uma prostituta ou, até, que acreditasse nela.

O conde de Württemberg ficou no castelo de Arnstein durante duas semanas, e não foram poucos os que afirmaram que sua permanência se prolongara ali porque uma mulher de beleza extraordinária adoçara suas noites. Quando deixou o castelo, o conde colocou várias moedas de ouro, com o veado saltitante de Württemberg, no decote de Marie e beijou-a na frente de todos. Depois, retornou ao inverno, que não afrouxava suas garras, deixando para trás anfitriões aliviados e satisfeitos.

QUARTA PARTE

Caminhada Perigosa

I

— Você não quer mesmo reconsiderar, Marie? – A voz da senhora Mechthild demonstrava irritação.

Marie mordeu os lábios e balançou a cabeça.

– Eu só estou querendo ajudá-la, sua teimosa! – continuou a senhora. – Se você se casasse com um de nossos fazendeiros, poderia se tornar uma mulher honrada. Além disso, como você nasceu livre, também estou disposta a lhe conceder uma carta para que seus filhos não sejam considerados servos. Conversei sobre isso com meu esposo. Ele se dispõe a presenteá-la, e a sua prole, com uma quinta na propriedade de Thalfingen.

O coração de Marie batia-lhe na garganta, e algo dentro dela dizia que devia aceitar o generoso presente. A perspectiva de tornar-se fazendeira livre em sua própria quinta era exatamente aquilo com que Anna e Elsa, as duas servas de seu pai, sempre haviam sonhado naquela época, em Constança. A vida não seria fácil, pois o trabalho da mulher de um fazendeiro era tão duro quanto o do marido, e Marie estava consciente de que teria que aprender tudo o que uma menina que nasce no campo já sabe desde criança. Mas, com a ajuda de um marido carinhoso, ela conseguiria.

Se concordasse, no entanto, estaria confinada a um pedaço de terra pelo resto de sua vida e só poderia abandoná-lo por pouco tempo, para visitar uma quermesse na cidade próxima ou fazer uma peregrinação. Ela moraria às margens do Neckar, longe de Constança e de Ruppert, sem qualquer possibilidade de se vingar do magistrado e de seus capangas. Lá ela estaria tão distante do mundo, em relação àquele advogado traidor, quanto se tivesse morrido das chibatadas ou se afogado de vergonha. Não! Ela não podia fraquejar naquele momento e aceitar o presente, caso contrário, não encontraria paz de espírito até o fim da vida.

Respirando fundo, formulou a resposta cuidadosamente, para não irritar ainda mais a senhora Mechthild.

– A sua oferta é mais do que generosa. Entretanto, não sou fazendeira e jamais conseguiria administrar uma quinta como se deve. Cresci como filha de um comerciante e, como tal, nunca vivi no campo.

A senhora Mechthild deu uma gargalhada.

– Você não sabe do que está falando! Você acha que terá outra oportunidade dessas para se livrar da sujeira das estradas? Ou encontrar um lugar onde poderá salvar a alma, vivendo uma vida honesta, temente a Deus, e orando bastante? Não, mocinha, se você deixar este castelo, continuará na sarjeta para a qual foi empurrada pelo meio-irmão do nosso inimigo e caminhará pelas estradas, apátrida, até o mais amargo fim.

Da janela dos aposentos da senhora, Marie olhava para o pátio, onde Hiltrud, com a ajuda de Thomas, atrelava as cabras renitentes à pequena carroça. Os três cabritinhos que haviam nascido dois meses antes também não estavam nem um pouco satisfeitos ao se verem amarrados ao veículo. Marie achava que Hiltrud, nascida no campo, teria sido feliz se pudesse morar em uma fazenda. Por momentos, ela pensou em interceder junto à senhora pela amiga, solicitando sua autorização para o casamento entre Hiltrud e Thomas e a doação da quinta a ambos. Mas, se a senhora lhe concedesse esse pedido, Marie teria que enfrentar a estrada sozinha, e disso ela tinha medo. Assim sendo, ela engoliu a idéia. Ao mesmo tempo, no entanto, se desprezava pelo próprio egoísmo, que a impedia de fazer esse favor à amiga que lhe salvara a vida. Lutando contra as lágrimas, jogou a cabeça para trás.

– Estou consciente da oportunidade que estou rejeitando, senhora. Mas não há lugar neste mundo onde eu encontraria paz de espírito...

..."Enquanto Ruppertus Splendidus estiver vivo", ela gostaria de ter dito, mas mordeu a língua a tempo. A senhora Mechthild não tinha nada a ver com seu desejo de vingança, por isso ela pigarreou e fez uma reverência diante da dama, sem olhá-la nos olhos.

– Já está na hora de eu me despedir, senhora.

– Como queira! – respondeu Mechthild, contrariada. – Você já recebeu o seu pagamento. Aceite os meus agradecimentos por sua ajuda e meus melhores votos. Durante a peregrinação para Einsiedeln, também rezarei por sua alma.

Marie curvou-se mais uma vez, virou-se abruptamente, e caminhou calmamente pela torre residencial, descendo para o salão e, através do portão interno, para a ala interna, onde Hiltrud esperava por ela. E foi assim que ela se despediu do lugar onde havia encontrado abrigo durante alguns meses cheios de emoções. Ela havia descoberto muita coisa e esperava que essas informações fossem úteis no futuro. Além disso, na cintura, ela levava a bolsa com o pagamento que a senhora Mechthild lhe dera por seus serviços.

A senhora não havia sido tão generosa quanto ela tinha esperado. Possível motivo para isso podia ser a oferta que ela acabara de lhe fazer ou o fato de o conde de Württemberg, com quem partilhara o leito durante duas semanas, tê-la recompensado dadivosamente na frente de todos. Ela carregava as moedas de ouro que ele lhe havia dado em outra bolsa, bem escondidas embaixo de suas roupas. Mas o que Marie recebera ainda não dava para pagar um assassino de aluguel para matar uma pessoa como Ruppertus Splendidus. Para os canalhas que a violentaram, entretanto, já era suficiente. Mas, se ela mandasse matá-los antes, Ruppert ficaria de sobreaviso. E isso ela não queria arriscar.

Marie viu Hiltrud, no seu vestido novo, conversando animadamente com Thomas, ao lado da carroça. Ao contrário do fim das invernadas anteriores, suas bochechas brilhavam e ela parecia bem alimentada. Do ponto de vista de uma prostituta errante, aquele inverno tinha valido a pena. Elas tinham vestidos novos, mantas e algumas outras peças de roupa, e não haviam precisado pagar aluguel por um barraco nem gastar suas economias para comprar mantimentos. Em vez disso, passaram meses agradabilíssimos e fizeram bons negócios. Muito mais, mulheres de seu nível não podiam desejar.

– Podemos ir? – A pergunta de Hiltrud arrancou Marie de seus pensamentos.

– Eu estou pronta, e você?

– Eu já me despedi de Thomas. – Hiltrud fingia uma serenidade que seus olhos úmidos contradiziam.

Como elas não tinham outra opção, a não ser voltar para as estradas poeirentas, Marie fez de conta que não percebeu. A amiga teria que passar por cima de seu desgosto da mesma forma que ela própria tinha que conviver com suas dúvidas.

Quando alcançaram o portão no muro externo, Marie olhou para Hiltrud, na dúvida.

– Você tem alguma idéia de que direção tomar? Não deveríamos andar sozinhas por muito tempo.

– Vamos, primeiro, para Santa Marien am Stein. Não fica muito longe daqui e, segundo Thomas me contou, haverá uma romaria no Domingo de Ramos. Durante um evento desses, encontraremos clientes o bastante para nos acostumarmos à nossa antiga rotina.

– Combinado! Certamente encontraremos outras mulheres lá, com as quais poderemos viajar sem problemas. Você conhece o caminho? Prefiro não ter que atravessar as terras de Keilburg ou de Steinzell.

– Então, não sobram muitas estradas, não é mesmo? – zombou Hiltrud. – Mas seus temores não são de todo infundados, pois Thomas viu, várias vezes, Felipe von Steinzell rondando o castelo de Arnstein. O garoto ainda parece estar sonhando com o dia em que vai poder rechear a sua perereca. Vamos estragar a festa dele.

Hiltrud riu exageradamente alto e, estalando a língua, instigou as cabras, que haviam recuperado seu vigor e baliam animadamente, enquanto os cabritinhos puxavam as finas cordas que os prendiam e saltitavam de alegria, satisfeitos por vivenciarem a primavera fora das altas muralhas.

Quando passaram pelo guarda da torre, ele acenou e despediu-se fazendo comentários engraçados. Hiltrud não perdeu a oportunidade e respondeu à altura, fazendo-o rir. Sua voz, entretanto, não soava tão animada quanto suas palavras e seu rosto se contorcia como se fosse chorar a qualquer instante. Naquela hora, em que elas deixavam o castelo definitivamente, a dor da separação parecia remoer mais intensamente dentro dela. Mas, ao contrário de Marie, ela não olhou para trás uma vez sequer, enquanto desciam o caminho que serpenteava em direção ao vale. Marie ainda pensou se deveria avisá-la que Thomas não parava de acenar, do alto da torre, entre duas ameias. A amiga, no entanto, olhava para a frente com o rosto tão tenso como se temesse transformar-se em estátua de sal, como acontecera à mulher de Lot.

E assim, ela deixou o vale, sem conceder um último olhar a Arnstein. Thomas, no entanto, só deixou seu ponto de observação quando as duas mulheres desapareceram sob as árvores do outro lado do vale. De ombros caídos, ele voltou para o cabril para partilhar sua tristeza com os animais.

II

A lagoa envolvia a península onde se encontrava o pequeno santuário da igreja St. Marien am Stein, destino de tantas romarias, como dois braços protetores. Durante a maior parte do ano, aquele local era tomado pelo canto dos pássaros e pelo barulho das ondas quebrando nas margens. Uma vez por semana, no máximo, o dobrar do pequeno sino da torre excedia aqueles sons da natureza. Nesse dia, os monges do mosteiro próximo iam limpar a antiga casa de Deus, uma construção de pedra quase branca, e lá fazer suas orações. Em dias de romaria, como naquele Domingo de Ramos, a península quase não comportava o número de fiéis. Homens, mulheres e crianças, vestindo suas melhores roupas, aproximavam-se do portal da igreja para ver a imagem milagrosa da Virgem Maria – criada em ouro e cobre por um artista há muito esquecido –, enquanto suplicavam por misericórdia e perdão por seus pecados.

Hiltrud e Marie vinham na última e menos densa leva de peregrinos, à qual haviam se juntado no caminho. No início, elas ainda se incomodaram com o fato de as mulheres fitarem-nas desconfiadas e evitarem proximidade, como se fossem leprosas, enquanto os homens as avaliavam e lhes diziam palavras insinuantes. Mas não demorou muito até se acostumarem novamente e se animarem com a perspectiva de ganhar bastante dinheiro. Constataram, com uma olhadela, que não haveria muita concorrência. Havia apenas quatro tendas de tecido gasto, nas quais tremulavam fitas amarelas desbotadas.

As prostitutas que ali moravam já pareciam estar bem atarefadas, pois as entradas estavam fechadas e alguns homens perambulavam, impacientemente, em volta das tendas tortas e mal amarradas, como se não conseguissem esperar sua vez de entrar. Marie e Hiltrud perceberam alguns olhares cheios de expectativas voltarem-se em sua direção e apressaram o passo para montar suas próprias tendas. Como nenhum guarda ou monge apareceu para indicar-lhes onde deveriam ficar, elas escolheram uma elevação sobre o gramado seco, na margem do lago, sob a sombra de alguns salgueiros, cujos galhos caídos até a água prometiam certa privacidade para o banho matinal. Enquanto ainda estavam ocupadas amarrando as lonas às estacas, uma das outras prostitutas saiu de sua tenda e olhou em sua direção.

– Mas não pode ser verdade! Este mundo é mesmo pequeno!

– Gerlind, mas o que é que você está fazendo aqui? – gritou Hiltrud, surpresa. – Pensei que você tivesse se aposentado!

A velha prostituta aproximou-se de Hiltrud com uma gargalhada amarga, enquanto a examinava com os olhos entreabertos.

– Ninguém pode dizer que eu não tentei! O problema é que eu estava fazendo sucesso demais para os bordéis da região. Por isso, mandaram os guardas e os padres atrás de mim. Pode ter certeza de que nem existem tantas leis que eu supostamente infringi. Tomaram minhas duas pombinhas, que eu havia treinado com tanto zelo, e entregaram-nas a um cafetão local. E, claro, também não se esqueceram de levar todas as minhas tão sacrificadas economias! Depois, me expulsaram na base do chicote. Agora, voltei à estrada e treino, paralelamente, um novo passarinho. Märthe não é das mais espertas, mas sabe satisfazer os homens.

Hiltrud abraçou Gerlind, cheia de felicidade, tanto que não percebeu como a mulher, desdentada e acabada, estava suja.

– Que bom ver você! Agora, poderemos seguir juntas de novo.

– Claro! Claro! Assim, reuniríamos novamente o grupo de antes. Märthe e eu encontramos Berta e Fita no caminho para cá, que também estavam à procura de companhia. Em seis, não precisaremos mais mendigar para conseguir a proteção de uma caravana.

Enquanto Hiltrud concordava avidamente, Marie fez uma careta. Berta não era exatamente a companhia que ela desejava ter. Mesmo assim, ainda era melhor do que juntar-se a um grupo de saltimbancos ou a uma caravana de mercadores protegida por homens armados. Nesses casos, ela sempre teria que estar à disposição do líder, noite após noite. Marie se consolava com o fato de que ainda poderia aprender alguma coisa sobre ervas e seus efeitos com Gerlind. Além disso, estava curiosa para saber mais sobre a moça que trabalhava como serva para a velha prostituta.

A chegada de duas novas prostitutas, uma delas linda como Marie, atraiu os homens como luz de velas atrai as mariposas. Alguns dos monges que passavam e não conseguiam tirar os olhos dela ainda trajavam o hábito do coro da missa. O desejo carnal falava mais alto neles do que a vontade de homenagear Deus e a alma dos romeiros, pois estava claro que eles haviam abandonado os cantores devotos, cujas canções em latim ressoavam da igrejinha. Um deles abordou Marie enquanto ela ainda estava ocupada montando a tenda com grossas cordas para dar-lhe mais estabilidade.

– Bem-vinda a St. Marien am Stein, minha filha! Você alcançará grande satisfação espiritual e absolvição de seus pecados se prestar seus serviços humildemente a mim, para a minha satisfação.

Marie parou o que estava fazendo e olhou para o monge, com uma expressão irônica no rosto.

– Suponho que "humildemente" queira dizer "de graça". Mas isso, meu caro, só a morte. E até mesmo essa custa a vida.

O monge não desistiu tão rapidamente e incrementou o tom untuoso de sua voz.

– Não seja tão orgulhosa, minha filha! Quando, algum dia, você se aproximar da porta dos céus, o vigia celestial a lembrará de seus pecados e lhe indicará o caminho para o purgatório. Mas, se você servir a nós, monges beatos, as mãos dos servidores de satanás estarão amarradas e eles só poderão acender um fogo baixinho, que encobrirá seu corpo dando-lhe, no máximo, a sensação de um banho quente.

Marie farejou rapidamente e riu.

– Parece-me que é você quem está precisando de um banho quente, irmão. Deus me criou com um nariz sensível demais para poder lhe servir.

O monge fitou-a zangado.

– Você ainda pensará em mim, quando estiver diante das portas do inferno e os demônios de seu soberano a receberem com os pênis de ferro cheios de farpas para rasgar seu baixo-ventre dia após dia.

Quando Marie se virou, dando de ombros, o monge deu uma cusparada bem na frente dela, e voltou-se para Hiltrud. Para surpresa de Marie, a amiga assentiu e entrou com ele na tenda, embora tivesse batido as estacas apenas parcialmente. Por que justamente Hiltrud, que havia lhe ensinado a observar o asseio dos clientes, permitia que aquele monge fedorento se aproximasse dela era um mistério. Mas ela não tinha como parar para pensar nisso, pois a fila de homens diante de sua tenda crescia a olhos vistos.

Marie avaliou os clientes e ficou com um nó na garganta. Depois do nascimento do filho, o cavaleiro Dietmar recusara-se até mesmo a olhar para ela, de forma que, desde a despedida do conde von Württemberg, ela não precisara mais deitar-se com homem algum. Somente então percebeu como tinha sido fantástico ser novamente dona do próprio corpo. Se pudesse, teria se escondido na tenda e amarrado-a por dentro. Mas não poderia se dar ao luxo de recusar clientes por muito tempo e, quanto mais ela esperasse, pior seria para retomar o seu meio de sustento novamente.

Um homem, vestido como um fazendeiro abastado, abriu caminho e começou a avaliá-la.

– Diga-me seu preço, mocinha.

– Cinco xelins – respondeu Marie, que não gostou de sua fisionomia arrogante.

O fazendeiro surpreendeu-se e fez um movimento de desprezo.

– Por bons 12 centavos cada xelim? Você deve ser feita de ouro, lá embaixo, para cobrar esse preço.

Marie apontou para a tenda de Berta, que ela reconhecera pelas manchas na lona.

– Se está procurando uma prostituta para pagar com centavos, vai encontrá-la lá. Eu só presto meus serviços a homens que podem pagar por eles.

Com isso, ela conquistou uma gargalhada dos demais. O fazendeiro rosnou, irado, e afastou-se com um comentário maldoso. Mas ele não foi para a tenda de Berta. Em vez disso, foi ter com Hiltrud, que já havia se despedido do monge e se aproximava, rebolando, do fazendeiro. Após curta negociação, eles desapareceram juntos na tenda.

– Você quer cinco xelins? Acho que eu posso me permitir isso – disse alguém em seu ouvido.

Quando se virou, viu um velho, vestindo um manto de peregrino largo e empoeirado. A concha que enfeitava a aba levantada de seu chapéu de feltro comprovava que ele havia peregrinado até a cidade de Santiago de Compostela, na Espanha. Apesar de seu manto estar gasto e desbotado do sol, e seus sapatos terem sido remendados diversas vezes, o peregrino não parecia ser um homem sem posses. Os ombros largos e musculosos e as mãos calejadas pelo uso da espada demonstravam que pertencia à classe de cavaleiros. Marie suspeitou que ele, como muitos outros, teria deixado seus bens para o primogênito para dedicar-se a uma peregrinação. Como ele parecia estar mais asseado que a maioria dos outros homens, Marie puxou para o lado a lona que dava acesso à tenda, convidativamente.

– Se quiser me acompanhar...

O homem deixou seu cajado do lado de fora e se esgueirou para dentro da tenda. Quando ele retirou a parte superior das vestes, Marie percebeu que se tratava de um ancião, pois os pêlos no peito enrugado eram completamente brancos. Seu rosto, no entanto, não demonstrava nada da serenidade própria da idade ou da abstração espiritual de um peregrino. Ela só via uma avidez escancarada. Antes que Marie tivesse conseguido se ajeitar, ele se jogou para cima dela e penetrou-a com força, como se quisesse parti-la em dois com seu membro. Fosse ele mais jovem, ela certamente teria sentido dor e, provavelmente, acabaria machucada. Àquela altura, entretanto, faltava ao peregrino a necessária rijeza. Apesar disso, o ato sexual foi mais do que desagradável para Marie. O homem ofegava intensamente e soprava sua saliva no rosto dela, enquanto enterrava os dedos em seus ombros e balbuciava palavras obscenas.

Marie se enojava do homem, dela mesma e do que se tornara. Pareceu-lhe que metade de uma eternidade havia passado até o velho cair sobre ela com um ronco dissonante. Como o homem não se mexesse, ela já temia que ele tivesse pagado com a vida a tentativa de comprovar sua masculinidade. Mas então ela o ouviu arfar e suspirou, aliviada. Um morto em sua tenda teria sido o fim. Mesmo que não a tivessem responsabilizado por isso, a má fama grudaria nela como pez. A maioria dos homens, principalmente aqueles que pagavam bem, teria evitado Marie como se tivesse uma doença contagiosa. Refeita, ela se desvencilhou do velho, puxou seu vestido para baixo e estendeu-lhe a mão.

– Cinco xelins, como combinado!

O peregrino riu na cara dela.

– Aceite a bênção de São Tiago, que carrego dentro de mim, como pagamento. Ou você acha que vou gastar dinheiro com uma prostituta?

Marie estava arrasada, pois havia esquecido um dos ensinamentos principais da vida de prostituta, ou seja, cobrar antecipadamente. Ao mesmo tempo, subiu-lhe uma fúria ilimitada. Não estava disposta a deixar o velho partir assim, sem mais nem menos.

– Não foi assim que combinamos, ou você paga ou...

– Ou o quê? – zombou ele, e deixou a tenda.

Marie havia sido mais rápida do que ele. Ela pegou o cajado e derrubou o velho, sob as gargalhadas dos demais. Antes de o homem conseguir se levantar, pegou seu moedeiro e arrancou-o da cintura com um forte puxão.

– Pode ficar com a sua bênção de São Tiago. Nós tínhamos acertado o preço de cinco xelins e é exatamente isso que você vai pagar.

Ela abriu a bolsa, tirou as moedas até o valor combinado e contou-as de forma que cada um dos espectadores pudesse acompanhá-la. O homem xingou-a de ladra e exigiu que os demais o defendessem contra a prostituta desavergonhada.

Marie jogou o moedeiro, visivelmente mais vazio, na frente do homem e olhou para os demais, desafiadoramente.

– O velho bode pensou que pudesse pastar comigo de graça, mas acho que deixei claro que não é bem assim.

Mas sua respiração só voltou ao normal quando percebeu que o velho não fez menção de agredi-la, levantando-se simplesmente e saiu mancando dali enquanto proferia xingamentos. Ela não teria podido com um homem no auge de suas forças. Ele a teria espancado, chegando, possivelmente, a matá-la, sem que ninguém movesse um dedo para ajudá-la. Alguns dos mais jovens, que não podiam pagar o preço que Marie cobrara e não concediam ao velho o privilégio de poder ter uma prostituta tão bonita, o xingavam e cutucavam com força. Quando ele foi reclamar, aos gritos, com alguns monges, foi recebido com sarcasmo e gargalhadas.

Outro homem aproximou-se de Marie e colocou-lhe cinco xelins na mão. A julgar por sua aparência, tratava-se de um rico mercador que havia vindo menos para pagar uma promessa do que para fazer negócios. Marie lançou um último olhar triunfante para o velho que tentara passá-la para trás e desapareceu com o comerciante na tenda.

Quando, pouco depois, procurou outro cliente, Marie percebeu que o pequeno incidente com o velho já tinha circulado e que o resultado não tinha sido desvantajoso para ela. Todos os homens presentes naquela festa pareciam saber seu preço e, com isso, a fila de pretendentes havia diminuído consideravelmente. Mesmo assim, a clientela era suficientemente grande. Naturalmente, um ou outro ainda tentava negociar com ela, mas, no final das contas, todos pagavam os cinco xelins sem reclamar. Satisfeita, ela concluiu que tinha feito bons negócios, embora tivesse se deitado com menos clientes do que de costume.

Hiltrud, ao contrário, recebia indiscriminadamente todos os pretendentes que apareciam, contrariando todas as normas que havia ensinado a Marie. Qualquer um que a abordasse, ela deixava entrar em sua tenda, sem dar atenção à aparência ou ao odor do sujeito. Parecia até que nem se importava se o cliente podia ou não pagar, pois Marie viu vários monges que, certamente, não tinham um centavo no bolso entrando em sua tenda.

Mais tarde, quando as coisas se acalmaram, ela puxou a amiga para a margem do lago e passou-lhe um sermão, sem, contudo, receber uma resposta. O olhar de Hiltrud fixava-se no horizonte e sua fisionomia expressava desgosto com a vida. Quando Marie insistiu mais um pouco, a amiga balançou energicamente a cabeça.

– Deixe-me em paz! Eu sei o que estou fazendo.

Mas Marie não se deu por vencida tão rapidamente.

– Se você continuar assim, não demorará muito e terá a aparência de Berta, que abre as pernas para qualquer homem sarnento que se aproxima dela. E, na verdade, ela também não tem outra escolha, porque, por isso mesmo, acaba afastando todos os clientes mais exigentes. É bom você se lavar cuidadosamente e começar a examinar se está com pulgas e piolhos. Alguns dos seus clientes pareciam-me muito chegados a esses parasitas.

Hiltrud sorriu melancólica.

– Não se preocupe comigo e me dê um tempo para eu me recompor. Eu tive que fazer isso hoje para reconhecer novamente meu lugar neste mundo. A temporada que passei no castelo de Arnstein não me fez bem.

– Você está se martirizando porque não pôde ficar com Thomas.

Marie colocou o braço em volta da amiga e puxou-a para si.

– Eu compreendo que você esteja com saudades dele. Apesar disso, você não pode acabar se voltando contra si mesma, senão acabará criando a fama de prostituta barata e os clientes mais abastados vão deixá-la de lado. Eles não gostariam nem um pouco de saber que, antes deles, você prestou seus serviços a um adestrador de piolhos.

Até Hiltrud conseguiu rir da expressão. Mas, quando Marie lhe disse que justo os homens que raramente conseguiam deitar-se com uma prostituta eram aqueles que mais provavelmente a machucariam em sua avidez, a amiga sacudiu a cabeça, discordando.

– Diga-me uma coisa, você já se esqueceu de tudo o que, um dia, eu lhe ensinei? Ou você está pensando que eu ofereço a todos aqueles homens o meu tesouro? A maioria nem percebe quando a vara deles não entra onde eles acham que entra e, em vez disso, conseguem se descarregar com a simples pressão das minhas coxas ou com a habilidade de uma mão feminina.

Marie realmente não se lembrava mais daquelas artimanhas. No castelo de Arnstein, não tinha conseguido colocá-las em prática e, mesmo antes disso, Marie não costumava lançar mão daqueles truques, visto poder escolher seus clientes, ao contrário da maioria das prostitutas baratas. Enganar um cliente daquela forma também não era, de todo, livre de risco, pois funcionava apenas quando o homem estava ou bêbado ou excitado demais.

– No seu lugar, eu tomaria cuidado. Ninguém a ajudará se um dos seus clientes acusá-la de não tê-lo atendido a contento. Lembre-se da jovem prostituta que tentou salvar seu tesouro, no ano passado, em Trossingen. O homem que se sentiu lesado chamou os amigos e ela foi violentada na frente de todos, até quase não poder mais gritar.

Foi aí que Hiltrud começou a pensar.

– Não foram só os amigos do sujeito. Muitos aproveitaram a situação para se satisfazerem de graça.

Marie ainda não tinha acabado com o sermão.

– Não faltou muito, daquela vez, para os homens avançarem para cima de todas as prostitutas da quermesse. Lembra? Morremos de medo. Quem sabe o que teria acontecido se a guarda da cidade não tivesse chegado a tempo.

Hiltrud levantou as mãos, concordando.

– Você tem razão! Fui uma tola. Aqui e agora, prometo que não me rebaixarei mais a tal ponto. E agora, está satisfeita?

Quando Marie assentiu, Hiltrud levantou-se.

– Venha! Vamos tirar estas roupas e tomar um banho. Mas, antes disso, vou estender a manta e meu vestido sobre o fogo, pois acho que herdei mesmo algumas pulgas.

Hiltrud entrou na tenda para se trocar e buscar o sabão, que ela própria preparava com gordura e cinzas. Como havia peregrinos demais para o seu gosto naquela área, acenou para que Marie a seguisse, caminhou pela margem da lagoa até alcançar um rochedo de granito cortante que se projetava para dentro da água, e despiu-se ali. Marie entrou na água com o vestido e ensaboou tanto o tecido quanto o corpo. Enquanto isso, ficou observando a amiga, que se esfregava com grande energia, como se quisesse arrancar a pele.

– Isso não vai ser o suficiente. Piolhos e pulgas são bichos persistentes e, certamente, preferem a companhia de uma gostosa como você do que daqueles bodes fedorentos que você deixou entrar.

– Para dentro da minha tenda e não da minha portinhola – assegurou-lhe Hiltrud. – Mas, depois, você pode esfregar aquela papa de ervas contra piolho no meu cabelo. É melhor prevenir.

Marie viu o sorriso tristonho de Hiltrud sob o luar. Mesmo que a dor da separação continuasse fazendo-a sofrer do mesmo jeito, ela estava grata à amiga por repreendê-la. Era muito ruim quando uma mulher se descuidava, e, se a mulher ainda por cima fosse uma prostituta, esse seria o início do fim. Para salvaguardar sua reputação, ela teria que ser ainda mais exigente com os clientes do que antes, durante alguns dias, mesmo que tivesse que se contentar em ganhar menos com isso.

Quando Marie e Hiltrud voltaram para suas tendas, as demais prostitutas estavam acocoradas em volta da fogueira, tomando uma sopa indefinível. Entre Gerlind e Berta, havia uma moça com o rosto redondo como a lua e cabelos louro-claros. Devia ser Märthe. Ela era bem recheada no peito e nas ancas, mas, a julgar por seu rosto, não passava dos 16 anos. Gerlind acenou para as duas.

– Aí estão vocês, finalmente! Se quiserem um pouco de sopa, por favor, sirvam-se.

Hiltrud estendeu a mão para Berta, Fita e a moça nova.

– É bom revê-las. Assim, teremos bastante o que conversar no caminho.

Berta e Fita asseguraram a Hiltrud que seria uma viagem bastante divertida. Märthe só olhou para cima de soslaio, cumprimentou Hiltrud com um olhar antipático e continuou a tomar a sopa, como se ela nada tivesse a ver com as recém-chegadas.

Marie, que havia se trocado e estendera o vestido para secar, atrasou-se um pouco, o que permitiu que observasse as mulheres ao redor do fogo, por alguns instantes, sem que percebessem isso. E ela não gostou do que viu. A reação antipática de Märthe era um mistério para ela, mas não a incomodou sobremaneira. A menina combinava com as outras três, pois todas as quatro tinham a aparência descuidada e acabada.

Antes, Gerlind havia se mantido extremamente asseada e sempre cuidara para que Berta e Fita não circulassem muito desleixadas. Agora, no entanto, também ela exalava o odor azedo das outras duas, e suas roupas estavam sujas e manchadas. As mãos e o rosto tinham a aparência de não terem visto água havia semanas. De repente, Marie sentiu-se enojada de comer algo preparado por Gerlind e percebeu que Hiltrud partilhava da mesma opinião.

A amiga fitou a panela e, involuntariamente, deu um passo atrás.

– Não comeremos com vocês esta noite, Gerlind, pois ainda temos sobras que vão estragar se não comermos logo.

– Pode deixar, estamos dispostas a ajudá-las – retorquiu Berta.

Marie e Hiltrud voltaram para suas tendas e se acocoraram em volta da pequena fogueira, que soltava muita fumaça, para discutir o que deveriam fazer. Se não quisessem ter briga logo de saída com as demais, teriam que sacrificar parte do presunto que Guda presenteara no castelo de Arnstein. Mas isso ainda não era o pior.

Hiltrud deu uma olhadela na direção delas e se arrepiou.

– Espero que consigamos convencer Gerlind a, pelo menos, lavar as mãos, ou teremos que insistir em manter as cozinhas separadas.

Marie fez uma careta amuada.

– Eu ainda prefiro abrir mão da companhia das quatro.

– Eu também, pode acreditar! Mas é arriscado demais continuar viagem com os peregrinos. Há sujeitos demais nesse meio que dariam tudo para deitar-nos na beira da estrada e usar-nos sem pagar. E, se esperarmos até todos irem embora, teremos que nos ver com os monges, que se esquecem rapidinho de seu temor a Deus quando estão na presença de duas mulheres solitárias.

Marie partiu um pedaço de pão, que também viera de Arnstein, e empurrou-o na boca.

– Por que tivemos que dar de cara, justamente, com essas porcas? Não poderiam ter sido algumas prostitutas mais agradáveis?

– Não se fala de boca cheia, a não ser que você queira tomar Berta como exemplo – repreendeu-a Hiltrud.

III

Na manhã seguinte, os primeiros peregrinos levantaram acampamento. Apesar disso, as seis prostitutas tiveram bastante trabalho. Como Marie tinha fama de exigente, apenas dois homens vieram ter com ela. O primeiro era um jovem cavaleiro, enviado por seu pai para levar uma doação ao mosteiro. Mas o rapaz tinha certeza de que os monges poderiam viver sem os xelins que a bela prostituta custava. O segundo era o prior do mosteiro, responsável pelo recebimento de todas as doações. Ele comprovou ser o mais agradável dos dois. Enquanto o cavaleiro era muito impetuoso durante seu desempenho, o clérigo preferiu adotar uma atitude que talvez condissesse com a humildade própria ao seu cargo espiritual, mas certamente não correspondia aos ensinamentos da Santa Igreja. Ele deitou-se de costas e deixou Marie fazer o trabalho que, normalmente, era designado aos homens.

Hiltrud manteve sua promessa e deixou entrar apenas aqueles clientes que estavam de acordo com suas normas de aparência e odor, normas que ela havia impregnado em Marie quatro anos antes. Alguns dos rejeitados xingaram-na e entraram na fila diante das tendas das outras quatro prostitutas, que aceitavam qualquer um que podia pagar três centavos de Halle.

No decorrer do dia, mais e mais romeiros faziam suas últimas preces na capela para partirem em seguida. À medida que a aglomeração diante das tendas das outras prostitutas diminuía e a igreja também esvaziava visivelmente, Marie começou a sentir a necessidade de ir até lá e fazer uma oração. Ela se surpreendeu consigo mesma, pois, desde aquele dia horrível em Constança, nunca mais colocara os pés na casa de Deus e também não encontrara mais consolo em sua fé. Enrolada em um pano que cobria, parcialmente, as fitas amarelas, caminhou, devagar, até a capela da romaria.

Quando quis passar pela porta, um monge mais velho impediu-lhe a passagem.

– Esta é a casa da Virgem Maria. Aqui não é lugar para prostitutas.

Por um instante, Marie refletiu se deveria suborná-lo com algumas moedas, porém, de repente, todo o ódio contra o tratamento recebido no tribunal episcopal de Constança ferveu novamente dentro dela. Ela apertou ainda mais o pano nos ombros e virou-se de supetão, esquivando-se assim da mão do monge, que tentara segurá-la. Mesmo assim, percebeu a decepção no rosto dele e o desejo que havia por trás. Marie sabia o que ele queria. Ela deveria pagar com o corpo o seu ingresso na igreja. Mas ela não pretendia dar-lhe esse gostinho. Qual teria sido o valor de sua oração se tivesse cometido impudicícia sob o teto da casa de Deus? Segundo as leis da Igreja, esse era um crime pelo qual a mulher deveria ser castigada com várias chibatadas.

O monge não desistiu tão facilmente e seguiu-a por uma extensão do gramado. Graças à intervenção de alguns romeiros, Marie não precisou pronunciar os xingamentos que tinha prontos na ponta da língua, pois eles interromperam a perseguição do monge pedindo-lhe que abençoasse os santinhos e as relíquias que haviam adquirido dos comerciantes.

Marie respirou fundo e fez uma oração silenciosa à santa protetora das prostitutas, como Maria Madalena costumava ser chamada por suas colegas. Depois, sentou-se ao lado das cabras, no gramado, e acariciou os cabritinhos.

Hiltrud fez-lhe companhia.

– Você tinha razão, Marie. É bem verdade que ganhei menos do que nos outros dias, mas me sinto bem melhor.

Marie deitou a cabeça no ombro da amiga.

– Fico feliz por você. Mesmo que não passemos de prostitutas, e que sejamos desprezadas até mesmo por pessoas que são consideradas desonestas nas cidades, ainda assim temos nossa dignidade. Se não conseguirmos preservá-la, acabaremos na sarjeta.

Hiltrud ficou escutando, pensativa, o suave marulhar das águas do lago.

– Não deveríamos ter ido para Arnstein. Lá, eu vi tudo de que tenho que abrir mão só porque meu pai preferiu as moedas de um cafetão à própria filha. Mesmo o mais humilde dos servos do castelo tem vida melhor do que nós.

– Você não deveria ficar pensando naquilo que foi um dia, nem naquilo que poderá vir a ser – respondeu alguém, no lugar de Marie.

Hiltrud e Marie olharam para cima e viram Gerlind atrás de si. Ela estava sorrindo com a boca desdentada, que mais se assemelhava a uma caverna escura, mas havia amargura em sua voz.

Marie entendeu o que Gerlind quis dizer. A velha prostituta havia sonhado com um lugar tranqüilo, onde pudesse passar os últimos dias de sua vida em paz e desfrutar de conforto humilde. Mas, quando alcançou seu objetivo, foi violentamente escorraçada para a rua de novo. Marie já queria dirigir-lhe algumas palavras de consolo quando Gerlind levantou sua bengala.

– Desde já, quero deixar algo bem claro. Eu sou a líder do nosso grupo. – Gerlind se dirigia mais a Marie do que a Hiltrud, e sua voz soou alterada. – Berta me contou que você passou o inverno esquentando o leito de um nobre senhor. Nem pense em exigir privilégios por causa disso. Você não vale mais do que qualquer outra prostituta por causa disso e terá que se adequar.

Marie compreendeu que a velha invejava sua sorte. Essa não era mais a Gerlind que havia conhecido fazia quatro anos, e sim uma velha corroída pela inveja. Marie desejaria poder dizer-lhe algumas verdades, mas sabia que devia evitar brigas a qualquer preço.

– Nem Hiltrud nem eu disputamos seu direito à liderança. Como seremos companheiras de estrada nos próximos dias, devemos conviver em harmonia.

Gerlind riu com tal satisfação que seu rosto formou milhares de rugas.

– Que bom que você tem consciência disso. Mas, antes de permitir que nos acompanhem, ainda tenho algo a dizer. Nós quatro – Berta, Fita, Märthe e eu – decidimos separar um quarto de nossos ganhos em um fundo comunitário administrado por mim para custear nossa viagem. Se vocês quiserem nos acompanhar, terão que fazer o mesmo.

Aquilo era chantagem! Gerlind sabia que duas prostitutas viajando sozinhas não chegariam à próxima quermesse sem serem molestadas e se aproveitava disso. Hiltrud quis reclamar, irada, mas mordeu o lábio enquanto fitava a água. Marie também tinha um comentário furioso na ponta da língua. Como Hiltrud e ela ganhavam mais do que as quatro outras juntas, arcariam com a parte do leão daquele acordo.

Gerlind balançou sua bengala.

– E ainda não acabei. Também decidimos ficar juntas até o outono. Não pensem, portanto, que podem simplesmente se despedir na próxima oportunidade. Nós contaríamos a todas as outras prostitutas que vocês são traiçoeiras e desonestas, para que nenhuma as aceite mais como companheiras de viagem.

Marie lançou um olhar inquiridor para Hiltrud. A intenção de Gerlind estava clara. A velha prostituta sabia que ela e suas acompanhantes dificilmente conseguiriam ganhar o suficiente para sobreviver ao inverno seguinte, por isso, queria garantir duas vacas leiteiras para ordenhá-las quando quisesse.

– Parece que teremos que nos adequar às suas exigências, Gerlind. Mas não pense que estamos satisfeitas com isso. – Hiltrud olhou para a velha com desdém, depois deu-lhe as costas e acarinhou suas cabras.

Gerlind não prestou atenção na antiga amiga. Em vez disso, aproximou-se de Marie e agarrou-a como se quisesse sacudi-la.

– E como foi no castelo? Ganhou bastante?

Marie empurrou as garras da velha para o lado e balançou a cabeça.

– Comida e bebida de graça e alguns xelins na despedida. Isso foi tudo.

Não era bem assim. Afinal, o pagamento da senhora Mechthild seria suficiente para pagar o aluguel de um casebre simples e comprar mantimentos para passar o inverno seguinte. Além disso, às economias do ano anterior somavam-se os florins com o brazão de Württemberg. Mas ela não via nenhuma razão para ficar se gabando diante de Gerlind.

Enquanto isso, Märthe havia se juntado ao pequeno grupo.

– Acabei de vir da igreja – disse ela, com o olhar ausente. – Ela é mesmo maravilhosa. O altar está festivamente decorado e a imagem da Santa Madona deu-me a impressão de que Ela desceria do pedestal para abraçar os fiéis a qualquer momento.

Marie olhou surpresa.

– Como você conseguiu entrar na igreja? Um monge me escorraçou já da porta.

– A bem da verdade, o honrado frade que lá estava também me disse que não era adequado que uma prostituta passasse pela soleira da casa de Deus, mas ele foi tão simpático que permitiu que eu entrasse pela sacristia.

– E o que ele lhe cobrou?

Märthe sorriu, realizada, para Marie.

– Ficamos alguns momentos na sacristia para aliviar a pressão que ele sentia na região lombar. Isso também é um trabalho bem-visto por Deus.

Marie se perguntou se Märthe realmente era tão ingênua a ponto de acreditar nisso ou se era tão devota quanto Fita, que teria servido a todos os monges de um mosteiro só para poder rezar em frente à imagem da Mãe de Deus.

Märthe cutucou Marie com o pé.

– Aliás, o devoto frade lhe manda lembranças. Ele disse que você pode ir ter com ele a qualquer momento, se não houver nenhum peregrino necessitando da assistência dele. O monge também deixará você entrar na igreja, em troca da sua boa vontade.

Marie balançou a cabeça.

– E o que é que eu vou fazer lá? Como você já o liberou de suas dores lombares, os meus serviços tornaram-se supérfluos.

– Ele chamará outro frade devoto que despejará sua santidade em você.

Marie cerrou um punho. Aquela Märthe não só era burra, mas também insistente como uma mosca-varejeira. Ela engoliu algo que estava na ponta da língua e explicou à menina, mais uma vez, que não tinha intenção de voltar para a igreja.

Märthe bateu com o pé.

– Então, os devotos frades vão ficar muito decepcionados.

"E como!", pensou Marie, zombeteira. Era provável que aqueles monges, nessa região distante, sofressem da falta de mulheres de boa vontade. Uma prostituta prestativa, que caísse na lábia deles, receberia excelente acolhida ali.

IV

Na manhã seguinte, chegou a hora de também as prostitutas se despedirem de St. Marien am Stein. Fita e Märthe ainda correram para a construção imponente e beijaram seus muros. Como elas ficaram fora bastante tempo, Marie concluiu que haviam se deparado com alguns monges que sofriam de dores lombares. Ela se divertia com esse eufemismo e concluiu que a maioria dos homens sofria desse tipo de mal, senão não existiriam prostitutas.

Como as outras já haviam desmontado suas tendas, Märthe e Fita tiveram que se apressar. No entanto, seus poucos pertences foram rapidamente acomodados e o grupo pôde partir em seguida. Em cima da primeira elevação, Marie ainda voltou-se uma última vez e olhou para a lagoa e para a igreja.

De cima, a cidade romeira se apresentava como ela imaginara o céu, quando era menina. Tranqüila, pacífica e intocada pela mão do homem, uma verdadeira morada de anjos. Os amentilhos conferiam aos salgueiros, às margens do lago, um brilho branco. Do topo da torre da igreja, ainda tremulava a bandeira da romaria. Não muito longe, ao lado da península onde se encontrava a igreja, via-se o mosteiro. Com suas muralhas firmes e suas janelas em forma de ameias fechadas, parecia mais uma fortaleza. E era assim que os monges o chamavam: "uma fortaleza da fé". Marie se perguntava a qual dos três papas reinantes esses monges deviam obediência. Ao de Roma, ao de Avignon ou ao terceiro, que havia montado sua residência em Pisa. Mas, independentemente do papa ao qual eram subordinados, não levavam as leis da Igreja tão a sério quanto suas próprias necessidades, como se o inferno que eles tinham na ponta da língua só existisse para os outros.

Marie lembrou-se de que um grande concílio teria lugar em Constança, no outono. Talvez o local realmente fosse acometido por uma tempestade, que varreria todos aqueles monges e padres podres, que se autodenominavam servos de Deus, embora só pensassem em seu próprio interesse e, no lugar de consolo, só tinham palavras maliciosas e duras para aqueles cujo destino havia reservado uma vida cheia de privações.

– Você está pensando novamente no seu noivo? – Curiosamente, a voz de Hiltrud não soou irônica dessa vez. Seu rosto parecia tenso e ela não esperou Marie responder para continuar falando. – Eu fiquei realmente feliz de rever Gerlind, mas, do jeito como ela está se comportando, eu preferiria me associar a qualquer outro grupo que não este, até mesmo aos saltimbancos do Jossi.

Marie fez beiço.

– Jossi? Eu não gosto de pagar com meu corpo, noite após noite, pela proteção de um grupo e, ainda mais, ser xingada por mulheres que não são nem um pouco melhores que nós.

Hiltrud fez um movimento com a mão.

– Isso me incomoda menos. O que mais me preocupa é a mudança que se deu em Gerlind. Se corro o risco de tornar-me a pessoa que ela se tornou, então vou arranjar uma corda para me enforcar, independentemente do que os padres têm a dizer sobre isso. O purgatório não pode ser pior do que levar a vida que ela leva.

Marie olhou para a frente fitando as companheiras que haviam se unido a um grupo de peregrinos que também partira naquela manhã.

– Deveríamos tratar de encontrar outras companheiras o mais rapidamente possível, pois, se convivermos demais com essas piolhentas, não seremos mais bem-vistas pelos clientes mais abastados. Isso me preocupa mais do que as provocações da Berta, que só terão solo fértil nos ouvidos de outras prostitutas baratas, e a companhia dessas eu dispenso, para dizer a verdade. A isso eu prefiro me juntar a uma caravana de mercadores e ganhar a passagem deitada de costas.

Hiltrud deu uma gargalhada e balançou a cabeça.

– Mas isso não nos ajudaria muito. Como é que você quer impedir as outras três de, simplesmente, nos acompanharem? Nenhum mercador que leva prostitutas ficaria do nosso lado e as proibiria de ir junto. Eu temo que as três grudem na gente como pez e afastem qualquer outra prostituta que queira se aproximar de nós. Só conseguiremos nos livrar delas quando o diabo vier buscá-las.

Marie percebeu que apenas Fita estava em seu campo de visão e cutucou Hiltrud.

– Ao que parece, elas já arrastaram suas vítimas para o bosque.

– A pergunta é quem é vítima de quem ali? Olhe! Lá vem um grupo de sujeitos em nossa direção. Eles não parecem ter um xelim sequer nos moedeiros.

Já que os homens não eram asseados o suficiente para Hiltrud e Marie, elas fizeram exigências tão absurdas que o grupo se afastou, reclamando, e aguardou a vez para ser atendido por Gerlind e suas acompanhantes.

À noite, elas alcançaram um albergue, mas foram proibidas de entrar no pátio, cercado por um muro. Um servo ordenou-lhes que montassem as tendas do outro lado de um gramado, de forma que o vigia noturno pudesse ficar de olho. Elas ficaram sabendo que o taberneiro também não queria confusão do lado de fora dos seus muros. Marie e Hiltrud não se incomodaram com isso, mas Gerlind, que se aproximou da fogueira delas pouco depois do escurecer, parecia ter algo contra.

Ela fez alguns comentários maliciosos sobre servos de albergues que atrapalhavam os negócios e, quando Hiltrud respondeu que a proibição do taberneiro dificilmente impediria os clientes de se aproximarem delas, Gerlind começou a vociferar.

– Suas preguiçosas! Vocês só ficam do lado dele porque não querem trabalhar! Vocês estão achando que estamos aqui por nosso prazer?

Hiltrud olhou para ela de modo extremamente inocente.

– Não estou entendendo o que você quer dizer.

O rosto de Gerlind ficou roxo de raiva.

– Você está me entendendo muito bem. Já é tempo de vocês começarem a ganhar dinheiro. Ou vocês estão pensando que vão viver às nossas custas?

Marie teve vontade de levantar-se e dar uma bofetada na cara da velha pelo desaforo. Mas elas estavam à mercê da companhia das demais, pois o líder da única caravana de mercadores que pernoitava naquele albergue era extremamente antipático e não concedia a viajantes, e muito menos a prostitutas, a sua proteção. Assim sendo, não lhe restava outra coisa a não ser cerrar o punho sob o vestido e responder com a maior calma possível.

– Primeiro, estamos vivendo de nossos próprios mantimentos e não estamos tirando nada de vocês. E, segundo, você não é nossa cafetina. Portanto, cabe a nós decidir quando nos deitaremos com clientes. Não vou me deitar por alguns trocados embaixo do primeiro sujeito que aparece para, depois, ter que tirar uma dúzia de espinhos do meu traseiro, como aconteceu com Berta ainda há pouco.

Hiltrud começou a rir. Aquele episódio havia sido hilário, quando Fita tirou os espinhos do traseiro de uma Berta histérica, aos berros, enquanto uma dúzia de peregrinos ficou em volta, olhando.

Gerlind soltou ar por entre os dentes, enfurecida.

– Se vocês não ganharem algo em breve, arrancaremos algumas de suas economias a título de contribuição para o fundo de viagem.

Marie colocou a mão sobre o machado com o qual ela havia cortado os galhos em pequenos pedaços e olhou para Gerlind, empinando o queixo.

– Tente arrancar o dinheiro, tente!

A velha prostituta fitou o machado, cuspiu e partiu, soltando fogo pelas ventas. Pouco depois, Hiltrud e Marie viram Berta e ela conversarem, sempre olhando na direção delas.

Com um galho, Hiltrud atiçou o fogo, que soltou faíscas.

– É bom ficarmos atentas. Acho que Berta e Gerlind vão aprontar conosco se não tomarmos cuidado.

Marie assentiu, tensa, e tirou a panela do fogo. Ela tinha fritado um pouco de toucinho, cuja banha ela e Hiltrud pingaram sobre os restos de pão.

– Os próximos dias serão um suplício – disse ela, mastigando. – Tirando um restinho de farinha, nossos mantimentos estão acabando e eu não pretendo nem chegar perto do cozido de Gerlind.

– Ouvi um peregrino dizer que, na cidadezinha que alcançaremos amanhã, haverá uma pequena feira. Talvez possamos comprar algo ali.

Marie deu uma gargalhada sarcástica.

– Se conseguirmos convencer os guardas dos portões, com dois centavos de xelim, de que pretendemos gastar dinheiro na cidade, eles certamente deixarão a gente passar. E a isso chamam de moral.

– Isso mesmo! Se vamos às compras, as dignas senhoras fazem vista grossa para as fitas amarelas. Mas isso não as impede de cobrar preços absurdos por mercadoria de má qualidade. Esse, no entanto, é o menor dos nossos males. O maior está sentado ali, na frente. Se Gerlind e as demais perceberem que fomos comprar mantimentos, pode ser que nos acompanhem e nos façam pagar por suas compras.

– Isso seria bem do estilo delas! – Marie bufou, com desdém.

– Elas não podem ficar sabendo quanto dinheiro nós temos nem onde o escondemos. De jeito nenhum!

Marie assentiu, em silêncio, pois conhecia a agilidade dos dedos de Berta, que já haviam custado algumas moedas a mais de um cliente.

Hiltrud já havia dito várias vezes àquela prostituta gorda que, um dia, ela ainda acabaria sendo pega e estigmatizada de ladra, pois lhe deceparíam o nariz. Mas, se Berta metesse a mão no dinheiro de outras prostitutas, teria os espectadores ao seu lado.

– Deveríamos manter vigília em turnos, já que temos mais o que temer das nossas companheiras de viagem do que dos sujeitos do albergue. Se um deles se meter a engraçadinho conosco, terá que se ver com o pessoal do taberneiro. Ele é conhecido por prezar a integridade e a ordem.

– É uma pena, mas é a mais pura verdade! – suspirou Marie. – Deite-se você, então, eu ainda não estou com sono.

Hiltrud colocou mais um galho no fogo e ficou olhando para o montinho de lenha que já havia se reduzido bastante. Aquilo não bastaria para a noite toda, mas elas tiveram que dividir o que haviam recolhido com Gerlind e as demais. Assim sendo, Hiltrud ainda insistiu com Marie que mantivesse o fogo baixinho sem deixar que apagasse.

V

Na manhã seguinte, Hiltrud acordou Marie quando a barulheira na taberna indicava que a caravana estava se preparando para partir. Enquanto Hiltrud ouvia os carroceiros xingarem os bois teimosos, rogava praga contra eles. Ela continuava irritada, pois o líder as rejeitara e os homens haviam zombado dela. No final das contas, ela acabou se consolando com a certeza de que Gerlind e as demais as teriam seguido.

Como Marie ainda havia encontrado um pouco de capim seco e alguns galhos, elas conseguiram reanimar o fogo e, com restos de gordura, farinha e mel, fazer algumas panquecas. Berta, que tinha um bom faro, levantou a cabeça e sentiu o cheiro. A sua teimosia foi recompensada, pois Hiltrud acabou lhe dando uma panqueca, embora não houvesse suficiente para ela própria e para Marie. A gratidão de Berta limitou-se a informar às demais que Marie e Hiltrud não haviam oferecido nada para elas.

Pouco depois, quando as prostitutas haviam desmontado o acampamento e seguiram viagem, as duas foram recebidas com olhares recriminadores. Märthe bloqueou a passagem de Hiltrud, com as mãos nas cadeiras.

– Geralmente, companheiras de viagem dividem entre si tudo o que têm. Pelo visto, vocês acham que é melhor estar com a barriga cheia do que compartilhar.

– Você não conhece aquele ditado sobre o bosque e o eco que ressoa dele? Vocês querem se aproveitar da situação por serem quatro e, com isso, tomar um quarto dos nossos ganhos. Por isso, minha cara, você não deve esperar nenhuma gratidão.

– Então, está na hora de vocês começarem a ganhar alguma coisa – vociferou Märthe em resposta.

Berta colocou-se ao lado de Märthe, tentando parecer maior do que realmente era.

– Além disso, vocês também podem ir passando um quarto do que receberam em St. Marien am Stein.

Hiltrud não se deixou intimidar.

– Nossa cooperativa começou a partir do momento em que deixamos St. Marien am Stein. Não vejo motivo para já pagar alguma coisa.

Gerlind fez uma careta e bateu com a bengala no chão.

– Como queira! – Isso parecia quase uma ameaça.

Hiltrud deu de ombros e passou, sem dizer uma palavra, por Märthe e Berta. As cabras seguiram-na, balindo, e a jovem prostituta teve que pular para o lado antes que a carroça passasse por cima de seus pés.

Pouco depois do meio-dia, elas alcançaram a cidade de Wallfingen. Gerlind e suas companheiras montaram as tendas para aguardar os clientes. Marie e Hiltrud também montaram as tendas, porém, a intenção era mais para manter sua privacidade do que para realmente atrair clientes, pois a feira em Wallfingen era pequena demais para atrair um grande número de estranhos, e as necessidades dos moradores locais já eram atendidas pelas servas do bordel da cidade. As duas amigas, entretanto, estavam de bom humor, e também não se aborreceram com o administrador da feira, que voou para cima das prostitutas como um falcão para cobrar o imposto. E isso apesar de os comerciantes não terem montado suas barracas ali fora, no gramado, e sim na cidade, na praça entre a prefeitura e a igreja. Na entrada da cidade, havia somente algumas baias, nas quais, vez por outra, cabras e porcos eram expostos para a venda; e uma taberna onde se vendia vinho, cujos barris eram protegidos do sol por uma lona que já vira dias melhores.

Marie e Hiltrud trocaram sorrisos quando Berta começou a xingar a plenos pulmões, chegando a superar o barulho dos animais. Ela se sentia ofendida, pois o guarda nem pensava em receber como pagamento do imposto a mercadoria que ela tinha a oferecer.

– Prefiro dinheiro! – Elas ouviram-no dizer e riram. – E, quanto à mercadoria, prefiro recebê-la daquela mocinha ali. – Ele apontou para Marie, deixando bem claro que, no caso dela, ele teria preferido sumir na tenda em vez de recolher o imposto em centavos.

Marie, no entanto, não se deixou enrolar. Entregou o dinheiro do imposto ao guarda e deixou Hiltrud terminar de montar as duas tendas. Com o coração batendo forte, pegou seu cesto da carroça e dirigiu-se aos portões da cidade, onde os guardas olharam para ela, de cima a baixo, e fizeram alguns comentários insinuantes, mas deixaram-na passar sem cobrar a taxa para entrar na cidade. Marie se perguntou se os homens cobrariam mais tarde, de outra forma, o imposto, mas acabou dando de ombros e seguiu pela rua movimentada até a feira.

Enquanto a maior parte das pessoas cravava os olhos nas fitas de prostituta e procurava se afastar dela, as servas e os comerciantes atrás das barracas não tinham nada contra uma conversinha. Assim sendo, Marie não se apressou e desfrutou das compras. Quando voltou para a tenda com o cesto repleto e um pequeno saco de farinha nas costas, a cara de Hiltrud mostrava que algo de ruim havia acontecido. Mas, antes de conseguir perguntar à amiga o que era, Gerlind avançou em sua direção. Ela arrastava um homem de meia-idade atrás de si, que trajava as vestes de artesão e podia se dar ao luxo de ter um chapéu de pele de castor e uma manta também debruada com pele.

– Aí está você, finalmente! Anda, Marie, ao trabalho! O homem aqui quer uma bonita companheira de cama. Eu o aconselhei a esperar por você. E, agora, trate de entrar logo na tenda para se deitar com ele.

Marie fitou-a, incrédula.

– O que foi que você disse?

– Que você deve se deitar com ele! Ele já pagou. A sua parte, você receberá mais tarde.

Gerlind quis empurrar Marie em direção à sua tenda, mas escolhera a pessoa errada. Ela empurrou a velha de volta e levantou o braço como se quisesse dar-lhe uma bofetada.

– O que foi? Enlouqueceu? Quem escolhe os meus clientes ainda sou eu. E eles pagam somente a mim e a mais ninguém, entendeu? Se o homem quer se deitar com uma prostituta, por que não você ou Märthe? Na minha tenda, ele não entra de jeito nenhum!

O homem observava a discussão, claramente enervado.

– O que significa tudo isso? Eu não quero nem a velha nem aquela grossa. Prometeram-me uma prostituta bonita e eu paguei por isso. Portanto, vamos, mocinha, não tenho todo o tempo do mundo!

Ele pegou Marie pelo braço e já queria arrastá-la para dentro da tenda. Marie tentou libertar-se, mas não tinha como se livrar do doloroso aperto da mão do homem. Fervendo de ódio, ela enfiou a mão livre pela pequena abertura lateral da saia e tirou a faca afiada, que carregava numa bainha presa à coxa, espetando a ponta no baixo-ventre do homem.

– Tire as patas de cima de mim se ainda pretende deitar-se com uma mulher! – esbravejou ela.

O homem viu a faca, que já começava a abrir caminho pelo tecido do tapa-sexo, ameaçando suas partes mais sensíveis, e largou Marie com tamanha rapidez que parecia ter tocado uma barra de ferro em brasa. Ele deu um passo para trás, abriu a boca, como se quisesse dar vazão à sua ira aos berros, mas acabou fitando Marie com os olhos esbugalhados. Sua mão fechou-se novamente e ele fez o sinal-da-cruz.

– Pela Santa Virgem Maria e por São Pelágio! Mas não pode ser! É mesmo você?

Sem entender nada, Marie ficou olhando para o homem, cujo rosto havia perdido toda a cor. Mas, então, ela começou a se lembrar.

– Você... Você é Jörg Wölfling, o tanoeiro de Constança!

– E você é a filha de Matthis Schärer, Marie, a quem escorraçaram da cidade.

– Depois de terem me violentado, caluniado e chicoteado – completou Marie, com amargura.

Aquele era o momento que ela mais temera. Teria preferido desaparecer no solo, de tanto que se envergonhava por ser confrontada, como prostituta, pelo amigo de outrora do pai. Mesmo assim, ela livrou-se logo daquele constrangimento. Afinal, não havia sido culpa dela se terminara assim, e sim das intrigas de Ruppert. Mestre Jörg, inclusive, não movera um dedo para defendê-la.

O tanoeiro apontou para a faca, que Marie ainda mantinha ameaçadoramente erguida à sua frente.

– Guarde isso e vamos conversar como duas pessoas de bom senso.

Marie assentiu e embainhou a faca novamente.

Ele levantou a mão, procurando se defender.

– Não fique olhando para mim com essa cara zangada! Não vou te engolir! Em vez disso, por que você não me conta tudo que aconteceu nesse meio-tempo? Pensamos em você com freqüência, nesses últimos quatro anos.

Wölfling parecia uma criança emocionada e limpava, com as costas da mão, o nariz, que escorria. Marie não sabia o que dizer, sua vontade era sair correndo dali. Ao mesmo tempo, tinha milhares de perguntas na ponta da língua, que o comandante da guarda do cavaleiro Dietmar, Giso, não havia podido responder.

Jörg Wölfling secou com a manga as lágrimas que corriam por suas bochechas.

– Meu Deus, Marie, que bom que você esteja viva! Como Mombert ficará feliz quando ficar sabendo disso!

Marie enrijeceu e balançou energicamente a cabeça.

– Não quero que ninguém saiba que estou viva. Ninguém precisa saber da minha existência, está entendendo?

Mestre Jörg tomou uma das fitas amarelas nas mãos e assentiu, abalado.

– Estou entendendo, sim, mas seu tio ficaria tão feliz de receber notícias suas.

– É melhor manter o nosso encontro em segredo. Mas, se puder me dizer como passam meus parentes, ficarei muito agradecida.

– Com todo o prazer. – Mestre Jörg pensou por alguns instantes e segurou Marie cuidadosamente pelo braço. – Venha! Vamos nos sentar ali, na sombra, próximo à taberna de vinho. É mais fácil com uma jarra de vinho tinto.

– Acho que o taberneiro não vai ficar muito feliz de ver uma prostituta sentada em um de seus bancos.

Mestre Jörg, consciente de sua importância, fez um sinal de pouco caso, e levou Marie à taberna, que havia sido montada na proximidade do cercado onde ovelhas costumavam pastar. Barris de diversos tamanhos tinham sido colocados em cima de cavaletes e, ao lado, encontrava-se um grande recipiente de água, no qual as jarras eram lavadas.

Quando mestre Jörg apareceu com Marie, o taberneiro franziu a testa e grunhiu que ele devia procurar outro lugar para ficar com a sua prostituta.

Jörg Wölfling abriu sua bolsa de dinheiro e tirou várias moedas, contando-as.

– Uma jarra grande do seu melhor vinho e duas canecas.

Quando viu as moedas de prata, o taberneiro não resistiu mais.

– Sentem-se ali. – Ele apontou para o banco que se encontrava mais afastado dos demais.

Marie e mestre Jörg não se importaram, pois queriam conversar sem ser incomodados. Assim, aceitaram uma jarra cheia até a borda do melhor vinho do Reno e duas canecas e, perdidos em pensamentos, dirigiram-se ao lugar indicado.

Jörg Wölfling brindou com Marie, sorrindo tristemente.

– É realmente uma coincidência termos nos encontrado. Eu jamais teria vindo aqui se o imperador não tivesse organizado o concílio em Constança. Por causa desse evento, temos que fornecer mais barris do que podemos produzir. Assim sendo, a Corporação de Tanoeiros de Constança me pediu para empreender esta viagem e negociar com os tanoeiros locais, a fim de que eles nos forneçam o que falta.

Marie assentiu educadamente, apesar de não ter o mínimo interesse nos problemas da Corporação de Tanoeiros de Constança.

– Certamente é uma coincidência. Uma mulher da minha classe não tem lar e, geralmente, não sabe onde poderá encontrar um lugar para dormir à noite. Mas, conte-me, mestre Jörg, como vai meu tio?

Jörg Wölfling levantou os braços, fazendo um movimento indefinido.

– Ele está com saúde, e os negócios melhoraram, novamente, desde que se tornou público que o imperador havia ordenado o encontro dos três papas em Constança, para acertarem os interesses do cristianismo em nossa cidade.

– Mas, antes, os negócios dele não iam mal, pelo que sei.

Mestre Jörg respirou fundo.

– Isso foi antes do que aconteceu com você. Depois disso, a situação ficou negra para ele. Os processos que ele moveu contra o magistrado Ruppertus Splendidus quase o arruinaram. Você não deve estar sabendo que o seu ex-noivo, com a ajuda de um tribunal episcopal, tomou posse de todos os bens de seu pai. Mombert moveu três processos contra ele e perdeu um atrás do outro. Finalmente, ele ainda tentou reaver o dote de sua mãe, mas Ruppert sempre apresentava novos documentos com os quais refutava as reivindicações do seu tio.

Marie poderia haver-lhe dito que isso não a surpreendia, pois já ouvira falar bastante a respeito dos métodos de que Ruppert lançava mão para combater seus inimigos. Mas ela não tinha a intenção de revelar isso ao tanoeiro e, simplesmente, continuou com as perguntas.

– E o que é que você sabe me dizer sobre meu pai? Na época, tive a esperança de que ele fosse me seguir para tirar-me da sarjeta.

Marie fitava-o, tensa, pois ainda nutria alguma esperança de que o tosador de ovelhas tivesse inventado aquela história para tirar todo o vinho que pudesse de Giso.

Mestre Jörg estendeu os braços, desamparado.

– Lamento muitíssimo por você, minha pequena! Ninguém mais viu seu pai depois daquele dia fatídico. O magistrado Ruppertus garantiu a todos que Matthis Schärer havia lhe passado todos os seus bens e partido para a Terra Prometida, para se penitenciar por seus pecados. Outros disseram que ele teria partido em peregrinação a Roma ou Santiago de Compostela, na Espanha. Outros, ainda, afirmaram ter cruzado com ele em algum lugar de Flandres, ainda à sua procura. No último outono, um homem apareceu em Constança garantindo que havia se deparado com seu pai em Jerusalém e que ele o havia encarregado de mandar lembranças para a família. Mestre Mombert acolheu-o em sua casa para descobrir mais a respeito. Mas, assim que seu tio começou a sentir falta de algumas coisas e a perceber que o homem incomodava a filha dele, expulsou-o de casa. Pessoalmente, também não acredito que o homem tivesse sido enviado por seu pai. A história me soou muito inverossímil. Acredito mais na versão que o tosador de ovelhas Anselmo contou antes de afogar-se no Reno.

Marie sentiu seu estômago contrair-se de dor.

– Anselmo morreu?

– Morreu, mas isso era de se esperar. Alguns carroceiros se divertiram enchendo-o de vinho. A caminho de Gottlieben, ele caiu no Reno. Se seu corpo não tivesse aparecido na margem, ninguém teria sabido que fim ele havia levado. Parece que, pouco antes, ele ainda havia dado com a língua nos dentes e contado a um estranho que ajudara a enterrar seu pai no cemitério de indigentes. Marie, menina, eu lamento tanto por você, mas temo que o velho beberrão tenha dito a verdade.

Marie respirou fundo. Giso era o tal estranho. Disso ela tinha certeza. A morte de Anselmo também não tinha sido por acaso. Teve vontade de perguntar se Utz se encontrava entre os carroceiros que haviam embebedado Anselmo, mas isso teria gerado perguntas desnecessárias. Era provável que Utz não estivesse presente, mas ele certamente atiçara alguns de seus amigos a embriagar o homem.

Após a viúva Euphemia, também o tosador de ovelhas tivera uma morte violenta, e isso embora só tivesse contado que havia visto seu pai morto. Apesar de a maioria das pessoas em Constança não se interessarem pela conversa de um beberrão, Ruppert e seus capangas haviam-no silenciado.

Marie estremeceu e secou algumas lágrimas que se formavam contra sua vontade.

– Meu pai jamais teria passado seus bens para Ruppert voluntariamente. Portanto, presumo que ele esteja morto.

Jörg Wölfling colocou a mão no ombro de Marie.

– Mestre Matthis amava-a muito e jamais a teria abandonado. Para minha vergonha, confesso que, naquela época, eu tinha inveja de seu pai e da riqueza que ele, neto de um servo cativo, conseguira juntar, enquanto a minha família tinha que batalhar por sua existência, embora houvesse desempenhado papel de liderança durante a última revolta burguesa contra a nobreza. Por isso, quando a desgraça recaiu sobre vocês, não mexi um dedo sequer para ajudá-los. Mas fui severamente castigado por isso. A fama de meus antepassados havia conquistado para mim uma cadeira no Conselho da Cidade, que acabei perdendo para sempre por sua causa. Os demais membros do conselho me acusaram de permitir, sem criar qualquer obstáculo, que o magistrado Ruppertus a levasse para ser julgada pelo tribunal dos frades dominicanos. Como filha de um cidadão honrado, o tribunal municipal deveria ter julgado a sua causa primeiro. Somente se a sua culpa tivesse sido comprovada lá, o castigo poderia ser determinado pelo tribunal episcopal. Mas tudo aconteceu com tamanha rapidez! Antes de eu conseguir pensar direito, você já havia sido expulsa da cidade, seu pai havia desaparecido e Ruppert se apossara de sua casa.

Pelo tom amargo de suas palavras, Marie percebeu que Jörg Wölfling lamentava menos o destino dela do que a perda da cadeira no conselho, que lhe proporcionava uma série de prerrogativas. Ela era vingativa o suficiente para achá-lo merecedor desse castigo, perdendo a posição privilegiada que ocupava, pois não havia esquecido como ele e mestre Gero haviam vasculhado seu quarto e se regozijado ao encontrarem o adorno em questão.

No entanto, ela não deixou que o tanoeiro percebesse isso e, simplesmente, continuou fazendo-lhe perguntas. Assim, veio a saber de coisas que aconteceram em Constança desde sua expulsão. Giso já havia lhe contado sobre o nascimento e a morte prematura de seu primo. Mestre Jörg ainda lhe disse que o pequeno filho de Mombert fora batizado a tempo para poder ser enterrado em solo abençoado.

– Neste meio-tempo, Mombert e sua esposa já se refizeram de sua dor. É improvável que ainda venham a ter outro filho, mas estão encontrando consolo na filha, Edviges, que, entrementes, tornou-se uma moça muito bonita. Ela se parece com você, poderia ser sua irmã mais nova. Mas devo dizer que você ficou ainda mais bonita nesses últimos quatro anos. Se eu tivesse dinheiro, compraria uma casinha para você às margens do rio Reno e a manteria como minha amante.

Mestre Jörg pensava em sua gorda esposa, que praticamente não conseguia mais excitá-lo na cama, e em Elsa, a serva que antes trabalhava para Matthis Schärer e agora havia encontrado sua subsistência na casa dele. Ela esquentava-lhe a cama de vez em quando e, em troca, não se privava de nada na despensa. Com isso, ela engordara de tal forma que mal passava pelas portas. Ele sacudiu a cabeça, suspirando, e procurou lembrar-se de mais alguma coisa para contar a Marie.

– Aliás, você ainda se lembra de Michel, o filho de Guntram Adler, que tinha uma taberna na Katzgasse? O garoto devia ser louco por você, pois deixou a cidade para segui-la no mesmo dia em que a expulsaram. Burghard e Hannes, os dois guardas, se divertiram às custas dele, indicando-lhe o caminho errado. Quando o pai mandou alguém atrás dele, perderam seu rastro em Diessenhofen e, segundo dizem, ele acabou se empregando em um barco que ia para a Holanda.

– Então, pelo menos uma pessoa acreditou em mim! – exclamou Marie.

Em vão, ela tentou lembrar-se do rosto de Michel. Marie se esquecera de sua fisionomia, mas lembrava-se nitidamente da voz do rapaz naquela noite em que ele tentou preveni-la a respeito de Ruppert. Michel devia ter conhecido seu noivo melhor que seu pai, a quem a honra de ter como genro o filho de um conde de verdade cegara para a realidade. Em silêncio, Marie esperava que Michel não tivesse acabado em descaminhos ao partir à sua procura e que não vagasse pelas estradas como um vagabundo, ao mesmo tempo em que temia que o rapaz tivesse acabado pagando com a vida a fidelidade que lhe tinha, pois os marinheiros eram homens cruéis e o Reno puxava muitos para suas profundezas. Era possível que, com Michel, Ruppert tivesse mais uma vítima na consciência. Marie deixou rolar uma lágrima por seu antigo colega de brincadeiras e fez um movimento com a cabeça.

– Eu lhe agradeço pelas novidades e peço que me deixe só. Tenho que digerir tudo o que você me contou.

– É claro! Lamento que não tenha podido lhe dar notícias melhores. Você não quer mesmo que eu conte ao seu tio sobre o nosso encontro?

Marie balançou a cabeça. Apesar disso, Jörg Wölfling ficou pensando se não deveria dizer nada para Mombert assim mesmo. Acabou convencido, no entanto, de que era melhor ficar de boca fechada, pois, se contasse sobre o encontro, seria provável que o magistrado Ruppertus também ficasse sabendo e Wölfling realmente não queria ter nada a ver com aquele sujeito.

Ele despejou o resto de vinho na caneca e engoliu-o de uma só vez. Como Marie tinha apenas bebericado de sua caneca, a maior parte do vinho desapareceu na barriga avantajada de mestre Jörg, e o álcool tornara-o sentimental. Ele se lembrou de todos os banquetes para os quais havia sido convidado pelo pai de Marie e ficou com a consciência pesada em relação à moça. De repente, ela lhe pareceu tão bonita e inocente como uma santa. Que cidadã virtuosa e exemplar ela não poderia ter se tornado? Por um momento, sentiu desprezo da própria covardia na época. Sua mão acariciava seu moedeiro. A função de intermediário em Wallfingen havia lhe proporcionado uma boa soma em dinheiro e, em um impulso, ele soltou as fivelas, com as quais o moedeiro abarrotado estava preso ao seu cinto, abriu-o e olhou o conteúdo. Depois, entregou-o a Marie com todas as moedas que continha.

– Aqui, pegue! Você certamente tem uso para isso. – E levantou-se depressa, como se tivesse medo de se arrepender de sua generosidade. – Creio que é melhor eu ir andando. Que os santos a protejam, Marie!

– Digamos que já não é sem tempo!

Marie também se levantou e despediu-se dele estendendo-lhe a mão.

Mestre Jörg apertou-a rapidamente e largou-a de forma abrupta, como se ela tivesse lhe queimado a mão. Marie ficou olhando até vê-lo desaparecer por trás do portão da cidade e, então, voltou para sua tenda. Quando ela se deparou com Gerlind, lembrou-se de que ela ainda tinha o dinheiro que mestre Jörg havia lhe dado. A mão de Marie coçava e ela teve vontade de pedir a quantia de volta da velha desleixada, mas acabou dando de ombros e passando por ela. Naquele momento, Marie não estava com vontade de começar a discutir. Além disso, agora, ela era dona do moedeiro de mestre Jörg, que continha muito mais do que os poucos xelins que Gerlind havia arrancado dele.

VI

O encontro com Jörg Wölfling ocupava a mente de Marie a tal ponto que a briga entre Hiltrud e Gerlind passou-lhe despercebida a princípio. A velha prostituta queria ir para a região de Baden e, de lá, continuar para o Reno, onde achava que poderia ganhar mais. Por isso, queria seguir na direção da nascente do rio Enz e atravessar as montanhas até Kämpfelbach e Durlach. Hiltrud, por sua vez, preferia caminhar até o Neckar e acompanhar o rio até chegar ao Reno. Ela ouvira dizer, no castelo de Arnstein, que a família de Büchenbruch e os senhores de Riedburg estavam em pé de guerra. Mechthild von Arnstein era parenta dos senhores de Büchenbruch e, por isso, a desavença entre as duas linhagens de cavaleiros interessara até aos servos do castelo de Arnstein. Hiltrud temia que acabassem entre os partidos combatentes se seguissem o caminho sugerido por Gerlind.

A velha, no entanto, gesticulava, desprezando seus avisos.

– Isso é bobagem. Se estivessem realmente em guerra, já saberíamos disso aqui em Wallfingen. Nada de discussão e vamos direto para o Reno! Assim, chegaremos a tempo de recepcionar os balseiros que vêm da Floresta Negra e deixam a correnteza levar suas balsas. Ainda dará para ouvir o tilintar das moedas de prata que receberam como adiantamento de seus patrões ao iniciarem a viagem. Além disso, eles ficarão felizes de poder relaxar conosco do árduo trabalho. Se seguirmos o caminho às margens do Neckar, os balseiros já terão chegado há muito em Colônia e estarão gastando o dinheiro com as prostitutas de lá.

Berta se abalofou toda, tentando olhar para Hiltrud de cima para baixo, o que era risível visto a diferença de altura entre ambas.

– Eu concordo com Gerlind. Fita e Märthe também. Assim sendo, somos quatro contra uma.

– Contra uma, não, somos duas. Marie também ouviu falar da contenda e, certamente, compartilha da minha opinião – respondeu Hiltrud, fechando a cara e procurando a amiga. Marie, entretanto, não estava à vista. Assim sendo, não teve outra alternativa senão concordar.

– Então, está bem, vamos acompanhar o Enz. Espero que dê tudo certo.

– E por que não haveria de dar? – perguntou Berta, zombando. – Se um homem se aproximar demais de nós, parto-lhe a cabeça com meu facão e ele só acordará de novo no dia do Juízo Final. – Ela apanhou sua arma e moveu-a na frente do rosto de Hiltrud, provocando o riso das demais.

Hiltrud se esquivou, involuntariamente, o que fez Gerlind rir mais ainda.

– Você está vendo? – disse ela, sacudindo a barriga e os peitos de tanto rir. – Seis mulheres dispostas a tudo, como nós, não precisam temer nem a Deus.

Fita ficou séria de repente e fez o sinal-da-cruz. Depois, juntou as mãos e rezou para que Deus perdoasse aquela blasfêmia. Berta aproximou-se dela e deu-lhe um empurrão, que fez a amiga cair de bruços na grama.

– Vê se não age como se Deus não entendesse uma piadinha. Pode ter certeza de que Ele não é tão severo conosco, pobres prostitutas, como os padres nos querem fazer crer. Você ainda não entendeu que eles só nos falam tanto de inferno para poderem nos visitar de graça embaixo das saias?

Fita abriu a boca para declamar uma de suas tiradas religiosas, mas Gerlind interrompeu-a bruscamente.

– Você não está vendo aqueles sujeitos ali com os rabos coçando? Vê se consegue se enroscar com um deles, senão você não conseguirá colocar nem dez centavos na caixa de oferendas ou acender uma vela para a Virgem Maria nas próximas semanas. Você ganhou pouquíssimo nos últimos tempos e eu não estou disposta a alimentá-la às minhas custas.

A pobre Fita levantou-se com dificuldade, secou as lágrimas com a bainha da saia e aproximou-se dos três homens. Dois deles concederam-lhe apenas um olhar de desdém, fixando-se, concupiscentes, em Marie, que havia dado as costas às demais prostitutas e alimentava as cabras. O terceiro comparava a oferta com o preço e deixou-se levar para a tenda de Fita. Pouco depois, ouviram-se fortes suspiros e gemidos.

– Se o sujeito fizer sexo com a veemência com que grita, então Fita está bem servida – zombou Berta enquanto se dirigia, rebolando, para os dois companheiros do homem. Com um sinal de Gerlind, Märthe também foi se oferecer ao terceiro.

Hiltrud estava enojada com a atitude das quatro prostitutas. Do jeito que se comportavam, elas se depreciavam, dando motivo para os melhores clientes manterem distância, como se tivessem sarna. Ela própria tinha sido tão exigente naquele dia que não conseguira ganhar nem o mínimo. Apesar disso, não procurou nenhum outro cliente, mas sentou-se ao lado de Marie, na grama, e acariciou suas cabras.

– Até o Reno, teremos que ficar com o grupo de Gerlind, mas, a partir de lá, seguiremos nosso próprio caminho. Isso eu juro, mesmo que tenhamos que nos deitar com todos os servos de uma caravana – desabafou Hiltrud à amiga, informando-lhe o caminho que Gerlind pretendia tomar.

Marie, no entanto, não estava prestando muita atenção no que ela lhe dizia.

– Para mim, tanto faz o caminho que vamos seguir. O principal é chegar a algum lugar onde consigamos nos livrar das quatro.

VII

Na manhã seguinte, ao alvorecer, as seis prostitutas partiram. Gerlind e suas companheiras estavam menos carregadas desta vez, já que Hiltrud as autorizou a colocar uma parte dos pertences na carroça, após mais uma acalorada discussão. As cabras tiveram que fazer mais força. Até os cabritinhos, que agora também usavam arreios, puxavam com vontade. Quando havia uma ladeira, no entanto, os animais não conseguiam mais subir com o peso e Hiltrud tinha que se atrelar à carroça, enquanto Marie a empurrava por trás. Na terceira ladeira, Marie sugeriu atrelar Berta ou Märthe.

Hiltrud fez um movimento com a mão, recusando a oferta.

– O que elas fariam, no máximo, é obrigar Fita a nos ajudar, e essa desabaria depois de três passos, como um pangaré nas últimas.

Marie bufou sonoramente.

– Há quatro anos, eu jamais teria imaginado que um dia chegaria a desejar que pudéssemos nos separar de Gerlind.

Ela lembrou-se da gentileza de Gerlind ao tratar dela, com todo o carinho, durante as dificuldades dos primeiros tempos, e tinha lhe sido muito grata por isso durante bastante tempo. Mas aquela velha cruel, num vestido imundo, mancando à sua frente, não era mais a Gerlind que conhecera e um dia admirara. Apesar disso, a consciência de Marie pesava por não conseguir mais sentir gratidão pela velha prostituta. Ela lutava contra esse sentimento e acabou tentando livrar-se dele fazendo um movimento involuntário.

– O que é que você tem? – perguntou Hiltrud, preocupada.

– Só estava pensando em mim e em Gerlind. Diga-me uma coisa, quem mudou mais? Gerlind ou eu?

Hiltrud deu uma gargalhada.

– Mas isso é óbvio, não é? Vocês duas mudaram. Você para melhor e ela para pior! Para ser honesta, espero ver essa mulher pela última vez muito em breve. Enquanto isso, fico com nojo só de olhar para ela.

Marie assentiu em silêncio e continuou a empurrar a carroça. Os dias seguintes transcorreram quase em branco; mesmo assim, não ajudaram a minimizar a raiva das duas amigas. E o motivo dessa raiva era menos Gerlind do que Berta, que fazia de tudo para infernizar a vida delas. Na primeira noite, exigiu que Marie e Hiltrud não se sentassem à fogueira e que montassem suas tendas a distância. Apesar disso, obrigou-as a montar guarda durante metade da noite e ainda usou da lenha que as duas tinham juntado. Hiltrud não tinha nada contra o fato de ficar de vigia, pois não confiava nas outras e temia que as cabras acabassem sendo comidas por um urso ou um lobo perdido.

Marie só rezava para as feras não se aproximarem, pois o grupo não tinha armas adequadas para combatê-las. Até mesmo a bengala de Gerlind, guarnecida de ferro, não era mais o que havia sido. A ponta, um dia tão afiada, estava gasta e torta. Por isso Marie ficou aliviada quando montaram acampamento perto de uma quinta, mesmo que o barulho dos cães latindo ameaçasse a noite de sono delas. Os latidos certamente afastariam as feras.

Na segunda noite, Berta apanhou quatro galinhas gordas que haviam se perdido na estrada e torceu-lhes o pescoço. Marie ficou com água na boca, pois ela sempre gostara de frango, principalmente do jeito que a velha Wina costumava preparar na casa do pai, bem crocante e dourado, recheado com uma massa deliciosa. Mas, naturalmente, não passava na cabeça de nenhuma das quatro convidar as duas para a refeição.

Hiltrud virou-lhes as costas e preparou uma massa feita de farinha, que ela assou sobre uma pedra na fogueira e cobriu com cebola e erva-doce selvagem. Marie ficou olhando para o que acontecia na outra fogueira e ficou horrorizada ao perceber que as outras deixavam os frangos queimarem no fogo, primeiro, para depois comerem seus interiores quase crus. Era preferível até comer as panquecas crocantes de Hiltrud.

No terceiro dia, de um mirante, elas avistaram o monte Fürstkopf, mais ao sul. Quando desceram em direção ao vale, chegaram a uma estrada mais larga, na qual, pouco antes, devia ter passado um grupo com pesadas carroças, a julgar pelas marcas das ferraduras de cavalos grandes, pelos sulcos profundos de rodas e pela grama pisoteada à esquerda e à direita. Gerlind e Berta ficaram animadíssimas. As marcas indicavam uma caravana de mercadores, o que previa muitos homens dispostos a gastar suas gratificações e salários com mulheres. Em vista disso, Gerlind não permitiu que se procurasse um local apropriado para acamparem à tardinha, a fim de montarem as tendas e procurarem lenha enquanto ainda estava claro. Pelo contrário, ela apressou o passo e atiçou as companheiras.

– A caravana deve estar, no máximo, uma hora à nossa frente. Se nos apressarmos, não demorará muito e estaremos sentadas em volta de uma fogueira quentinha com uma caneca de vinho na mão...

– E um pau duro entre as pernas – completou Berta, dando risadinhas.

A hora calculada por Gerlind já tinha passado havia muito e a escuridão começava a se espalhar pela terra quando chamas altas de uma fogueira lhes indicaram o caminho. Gerlind apontou, triunfante, para a baixada que ela supunha, mais do que realmente via, na penumbra.

– Lá estão eles! Não demorará muito e suas moedas de prata tilintarão em nossas bolsas.

Para surpresa de Marie, ela não correu diretamente naquela direção, mas parou no riacho, que corria ao lado da estrada, curvou-se e lavou o rosto e as mãos. Depois, molhou um pedaço de pano, levantou a saia e esfregou-se entre as pernas. Com uma gargalhada que soou como o balido de cabra, ela ordenou que Berta e Märthe fizessem o mesmo.

– Temos que ter nosso instrumento de trabalho em ordem, se quisermos ganhar bem.

– Elas deveriam se lembrar disso com mais freqüência – sussurrou Hiltrud, no ouvido de Marie, enquanto se aproximava da água e tirava o vestido para se lavar também. Marie imitou-a, pois não queria chegar perto da fogueira empoeirada e cheirando a suor.

Quando se afastaram da estrada, pouco mais adiante, foram recebidas com muito barulho e vozes altas, como se houvesse uma festa. Marie parou, desconfiada, e ficou escutando. Nos últimos anos, ela havia encontrado muitas caravanas e passara a noite perto delas. Aquela barulheira era incomum. Assim como o fato de acamparem no meio da floresta e não perto de um albergue. Comerciantes e carroceiros preferiam viajar de um albergue a outro, pois, sob o céu aberto, facilmente tornavam-se vítimas de bandos de ladrões mais determinados, além de correrem o risco de ser atacados e pilhados pelos cavaleiros dos castelos das redondezas. À noite, quando não havia ninguém para testemunhar os acontecimentos, de nada adiantava aos mercadores o salvo-conduto adquirido a peso de ouro.

Marie ainda tentou impedir as outras mulheres de prosseguir. Mas já era tarde para evitar o encontro, pois Gerlind e Berta tinham sido chamadas por uma voz rouca de homem.

– O que vocês, mulheres, ainda estão fazendo na estrada depois do anoitecer?

Dois homens se aproximaram carregando tochas e logo viram as outras quatro mulheres também.

– Mas são prostitutas! – gritou o segundo, em êxtase, virando-se e acenando com a tocha para o acampamento. – Homens, a noite está salva! Hora de tirar o pau! Temos prostitutas a caminho.

Um júbilo de muitas vozes respondeu a ele e mais de três dúzias de homens brotaram na frente das mulheres. Alguns iluminavam a área enquanto os demais as agarravam, apalpavam e, sem qualquer pudor, beliscavam-nas nos peitos e nos traseiros.

– Largue-me! – Furiosa, Marie bateu na mão de um dos homens que estava indo longe demais.

Ele agarrou-a pelo queixo, apertando-a com toda a força, e obrigou-a a olhar para a luz.

– Essa daqui é um tesão! Acho que vou fazer o servicinho agora mesmo. – Ele tentou jogá-la no chão, mas um brutamontes colocou a mão sobre seu ombro.

– Você não vai molhar o seu biscoito nessa coisinha linda. Mercadoria fina dessas é reservada para os senhores. Ou você está achando que eles vão abrir mão desse prazer?

Quando o homem largou-a com uma careta de decepção, a mão de Marie correu sob a saia e cerrou-se sobre o punho da faca. Ela tentou esquivar-se, sem chamar a atenção, e esconder-se sob os arbustos, na esperança de conseguir escapar sob a proteção da escuridão. Gerlind guiara-as diretamente a um acampamento de mercenários e Marie sabia, das conversas de outras prostitutas, o que esperava por elas.

Aqueles homens eram soldados da pior espécie. Mercenários vindos da Suíça, atiradores de lança da Suábia e marinheiros de grandes rios, que preferiam cortar a garganta dos outros a procurar emprego decente. Era possível reconhecer, mesmo sob a luz das tochas, que seu equipamento era tudo menos uniforme. Eles também não tinham um brasão sobre as mantas, o que comprovava que não pertenciam ao exército de algum nobre. Alguns tinham uma mancha menos desbotada no tecido que cobria o peito, como se tivessem quitado os serviços para outro senhor e jogado fora o brasão dele.

Marie concentrava todos os seus sentidos na fuga, mas, no momento em que havia saído do alcance da luz da tocha e quis se virar para desaparecer entre os negros arbustos, um homem do tamanho de um urso pegou-a e apertou-a contra o peito, rindo.

– Aqui está a gatinha para o nosso cavaleiro, Lothar! Agora, você me deve uma – gritou ele para o brutamontes.

Gerlind, que reconheceu seu erro de conseqüências desastrosas, ainda tentou negociar.

– Não sejam tão rudes conosco, homens, afinal, não temos nada contra abrir as pernas para vocês. Esse prazer custará apenas alguns centavos, e trataremos de satisfazer cada um de vocês. – Embora ela fizesse o máximo para parecer calma, notava-se uma considerável porção de medo em sua voz.

Um dos homens deu uma sonora gargalhada.

– Se você ainda encontrar uma moedinha em nossas bolsas, velha, então estará com sorte. O nosso pagamento já foi gasto, há tempos, com bebida e prostitutas. Mas não se preocupe, daremos conta de vocês de modo que não terão do que reclamar; não é mesmo, pessoal? – Ele olhou para os que estavam à sua volta e todos balançaram a cabeça, concordando com veemência.

Os homens arrastaram as prostitutas, que não paravam de protestar, para o acampamento, no meio do qual havia uma grande fogueira, embora fosse insuficiente para iluminar toda a área. Marie, que era levada como se fosse um embrulho, pôde ver que duas carroças, carregadas até em cima de barris e equipamentos bélicos, e uma terceira, na qual havia dois canhões desmontados, haviam sido posicionadas para servir de quebra-vento. Bem em frente à carroça com os canhões havia uma barraca, provavelmente reservada para os líderes, visto que os demais mercenários tinham feito suas camas sob céu aberto, empilhando mantas e cobertores.

Prostitutas eram freqüentemente violentadas nas suas andanças, Marie tinha ouvido falar disso muitas vezes. Até agora, tivera sorte, mas, pelo visto, esta chegara ao fim. Era chegado o momento de lembrar-se das dicas que Gerlind lhe ensinara em tempos melhores. Se não havia outra solução, não adiantava resistir, senão os homens acabavam ficando enfurecidos e, no pior dos casos, cortavam a garganta delas.

Quando a lona da entrada da barraca se levantou e um jovem, com as vestimentas de nobre, olhou para fora, ela começou a torcer para que aquilo que estava por vir fosse menos grave do que ela temia.

– Que bagunça é essa? – perguntou ele.

– Temos visita – respondeu um mercenário, sorrindo. – Algumas prostitutas caíram em nossos braços e não há ninguém para reclamar se vamos ou não pagar por tudo que pretendemos fazer com elas esta noite.

– Não queremos dinheiro, só que vocês nos tratem com delicadeza – esclareceu Märthe e começou a gritar, pois um dos sujeitos tinha colocado a mão entre suas pernas.

O mercenário abriu ainda mais o sorriso.

– Reservamos uma gatinha para o senhor, fidalgo Siegward. Algo muito especial, que, certamente, será de seu gosto.

Marie levou um susto quando ouviu o nome, pois soube então nas mãos de quem acabaram caindo. Os cavaleiros de Riedburg eram conhecidos por ter nomes começando com a sílaba Sieg. O velho Siegbald de Riedburg era inimigo declarado dos familiares da senhora Mechthild, no castelo Büchenbruch, e notório cavaleiro salteador. E a fama de seus filhos era, no mínimo, igual à dele. Se descobrissem que ela passara o inverno no castelo de Arnstein, acabariam descontando nela a raiva contra a senhora Mechthild, que, por diversas vezes, havia enviado ajuda aos seus parentes contra os Riedburg. Nesse caso, Marie poderia se dar por feliz se o fidalgo a matasse rapidamente e não a largasse na floresta, mutilada até estar irreconhecível, como alimento para lobos e ursos.

Siegward von Riedburg lambeu os beiços e avaliou-a como se fosse um bezerro para o abate. Ele era grande, tinha os ombros largos e um físico musculoso, que, certamente, faria o cavaleiro Dietmar morrer de inveja. Os olhos azul-claros e opacos revelavam, entretanto, que sua inteligência era limitada, enquanto os lábios carnudos e molhados e o queixo protuberante demonstravam um caráter lascivo e dominador. O fidalgo beliscou Marie no peito e fez um gesto de satisfação com a cabeça para seus homens.

– Muito bem, homens! Um bom pedaço de carne feminina era exatamente o que estava me faltando esta noite. Divirtam-se, enquanto isso, com as outras prostitutas.

– É isso que pretendemos fazer, senhor! – respondeu o suboficial, que lhe trouxera Marie, assentindo energicamente. – Mas, para isso, deveríamos ter mais para comer do que o mingau de cereais que comemos para o jantar. E aí, pessoal, o que vocês acham se assarmos essas cabras? – Ele apontou para o pequeno rebanho de Hiltrud pastando à beira da estrada.

– Tirem as mãos das minhas cabras – gritou Hiltrud, histérica.

Mas os homens deram uma gargalhada retumbante. Um deles pegou a espada e decepou a cabeça de uma das cabras. Ao ver isso, Hiltrud soltou-se e jogou-se sobre o malfeitor, enterrando as unhas em seu rosto. No mesmo instante, entretanto, vários mercenários a pegaram e atiraram ao chão.

O fidalgo Siegward tinha apertado Marie contra si, mas ficou olhando para ver alguns homens rasgarem o vestido e a saia que Hiltrud usava por baixo e atiçarem o brutamontes até que ele se jogou em cima dela. Hiltrud batia violentamente com os pés e os braços. Ele só conseguiu penetrá-la depois que seis homens a seguraram. Marie ouviu-o rugir, como se estivesse no cio, e queria poder tapar os ouvidos. O cavaleiro, no entanto, prendia seus braços atrás de suas costas enquanto se esfregava nela. Para alívio de Marie, o corpo de Hiltrud ficou mole de repente. Apesar de seu ódio pelo assassino da cabra, ela não esquecera como se comportar durante um estupro.

Nesse meio-tempo, Gerlind e as outras também se encontravam sob os corpos de homens arfantes, enquanto alguns mercenários que sabiam que tinham que aguardar a vez matavam as cabras restantes e tiravam-lhes as entranhas. Só então parecia ter chegado a hora de Siegward von Riedburg dar vazão à sua excitação, pois ele levantou Marie pelas axilas e carregou-a para dentro da barraca bem iluminada por uma simples lamparina a óleo. Ali, encontravam-se dois homens debruçados sobre um carteado, que olharam para ele, curiosos.

A semelhança do mais jovem com Siegward von Riedburg fez Marie deduzir que se tratava de um de seus irmãos. O outro homem era baixo, mas troncudo. Ele tinha braços compridos e pernas tortas e curtas, assemelhando-se a um macaco que Marie vira com um grupo de saltimbancos. A barba negra sob os cabelos desgrenhados reforçava ainda mais essa impressão. Ele vestia uma calça de couro apertada e um colete sem brasão nem insígnias, como se fosse um servo, mas os Riedburg pareciam tê-lo em alta estima, pois Marie contou três camas de campanha, o que fazia crer que o homem dormia ali.

As camas estavam tão imundas como se os donos tivessem se emporcalhado no esterco antes de se deitarem. Sobre elas e à sua volta, havia peças de roupa e armas jogadas displicentemente. Na mesa de armar, no meio, havia três canecas entre um monte de cartas de baralho e moedas empilhadas. Embaixo dela, havia uma jarra de vinho vazia. Os homens deviam ter bebido bastante, pois, quando Siegward obrigou Marie a beijá-lo, ela sentiu um bafo azedo de vinho.

– Tire a roupa! – ordenou ele.

Como ela não obedeceu de imediato, ele rasgou o vestido e deixou seus seios à mostra.

– É assim que eu gosto – disse ele, rindo, ao irmão mais novo, que dançava em volta dele perguntando se também poderia tirar uma casquinha.

– Você sabe que papai não me permite bulir com as servas. Só você pode fazer isso. – Soou como uma desculpa.

– Você não pode levá-lo a mal, Siegerich. Afinal, as mulheres da casa estão ali para servir o bode velho em primeiro lugar. Eu também não posso escolher qualquer uma delas. Mas, aqui, você não precisa se refrear. A prostituta é para todos nós.

Siegerich von Riedburg começou a dar uma risadinha idiota e jogou Marie de costas em cima de uma das camas. Quando ela levantou os olhos, Siegward estava em cima dela, apresentando-lhe seu membro desnudo.

– Um calibre desses você nunca sentiu dentro de você, não é, sua vadia?

Marie poderia ter-lhe dito que seu membro estava mais para mediano, mas teve que se esforçar e fingir a surpresa que ele esperava.

– Oh, senhor! Certamente o senhor me machucará se fizer o que pretende comigo.

Siegward estava visivelmente lisonjeado, apesar de fazer um sinal de desdém.

– Que é isso? Uma mulher agüenta muita coisa, ainda mais uma prostituta como você!

Seu rosto não prometia nada de bom. Ele se deixou cair sobre Marie e penetrou-a desajeitadamente. Marie fechou os olhos e deixou o corpo amolecer como um saco molhado. Ela sentia o homem dentro de si e sobre seu corpo, bem como a dor provocada por sua desconsideração. Mas seus olhos interiores viram outra cena, que ela havia procurado reprimir o máximo possível durante os últimos anos. De repente, não era mais Siegward quem arfava e suspirava sobre ela, e sim Utz, o carroceiro. Involuntariamente, ela se retesou e abriu os olhos, mas era apenas o fidalgo com o rosto enrubescido, enquanto o corpo se arvorava sobre ela, e seu irmão mais novo, que balançava o membro sobre sua cabeça, como se não conseguisse esperar sua vez.

– Depois de você, é a minha vez! – mendigava Siegerich, como um garotinho que quer uma bala.

Siegward von Riedburg respondeu, sem diminuir seus movimentos vigorosos.

– Mas só se o mestre armeiro não tiver nada contra, meu pequeno! Você sabe, temos que manter Gilbert satisfeito. Afinal, é ele quem terá que destruir o castelo principal dos Büchenbruch com seus canhões.

– Vou buscar meu prazer em outro lugar, primeiro, e dou a preferência a vocês. – O mestre armeiro levantou a lona que fechava a entrada e saiu ao ar livre.

Finalmente, Siegward terminou com um bramido ruidoso e abriu caminho para o irmão. Siegerich von Riedburg tentou encobrir sua falta de experiência com um excesso de impetuosidade e desmoronou, duas arfadas depois, em cima dela. Tinha sido tempo suficiente para o armeiro voltar com a fisionomia satisfeita.

– Os homens abriram um barril de vinho e estão se embebedando. Se você não fizer nada, não conseguirá obrigá-los a mexer um dedo amanhã.

Siegward, rindo, moveu o braço, com descaso.

– Um dia a mais, um dia a menos, não fará diferença. Portanto, deixe que se divirtam. Seu olhar caiu sobre a jarra vazia, que ele chutou na direção do irmão.

– Busque um pouco do vinho para nós também! Não se pode degustar uma galinha suculenta com a garganta seca.

Siegerich pegou a jarra e saiu correndo.

Marie perdera a conta de quantas vezes os homens a haviam usado, quando, finalmente, também Gilbert caiu sobre ela e começou a roncar, de tanto vinho e exaustão. Ela tinha a sensação de não ter mais um osso inteiro no corpo, do jeito que os três a maltrataram. Naquele instante, ela tentava escapar do peso do homem. Pareceu-lhe que se passara uma eternidade, até conseguir sair debaixo dele.

Quando se levantou, seus joelhos cederam de esgotamento. Mesmo assim, gostaria de ter podido seguir seu primeiro impulso e sair correndo. Mas as gargalhadas e a gritaria quase animalesca que penetravam de todos os lados da barraca fizeram-na ver que os mercenários ainda estavam se divertindo do lado de fora. Como não tinha a intenção de tornar-se vítima de mais aquela gentalha, deixou-se cair sobre um dos bancos e refletiu o que aconteceria depois. Marie se sentia imunda, mas não via uma gota de água ali. Molhou um pedaço de seu vestido no vinho que sobrara nas canecas e na jarra e lavou-se com ele, apesar de o álcool queimar ao encostar nas feridas, no baixo-ventre. Isso a incomodava menos do que os repetidos gritos estridentes de suas companheiras, que superavam o resto do barulho. Às vezes, tinha a impressão de reconhecer a voz de Hiltrud. Mas, geralmente, era Fita quem gritava como uma condenada.

Enquanto vigiava os três bêbados aos seus pés, que começavam a murmurar e a rolar, de um lado para o outro, sempre que lhes chegava um ruído mais alto, Marie começou a calcular quantos mercenários caberiam a cada uma de suas companheiras. Quando chegou ao resultado, sentiu-se mal. Muitos deles, certamente, não se satisfariam apenas com uma vez, e continuariam a usar as mulheres até despencarem, bêbados, em algum lugar. Marie esperava, pensando em Hiltrud e nas demais, que aquele suplício não se prolongasse muito.

Começou a sentir um ódio quase insuportável crescer dentro de si, enquanto amarrava seu vestido com tiras de pano rasgadas da camisa do cavaleiro e limpava-o como podia com outros pedaços de tecido. Ela estava a ponto de cortar a garganta dos três homens à sua volta, e procurou a faca, cuja bainha Siegward havia arrancado de sua coxa. Com a arma na mão, ela ainda avaliou seu peso e passou a ponta do dedo sobre o gume afiado. Ao se aproximar de Gilbert, o moedeiro recheado que se encontrava na braguilha aberta chamou-lhe a atenção.

Nesse meio-tempo, seu ódio havia resfriado um pouco e ela começou a ter medo de botar a mão neles. Preferiu se satisfazer em cortar a bolsa do mestre armeiro. Marie também se apossou da bolsa de Siegerich, mais leve do que a anterior. A de Siegward, entretanto, presa por fitas largas e duras de couro, deu mais trabalho para ser cortada de seu cinto. Quando Marie desamarrou a tira que fechava o moedeiro, ela quase se esqueceu de sua desgraça. Se os outros dois carregavam quantias significativas em moedas de prata e grãos de ouro, aquela bolsa resplandecia com o brilho de ducados e florins de ouro em valores consideráveis. Era dinheiro suficiente até para contratar um assassino para matar um nobre, que dirá um bastardo como Ruppert.

Marie cerrou os punhos, triunfante. Se aquele dinheiro a ajudasse a se vingar, então toda a humilhação, todo o pavor e toda a dor que tivera que suportar naquela noite teria valido a pena e de forma inesperada. Ela levantou o vestido e fez um cinto com longas fitas penduradas, nas quais amarrou o moedeiro de Siegward, a sua própria bolsinha, contendo os florins cunhados com o veado de Württemberg, e a de mestre Jörg. Juntas, ela ainda as prendeu à coxa, com mais algumas fitas, de forma a não balançarem e se revelarem com o tilintar das moedas. Mais tarde, ela costuraria bolsos em sua saia, para que pudesse servir aos clientes sem antes ter que retirar e esconder as bolsas. Depois, ainda pendurou as bolsas de Gilbert e Siegerich à sua própria, com alguns centavos. Marie pretendia dividir as moedas dessas bolsas com as companheiras, que, a seu ver, mereciam uma boa compensação pelo que haviam sofrido naquela noite.

VIII

Passaram-se horas antes de o último mercenário pagar tributo ao vinho e aos excessos. Durante todo esse tempo, Marie temeu que seus algozes acordassem e descobrissem que ela os havia roubado. Não queria nem imaginar o que poderia lhe acontecer nesse caso. A sorte, porém, ficou ao seu lado. Siegward von Riedburg, seu irmão e o mestre armeiro que haviam contratado roncavam como se tivessem apostado quem emitia o som mais alto. Quando tudo ficou quieto do lado de fora e Marie não conseguiu ouvir outra coisa além do soluçar contido de uma mulher, apagou o pavio da lamparina a óleo e saiu da barraca cuidadosamente.

A fogueira tinha se extinguido, a não ser por algumas brasas, e a lua parecia uma foice fina no céu estrelado, de forma que Marie teve dificuldade de dar um passo após o outro. Os homens dormiam espalhados por toda parte, como se a mão de um ser superior os houvesse derrubado. Aos poucos, seus olhos começaram a se acostumar com a escassa luminosidade e ela descobriu uma mulher que perambulava nua a esmo.

– Hiltrud, é você? – chamou Marie, com a voz abafada.

– Marie? – A resposta soou tão surpresa quanto aliviada.

Hiltrud aproximou-se de Marie e jogou os braços em volta de seu pescoço.

– Isso não são homens, são animais! Estou tão machucada que mal posso andar. E você, como está?

– Estou me sentindo como se uma matilha de cães raivosos tivesse me atacado. Onde estão as outras? Temos que sumir daqui o mais rapidamente possível.

– Não antes de eu cortar a garganta dos assassinos das minhas cabras. – Hiltrud tremia pelo corpo todo.

Marie agarrou o braço da amiga com força até ela gemer de dor.

– Isso não vai trazê-las de volta. Tenha juízo e me siga. Até o amanhecer, temos que nos afastar o máximo possível desses sujeitos, pois eu cortei os moedeiros dos chefes. É dinheiro suficiente para nos compensar pela morte das cabras e de tudo que nos fizeram.

Hiltrud cerrou os punhos, mas espalmou em seguida a mão.

– Bem feito! Agora, temos que dar o fora daqui! Se eles descobrirem, cortam-nos em pedacinhos.

Com um movimento cansado, ela vestiu o resto das roupas que arrastava atrás de si.

– Vamos, Marie, procure as outras! Enquanto isso, vou separar algumas coisas da nossa carroça para carregarmos nas costas. Infelizmente, teremos que deixar a maior parte do que temos para trás.

– Está bem!

Marie foi na direção dos soluços que ouvira o tempo todo. Encontrou Märthe atrás de uma das grandes rodas da carroça. Como a garota não reagia à sua aproximação – ao contrário, começava a soluçar ainda mais alto –, Marie a sacudiu e ordenou que se controlasse. Mas, somente quando Gerlind se aproximou dela, parecendo mais um fantasma pálido e esquelético, Märthe conseguiu se acalmar a ponto de se levantar e recolher os trapos que tinham sido seu vestido.

Gerlind não dizia nada, mas os chutes raivosos que distribuía entre alguns dos bêbados demonstravam que o ódio nela falava mais alto do que a precaução. Seu vestido estava tão rasgado que não serviria mais nem para um espantalho. Como não tinha nenhum outro, no entanto, fez nós nas extremidades enquanto xingava. As injúrias de Gerlind atraíram Berta, que estava completamente nua e iluminava o rosto dos homens com um galho incandescente. Não demorou muito e ela encontrou um que era tão largo quanto ela, tiroulhe a camisa e vestiu-a.

– Nem mesmo quando era prostituta de soldados em campanha fui tratada com tamanha barbárie – bradou ela, enquanto se postava diante de Gerlind. – Que idéia maravilhosa a sua, de nos levar diretamente para o acampamento de um bando de mercenários. Você é uma líder e tanto! A partir de agora, sou eu que dou as ordens, entendeu?

O rosto de Gerlind deformou-se numa careta enfurecida, mas ela não se defendeu das acusações que Berta lhe jogara na cara. Em vez disso, sugeriu, quase humildemente, que todas revistassem os mercenários adormecidos para ver se eles tinham algo de valor. Marie virou as costas para as três mulheres que gesticulavam energicamente e foi ter com Hiltrud, que havia espalhado seus pertences e, sob a luz de um galho em brasa, escolhia o que levar. Marie também pegou o que considerava mais importante e levou consigo.

O resto, elas afundaram, junto com a carroça, em uma cratera pantanosa, atrás do acampamento. Ali, encontraram Fita, que havia tentado arrastar-se até a água, mas tinha ficado presa entre os juncos, sem forças.

Fita gemia, apenas, e não reagia aos comandos de Hiltrud para se controlar e se levantar. Quando Marie ajoelhou-se ao seu lado e a tocou, Fita levantou um pouco a cabeça.

– Deixe-me morrer!

– Você não vai querer esmorecer agora, não é, Fita? – disse Marie, com uma animação fingida, e ofereceu-lhe a mão para se levantar.

A mulher, porém, simplesmente se enrolou, sem forças.

Hiltrud procurou o vestido de Fita. Como não o encontrou, ela levantou um galho sobre o qual havia tropeçado, colocou-o na brasa quase apagada da fogueira e soprou-o, até que a ponta estivesse em chamas. Ela retornou com o galho para onde Fita se encontrava e, na luz da chama, Marie e ela puderam ver a situação penosa em que a companheira se encontrava. Todo o seu baixo-ventre estava coberto de sangue. Quando a levantaram, um fio de sangue escorreu-lhe coxa abaixo.

Hiltrud balançou o punho cerrado na direção do acampamento.

– Eu não disse que isso não são homens, são selvagens? Tomara que o diabo os carregue em breve.

Junto com Marie, ela carregou Fita para o riacho, que desaguava na lagoa pantanosa, para lavarem-na.

– Pena que já tenhamos afundado a carroça – lamentou Hiltrud. – Agora, a túnica que acabamos deixando para trás teria tido boa serventia.

– Eu posso lhe dar a minha de reserva – ofereceu Marie.

– Do jeito que ela está, não vai mais precisar de roupa. Ela vai morrer logo, logo! – soou a voz de Berta, atrás delas. Ela tinha ido ao riacho, junto com Gerlind e Märthe. As três se lavavam como Hiltrud e Marie jamais haviam visto. Berta usava até uma pedra arredondada para limpar a sujeira que grudava no corpo e desvencilhar-se dos vestígios dos mercenários. No final, bochechou longamente.

– Não tenho nada contra chupar um sujeito por dinheiro, mas aquilo foi um inferno!

Marie percebeu um olhar zangado quando levantou a tocha para iluminar Hiltrud.

– Mais uma vez, você levou a melhor! Só com três na barraca, dos quais dois eram nobres, ainda por cima! Com a gente, mal um tinha acabado, o outro já enfiava o pau.

– Nobres também podem se comportar como animais. Mas eu ainda tratei de garantir uma pequena recompensa para todas nós, pois cortei os moedeiros daqueles sujeitos. Mas, se não tratarmos de sair logo daqui, vão nos tirar o couro por isso. Sorte a nossa que eles parecem não ter organizado uma ronda, senão já estaríamos com problemas.

– E você acha que os vigias perderam a festa? Eles se deliciaram conosco e com o vinho junto com os companheiros e estão jogados por aí. – Berta deu uma gargalhada e foi, cheia de esperança, na direção de Marie. – Você vai dividir sua pilhagem honestamente conosco. – Embora aquilo soasse como uma ordem, Marie assentiu, enfaticamente, e bateu com a mão nas duas bolsas penduradas na cintura.

– É o que pretendo fazer, mas não aqui! Temos que estar longe daqui antes de os homens acordarem.

Ela e Hiltrud puseram a túnica em Fita. Depois, uma amarrou a trouxa nas costas da outra e carregaram a companheira colocando-a entre si. Berta reclamou do tempo perdido e disse, na cara de Marie, que era burrice carregar uma moribunda.

Finalmente, Hiltrud não agüentou mais.

– Cale essa sua bocarra deslavada! O que você acha que os Riedburg farão com Fita quando descobrirem que sumimos e ainda roubamos o dinheiro dos líderes?

Berta deu de ombros.

– E o que me importa? Poderíamos dar um empurrãozinho, para ela não sentir mais nada, afinal, era o que ela queria mesmo.

Marie jogou a cabeça para trás.

– Mais um comentário desses e você fica de fora da partilha.

Aquela ameaça teve resultado imediato. Berta calou a boca e permaneceu em silêncio, de cara amarrada. Durante todo o caminho, manteve-se à distância de Marie, Hiltrud e Fita. Gerlind também não dirigiu mais a palavra às três e não se incomodou com a companheira ferida, mas iluminava o caminho de Hiltrud e Marie com o galho ainda incandescente. Märthe mancava atrás do grupo e continuava a gemer sem parar, embora parecesse ser a que tinha sofrido menos.

Cansadas e machucadas, as mulheres cambaleavam, com os dentes cerrados, pela noite, que já se acercava do alvorecer. Temendo que fossem seguidas, evitavam estradas e caminhos. Em vez disso, passavam por cima de galhos e pedras, adentrando cada vez mais na floresta. Elas pararam somente quando a vegetação em volta se tornou impenetrável, desabando por terra de cansaço.

– Os mercenários dificilmente nos acharão aqui. – Berta examinou, suspirando. Ela estava acostumada a andar descalça, mas pedras pontiagudas e espinhos haviam maltratado tanto seus pés que ela afirmava não poder andar por três dias.

Como nenhuma das demais estava em situação melhor, ninguém prestou atenção em suas lamentações. Gerlind levantou a cabeça, uma vez mais, e mandou que ela se calasse e fosse dormir. Berta resmungou um pouco, mas esticou-se e apoiou a cabeça sobre o braço. Pouco depois, os gemidos de Fita acordaram-na de novo. Berta ergueu o tronco e cutucou Hiltrud.

– Você deveria ter trazido algo para comer em vez daquela moribunda.

Marie explodiu.

– Berta, você é a pessoa mais desumana que eu já vi na vida! Pense bem! Sou eu quem vou dividir o dinheiro.

Hiltrud suspirou.

– É melhor pararmos de brigar. Eu trouxe alguma coisa para comer.

Mais uma vez, Hiltrud mantivera a cabeça fria. Ela tirou um embrulho da trouxa e espalhou o conteúdo sobre o colo. Berta, Gerlind e Märthe arrancaram-lhe a comida das mãos e Hiltrud teve que afastá-las para garantir o suficiente para si mesma, Marie e Fita.

Depois de Hiltrud comer, ela tentou, em vão, fazer Fita engolir alguma coisa. Marie encheu, em um riacho próximo, o seu recipiente de couro. Fita bebeu quase todo o conteúdo e, depois, encostou-se, agradecendo de forma quase inaudível. Hiltrud pingou o resto em um pedaço de pano, colocando-o, como uma compressa, sobre o baixo-ventre da companheira, que continuava sangrando.

Enquanto isso, o céu clareava e começava a ficar vermelho-amarelado no leste. Prometia ser um dia bonito. Gerlind e Berta olharam em volta, amedrontadas, pois notaram que a vegetação que as impedira de continuar durante a noite não era tão espessa assim e, certamente, não impediria olhares de estranhos. Para além, estendia-se um bosque de esparsos carvalhos e faias, que poderia ser atravessado por cavaleiros sem qualquer problema. Berta conseguiu até mesmo reconhecer um caminho que o cruzava. Quando, pouco depois, ouviu-se um tilintar e estalar, não havia como segurar Berta e Gerlind.

– Parece um pastor de porcos trazendo a manada em nossa direção. Se ele nos vir e nos entregar aos Riedburg, estaremos perdidas.

Gerlind levantou sua trouxa e quis sair correndo, mas Hiltrud impediu-a.

– Marie e eu amparamos a Fita durante metade da noite. Agora é a vez de vocês.

– Deveríamos escondê-la mais para dentro dos arbustos. Ali ninguém haverá de encontrá-la e nós nos livraremos dela. Eu não vou arrastá-la comigo. – Berta levantou o queixo e pôs as mãos nas cadeiras, ostensivamente.

Gerlind olhou para ela com desdém e mandou Märthe ajudá-la. Hiltrud também ajudou, enquanto Marie ia à frente para abrir caminho com um pedaço de pau. Berta, por sua vez, seguia o grupo com a cara amarrada e só se dispôs a apagar com um feixe de galhos de bétula o rastro que estavam deixando quando Gerlind deu-lhe um grito para fazê-lo. E foi assim que elas continuaram caminhando durante horas até que, no final, não sabiam mais de que direção haviam vindo. Quando o dia estava chegando ao fim, Marie encontrou um local que deu a todas a impressão de ser seguro. Era uma clareira, onde árvores imensas haviam sido derrubadas por uma ventania, como se fossem capim, muitos anos antes. Nesse meio-tempo, uma nova floresta havia crescido, mas, próximo às raízes, a vegetação rasteira era tão densa que ninguém com um pouco de juízo tentaria invadi-la. Hiltrud e Gerlind verificaram os limites da clareira para ver se não havia rastros de ursos. Para seu alívio, encontraram apenas uma trilha de caça que levava na direção da mata recente. As seis seguiram a trilha quase invisível até encontrarem um lugar seco que se adequava como acampamento, sob dois troncos gigantescos que se sobrepunham.

Marie e Gerlind fizeram um leito de musgo e galhos para Fita e cuidaram dela. A aparência de seu baixo-ventre ainda deixava a desejar, embora o sangramento tivesse estancado e sua barriga estivesse quente e dura como pedra.

Com um gesto de desespero, Marie chamou Hiltrud.

– Você acha que ainda conseguiremos ajudá-la?

– Não me parece nada bom! Mas eu trouxe minhas pomadas e tinturas. Quem sabe elas ainda fazem milagres? – Hiltrud foi buscar os remédios e começou a passá-los nas feridas.

Enquanto isso, Berta conversava baixinho, mas com muita ênfase, com Gerlind e Märthe. Finalmente, ela se aproximou de Marie com a mão estendida.

– Pronto! Agora nós vamos dividir o resultado do roubo. Pode ir passando as bolsas.

Marie colocou a mão sobre as duas bolsas e já ia mandar Berta para o diabo. Nesse momento, se arrependeu por não ter escondido também aquele dinheiro. A essa altura, no entanto, não lhe restava mais nada a não ser se adequar à situação, pois Berta e Gerlind não a deixariam em paz até lhe tirarem o último centavo.

– Podemos dividir o dinheiro, mas sob uma condição. Ficaremos escondidas aqui durante alguns dias, pelo menos, até termos certeza de que os mercenários seguiram caminho.

Gerlind gesticulou, impaciente, e sentou-se diante de Marie.

– Tudo bem! A gente faz isso! Agora, vá passando o dinheiro!

Marie sacudiu a cabeça e os cabelos voaram.

– Primeiro, vou contar o que eu roubei. Depois, darei a cada uma seu quinhão.

Berta silvou como uma cobra, aproximou-se de Marie e fez menção de pegar uma das bolsas.

– É claro que cada uma de nós vai receber o mesmo.

Marie empurrou-a.

– Hiltrud perdeu suas cabras e sua carroça. Portanto, ela vai receber mais do que nós.

– E você ainda recebe um extra, já que foi você que roubou o dinheiro. – Hiltrud, geralmente, era muito generosa. Mas a ganância das antigas amigas a repugnava.

Berta fez beiço e afastou-se um pouco. Mas não deixou o cinto de Marie fora de vista.

– Por mim, tudo bem! Por outro lado, não precisa meter Fita no bolo, porque essa não vai sobreviver por muito tempo. Depois, ela ainda acaba enfiando a parte dela no cepo da igreja mais próxima, antes de ir de vez.

– Fita recebe a parte dela e o que ela vai fazer com o dinheiro é problema dela! – Marie precisou se segurar para não jogar mais verdades na cara de Berta, pois ela havia notado como Fita se encolhera ao ouvir as palavras cruéis da companheira de tantos anos. Em vez disso, esvaziou o conteúdo das duas bolsas no seu colo e começou a contar. Era mais do que ela havia esperado, pois não havia uma moeda de cunho inferior. Sob os olhares vigilantes de Berta e Gerlind, ela contou o dinheiro e fez quatro colunas de uma metade, que foram designadas para Gerlind, Berta, Märthe e Fita. A outra metade, ela dividiu igualmente entre si e Hiltrud. Gerlind estava visivelmente insatisfeita, embora a quantia que Marie lhe dera fosse, pelo menos, cinco vezes a quantia que ela conseguia faturar em seus melhores anos.

Berta enrolou as moedas em um pedaço de pano que tinha rasgado do tecido da sua camisa e guardou o embrulho sem dizer uma palavra. Depois, estendeu a mão para o quinhão de Fita com a intenção de guardá-lo também.

– Afinal, sempre fomos companheiras.

Marie bateu na sua mão.

– O dinheiro de Fita fica comigo até ela melhorar. Assim, terei certeza de que ela o receberá.

– Você é uma sujeitinha muito da safada! Só para você saber! Você está querendo me passar para trás! – Berta levantou-se de um pulo e avançou na direção de Marie.

Hiltrud pegou-a por trás para afastá-la, mas Gerlind meteu-se entre as duas antes que começasse a pancadaria.

– Não vamos nos desentender por causa de alguns centavos!

Hiltrud, que dificilmente perdia a calma, fervia de raiva.

– Vocês já receberam mais do que o suficiente e não vou permitir que passem a perna em uma companheira doente. Berta deveria se envergonhar! Ela nunca teve tanto dinheiro de uma vez só e ainda quer roubar Fita, que ela sempre explorou.

Gerlind colocou a mão esquerda no ombro de Hiltrud e acariciou sua bochecha com a direita.

– Você tem razão, minha querida. Berta não tem nenhum motivo para reclamar, e eu também não. – Enquanto isso, ela fitava o dinheiro que Marie tinha empilhado na sua frente como se quisesse engolir as moedas com os olhos.

Com uma gargalhada desafinada, ela acabou se afastando.

– Sabem de uma coisa? Vou fazer um chá bem forte para que possamos recuperar nossas forças. Eu também consegui salvar algumas das minhas coisas – disse ela, piscando para Berta.

A gorda prostituta fez uma careta, mas, ao sinal de Gerlind, retirou as canecas de estanho que haviam trazido do acampamento. Depois, seguiu Gerlind e Märthe para buscar lenha para uma pequena fogueira e, logo, o chá fervia na chaleira arranhada da velha. Gerlind cheirou várias vezes a bebida, jogou ainda o conteúdo de um pequeno frasco no líquido e deixou ferver mais um pouco. Finalmente, encheu seis canecas e ofereceu duas delas a Marie e Hiltrud.

– Bebam, isso lhes fará bem! Está forte o suficiente para levantar até Fita de novo.

– Isso seria muito bom! Obrigada, Gerlind! – Hiltrud sorriu aliviada e ficou olhando para Märthe, que, até então, havia se mantido à distância e em silêncio, mas, naquele momento, curvava-se para ajudar Fita a tomar o chá.

Depois, ela moveu a cabeça e disse:

– Fico feliz que estejamos nos entendendo de novo. Agora, seria bom encontrarmos uma pedra para podermos assar panquecas sobre as cinzas. Eu ainda tenho um resto de farinha e dá para preparar uma refeição para todas.

Ela queria levantar-se, mas Gerlind colocou a mão sobre seu ombro e forçou-a a se sentar de novo.

– Ainda não. Deixe a bebida fortificante fazer seu efeito primeiro, senão não funciona. Deveríamos nos deitar e dormir. As panquecas não sairão correndo.

Hiltrud assentiu e relaxou novamente, pois sabia do conhecimento que Gerlind tinha de ervas e confiava nela. Devagar, ela bebericava a infusão forte e amarga, que deixava um ressaibo na língua. Marie também tomava golinhos pequenos, embora seu primeiro impulso tivesse sido jogar o líquido fora. Mas não queria provocar mais brigas. Assim sendo, encostou a cabeça na madeira podre e quebradiça atrás dela, olhou para as moedas que ainda estavam na sua frente e, pensativa, fitou Berta, que havia se afastado para um canto, fechando a cara por alguns instantes. Gerlind sentou-se ao lado de Berta e começou a conversar com ela. Finalmente, Marie separou as moedas de Fita. Dividiu a parte dela e a de Hiltrud nas bolsas de couro roubadas e entregou uma delas à amiga. Depois, ela se espreguiçou e bocejou longamente.

– Um chá quente assim no estômago faz bem. Estou me sentindo bem melhor. Você tem que me dar a receita desse chá, Gerlind. Também está acalmando as dores que estou sentindo na barriga.

– E ainda acalmará muito mais – zombou Berta.

Hiltrud ainda viu que Gerlind a cutucou e quis dizer algo, mas sua língua estava tão pesada quanto suas pálpebras. Notou que Marie, ao seu lado, tombava para a frente. Depois, só viu uma névoa densa, que escureceu rapidamente. A última coisa que ouviu foi a gargalhada de Berta.

– Essa bebida foi ótima! As duas já estão dormindo feito marmotas.

Gerlind olhou para as duas mulheres desmaiadas e cuspiu, como se tivesse nojo de si mesma.

– Temos que sumir logo daqui, pois não sei quanto tempo isso faz efeito. Anda, Berta, tire o dinheiro delas!

Berta não precisou de segunda ordem e pegou, rapidamente, o dinheiro de Fita. Depois, ela cortou as bolsas de couro de Marie e Hiltrud, e o moedeiro menor com o dinheiro de Marie, e estendeu parte do dinheiro para Gerlind.

A velha prostituta estava visivelmente com a consciência pesada.

– Não deveríamos tirar tudo delas!

Berta fez um gesto de desdém, deu uma gargalhada e guardou as bolsas.

– Imagine! Cada uma por si!

Depois, ela apontou para as trouxas de Marie e de Hiltrud.

– E o que vamos fazer com aquilo? Vamos levar também?

Gerlind balançou a cabeça.

– Já temos bastante para carregar. Vamos dar o fora daqui.

Berta deu uma gargalhada hostil.

– Com o maior prazer. Isso me satisfará até o fim dos meus dias, ter passado a perna nessas duas sujeitinhas arrogantes! Agora que não têm mais dinheiro, terão que abrir as pernas para todo e qualquer bode fedorento.

Ela se virou sem conceder um olhar sequer à sua antiga companheira, Fita, e partiu de lá com a satisfação estampada no rosto.

Märthe seguiu-a de perto, enquanto Gerlind hesitava. Só quando as outras duas a chamaram, ela criou coragem e deixou as mulheres drogadas e desprotegidas para trás.

IX

Quando Marie voltou a si, faltava pouco para o meio-dia. Isso a confundiu um pouco, pois lembrava que, pouco antes, tinha sido fim de tarde. Foi então que percebeu que havia dormido quase um dia inteiro e pensou, imediatamente, no chá de sabor desagradável preparado por Gerlind, que ainda deixara um gosto de bílis na boca. Ela se levantou com dificuldade e olhou em volta. A um braço de distância, Hiltrud dormia profundamente. Marie teve de sacudi-la várias vezes antes de conseguir acordá-la.

– O que foi que aconteceu? – gemeu Hiltrud enquanto levava a mão à cabeça.

– Gerlind sedou a gente com o chá.

Hiltrud olhou ao redor, ainda sonolenta. Ninguém à vista, além de Fita, que estava esticada, imóvel, no seu leito de musgo. Gerlind, Berta e Märthe haviam sumido e, com elas, as bolsas que estavam penduradas em seus cintos.

Hiltrud soltou um palavrão, que deixaria em pé os cabelos do padre mais calejado da paróquia.

– Aquelas prostitutas imundas, do capeta, roubaram todo o nosso dinheiro.

Marie olhou, incrédula, para baixo e descobriu os tocos das fitas de couro às quais havia amarrado seu próprio moedeiro e o de seu quinhão do roubo. Ela gelou e apalpou rapidamente embaixo da saia para verificar se o ouro de Siegward von Riedburg e o resto de suas economias também havia sido levados. Quando apalpou o moedeiro e a bolsinha e sentiu a firmeza das moedas, Marie deu um grito de alegria.

Hiltrud fitou-a como se a amiga tivesse perdido o juízo.

– Mas o que foi que deu em você? Gerlind e aquelas outras duas nos roubam e você ainda se alegra com isso?

– Não é tão dramático quanto eu pensava. – Marie levantou a saia e mostrou à amiga o tesouro escondido. – O que eu tenho aqui é, pelo menos, dez vezes mais do que o que nos levaram. Que sorte elas não terem tido a idéia de nos revistar!

Hiltrud respirou, aliviada, mas a raiva que sentia das ladras era bem maior do que a alegria pela pequena fortuna da amiga.

– Aquelas ladras vão nos devolver cada centavo que roubaram... E dobrado! Vamos, Marie! Vamos procurar o rastro e segui-las. Eu vou acabar com a raça da Berta.

– Primeiro, temos que cuidar de Fita.

Marie nem esperou Hiltrud responder. Levantou-se com dificuldade e dirigiu-se à enferma. Quando viu o rosto dela, ficou claro que não podia fazer mais nada pela companheira.

Ela se virou e secou as lágrimas dos olhos.

– Fita morreu. Meu único consolo é que ela não tenha sofrido graças à bebida de Gerlind.

Hiltrud colocou os braços na cintura e olhou para a morta com a fisionomia irada.

– Aquela bebida deve tê-la matado, isso sim!

– No máximo, o chá pode ter apressado seu fim. Não creio que Fita sobrevivesse aos próximos dias com todos esses machucados. Além disso, ela já tinha perdido a vontade de viver.

Marie ajoelhou-se e acariciou o rosto adelgaçado da morta.

– Adeus, Fita! Se houver um Deus justo, Ele vai uni-la ao filho que você teve sem querer e, da mesma forma, perdeu.

– Deus lhe dê a paz eterna! O que vamos fazer com ela? Não podemos deixá-la aqui, assim! – Hiltrud começou a balançar de um pé para o outro.

– Temos que enterrá-la.

Marie não deu tempo para Hiltrud contestar. Pegou o punhal de Fita e começou a cavar. A amiga começou a resmungar e a xingar, pois não queria deixar Berta fugir, mas acabou ajudando Marie com vigor. A tarde chegava ao fim, enquanto elas cavavam um buraco na terra com os escassos meios de que dispunham, e, quando colocaram as últimas pedras sobre o túmulo de Fita, o sol já estava se pondo.

Hiltrud esticou seus músculos rijos e suspirou.

– Ainda temos que fazer uma prece para ela, mas eu não sei as palavras apropriadas.

Marie tentou se lembrar das orações que ela ouvira na Catedral de Constança e na igreja de Santo Estevão. Antigamente, ela ia quase todos os dias à santa missa e se deleitava com os cantos do coro infantil. Como Hiltrud estava visivelmente nervosa e ainda queria encontrar novo local para montar acampamento, aproveitando a última luz do crepúsculo, Marie decidiu fazer apenas uma prece curta.

– Seja misericordioso com Fita, Senhor! Ela tinha um coração bom demais para este mundo. Amém! – disse ela e jogou um punhado de terra sobre o túmulo. Hiltrud arrancou algumas flores e espalhou-as por cima.

Antes de partirem, elas ainda voltaram rapidamente, fizeram uma cruz com dois galhos amarrados com uma tira de pano e fincaram-na na terra. Depois, deixaram rapidamente o local, como se estivessem fugindo.

Para seu alívio, Gerlind e as outras haviam lhes deixado as trouxas. Assim, elas tinham o mínimo de que precisavam. Hiltrud ainda tinha um vestido, e Marie, uma túnica para trocar; tinham também mais duas cobertas, utensílios para cozinhar, duas canecas de madeira e algumas necessidades vitais como mecha, pederneira e as pomadas tão imprescindíveis após aquela noite horrível.

Quando Hiltrud, depois de uma hora, desfez a trouxa do ombro para improvisar uma cama sob a proteção dos galhos de alguns pinheiros que chegavam até o chão, um pequeno saco de couro caiu-lhe nas mãos. Primeiro, ela não quis acreditar, mas, quando olhou lá dentro, começou a rir.

– Aquelas ladras também não notaram as minhas economias. Pode não ser muito, mas, pelo menos, não precisaremos pagar nosso primeiro pedaço de pão com seu ouro, o que atrairia os guardas, que, geralmente, não passam de ladrões disfarçados. Eles nos tomariam o ouro afirmando ser roubado.

Marie estendeu-se sobre seu cobertor, exausta, e apoiou a cabeça com o braço, para olhar para a amiga.

– Só poderemos trocar o ouro com um judeu. Qualquer outra coisa chamaria a atenção para nós e poderia colocar Siegward von Riedburg em nosso rastro.

Hiltrud não estava disposta a ficar ouvindo explicações e reagiu ligeiramente irritada.

– E do que vamos viver se não temos moedas menores?

Marie sentou-se e colocou a mão no braço da amiga, acalmando-a.

– Em primeiro lugar, eu não tenho só moedas de ouro nas bolsas, mas também alguns xelins e centavos de Regensburg. Além disso, podemos fazer como Gerlind, que já se deitou em troca de pão, uma caneca de vinho ou um pouco de banha ou mel para as panquecas.

– Muito obrigada! Prefiro a prata! – Hiltrud desejou-lhe boa-noite com a cara amarrada, deitou-se e deu-lhe as costas.

Marie percebeu que Hiltrud não pensava em outra coisa senão em encontrar o rastro das ladras e sair em seu encalço o mais breve possível. Ela própria não estava com tanta pressa assim, pois imaginava que Berta seria capaz de colocar os Riedburg atrás delas. Por isso, não teve nenhuma objeção em abandonar o último acampamento e concordara com a amiga que não seria prudente fazer uma fogueira, mesmo sabendo que o fogo espantaria as feras.

Como Marie havia previsto, Hiltrud acordou-a aos primeiros sinais da aurora e mal deu-lhe tempo de fazer sua toalete matinal. Enquanto se lavava no riacho próximo e passava pomada na vagina, Marie teve medo de perder Hiltrud de vista, pois a amiga, de tão impaciente, já tinha se afastado. Mas então ela ouviu a voz de Hiltrud.

– Marie, ande logo! Venha cá!

Marie jogou a trouxa nas costas, às pressas, e seguiu-a.

A amiga estava numa trilha, mas não dava para reconhecer se havia sido feita por seres humanos ou animais. Ela apontava, nervosa, para uma poça enlameada, quase seca. Entre os rastros de veados e javalis, era possível distinguir a marca de um pé descalço. Hiltrud colocou seu próprio pé ao lado e imprimiu-o na lama. Quando ela o levantou, sua pegada era um pouco maior que a outra e mais estreita.

– Se essa pegada não for da pata daquela Berta, então me deitarei de graça com todo padre que me aparecer pela frente – disse Hiltrud, triunfante.

Marie assentiu, mas levantou as mãos, cuidadosa.

– As pegadas certamente são de Berta. Mas eu não sei se é uma boa idéia segui-las pelo campo aberto. Os Riedburg estão perto demais para meu gosto.

Hiltrud balançou a cabeça, irada.

– Não vou deixar aquelas ladras escaparem tão facilmente. De Berta, sempre pensei o pior; mas Gerlind... Essa realmente me desapontou. Caminhei por essas estradas com ela durante muitos anos e jamais poderia ter imaginado que ela me sedaria inescrupulosamente para poder me roubar. Essa traição vai custar-lhe caro!

– Então, temos que ser cuidadosas. Siegward von Riedburg não vai aceitar, sem mais nem menos, ter perdido seu dinheiro.

– Se você está com tanto medo dele, não deveria tê-lo roubado. O que é que ele pode fazer, senão espumar de raiva?

Quando Hiltrud seguiu em frente, ficou claro para Marie que a amiga estava irritada demais para aceitar justificativas racionais. Assim sendo, não lhe restava mais nada senão segui-la e manter os olhos e os ouvidos bem abertos. Não demorou muito e a sua prudência rendeu frutos. Elas haviam seguido uma trilha aparentemente sem fim, que serpenteava entre árvores muito próximas, e úmida o suficiente para manter frescas as pegadas das três mulheres que houvessem passado ali no dia anterior. Quando a trilha desembocou em um caminho mais largo, Marie ouviu o bater de metal ao longe.

Ela segurou Hiltrud.

– Vamos, rápido! Vamos voltar para trás daqueles arbustos que passamos há pouco.

Como Hiltrud hesitava, Marie puxou-a atrás de si.

Hiltrud, confusa, deixou a amiga puxá-la.

– Mas o que está acontecendo?

No mesmo instante, ela ouviu o tropel abafado de cascos de cavalo no solo argiloso e vozes altas. Sem contestar, seguiu a amiga para trás dos arbustos. Lá, elas se jogaram no chão, encolheram-se e mal respiraram de medo. Quando os homens, bem próximo a elas, entraram na trilha da qual haviam acabado de sair, elas levantaram cuidadosamente a cabeça.

Como Marie suspeitara, o cavaleiro não era outro senão Siegward von Riedburg, seguido de quatro outros homens a cavalo. Correndo atrás deles, ainda havia uma dúzia de mercenários. Os homens pareciam ter um objetivo determinado, pois passaram, apressadamente, por Marie e por Hiltrud sem tirar os olhos da trilha. Não demorou muito, o grupo sumiu na floresta com a mesma velocidade com a qual havia surgido. Só então, as duas mulheres tiveram coragem de respirar de novo e se entreolharam apavoradas.

– Essa foi por pouco! Se você não tivesse ouvidos tão aguçados... – Hiltrud não terminou a frase. As duas haviam visto o rosto furibundo de Riedburg.

Hiltrud apertou a mão contra o coração, que disparava.

– Vamos nos embrenhar mais na floresta ou seguimos pelo caminho de onde eles vieram? Entre as árvores, não conseguiremos nos adiantar como eu gostaria, mas prefiro me distanciar de Riedburg pelo menos um dia de caminhada.

Marie colocou os braços em torno de si como se estivesse com frio.

– E o que faremos se houver retardatários?

– A gente também vai conseguir ouvi-los a tempo. – Hiltrud se fez de mais corajosa do que realmente era. Parecia-lhe mais seguro ter o fidalgo a uma boa distância atrás de si do que nas redondezas, onde ele poderia surpreendê-las a qualquer momento.

Marie não tinha como contrapor-se a esse argumento. Assim sendo, saíram de trás dos arbustos e seguiram viagem, silenciosamente, embora se encolhessem a todo e qualquer ruído que lhes chegava aos ouvidos.

Entretanto, a sorte estava do lado delas. O crepúsculo começava a surgir no leste, sem que cruzassem com um viajante ou um mercenário de Riedburg. Finalmente, alcançaram um cruzamento e pararam para decidir em que direção ir. De repente, Marie deu um grito. Hiltrud tapou imediatamente sua boca com a mão.

– Fique quieta! – comandou ela.

Hiltrud estava quase sufocando Marie, que assentiu ofegante. Quando a amiga tirou a mão de sua boca, Marie apontou para o monte de carne ensangüentado e desfigurado que havia sido Gerlind uma vez e curvou-se sob uma onda de náusea. Ela tropeçou e se inclinou, enquanto seu estômago se esvaziava até o conteúdo se resumir a bílis.

Hiltrud não conseguia se incomodar com a amiga, pois o pavor a transformara em estátua e ela não desviava o olhar do corpo coberto de moscas, que parecia encará-la de forma acusadora através das órbitas vazadas.

– Gerlind era uma ladra e nos traiu. Mas um fim desses ela não merecia – disse ela, quando Marie se levantou e se aproximou.

– Nenhum ser humano merece. – Marie gemia da dor que o estômago, há muito esvaziado, lhe causava e cambaleou de lá.

Hiltrud seguiu-a, apressadamente, e descobriu, a menos de dez passos de distância, os restos mortais de Berta. Haviam-na maltratado a tal ponto que a prostituta gorda só era reconhecível pelos cabelos e trapos da camisa que vestira por último. Pelo visto, Siegward e seus homens haviam descarregado toda a sua ira pelo roubo no corpo das mulheres, até sobrarem, apenas, carne estraçalhada e ossos polidos.

Enquanto o estômago de Marie começava a se acalmar, lágrimas abundantes corriam-lhe pelas faces.

– Como é que isso foi acontecer?

– Elas devem ter caído direto nos braços dos mercenários e não tiveram nenhuma chance. – Hiltrud deu as costas, arrepiada, e esperou que, pelo menos, Märthe tivesse conseguido se livrar dos açougueiros. A esperança se esvaiu, pois a jovem prostituta encontrava-se, igualmente nua e estripada como as outras duas, na beira do caminho.

Marie sacudiu a cabeça, desesperada.

– Como é que as pessoas podem ser tão cruéis?

Hiltrud, que conseguira se controlar até aquele momento, começou a chorar ao ver a jovem prostituta.

– Riedburg deve ter pensado que Gerlind e as outras tinham engolido o ouro dele – explicou ela, soluçando muito entre uma palavra e outra.

– Deus do céu, é tudo culpa minha! – sussurrou Marie. – Se eu não tivesse roubado o dinheiro, as nossas amigas estariam vivas e conosco.

Depois daquelas palavras, Hiltrud levantou-se, secou o rosto na manga e colocou as mãos sobre os ombros de Marie.

– Ouça-me bem, agora! Se as três não tivessem nos sedado e roubado, estariam todas vivas, e nós, em segurança. Para onde você acha que Siegward von Riedburg e seus matadores estavam indo? Eles estavam indo para o lugar onde as ladras nos abandonaram. Uma delas deve ter contado aos açougueiros como chegar lá. Se eles não tivessem perdido tanto tempo com esta carnificina ou se o chá de Gerlind nos tivesse sedado por mais tempo, nós também estaríamos com as tripas de fora, aí no chão. E o nosso fim teria se prolongado ainda mais, pois Riedburg teria encontrado seu moedeiro conosco.

Marie se arrepiou só de pensar, mas não queria condenar de todo suas antigas colegas. Podia imaginar que uma das três, de medo de morrer, tivesse contado o esconderijo delas aos Riedburg, e tentou convencer Hiltrud disso.

– Pode até ser – interrompeu Hiltrud, rudemente. – A mim só interessa salvar a pele. Vamos sumir daqui e andar até onde nossos pés agüentarem. E não tente me convencer a enterrar as três ladras.

– Não, não temos tempo para isso. Se Riedburg encontrar nossos rastros, ele voltará atrás de nós, o mais tardar quando alcançar nosso acampamento na clareira e não nos achar.

Marie endireitou as costas, colocou a mão no estômago dolorido e seguiu Hiltrud para dentro da noite que caía. Ela se envergonhava da fraqueza que lhe acometia e, ao mesmo tempo, tentava parar de se repreender. Não adiantava, de que ponto de vista fosse, ela se sentia culpada pela morte de suas companheiras. Finalmente, ela se agarrou às palavras de Hiltrud, tentando convencer-se de que a ganância de Gerlind e das outras duas havia selado o destino delas. Mas ela já previa que as imagens horríveis na beira da estrada ainda a perseguiriam por muito tempo, até em sonhos.

X

Quando pararam, Marie não era nem capaz de avaliar quanto as duas tinham caminhado durante aquela noite, e ela só conseguiria ter uma idéia da direção que haviam tomado no dia seguinte. Aos primeiros sinais da aurora, quando já conseguiam ver uma direção para além de meia dúzia de passos, elas se afastaram da estrada e procuraram proteção na mata. A região ao redor parecia mais acidentada e selvagem do que aquela de onde haviam vindo. Florestas escuras, com árvores cobertas de barbas de musgo, expandiam-se para o sul. Ao alcançarem uma clareira no topo de um morro, não viram outra coisa senão floresta ao seu redor. Parecia não haver nem terreno arroteado nem povoados por perto.

Hiltrud virou-se para todos os lados e franziu a testa.

– Devemos ter chegado à Floresta Negra. Isso é bom e mau, ao mesmo tempo.

Marie concordou, preocupada. Em Constança, ela já havia ouvido falar muito sobre essa região. Diziam que se podia caminhar muitos dias nela, sem encontrar vivalma. Sob suas imensas faias, carvalhos e pinheiros habitavam mais ursos e lobos do que moradores em Constança.

Hiltrud via a situação de forma mais otimista.

– Aqui Riedburg jamais nos encontrará. Ande! Vamos procurar um lugar onde estaremos a salvo de animais selvagens. Estou tão cansada que sou capaz de acabar dormindo em pé.

Marie tirou os pés dos sapatos, que consistiam de solas de madeira e uma tira larga de couro, e ficou olhando para seus pés doloridos.

– Em pé, eu não aconselharia. Mas eu não teria nada contra um esconderijo seco e um riacho, onde eu pudesse beber e refrescar os pés.

Hiltrud murmurou algo que parecia "coisinha mimada" e começou a descer o declive à sua frente. Ele terminava em um riacho, no fundo de um pequeno cânion, onde elas conseguiram saciar a sede e encher de água o recipiente de couro que haviam trazido. Quando saíram do rio e subiram pela margem oposta, encontraram arbustos que poderiam servir como acampamento. Enquanto ainda olhavam em volta, seus estômagos roncaram sonoramente. Mas elas estavam cansadas demais para procurar lenha e temiam que a fogueira as delatasse, de forma que dividiram o último pedaço de pão e engoliram-no com água. Apesar de seus olhos estarem quase fechando, elas ainda tiveram o cuidado de trançar os ramos em volta formando um escudo, para que nem homem nem animal conseguisse se aproximar sem fazer ruído. Depois, enrolaram-se nas cobertas e estiraram-se sobre o solo rochoso.

Marie e Hiltrud dormiram até a tardinha, de tão exaustas que estavam. Congeladas, depois de permanecerem deitadas durante tanto tempo sobre o solo duro e frio, elas desceram para o riacho e saciaram a sede mais uma vez. Para sua infelicidade, naquela época do ano, ainda não havia nem frutas silvestres maduras nem cogumelos. Hiltrud acabou encontrando aipo selvagem e desenterrou suas raízes. Apesar do cheiro forte do legume, as duas o devoraram, esfomeadas. Ele encheu seus estômagos, mas não lhes matou a fome. Elas não conseguiriam sobreviver por muito tempo se continuassem assim. Além disso, elas continuavam com a impressão de ainda estarem perto demais do local onde Siegward von Riedburg e seus mercenários haviam trucidado as três companheiras. Por isso, aguardaram até a lua sair e os seixos de sílex brilharem sobre o caminho que haviam encontrado e continuaram caminhando, numa penumbra prateada, através de uma garganta que parecia ladeada de muralhas negras impenetráveis. Os ruídos que lhes chegavam aos ouvidos naquela escuridão em nada ajudavam a minimizar seus temores.

Nos dias que se seguiram, elas se alimentaram de raízes cruas e cogumelos e, quando não encontravam outra coisa, mastigavam resina que retiravam das árvores, pois ainda não tinham coragem de fazer uma fogueira para assar a última farinha que tinham trazido. Com o tempo, entretanto, elas ficaram tão esgotadas que suas pernas mal conseguiam sustentá-las e acabaram escolhendo uma garganta densamente arborizada como esconderijo.

Na segurança de uma escarpa, trançaram uma choça com galhos e cobriram o telhado com grandes placas de musgo e tufos de capim para protegerem-se da chuva, pois o sol dos últimos dias havia dado lugar a nuvens pesadas e baixas. No início, o humor das duas era tão deprimente quanto o céu. Mas, quando uma pequena fogueira começou a crepitar no esconderijo, o humor delas mudou. Só então, depois de mais de uma semana, elas comeram uma refeição quente – mordiscaram suas primeiras panquecas de farinha, quentes demais, e degustaram uma sopa de capim selvagem e cogumelos picados, fechando assim o que lhes pareceu um verdadeiro banquete.

Hiltrud estava satisfeita com o esconderijo, pois, pelo que tinha podido ver da clareira, no topo da garganta, o primeiro povoado habitado encontrava-se a algumas horas de distância, para além das montanhas, em direção ao Reno. Ela acreditava já haver ouvido falar do lugarejo, cujas torres de fumaça avistara ao longe. Devia ser onde moravam os lenhadores que derrubavam as altas árvores da Floresta Negra, que, depois, eram transportadas rio abaixo até Colônia, como madeira de construção. O riacho em frente ao esconderijo devia desembocar no rio Alb, que, por sua vez, desaguava no Reno, na cidade de Mühlheim.

O rio Reno era, Hiltrud explicara a Marie, também o destino delas. Mas ela não queria deixar a floresta antes de a poeira ter assentado no caso com Riedburg. Portanto, pretendia, primeiro, seguir para o sul por algum tempo a fim de evitar lugares às margens do Reno que pudessem ser alcançados por Riedburg em dois dias de montaria. Marie concordava com tudo que Hiltrud propunha, pois continuava a travar uma batalha consigo mesma. O encontro com os mercenários e suas conseqüências trágicas ainda pesavam sobre sua alma.

Ao ouvirem a corneta de um pastor de porcos, após alguns dias, as duas amigas abandonaram o esconderijo e se embrenharam ainda mais na densa floresta, que se tornava cada vez mais escura e impenetrável. Em certos lugares, elas se deparavam com um abrigo de pastores de porcos ou resineiros, mas não tinham coragem de utilizá-los temendo que seus rastros pudessem ser seguidos. Assim sendo, noite após noite, elas montavam pára-ventos provisórios, de arbustos e galhos de bétula. No decorrer de suas caminhadas, Hiltrud havia conseguido variar o cardápio, com a ajuda de um laço colocado sobre as trilhas de animais selvagens. Elas assavam lebres e, uma vez, até mesmo um veado novo, cujos ossos ela ainda usou para cozinhar uma nutritiva sopa. Embora Marie e Hiltrud, com o tempo, conseguissem tirar melhor proveito daquilo que a floresta tinha a lhes oferecer e encontrassem uma profusão de raízes, tubérculos e cogumelos para saciar sua fome de cada dia, não demorou muito e elas sentiram saudades de um pedaço de pão. O desejo crescia dia após dia, até Hiltrud chegar a sonhar com pães frescos e começar a dizer que se deitaria com qualquer um por uma fatia daqueles pães. Marie riu dela, embora tivesse que admitir que o mesmo acontecia com ela.

Apesar de evitarem qualquer contato com quem quer que fosse por temerem os Riedburg e seus mercenários, Hiltrud insistia para ambas continuarem usando as fitas de prostitutas. O perigo de serem encontradas sem o sinal de sua classe era-lhes grande demais. Os guardas das cidades costumavam acusar mulheres que viajavam sozinhas, sem as fitas amarelas, de impudicícia. E, após uma rápida condenação ditada por um juiz inescrupuloso, elas eram chicoteadas publicamente, para grande prazer dos espectadores.

Ao contrário de Hiltrud, Marie considerava os cuidados da amiga exagerados, pois, a seu ver, as fitas amarelas impossibilitavam que se aproximassem de um dos povoados espalhados pela floresta para comprar mantimentos. Ela chegou à conclusão de que não havia mais nada a temer, pois nem Siegward von Riedburg nem seus homens as reconheceriam à primeira vista. Elas haviam tingido seus cabelos claros com a fervura de raízes e cogumelos, até ficarem escuros. E os rostos, nos quais costumavam esfregar a seiva de certas plantas, pareciam bronzeados como o das mulheres de regiões ao sul do continente.

Quando subiram pelo vale de Schönmünz, localizado ao norte da Floresta Negra, e tiveram a vista de cima do topo do Hornisgrinde até o Reno, Marie decidiu que era hora de voltar à civilização. Elas já haviam seguido, durante alguns dias, uma trilha feita, que, a julgar pelas pegadas frescas, era utilizada com freqüência. Marie tinha a esperança de que o caminho levasse a uma cidadezinha ou, até, a um local de peregrinação. Estava disposta a correr um risco e subornar os guardas dos portões com um xelim para poder comprar mantimentos.

Quando viram diante de si os telhados de um vilarejo maior, Hiltrud acabou concordando. Mas, como temia que chamassem atenção demais se fossem juntas, decidiu ficar esperando por Marie na floresta, perto do lugarejo. Foi então que, para desespero de Hiltrud, Marie cobriu as fitas de prostituta com um pano gasto, no qual ela costumava embrulhar suas posses, e só levou consigo algumas moedas para comprar pão e mantimentos.

Hiltrud deu voltas em torno de Marie como uma galinha em torno dos pintinhos.

– Eu realmente não estou gostando dessa idéia. E se você for molestada ou acabar caindo diretamente nos braços de um Riedburg?

Marie fez pouco caso, rindo.

– Duvido que alguém esteja atrás de uma vagabunda suja e morena. Hiltrud, convença-se de que temos que comer outra coisa além de legumes selvagens e cogumelos! E, se não fizermos roupa nova, acabaremos andando nuas por aí. Estes trapos que cobrem nosso corpo não vão demorar a se desfazer. Se chegarmos ao Reno esfarrapadas assim, não haverá homem de moedeiro cheio que olhe para nós... Nem a distância.

– Eu sei que você tem razão, mas...

– Nada de "mas", Hiltrud! – interrompeu Marie. – Fique à vontade aqui. Eu sigo sozinha.

Hiltrud encolheu os ombros.

– Então, está bem! Se você não quer ouvir meus conselhos, vá, em nome de Deus!

O lugarejo do qual Marie se aproximava era maior do que ela imaginara. Ele se encontrava no declive ocidental de uma montanha pouco íngreme. Casas de madeira escura, com telhados de junco que chegavam ao solo, torreavam acima das muralhas erguidas no meio do flanco. A maior construção do vilarejo era um albergue que saudava os viajantes com uma placa visível a grande distância. O casarão imponente comprovava a importância da via comercial, que devia descer o Reno, seguir pelas últimas colinas da Floresta Negra, atravessar Nahgold e continuar até Stuttgart. Em frente ao albergue, distinguiam-se as lonas que cobriam as barracas, protegendo, assim, as mercadorias do sol e da chuva. Marie respirou aliviada. Pelo visto, aquele era dia de feira.

Quando ela se aproximou dos portões, seu coração disparou como se fosse explodir. Os guardas, entretanto, não a rechaçaram de início. Um deles curvou-se e puxou uma das indiscretas fitas amarelas, que havia aparecido debaixo do pano, e cobrou-lhe, imediatamente, quatro centavos de imposto de passagem. Quando Marie olhou para ele, revoltada, ele apontou para o prédio da guarda e fez um gesto inequívoco.

Marie sabia que problemas teria se tentasse entrar na cidade abrindo as pernas e fez uma careta.

– Quero ir à feira para comprar pão.

O rosto do guarda deu a entender que a oferta original não passara de uma brincadeira, mas que, mesmo assim, lamentava que ela não tivesse aceitado. Para alívio de Marie, ele não a impediu de entrar, mas aceitou três bons centavos e desejou-lhe ainda um bom dia com a bênção de Deus.

Marie escondeu a fita sob o pano e andou, com a rapidez que a rua lotada lhe permitia, em direção à feira. Ela só se acalmou quando chegou às ruelas entre as barracas e as carroças e viu expostas todas as mercadorias de que sentira falta durante tanto tempo. O que mais se vendia ali eram os produtos que a floresta fornecia ao homem: a começar por cestos de vime, passando por colheres e canecas de madeira, até chegar ao presunto defumado dos porcos que pastavam nas baixadas da Floresta Negra. Em uma barraca, vendiam-se facas, machadinhas, panelas de ferro e cobre e, em outra, tecidos diversos.

Marie sentiu dificuldade para se movimentar entre as pessoas, após a prolongada solidão na floresta. Sempre que alguém falava mais alto perto dela, Marie se encolhia, pensando que estivessem falando com ela. Demorou um pouco até perceber que ninguém se interessava por sua presença. Finalmente, ela se atreveu a se aproximar de uma barraca e a dar uma olhada na mercadoria exposta. O vendedor avaliou a bolsa pendurada no seu cinto e, interessado, veio correndo em sua direção.

– À moça interessaria um tecido vindo de Flandres? Como se tivesse sido feito especialmente para vestir um belo noivo – disse ele, estendendo-lhe um pedaço de pano.

O pai de Marie havia trabalhado com tecidos valiosos, entre outros produtos. Assim sendo, ela reconheceu, de imediato, que o tecido tinha sido mal tramado e que seus fios eram finos demais. O homem pedia um preço absurdo pela peça. Marie balançou a cabeça e seguiu caminho. O vendedor fitou-a, irritado, mas logo cumprimentou a cliente seguinte, que se aproximara demais de sua barraca.

Marie não tinha mais noção de quanto tempo ela e Hiltrud haviam passado na floresta. A julgar pelas frutas e pelos legumes vendidos em outra parte da feira, deviam ter sido semanas. Havia cerejas, pêras e as primeiras ameixas, cultivadas nas planícies às margens do Reno e levadas para lá. Marie ficou com a boca cheia d'água. Ela ainda estava conseguindo resistir à tentação, até que descobriu uma barraca de lingüiças assadas, e seu autocontrole desmoronou.

Comprou quatro de uma só vez e procurou um canto discreto onde pudesse comê-las. Ao fazer isso, teve a sensação de estar traindo a amiga. Depois de ter comido as lingüiças e lambido os dedos, criou coragem e procurou comprar aquilo de que mais precisavam. Em pouco tempo, havia adquirido dois pães grandes, um pedaço de presunto, agulhas e linhas, duas peças de tecido – das quais ela e Hiltrud poderiam fazer vestidos novos – e, finalmente, um xale, no qual podia embrulhar as compras.

No início, Marie economizava na conversa e limitava-se a dizer o necessário. Mas, quando se aproximou de um vendedor de vinho simpático e sorridente, que a cumprimentou efusivamente, mas sem inconveniência, ela lhe estendeu a recém-comprada jarra para que a enchesse de vinho do Reno e lhe dirigiu a palavra.

– Bom homem, você poderia me dizer quais são as novidades?

– Muitas – respondeu ele, sempre sorridente. – O que é que você quer saber, mulher?

– Em que pé está o concílio em Constança? Os nobres senhores já se reuniram?

O homem balançou a cabeça.

– O que é que você está pensando? Antes de príncipes e bispos se encontrarem, há muito o que fazer. Eles não são como nós, que simplesmente nos pomos a caminho, mas trocam mensagens e firmam uma série de acordos, pois dificilmente confiam uns nos outros. Depois, enviam pessoas na frente para inspecionar os albergues no caminho, dar instruções sobre o modo de recepcionar seus senhores e encontrar outras acomodações em cada lugar. E isso é bastante difícil, mulher, pois o imperador não pode ter uma acomodação pior do que a do papa, nem vice-versa. O mesmo acontece com o bispo e o príncipe ou o conde. Até tudo isso ter sido acertado, já se passaram vários meses.

O homem gostava de ouvir o próprio discurso, pois explicou a Marie, em detalhes, os nobres que se encontrariam em Constança. A cabeça da moça zumbia de tantos nomes. Além dos nobres e dignitários do reino, a vinda de muitos nobres e clérigos estrangeiros estava prevista, como os da longínqua Escócia, da Espanha e da Itália. Ele também contou a Marie sobre os preparativos que se faziam em Constança para o grande evento. Mas ele não parecia conhecer sua cidade natal muito bem, pois ela não conseguia se lembrar nem de telhados de ouro nem de ruas com paralelepípedos de prata. Além disso, Constança não se encontrava sobre nenhuma ilha no lago do mesmo nome, que, segundo o mercador, era tão grande quanto o oceano.

– O Santo Papa irá diretamente de Roma até lá, de barco – esclareceu o homem, com o olhar cheio de admiração, e deslumbrava Marie com a beleza da pomposa barca do papa.

Foi então que Marie interrompeu o mercador e se informou sobre as últimas contendas entre nobres linhagens.

Ele teve que refletir um pouco.

– Nossa! Houve uma grande contenda entre os senhores de Riedburg e a parentela de Büchenbruch, na primavera. Aquilo foi sério, pode ter certeza. O velho Siegbald havia enviado seu filho mais velho, Siegward, ao Reno, em segredo, para contratar mercenários e aquelas coisas do diabo, que chamam de canhões. São verdadeiras monstruosidades de metal, cujo estampido demole muralhas e estanca os corações de homens corajosos. Riedburg deve ter gasto uma fortuna com aquilo, mas não lhe adiantou de nada. Ainda enquanto seu filho se demorava em terras distantes, Lothar von Büchenbruch atacou o castelo numa ação ousada e conquistou-o. Quando o fidalgo Siegward alcançou a casa paterna com os mercenários e os monstros de metal, Büchenbruch havia montado uma armadilha para ele. O jovem Riedburg, porém, não quis se render e atacou o inimigo de uma posição desesperada. Ele próprio, seu irmão Siegerich e a maior parte dos mercenários não sobreviveram à batalha.

Marie ouviu o relato do homem de boca aberta. Se tudo aquilo era mesmo verdade, então Hiltrud e ela haviam se escondido na floresta desnecessariamente. Mas, como ela achava que o comerciante costumava exagerar ao contar histórias, não acreditou muito na conversa dele. Marie agradeceu-lhe as informações e seguiu caminho, com a jarra de vinho na mão esquerda e a trouxa com o resto das compras nas costas. De um vendedor de aviamentos mais insistente ela acabou comprando um pedaço de galão, absolutamente inútil ao seu ver, e perguntou-lhe sobre a contenda ocorrida com os Riedburg. Solícito e sem rodeios, o homem disse-lhe o que sabia a respeito. Pelo jeito, o mercador de vinho não havia exagerado no seu relato. Riedburg havia sido conquistado pelos parentes da senhora Mechthild e os filhos mais velhos do nobre senhor sucumbiram no campo de batalha pouco após o assassinato de Gerlind, Berta e Märthe. O vendedor soube dizer até que o famoso armeiro Gilbert Löfflein também não sobrevivera ao combate.

XI

Já era fim de tarde quando Marie voltou, com a cabeça zunindo, para perto de Hiltrud. Ela encontrou sua amiga extremamente preocupada e irritada.

– Você tinha que me deixar esperando todo esse tempo? Já pensava que você tivesse caído nas mãos dos mercenários de Riedburg. Cheguei a morrer um pouquinho mil vezes!

Marie deu uma gargalhada enquanto jogava os cabelos para trás.

– Não vi nenhum mercenário e, se houvesse algum lá, ele certamente não teria se interessado por mim... Mesmo se tivesse me reconhecido. Hiltrud, você sabia que moramos na floresta, semanas a fio, para nada? Siegward von Riedburg, seu irmão Siegerich, o armeiro Gilbert e mais da metade dos homens que nos violentaram e mataram nossas companheiras estão mortos. Eles caíram numa armadilha dos Büchenbruch e morreram em combate.

Hiltrud fitava Marie como se não conseguisse compreender suas palavras.

– Repita, mais uma vez!

Marie informou-lhe tudo que havia ouvido na feira, realçando que duas pessoas haviam lhe dito a mesma coisa. Hiltrud balançou diversas vezes a cabeça, incrédula, e, por fim, deu uma sonora gargalhada.

– Eu não disse a você que Deus gosta mais de nós, prostitutas, do que os padres nos querem fazer crer? Dificilmente haverá culpados que tenham sido castigados com maior celeridade do que neste caso.

– Só me irrita que tenhamos tido que nos esconder durante semanas, passar fome e, por medo de animais selvagens, praticamente não tenhamos conseguido pregar o olho à noite.

Hiltrud abraçou-a, rindo.

– Minha bobinha! Esse é um preço muito baixo pela liberdade e pela vida. Além disso, poderemos passar bem, a partir de agora, com o dinheiro de Riedburg. Mostre-me o que você comprou. Minha língua e meu estômago desejam sentir o gosto de qualquer outra coisa que não seja raiz de aipo e cogumelo.

Marie deu uma gargalhada e desembrulhou as compras. Os olhos de Hiltrud quase saltaram das órbitas ao ver os pães e o pedaço de presunto. Mas ela se alegrou ainda mais ao descobrir o dourado vinho do Reno. Marie lhe deu, espontaneamente, a maior parte da refrescante bebida, mas teve que se apressar para conseguir tirar um pedaço de presunto para si, pois Hiltrud estava devorando-o sem pão e não parou antes de comer o último pedaço. Depois, limpou a gordura da boca e sorriu, satisfeita.

– Então é verdade? Não precisamos mais temer Siegward von Riedburg?

– Só mesmo como fantasma...

A amiga não recebeu bem a piada de Marie.

– Não é bom fazer piada sobre isso. Já basta Gerlind me aparecer todas as noites em sonho e me dizer como lamenta ter nos traído.

– Depois de feito, é fácil dizer que se lamenta algo, mas, aí, geralmente já é tarde. Gerlind escolheu seu próprio caminho, e com isso quase nos arrastou junto na desgraça.

Marie serviu-se de mais vinho e fitou, pensativa, o líquido cor de mel. Embora a morte das três mulheres houvesse lhe afetado mais de perto do que à amiga, ela conseguia, àquela altura, superá-la com mais facilidade. Volta e meia, Hiltrud sonhava com as antigas companheiras e sentia, na própria pele, o que o destino lhes havia reservado. Os únicos rostos que habitavam os pesadelos de Marie e dos quais conseguia se lembrar de manhã eram os de Ruppertus e dos homens que a haviam violentado em Constança.

Hiltrud conhecia a amiga tão bem que conseguia ler certos pensamentos em seu rosto.

– Você está pensando no seu ex-noivo de novo! Deixe disso, de uma vez por todas! Acho que, para você, teria sido melhor se não tivesse sabido da morte de Siegward von Riedburg. Assim, por puro medo dele, você acabaria esquecendo aquela velha história.

Isso não soava muito amigável, mas Marie não estava zangada com a amiga por isso. Há tempos, ela guardava seus planos para si, pois Hiltrud era da opinião de que a vingança era um jogo dos nobres senhores, nada para gente humilde. Marie não partilhava desse julgamento. Se houvesse um Deus justo no céu, Ele colocaria uma arma contra Ruppert em suas mãos. Dessa esperança consistia o conteúdo de sua vida. Visto sob essa perspectiva, o ouro roubado pareceu-lhe um presente dos céus, pois, finalmente, ela tinha dinheiro suficiente para negociar com um assassino de aluguel. Só lamentava não poder discutir isso com Hiltrud.

Àquela altura, o jarro de vinho estava vazio e, como Hiltrud raramente degustava uma bebida tão forte, a cabeça caiu-lhe no colo. Marie não se sentia muito melhor. Elas se levantaram com dificuldade, procuraram um esconderijo na densa vegetação e dormiram o resto da tarde e a noite toda, até o amanhecer do dia seguinte.

Quando finalmente acordaram, Hiltrud reclamou de fortes dores de cabeça. Elas começaram procurando hortelã-silvestre, camomila e flores de papoula para fazerem um chá que eliminaria as conseqüências do vinho. Quando o remédio começou a fazer efeito, elas debateram o que fazer a partir de então. Visto que os Riedburg não ofereciam mais perigo, nada as impedia de descer na direção do Reno e retomar seu trabalho. Para isso, no entanto, teriam que melhorar a aparência.

Hiltrud elogiou Marie, pois ela havia se lembrado de tecido e aviamentos, criticando-a, ao mesmo tempo, por não haver comprado tecido amarelo ou fitas brancas, que elas mesmas poderiam ter tingido. As fitas de prostitutas, velhas e puídas, contrastariam com os vestidos novos. Hiltrud rasgou-as da saia velha, reavivou sua cor numa fervura de cúrcuma e dente-de-leão e pendurou-as para secar sobre alguns galhos. Depois, por falta de tesoura, cortaram as peças com a faca de Marie e costuraram-nas animadas. Para o vestido de Marie, usaram o linho azul, enquanto Hiltrud escolheu o algodão de cor ocre. Apesar de terem que trabalhar sobre as cobertas com material rudimentar, ficaram mais do que satisfeitas com o resultado de suas habilidades de corte e costura. Assim, poderiam se apresentar em público novamente, sem serem consideradas prostitutas baratas do nível de Berta. Hiltrud tinha até encontrado uso para o pedaço de galão, enfeitando o decote de Marie com ele. Assim, segundo ela, o debrum atrairia magneticamente os olhares dos homens para os montes de alabastro por ele rodeados.

Marie interrompeu um pouco a costura para observar os cabelos de Hiltrud. As madeixas, tingidas há algum tempo, já haviam crescido e o louro resplandecia na raiz. Pensativa, ela puxou um feixe de seus cabelos castanhos, com aparência suja, para a frente.

– O que faremos com nossos cabelos? Vamos pintá-los de novo ou tentamos tirar essa sujeira, lavando-os?

– Eu voto a favor da lavagem – respondeu Hiltrud, que se orgulhava das madeixas louras, pintadas apenas por medo dos Riedburg.

– Então, é bom começarmos logo. Eu gostaria de chegar ao Reno como a Marie que o pessoal conhece por lá. – Marie pegou um recipiente e correu para buscar água no riacho.

Uma vez que o tempo permaneceu bom e elas não precisaram construir um abrigo, os preparativos levaram apenas três dias, durante os quais os cabelos permaneceram enrolados em um pano embebido em uma raiz alvejante. Finalmente, Hiltrud costurou as fitas amarelas nos dois vestidos, enquanto Marie olhava entristecida.

– O vestido era bem mais bonito sem as fitas – suspirou ela.

Hiltrud deu-lhe uma cutucadinha no nariz.

– Vamos, não fique se escorando por aí! Embrulhe suas coisas! Quero partir hoje mesmo.

Marie parecia estar só esperando Hiltrud mandar, pois, ao contrário do usual, ela tinha amarrado a trouxa mais rapidamente que a amiga e a aguardava com ansiedade. Hiltrud apressou-se e, enquanto elas seguiam o sol que se punha a oeste, chegou a cantarolar uma cançãozinha. O tempo continuava bom e, já que a noite estava iluminada por uma lua cheia, elas conseguiram se adiantar bastante. Hiltrud esperava chegar ao Reno, na altura de Diersheim, em dois dias. De lá, era um pulo até Estrasburgo, em cujo porto prostitutas limpas e ágeis conseguiam passar bem por algum tempo. Esperavam poder comprar material para duas tendas lá, de forma a terem um teto sobre a cabeça durante as andanças seguintes.

Pacientemente, Marie ouvia Hiltrud descrever, em detalhes, as grandes feiras que teriam lugar naquele ano ainda e especular sobre as possibilidades de ganhar dinheiro suficiente para passar o inverno. Enquanto isso, ela começava a tecer planos sobre como achar um homem em Estrasburgo que estivesse disposto a pôr fim à vida de Ruppertus por uma quantia de ouro cunhado. Ela não tinha certeza de como proceder, pois não estava disposta a perder seu dinheiro para alguém que lhe prometesse mundos e fundos e desaparecesse com o adiantamento.

Hiltrud e Marie não precisaram andar o último pedaço, de Diersheim para Estrasburgo, pois Hiltrud avistara alguns marinheiros do Reno, rapazes honestos que as convidaram a seguir de barco. Era agradável poder apreciar, de cima de dois rolos de mercadorias, os cavalos puxando o barco, preso a eles por cordas, corrente acima, seguindo por trilhas que ladeavam o rio. Os galhos dos salgueiros habilmente cortados à beira das trilhas ofereciam sombra aos animais, protegendo-os do sol escaldante de verão. Estava tão quente que a língua ficava presa ao céu da boca e Marie elogiou Hiltrud pela idéia de encher a jarra de vinho misturado com água em Diersheim. Não demorou muito e elas viram a imponente torre da catedral de Estrasburgo aparecer sobre a planície que se estendia às margens do rio. Em Robertsau, o barco livrou-se das cordas que o prendiam aos cavalos, atravessou o Reno e entrou no rio Ill. De lá, os marinheiros levariam menos de meia hora para alcançar Estrasburgo, impulsionando o barco com estacas. O porto se encontrava fora das muralhas da cidade, mas estava ligado aos grandes armazéns e escritórios de comércio do lugar por pequenos canais. Os marinheiros, que tinham um carregamento para um dos grandes mercadores de Estrasburgo, seguiram viagem depois de um piloto local ter subido a bordo. Marie e Hiltrud despediram-se deles e pularam do navio em movimento para a margem. Ali, alguns trabalhadores animados ajudaram-nas. Um deles já queria levar Marie para trás de um arbusto. Seu desejo, no entanto, superava suas posses. Desse modo, ela se livrou dele com um sorriso.

As duas mulheres perambularam pelo porto enquanto observavam os muitos batelões de carga, veleiros fluviais de bordo alto e as incontáveis balsas que estavam atracadas no cais ou haviam sido puxadas para a margem lamacenta. Ali era feito o transbordo de mercadorias de todos os países. Marie viu holandeses em calças largas e camisas listradas, com cabelos arrepiados domados sob barretes de feltro; mercadores do Reno com meias-calças justas que realçavam sua masculinidade desavergonhadamente; homens vindos da Floresta Negra, trajando batas escuras e chapéus de abas largas na cabeça; bem como transeuntes com roupas da região do Alto-Reno e do lago de Constança. Havia poucas mulheres honradas à vista; a maioria delas, viajantes mais abastadas. E, por fim, algumas prostitutas, que recepcionaram as novas concorrentes com olhares nada simpáticos.

Hiltrud não se deixou abalar pela atitude pouco convidativa delas, pois estava acostumada a isso e sabia que, passado algum tempo, seria aceita no círculo das prostitutas do porto. Então, seria a vez de ela olhar atravessado para as novas prostitutas que chegassem. De uma temporada anterior, ela conhecia um albergue, que era evitado pelos cidadãos decentes, mas que oferecia um teto sobre a cabeça de todos que pagassem adiantado.

O prédio se encontrava um pouco afastado do porto, às margens de um canal lodacento e cheio de detritos, que fedia de forma insuportável. Quando passaram por lá, Marie colocou um pano à boca, enquanto Hiltrud zombava dela e a chamava de melindrosa. Ao alcançarem a construção, entortada pelo vento, Marie lamentou ter os sentidos tão sensíveis e desejou ser inabalável como Berta nessas horas. Ela não teria se incomodado de abrigar-se em uma casa que chegava a ser mais imunda que um chiqueiro. Mas aquele albergue repugnante era o único nas redondezas que oferecia abrigo a prostitutas errantes.

Hiltrud abriu a pesada porta de carvalho, que era trancada por dentro por diversas toras atravessadas. Quem tentasse entrar ali contra a vontade do dono teria que usar um aríete. Do lado de dentro, as paredes davam a impressão de serem maciças, e as poucas janelas eram tão pequenas que uma criança mal conseguiria passar a cabeça por elas. Por isso, o corredor era extremamente escuro e dificilmente dava para ver um palmo diante do nariz. Só mesmo o frio na sola dos pés revelava que o chão era feito de placas de granito.

Assim que entraram, abriu-se uma porta. Um homem botou, primeiramente, um lampião para fora e, depois, a cabeça. Ele fitou-as por um instante, como se quisesse despi-las. Em seguida, sorriu maliciosamente. Parecia estar contando as moedas que poderia arrancar delas.

– Precisamos de um lugar para dormir por alguns dias, mas tem que ser um quarto apenas para nós duas – explicou Marie ao homem, que, certamente, não havia trocado de camisa nem avental desde o último outono.

– Mas, claro! – zombou o albergueiro. – E com o que você pretende pagar? E não precisa nem começar a levantar a saia. Meus quartos são mais caros do que as bocetas de duas putas. Da laia de vocês, eu posso ter tantas que precisaria de um pau de carvalho para usar todas.

Hiltrud jogou a cabeça para trás, às gargalhadas.

– Querido Martin, você não está achando que eu permitiria que alguém como você me tocasse! Eu preferiria até dormir ao relento, às margens do canal. Mas nosso último cliente foi muito generoso. – Ao mesmo tempo em que dizia isso, dez centavos de florim brilhavam em sua mão.

Os olhos do albergueiro, ao verem a grande moeda de prata, abriram-se gananciosamente.

– Vocês devem ter sido muito bem pagas mesmo, se podem gastar tal fortuna apenas por alguns dias de hospedagem.

– Por algumas semanas, Martin, por algumas semanas – corrigiu Hiltrud, sorrindo.

– Uma semana, é tudo!

Hiltrud fez beiço.

– Então, vamos dizer... Quatorze dias, Martin. Assim, você terá o seu lucro e nós não teremos prejuízo.

O homem concordou hesitante.

– Está bem! Um quarto para vocês, por duas semanas, mas sem refeições.

Antes de Hiltrud dizer qualquer coisa, Marie concordou com as condições, pois, naquela casa, ela não teria conseguido pôr nada na boca. O fato de ter que ficar duas semanas ali já a apavorava. Por isso, sentiu-se aliviada quando Hiltrud sugeriu voltarem ao porto, após curta inspeção do quarto sob o telhado que lhes fora indicado pelo albergueiro.

– Mas não me tragam nenhum sujeito para dentro de casa, senão ainda terão que pagar um florim de prata – gritou o albergueiro atrás delas.

Hiltrud concordou com desdém, enquanto sussurrava para Marie que seria impensável trazer um dos clientes para aquele castelo de percevejos.

– Primeiro, vamos procurar alguns galhos finos para varrer o quarto. Jogaremos aqueles sacos de palha fora e compraremos amarrados de junco para estendermos nossas cobertas por cima. Isso deve ser o suficiente para dormir. Depois, voltamos para a cidade, procuramos o mercado de tecidos e compramos linho para duas novas tendas, e tudo o mais para isso. Se dermos alguns centavos ao guarda no portão, ele deve nos deixar entrar.

Marie concordava com tudo, sem dizer uma palavra, pois mantinha contra o nariz um pedaço de pano embebido com aquela tintura de cheiro penetrante que costumava esfregar em outra parte do corpo. Quando tentou desviar de um homem que ia e vinha em frente ao albergue, ele se virou e segurou-a pelo braço.

– Marie! Que alegria imensa em revê-la. Quando a vi no porto, ainda há pouco, quase não a reconheci. É verdade! Quase não acreditei em meus próprios olhos, pois jamais poderia ter esperado reencontrá-la em tão pouco tempo, e isso justamente hoje, um dia tão importante para mim.

Marie fitou o homem, sem entender. Por um momento, ela pensou tratar-se de um dos mercenários de Riedburg, que soubera do dinheiro roubado e queria tirá-lo dela. Mas os olhos azul-água expressavam outro tipo de cobiça que não por ouro. O rosto magro de nariz afilado e a boca de lábios finos lhe pareciam conhecidos, mas ela não conseguia se lembrar de onde. Quando ele movimentou o queixo produzindo um som característico, o enigma estava resolvido.

– Jodokus!

Tratava-se, realmente, do escrivão de Arnstein – o monge fugitivo, que devia ter destruído o testamento. Mas sua aparência era bem diferente da que ela tinha na lembrança. Meias-calças verde-escuras, muito justas, cobriam-lhe as pernas, de forma que os órgãos genitais salientavam-se como os de um touro. Jodokus devia ter colocado bastante enchimento no tapa-sexo bordado, pois, a julgar pelo que Hiltrud lhe contara, ele não havia sido muito bem dotado pela natureza. De resto, não dava a impressão de ser um homem sem posses, pois vestia uma manta curta, até pouco abaixo das nádegas, que tinha a aparência de ser bem nova. Era de tecido marrom-claro e, através da abertura nas mangas, aparecia um forro colorido. Sua cabeça estava coberta por um chapéu redondo com uma pena vermelha, sob o qual espiavam feixes de cabelo louro-escuro, ligeiramente grisalho. A diferença entre o cidadão que estava à sua frente e o magro monge que ela conhecera em Arnstein era tão grande que os homens do cavaleiro Dietmar, certamente, teriam passado por ele sem reconhecê-lo.

Jodokus puxou-a para tão perto que seu hálito desagradável envolveu-a e seu baixo-ventre comprimiu-se contra o dela.

– Então, você não se esqueceu de mim, minha bela, assim como eu não me esqueci de você. Quantas vezes minhas ancas doeram ao pensar em você. Finalmente, conseguirei matar a saudade.

"Ele não deve estar pensando que vou me deitar com ele, ou está?", pensou Marie, horrorizada. Ela se lembrava bem demais de como aquele sujeito havia enganado o cavaleiro Dietmar e a senhora Mechthild, e já queria jogar-lhe seu desprezo no rosto; mas eis que lhe veio um pensamento que lhe pareceu tão fora de propósito que ela teve vontade de soltar uma gargalhada.

Jodokus também devia ser um dos comparsas de Ruppert, pois quem, além do magistrado e de seu distinto meio-irmão, teria tido interesse em destruir o testamento do cavaleiro Otmar guardado no Castelo de Arnstein e roubar a cópia do Monastério de Santa Otília? Se ela conquistasse a confiança do ex-monge e se deitasse com ele, era possível que também conseguisse se aproximar de seu inimigo mortal. Assim sendo, permitiu que Jodokus tomasse certas liberdades, deixando, entre risinhos, que os dedos dele tocassem seus seios.

– Você não tem idéia de como eu invejava o cavaleiro Dietmar por ele poder se satisfazer com sua beleza e seu corpo, enquanto eu quase desfalecia de desejo no meu quarto. – O homem suspirava lascivo, enquanto seus lábios formavam um sorriso malicioso, como se estivesse pensando na maldade que aprontara com o antigo senhor.

Isso fortaleceu Marie em sua intenção de iludir Jodokus enquanto se entregasse a ele, até conseguir saber tudo sobre as maquinações de Ruppert e de seus comparsas, mesmo que a idéia de permitir um cliente tão asqueroso aproximar-se dela a enojasse. Mas ela jurou para si mesma que o faria pagar por cada toque, ainda que fosse menos em dinheiro do que em informações.

– O senhor está bem diferente do que tenho na lembrança, irmão Jodokus – respondeu ela, com um sorriso derretido, que não deixava transparecer o esforço que lhe custava.

Jodokus levantou a mão para chamar sua atenção e passou-a pelo rosto.

– Não sou mais monge e me desfiz do nome quando tirei a batina. Agora, chamo-me Evaldo von Marburg e sou, quero enfatizar, um homem abastado. Não demorará muito e serei rico, poderei satisfazer-lhe todos os desejos, seja com roupas bonitas, jóias ou, até mesmo, comprando uma casa para você.

Se tivesse sido qualquer outro cliente, ela teria considerado aquelas palavras pura fanfarronice. Jodokus, entretanto, estava convicto do que dizia, a julgar por sua postura e pelo orgulho exacerbado que se espelhava em seu rosto. A traição ao cavaleiro Dietmar e demais serviços que devia ter prestado a Ruppert fizeram do monge pobretão, que não tinha um centavo de Halle de seu, um cidadão bastante abastado. Marie se perguntava se o monge traidor ainda teria a incumbência de alguma nova patifaria a serviço de Ruppert. Se assim fosse, ela queria ficar sabendo. Talvez Ruppert cometesse um erro ou acabasse dando um passo maior que as pernas. Bastariam algumas palavras ditas ao ouvido certo para fazê-lo cair.

Enquanto as esperanças de Marie cresciam e ela se deixava tocar por Jodokus, Hiltrud, que esperava a certa distância, ficou intrigada com a atitude da amiga. Marie já lhe havia dito inúmeras vezes o quanto desprezava o monge traidor, mas, naquele momento, ela se comportava de forma tão desavergonhada como se tivesse reencontrado um velho e caro amigo e quisesse desaparecer com ele rapidinho atrás do arbusto mais próximo. Ela pigarreou diversas vezes, até Marie dar-lhe atenção. Mas a amiga limitou-se a fazer um gesto para ela sumir dali. Irritada, Hiltrud virou-se e foi embora, com a intenção de ter uma conversa séria com ela à noite.

Jodokus colocou seu braço em volta de Marie, tomando posse dela, e apontou para a cidade.

– Ainda tenho algumas horas. Poderíamos usá-las melhor do que ficar conversando às margens deste canal fedorento. Minha albergueira certamente não terá nada contra se eu levá-la para o meu quarto.

– Não vou com qualquer um, ainda mais sem pagamento. – Marie se esforçou por dar um tom brincalhão ao comentário, sugerindo não só uma promessa, mas também uma solicitação.

Jodokus aceitou de pronto.

– Vou lhe pagar muito mais do que os poucos xelins que você costuma ganhar, minha beldade de ouro. Muito mais! Se você permanecer ao meu lado, não precisará mais abrir as pernas para outro homem e usará as mais belas jóias...

– Na cama? – perguntou Marie, zombeteira.

A idéia pareceu agradá-lo.

– É, lá também. Mas você ainda terá que ter um pouco de paciência, antes que os ducados de ouro comecem a rolar no seu colo. Logo mais à noite, terei uma conversa séria que me trará muito dinheiro.

Jodokus estava, realmente, planejando uma nova patifaria, passou pela cabeça de Marie. Ela deixou o monge levá-la pela mão e, juntos, atravessaram o portão do porto. O guarda não lhe concedeu um olhar sequer e também não exigiu nenhum imposto. Da mesma forma, a mulher que a recebeu na pequena casa que se aninhava na muralha, diretamente ao lado da torre do portão, olhou atravessado para ela, mas não protestou. O domicílio de Jodokus não era um albergue oficial, mas pertencia a uma viúva que, como ele explicara a Marie enquanto caminhavam, alugava os quartos e, às vezes, também o corpo a hóspedes pagantes.

Na estreita escadaria interna, que subia paralela à muralha de pedras brutas, Jodokus voltou-se ainda uma vez.

– Senhora Grete, por favor, traga uma jarra de vinho e duas canecas para o quarto.

– E uma bacia com água – acrescentou Marie, rapidamente, pois o monge, apesar das roupas novas, não fedia menos que outrora.

A albergueira assentiu, de má vontade, e desapareceu na cozinha. Jodokus subiu as escadas e abriu, com muita cerimônia, uma porta trancada a duas chaves. Uma das fechaduras era simples, embora Marie não esperasse encontrá-la em uma casa humilde como aquela. A outra era um cadeado, cuja corrente passava pelos ilhoses do ferrolho, e que só se abria com uma chave de aparência bastante complicada. Marie ficou olhando para Jodokus com curiosidade e balançou a cabeça.

Ele sorriu e passou a mão sobre sua cabeça, como se ela fosse uma criança.

– Está surpresa? A explicação é simples. Os hóspedes da viúva Grete são, freqüentemente, mensageiros ou serventes de ricos mercadores, que levam consigo grandes quantias em dinheiro ou documentos importantes. É natural que desejem ter o mínimo de segurança quando estão em trânsito.

Marie assentiu, com os olhos arregalados, provocando uma risada de Jodokus pela aparente ingenuidade. Por dentro, entretanto, ela tremia de entusiasmo, pois tivera a confirmação de que o homem guardava documentos importantes.

O quarto tinha a metade do tamanho do que ela partilhava com Hiltrud no albergue decadente, às margens do canal, e era quase todo ocupado por uma cama confortável. Um tamborete na cabeceira da cama e alguns tocos de madeira resistente, fincados na parede para pendurar roupa e bagagem, completavam a parca mobília. Sobre o tamborete, havia uma larga manta cinza, que parecia cobrir algo. Marie teve que se segurar para não levantar o pano e olhar o que havia por baixo, quando Jodokus jogou-a sobre a cama e colocou a mão entre suas pernas, embora a albergueira entrasse naquele momento. A senhora Grete lamentou-se com voz nasalada:

– Se eu tivesse sabido que o senhor estava tão necessitado, eu teria vindo na noite passada.

Jodokus ordenou, rudemente, que ela deixasse o vinho e a água ao lado do tamborete e sumisse dali. Enquanto a mulher deixava o quarto ofendida, Jodokus despiu-se com tamanha avidez que quase rasgou a roupa, e apresentou a Marie seu membro ereto, pronto para combate. Quando ele quis jogar-se sobre ela, Marie segurou-o e apontou para a jarra de vinho.

– Devagar, meu amigo! Vamos tomar um gole antes. Depois, deixe o resto comigo e faça o que eu mandar.

– Tenho que possuí-la! – suspirava Jodokus, em desespero. – Meus testículos estão quase explodindo de desejo.

– Se você estiver excitado demais, acaba prejudicando seu próprio prazer.

Marie sentou-se na cama, cruzando as pernas, e puxou-o para junto de si. Enquanto ele olhava para ela, suplicante, ela encheu as canecas e fez um brinde. Depois, despejou parte do vinho na água, molhou na mistura um pedaço de pano que estava pendurado em um dos ganchos e começou a lavar o monge, de cima para baixo. Quando ela se aproximou das partes mais sensíveis, teve que proceder com cuidado para evitar uma ejaculação precoce, pois ele estava, realmente, tenso a ponto de explodir. Seus planos iriam por água abaixo se o homem suspeitasse que ela havia, propositadamente, antecipado o serviço fora de seu corpo.

Quando Jodokus se curvou de ânsia, Marie deitou-se para ele. O homem era tudo menos um amante experiente, penetrando-a de forma desajeitada. Marie, entretanto, escondeu o que sentia atrás de um sorriso. Quando, depois de pouco tempo, ele despencou sobre ela com um sonoro gemido, Marie começou a acariciá-lo e se alongou, como se estivesse muito satisfeita com seu desempenho.

– Você... O senhor está bem diferente de outrora, Jo... Não, senhor Evaldo. Agora, o senhor realmente se parece com um nobre senhor. Como conseguiu essa proeza?

Ela ergueu-se um pouco e começou a coçar as costas de Jodokus, cobertas de uma penugem rala, enquanto mexia a pelve, provocante.

Um sorriso satisfeito surgiu no rosto de Jodokus.

– Com a minha cabeça, minha linda. Os nobres senhores se crêem tão inteligentes e querem fazer de tudo para dar vazão aos seus desejos. Para tanto, só nos vêem como instrumentos que usam a seu bel-prazer e, depois, jogam fora como um sapato velho. Mas eu sou mais esperto que todos e vou acabar depenando o conde de Keilburg e seu ajudante, Ruppertus Splendidus, como um peru de Natal. Eles ainda vão se arrepender por terem me despachado com nada mais do que uma esmola. Quando eu receber o que me cabe, vou desaparecer com você, para todo o sempre. O que você acha de ir para Flandres? Dizem que é muito bonito por lá. Poderíamos até deixar o Reino e ir para a França ou, quem sabe, para a Inglaterra? Lá, você poderia retirar essas malditas tiras amarelas, para podermos viver como um casal, unido perante Deus e o mundo.

Marie olhou para ele com admiração e mostrou surpresa diante do fato de ele querer se meter com alguém da estirpe do conde de Keilburg. Mas a esperança de descobrir mais sobre a relação de Jodokus com seu ex-noivo não se concretizou. O antigo monge só deixava escapar algumas alusões misteriosas e consolou-a, pedindo paciência. Ele só comentou que se encontraria com um mensageiro do conde, naquela mesma noite, para receber uma soma considerável.

E começou a dar umas risadinhas maliciosas.

– Tenho algo muito valioso para o conde Konrad e seu irmão bastardo. Algo que poderia tornar-se muito perigoso para eles se caísse em mãos erradas.

Marie abraçou-o, espontaneamente, para esconder o rosto atrás dos ombros do monge e suprimir um grito. Em vez do grito, balbuciou algumas palavras de admiração. O que quer que Jodokus tivesse, haveria de tornar-se seu, nem que ela precisasse drogá-lo com algum sonífero. Enquanto ele brincava com os pêlos pubianos de Marie e olhava, tristonho, para seu membro ainda mole, ela arquitetava o que fazer para passar-lhe a perna. O saquinho de ervas encontrava-se no albergue de Martin. Talvez ela conseguisse convencê-lo a segui-la se lhe dissesse que tinha algo para levantar rapidamente sua masculinidade. Naquele momento, entretanto, ele parecia ter perdido o interesse pelo corpo dela. Jodokus deu um pulo, colocou suas calças rindo como um bode e vestiu a camisa com a mesma rapidez com que a havia retirado momentos antes. Aí, levantou as mãos ao céu, triunfante.

– Já sei o que fazer! Os sujeitos com quem estou lidando são calejados e conhecem todos os truques. Mas agora eu posso levar a melhor. Marie, vou lhe dar um pequeno embrulho e você terá que guardá-lo com todo o cuidado. Você também não deve abri-lo, entendeu bem? A albergueira daqui se vende por qualquer preço, e tenho medo de que um dos homens de Ruppert invada o meu quarto e me roube, enquanto eu estiver negociando com seu mensageiro. Seria fatal para nós dois se ele conseguisse pôr a mão nessas coisas antes de eu ter recebido o que pedi por elas. Mas não passará pela cabeça nem do magistrado nem da gentalha que está a serviço dele que eu confiaria documentos de tamanha valia a uma sedutora.

Marie não partilhava da convicção de Jodokus, pois acreditava conhecer Ruppert muito bem. Os comparsas do magistrado traiçoeiro não deixariam pedra sobre pedra, em Estrasburgo e redondezas, antes de porem a mão naquele embrulho. Mas como ela tinha a intenção de roubar o monge fugitivo, essa possibilidade não a incomodava. Prostitutas errantes iam e vinham como o vento e, raramente, deixavam rastro.

Jodokus retirou debaixo do manto um embrulho envolto numa pele oleada e fechado com lacre.

– Você consegue esconder isso embaixo da sua saia quando for embora?

Ela abriu os olhos e a boca para parecer prestativa e solícita.

– Mas é claro! Posso amarrá-lo na anágua. Afinal, ninguém deve perceber que você me deu algo.

Jodokus curvou-se sobre ela, esfregou o nariz em seu peito e abaixou a meia-calça novamente.

– Você é uma menina muito esperta, Marie. Mas, agora, abra-me a porta de sua catedral, pois me voltou o desejo de rezar lá, mais uma vez.

XII

Duas horas mais tarde, Marie encontrava-se em seu quarto úmido, sobre uma cama de junco recém-feita, e fitava, incrédula, as folhas que espalhara à sua frente. Das duas uma, ou Jodokus estava a serviço de Ruppert há mais tempo e partilhara de inúmeras de suas falcatruas ou ele havia roubado aquele conjunto de documentos. Neste último caso, ele devia ser mais esperto do que ela supunha.

Além do testamento do cavaleiro Otmar von Mühringen, roubado do Monastério de Santa Otília, ainda havia outros cinco documentos contendo disposições e transferências testamentárias de propriedades. E mais... Também havia algumas folhas nas quais Jodokus descrevera, nos mínimos detalhes, cada um dos golpes e fraudes realizados pelo magistrado Ruppertus, seja por determinação de seu pai, de seu irmão, de algum membro do alto clero ou em interesse próprio.

Pela primeira vez em sua vida, ela se regozijava pelo fato de o pai tê-la obrigado a aprender a ler e escrever, como era de praxe para a filha honrada de uma família patriarcal de Constança. Ele havia contratado um monge grisalho para professor da filha. Este, a princípio, não a levara a sério e cobrara muito dinheiro para fazê-la decorar algumas palavras e frases. Entretanto, a boa comida e o bom vinho na casa de mestre Matthis, além da meticulosidade com a qual o pai de Marie supervisionava as aulas, convenceram-no, com o tempo, de que seria melhor dedicar-se com mais afinco à sua função. Assim, ele lhe havia ensinado a redigir cartas e contratos em alemão, e a manter a contabilidade doméstica em dia. Depois, o monge, que não queria abrir mão de sua luxuosa condição, passou a ensinar-lhe noções básicas de latim, partindo de seu livro de orações, de forma que ela conseguisse traduzir as preces lidas na igreja e as inscrições nas paredes da catedral. Em todos esses anos, ela já havia esquecido muita coisa, mas os ensinamentos de outrora possibilitaram que decodificasse, ao menos parcialmente, as anotações feitas por Jodokus em latim.

O monge devia ter sido um dos confidentes de Ruppertus ou, talvez até, um de seus professores, pois parecia conhecer cada movimento do magistrado. Marie encontrou descrito, passo a passo, como o ex-noivo havia procedido para apossar-se dos bens dos vizinhos do cavaleiro Dietmar, Gottfried von Dreieichen e Walter von Felde, utilizando-se de documentos falsificados. Quando passou os olhos pelo resto das anotações, ela tropeçou no nome do pai e no dela. Era assustador ler um relatório sobre o próprio destino. A Marie do pergaminho parecia uma estranha. Uma moça que, Jodokus estava convicto, não conseguira sobreviver às atrocidades que lhe haviam sido imputadas e ao posterior desterro. Sorte dela ele não haver relacionado a sedutora Marie com a filha de Matthis Schärer, apesar da descrição precisa que dela havia feito.

Jodokus narrava, detalhadamente, os passos de Ruppertus para apossar-se da fortuna do rico, embora pouco influente, cidadão de Constança Matthis Schärer. Segundo as anotações, o crime já havia sido planejado antes mesmo de se saber quem seriam as vítimas. O carroceiro Utz tinha sido incumbido por Ruppertus Splendidus de procurar um candidato apropriado e tinha o aconselhado a oferecer-se ao pai de Marie como genro. Utz sabia que Linhard tinha uma queda por ela e que havia sido duramente rejeitado pelo pai. Assim, ele conseguira convencê-lo a depor contra ela e a participar do estupro. Fora também Utz quem aliciara a viúva Euphemia e a tornara um instrumento maleável para, posteriormente, quando ela tentou extorquir Ruppert, assassiná-la. Marie estremeceu diante da degradação humana ali descrita, com tinta de má qualidade sobre pergaminho fino, como se fosse um documento oriundo de uma era lúgubre, dominada por seres demoníacos. A meia-luz do crepúsculo impediu-a de decifrar outros crimes de seu ex-noivo. De qualquer maneira, ela já havia perdido mais tempo com aqueles documentos do que lhe era aconselhável, pois deveria desaparecer antes que Jodokus pudesse reclamar o que lhe pertencia. Por um momento, pensou em fugir dali imediatamente, sem esperar pela amiga. Naquele meio-tempo, Hiltrud havia limpado o quarto e, depois, deixara o albergue. Mas não havia retornado ainda. A tempo, no entanto, Marie caiu em si que Jodokus ou os homens de Ruppertus poderiam acabar descontando sua ira em Hiltrud, podendo até matá-la. Portanto, não lhe restava outra saída senão esperar pela amiga, mesmo que o chão parecesse queimar sob seus pés.

A Torre de Münster bateu oito horas. Mais meia hora e estaria escuro, e Jodokus se encontraria com o mensageiro de Ruppertus. A idéia de poder ser uma testemunha secreta daquele encontro incitava Marie. Durante alguns momentos, ela combateu, sem fôlego, a curiosidade que a abalroava como uma onda gigantesca e ameaçava levar-lhe todo o juízo. No fim, prevaleceu o desejo. Ela juntou a papelada e enrolou-a, novamente, na pele oleada. Para não precisar deixar o pacote no albergue, Marie embrulhou-o no xale, cujas extremidades amarrou de tal forma sobre o peito que parecia carregar uma criança às costas. Em seguida, deixou a casa sem ser vista.

No final, Jodokus havia se tornado mais falante e contara que o encontro se daria próximo a um grande salgueiro, a uns cem metros de distância do portão do porto, às margens do Ill. Marie encontrou logo a árvore e ficou à espreita, esperando até que surgissem os contornos de alguém. Ela se aproximou tão sorrateiramente que dificilmente conseguiriam descobri-la. Mas tamanhos cuidados não teriam sido necessários, afinal, não havia ninguém nas imediações da árvore. Determinada, ela correu até a margem e escondeu-se atrás de um arbusto. Teve a impressão de que haviam se passado horas até ver um homem descer do portão do porto. A julgar pelo andar, tratava-se de Jodokus, que havia se enrolado na manta e escorregava pelo crepúsculo como uma sombra cinzenta. Ele parecia extremamente nervoso, pois olhava o tempo todo ao redor, como se tivesse medo da própria sombra. Marie temia que ele também descobrisse seu esconderijo, mas, naquele momento, alguém se aproximou do imponente salgueiro com passos firmes. O homem também escondia seus contornos numa manta larga e encobria o rosto sob a aba de um chapéu mole. Marie encolheu-se toda quando o vulto passou por ela e agradeceu a Deus, pois uma névoa encobriu o lugar justamente naquele momento, ocultando-a de qualquer olhar curioso.

– Olá, Jodokus, só assim a gente se vê de novo! – Na voz, repousava uma ameaça que fez os cabelos de Marie se arrepiarem. Ela apertou a mão contra a boca, com força, para não começar a gritar de medo e de ódio, pois reconhecera o homem. Tratava-se de Utz, o carroceiro.

Jodokus parecia sentir-se tão mal quanto ela na presença do mensageiro, pois dera um passo para trás, enquanto fazia um gesto de repulsa com a mão.

– Você trouxe o dinheiro?

– Trouxe, sim. Mas, antes, quero ver a mercadoria.

Jodokus deu uma gargalhada nervosa.

– Você acha mesmo que eu seria tão burro a ponto de trazer os documentos para cá? Assim que você me entregar o dinheiro, vamos para o lugar onde guardei a papelada e eu a entregarei a você, com testemunhas.

– Não, meu caro "monge-fujão-de-mosteiro", eu não vou fazer isso. Você já nos passou a perna uma vez. Não vou permitir que você nos engane uma segunda vez. Você acha mesmo que eu não sei onde você escondeu os documentos que roubou para nós? Só que, agora, você se tornou supérfluo.

– O quê? – Jodokus deu um grito e, em pânico, virou-se e quis sair correndo.

Utz, no entanto, pegou-o pelo pescoço, para que ele não pudesse mais gritar, e arrastou-o sob a proteção do grande salgueiro. A menos de três passos de Marie, Utz atirou-o por terra e ajoelhou-se sobre o monge. Nesse meio-tempo, a névoa havia se alastrado de tal forma que Marie só conseguia reconhecer duas sombras. Apenas seus ouvidos testemunhavam o que acontecia. Jodokus arfava e seus pés batiam convulsivamente no chão, enquanto o carroceiro zombava dele.

– Você é um tolo por tentar extorquir o magistrado Ruppertus. Agora, você seguirá a gananciosa viúva sapateira para o inferno.

Junto com a palavra "inferno", Marie ouviu o som de ossos quebrando. Por um momento, ouvia-se apenas a respiração ofegante do assassino. Depois, algo foi arrastado pelo solo e uma coisa volumosa caiu na água. Passado pouco tempo, ela viu uma sombra escura, que devia ter sido Jodokus, flutuar na água.

Na margem, Utz, que se acreditava completamente seguro, ainda gritou para o monge uma saudação irônica.

– Aí está o seu pagamento, seu idiota! Pronto, agora vou buscar o que nos pertence sem pagar um centavo.

Marie assustou-se sobremaneira a ponto de não conseguir relaxar nem quando o carroceiro começou a rir, para si, baixinho.

– Primeiro, vou me divertir uma horinha com a senhora Grete. Afinal, ela sempre está disposta a abrir as pernas. Depois, vou buscar os documentos no quarto de Jodokus e levá-los para Ruppert. Desta vez, é bom ele soltar alguns florins a mais do que de costume.

Marie ouviu um som metálico. Deviam ser as duas chaves com as quais Jodokus trancava seu quarto. Utz parecia ter contado com o fato de o monge carregá-las consigo e as tirara do morto antes de atirá-lo no rio. Enquanto planejava, a meia voz, como proceder, Utz havia se aproximado tanto do esconderijo de Marie que ela prendera a respiração para não se delatar com o farfalhar das folhas.

Se, naquele momento, Utz estava indo para a cidade com a intenção de buscar o embrulho no quarto de Jodokus, ele não só descobriria que os documentos procurados haviam desaparecido, mas também viria a saber que o monge tinha recebido a visita de uma mulher. Marie procurou avaliar quanto tempo Utz levaria para encontrá-la. Uma hora? Talvez duas? Muito mais não deveria levar. Portanto, não lhe sobrava alternativa, senão deixar a cidade o mais rapidamente possível. Tudo nela gritava para não retornar ao albergue. Mas então ela mordeu os dedos para superar o medo. Ela não podia abandonar Hiltrud.

Marie olhou de trás do arbusto e ficou escutando o assovio que se afastava. O assassinato de Jodokus não parecia ter tido o menor efeito na consciência de Utz. Por um instante, Marie pensou em ir à cidade e acusá-lo de assassinato. Mas a palavra de uma mulher, ainda por cima de uma prostituta, pesava menos que uma pluma em um tribunal laico. Utz daria uma gargalhada na cara dela e ficaria satisfeito por ela ter lhe poupado o trabalho de sair à sua procura. Assim sendo, esperou até ter certeza de que ele alcançara a cidade e correu como pôde de volta ao albergue, naquela noite em que a lua iluminava fantasmagoricamente a névoa.

A sorte estava ao seu lado, pois ela encontrou o albergue de imediato. O portão da casa permanecia aberto e ela ouviu vozes altas vindas da taberna. Quando os homens, lá dentro, ficaram em silêncio por um momento, dados feitos de ossos bateram no interior de uma caneca de couro, acompanhados de um grito de júbilo e de um palavrão obsceno. Marie passou, sem ser notada, pela porta da taberna e se esgueirou para dentro do quarto. Hiltrud estava de cócoras sobre sua manta e fitou-a, ao mesmo tempo preocupada e aliviada, sob a luz fraca de uma vela.

– Aí está você, finalmente! Já temia que tivesse fugido com o monge.

– Antes ele comigo – respondeu Marie. – Mas deixemos as piadinhas de lado. Temos que sumir daqui imediatamente. Nossa vida depende disso.

Hiltrud olhou para ela, pasma.

– O que foi que aconteceu?

– Jodokus quis chantagear Ruppert e Utz matou-o por isso.

– O mesmo Utz que estuprou você? – Hiltrud reconhecia puro pavor no rosto de Marie.

Marie ainda tentou disfarçar, sorrindo calmamente, mas não conseguiu.

– O próprio. Não vai demorar muito até ele descobrir que eu tenho exatamente aquilo que ele queria tirar de Jodokus. Aí, é a nossa vez.

Hiltrud levantou os ombros, como se sentisse frio.

– Então, vamos embora. Só lamento termos pagado o quarto adiantado por duas semanas e não conseguirmos dormir uma noite sequer nele. E eu ainda fiz tanta força para torná-lo suportável. Aqui teríamos podido costurar nossas tendas com toda a calma.

Marie gesticulou discordando.

– Eu não lamento. Prefiro uma noite a céu aberto a dormir neste buraco fedorento.

– Eu já não disse que você é muito mal-acostumada? – zombou Hiltrud, embora se apressasse em juntar as coisas e dividir as compras que fizera entre sua própria trouxa e a de Marie, amarrando-as e pendurando a sua sobre o ombro.

Antes de abrir a porta, ela apagou a vela e guardou o toco que sobrara.

– Afinal, pagamos por ela – disse para Marie, que passava pela porta, sem fazer barulho, e descia as escadas como se fosse um fantasma.

Para alívio de ambas, elas conseguiram sair da casa sem serem vistas e fugiram, pela segunda vez naquele ano, para o desconhecido.

QUINTA PARTE

O Concílio

I

Marie estava sentada sobre um tronco, puxando linhas com os dedos nus sobre a areia fofa. Ela se entediava, assim como as suas companheiras. Hiltrud, de cócoras em frente à tenda, não parava de costurar. As duas outras prostitutas, com as quais estavam viajando durante o último ano, desde a fuga de Estrasburgo, olhavam fixamente para a praça central, de cara amarrada, como se o lugar fosse culpado pela falta de clientes.

Helma, a saxã, era uma jovem bonita, de rosto redondo, olhos castanhos faiscantes e cabelos castanhos. Nina, com cabelos escuros encaracolados e olhos negros de mediterrânea, era a menor do grupo, mal alcançando o queixo de Marie. Sua aparência exótica e seu corpo gracioso, cujos contornos se delineavam nos lugares exatos, despertavam o interesse de tantos homens quanto a beleza angelical de Marie. Onde se encontravam, no entanto, em Frundeck, às margens do Neckar, parecia não haver mais clientes abastados com moedeiros transbordantes. E se, por engano, um homem se aproximasse do grupo, ele acabava balançando a cabeça, desconsolado, ao ouvir o preço e terminava indo em direção às prostitutas baratas.

– Nada de senhores abastados, nada de mercadores, nem mesmo artesãos de posses com debruns de pele nas mantas se vêem aqui na praça! – listou Helma os clientes de que sentia falta, em seu dialeto peculiar. – Não é possível que todos esses senhores endinheirados tenham sumido da face da Terra!

Hiltrud assentiu mal-humorada.

– Em Kiebingen e Bempflingen, durante o outono passado, as coisas ainda eram bem diferentes. Tivemos até que dispensar a maior parte dos clientes, de tantos que queriam entrar nas nossas tendas. Mas, justamente na primavera, quando costumamos fazer os melhores negócios, não aparece um que possa pagar o nosso preço. Se tivéssemos sabido disso, poderíamos ter ficado duas ou três semanas a mais em nosso abrigo aconchegante. – Dizendo isso, Hiltrud esquecia, generosamente, o quanto havia xingado o ventoso cubículo, com chaminé defeituosa e telhado esburacado.

– Talvez pudéssemos ir lá e nos oferecer pela metade do preço – sugeriu Nina, com seu sotaque charmoso. – Senão, acabaremos morrendo de fome. – Aquilo era um exagero, pois o moedeiro da italiana ainda estava bem recheado do ano anterior.

Mesmo assim, ela não era a única a se preocupar com o andar dos negócios. Marie também estava preocupada. Era bem verdade que ela ainda tinha algumas economias do ano anterior e a bolsa de Siegward von Riedburg, estufada de florins de ouro. Mas, como pretendia fazer uso daquelas moedas para um fim bem específico, ela não estava disposta a gastar uma delas sequer para ajudar nas despesas.

Hiltrud sabia da fortuna que Marie carregava consigo, mas já tinha desistido de dar-lhe conselhos, pois a amiga não aceitava argumento que fosse nesse sentido. Quando Marie concordou com as duas e expressou a preocupação de, no inverno seguinte, não poder alugar nem um casebre de um pastor de porcos se as coisas continuassem como estavam, Hiltrud lançou-lhe um olhar zombeteiro. Depois, ela fitou a parte do gramado onde as prostitutas baratas haviam se acomodado. Ali, mais de uma dúzia de clientes aguardava a sua vez.

– Aquelas mulheres imundas, que, em outros tempos, não são concorrência para nós, estão ganhando mais do que nós agora – concluiu ela, como se aquilo fosse uma ofensa pessoal.

Helma desmanchou a grossa trança e começou a trançá-la novamente.

– É verdade! Creio que cobrarei um xelim do próximo, para animar o expediente.

Marie levantou a mão, pedindo cautela.

– Eu não faria isso. Se começarmos a nos vender mais barato aqui, teremos que fazer o mesmo na próxima feira. Não demorará muito e teremos tantos homens quanto elas para levar para a nossa tenda.

Helma suspirou.

– Mas o que é que vamos fazer? Ontem, só tive um cliente por quatro xelins. Hoje, nem mesmo um.

– Aquele ali parece ter dinheiro. – Nina apontou para um homem de meia-idade, troncudo, trajando vestimentas exageradamente da moda, com uma meia-calça vermelha e colante, cujo tapa-sexo listrado de azul e vermelho salientava sobremaneira seu membro, um colete branco e verde que mal cobria o cinto e um chapéu de feltro verde, enfeitado com uma pena vermelha. O rosto do homem tinha uma aparência rude, parecia um servo que enriquecera. Naquele momento, ele passava pelas tendas das prostitutas baratas e, franzindo a testa, avaliava algumas delas. Repetidas vezes, balançou a cabeça. Depois, sob as ofensas obscenas das prostitutas desprezadas, dirigiu-se ao grupo de Marie.

Quando parou diante delas e começou a observá-las, seu rosto se iluminou.

– É... Vocês quatro bem que poderiam me agradar. O que vocês acham de ganhar muito dinheiro, comer bem e vestir os mais belos trajes?

Hiltrud deu uma gargalhada curta.

– Acharíamos ótimo! Mas, esmola demais, o santo desconfia...

O homem levantou as mãos, fazendo-se de ofendido.

– Não tem nada o que desconfiar, pelo amor de Deus. A minha oferta é honesta. Se vocês forem espertas, podem viver o resto da vida do que ganharem em um ano.

– Muito obrigada, mas não temos necessidade de nos entregarmos a um cafetão, que nos tirará o nosso suado dinheirinho e nos obrigará a deitar com qualquer bode sarnento, daqueles que mulher honesta nenhuma tocaria nem com luvas de ferro.

Hiltrud desdenhou com um gesto e deu-lhe as costas.

Ele deu a volta em torno dela e segurou-a pelo queixo.

– Seu comentário é inaceitável, minha boneca. Por acaso, pareço um cafetão? Se vocês vierem comigo, poderão trabalhar por conta própria e ainda ganhar um florim de ouro de verdade como bônus do honrado Conselho da Cidade de Constança.

Marie estremeceu ao ouvir o nome de sua cidade natal. Ao mesmo tempo, ela se lembrou de que o concílio já devia ter começado. Se fosse por ela, Marie não hesitaria em dirigir-se imediatamente para lá a fim de ver se conseguia tomar alguma atitude contra o ex-noivo. Mas seu medo de ser reconhecida e novamente chicoteada era bem maior do que seu desejo de ver a desgraça de Ruppert.

O homem largou Hiltrud e estufou o peito.

– Sou Jobst, o recrutador de prostitutas! E não sou cafetão! A minha função é recrutar as mais belas sedutoras das redondezas e lonjuras para acompanharem-me até Constança e lá se ocuparem do bem-estar dos nobres convidados. Vocês quatro condizem com as altas expectativas e seria lamentável se não ficassem com uma fatia do bolo que está sendo dividido por lá.

Helma e Nina começaram a fazer pose. A pequena italiana, arrulhando feito pomba, ainda perguntou se Jobst não gostaria de acompanhá-la à sua tenda.

– Com prazer, mas só se você me acompanhar para Constança depois. Jobst pegou um cacho de seus cabelos negros e brilhantes entre os dedos como se quisesse se certificar de que aquela era sua cor natural. – Você realmente é um pedaço de mau caminho e poderia ganhar muito dinheiro em Constança. Aliás, vocês também! – Seu olhar correu de Hiltrud para Helma e parou, por fim, em Marie. – Afinal, os negócios estão fracos aqui – disse ele, fazendo um gesto amplo com a mão. – Todo homem que se preze e tenha alguns florins no bolso viajou para Constança. O mundo todo está reunido lá, no momento. Ali se encontram cavaleiros, condes e reis, além de nobres senhores do clero, sábios, mercadores e representantes de cidades e guildas. Estou avisando, uma sedutora pode tirar a sorte grande lá.

– Ainda prefiro um monte de dinheiro. É que a sorte parece fugaz demais para o meu gosto – zombou Helma.

– Você quer dizer uma montanha de dinheiro; afinal, um monte é pouco tratando-se de uma mulher linda como você.

Jobst pegou uma moeda da Basiléia de seu moedeiro e jogou-a para Helma. A jovem prostituta agarrou-a no ar e avaliou o urso rudemente cunhado que enfeitava a moeda.

– Do jeito que as coisas andam por aqui, eu até me deitaria com você por essa moeda. – Soou convidativo, porém Jobst levantou as mãos.

– Mais tarde, quem sabe? Primeiro, os negócios. E aí, lindas, vocês estão dispostas a me acompanhar e ganhar, como bônus, um florim de ouro? Eu garanto ótimos negócios a vocês.

– Aposto como a gente vai ter que acabar montando as tendas no Brüel e só vai conseguir abrir as pernas, por alguns míseros centavos, para a gentalha que veio na esteira dos nobres senhores para Constança. Não, Jobst, eu não caio na sua lábia. – A voz de Marie soou cortante e surpreendeu as duas prostitutas, que não a conheciam tão bem quanto Hiltrud.

Jobst balançou a cabeça, irritado.

– Por Deus, mulher, você é bonita como um anjo e poderá receber os mais nobres senhores em Constança.

– Duvido que um conde ou um prelado entre na tenda de uma prostituta errante. – Marie fez beiço e já queria se levantar para ir embora, mas Jobst a impediu.

– Posso arranjar moradia para você e suas amigas – e isso a preços razoáveis, diga-se de passagem –, embora as acomodações em Constança estejam tão escassas que até mesmo nobres senhores dormem sobre palha, em estábulos, enquanto muitos outros passam a noite em Meersburg e Überlingen, do outro lado do lago.

Mesmo assim, ele não conseguiu convencer Marie.

– Em um bordel, provavelmente, cujo dono lhe paga para arranjar moças dispostas a trabalhar.

Ela já queria afastá-lo para o lado, quando ele bateu com o pé e começou a gritar, zangado:

– Meu Deus, mulher, você é burra assim mesmo ou só faz de conta que é? Vou arrumar uma casinha para vocês, onde poderão trabalhar por conta própria. Vocês não me deverão nada, pois eu recebo uma gratificação do Conselho por cada prostituta que levo.

Helma aproximou-se, rebolando, e pegou Marie pelo ombro.

– Só para constar, eu sou a favor de aceitarmos essa oferta. Mesmo se só a metade do que Jobst está contando for verdade, ainda é melhor do que isto aqui.

– Eu também quero ir para Constança. Muitos da minha cidade natal costumam ir para lá e eu poderei falar meu idioma. – Nina já parecia ter tomado uma decisão.

Hiltrud dirigiu-se a Marie e puxou-a para si, como se fosse criança. É claro que ela ficaria com a amiga, mesmo se as duas outras prostitutas se separassem delas. Na cabeça de Marie, os pensamentos voavam como folhas ao vento outonal. Como ela gostaria de poder ir para Constança! Mas o veredicto de um juiz implacável a impedia.

– Essa idéia não me agrada – explicou Marie, com a fisionomia grave. – Uma amiga minha foi torturada de tal forma lá que quase morreu, e eu também tenho meus motivos para evitar pôr os pés na cidade.

Jobst deu uma gargalhada gostosa.

– Ah! Então é isso! Você andou aprontando por lá! Não se preocupe, minha linda! Viajando comigo, estará sob a proteção da paz do imperador. Ninguém se atreverá a pôr a mão em você, e os guardas têm ordem de permitir que você circule livremente pela cidade.

O recrutador de prostitutas piscou o olho para Marie, em conluio, enquanto acariciava sua bochecha.

– O imperador teve que prometer a todos segurança e salvo-conduto, além de garantir uma trégua geral, válida durante todo o concílio e algumas semanas depois, e isso porque muitos dos senhores que se encontrarão em Constança estão em pé de guerra entre si. Essa paz não é válida apenas para os participantes do concílio, mas também para aqueles que contribuem com seu sucesso. E, pelo que me consta, uma sedutora contribui pelo menos tanto quanto um monge em prece ou um mercador que fornece comida e bebida aos senhores.

"É possível que o salvo-conduto imperial impeça as autoridades de reabrirem o processo contra mim", cogitou Marie. Ruppert e seus comparsas, entretanto, não respeitariam o documento, além do que o Reno não devolveria seus mortos tão cedo e ninguém daria por falta de uma prostituta desaparecida. Por outro lado, se ela começasse a evitar a proximidade de Ruppert por puro medo, jamais poderia tomar uma atitude contra ele e seus homens. Marie pensou no testamento do cavaleiro Otmar, que valia mais do que ouro para o cavaleiro Dietmar von Arnstein e sua esposa, e do qual ainda estava de posse, junto com outros documentos.

Ela só havia conseguido decifrar alguns dos comentários que Jodokus fizera sobre aquelas escrituras, visto seus conhecimentos de latim serem básicos e ela não compreender muitas das abreviaturas que ele usara. Mas ela tinha certeza de que suas anotações, junto com os documentos, acabariam se tornando uma arma, que destruiria o conde de Keilburg e o magistrado Ruppertus Splendidus se caísse nas mãos da pessoa certa. Para uma prostituta desprezível como ela, no entanto, eles não tinham valor algum. Quem seria, entretanto, essa pessoa certa? O cavaleiro Dietmar já tinha sido passado para trás por Ruppert uma vez e, provavelmente, também não conseguiria se impor uma segunda vez a ele. Mas, com a ajuda do cavaleiro, ela poderia encontrar alguém mais poderoso que tomasse a iniciativa contra Keilburg. E, quem sabe, ela própria não conseguiria encontrar um inimigo poderoso à altura do conde, capaz de utilizar os documentos em seu poder e destruir os adversários com o rigor da justiça. Marie só teria que manter seus olhos e ouvidos bem abertos, além de abrir as pernas para o maior número de personalidades.

Ela respirou fundo e levantou a cabeça fazendo os cachos voarem no ar.

– Então, está bem, Jobst. Nós o acompanharemos para Constança.

Helma e Nina não podiam mais de contentamento, e Hiltrud deu um suspiro que não parecia ser de alívio. Não havia mais volta, independentemente do destino que aguardava Marie em Constança.

II

Era de manhãzinha. A neblina ainda cobria o lago, e a ilha, sobre a qual se encontrava o mosteiro dos pregadores apenas se delineava como uma sombra. Esparsas formações de nevoeiro passavam por cima da mureta do lago e invadiam as ruelas ainda desertas, como monstros fantasmagóricos. Próximo a São Lourenço, uma jovem saiu por uma porta, olhou com cuidado para um lado e para o outro e desceu a ruela de pilotis, em direção ao Obermarkt. De lá, ela seguiu para a Ringgasse, que levava ao Portão do Paraíso. A moça trajava um vestido marrom, muito simples, comumente usado por servas, e tinha a cabeça e os ombros envoltos em um xale puído. Seus pés, no entanto, estavam protegidos por sapatos fechados de couro de boi, que uma simples serva não teria condições de comprar. A jovem não parava de olhar em volta, como se temesse ser descoberta, e sempre desviava para uma ruela lateral quando ouvia o som de passos. Ela se dirigiu, no entanto, com uma confiança cega ao vigia do Portão do Paraíso.

– Você levantou cedo hoje, minha jovem Edviges – cumprimentou ele, simpaticamente, e apontou para o pequeno buquê de flores primaveris em sua mão. – Pelo visto, está indo ao cemitério de indigentes, novamente, visitar o túmulo de seus parentes.

Imediatamente, a jovem assentiu com a cabeça.

– É isso mesmo, Burkhard. Hoje é dia da Anunciação de Maria, dia do nascimento e do batismo de Marie. Portanto, tenho que rezar por ela e pela alma de seu pobre pai.

O vigia balançou a cabeça.

– Tem gente que não ficará feliz com isso.

– É, eu sei! Mas isso não vai me impedir.

Involuntariamente, Edviges olhou, por cima do ombro, para a propriedade que um dia pertencera a Matthis Schärer e na qual o magistrado Ruppertus Splendidus passara a morar. Era óbvio que ele não ficaria satisfeito por ela honrar seus mortos, mas nada podia fazer para impedi-la de rezar no túmulo onde estava enterrado o cunhado de seu pai. O magistrado e algumas outras pessoas afirmavam que lá estava enterrado apenas um mendigo leproso. Mas nem ela nem seu pai acreditavam nisso. A mãe de Edviges costumava repreendê-la por sua teimosia, tentando convencê-la a, finalmente, sossegar, pois ela não queria irritar ainda mais o distinto senhor. Por isso, a jovem não tivera coragem de dizer-lhe que queria ir ao túmulo naquela manhã.

O vigia abriu a portinhola que se encontrava de um lado do portão e desejou-lhe, ainda, um dia abençoado. Ao ouvir alguém se aproximar, ela passou pela porta, muda e apressada, e seguiu caminho. Pouco depois, um homem de meia-idade, vestindo o hábito de um abade beneditino, aproximou-se do Portão do Paraíso e ordenou que o vigia abrisse a porta, sem cumprimentá-lo. Burkhard fez uma careta e, dessa vez, precisou de muito mais tempo para abrir a fechadura e empurrar a porta, pois não gostava do gordo abade, que passou por ele com aquela fisionomia arrogante de sempre, como se um vigia não fosse gente e não passasse de um inseto repugnante que se arrasta sobre um paralelepípedo ao lado do portão. Burkhard ainda quis avisar Edviges para tomar cuidado, mas, quando espichou a cabeça para fora do portão, a moça já havia mergulhado na neblina. O vigia, entretanto, tinha certeza de que o destino do abade Hugo – que levava o título de seu monastério, von Waldkron – também era o Brüel, onde se encontrava, além do cemitério de animais e do local de execuções, o cemitério de indigentes.

Edviges Flühi, a filha de Mombert, caminhava, entrementes, sobre o terreno abandonado onde eram enterrados os mendigos e os vagabundos que passavam desta para melhor em Constança. Ela se apressou por entre os pequenos montes sem adornos, que, em sua maioria, estavam cobertos de arbustos, e dirigiu-se para um lugar que contrastava com o resto. Quando ela descobrira quem havia sido sepultado ali, Edviges buscara terra negra do pântano de Wollmating, espalhara-a sobre o túmulo e plantara uma variedade de bulbos de flores. Para sua alegria, dúzias de campânulas brancas estavam justamente em flor, como estrelas brancas e brilhantes, e as primeiras folhas verdes dos crocos surgiam de dentro da terra.

Edviges curvou-se e alisou a terra onde um cachorro havia pateado. Depois, olhou pesarosa para a pequena lápide que seu pai mandara colocar ali havia pouco tempo. Já era a quarta, desde os horríveis acontecimentos no ano do Senhor de 1410. Se a primeira lápide ainda tinha sido feita de granito, desta vez, Matthis Schärer teve que se contentar com uma mera placa de argila cozida. Senão teria ficado caro demais para Mombert Flühi, pois a pedra desaparecia pelo menos uma vez por ano, ou era destruída. Ninguém sabia dizer quem era o vândalo que fazia isso, mas Mombert e sua filha tinham certeza de que o magistrado Ruppertus Splendidus estava por trás desses atos. O distinto senhor não queria ser lembrado da maneira como havia chegado à sua fortuna, mas Edviges, que o odiava de todo o coração, jurou que faria de tudo para ele não esquecer.

Ela passou a mão sobre a inscrição simples na placa, que dizia apenas que ali jazia Matthis Schärer. Além do nome do tio, ainda havia o de Marie, embora a filha do comerciante não se encontrasse naquela sepultura. Os pais de Edviges compartilhavam da opinião de muitos, que acreditavam que a sobrinha não poderia ter sobrevivido por muito tempo à punição extremamente severa que recebera. E a prima continuava sendo perseguida por pesadelos medonhos, pois, naquele dia fatídico, se encontrava na feira, onde ficara imprensada na multidão e, assim, presenciara o açoitamento de Marie. Apesar disso, ela se batia contra a idéia de que a jovem tivesse morrido em conseqüência dos açoites. Segundo ela, Deus não podia ser tão injusto. Em vez disso, ela imaginava que sua prima vivia como eremita, temente a Deus, em uma cabana, e que os animais selvagens da floresta se aproximavam dela como de uma santa.

Quando Edviges ouviu passos rápidos sobre o caminho coberto de cascalho, que se estendia do Portão do Paraíso até o cemitério de indigentes, se escondeu atrás de um arbusto ressecado e procurou olhar através da neblina para descobrir quem se aproximava. Ao ver o gordo abade, que mais parecia um fantasma sangüinário com sua sotaina branca esvoaçante, a jovem começou a procurar uma rota de fuga.

Hugo von Waldkron era hóspede na casa do inimigo de Edvige Ruppertus Splendidus. O clérigo já a perseguia havia algumas semanas, mas, até então, ela sempre conseguira despistá-lo em tempo hábil. E isso graças a Jula, a filha de uma vizinha, que trabalhava como serva para Ruppertus Splendidus. Fora ela quem a alertara sobre Waldkron. Quando aquele homem queria possuir uma mulher, dissera ela, não aceitava um "não" como resposta e tomava-a, nem que fosse à força.

Edviges entrou em pânico, pois também lhe haviam dito que o abade, apesar de sua barriga avantajada, possuía uma força de urso. Se ele conseguisse pôr a mão nela, acabaria tendo-a à força e, então, seu destino seria o mesmo de Marie. Àquelas horas do dia, dificilmente alguém ouviria seus gritos de socorro e, no caso de alguém acabar aparecendo, esse alguém provavelmente não estaria disposto a atrair para si a ira de pessoa tão influente.

– Perdoem-me, tio Matthis e Marie, se não posso rezar no túmulo de vocês hoje.

Edviges viu o abade virar-se, como se tivesse escutado algum ruído. Ela empurrou rapidamente as flores sobre a sepultura e correu pela parte posterior do cemitério até a sebe que circundava o terreno. Daquele lado, ela era bem mais densa do que do lado da cidade, mas ainda apresentava buracos por onde uma moça esguia como ela conseguiria abrir caminho. Para isso, no entanto, precisaria permanecer tempo suficiente sem ser vista. Ela se escondeu, cuidadosamente, por trás de alguns arbustos, agachou-se rente ao chão e viu o abade correr direto para o túmulo de Matthis Schärer. Alguém devia ter lhe dito que ela costumava ir rezar lá, no dia da santa padroeira da prima, e descrito exatamente como chegar à sepultura.

Edviges viu o homem olhar em volta e, após alguns instantes, retornar para a entrada. Rapidamente, ela atravessou a sebe e saiu correndo. Partindo do princípio de que o abade ainda ficaria algum tempo de olho no Portão do Paraíso, ela correu em direção ao Reno, para voltar para casa pelo Portão dos Escoceses.

Temendo que o abade pudesse tê-la descoberto e a estivesse seguindo, ela não parava de olhar para trás. Assim, Edviges não percebeu quatro homens trajando uniformes coloridos de guerra vindo da margem do Reno. Eram mercenários, como os muitos que vadiavam pelas ruas de Constança e redondezas, sem ter o que fazer enquanto esperavam as ordens de seus comandantes. Os quatro haviam saído de seu alojamento no Monastério dos Escoceses e se dirigiam à cidade. Ao verem uma silhueta feminina, começaram a gritar e saíram correndo em sua direção.

Antes que Edviges pudesse reagir, um dos soldados havia puxado-a para si e acariciava-a com a mão livre sob o xale.

– Mas olha que gatinha temos aqui!

– Solte-me! – bufou ela – Não sou uma prostituta!

Apesar de se mostrar valente, a menina estava tremendo de medo. Fugindo, em pânico, do abade tarado, ela se esquecera dos mercenários, que haviam se espalhado pela cidade como praga de gafanhotos e faziam da vida dos guardas e dos vigias do concílio, sob o comando do visconde Ludwig – designado pelo imperador para manter a ordem pública –, um verdadeiro inferno. Ela caiu em si que deveria ter trazido uma serva, como era de praxe para uma bem-comportada filha de um cidadão burguês. Por outro lado, aqueles homens se satisfariam até com a velha Wina, que ficara enrugada e grisalha e não possuía mais um único dente.

O homem que segurava Edviges virou-se com ela para os demais.

– E aí, o que é que vocês acham, meus amigos? Essa pequena não é bem mais apetitosa do que aquela prostituta de ontem à noite?

Um de seus companheiros arrancou-lhe o xale da cabeça e puxou suas tranças louro-claras.

– Não tenha dúvida! Mal posso esperar. Não quer me deixar ir primeiro desta vez, Krispin?

O outro riu na cara dele.

– Você vai ter que esperar a sua vez. Eu sempre sou o primeiro.

Edviges ainda tinha esperanças de que os homens estivessem apenas se divertindo às suas custas, mas, naquele instante, ficou claro o que lhe aguardava, e ela abriu a boca para começar a gritar. Talvez os devotos freis do Monastério dos Escoceses, próximo dali, ou, pelo menos, o vigia da torre do portão a ouvissem. Naquele momento, entretanto, o soldado cobriu seus lábios com a mão.

– Você não está querendo acabar com a nossa alegria, está?

Ele arrastou Edviges para um grupo de árvores, na periferia de um pasto coalhado de tendas durante o concílio. No mesmo momento, a moça viu um oficial subindo pelo mesmo caminho. Ele carregava o Leão do Palatinado no peito, o que a encheu de esperança. Ela chutou seu captor e conseguiu liberar a boca o suficiente para dar um grito sufocado.

O homem simplesmente olhou para o grupo e fez uma careta enojada quando viu quatro homens e uma moça. Ele parecia não ter interesse em se intrometer, pois seguiu caminho. Edviges começou a gemer, pois o mercenário que a arrastava pressionou sua cabeça contra o ombro, entortando seu pescoço e machucando-a. Desamparada, ela fitou o sol, cujos raios abrasadores atravessavam as nuvens de nevoeiro, e não reparou que o oficial se voltara, mais uma vez, e não parava de olhar para seus cabelos claros e brilhantes e observar seu rosto, com uma fisionomia incrédula.

Independentemente do que ele pensou ver, aquela visão fez com que mudasse de idéia. Furioso, ele soltou um palavrão, desembainhou a espada e bloqueou o caminho dos quatro.

– Soltem a moça, seus inúteis!

– O que significa isso? – retorquiu Krispin. – Essa é a nossa prostituta; portanto, não se meta!

– Mandei soltá-la! – O oficial deu um passo à frente e bateu na cabeça de Krispin com o lado da lâmina.

O mercenário largou Edviges e começou a desembainhar sua espada, até se dar conta do brasão de seu oponente.

– Desde quando sabujos como vocês se incomodam com uma prostituta?

– Eu não sou uma prostituta, e sim uma filha burguesa de Constança – gritou Edviges.

O estranho lançou-lhe um olhar irritado.

Krispin fez um sinal de desdém e quis pegar Edviges, que estava fugindo dele de quatro.

– E daí? As filhas e esposas dos burgueses também se metem debaixo das cobertas de qualquer um que possa pagar por elas.

O oficial espetou a ponta da espada contra o peito do mercenário.

– Se elas fazem isso por livre e espontânea vontade, então não me diz respeito. Mas a menina deixou bem claro que não quer.

Krispin olhou, furioso, para seus amigos, que haviam recuado alguns passos. Depois, virou-se para o oficial do Palatinado, ameaçador.

– Quanta sabedoria para um só homem! Não foi Württemberg que, outro dia, puxou a distinta filha de um burguês para cima de seu cavalo, levou-a ao seu alojamento e somente a deixou ir depois de ter se servido dela como bem entendeu?

– Não vou dizer que estou de acordo com a atitude do conde, mas há uma diferença enorme entre um Eberhard von Württemberg e um rato de esgoto como você. Pelo que sei, ele pagou uma quantia considerável por sua inocência perdida e cobrirá todas as despesas do casamento da garota. Além disso, ele a manteve para si e não permitiu que outros a violentassem.

A espada do oficial perfurava o couro do colete do mercenário e ele parecia estar disposto a partir para a briga.

Krispin pisou na saia de Edviges para impedi-la de fugir e olhou para os colegas, desafiando-os.

– Vamos deixar um sujeitinho desses intimidar a gente?

Dois balançaram a cabeça e desembainharam as espadas, enquanto o quarto levantou a cabeça e se meteu no meio.

– Você enlouqueceu, Krispin? Se nos metermos com um dos soldados do visconde do Reno, acabaremos na forca.

Os dois outros mercenários colocaram suas espadas de volta nas bainhas. A julgar pelas fisionomias, estava claro que se sentiam contrariados por terem de recuar diante de um único homem. Mas a atitude do oficial os intimidava, pois ele parecia determinado a bater-se com os quatro ao mesmo tempo.

Krispin deu um passo atrás, liberando Edviges.

– Mas que droga! Não se pode nem mais fazer uma brincadeira?

O olhar com que fitou o estranho, entretanto, denotava que era melhor não se encontrarem, novamente, em algum beco escuro. Os três outros mercenários seguiram o líder, resmungando.

Edviges bateu a sujeira da saia e olhou para seu salvador com curiosidade. Ele não devia passar de 25 anos e tinha um rosto angular, mas simpático, com nariz afilado e olhos azul-claros, que ainda olhavam para ela surpresos e cheios de dúvidas. Edviges reparou que o estava encarando e lembrou-se de seus bons modos.

– Agradeço-lhe, meu senhor, por ter me livrado dessa situação desagradabilíssima.

Ele estendeu a mão e pegou, cuidadosamente, uma de suas pesadas tranças.

– Foi muito imprudente de sua parte, mocinha, sair desacompanhada da cidade.

Edviges abaixou a cabeça e fitou, sem graça, as pontas dos pés.

– O senhor tem razão, mas não podia voltar pelo caminho mais curto para a cidade, pois o abade gordo estava atrás de mim de novo. Desta vez, ele me seguiu até a sepultura da minha prima e, não tenho dúvida, teria me violentado se eu não tivesse fugido a tempo.

O homem bufou com desprezo, enquanto seu olhar permanecia imóvel sobre o rosto de Edviges.

– Há gentalha demais circulando pela cidade. Um abade, você disse?

– Isso mesmo, Hugo von Waldkron, o abade do Monastério Waldkron...

Edviges percebeu que o homem estava distante em pensamentos. Ele continuava segurando sua trança, esfregou a mão direita sobre a testa e balançou a cabeça diversas vezes.

– Não dá! Você é jovem demais! Não é possível que você seja a Marie! Mas se parece tanto com ela!

Edviges olhou para ele, surpresa.

– Você conhece a minha prima?

Os olhos do estranho cresceram.

– Marie Schärer é sua prima? Então, você deve ser a pequena Edviges, filha do mestre Mombert.

– Isso mesmo, eu sou a filha de Mombert Flühi. – Edviges ficou mais do que surpresa ao perceber que um estranho conhecia suas relações familiares, sentindo-se envergonhada ao mesmo tempo. O oficial devia tê-la por uma mulher leviana. – Eu não estava passeando por aí, sem destino. Minha intenção era rezar por Marie no cemitério de indigentes. Afinal, hoje é seu aniversário e data de batismo.

O rosto do homem anuviou-se.

– Marie morreu? Oh, meu Deus!

Edviges levantou as mãos, demonstrando incerteza.

– Não sabemos ao certo. Na verdade, trata-se do túmulo do pai dela, que foi enterrado ali, às escondidas, por nosso inimigo. Com o tempo, meu pai descobriu que o cunhado descansava ali e, desde então, também rezamos pela alma de minha prima desaparecida no seu túmulo.

O olhar do homem tornou-se tão hostil que Edviges começou a ficar com medo dele.

– Mestre Matthis está morto? Isso também deve ter sido coisa daquele patife do... Quando foi que ele morreu?

– Não sabemos ao certo. Ele desapareceu logo depois de Marie ter sido desterrada.

– Então, ele não deve ter sobrevivido à sua desgraça e à vergonha de sua filha. Espero, por sua alma, que ele não tenha provocado a própria morte. – Soou como se fosse uma pergunta.

– Não, com certeza não a provocou. Meu pai acha que alguém lhe deu uma mãozinha. Não deveríamos dizer isso muito alto, mas... – Edviges interrompeu. Ela não conhecia o homem e sabia que havia coisas que não deveria confiar a estranhos. No pior dos casos, o oficial podia ser uma pessoa de confiança do magistrado Ruppertus e, se chegasse a seus ouvidos o que ela contara ali, seu pai pagaria por isso. – Estou falando demais! – disse ela. – Por favor, deixe-me partir, senhor. Já devem estar dando por falta de mim em casa.

O homem estendeu-lhe o braço.

– Vou acompanhá-la até a porta da sua casa. Senão, existe a possibilidade de você ainda encontrar outros sujeitos dispostos a se aproveitar da situação.

– E como é que vou saber que posso confiar no senhor? – perguntou a moça.

O homem riu.

– Comigo você está em segurança. Afinal, já limpei seu nariz quando você era criança.

Edviges colocou as mãos fechadas nas cadeiras e olhou para ele irada.

– O tempo todo você diz conhecer a mim e a meu pai, mas não diz quem você é.

– Eu sou Michel, filho do taberneiro Guntram Adler, da Katzgasse.

Edviges fez beiço.

– Impossível! O taberneiro da Katzgasse chama-se Bruno Adler.

– Esse é meu irmão mais velho. Então, meu pai também já deve ter morrido. – Michel suspirou e ficou ensimesmado, mas não havia pesar em seu rosto.

Edviges apertou os olhos e tentou encontrar alguma semelhança entre o elegante e forte guerreiro e o corpulento taberneiro da Katzgasse, mas só conseguiu concluir que a aparência de Michel era bem melhor que a do irmão. Ela aceitou o braço do rapaz e deixou-se levar ao Portão dos Escoceses.

Naquele meio-tempo, as ruas da cidade ficaram cheias de gente e muitos olhares curiosos voltaram-se para o casal. Algumas matronas torciam o nariz e juntavam as cabeças.

– Essa Edviges também não é melhor do que a prima. Ela até desfila abertamente com seu amante – disse uma delas, em voz alta, revelando uma boa dose de inveja.

– Pelo menos, o gosto dela é melhor que o da Marie, que levantou as saias para um carroceiro imundo. Eu também não teria nada contra um soldado bonitão desses – completou a outra, sem pudor.

Durante algum tempo, as mulheres conversaram sobre os acontecimentos de cinco anos antes, mas, quando um jovem nobre passou, trajando roupas cobertas de jóias e colete desavergonhadamente curto, esqueceram-se de Edviges e de seu acompanhante.

III

– A senhora manda perguntar se o senhor viu Edviges, mestre.

Mombert Flühi balançou a cabeça, indulgente, pois a voz de seu ajudante soou muito preocupada, como se ele estivesse perguntando sobre a irmã ou, até, a noiva.

– Não, Wilmar, ainda não vi minha filha hoje. Espero que ela não tenha saído de casa sozinha, às escondidas.

Wilmar correu para a pequena janela, cujas vidraças olho-de-boi permitiam passar luz suficiente para não precisarem trabalhar com a resina de lascas de madeira acesa naquela parte da oficina, e procurou por ela.

– Ela não deve ter levado nenhuma serva consigo, pois todas estão com a senhora. Deus do céu, como Edviges pode ser tão descuidada!

Mombert Flühi percebeu que Wilmar estava quase morrendo de preocupação com sua filha e levantou as mãos, sem ter como ajudar. Ele gostaria de ter lhe dito que não dava para trancar uma moça de 17 anos no quarto, dia e noite, ainda mais quando não havia segurança nem na casa paterna. Wilmar lhe contara que o abade do Monastério Waldkron tinha uma queda por Edviges e a seguia feito um adolescente enamorado, mas ele nada podia empreender contra o nobre bem-nascido. Da mesma forma que nada podia fazer contra o nobre ao qual fora obrigado a alugar um quarto da casa. Felipe von Steinzell havia espreitado Edviges e tentado beijá-la várias vezes. Uma vez, ele havia até tentado arrastá-la à força para seu quarto, mas, por sorte, Wilmar chegara a tempo de socorrê-la, inventando que aguardavam o nobre à porta.

Mombert Flühi ouviu Wilmar ranger os dentes e achou que o ajudante estava pensando na mesma coisa. A julgar pela careta que fazia, ele parecia estar se segurando para não subir ao quarto do cavaleiro, arrancá-lo de lá e jogá-lo escadas abaixo. Ou talvez estivesse pensando no abade presunçoso, que tratava como servos todos que fossem de classe inferior. Mombert jurou colocar Felipe von Steinzell no olho da rua se acontecesse outro incidente daqueles, mesmo que isso lhe criasse problemas com o Conselho da Cidade, que havia recebido a incumbência de arranjar alojamento para os distintos senhores e para o alto clero. Mas ele devia isso à filha e à paz doméstica. Ao mesmo tempo, ele se propôs a reclamar, novamente, com o responsável pelos alojamentos daquele quarteirão, e amolá-lo até receber autorização para despejar o cavaleiro arrogante.

Wilmar lançou um olhar de reprovação para seu mestre.

– O senhor não deveria ter deixado Edviges sair.

Mombert enfureceu-se.

– Por acaso eu deveria tê-la amarrado? Ela deve ter ido, no fim da madrugada, rezar por Marie no cemitério de indigentes, pois hoje é o dia de sua santa padroeira. Se tivesse pensado nisso, eu a teria acompanhado.

Ele passou a mão pelos olhos e empurrou para o lado o barril no qual estava trabalhando nesse momento.

– Continue aqui, Wilmar. Eu tenho que esticar um pouco as pernas.

Wilmar respirou aliviado, pois sabia que Mombert Flühi ia procurar Edviges, e tomou seu lugar. Enquanto retomava seu trabalho, apareceram, um após o outro, os três aprendizes. Visto estarem atrasados novamente, não esconderam a satisfação ao perceber que o mestre estava ausente.

Wilmar apontou para a parte de trás da oficina.

– Já ao trabalho! A madeira não se entalha sozinha.

No dia anterior, os três já haviam recebido a tarefa de cortar ripas para os barris, sem dar acabamento, mas não chegaram a completar o trabalho da maneira que o mestre havia esperado. Enquanto Isidor e Adolar, os dois aprendizes mais jovens, obviamente com a consciência pesada, apressaram-se para os fundos da oficina e pegaram suas ferramentas, Melcher, apenas três anos mais novo do que Wilmar, ficou parado à porta, com olhar de desprezo.

– Cansei de fazer esses trabalhos tolos! Ou o mestre Mombert me ensina a tanoaria ou meu pai me enviará para um mestre melhor. Jörg Wölfling certamente ficaria feliz se eu fosse trabalhar para ele.

Wilmar franziu a testa e fez uma careta.

– Se o trabalho com o mestre Mombert não lhe agrada, então seria melhor mesmo você procurar serviço em outro lugar. Mas duvido que o mestre Jörg lhe dê outra coisa para fazer além do que você já faz aqui. Com o grande número de nobres senhores e seus acompanhantes na cidade, há tanto serviço por fazer que cada um de nós tem que pegar duro mesmo. Resmungar e vagabundear você pode fazer em casa.

Wilmar deu as costas para o aprendiz, pegou as ripas finas que Isidor e Adolar já haviam cortado, prendeu-as na bancada de serviço e acertou-as com um desbastador.

A princípio, Melcher ficou na entrada, com os punhos cerrados, mas acabou indo para os fundos, resmungando.

– Eu vou contar para o mestre Mombert que você está de olho na Edviges – sibilou ele ao passar por Wilmar e se abaixou de imediato.

O ajudante foi mais rápido e bateu nele com tamanha força que o baque reverberou na casa inteira. Isidor e Adolar se divertiram às custas do colega. Eles achavam que Melcher bem que merecia a bofetada, pois, como o mais velho, tratava-os como se fosse o mestre.

IV

Mombert Flühi dirigia-se, naquele instante, ao Portão do Paraíso, quando a voz de sua filha ecoou atrás de si.

– Pai, aonde você está indo?

Mombert virou-se de supetão, apesar de sua barriga, e viu a filha subir a ruela de Santo Estevão de braço dado com um oficial. Furioso, respirou fundo. Ele jamais poderia imaginar que sua filha daria a todas as fofoqueiras de Constança a oportunidade de falarem mal dela. Se Edviges tivesse a reputação de amante de soldado, não haveria qualquer chance de ela terminar bem casada.

– Onde você se meteu? Você não se envergonha, não, de ficar desfilando por aí com um completo estranho e, ainda por cima, um soldado? – ralhou ele.

Edviges estremeceu com aquelas palavras duras. Seu acompanhante, entretanto, levantou a mão, acalmando-o.

– Bom dia, mestre Mombert! Fico feliz em revê-lo.

O pai de Edviges fitou o homem e coçou a têmpora.

– Eu o conheço?

Michel pegou-o pelo ombro, rindo.

– Mas, mestre Mombert, que memória fraca! Sou Michel, da Taberna Adler, na Katzgasse.

– Um dos irmãos do atual taberneiro? – A voz de Mombert não soava nem um pouco mais simpática, até que, de repente, ele esbugalhou os olhos e espremeu as bochechas do seu interlocutor entre as mãos. – Mas não é que é mesmo? Você é o pequeno Michel, que desapareceu há cinco anos! Mas que surpresa!

– Isso mesmo, eu sou o Michel! Aquele que seguiu a sua sobrinha e procurou-a em vão. – Uma sombra cobriu o rosto do rapaz.

Mombert pegou as mãos de Michel e apertou-as fortemente.

– Mas rapaz, onde é que você se meteu durante todo esse tempo? E o que é que você está fazendo como soldado? Isso não é uma profissão para um rapaz direito como você!

Michel conteve a euforia de Mombert.

– Creio que seria melhor contar tudo isso a você em sua casa, com uma caneca de vinho, e não aqui, no meio da rua, onde somos empurrados a torto e direito.

Mombert bateu com a palma da mão na testa.

– Você está coberto de razão! Venha conosco! Estou muito curioso para saber tudo o que fez durante os últimos cinco anos.

Ele segurou Michel pelo braço e levou-o consigo. Após alguns passos, voltou-se para Edviges.

– Mas que ótimo que você reconheceu Michel e o trouxe para casa! Eu teria passado por ele como se fosse um estranho.

Edviges abaixou a cabeça, envergonhada.

– Eu não reconheci Michel, papai. Eu tinha ido ao cemitério para colocar flores no túmulo do tio Matthis e rezar por ele e pela Marie. Aí, aquele abade gordo veio atrás de mim. Quando eu estava fugindo dele, acabei nas mãos de quatro mercenários que queriam me violentar. Se Michel não tivesse me salvado daqueles sujeitos infames, certamente já estaria morta.

Mombert ficou lívido e apoiou-se em Michel.

– Isso é verdade? Por Deus, então, você é mesmo um jovem corajoso! Há poucos como você hoje em dia.

Michel corou como uma moça.

– Já chega de elogios, Mombert. Os quatro fugiram mais do brasão que carrego do que de mim.

– O Leão do Palatinado! – exclamou Mombert, cheio de respeito. – Então, você integra o séqüito do visconde do Reno.

Michel assentiu orgulhoso.

– Sou um dos comandantes de sua infantaria e me mandaram para cá, com meus homens, para reforçar a segurança do concílio. Nosso navio atracou ontem em Gottlieben, onde estamos alojados. Como eu queria visitar a minha cidade natal antes de começar o serviço, saí ainda de madrugada.

– Graças ao bom Deus! Não quero nem pensar o que teria acontecido a minha Edviges se você não tivesse se metido. Ela é filha única, fique sabendo.

Mestre Mombert prometeu, em pensamento, uma grande vela a São Pelágio, por ter enviado o jovem combatente na hora certa.

Pouco depois, chegaram a Hundsgasse, onde se encontrava a oficina de mestre Mombert. Michel conhecia o local, pois entregara cerveja ali, freqüentemente, no passado. Naquela época, a casa do tanoeiro pareceu-lhe tão luxuosa quanto a de Matthis Schärer. Mas os sinais da passagem do tempo eram visíveis nas edificações e chamaram-lhe a atenção. Os barris prontos no pátio e a madeira armazenada quase até o teto de uma sacada, para posterior manuseio, revelavam que ali se trabalhava sem parar. Mesmo assim, mestre Mombert parecia menos abastado do que no passado.

Isso, entretanto, não diminuíra sua hospitalidade. Ele abriu a porta da casa, chamou Frieda, sua esposa, e apresentou-lhe a visita inesperada. A dona da casa fez uma cara de aversão ao ver um jovem no uniforme de guerra de um oficial do Palatinado. Sua fisionomia mudou repentinamente, no entanto, quando a filha lhe informou que ele a salvara de enorme perigo. Mas, antes de se incomodar com o hóspede, passou um severo sermão na filha.

– Espero que você tenha aprendido a lição desta vez! – concluiu ela. – Por mais que seu pai esteja satisfeito com as encomendas de barris, eu preferiria mil vezes que os distintos senhores realizassem seu concílio em outras paragens.

Mombert levantou a mão, fazendo pouco caso.

– Você não pode pensar assim, mulher! É uma grande honra para nós o imperador Sigismund haver escolhido Constança para sediar o concílio.

Sua mulher bufou desdenhando.

– Realmente, vai ser uma grande honra depois, quando as servas circularem barrigudas pela cidade porque venderam suas virtudes por dez centavos a soldados ou prelados.

– Também não vai ser assim! – Mombert tentou acalmá-la. – Muitas servas dispostas a esse tipo de préstimos também vieram à cidade para oferecer seus serviços a clientes interessados. Para os altos dignitários foram recrutadas, inclusive, as mais belas sedutoras do império. Portanto, nenhuma moça ou mulher de Constança precisa temer por suas virtudes.

– Ah, é? E o que foi que acabou de acontecer com Edviges? – vociferou Frieda.

– Escória existe em todo lugar, até mesmo aqui, em Constança. Basta lembrar-se do que aconteceu com a pobre Marie.

– Vocês chegaram a ter notícias de sua sobrinha?

A pergunta de Michel lembrou aos anfitriões de seus deveres para com a visita, pondo fim à briga que se anunciava. A mãe de Edviges correu para a cozinha, a fim de trazer vinho, lingüiça e pão. A menina acompanhou-a, pois não queria dar mais motivos para a mãe ralhar com ela. Mombert conduziu Michel ao melhor cômodo da casa e ofereceu-lhe a cabeceira da mesa, onde ele próprio costumava sentar-se.

– Minha esposa logo nos trará um bom vinho e algumas iguarias. Então, você poderá me contar suas experiências.

– Primeiro, gostaria muito de saber o que conseguiu descobrir sobre Marie – lembrou-lhe Michel.

Mombert levantou as mãos, lamentando-se.

– Infelizmente, nada! E não pense que não tentei. No início, também eu caí no boato de que meu cunhado a teria seguido, pois, antes de desaparecer, ele havia me dito que faria isso. Mas, quando se passou um tempo sem que eu recebesse notícias dele e, depois, quando surgiram outros boatos, fiquei desconfiado e comecei a procurar por ele e por Marie, mas foi tudo em vão. De Marie, não havia mais nenhum sinal. Quanto a Matthis, já fazia tempo que ele havia sido enterrado como um cão.

Michel curvou-se, interessado.

– Quando é que você começou a desconfiar? E por quê?

– Meu cunhado teria enviado um mensageiro para me informar como iam as coisas se tivesse deixado a cidade. Ele não havia deixado seus negócios em ordem e sabia que as pessoas viriam indagar a mim. Como disse, naquela época, eu ainda estava convencido de que ele havia deixado Constança. Mas, então, começaram a surgir novos boatos, levando-me a tomar providências contra o homem que se instalara em sua casa. Quando ouvi dizer que o tosador de ovelhas Anselmo contara a um estranho que ajudara a enterrar Matthis Schärer no cemitério de indigentes, soube que minha intuição estava certa, embora isso só tenha me trazido aborrecimentos.

– Edviges já havia me dito que o mestre Matthis está morto. O que será que aconteceu com ele?

– Pouco depois de ter afirmado que havia enterrado meu cunhado, Anselmo caiu na água e se afogou. As pessoas podem achar uma bobagem pensar em alguma maldade, já que o pobre homem vivia trôpego de bêbado. Mas é estranho que o mesmo homem que jogou meu cunhado e sua filha na rua da amargura tenha tomado posse de todos os seus bens, sem que o próprio Matthis pudesse protestar contra isso.

Mombert suspirou fundo e alegrou-se ao ver a mulher trazer o vinho e algumas comidinhas. Ele já havia falado demais e não podia se dar ao luxo de enfrentar mais um processo. Quando as canecas estavam cheias, perguntou a Michel sobre suas aventuras.

Michel fez um gesto de pouco caso.

– Na minha vida, não houve muitas aventuras. Segui Marie até o Reno, mas não consegui encontrá-la. Como eu não queria mais retornar para a casa do meu pai, alistei-me em um navio que descia o Reno. Quando o batelão de carga chegou à confluência do rio Neckar, dois barcos atrás de nós bateram: um subindo o Reno e o outro saindo do Neckar. Os estragos foram controláveis, pois nenhum deles naufragou. No barco que saía do Neckar, entretanto, um rapaz que se encontrava no costado acabou caindo no rio. A correnteza carregou-o na direção do nosso batelão. Eu consegui alcançá-lo e puxá-lo para fora da água, sem saber que havia pescado um peixe de ouro.

Michel tomou um gole de vinho e balançou a cabeça, rindo, como se, ainda hoje, se surpreendesse com o que lhe acontecera.

– O jovem era sobrinho do visconde do Reno. O senhor Ludovico agradeceu-me generosamente e presenteou-me com tanto ouro quanto jamais havia visto em toda minha vida. O comandante de sua guarda convidou-me para tomar vinho quando atracamos no porto após o incidente e ouviu a minha história. Naturalmente, contei-lhe sobre Marie, e ele me sugeriu que me tornasse soldado. Ele disse que, a serviço do visconde, eu viajaria para lugares mais distantes do que a bordo de um batelão no Reno, apenas subindo e descendo o rio.

– E você aceitou? – perguntou Mombert, curioso.

– Eu estava tão bêbado que, até hoje, não sei ao certo o que respondi – confessou Michel. – Na manhã seguinte, acordei surpreso na barca do visconde. Mas a história teve um final feliz.

– Você chegou a ser nomeado cavaleiro? – perguntou Mombert, entusiasmado. Ser elevado à condição de cavaleiro era o maior desejo de muitos homens que faziam parte das classes mais abastadas de Constança, embora tal honra fosse concedida a poucos.

– Não, ainda não cheguei a me tornar cavaleiro. Mas consegui me tornar comandante de um pelotão da infantaria e, se a sorte continuar do meu lado e meu senhor continuar satisfeito comigo, chegarei a capitão da guarda de algum castelo ou até mesmo a comandante.

Michel soava tão confiante e orgulhoso que Mombert chegou a ficar com uma ponta de inveja. O rapaz franzino de outrora aproveitara a oportunidade que lhe sorrira, passando de filho de taberneiro a oficial de um dos homens mais importantes do império. O tanoeiro lamentou Marie não ter podido presenciar isso. Sua sobrinha, certamente, teria ficado muito feliz. Mais uma vez, Mombert viu à sua frente o corpo ensangüentado de Marie e teve que combater as lágrimas.

Nos minutos seguintes, continuaram conversando descontraidamente. Michel falou sobre os acontecimentos desde que começara a trabalhar para o visconde e Mombert contou-lhe sobre os acontecimentos em Constança. O rosto de Michel anuviou-se quando soube, em detalhes, como o magistrado Ruppertus havia conseguido se apossar dos bens de Matthis Schärer e levar Mombert à beira da falência. Já que o rapaz não poderia ajudá-lo, Mombert mudou de assunto e começou a falar sobre o concílio, que havia colocado os súditos do império em polvorosa.

– Estou feliz por você fazer parte dos líderes da guarda do concílio. É bom saber que há alguém da região mantendo a ordem no meio de tantas pessoas de fora.

Michel mexia com sua caneca enquanto refletia sobre o que responder.

– Bem, eu e meus homens não fazemos parte, diretamente, da guarda do concílio.

Mombert olhou para ele, surpreso.

– Mas você não disse...

– Que me mandaram para cá, mas não para patrulhar, uniformizado e armado, as ruas da cidade e proteger mulheres de mercenários bêbados e monges tarados. A nossa função é outra.

– E qual é, então? – Mombert não percebeu que a sua visita não se sentia à vontade para falar sobre isso.

Michel compreendeu que não podia se comportar de forma muito misteriosa se não quisesse dar margem a novos boatos.

– Você conhece o magistrado Jan Hus?

Mombert assentiu de imediato.

– Mas é claro! Ele é um homem correto e temente a Deus. Eu já o ouvi pregando uma vez. Ele consegue verbalizar exatamente os pensamentos de cidadãos modestos.

– Você não deveria dizer isso muito alto. O magistrado Hus atraiu para si a ira de vários distintos senhores. Meus homens e eu estamos aqui para evitar que ele parta de Constança da mesma forma que o papa João, ou seja, às escondidas.

– Mas será que já circulou a notícia de que o único papa que atendeu ao chamado do imperador partiu sorrateiramente?

Michel sorriu docemente.

– O visconde sempre chega a saber de tudo que se passa em Constança e no bispado. Se não fosse assim, não conseguiria desempenhar suas funções perante o imperador. A fuga de João já era esperada na corte, visto terem-no aconselhado a renunciar. Afinal, quem chegou ao topo não está muito disposto a descer de novo.

Mombert olhou para Michel, conjurante.

– Você faz parte do grupo que deve trazer o papa João de volta?

– Se fizesse, não estaria mais aqui. Não, o imperador mandou seus próprios homens atrás dele. Agora, os distintos senhores estão mais interessados em saber o que acontecerá com o conde tirolês, que viabilizou a fuga de João. Segundo alguns boatos, o imperador o penalizará exilando-o do império. A partir de então, o homem fará jus à alcunha "Friedel, o pobretão".

Mombert deu um sorriso maroto e estalou os dedos.

– Por mim, tudo bem! Assim, eu poderia me livrar de um inquilino desagradável. Felipe von Steinzell é um vassalo de Frederico von Habsburg. Se ele for desterrado, Steinzell também terá que deixar Constança.

Michel franziu a testa, surpreso, pois havia uma ponta de veneno na voz de seu anfitrião. Ele já queria perguntar qual era o problema com o tal de Felipe von Steinzell, quando se ouviu um estrondo do lado de fora, seguido de um xingamento abafado e de um grito estridente de mulher.

Michel deu um pulo, mas Mombert, apesar de sua corpulência, passara-lhe a frente e saíra pela porta. Na escadaria, havia um jovem, trajando as vestimentas ricamente coloridas de um nobre. Ele segurava Edviges em seus braços, que se debatia vigorosamente. A moça havia empurrado um barril que se encontrava em um dos degraus e mordera o fidalgo, pois corria sangue dos dedos que tapavam sua boca. Pelo visto, Felipe von Steinzell ficara na espreita até Edviges aparecer, para poder arrastá-la para seu quarto.

– Você, seu cachorro sarnento, vou lhe partir o crânio! – gritou Mombert tão alto que, certamente, ouviram-no da rua.

A ameaça só pareceu estimular o cavaleiro.

– Vem, então, seu saco de farinha, se tem coragem! Juro que vou lhe dar a maior surra que já levou na vida!

– Eu não preciso agüentar uma coisa dessas em minha própria casa! – espumou Mombert, mas recuou assim que o outro levantou a mão livre.

Como o tanoeiro não era adversário para um guerreiro experiente, se limitou a continuar xingando a plenos pulmões.

– Solte a minha filha imediatamente, seu patife! Depois, trate de arrumar suas coisas e sumir da minha frente! Não quero vê-lo nunca mais!

O cavaleiro riu na cara dele. Mas, então, pareceu perceber que o tanoeiro atrairia metade da cidade com seus gritos, e então acabou soltando a moça. Edviges conseguiu, por um triz, segurar-se no corrimão e evitar a queda. Assim que recuperou o equilíbrio, saiu correndo para esconder-se atrás do pai. Felipe von Steinzell apertou as mandíbulas; fitou, furioso, os dois, e esfregou os dedos ensangüentados da mão esquerda. Por instantes, parecia querer partir para cima de Mombert para puni-lo pela intromissão.

Michel, que ficara na porta, saiu para o corredor com o intuito de socorrer o tanoeiro. Felipe, na meia-claridade que vinha do quarto, só conseguiu ver a silhueta da visita e sua comprida espada. Imediatamente, recuou e virou-se, arfando de ira e decepção, e subiu as escadas. Chegando ao topo, ainda olhou para Mombert com desprezo.

– Ainda não terminamos, seu gorducho! Você garantiu, a mim e a meu servo, alojamento enquanto durar o concílio. E tenha certeza de que vou fazer uso disso.

Seu olhar revelava que ele ainda não tinha desistido de sua intenção.

O rosto de Mombert ficou roxo, dando a entender que ele pretendia ir atrás daquele descarado e, contra qualquer resquício de bom senso, chegar às vias de fato. Mas, assim que pôs o pé no primeiro degrau, viu seu aprendiz mais velho à toa no final do corredor, fitando-o. Uma vez que Mombert não ouvira a porta da oficina ranger, Melcher já devia estar lá quando o cavaleiro começou a assediar Edviges. Naquele instante, a ira do tanoeiro se voltou contra o rapaz.

– O que você está procurando aqui, seu idiota preguiçoso? – gritou ele, cobrindo-o de inúmeros outros epítetos injuriosos.

– Wilmar mandou-me perguntar quando o senhor pretende voltar para a oficina. Temos muito trabalho. – Melcher disse isso e riu, desrespeitosamente, na cara do mestre.

Mombert avançou para cima do rapaz e levantou a mão para dar-lhe uma bofetada, mas acabou se segurando e fazendo um gesto de pouco caso.

– Não devo satisfação nem a você nem a Wilmar. Neste momento, estou com uma visita da qual tenho que me ocupar, diga-lhe isso. – Mombert virou-se de supetão, pegou Michel pelo ombro e empurrou-o de volta ao recinto.

Melcher fitou por alguns instantes a porta da sala, atrás da qual seu mestre havia desaparecido com Edviges e Michel, para, depois, olhar para cima, de onde ainda se podia ouvir o cavaleiro Felipe xingar, detrás da porta do quarto. Pouco depois, ele se dirigiu à porta da oficina para certificar-se de que ninguém havia notado o que acontecera ali fora. Como só ouviu os ruídos costumeiros do trabalho, ele se esgueirou, novamente, até a porta da sala e aproximou o ouvido da madeira. Após algum tempo, afastou-se decepcionado e saiu cautelosamente para o ar livre, pela porta da frente.

Do lado de fora, olhou em volta, com cuidado, e saiu correndo pela ruela. Depois de alguns minutos, alcançou a taberna de vinho próxima ao porto, que, apesar da hora matinal, já era bastante freqüentada. Lá, atrás da porta de entrada, ele vasculhou o salão. A pessoa que estava procurando parecia estar esperando por ele, pois uma pesada mão pegou-o pelo ombro e arrastou-o a uma sala lateral.

– Aí está você, finalmente! Estou esperando por você desde ontem. Conte-me o que está acontecendo na casa do Flühi. Você tem alguma novidade?

Era Utz, o carroceiro, que estava à toa na taberna, em uma época em que todos os carroceiros estavam ganhando dobrado, pois os numerosos hóspedes em Constança e redondezas tinham que ser atendidos.

O rapaz ficou na ponta dos pés e aproximou a boca da orelha de Utz.

– Houve mais uma briga entre o mestre e o cavaleiro, e Flühi gritou tanto que deve ter sido ouvido até o fim da rua. Ele ameaçou rachar o crânio do senhor Felipe se ele puser a mão na Edviges de novo.

– Pelo menos você poderá testemunhar isso – soou como uma ordem.

Melcher assentiu solícito.

– Posso até jurar.

– Mas não antes de eu mandar. Estou lhe avisando, fique de boca fechada e só faça o que eu mandar.

– Mas é claro, Utz!

O carroceiro deu um sorriso malicioso enquanto desgrenhava os cabelos de Melcher.

– Se você me obedecer, vai longe, Melcher!

– Você vai manter sua promessa, não é mesmo? Estar a serviço de um senhor distinto é bem diferente do que ficar serrando tábuas e aduelas para o mestre Mombert.

– Também acho! – concordou Utz, rindo. – Quando tudo tiver passado e você tiver me obedecido direitinho, vou levá-lo a um senhor abastado que o empregará. Isso já está acertado. E, assim, você poderá usar roupas bonitas como as dos oficiais que você tanto admira. Mas é bom você ir agora, não quero que dêem por sua falta.

Melcher deixou o lugar com a fisionomia abobalhada.

Utz ficou vendo-o partir com um sorriso satisfeito, até o garoto sumir entre os transeuntes, e voltou à sua mesa para terminar de beber seu vinho. Pouco depois, o carroceiro passeava, aparentemente sem destino, pelas ruelas. Parou em frente à catedral, que tinha sido designada como sede do concílio.

Até mesmo na praça em frente encontravam-se altos dignitários, gesticulando com pés e mãos, tentando convencer uns aos outros. No meio deles, guardas armados tentavam ficar de olho em seus senhores e, ao mesmo tempo, espantar vendedores ambulantes impertinentes que se aproximavam demais para vender comidas e guloseimas.

Utz passeava como um desocupado no meio da multidão, convenientemente evitando os guardas, até alcançar o pátio superior da catedral, no meio do qual um grupo de senhores coristas discutia acaloradamente. Durante algum tempo, Utz ficou escutando a discussão dos monges, aparentemente interessado. O assunto principal era a fuga do papa havia alguns dias. Enquanto isso, ele não tirava o olho do Portão Norte. Quando o homem pelo qual esperava surgiu no portão, trajando uma toga de estudioso que esvoaçava ao vento, o carroceiro saiu da sombra dos monges agostinianos e cruzou seu caminho, como se fosse por acaso.

– O caso entre Steinzell e Mombert Flühi pode se concretizar nos próximos dias – disse ele, baixinho.

O magistrado Ruppertus Splendidus inclinou a cabeça, sem olhar para o carroceiro, e virou-se para o abade do Monastério Waldkron, que havia deixado a catedral logo depois dele.

– O senhor quer me acompanhar para casa, senhor Hugo? Assim, o senhor pode me informar como terminou a sua caçada matinal.

Hugo von Waldkron fechou a cara por um momento. Ruppert registrou aquela demonstração silenciosa de estado de espírito com um sorriso malicioso, colocou o braço em volta do ombro do clérigo e puxou-o para si, como se quisesse dar-lhe apoio.

V

Quando Marie viu, pela primeira vez após tantos anos, do topo do Lichten Berg, as águas azuis do mar de Constança, suas costas começaram a coçar sem parar.

Era um dia maravilhoso de primavera. Como o ar estava limpo, ela acreditava reconhecer, ao sul, a imponente torre principal da Catedral de Constança, e pensou no cata-vento, um galo de ouro que torreava a construção. Foi a última coisa que viu, conscientemente, ao ser expulsa da cidade. Por um instante, Marie pensou na possibilidade de ele começar a cacarejar, como um galo de verdade, quando ela passasse pelos portões. Seu cacarejo ressoaria alto pelos telhados, anunciando que a prostituta havia retornado para vingar-se.

Mas ela logo se livrou desse pensamento. Se quisesse sobreviver e preparar sua vingança sem ser descoberta, não poderia se portar como alguém da nobreza e exigir seus direitos a plenos pulmões; pelo contrário, teria que se comportar de forma discreta e imperceptível, como um camundongo. E isso só funcionaria se ninguém a reconhecesse e se ela não se tornasse alvo de comentários. Além de Hiltrud, nenhuma das outras prostitutas com as quais estava retornando para sua cidade natal conhecia o seu passado. Nem mesmo Jobst, o recrutador, sabia que, outrora, ela fora filha de um cidadão de Constança.

Eram 16 sedutoras, como Jobst as chamava, lisonjeiro. Apenas algumas delas eram extremamente bonitas, mas todas tinham feições agradáveis e um corpo bonito. Não havia uma única prostituta barata entre elas. "Essas vêm por si sós", teria zombado Jobst, "visto a grande quantidade de soldados, mensageiros e monges atraírem-nas como bosta de cavalo às moscas." O recrutador de prostitutas vinha reabastecer os bordéis mais requintados da cidade, nos quais os membros do concílio, após longas horas de negociação, procurariam relaxar. E ainda trazia algumas mulheres como Marie e Hiltrud, que queriam trabalhar por conta própria.

Jobst havia alugado uma carroça que podia ser coberta, caso o tempo piorasse, para nenhuma das moças precisar andar a pé ou, até, correr o risco de ficar doente. Naquele momento, a lona lateral estava levantada para que as mulheres pudessem apreciar a paisagem e, Marie pensava, zombeteiramente, já pudessem ser avaliadas pelos viajantes. Jobst ia sentado à frente, sobre uma tábua presa de cada lado para servir de banco, e contava histórias sobre as regiões pelas quais passavam, encurtando, assim, o tempo de viagem para as mulheres. Ao olhar para o grupo cansado, ele apontou para o lago.

– A agradável folga de vocês está chegando ao fim. Hoje à noite, estaremos em Constança e vocês podem começar a dar duro.

As mulheres entreolharam-se aliviadas. Elas se sentiam como se tivessem levado uma surra e aguardavam, ansiosamente, a hora em que poderiam descer daquela carroça chacoalhante. Kórdula, a mais velha das prostitutas, fez um comentário bastante drástico a respeito.

– Já não era sem tempo, Jobst. O meu traseiro já está todo moído.

– Mas não do jeito como você está acostumada – zombou Helma, que havia juntado seus bens maleáveis para formar uma almofada e se proteger dos buracos na estrada.

As demais haviam dobrado as cobertas colocando-as sobre a tábua de madeira, mas isso não ajudava muito. A estável carroça havia sido feita para carregar barris e mercadoria pesada, e era absolutamente inadequada para as nádegas sensíveis de uma mulher. Essa reclamação, o recrutador de prostitutas recebeu repetidas vezes.

Jobst levantou as pálpebras, ofendido, e ordenou ao servo, que acompanhava a carroça a pé ao lado dos cavalos, que parasse a parelha.

– Se vocês querem tanto se movimentar, então podem ir descendo. Vamos seguir a pé até a margem.

Ele pulou por cima da borda da caixa da carroça e chegou ao chão sugerindo uma reverência. Depois, estendeu a mão para Marie, a primeira a levantar-se. Ela jogou a coberta por cima dos ombros, levantou a trouxa e deixou que Jobst a ajudasse a descer. Hiltrud seguiu-a de imediato. Assim que conseguiu recuperar o equilíbrio, ela colocou a mão no ombro de Marie e puxou-a para o lado para poder conversar. O toque piorou a coceira nas costas da amiga. Ela começou a se coçar vigorosamente.

– O que é que você tem? Você não pegou nenhuma ziquizira, pegou? – perguntou Hiltrud, preocupada.

Marie mexeu com os ombros para diminuir a tensão.

– Está coçando como se as cicatrizes nas minhas costas ainda fossem recentes.

– Não deveríamos ter vindo. – Hiltrud abafara a voz para ninguém ouvi-la.

Marie sacudiu a cabeça.

– Não! Foi a decisão certa! Tenho que enfrentar meu passado, de uma vez por todas.

Hiltrud levantou a mão direita, veemente.

– Esqueça-se do que passou! Tente ganhar o máximo possível em Constança e veja se consegue começar uma vida nova, em algum outro lugar, com esse dinheiro e com as economias que você já tem.

– Você quer dizer então que... Nós deveríamos começar uma vida nova depois? Não tenho nada contra isso. Mas nenhuma cidade concederá o direito de cidadania a duas mulheres de origem duvidosa, a não ser que fôssemos ricas o suficiente para comprarmos os filhos do prefeito e nos casarmos com eles.

Hiltrud sabia que Marie tinha razão e que ela estava sonhando acordada. Mesmo assim, começou a rir.

– Quem sabe? Talvez ganhemos, realmente, dinheiro suficiente para isso. De acordo com Jobst, os senhores do concílio costumam ser muito generosos.

– Esperemos! – disse Kórdula, que havia se aproximado de Marie e de Hiltrud e ouvido as últimas palavras.

Kórdula fitava Hiltrud, com um olhar crítico.

– Para nós duas, não seria nada mau se, depois do concílio, pudéssemos deixar de trabalhar. Afinal, ainda somos jovens o suficiente para darmos à luz um ou dois rebentos. Em alguns anos, seremos duas velhas desdentadas.

Marie fez uma careta quando ouviu isso. Quem casaria com uma prostituta, a não ser um magarefe, um coveiro ou um verdugo, ou seja, homens que pertenciam à gentalha desonesta da cidade e não interessavam nem às servas, que dirá às cidadãs? E mesmo aqueles homens faziam exigências, ainda que fossem mais relacionadas ao dinheiro do que à aparência. Ela não pensou mais nisso e desceu pelo caminho indicado por Jobst.

Hiltrud e Kórdula seguiram-na de perto, enquanto Helma e Nina ficaram perto do recrutador, arrulhando à sua volta. Jobst havia convencido as duas a se alojarem em um dos bordéis da cidade, e também tentara convencer Marie e Hiltrud que o dia-a-dia naquelas casas era cor-de-rosa, mas sem resultado. Elas queriam, bem como Kórdula, trabalhar por conta própria, e não ter que pagar grande parte do suado dinheirinho ao dono do bordel em troca de um teto furado sobre a cabeça e comida ruim. Finalmente, Jobst desistira e prometera a elas uma casinha no Ziegelgraben, mas por um aluguel extorsivo, do qual já exigira os três primeiros meses a título de adiantamento.

Marie conhecia a região da cidade na qual se encontrava o Ziegelgraben. Cinco anos antes, era campo aberto – pastagens às margens do Reno, onde os habitantes mais pobres da cidade ceifavam a grama para as cabras. Assim sendo, ela concluiu que o alojamento delas não passaria de um estábulo. Isso não a amedrontava, pois Hiltrud e ela sempre haviam arrumado suas moradias hibernais de forma aconchegante. E Kórdula se oferecera, como terceira, a dividir o trabalho e os custos. A decisão ainda não havia sido tomada, mas Marie estava de acordo em juntar-se à prostituta mais velha. Kórdula a fazia lembrar-se de Gerlind, que ela conhecera havia cinco anos, embora a mulher de quadris largos fosse mais nova que Gerlind naquela época.

Marie procurou não pensar no que o futuro lhe reservava; ao contrário, concentrava-se no caminho pedregoso, coalhado de raízes de árvores que o ladeavam, imponentes, serpenteando até o lago. Apesar de ainda ser março, o sol queimava em um céu sem nuvens e as mulheres estavam felizes por poderem caminhar na sombra. De manhã, ainda fizera muito frio, e a maioria delas continuava vestindo agasalhos de lã ou o segundo vestido que haviam colocado sobre o primeiro, no qual, a essa altura, transpiravam. Filetes de suor também desciam pelas costas de Marie, atiçando ainda mais as cicatrizes.

Hiltrud percebeu como ela movia os ombros, com visível incômodo, e correu com a ponta dos dedos sobre as costas da amiga. Marie voltou-se para ela agradecida, quando viu o carroceiro dar meia-volta com a carroça para retornar. De lá de baixo, havia certa semelhança entre ele e Utz, provavelmente devido às roupas. Naquele instante, Marie se conscientizou da sorte que havia tido até aquele momento, pois Jobst também poderia ter contratado seu algoz quando alugou a carroça. Ela esperava que o canalha tivesse tanto a fazer, em função do concílio, que o risco de encontrá-lo em Constança e ser reconhecida por ele fosse mínimo.

Quando a floresta se abriu sobre o lago, as mulheres perceberam que não eram as únicas a viajar a bordo das embarcações. À sua frente, seguia um grupo de homens – vestindo as togas esvoaçantes e os barretes dos estudiosos –, que descia lentamente a colina. Quando as prostitutas alcançaram o grupo, dando risadinhas e conversando, os assuntos eruditos silenciaram-se e a atitude solene foi por terra. Eles examinaram as mulheres com olhares cobiçosos e um ou outro insinuou um gesto obsceno. A roupa puída e os solados furados, no entanto, revelavam que nenhum deles possuía moedas suficientes em seus bolsos para pagar os serviços daquelas prostitutas. Apesar disso, um deles abordou Nina, que o recebeu com um olhar sensual e lhe deu seu preço.

Marie não prestou atenção na resposta do homem, só olhava para a frente. Mais adiante, na parte inferior da escarpa, um pontão instável avançava para dentro do lago. Nele estava atracado um batelão grande, carregado até em cima de sacos e caixotes, no qual os primeiros passageiros já se aglomeravam pelos bordos. A embarcação parecia não ter espaço suficiente para o grupo de prostitutas e de estudiosos, ainda mais que um cavaleiro montado em um jumento se aproximava, vindo da estrada de Uhldingen, no topo da escarpa. Sua vestimenta revelava, de longe, que ele pertencia à classe de clérigos e, pouco depois, podia-se reconhecer, pela insígnia que levava, tratar-se de um abade de mosteiro beneditino. Ao passar a montaria pelas prostitutas, a fisionomia arrogante de seu rosto gordo e o jeito como recolheu seu hábito e a manta para não entrarem em contato com as mulheres expressavam o cinismo da humildade cristã.

O abade cavalgou sobre o pontão até a embarcação e permitiu que dois marinheiros o ajudassem a desmontar. Um deles estendeu-lhe a mão para auxiliá-lo a embarcar, enquanto o outro levava o jumento para algumas edificações que se encontravam a certa distância do cais, na margem arborizada, mais acima.

– Ei, vocês aí! Andem logo! Vamos embarcando! Ainda quero chegar a Constança antes do anoitecer – gritou o barqueiro tanto para as prostitutas quanto para os senhores estudiosos.

Os homens abriram caminho com estupidez, empurrando Helma e Nina para o lado.

Kórdula, que havia se juntado a Hiltrud e Marie, bateu com o dedo na testa.

– Primeiro, os senhores magistrados ficam fazendo pose para conseguirem nossos serviços de graça; depois, portam-se como moleques de rua.

Hiltrud e Marie concordaram sorrindo e seguiram, rapidamente, as instruções de um marinheiro para evitar que o homem, sob o pretexto de ajudá-las, as apalpasse. A embarcação estava tão sobrecarregada que elas tiveram que subir em cima da carga. Marie acabou sentando-se ao lado do abade, que começou a arfar desdenhosamente e chegou a torcer o nariz, como se o cheiro da moça o enojasse. Mas ela percebeu como ele a avaliava com o rabo do olho. De repente, o clérigo lambeu os beiços e fez um movimento como se quisesse enfiar a mão em seu decote. Ela recuou o quanto pôde, deu-lhe as costas e puxou o xale sobre a cabeça, para evitar que ele tocasse seus cabelos. Kórdula, que estava sentada entre ela e Hiltrud, cutucou-a com um sorriso ligeiramente maldoso.

– Eu conheço o homem ao seu lado. É Hugo, abade do Monastério Waldkron. A mim me surpreende que ele fique encarando você dessa forma. Ele é conhecido por fazer avanços sobre mocinhas novas e ingênuas. Às vezes, manda chamar prostitutas que ainda têm aparência infantil.

– E isso, enquanto eu não sou mais jovem nem tenho ares de ingênua – zombou Marie.

– Não foi isso que eu quis dizer. Só estou me perguntando o porquê de ele estar, repentinamente, tão interessado em uma mulher adulta...

Kórdula encostou o indicador direito no nariz, como se isso a ajudasse a pensar.

– Quando eu o vi pela última vez, ele mantinha uma mocinha que era muito parecida com você como amante. Ou, pelo menos, era loura como você, e tinha o mesmo rosto de madona. É possível que você tenha acabado de conseguir um cliente regular.

Marie deu de ombros.

– Se ele pagar bem, pode me ter.

Kórdula curvou-se para a frente e abafou ainda mais a voz.

– Tome cuidado! O abade é daquele tipo repugnante que gosta de bater e torturar as mulheres. A mocinha de que estava falando veio se queixar comigo e contou-me coisas que me... – As outras informações que Kórdula tinha do homem não foram ditas, pois, naquele momento, um dos marinheiros soltou as amarras e a embarcação começou a balançar perigosamente.

Kórdula deu um grito e segurou-se na carga sobre a qual estava sentada.

O barqueiro empurrou a embarcação da margem com uma estaca comprida. Depois embarcou e continuou empurrando com a estaca, enquanto os dois marinheiros içavam a vela. Quando o vento encheu os panos, ele deixou a estaca de lado e tomou o leme. Uma brisa vinda do norte impulsionou a embarcação pesada para o meio do lago.

Marie estava acostumada àquele tipo de viagem, pois seu pai a levara diversas vezes para Meersburg. Por isso, o balanço não a incomodava. Também Hiltrud não se alterou. Kórdula, entretanto, ainda ficou olhando algum tempo, com pavor, para a margem que se distanciava. Quando recuperou a calma e retomou a conversa, já havia esquecido o abade. Ela só estava interessada no que a esperava em Constança.

Marie estava tão tensa que só respondia em monossílabos. Embora tivesse estremecido, durante anos, ao ouvir o nome de sua cidade natal, naquele momento mal podia esperar revê-la. À sua direita, a cumeada da serra à qual pertencia o Taborberg afastava-se aos poucos; ao mesmo tempo que se podia avistar o subúrbio de Petershausen. Mas o barco não se aproximou daquela margem. Ele deu a volta na península e foi na direção do atracadouro junto ao armazém dos mercadores estrangeiros. A margem diante da imponente edificação estava repleta de gente. Marie entrou em pânico, pois não conseguia parar de pensar que a reconheceriam de imediato e a entregariam à guarda. Para combater seu temor, começou a repetir para si o que Jobst lhe assegurara, ou seja, que todos os visitantes encontravam-se na paz do imperador e não podiam ser importunados. E isso também se aplicava às prostitutas.

Quando a vela foi recolhida e, impelida pela força desempenhada com a estaca, a embarcação se aproximou da margem ladeada por uma mureta, dezenas de braços estenderam-se na direção do banco. Alguns apanhavam as espias jogadas pelos dois marinheiros e amarravam-nas a tocos de madeira para esse fim, outros empurravam duas pranchas para a borda, para que os passageiros pudessem desembarcar com um mínimo de segurança. Apesar disso, os marinheiros ainda se posicionavam de ambos os lados das pranchas para auxiliar os que desciam e, assim, receber algumas gorjetas.

O primeiro a forçar passagem para desembarcar foi o abade Hugo, com os braços estendidos para os marinheiros. Eles o levantaram arfando sob o peso, içaram-no por cima do bordo e seguraram-no até se certificarem de que estava em terra firme. Entretanto, esperaram em vão pela gorjeta, pois o abade ignorou as mãos estendidas, aproximou a manta ainda mais do corpo e abriu caminho entre a multidão sem a menor consideração.

Marie observou quando ele se aproximou de um homem de toga. Mesmo àquela distância, ela pôde perceber que aquele estudioso, ao contrário do grupo que viajara com eles, trajava vestes feitas de tecido de qualidade e debruado com peles. Também o elegante barrete revelava que o usuário, diferentemente da maioria de sua classe, dispunha de certa fortuna. A toga escondia sua silhueta, embora Marie acreditasse reconhecê-lo. Quando ele se virou para cumprimentar o abade, ela conseguiu ver seu rosto. A princípio, ela pensou que seu coração fosse parar de susto. Era o magistrado Ruppert, que cumprimentava o abade com visível alegria e colocava o braço em volta de seu ombro.

Marie tremeu de nervosismo, transpirou e gelou ao mesmo tempo, embora o ar estivesse agradavelmente quente. Se pudesse, teria se escondido sob a carga e desembarcado do barco quando não houvesse mais ninguém por perto. Mas, como o barqueiro estava empurrando sua carga viva do navio como se fosse um rebanho de ovelhas, Marie se segurou como uma criança pequena à saia de Hiltrud e procurou passar despercebida atrás da imponente estatura da amiga. Surpresa, Hiltrud olhou para a amiga por cima do ombro e percebeu seu olhar estarrecido pelo pânico. Primeiro, ela não compreendeu o que podia ter assustado Marie a tal ponto; mas, então, ela se deu conta.

– Aquele ali, com olhar de abutre, é seu ex-noivo?

Marie assentiu em silêncio, pois a voz a abandonara. De repente, no entanto, seu temor deu lugar a um ódio avassalador, que a golpeou como, na época, as chibatadas de Hunold. Se pudesse, naquele momento, ela teria avançado em cima do pivô de sua desgraça e lhe atirado toda a sua sanha no rosto. Todos os que estavam ao redor deviam ficar sabendo o canalha que ele era. Não demorou muito e sua razão falou mais alto, pois ninguém daria ouvidos a uma prostituta.

Quando Ruppert e o abade desapareceram na direção do mercado de peixe, sem se virarem, Marie respirou aliviada e seguiu Hiltrud, que, naquele exato momento, pulava sobre o bordo e pousava, elegantemente, na margem.

Jobst reuniu as suas protegidas e fazia sinal para as duas retardatárias se aproximarem. O grupo foi rodeado por alguns homens que comentavam sobre a aparência das mulheres e gritavam-lhes palavras insinuantes. Tal comportamento seria considerado escandaloso em Constança, cinco anos antes, e poderia chegar até a ser castigado com o tronco. Pelo visto, o concílio havia corrompido consideravelmente a moral da cidade. Um dos homens chegou a exigir que Nina mostrasse o seio e levantasse a saia para ele poder avaliar se valeria a pena fazer-lhe uma visita. Os outros ficaram rindo como se fosse uma boa piada, mas empurraram-no quando ele tentou pegar o xale da moça.

Marie tentou se livrar do pavor que a presença de Ruppert lhe causara avaliando os papa-moscas ali presentes para descobrir qual deles seria um cliente em potencial. Mas o único homem cuja aparência sugeria que devia ter mais de seis xelins a repugnava. Não que ele desse a impressão de não ser limpo. Tratava-se de um homem forte, de meia-idade, com o rosto de fazendeiro e as vestimentas de um membro da corte. Vestia-se na moda, com apertadas meias-calças verdes, colete ricamente bordado e debruado com peles, e um gorro redondo forrado de pele de lontra. A pálpebra do olho direito era caída, fechando-o por completo, de forma que apenas o olho esquerdo estava aberto. Com ele, o homem avaliava cada uma das prostitutas recém-chegadas como se fossem éguas em um mercado de cavalos. Quando viu Nina, ele lambeu os lábios, deliciando-se; mas, ao ver Marie, sua fisionomia pareceu apossar-se dela. Marie deu-lhe as costas para deixar claro que não tinha interesse. Mesmo assim, ficou observando de soslaio o jeito como ele a avaliava. Era como se ela estivesse completamente nua. Provavelmente ela encontraria o homem entre seus primeiros clientes e só podia esperar que ele desistisse ao saber do preço ou que, apesar de sua aparência grosseira e das maneiras arrogantes, ele fosse um amante agradável.

O homem parecia querer negociar o preço já naquele momento, pois empurrou rudemente para o lado os dois jovens que haviam se postado à sua frente e aproximou-se dela. No mesmo instante, surgiu uma mulher com maquiagem pesada, cabelos negros e chapéu exageradamente ornamentado atrás dele e cutucou-lhe o ombro. Ele se virou e abriu caminho para ela, com um gesto educado, embora um tanto irônico. No rosto, entretanto, espelhava-se a irritação por aquela interrupção, o que levou a mulher a rir de tal maneira que Marie já via os peitos dela romperem o decote profundo e indecente do vestido. Quando a mulher cumprimentou Jobst negligentemente com a mão e ficou ao seu lado, Marie viu que ela tinha um pedacinho de pano amarelo gritante amarrado no cinto.

– Sou Madeleine, de Angers, minhas queridas! – apresentou-se ela –, e lhes desejo as boas-vindas aqui em Constança. Minhas amigas e eu esperávamos ansiosamente por vocês. Aqui se juntaram tantos homens fortes que mal estamos dando conta. Mas, por mais que estejamos felizes por receber reforço, não queremos que vocês acabem com os nossos preços. Há algumas pessoas que acham que somos caras demais... – Um olhar de escárnio recaiu sobre o homem de pálpebra caída. – Mas é a demanda que determina o preço. Além de uma grande quantidade de senhores mundanos, muitos monges e prelados também visitam esta cidade tão hospitaleira, e parece que todos têm muito o que recuperar.

Marie e suas acompanhantes se surpreenderam com uma recepção tão simpática por parte da porta-voz das prostitutas locais. As olheiras de Madeleine revelavam que a mulher poucas vezes usara sua cama para descansar nos últimos dias ou semanas, o que não era surpresa, a julgar pelos preços que ela citara. Algumas das prostitutas davam gritinhos de alegria quando ouviram quanto se podia cobrar ali, enquanto outras esfregavam as mãos, eufóricas.

– Estou curiosa para saber quanto custa um filão de pão ou uma caneca de vinho – Marie ouviu Hiltrud murmurar e assentiu pensativa. Com uma multidão daquelas, as mercadorias tinham que ser trazidas de longe e isso fazia os preços dispararem. Mas, se os clientes realmente pagavam tanto quanto Madeleine afirmara, ainda assim elas ganhariam um bom dinheiro.

O que mais surpreendeu Marie é que faltavam as fitas amarelas de prostituta no vestido da mulher. Somente um fino galão amarelo, com o qual ela havia enfeitado o decote de seu vestido vermelho, e o paninho em seu cinto apontavam para seu ofício. Marie virou-se. Despir-se fazia parte do trabalho, quando o cliente pagava bem. Mas circular com os peitos praticamente de fora era algo que ela jamais conseguiria fazer.

Jobst não se incomodava com Madeleine, enquanto distribuía suas protegidas entre os cafetões locais. Enquanto isso, ele tentava acalmar os homens, que gritavam como feirantes, para evitar que acabassem brigando por causa das mulheres. Nina e Helma acabaram sob a guarda de um homem que Marie conhecia de vista. Ela não sabia seu nome, pois ele não pertencia ao grupo de pessoas que freqüentava sua casa, mas ele cumprimentava seu pai, de forma quase submissa, sempre que se encontravam na rua.

O cafetão, que já tinha Nina e Helma sob seus cuidados, pegou o braço de Marie, como se também quisesse reservá-la para si, e ralhou com Jobst.

– E as três últimas mulheres?

O recrutador de prostitutas fez uma careta azeda.

– Elas querem trabalhar por conta própria.

Realmente, Hiltrud, Kórdula e Marie haviam sobrado. Marie livrou-se da mão do cafetão, zangada, e cutucou Jobst no ombro. Sua fisionomia revelava que ainda não perdera a esperança de convencê-las a ir a um bordel para poder receber, além do prêmio por cabeça pago pelo conselho, o pagamento dos cafetões. Outras prostitutas já haviam dito a Marie, mais de uma vez, que elas eram responsáveis por esse pagamento, e que tinham que ficar tanto tempo no bordel até pagarem aquele valor de volta, e isso além do preço cobrado pela cama e outras despesas.

– E a nossa casinha? – perguntou ela a Jobst, pela segunda vez.

– Vai ser difícil! – respondeu o cafetão de Nina e Helma. – Aqui em Constança não há mais lugar nem para acomodar um gato, que dirá três prostitutas.

Kórdula colocou as mãos nas cadeiras e encarou Jobst, ameaçadoramente.

– Você vai ter que arrumar essa casa para a gente. Afinal, você já recebeu a comissão e três meses de adiantamento.

– O homem enganou vocês, garotas! Peçam o dinheiro de volta e venham comigo. Eu... – O homem dirigia-se a Kórdula e a Hiltrud como se fossem vacas doentes. As duas, no entanto, não lhe deram a mínima atenção. Elas olhavam inquiridoramente para Marie, que dera a maior parte do valor.

Marie colocou a mão sobre o ombro de Jobst.

– A casinha que você alugou para a gente se encontra perto da São Pedro, no Ziegelgraben, não é mesmo?

Jobst assentiu, infeliz.

– Sim, mas não sei se ainda está vazia.

– Então você vai ter que despejar as pessoas que invadiram o lugar – respondeu ela, com uma risada que não prometia coisa boa.

Hiltrud pegou-o pelo outro ombro.

– E você vai fazer isso logo, senão vai se ver conosco.

Para surpresa de Marie, o nobre com a pálpebra caída tomou partido delas.

– Se você prometeu isso às mulheres e já recebeu o seu dinheiro, vai ter que lhes entregar a casa.

Marie suspirou baixinho. Ela teria que acabar dormindo com aquele homem, independentemente do que ele fosse pagar. Quando Madeleine também se meteu na discussão a favor delas, Jobst encolheu a cabeça entre os ombros e concordou.

– Então está bem! Venham comigo de uma vez por todas.

Ele virou-se resmungando e seguiu na frente. As três prostitutas, Madeleine e o nobre seguiram-no de perto.

Quando passaram pela Ponte do Pregador, que levava para o monastério na ilha, o estômago de Marie se contraiu. Lá, cinco anos antes, ela ficara diante do juiz enquanto ouvia, perplexa, seu noivo acusá-la. Por um momento, pensou se não deveria mesmo contratar um assassino de aluguel para Ruppert. Assim, ela não precisaria sair do anonimato e poderia deixar a cidade da mesma forma discreta como chegara. Por outro lado, o esforço e o perigo empenhados para conseguir os documentos e anotações de Jodokus teriam sido em vão.

Visto estarem se aproximando da casa alugada, ela deixou para depois sua decisão sobre o caminho a tomar para derrubar Ruppert.

A casa não era maior do que um casebre de roceiro, mas tinha uma janela no frontão, o que indicava tratar-se de um sobrado habitável. Embora só pudesse ter sido construída nos últimos cinco anos, como as demais casas vizinhas, dava a impressão de pobreza e descuido. As janelas eram tão pequenas que mal dava para passar a cabeça por elas, e a membrana da bexiga de porcos que as cobria já tinha inúmeros buracos. O telhado de junco dava a aparência de ser impermeável, e a porta, resistente o suficiente para dar certa segurança contra visitas indesejadas.

Quando ela se virou na soleira, mais uma vez, para dar uma olhada no que fora, outrora, um pasto de cabras que se estendia do outro lado do Ziegelgraben e, cinco anos depois, estava repleto de tendas, cabanas primitivas e casas, das quais algumas ainda parcialmente em construção, ela vislumbrou a Ziegelturm, Reno abaixo, e seu coração disparou. Dali para a frente, sempre que saísse de casa, seria lembrada do dia em que sua vida fora destruída. Naquele momento, ela gostaria de ter desistido e pedido a Jobst um quarto de bordel, mas voltou logo atrás, achando-se uma boba. A imponente torre não era pior do que as fitas amarelas costuradas no vestido, que a lembravam, diariamente, do estupro e das posteriores humilhações e dores. Ela olhou em direção à São Pedro, como se a igreja fosse capaz de lhe dar força, bom senso e paz interior, qualidades de que precisaria nos dias que se seguiriam.

Na casa que as três amigas haviam alugado moravam tantas pessoas que seria necessário dormir em turnos ou em pé. Marie contou quinze monges, que dividiam os dois quartos no andar de baixo com alguns outros freis ora ausentes, enquanto um cavaleiro com seus dois servos haviam se alojado no quarto sob o telhado. Quando Jobst exigiu que os ocupantes deixassem a casa, eles começaram a xingar e praguejar e ameaçaram ir às vias de fato. Mas o cavaleiro que havia alugado a casa percebeu, imediatamente, que prostitutas ocupariam a casa e procurou tirar vantagem disso. Ele se ofereceu para livrar-se dos monges pessoalmente e deixá-las ficar com os quartos do andar de baixo. Constatou-se que o homem já recebera o pagamento dos monges pela locação, enquanto ainda devia o próprio aluguel. Assim sendo, Jobst exigiu que também ele deixasse o local. Antes de a briga aumentar, o nobre que havia acompanhado o grupo intercedeu e exigiu, sem mais, que o cavaleiro procurasse outro lugar para morar. Para surpresa de Marie, ele concordou de pronto.

Enquanto os noviços e os servos carregavam a bagagem para fora, o cavaleiro começou a agarrar Marie. Os monges superiores, por sua vez, tinham, aparentemente, a intenção de se deixar consolar por Hiltrud e Kórdula. Hiltrud deu um olhadela em um dos quartos e estremeceu ao ver a imundície ali acumulada. Os monges que ocuparam aqueles recintos pareciam dar mais valor à manutenção da alma do que do ambiente em que viviam. Estava claro que ela não conseguiria se livrar do beato monge, que a seguia o tempo todo, antes de satisfazê-lo.

O cavaleiro teve menos sucesso, pois o nobre abraçara Marie, possessivamente, e puxou-a para si enquanto seu olho aberto repelia, faiscando, o rival. O perdedor deu de ombros, suspirando, e virou-se para Kórdula, de forma que os monges que haviam se interessado por ela tiveram que se afastar, revoltados. Kórdula olhou para Madeleine, inquiridora, pois não sabia como agir.

A porta-voz das prostitutas assentiu com a cabeça.

– Como os senhores foram tão condescendentes, vocês devem demonstrar-lhes sua gratidão. Isso também vale para você, Marie. Afinal, o senhor von Wolkenstein empenhou-se por você e suas companheiras.

Marie não fazia idéia de quem era Oswald von Wolkenstein, mas o cavaleiro, que percebera a curiosidade em seu olhar, explicou-lhe a sorte que tivera ao conhecer homem de tamanha excelência. Ela concluiu de sua loquacidade que o imperador tinha o fiel Wolkenstein em alta estima, renomado cantor e poeta, e que ela deveria ser grata a Deus por ter podido travar conhecimento com homem tão ilustre.

Marie interrompeu a verborragia do cavaleiro com palavras gentis enquanto pensava que só poderia agradecer a Deus se o senhor Wolkenstein não fosse um brutamontes na cama. Enquanto Hiltrud e Kórdula desapareceram nos quartos do andar de baixo, dos quais um também servia de cozinha, Marie subiu as escadas à frente de Wolkenstein. O quarto era tão pequeno que apenas uma pessoa podia ficar em pé por vez, e a janela do frontão estava tão suja que mal deixava passar a luz. Assim sendo, Marie só conseguiu reconhecer os velhos sacos de palha que cobriam o chão pelo tato e pelo olfato.

Oswald von Wolkenstein não parecia se incomodar com o ambiente, pois suas mãos deslizavam pelo corpo de Marie, tirando-lhe o vestido com movimentos aparentemente experientes. Depois, com um puxão, arrancou a membrana oleada da janela, e deitou Marie de tal forma que seu rosto e seu colo eram iluminados por esparsos e fracos raios de sol. Ele não se jogou imediatamente sobre ela, como costumavam fazer seus clientes, mas sentou-se ao seu lado e levantou a pálpebra caída com a mão direita, para poder admirá-la com ambos os olhos.

– Você é uma mulher linda! Não acredito que haja, entre todas as prostitutas que encontraram o caminho para Constança, uma sequer que a supere em encanto. Se eu fosse rico, você moraria na minha própria casa e seria minha amante.

Marie tocou os bordados dourados de seu colete.

– Para um homem pobre, seu traje é bastante imponente.

– Quem quer circular na corte do imperador não pode economizar na vestimenta – respondeu Wolkenstein rindo.

Ele tirou o colete, abriu a camisa e aproximou-se para acariciá-la. Com os dedos, acompanhou as formas do corpo de Marie e começou, em seguida, a exaltar a curvatura de seus quadris, dos seios firmes com os bicos róseos e do pequeno triângulo louro entre as coxas, em versos curtos que transbordavam sentimento. Era como se ele sentisse um prazer maior nos próprios versos do que na expectativa de possuí-la. Após algum tempo, despiu-se por completo e deitou-se, vagarosamente e com visível deleite, sobre Marie. Logo o desejo incontrolável apossou-se dele, fazendo com que não se comportasse de forma diferente dos outros homens. Quando terminou, entretanto, não se levantou de imediato, mas apoiou-se, permanecendo bem próximo sobre ela, sussurrando versos de amor em seu ouvido.

Geralmente, prostitutas não gostam de homens que se agarram nelas feito carrapicho após o ato consumado, diminuindo, assim, seus ganhos. Naquele dia, entretanto, Marie não estava interessada em outros clientes e deixou-se levar pelos versos que adoravam sua beleza. Ela se perguntava se os homens encontravam palavras semelhantes no casamento para agradecer as esposas pelos prazeres da noite.

VI

Nos dois dias que se seguiram, as mãos incansáveis das três mulheres transformaram o casebre em uma moradia aconchegante. Elas carregaram uma quantidade incalculável de lixo e junco velho para fora, queimaram os velhos sacos de palha e trataram o chão de madeira com sabão e pedra-pomes até fazê-lo brilhar.

Visto ser possível conseguir de tudo para o lar em Constança, elas compraram, por preços exorbitantes, estrados simples, mas resistentes, sobre os quais estenderam sacos de linho enchidos com palha de aveia. Três baús com tranca e uma mesa com três banquinhos completaram o mobiliário, além de louça e de utensílios de cozinha. Para terminar, decoraram as paredes com tecidos de lã e espalharam pelo chão junco fresco misturado com pétalas cheirosas e ervas. Quando terminaram, as três se entreolharam satisfeitas e se parabenizaram pela casa nova.

Marie deixou-se cair sobre a cama de Kórdula.

– Aqui, os mais nobres senhores se sentirão tão bem que voltarão com prazer.

Kórdula deixou cair os ombros.

– Mas isso é primordial! Visto todas as dívidas que tenho com vocês, terei que pedir o dobro dos preços de Madeleine.

Marie sorriu, fazendo pouco caso.

– Dificilmente poderíamos deixá-la dormir no chão.

Hiltrud compreendeu o que Kórdula quis dizer melhor que Marie.

– Já havíamos falado sobre isso. Se você tivesse ficado em um bordel, teria que pagar uma entrada bem maior e não conseguiria faturar tanto quanto por conta própria. Portanto, não vai demorar muito até você conseguir devolver o dinheiro para nós. Está ouvindo? Tem um cliente batendo na porta.

Para desapontamento de Kórdula, tratava-se de Oswald von Wolkenstein, que levou Marie imediatamente para o quartinho de cima e pagou, suspirando, o preço pedido. Ele se vingou satirizando em versos as prostitutas reunidas em Constança e seu não menos ganancioso albergueiro, que cobrava por uma jarra de vinho, pela metade, pois já havia enchido as canecas do imperador e de outros nobres senhores, mais do que um vinicultor cobraria por um barril inteiro. Também dessa vez, ele ficou deitado ao seu lado após o ato, cantando versos nos quais caricaturava tanto os mais altos círculos dos habitantes de Constança quanto os participantes do concílio. Era como se ele estivesse feliz de haver encontrado uma ouvinte atenciosa para seu escárnio, que era aguçado demais para a corte do imperador, onde ele já havia tido problemas por versos bem mais inocentes.

Marie o escutava enquanto deixava que brincasse com seu corpo, pois planejava aproveitar-se da eloqüência do homem. Já que Wolkenstein parecia saber de tudo e de todos, ela começou a sondá-lo sem escrúpulos. Assim, ficou sabendo o nome de muitos participantes do concílio e suas tendências políticas, e, circunstancialmente, descobriu que o cavaleiro Dietmar von Arnstein e sua esposa, Mechthild, ainda não haviam chegado, mas eram aguardados.

Ainda faltavam muitas pessoas importantes, principalmente vindas da Espanha. Wolkenstein se exasperava, pois os senhores da Península Ibérica queriam subtrair ao concílio o direito de julgar o papa Bento XIII, apoiado por eles. Se o imperador Sigismund não conseguisse obter a adesão dos espanhóis, haveria uma cisão no cristianismo, afirmou ele. Marie não se importava muito com o sucesso ou o insucesso dos planos do imperador, mas ela desempenhava tão bem o papel de ouvinte interessada que Oswald von Wolkenstein começou a aparecer diariamente, durante algum tempo.

Somente na última visita, Marie compreendeu por que ele sempre se revoltava contra os espanhóis. Com pesar, ele a informou que teria que deixar Constança na manhã seguinte, pois recebera do imperador a honrosa incumbência de ir a Aragão, Castilha e Portugal para levar mensagens aos soberanos locais. Wolkenstein lamentou a separação de Marie em versos amargos. Ela, entretanto, alegrou-se com a partida do nobre, que, com o tempo, tornara-se um amante pouco rentável e um poeta muito cansativo. Não deixou, porém, transparecer nada, despedindo-se dele como uma amante carinhosa. Ela só respirou aliviada depois que ele deixou a casa.

Na manhã seguinte, Marie decidiu ir ao quarteirão onde se encontrava a casa do pai. Até então, tinha evitado ir à cidade, com exceção da praça principal, temendo ser reconhecida por antigos vizinhos. Também na praça, ela havia encontrado pessoas que conhecia do passado, mas, tirando os homens interessados em seu corpo, ninguém lhe concedera um segundo olhar. Era como se as fitas de prostituta funcionassem como um encanto, tornando-a invisível. Apesar disso, ela escondia os cabelos sob um pano antes de caminhar pelas ruelas que levavam do Ziegelgraben à catedral.

Apesar de ser muito cedo pela manhã, havia inúmeros mercenários e ociosos andando pela cidade. Alguns gritavam palavras obscenas para Marie, mas nem os mais bêbados aproximavam-se demais dela. As fitas amarelas proviam-na de uma proteção da qual senhoras e moças honradas careciam. Um homem que incomodasse uma prostituta e fosse às vias de fato encontraria fechadas as portas e tendas que davam acesso a todas as outras da classe e seria recebido com perjúrios proferidos a altos brados caso tentasse se aproximar. Apesar de terem origem em países distintos e, por vezes, manterem uma concorrência acirrada entre si, ali, em Constança, elas se uniram como unha e carne.

Caminhando pelas ruelas da cidade onde havia morado, Marie quase passou pela casa paterna sem reconhecê-la, pois Ruppert a havia reformado, mandando construir uma fachada ostentosa. Onde antes se encontrava o pátio cercado de galpões e alpendres, havia uma construção de vários andares, que ainda parecia inacabada. Apesar disso, servos entravam e saíam dali constantemente, enquanto em frente ao portão encontravam-se guardas armados. Aquele devia ser o prédio onde Ruppert havia acomodado, além de seu irmão, Konrad von Keilburg, um grupo de altos dignitários e seus séqüitos, conforme lhe contara Wolkenstein.

Um desses senhores debruçou-se, naquele momento, sobre o parapeito da janela e gritou algo para um dos servos. Para não chamar a atenção, Marie seguiu rapidamente em frente. Ela combatia as lágrimas depois do choque que levara ao ver sua casa. Até aquele instante, ainda imaginava ter uma casa paterna, um lugar para o qual poderia voltar um dia, pelo menos enquanto sonhava acordada. E, contra seu bom senso, se agarrara àquele sonho. Mas até isso lhe havia sido tomado. Marie endireitou os ombros e zombou de si mesma, repreendendo-se por ter ido até lá.

De repente, apareceu a casa de Mombert Flühi diante dela. Marie compreendeu que, sem querer, havia entrado na Hundsgasse, aonde costumava ir quando pequena para visitar o tio e brincar com a pequena Edviges. Ela se perguntou como os dois estariam passando e ainda hesitou, pensando em bater à porta para revê-los. Então, acabou rindo da idéia. Provavelmente, um servo abriria a porta, ou a mulher de seu tio, que acabaria vendo as fitas de prostituta e começaria a xingá-la, mandando-a embora, antes mesmo de ela conseguir dizer uma palavra. As lágrimas retornaram aos seus olhos quando imaginou a cena, e ela começou a se irritar consigo mesma por se deixar levar pela autopiedade.

Com um movimento brusco, ela se virou na outra direção, entrando na rua que levava até o Reno. Mas, como prestava pouca atenção nas pessoas que vinham da direção contrária, acabou esbarrando em um homem e perdeu o equilíbrio. Ela teria caído se ele não a tivesse segurado e erguido.

Ela viu o uniforme do Palatinado e levou um susto. Não era muito bom envolver-se com os homens da guarda do concílio.

– Perdoe-me, senhor, foi sem querer – disse, enquanto puxava o xale, que havia escorregado, de volta sobre a cabeça.

O homem sorriu simpaticamente, sem levar a mal, e já queria seguir caminho, quando segurou-a pelo braço, tirou-lhe o xale da cabeça e olhou melhor para ela. Ele esbugalhou os olhos de surpresa.

– Marie? Por todos os santos, pensei que você tivesse morrido.

Marie olhou para ele e engoliu em seco. Ela o reconheceu de imediato, embora ele tivesse mudado bastante nos últimos cinco anos.

– Michel? Oh, meu Deus!

Ela gostaria de ter afundado por terra, de tanta vergonha que sentia por deparar-se, vestida nos trajes desonrados de uma prostituta, com seu amigo de infância. Tentou soltar-se e sair correndo, mas ele a segurou com as duas mãos, puxou-a para si e rodopiou com ela, rindo à toa.

– Marie, que alegria vê-la de novo! Quase morri de preocupação. Meu Deus! Como Mombert ficará feliz. Vamos visitá-lo agora mesmo.

Ele a colocou de volta no chão e queria arrastá-la consigo. Ela, entretanto, fincou o pé e balançou, energicamente, a cabeça.

– Não, meu tio não precisa saber que ainda estou viva. E você também deve esquecer que eu existo. A Marie que vocês conheceram está morta.

Michel fitou-a desconcertado.

– Mas o que está havendo? Por que você está fazendo tanta cerimônia?

– Olhe para mim – rosnou ela, empurrando uma das fitas amarelas embaixo do nariz dele. – Por isso! Dá para entender?

– Isso não deve incomodar tanto o seu tio. Ele vai ficar feliz ao saber que ainda está viva e, certamente, vai ajudá-la.

– Não, obrigada. Não preciso de ajuda e não faço a mínima questão de chamar a atenção dos moradores daqui. Afinal de contas, fui banida por toda a vida de Constança e só pude retornar à cidade porque me convidaram como prostituta para servir os senhores mais distintos.

Marie respirou fundo e olhou para Michel, desafiadora.

– Ou você acha que é agradável para mim que pessoas que me conhecem de antigamente me apontem o dedo e digam que sempre souberam que não passava de escória?

Michel balançou a cabeça, compreensivo, e afagou-lhe a bochecha, consolando-a.

– Mas você não trilhou esse caminho por vontade própria!

– No processo do tribunal de Constança, entretanto, a história que contam é bem diferente. Para os habitantes daqui, não passo de uma meretriz que se deitou com qualquer patife, até mesmo com um assassino, como Utz. – Isso ela não tinha querido dizer, mas agora dissera.

Michel apertou os olhos.

– Utz, o carroceiro, é um assassino?

Aquilo soou como algo inacreditável, e o tom de Michel foi até um pouco acusador. Ele parecia achar que ela só estava dizendo as piores coisas possíveis do homem que a havia caluniado. Ele a pegou e, quando um transeunte começou a fitá-la, Michel empurrou-a contra a parede de uma casa e fez como se estivesse se engraçando com ela.

– Você não teria um quartinho onde poderíamos ficar a sós?

– Onde você pode montar em cima de mim, você quer dizer? – devolveu Marie, agressiva. – Pode ir tirando isso da sua cabeça.

Michel afastou-se um pouco dela e deixou o olhar percorrer seu corpo.

– Não seria uma má idéia! Você é, realmente, a mulher mais bonita que já cruzou meu caminho.

– Não me envolvo com qualquer um! – Marie tentava livrar-se dele, mas Michel não a deixava partir.

– Pare de ficar fazendo cena. Não está vendo que as pessoas já começam a olhar? – disse ele, com um largo sorriso. – Agora, ou você vai me levar para o seu quarto ou eu vou direto para Mombert contar sobre este nosso encontro.

Marie levantou o nariz e empertigou o queixo, para parecer altiva ao máximo.

– Mas que diabo! Você se tornou um chantagista desprezível. E para isso usa o uniforme de oficial do Palatinado. Então, está bem, você pode vir junto, mas juro que um pedaço de madeira vai lhe demonstrar mais paixão do que eu.

Michel deu-lhe um tapinha.

– Duvido! Sou conhecido como bom amante.

Como ele não fazia nenhuma menção de soltá-la, Marie levou-o à casa em Ziegelgraben. Michel olhou para a construção do lado de fora e colocou o nariz nos quartos de baixo, antes de se deixar levar para o quartinho de Marie. Após aprovar a decoração do ambiente, balançou a cabeça satisfeito.

– Gostei do lugar! Acho que virei com mais freqüência.

– O que é que você está imaginando? Eu não lhe darei as boas-vindas! – Marie gostaria de poder expulsá-lo, mas a ameaça que fizera de ir ao tio contar a verdade a impedia.

Por dentro, ela se contorcia como uma minhoca pisoteada. Será que o homem não compreendia que ela tinha deixado o passado para trás e que sua simples presença fazia as cicatrizes de sua alma sangrarem? Ou será que ele fazia questão de mostrar a ela que, agora, era ele quem estava por cima e que ela não passava de uma mercadoria venal. Ela não podia tê-lo ofendido a tal ponto naquela época.

Marie tivera muito carinho por Michel, o filho do taberneiro, e podia se lembrar da tristeza que lhe acometeu quando seu pai a proibira de passear com ele pelos campos. Wina a havia trancado durante semanas dentro de casa e explicara que a amizade com aquele tipo de garoto prejudicaria sua reputação e limitaria suas possibilidades de casamento. Por isso, jamais pudera dizer-lhe o motivo para não se encontrar mais com ele e, àquela altura, era tarde demais para fazê-lo. Ela teria que dispensá-lo em breve, pois nem ele nem seus familiares podiam pôr em perigo o objetivo para o qual ela vivera durante os últimos cinco anos: sua vingança. Por um rápido instante, Marie cogitou se Michel poderia arranjar-lhe um assassino de aluguel. Porém, ao olhar para seu rosto, desistiu de imediato. Michel continuava sendo o mesmo bobão honesto de outrora. Se ela lhe contasse as suas intenções, o máximo que ele faria seria justamente o contrário, para protegê-la de si própria.

Decidida, tirou o vestido pela cabeça e deitou-se, nua, sobre a cama.

– Ande logo, não tenho todo o tempo do mundo!

A intenção de Michel, entretanto, era apenas conversar com Marie, para saber o que tinha acontecido nos últimos cinco anos. Mas, quando a viu na sua frente daquele jeito, não conseguiu resistir à tentação. Ele tirou a roupa e deitou-se ao seu lado. Para sua decepção, quando ele a tocou carinhosamente, ela se fechou como um caracol em sua concha e cerrou os punhos. Aos poucos, começou a se irritar com ela. A mulher devia ter dormido com mais homens do que o exército do Palatinado contava cabeças. Por que ela estava fazendo tanta cerimônia com ele?

Ele deitou-se sobre ela, percebeu como ela abria, obedientemente, as pernas e passou a palma da mão sobre os bicos dos seios. Os botões róseos enrijeceram, mas o rosto de Marie permaneceu uma máscara de pedra.

– Então, está bem! Se você quer se portar como uma prostituta, então vou tratá-la como tal.

Michel esperou alguns instantes, para ver se a ameaça surtiria efeito. Quando garoto, havia sonhado com ela e teria feito de tudo para torná-la sua esposa. Mas ele não teria tido a menor chance de casar com a filha de um rico comerciante. Após seu desterro de Constança, ele havia esperado poder realizar seu desejo e procurara por ela em todos os lugares onde estivera. Mas, depois de três anos, desistira, decepcionado, e raramente pensara novamente em Marie. Somente o encontro com Edviges fez com que se lembrasse dela e, naquele instante, ela estava embaixo dele, tão oferecida quanto ele jamais poderia ter desejado. Apesar disso, ou talvez por isso mesmo, Michel não sentiu nenhum prazer no ato sexual.

Como ela não lhe dava a menor atenção, mal havia terminado, ele saiu de cima dela. Marie parecia esperar que ele se levantasse, vestisse suas roupas e fosse embora. Mas Michel não estava disposto a lhe fazer esse favor.

Ele deitou-se ao seu lado e puxou-a para si, para sentir o calor de seu corpo.

– Isso não foi muito justo da sua parte, Marie. Afinal, somos amigos.

– Fiquei quieta, como se espera de uma prostituta. O que mais você quer?

Michel percebeu que havia começado errado. Primeiro, ele deveria ter reconquistado sua confiança, relembrando a amizade de outrora, antes de dormir com ela. Ele havia agido como qualquer cliente que, até satisfazer seu desejo, só se interessava por seu corpo. Ele tinha que tentar apagar a má impressão inicial e começou fazendo um elogio.

– Você ainda é mais bonita do que eu tinha na lembrança. A sua prima Edviges se parece muito com você, mas não chega aos seus pés.

Marie deu de ombros e levantou os olhos, como se o considerasse um falador tedioso.

– Você não pode comparar uma prostituta oferecida com a filha honesta de um cidadão. A pureza e ingenuidade de uma moça decente conferem-lhe o verdadeiro encanto.

Michel inclinou-se para a frente, olhou para o rosto de madona de Marie, onde o ofício ainda não deixara marcas, e deu uma gostosa gargalhada.

– Diga! Quando foi a última vez que você se olhou no espelho? A maioria das filhas burguesas a invejaria por sua aparência. Por Deus, você é a virgindade em pessoa. E justamente você deveria saber que a maioria dos homens não está interessada em mulheres decentes e, com a licença da palavra, chatas.

– A maioria está interessada, sim, para o leito nupcial. Pois, para sua diversão, têm as iguais a mim.

Michel segurou-a pelos ombros e virou-a para si.

– Vamos conversar como pessoas civilizadas. Gostaria de saber o que realmente aconteceu naquela época. Mombert disse que você foi injustiçada, mas, quando perguntei mais a respeito, ele se esquivou afirmando que deveríamos deixar os mortos em paz. Creio que ele tinha medo de que eu acabasse dizendo algo que o colocaria, novamente, em dificuldades. Naquela época, só soube que a tinham chicoteado na praça e expulsado da cidade. No mesmo dia, segui-a para tentar salvá-la. Você não acha que tenho o direito de saber a verdade?

Por um momento, Marie refletiu se deveria contar-lhe tudo. Teria sido bom confiar em um velho amigo, que, certamente, a compreenderia melhor do que Hiltrud, pois ela via tudo com o olhar fatalista de uma mulher que, desde a infância, havia sido entregue à prostituição. Depois, lembrou-se de como ele a havia chantageado para usar seu corpo e balançou a cabeça.

– Que culpa tenho eu se você me seguiu, às cegas, e não me encontrou? O diabo que o carregue, homem, e deixe-me em paz!

– Você realmente continua aquela menina teimosa de antigamente, quando você deixou de falar comigo só porque eu não quis colher cerejas de árvores que não eram nossas. Será que você não entende que eu tenho a melhor das intenções?

Marie mostrou os dentes.

– Se você realmente tem boas intenções, pague-me os oito xelins que eu valho aos demais clientes.

Michel largou-a, levantou-se e pegou sua roupa.

– Eu tinha a esperança de haver reencontrado uma velha amiga, mas vejo que segui apenas uma meretriz gananciosa. – Ele já se arrependia das palavras precipitadas enquanto as pronunciava.

Marie sentou-se com as pernas cruzadas na cama e estendeu a mão, exigindo o pagamento. Michel teve vontade de castigá-la por sua fisionomia desdenhosa, mas, ao mesmo tempo, queria se ajoelhar diante dela pedindo perdão. Contradizendo seus sentimentos, mais uma vez, ele reagiu contra sua vontade. Michel abriu seu moedeiro, tirou oito xelins e jogou-os sobre a cama.

– Aí está o seu pagamento, mesmo que você não valha tudo isso.

Marie pegou a primeira coisa ao seu alcance e jogou-a na direção de Michel. Era seu capacete, no formato de uma bacia, bem leve, com viseira, parecido com os que os cavaleiros usavam naquela época. Esse capacete substituía os mais antigos, em forma de caçarola, pesados e desconfortáveis demais.

Michel conseguiu apanhar o projétil antes que o machucasse ou se danificasse, e recolheu o resto de seu equipamento para protegê-lo daquela mulher em fúria. Para evitar suas garras, ele desceu as escadas nu, atrapalhado por seus pertences.

Para sua sorte, Marie permaneceu sentada no andar de cima, mas seus xingamentos seguiram-no até ele se vestir e deixar a casa. Ela conhecia uma infinidade de palavras de baixo calão. A maior parte, ela havia aprendido com Berta e jamais pensara que, um dia, viria ela própria a usar. Mas, naquela hora, elas eram despejadas de sua boca como uma cachoeira. Marie se sentia tão suja e usada quanto naquela noite, quando Siegward von Riedburg e seus dois companheiros caíram sobre ela. Por Michel, que havia saído correndo como uma lebre apavorada, ela não sentia nada mais do que desdém. Ao mesmo tempo, chorava lágrimas no coração pela perda de um amigo, que a havia consolado em tempos de tristeza e que sempre a protegera de todos os perigos, como um cavaleiro, nas suas andanças pelos campos.

VII

Nos dois dias que se seguiram, Marie dava a impressão de estar a milhas de distância do próprio corpo, e, freqüentemente, suas amigas tinham que interpelá-la três vezes antes de receberem uma resposta. Para seus clientes, entretanto, ela era mais simpática do que de costume. Marie não precisava se preocupar com falta de interesse dos amantes, o que, como previsto, também beneficiava suas amigas. Tudo parecia correr normalmente, mas Hiltrud percebeu que nem lingüiça assada despertava mais o interesse da amiga, que se recusava a ir para o centro da cidade. Ela se perguntava o que poderia ter acontecido, pois Marie sempre gostara de ir à praça e gastava muito dinheiro com iguarias apetitosas. Mas ela conhecia aquele olhar obstinado da amiga e não se atreveria, por nada, a questioná-la. Hiltrud só podia esperar que aquele humor melhorasse por si só. Mas nem a visita de outras prostitutas parecia distrair Marie de suas preocupações secretas.

Quem vinha com mais freqüência era Madeleine, para jogar conversa fora e pôr em dias as fofocas mais recentes. Também Nina e Helma vinham de vez em quando, geralmente para reclamar do cafetão. No bordel em que estavam, elas ganhavam muito dinheiro, mas o cafetão tirava-lhes a parte do leão como pagamento pelo aluguel e alimentação. Àquela altura, elas se arrependiam de não terem acompanhado Hiltrud, Marie e Kórdula para a pequena casa. O aluguel era exorbitante, mas, mesmo assim, saía bem mais em conta do que as exigências crescentes do cafetão estelionatário, que, além de tudo, cobrava três xelins por cada cliente que elas recusavam.

Marie teria achado um exagero muito do que as antigas companheiras de viagem contavam, se Madeleine não tivesse confirmado tudo o que elas diziam. A francesa vivia como amante oficial de um distinto senhor em um quarto que ele havia alugado para ela numa casa burguesa de Constança. Mas não havia nada que a fizesse ser fiel ao seu benfeitor. Ao contrário, ela melhorava sua receita em um bordel, onde ficava por algumas horas, dividindo um quarto com duas outras mulheres que, como ela, também tinham um amante fixo. Marie não concordava com uma vida dupla daquelas, que poderia terminar mal, dependendo do temperamento do benfeitor. Mas Madeleine riu da preocupação da moça.

– Ora! Por que eu ficaria sentada, esperando até ele se dignar a vir me visitar? Sou boa demais para isso! Além disso, *monseigneur* é um tanto quanto excêntrico. – Ela fez biquinho, como se fosse beijar, e piscou para as demais prostitutas, conspiradoramente.

Madeleine percebeu a fisionomia de Marie, chamou-a de melindrosa e descreveu, detalhadamente, suas experiências com outros senhores de classe, aos quais prestara seus serviços, sempre como uma senhorita de boa vontade. O amante atual a mantinha menos por ela lhe ser prestativa em todos os sentidos do que por ele poder se comunicar com ela na língua materna. De qualquer forma, ele era muito generoso, pois Madeleine vestia-se com trajes que somente esposas de ricos cidadãos e senhoras da nobreza podiam se permitir, além de presenteá-la com jóias valiosas.

Nina admirava Madeleine e não fazia segredo de sua inveja.

– Eu também gostaria de ser amante de nobres senhores da Toscana, onde nasci – confessou ela, saudosa.

Helma coçou a cabeça.

– Você não disse que vinha de Nápoles?

– Para os clientes, eu venho da Toscana. As cortesãs de lá podem cobrar mais do que as demais. – Nina deu uma risadinha, como se fosse uma boa piada.

– Na verdade, homens são fáceis de se enganar, mas difíceis de se segurar – complementou Kórdula suspirando. – Eu já ficaria satisfeita se, entre meus clientes, houvesse um que quisesse ficar comigo a noite inteira. Não seria tão trabalhoso e, quem sabe, eu poderia até receber um ou outro presente.

Helma assentiu com veemência.

– É, eu também não teria nada contra isso. Mas podemos nos dar por satisfeitas por termos clientes o suficiente. Muitos dos nobres senhores, principalmente os clérigos, raramente vêm nos ver. Eles preferem correr atrás das jovens burguesas.

– Justamente os monges e padres, que enchem a boca para falar sobre os perigos da lascívia e da luxúria, correm atrás da inocência. – A voz de Madeleine soou zangada e até as duas outras prostitutas, que haviam se mantido silenciosas no canto da sala, começaram a extravasar sua raiva.

– Não são apenas as jovens burguesas que mantêm os homens afastados de nós – esclareceu a mais velha. – Muitas servas de Constança preferem ficar sob o peso de bodes assanhados do que cumprir com suas tarefas. E abrem as pernas por dois ou três centavos, minando os nossos preços.

– E o que é que você quer fazer para impedir isso? Os homens já não têm mais tanto dinheiro quanto nas primeiras semanas. – Hiltrud deu de ombros, com desdém, mas não conseguia esconder de todo sua preocupação. – Mas você tem razão. Nos últimos tempos, as ditas mulheres honestas parecem estar mais assanhadas do que as prostitutas baratas. Se continuar assim, Constança se tornará um imenso bordel ainda antes do fim do concílio, e nós, que dependemos de nossa receita, estaremos morrendo de fome, porque as mulheres e as servas da cidade nos tomam os clientes.

A prostituta mais nova assentiu solícita.

– Também estou me perguntando o que vai acontecer quando o concílio terminar. Quando todas as servas que estão se vendendo aqui, agora, forem expulsas da cidade e tiverem que viajar de feira em feira, haverá mais prostitutas que clientes.

Kórdula levantou-se e cuspiu, irritada, no fogo.

– O diabo que carregue todas essas mulheres honestas que sempre se acham melhores que a gente, mas não querem outra coisa senão a visita de um homem embaixo de suas saias. Bem, minhas queridas, chegou a hora de trabalharmos de novo.

Quando as mulheres já haviam partido e Kórdula recebia seu primeiro cliente, Marie permaneceu pensativa na soleira, para alegria de alguns basbaques. Às vezes, a visita das outras prostitutas podia ser bastante desagradável, mas, por outro lado, ela ficava sabendo do que acontecia no resto da cidade.

Nos bordéis, não havia como conversar entre si sem serem espionadas e, fora isso, também não havia outro lugar onde elas pudessem se reunir sem serem incomodadas. No ninho de Marie, como chamavam a casinha, elas podiam trocar idéias sobre a experiência com cafetões gananciosos e mercadores especuladores e discutir possíveis providências a serem tomadas. Durante essas conversas, Marie lembrava-se do que Hiltrud lhe dissera uma vez, que prostitutas podiam ser fracas, mas não eram indefesas. Alguns cafetões se surpreendiam ao ver suas moças acabarem indo para outros bordéis, sem mais nem menos; e mais de um mercador teve que engolir o fato de antigas freguesas irem fazer negócios com seu pior concorrente.

Embora Marie não tivesse tomado a dianteira, ela se tornara uma consultora procurada pelas demais por conhecer tão bem a cidade e seus habitantes. Com o tempo, tornara-se tão popular que era constantemente interpelada, tendo até que recusar clientes. As suas perdas mantinham-se dentro dos limites, pois as prostitutas agradeciam com pequenas quantias em dinheiro, tanto que Hiltrud já estava até debochando: "Não demorará muito e Marie ganhará mais dinheiro de outras mulheres do que dos clientes."

Marie ria da troça, mas logo ficava pensativa de novo. Como se interessava por tudo que dizia respeito ao magistrado Ruppertus e a suas conexões, ela acabou descobrindo que o gordo abade, que já havia chamado, desagradavelmente, sua atenção durante a travessia do lago, assediava uma jovem burguesa muito parecida com ela. Cada vez mais, ela se convencia de que se tratava de sua prima, Edviges. Além disso, ela parecia estar sendo seguida por ainda um segundo pretendente, igualmente indesejado, a saber, o fidalgo von Steinzell, cuja lembrança, também desagradável, Marie ainda guardava.

Por vezes, ela chegou a pensar em visitar seu tio, para pedir-lhe que levasse a prima para longe de Constança, pois ele não conseguiria protegê-la por muito tempo de outra forma. Mas, depois, se convencia de que correria perigo desnecessariamente com isso. Não demoraria muito e se tornaria público que ela ainda estava viva e Ruppert seria um dos primeiros a saber, pois ele parecia ter tecido sua rede sobre toda a cidade. Se isso acontecesse, seria quase certo que ele ou Utz a reconheceriam como a prostituta à qual Jodokus havia confiado suas anotações, selando, assim, seu destino.

Sempre que chegava a esse ponto de suas reflexões, Marie se revoltava com a própria covardia e indecisão. Até então, ela não havia tomado nenhuma providência contra seu inimigo. Durante suas andanças, longe de sua cidade natal, ela havia feito planos e mais planos, mas, em Constança, nenhum lhe parecia factível. E, assim, seu dia-a-dia transcorria, e ela esperava que o destino lhe colocasse uma linha na mão, da qual ela pudesse tecer uma corda para seu ex-noivo.

Na manhã do terceiro dia após o encontro com Michel, não havia muito o que fazer na casa de Ziegelgraben. Kórdula ainda dormia, enquanto Hiltrud limpava seu quarto, que também fazia as vezes de cozinha. Marie acabara de conversar com duas prostitutas jovens, ainda inexperientes, que haviam vindo com problemas femininos, e, naquele instante, sentada na soleira da porta, avaliava os passantes, mal-humorada. Não havia ninguém que valesse a pena abordar. De repente, ela gelou, pois um homem dobrava a esquina, trajando armadura e capacete, como se estivesse indo para um desfile. Marie não precisava olhar para o Leão do Palatinado para reconhecer Michel. Ele a viu, quase no mesmo instante, e cumprimentou-a, de longe, feliz da vida. Quando parou diante dela, ele parecia estar sem fôlego, como se tivesse atravessado a cidade correndo.

– Olá, Marie! Que bom ver você! Eu estava pensando em uma briguinha na cama. O seu preço não era oito xelins? Aqui – e dois extras, para você dar o melhor de si desta vez!

Ele soou tão alegre e animado que Marie teve vontade de dar-lhe um tabefe. Ela cruzou os braços sobre o peito e empurrou o queixo para a frente.

– Você está se esforçando em vão, não é qualquer um que deixo se deitar na minha cama.

Hiltrud botou a cabeça para fora do quarto.

– Marie, o que é que está acontecendo? O homem é um dos comandantes da guarda. Não é muito esperto da sua parte se indispor com alguém como ele.

– Você ouviu, menina! – zombou Michel, rindo. – Além disso, você não terá prejuízo, já que pago com bom dinheiro. Ninguém tirou a borda dos meus xelins.

Havia muitas moedas em circulação cujas bordas haviam sido cortadas por pessoas gananciosas, reduzindo, assim, seu valor. Como prostituta, era fundamental prestar atenção nesses tipos de detalhes, pois muitos clientes tentavam pagar por seus serviços com moedas inferiores. Também ela já havia recebido xelins pelos quais mercadores não dariam mais do que dez centavos, dois a menos do que valiam. Mesmo assim, ela achava que era de mau gosto Michel ficar se vangloriando de sua honestidade e, ao mesmo tempo, deixar claro que ela não passava de uma prostituta que se vendia. E isso com a expectativa de que ela se mostrasse grata por ele se rebaixar ao seu nível. Se pudesse, teria lhe enfiado as garras no rosto e feito com que corresse dali com seu sarcasmo e ironia. Entretanto, ela também tinha que pensar em Kórdula e Hiltrud. Se ela irritasse Michel demais, era possível que ele enviasse seus soldados para a casa. Ninguém as ajudaria se os sujeitos se comportassem como selvagens lá.

– Então, está bem. Vamos para cima! – ordenou ela em um tom de poucos amigos e subiu a escada na sua frente.

Michel seguiu-a tão de perto que ela sentia o peito dele encostar em suas nádegas. No quarto, ele demorou-se a tirar a roupa e, com um sorriso largo, colocou-a fora do alcance de Marie. Ela já havia se deitado na cama, nua e de pernas abertas, e se portava como se nada do que ele fazia lhe dissesse respeito.

Michel curvou-se sobre ela e quis obrigá-la a fitá-lo, mas ela se virou com tamanha indiferença estampada no rosto que ele se irritou por ter voltado a procurá-la. Deveria ter imaginado, pois ela já havia deixado bem claro, da primeira vez, o quanto o desprezava. Naquele dia, ele a deixara com o firme propósito de jamais voltar a vê-la. Mas as visitas que ele fizera a Mombert Flühi depois fizeram-no mudar de idéia.

Michel havia almoçado diversas vezes na casa do tanoeiro e namoricara Edviges, na esperança de que a mocinha o fizesse esquecer de Marie. Ao invés disso, cada gesto, expressão do rosto e palavra da prima mostrara-lhe como Marie a superava, e muito, em beleza e esperteza, e o quanto ela era mais desejável do que a parenta. Naquela manhã, ele não agüentou mais e acabou indo para Ziegelgraben. Michel havia escolhido seu melhor uniforme propositalmente, para impressioná-la. "Veja o que me tornei!", quis dizer a ela, "nem mesmo um cavaleiro vale muito mais do que eu." Mas, pelo visto, não dera muito certo.

Ele passou os olhos, cheios de admiração, pelo corpo imaculado de Marie e suspirou preocupado. De alguma forma, tinha que conseguir fazer as pazes com ela. Se, pelo menos, conseguisse tirar dela um gemido de prazer, já teria feito grande progresso. Ele abandonou aquele pensamento em seguida. Amor físico era seu ofício e ela conseguiria fingir qualquer coisa que quisesse naquele momento. Não, tinha que encontrar outro caminho para conseguir aproximá-la de si. Ele olhava para o teto do apertado cubículo, decorado com tanto carinho, e teve uma idéia repentina.

– O que você acha se eu a tornasse a minha amante e alugasse um quarto maior para você, no qual nós dois pudéssemos morar? Então, finalmente, você não seria mais incomodada pelos bodes imundos que atropelam a soleira da sua porta.

– Acho que você não tem dinheiro suficiente para me manter. Sou uma prostituta muito cara. – Aquilo deveria ter soado como uma zombaria, mas saiu carregado de muito rancor.

Ela achou que ele estava querendo se vingar do jeito como ela o rejeitara e que pretendia humilhá-la, começando por comprá-la da cabeça aos pés para, depois, obrigá-la a servi-lo com exclusividade.

– Não sou pobre! – certificou-lhe Michel, com um orgulho ingênuo.

– Você teria que pagar o dobro do que ganho por dia. Além disso, teria que arcar com meus vestidos e demais peças de roupa. Nem mesmo um cavaleiro com cem servos poderia se dar a esse luxo.

Michel deitou-se ao lado dela e colocou a mão direita suavemente sobre a barriga de Marie.

– Você parece não saber o soldo de um comandante da guarda. Até agora, vivi de forma espartana e já juntei uma pequena fortuna.

– O que dá para ver por sua armadura imponente e pelas roupas que usa – zombou ela.

– Quer dizer que eu agrado a você? – Michel sorriu contente, o que irritou Marie ainda mais.

Ela tentou manter a cabeça fria. Era muito tentador ter que servir a apenas um homem, mesmo que incluísse, além da cama, as funções de serva. Mas entregar-se a um só homem não estava em seus planos. Fora isso, ela não daria a oportunidade àquele atrevido filho de taberneiro de bater no peito e jogar-lhe na cara sua ascensão social, enquanto lhe lembrava de sua própria desgraça.

"Você seria o último homem no mundo ao qual eu me entregaria", teve vontade de gritar, mandando-o ao diabo. Mas ela não podia tê-lo como inimigo. Assim, simplesmente olhou para ele, com o rosto deitado de lado, e levantou uma sobrancelha.

– O que você quer dizer com "agradar"? Todo galo fica maravilhoso em sua penugem colorida. Mas só se sabe se ele é bom para assar ou apenas para fazer canja depois de depená-lo.

Michel deu uma gargalhada retumbante.

– Onde está aquela menina tímida que eu conheci, uma vez, como Marie Schärer? A sua língua ficou tão afiada quanto o fio de uma espada.

– Não foi culpa minha.

As poucas palavras revelaram a Michel o que se passava no interior de Marie, e ele compreendeu que teria que ter muita paciência se quisesse convencê-la. Algum dia, ela haveria de entender que ele não era um cliente qualquer, e sim alguém que desejava ser seu confidente e amigo. Mas como, perguntou-se, conseguiria ele provar que não via nela apenas um pedaço de carne de mulher que se pagava, usava e esquecia, mas uma mulher que merecia ser carregada nos braços?

VIII

O ajudante de Mombert Flühi, Wilmar, ralhava com Deus e o mundo mais uma vez. Como se não tivesse problemas suficientes com o abade Hugo e o fidalgo Felipe von Steinzell, uma fatalidade havia trazido aquele comandante do Palatinado para Constança. Enquanto Edviges evitava os dois primeiros como a peste, Michel Adler era uma visita que lhe agradava.

Wilmar sentia-se intimidado pelo comportamento do oficial e percebia, claramente, como o homem impressionava Edviges. Ele se irritava mais com isso do que com qualquer outra coisa, pois a amava e esperava que, algum dia, ela lhe retribuísse esse amor. E isso não tinha mais nada a ver com a oficina de mestre Mombert, que, como era de costume, passaria para a mão do marido de sua filha, motivo pelo qual seu pai o mandara para lá.

Como terceiro filho de um mestre tanoeiro de Meersburg, ele só poderia se tornar mestre se acabasse se casando com a filha de outro mestre. Para isso, precisava, em primeiro lugar, conquistar a confiança de Mombert Flühi e a afeição de sua filha. Antes de o concílio ter se sobreposto a tudo na cidade e nada mais ser como era, Edviges havia demonstrado um interesse recatado no rapaz, enquanto ele se apaixonara completamente por ela. Mas o mestre e sua filha tinham outras preocupações naqueles dias e dispensavam a ele apenas o mínimo de atenção necessário. Wilmar estava tão concentrado em seus pensamentos que não prestava a devida dedicação ao trabalho, estragando a aduela que deveria ter ajustado. Mais uma vez, ele culpou Michel por isso. Depois de ter jogado as sobras da aduela junto aos restos de madeira que iam para o fogão da senhora, levantou-se para apanhar uma nova peça. Foi então que olhou para os aprendizes e percebeu que Melcher tinha saído novamente. Wilmar decidiu que teria uma conversa séria com o mestre a respeito do atrevido rapaz, que sempre se esquivava do trabalho e dava um mau exemplo aos outros dois. Enquanto ainda se perguntava onde o rapaz poderia estar, a porta se abriu e o mestre entrou.

Mombert percebeu a falta do aprendiz imediatamente.

– Wilmar, onde está Melcher?

O grito do mestre fez Wilmar encolher a cabeça entre os ombros.

– Não sei, talvez ele tenha ido para a latrina.

Os aprendizes mais novos se entreolharam e riram. Eles achavam que Melcher merecia a ira do mestre, pois, a julgar pelo que havia lhes dito, ele não pretendia voltar tão cedo. Melcher dissera ter amigos na cidade que lhe davam mais dinheiro do que o pai pagara ao mestre pelo aprendizado. Havia tempos, ele já não levava a sério o ensino da tanoaria, e ria-se dos jovens por estarem dispostos a aprender. Mombert lançou um olhar zangado para os dois e postou-se diante de Wilmar.

– Então, você não sabe! É seu dever prestar atenção nesses aprendizes. Se eles não o levam a sério, terei que procurar outro ajudante.

Wilmar levou um susto e tanto.

– Vou sair, imediatamente, à procura de Melcher e trazê-lo de volta, mestre.

Mombert empurrou-o com a mão firme de volta para o lugar.

– E aí me faltarão mais duas mãos na oficina, embora a gente não saiba mais o que fazer de tanto trabalho. Não, você vai ter que ficar mais tempo na oficina hoje à noite para recuperar o que Melcher não fez. E ele vai apanhar tanto que terá que trabalhar em pé durante os próximos oito dias. – Com essas palavras, Mombert aproximou-se de um barril enorme para colocar as últimas cintas.

Enquanto isso, Melcher passeava pelas ruelas mastigando um pedaço de bolo. Olhando ao redor, sorriu com petulância ao descobrir Utz sob a pérgula de uma taberna.

O carroceiro levantou-se e aproximou-se dele com a caneca na mão.

– Olá, Melcher! Eu o esperava mais cedo.

– Não consegui sair da oficina tão cedo quanto esperava – mentiu o rapaz.

Utz deu uma olhada zombeteira nos restos de bolo nas mãos pegajosas de Melcher.

– Se você ficar molengando por aí quando estiver a serviço de um nobre senhor, pode ficar certo de que ele o porá na rua rapidinho. Talvez seja melhor eu procurar outro ajudante.

Melcher engoliu rapidamente o último pedaço de bolo e limpou as palmas das mãos na calça. Utz colocou-lhe a mão no ombro e curvou-se para falar com ele.

– Steinzell foi visitar seus amigos?

– Foi sim, e disse ao servo que não voltaria antes do anoitecer. Pelo que o conheço, ele certamente não voltará antes da meia-noite.

– Então, está bem! Será hoje à noite! Você sabe o que fazer.

Melcher olhava para o carroceiro com os olhos bem abertos, cheios de admiração.

– Pode deixar! Farei tudo como você me disse.

– Eu sei disso. – Utz sorriu, afagou a bochecha do garoto e estendeu-lhe a caneca cheia pela metade. – Vamos, beba, garoto! Você já mereceu esse gole.

IX

Enquanto Melcher despejava o conteúdo da caneca de Utz garganta abaixo, Felipe von Steinzell também se segurava à sua caneca de vinho. Ele se encontrava nos alojamentos do cavaleiro Leonhard von Sterzen, ouvindo o que os homens que queriam paz entre seu suserano, Frederico von Tirol, e o imperador Sigismund tinham a dizer. Seu pai, certamente, teria participado ativamente daquela discussão, e brigado com todo aquele que não partilhasse de sua opinião. Aquelas conversas sobre política, no entanto, aborreciam-no. Para ele, apenas o maravilhoso vinho servido pelo Sterzen tornava aqueles encontros entre aliados suportáveis, uma vez que os mercadores gananciosos de Constança cobravam tanto por uma miserável caneca de azedume quanto uma prostituta por seus serviços. Felipe terminou sua caneca e fez sinal para que um servo a enchesse novamente. Como a conversa entre os velhos senhores o irritava cada vez mais, ele começou a pensar em um jeito de passar a perna em Mombert Flühi para conseguir, finalmente, pôr a mão em sua filha. O tanoeiro mandava os servos manterem a menina sob vigilância constante, e era só ele olhar para a pequena que o pai aparecia. Em casa, no Castelo Steinzell, teria dado umas boas bofetadas e mandado que o jogassem na torre. Ali em Constança, entretanto, tinha que ser cauteloso, pois aqueles cretinos seriam capazes de trancá-lo, a ele – fidalgo do Santo Império Romano –, na masmorra e extorquir do pai uma alta quantia por sua liberdade.

"Alguma hora, hei de conseguir pôr as mãos em Edviges!", pensou ele, irado. Enquanto isso, teria de se contentar com mulheres venais, embora lamentasse cada centavo que gastava com elas. Suspirando, pensou nas servas de Steinzell.

O fidalgo havia fantasiado que a estada em Constança seria mais divertida e se irritava por ter convencido o pai a enviá-lo ao concílio. Ele não suportava a idéia de que, em vez de estar aqui, no seco, agüentando os olhares reprovadores dos demais aliados do tirolês, poderia estar colocando seu membro no corpo macio e dócil de Oda. Pegou a caneca para enxaguar seus pensamentos tristes, constatou que estava vazia e fez, novamente, sinal para o servo com a jarra de vinho.

A reunião foi noite adentro e Felipe von Steinzell ainda bebeu muitas canecas para suportar aquele debate. Quando os senhores se prepararam para partir, ele estava tão bêbado que mal conseguia se manter em pé. Graças à sua determinação de não dar mais motivos aos outros de criticá-lo, conseguiu se dirigir à porta, feito um boneco de pau, onde um servo lhe estendeu uma tocha com a qual teria que iluminar o caminho para casa. O ar frio envolveu seu pescoço como um laço e as pernas ameaçavam ceder sob seu peso. Mas o hábito de muitas noites de bebedeira manteve-o de pé e permitiu-lhe encontrar o caminho para a casa do tanoeiro.

Quando o fidalgo encontrou o portão para o pátio apenas encostado, ele cambaleou para dentro, feliz da vida, jogou a tocha em um canto e urinou contra a parede da casa para aliviar-se do vinho saboreado em quantidade. O aprendiz Melcher parecia estar aguardando sua chegada, pois ele abriu, cuidadosamente, a porta da frente e ofuscou-o com uma lanterna. Felipe virou-se em sua direção, mas, quando quis se aproximar dele, o rapaz apagou a chama. Felipe ainda percebeu, na luz da tocha que trouxera, uma sombra surgir ao seu lado. Antes de conseguir reagir, entretanto, uma mão tapou sua boca e sufocou sua pergunta. Ao mesmo tempo, sentiu algo penetrar em seu peito. Uma dor atravessou a névoa que o álcool espalhara por sua consciência. Em seguida, ele apagou como a chama de uma vela.

– O sujeito não lhe dará nem mais um pontapé – sussurrou Utz a Melcher. – Ande logo, feche o portão e acenda novamente a lanterna para podermos carregá-lo para dentro da casa!

No estreito feixe de luz que a lanterna jogava no morto, Utz constatou a precisão com que a faca havia acertado o alvo.

– Bem no coração! Ainda não há quem consiga dar golpe igual!

O carroceiro enrolou o fidalgo numa coberta que havia trazido, pegou-o pelas axilas e levantou-o. Melcher prendeu a argola da lanterna entre os dentes e levantou as pernas do morto. Depois de Utz sumir com alguns rastros suspeitos, eles arrastaram o fidalgo para a casa e permaneceram ao pé da escada. Não era possível carregar Steinzell para seu quarto, pois o ranger da madeira acordaria os que dormiam na casa. Assim, Utz colocou o homem no primeiro degrau, desenrolou-o da coberta e tirou o punhal da ferida. Um jato de sangue começou a jorrar e molhou o chão. Utz balançou a cabeça com satisfação, pois, assim, dava a impressão de que o fidalgo havia sido morto ali mesmo.

Ele estendeu a mão.

– Onde está a faca do Flühi?

Melcher tirou do cinto uma lâmina fina, de tanto ter sido amolada, com cabo grosseiro.

– Não foi fácil tirar sem ser visto – sussurrou ele, na esperança de receber um elogio.

Utz deu-lhe uma batida no ombro e enfiou a faca de mestre Mombert, com um empurrão certeiro, no canal da ferida.

– Pronto! Agora, assim que eu sair, você vai trancar o portão do pátio e a porta da frente, e vai dormir. Quando os guardas vierem e começarem a fazer perguntas, você vai dizer que dormiu a noite toda e não ouviu nada. Entendeu?

O aprendiz não respondeu de imediato e Utz apontou para o morto.

– Olhe bem para ele, Melcher. Se você não fizer exatamente o que estou mandando, logo, logo, você estará tão morto quanto ele.

Melcher compreendeu que o carroceiro não estava brincando e, pela primeira vez, ficou com medo. Ele tremeu, mas não estava disposto a se deixar intimidar.

– Você me prometeu que eu trabalharia para alguém de posses. Quando será isso?

Utz colocou a mão sobre seu ombro.

– Amanhã será o grande dia. Quando o assassinato se tornar público e mestre Mombert estiver atrás das grades, você deve ir ao porto e subir no barco do Hartbrecht. Ele vai levá-lo para Lindau e apresentá-lo ao governante da casa de seu novo senhor.

Um barulho no andar superior fez Utz olhar para cima. Rapidamente, ele apagou a lanterna de Melcher, deixando os dois no escuro, pegou o garoto e empurrou-o em direção à porta da frente.

– Tome cuidado e não se esqueça das minhas recomendações! – advertiu ele, desaparecendo silenciosamente na escuridão.

X

O morto só acabou sendo descoberto no dia seguinte. Mombert Flühi tropeçou nele na primeira luz do crepúsculo e pensou, primeiro, que Felipe von Steinzell tivesse adormecido, bêbado, ao pé da escada. Quando quis chamar o servo do fidalgo, descobriu a mancha escura no chão e, em seguida, o cabo da faca no peito do morto. Devido ao seu nervosismo, não reparou que se tratava de sua própria faca. Recuou, apenas, e olhou em volta, desconcertado.

– Deus do céu, que desastre!

Sua mulher pôs a cabeça para fora do quarto.

– O que foi que aconteceu, Mombert?

– O fidalgo... Steinzell está morto!

Mombert deu um passo ao lado para que sua mulher pudesse ver o cadáver. Frieda Flühi colocou as mãos sobre a cabeça e deu um grito.

– Meu Deus, será que ele estava bêbado, caiu das escadas e quebrou o pescoço?

Mombert balançou, perturbado, a cabeça.

– Não! Ele tem uma faca enfiada no peito. Chame Wilmar! Ele tem que ir ao comissário para dar parte do crime.

Frieda Flühi assentiu e saiu correndo com a camisola esvoaçando. Mombert a ouviu conversar com o ajudante e, pouco depois, Wilmar apareceu de um canto da casa. Ele ficou olhando para o morto, enquanto ainda colocava a camisa para dentro da calça.

– Ele está morto mesmo? – O ajudante não parecia lamentar muito.

Mombert ordenou que ele se apressasse, enquanto refletia se devia colocar o morto mais para o lado, para liberar a escada. Depois, ele achou que o comissário, provavelmente, gostaria de ver onde o jovem havia morrido e deixou-o lá.

O sol já se levantava no horizonte quando Wilmar chegou com o substituto do comissário. O homem curvou-se para não bater com o capacete na padieira e aproximou-se de mestre Mombert.

– De que é que o garoto está falando? Um assassinato?

– O morto está aqui. – Mombert afastou-se e apontou para o fidalgo Felipe.

O homem olhou para o rosto do morto.

– Mas, que diabo! Não é que é o jovem Steinzell mesmo? Mestre Mombert, isso não é nada bom! Você sabe como isso aconteceu?

Mombert balançou a cabeça, em desespero.

– Só posso imaginar que o rapaz brigou com alguém e acabou sendo esfaqueado por essa pessoa. Ele ainda tentou ir para o quarto, mas acabou caindo aqui mesmo.

Enquanto o tanoeiro exprimia suas suspeitas, o guarda se curvou e examinou o fidalgo.

– Com essa facada, o homem não teria conseguido dar três passos. A faca está exatamente no coração. Ele deve ter sido esfaqueado aqui mesmo.

– Impossível! – exclamou mestre Mombert. – Minha mulher e eu teríamos ouvido alguma coisa se tivesse havido uma briga aqui, no corredor. Além disso, o assassino não teria conseguido trancar a porta por dentro.

– A não ser que ele ainda esteja dentro de casa – declarou o guarda, sinistro.

Mombert fez um movimento de irritação com a mão.

– Isso é ridículo! Nem meus aprendizes, nem meu ajudante teriam podido com a força desse homem. E o próprio servo, certamente, não fez isso.

– Mas não foi isso que eu quis dizer. – O comissário virou-se para Mombert e fitou-o com olhar penetrante. – Você há de admitir que o caso é bem esquisito. Aqui jaz um morto que só pode ter sido assassinado por alguém de dentro da casa, já que a porta continuava trancada hoje de manhã.

– Isso significaria que o assassino realmente ainda se encontra aqui.

Mombert virou-se para avisar a mulher e a filha para se esconderem. Nesse momento, a porta do cubículo onde seu aprendiz mais velho dormia se abriu e Melcher apareceu. Ele bocejou largamente, viu o comissário e aproximou-se com curiosidade.

– O que foi que... – começou e, então, apontou para o morto. – Mas, mestre Mombert, essa não é a sua faca?

Mombert Flühi fitou a arma fincada na ferida com os olhos arregalados. Tratava-se, realmente, de sua própria lâmina, com o cabo de chifre de veado e encaixe de prata.

– Isso é verdade? – perguntou o comissário, sério.

Mombert levantou as mãos, em desespero.

– É sim, é a faca que eu uso para comer. Geralmente fica no estrado, ao lado da porta da cozinha, junto com as demais facas e colheres. O assassino deve tê-la apanhado para cometer o crime.

O comissário parecia ter tirado a conclusão mais óbvia, pois levantou-se e lançou um olhar sardônico para Mombert.

– Isso é tão improvável quanto aquela baboseira de o fidalgo ter sido esfaqueado na rua e ter-se arrastado até aqui, apesar de não haver uma única gota de sangue de lá para cá. No entanto, foi aqui que ele sangrou como um porco. Ah! É mesmo! Ele também teria trancado a porta, ordeiramente, antes de morrer.

Mombert virou-se, assustado.

– O senhor não está querendo insinuar que fui eu quem matou Felipe von Steinzell?

O comissário cruzou os braços sobre o peito e perguntou:

– Parece-me óbvio, não é mesmo? Pelo que ouvi dizer, você xingou e ameaçou o fidalgo.

– Realmente, disse-lhe umas boas verdades, pois ele não deixava a minha Edviges em paz – confessou Mombert, mortificado.

O comissário apontou para a faca no peito do morto.

– Pelo visto, ontem à noite não ficou só na ameaça.

– Por Deus, não sei de nada! Eu juro por todos os santos... – Mombert afastou-se, horrorizado, e agarrou-se à esposa, que havia acompanhado a conversa com crescente inquietação.

– Isso não é verdade! – gritou ela para o comissário. – Meu marido esteve ao meu lado durante toda a noite.

– E ele não se levantou uma vez sequer para ir à latrina e você não pregou o olho para prestar atenção nele. Passe daqui, mulher, e vá contar suas mentiras para algum outro! E você, Mombert Flühi, não deveria dificultar as coisas. Confesse logo que foi você quem esfaqueou o fidalgo, ontem à noite, para proteger sua filha. Se o juiz lhe for condescendente, você não será amarrado vivo na roda de despedaçamento, e sim estrangulado antes, para não sentir dor.

Mombert Flühi ficou em pânico.

– Por Deus e todos os santos, eu juro que não o matei!

– Se você quer continuar negando, não posso impedir. Sob tortura, você acabará confessando tudo.

O comissário chamou os ajudantes e estendeu a mão para segurar mestre Mombert, que se soltou com um grito e saiu correndo em direção à oficina. Lá, no entanto, já se encontravam dois dos homens do comissário, que haviam entrado pela porta dos fundos, esperando por ele.

– Assim você confessou sua culpa sem dar margem à dúvida.

Pela fisionomia do comissário, estava claro que ele se alegrava por haver solucionado o crime tão rapidamente. Enquanto os guardas amarravam as mãos de Mombert nas costas e o levavam como um bezerro pelo pátio até a rua, o tanoeiro revezava xingamentos e rezas, sempre reafirmando sua inocência. O comissário virou-se, ainda uma vez, para Frieda Flühi.

– Vou mandar removerem o corpo, em seguida. Enquanto isso, você pode separar algumas coisas para o seu marido.

Essas palavras lembraram Mombert de que ele não vestia mais que sua camisola. A vergonha de ser arrastado pelas ruas da cidade dessa forma encheram seus olhos de lágrimas.

XI

Depois de o comissário ter deixado a casa, o silêncio tomou conta dela, como se fosse um túmulo. Frieda Flühi teve que se apoiar na parede, pois suas pernas não queriam carregá-la mais. Edviges saiu de seu quarto, onde havia ficado com Wina por ordem da mãe, e perguntou o que acontecera. Frieda Flühi não conseguia falar. Assim, Wilmar não teve outra opção senão informá-la sobre a prisão de mestre Mombert.

– Meu pai jamais mataria o fidalgo – sussurrou Edviges, em prantos.

– Claro que não foi ele. Eu teria percebido se ele tivesse se levantado. – A voz da mãe era quase incompreensível.

Ela agarrou-se à filha soluçando sem parar. Da mesma forma, a velha Wina torcia as mãos e lamentava a desgraça que, naquele instante, também acometia o cunhado de Matthis Schärer. Somente quando alguns servos do assessor do comissário entraram para remover o morto, os lamentos das mulheres silenciaram. Wilmar lembrou-se do servo do fidalgo e esperava poder desmascará-lo como assassino. Quando ele subiu e abriu a porta do quarto, entretanto, encontrou o homem roncando sobre seu saco de palha. O homem não tinha sangue nas mãos e seu hálito revelava que, na noite anterior, havia se apropriado de parte da provisão de vinho de seu senhor. Wilmar convenceu-se de que também ele não era o culpado e cutucou-o.

– O que aconteceu, senhor? Eu... – disse o servo, percebendo, então, que não era Felipe quem o acordava. – O que você está procurando aqui, garoto? – ralhou ele.

– Seu senhor foi assassinado esta noite. Os servos do comissário estão levando o corpo dele neste exato momento. – Wilmar não fez nenhuma questão de soar simpático.

O servo olhou-o perplexo.

– O que é que você está dizendo? O meu senhor está morto?

Ele jogou o cobertor para o lado, levantou-se e saiu correndo do quarto. Apenas na escada percebeu que vestia somente uma fina camisola que mal cobria seu corpo, e deu meia-volta. Vestiu a roupa e desceu as escadas o mais rapidamente possível. Lá, começou a vociferar, pois os homens do comissário carregavam seu senhor pelo pátio como um saco de aveia. Um grupo de mercenários armados apareceu. O chefe, um homem corpulento vestindo uma roupa extremamente colorida, postou-se diante da dona da casa e avaliou-a despudoradamente.

– Estou procurando por Frieda, a mulher de Mombert, e a filha do casal, Edviges – explicou ele, com voz rouca.

– Sou Frieda Flühi e essa é a minha Edviges. – Ela olhava para o homem, sem compreender.

– Vocês são acusadas de terem assassinado, traiçoeiramente, junto com seu marido e pai, o honrado fidalgo Felipe von Steinzell. Por isso, tenho ordem de prendê-las.

Edviges deu um grito e quis se esconder atrás da mãe, mas Frieda Flühi apoiou-se, branca feito cera, na parede.

– Isso só pode ser uma piada de mau gosto.

No lugar de uma resposta, o chefe fez um gesto para os seus homens, que se aproximaram das mulheres e, com movimentos experientes, amarraram suas mãos e colocaram cordas em volta de suas cinturas.

– Para onde vocês estão nos levando? – perguntou Frieda Flühi.

– Para a Ziegelturm, já que o cárcere está superlotado – explicou o homem de bom grado.

Edviges empalideceu e fitou a mãe, apavorada. Frieda levantou os ombros, fatalista.

– Vocês não poderiam nos dar tempo para nos vestirmos? Ou vocês querem nos arrastar pelas ruas só de camisola?

O homem parecia querer mesmo era levá-las nuas, mas permitiu que Wina colocasse mantas sobre os ombros das duas mulheres. Depois, seus soldados empurraram-nas para fora da casa e levaram-nas entre as filas de curiosos que haviam se formado na frente do portão.

Os aprendizes e as servas já haviam debandado da casa assim que o mestre fora preso. Assim sendo, Wilmar e Wina ficaram sozinhos. A velha governanta estava fora de si. Ela se lamentava e orava, como se esperasse que o céu se abrisse e o Juízo Final descesse sobre a humanidade. O aprendiz corria de um lado para o outro na oficina, sem conseguir compreender o que havia aconcido. Justamente a doce, gentil Edviges teria ajudado a matar um homem? Não, ela seria incapaz disso, bem como seus pais!

Primeiro, Wilmar agarrou-se à idéia de que seria constatado que tudo aquilo não passara de um engano. Ele esperava que Mombert Flühi e as duas mulheres retornassem a qualquer momento. Por puro hábito, sentou-se no seu lugar e começou a fazer um novo barril.

De repente, teve um pensamento que o fez suar frio. O que aconteceria se os guardas o considerassem cúmplice e também o prendessem? Quem acabava nas mãos da justiça podia esperar pouca comiseração. Jogou as cintas no chão, saiu da casa em pânico e só parou quando viu o Portão dos Agostinianos, que levava aos subúrbios de Stadelhofen. Lá, ele se encostou no muro de uma casa e refletiu sobre o que deveria fazer.

A imagem de Edviges surgiu diante de seus olhos. Sua fantasia desenhava-lhe a moça amarrada, no calabouço frio e úmido da torre, sem poder nem ao menos secar as lágrimas. De repente, começou a se julgar um covarde e traidor. Ele amava Edviges acima de tudo e, apesar disso, não movera um dedo para ajudá-la.

Wilmar lembrou-se, então, do que o mestre lhe havia contado, durante um momento de sentimentalismo, sobre a sobrinha, Marie, que também havia sido trancada na Ziegelturm, cinco anos antes. A moça jurara, perante a Virgem Maria, que havia sido violentada por três homens, naquela mesma noite. Além de mestre Mombert, entretanto, ninguém acreditara em sua palavra e ela acabou sendo açoitada e expulsa da cidade. Naquela época, Wilmar não pudera acreditar que um guarda municipal se prestasse a tal canalhice. Nesse momento, entretanto, torturava-o a idéia de que os rudes servos do tribunal pudessem entrar na cela de Edviges e violentá-la. Aos seus olhos, os sujeitos que haviam levado Edviges e sua mãe não eram mais confiáveis que a gentalha de mercenários perambulando pela cidade e molestando toda e qualquer mulher com quem cruzavam.

Wilmar deu uma olhada no Portão dos Agostinianos, onde havia um vaivém intenso. Ele não queria outra coisa senão atravessá-lo e seguir até a casa do pai, fechando a porta atrás de si. Apesar disso, virou-se bufando de desprezo pela própria covardia e caminhou pela cidade, procurando algo, mas sem saber o quê. Se quisesse ajudar Edviges, teria que ter uma idéia, e rápido. Mas sua cabeça estava tão vazia quanto um odre seco.

XII

Após certificar-se de que ninguém podia entrar no corredor que levava ao quarto principal e ficar ouvindo atrás da porta, Ruppertus Splendidus fechou a porta atrás de si e aproximou-se da mesa onde o meio-irmão, Konrad von Keilburg, tomava o café-da-manhã. Ele passou os olhos horrorizados pela enorme caneca de vinho e pelo imenso pedaço de carne assada na frente do conde e perguntou-se como era possível alguém devorar tudo aquilo. Dava para perceber que Keilburg se entregava, desenfreadamente, aos prazeres da mesa. Quando jovem, ele havia impressionado seus pares com seu tamanho e sua força. Mas, àquela altura, aos 35 anos, seus olhos praticamente desapareciam atrás da gordura das pálpebras e ele mal conseguia ver os pés embaixo da barriga protuberante. Quem o visse naquele momento duvidaria que fosse capaz de girar uma espada ou segurar um escudo. Também não havia mais cavalo que conseguisse carregá-lo. Mesmo assim, Ruppert era cauteloso a ponto de não menosprezá-lo. Quando Konrad se zangava, reagia como um urso provocado, que só largava a presa depois de morta.

Por isso, o dono da casa cumprimentou-o com um sorriso amável, no qual apenas um observador mais atento descobriria escárnio e desdém.

– Que a refeição lhe seja duplamente proveitosa hoje, irmão. O jovem Steinzell está morto e o tanoeiro Mombert foi acusado de assassinato.

Konrad von Keilburg colocou a caneca com força na mesa e deu uma gargalhada tal que sua gordura ameaçava rasgar o colete.

– Isso deve ter sido mais uma de suas brincadeiras ardilosas. Você me tira o homem do caminho e ainda consegue arranjar para Waldkron a garota que ele quer. Muito bom! Pelo menos nos livramos, finalmente, das lamúrias amorosas daquele sujeitinho vestido de monge. Mas isso só se você conseguir que a filha do tanoeiro seja condenada à vida de serva. Só estou esperando para ver você se exceder e acabar tropeçando em suas próprias intrigas. O que você acha que Waldkron vai fazer com você se o amorzinho da vida dele acabar morrendo torturada?

Ruppert cerrou os punhos, mas não deixou transparecer o ódio que o acometia. Diferentemente de seu pai, Heinrich, que o usara como servo, mas também lhe demonstrara certo reconhecimento por seus serviços, Konrad desprezava-o e zombava dele sempre que se encontravam.

– Ele não vai fazer nada, porque consigo tudo o que quero. No dia em que Mombert Flühi for amarrado à roda, sua filha estará deitada na cama do abade.

Konrad von Keilburg bufou.

– Espero que você não encha demais a boca. Em vez de se incomodar com esse abade idiota, você deveria estar se empenhando para eu conseguir pôr a mão em Steinzell. Se você continuar melindroso desse jeito, acabo tomando, eu mesmo, as rédeas na mão. O mais simples é eu rachar a cabeça de Degenhard von Steinzell e me apossar da terras dele.

– Mas isso é trabalho desnecessário, querido irmão! Após a morte do fidalgo Felipe, a filha de Degenhard, Roswitha, será sua única herdeira. Case um de seus súditos com ela e os bens dele cairão no seu colo como fruta madura.

– Isso é uma boa idéia! Hoje mesmo, ordenarei que Roswitha von Steinzell seja seqüestrada. Só preciso pensar em alguém para desposá-la.

Por instantes, Keilburg se esqueceu do lombo de porco em seu prato e pensou compenetrado.

Ruppert sabia que seu irmão não tolerava objeção e não hesitaria em aleijar os súditos que discordassem dele. Por isso, a situação exigia que fosse o mais diplomático possível.

– Não acho que isso seja uma idéia muito boa. As pessoas podem desconfiar que você tem algo a ver com a morte do jovem Steinzell e há muitas pessoas próximas ao imperador que só estão esperando uma oportunidade para colocar um laço em torno do seu pescoço. Espere que o suposto assassino do fidalgo seja condenado e executado. Se você buscar a filha de Steinzell depois disso, acharão que você, simplesmente, aproveitou a oportunidade.

– E se aquele canalha do Degenhard a der em casamento antes disso? Aí eu vou ficar de mãos abanando.

– Provavelmente ela ficará noiva. O casamento, entretanto, não ocorrerá antes do fim do luto e será fácil evitá-lo. Eu duvido que alguém despose a moça se ela já estiver grávida de outro.

Konrad gargalhou de forma estrondosa e deu uma olhada marota para o meio-irmão.

– E aí, você mesmo gostaria de fazer o servicinho? Por mim, pode ficar com a Roswitha. Como você conseguiu que o nosso velho o reconhecesse como filho legítimo antes de bater as botas, vocês têm a mesma condição social. Cavaleiro Ruppert von Steinzell! Isso não soa melhor do que essa baboseira de nome em latim que você tem agora?

O sorriso de Ruppert ficou mais acentuado e surgiu um brilho peculiar em seus olhos.

– Não, não! Pode dar Roswitha para um de seus homens. Eu prefiro morar na cidade e não dou a mínima para um castelo ventoso nas imediações da Floresta Negra.

– Como queira! – Konrad von Keilburg não havia falado sério quando fizera a proposta e estava aliviado que Ruppert a tivesse recusado. Como advogado e corruptor das leis, seu irmão ainda lhe poderia ser útil por muito tempo. Como cavaleiro em um castelo distante, entretanto, ele se tornaria um concorrente desagradável, que não teria nenhum outro objetivo, senão ampliar seu território. – De qualquer forma, fico feliz em saber que o tirolês será desterrado do império. Agora, suas propriedades na Floresta Negra e no Reno estão à espera de alguém para apossar-se delas. Creio que serei o primeiro a pegar o meu quinhão.

– Novamente, devo lhe pedir para ser um pouco paciente nesse caso. Muitos já lamentaram decisões e atos precipitados.

Konrad von Keilburg bateu na mesa levantando o prato, de onde escorreu molho da carne para o tampo artisticamente marchetado.

– Você é um covarde desprezível, Ruppert. Quem quer conseguir alguma coisa, tem que meter a mão.

Ruppert balançou a cabeça, indulgente.

– Mas, primeiro, deve esperar pelo momento oportuno, querido irmão. Hoje, o imperador ainda está irritado com o duque Frederico e ordena que o persigam. Amanhã, entretanto, as coisas podem ter mudado. Habsburg tem muitos amigos e aliados para defendê-lo, e o imperador Sigismund não pode se dar ao luxo de contrariar a todos. Além disso, ele deve levar em conta o padrinho do tirolês, Albrecht von Österreich. Tenho certeza de que a ordem de extradição de Frederico será revogada em, no máximo, dois meses. E isso não custará ao duque mais do que uma mesura diante de Sigismund e a promessa de não apoiar outro papa senão o escolhido pelo imperador. Se você provocar uma briga para conseguir parte das terras à margem do Reno, em pouco tempo terá que enfrentar não só o próprio duque, mas também seus familiares e aliados. Contente-se em assenhorar-se de alguns vassalos de Habsburg e em se apossar dos castelos deles. Enquanto isso acontecer dentro da lei, Frederico nada poderá fazer.

A fisionomia de Konrad anuviou-se novamente.

– Não fique se gabando tanto da sua sabedoria! Na verdade, você é astuto como um escorpião e covarde como um rato. Se não tivesse à sua disposição algumas criaturas inescrupulosas que manobram o punhal no seu lugar, você jamais teria tido a coragem de aplicar um golpe como esse contra o fidalgo Felipe. Falta-lhe a coragem para enfrentar um homem cara a cara! Dá para perceber que sua mãe era uma serva sem valor, daquelas que se usam uma vez e se esquece.

O conde Konrad ficou na espreita, aguardando uma reação impensada de seu irmão. Ele teria tido imenso prazer em deixar uma cicatriz naquele rosto liso.

O magistrado leu o desejo do irmão em seus olhos e recuou até a porta.

– Deixo-o com seu assado, irmão, pois tenho o que fazer.

Ruppert se despediu insinuando uma mesura e saiu para o corredor. Se, por um lado, se irritava com a arrogância e a grosseria do meio-irmão, por outro, divertia-se às custas dele. O homem era tão ingênuo! O pai de ambos teria se surpreendido com a certidão com a qual reconhecera seu filho bastardo. Após sua morte, bastou a Ruppert um pergaminho, uma mão habilidosa e uma cópia do selo do velho conde – feita ainda a tempo – para tornar-se um filho legítimo. Konrad havia se surpreendido e xingado, mas não duvidara da certidão.

Para alívio de Ruppert, o conde não compreendera que o bastardo tinha se tornado seu herdeiro diante da lei e também não percebera o objetivo que o irmão tinha em mente, caso contrário teria assassinado o magistrado imediatamente. Tratava-se de nada menos do que a propriedade de Keilburg e o título de conde. Ruppert sorriu intimamente. Do jeito que o irmão se comportava, não demoraria muito até ele alcançar seu objetivo.

Uma batida violenta na porta interrompeu seu pensamento agradável. Ele destrancou a porta que levava ao andar superior e que ele mandara colocar na escadaria para evitar bisbilhoteiros e interrupções indesejáveis, e deu de cara com o abade Hugo, cujo rosto estava vermelho de aflição.

– Tenho que falar com você.

– Com prazer! – respondeu Ruppert, com aquele sorriso aberto e afeiçoado que havia ensaiado à exaustão. Da mesma forma que o olhar sério, com o qual trucidava seu inimigo no tribunal, não passava de uma máscara.

Hugo von Waldkron seguiu-o nervoso para o recinto que Ruppert utilizava como escritório.

– O tanoeiro matou o fidalgo Steinzell, do jeito que você previu. E agora, o que vai acontecer com a menina?

– Assim que Mombert Flühi for julgado, a jovem Edviges será rebaixada a serva e entregue aos seus cuidados.

– Mas, se tivermos azar, poderá levar meses por causa do caso com o magistrado Hus. Você tinha me prometido a filha do mestre Mombert em breve.

– Pode deixar que vou fazer com que o processo não demore. Se as coisas não acontecerem dentro da lei e da ordem, teremos problemas, você e eu. Enquanto o pai não for declarado culpado, a menina continuará sendo cidadã e você acabaria respondendo a um processo instaurado pelo Conselho da Cidade caso se aproveitasse dela antes disso.

O abade pegou Ruppert e sacudiu-o.

– Preciso ter Edviges imediatamente! Ou você acha que aluguei a casa em Maurach só para ficar sonhando com ela? Estou me consumindo de paixão.

– Se você está tão necessitado, monte numa serva ou vá para as prostitutas, mas não atrapalhe meus planos com sua impaciência. Qual a diferença se você ainda tiver que esperar uma ou duas semanas? Quando chegar a hora, você poderá fazer com ela o que quiser. Agora, deixe-me só, tenho o que fazer! – Ruppert tirou as mãos do abade de seu colete, abriu a porta e apontou para baixo.

Hugo von Waldkron desceu as escadas com a cara amarrada e ficou parado diante da porta da frente. De repente, um sorriso maldoso estampou-se no seu rosto e ele atravessou o pátio, com o hábito esvoaçante, até a casa de hóspedes. Ao chegar ao seu quarto, trancou a porta atrás de si, vasculhou o baú com seus pertences e tirou uma caixinha comprida de madeira talhada. Pouco depois, a mesa estava coberta de folhas finíssimas de pergaminho, um estojo contendo várias penas, um tinteiro, lacre para selar e vários sinetes. Hugo von

Waldkron pegou uma das folhas, alisou-a e começou a escrever. Ao terminar, espalhou areia fina por cima, para secar a tinta, e pingou o lacre na extremidade inferior. Depois, escolheu um dos sinetes, avaliou-o cuidadosamente, e imprimiu-o sobre o lacre ainda mole. Quando o retirou, apareceu o selo da Cidade Livre do Império de Constança.

O abade releu o pergaminho satisfeito e, em pensamento, chamou Ruppert de palhaço. Por que ele deveria esperar pela moça? Aquela não era a primeira certidão que ele falsificava. Grande parte da riqueza de sua abadia lhe havia sido consignada dessa forma. Os herdeiros de falecidos senhores abastados dificilmente duvidavam da doação de terrenos e vilarejos em prol da salvação da alma, e, caso duvidassem, os tribunais os convenciam rapidamente a mudar de idéia. O abade acreditava que Ruppert havia conquistado parte de suas vitórias da mesma forma, pois, afinal, o magistrado fora seu aluno no passado e o ajudara a mudar o testamento do velho abade em seu favor.

Com a sensação de estar um passo à frente de todas as outras pessoas, inclusive de seu talentoso aluno Ruppert, ele enrolou o pergaminho, colocou-o em um canudo e deixou o quarto. Seu servo estava sentado na cozinha e namoricava uma das servas de Ruppert. As servas dele eram vistosas e, como o abade havia constatado, não se esquivavam de prestar seus serviços a distintos senhores. Mas o pensamento em Edviges sufocava qualquer desejo por aquelas mulheres, que, apesar de dispostas, eram de uso exclusivo dele. Edviges não chegava aos pés da prostituta loura que ele havia visto em uma das travessias de Meersburg para Constança, na qual também teria gostado de pôr a mão. Mas considerava as prostitutas muito impertinentes. Além disso, elas dificilmente se deixavam usar de forma tão irrestrita quanto ele desejava e também não tinham a suavidade da inocência tão cara a ele. Era justamente isso que diferenciava Edviges Flühi das demais mulheres da cidade.

O turbilhão de sentimentos dentro dele tornava-o indócil, de forma que ele chamou o servo assim que ouviu sua voz vindo da cozinha.

– Selmo, você não está vendo que preciso de você?

Sem titubear, o homem levantou-se e foi na direção do abade. Embora não fosse monge, vestia o hábito beneditino. Dessa forma, as pessoas teriam mais respeito por ele e dificilmente lhe faziam perguntas quando estava resolvendo alguma coisa para seu senhor.

– Estou indo para Maurach – esclareceu o abade ao deixar a casa. – Acompanhe-me até o porto, depois vá à igreja de São Pedro e fique rezando lá, até escurecer. Não quero que ninguém o veja na cidade antes disso. Quando anoitecer, dirija-se à Ziegelturm, mostre ao guarda o pergaminho que lhe darei e ordene que lhe entreguem a filha do tanoeiro. Mas não esqueça, em nome de Deus, de trazer o pergaminho de volta.

O servo sorriu, ciente.

– Pois não, senhor, já sei! Não será a primeira vez que cumprirei uma ordem sua. Devo ir atrás do senhor com a menina ou trazê-la para a casa do magistrado Ruppert?

– Claro que você deve levar a moça imediatamente para mim. E não ponha as mãos nela se não quiser sentir a minha ira.

– Mas claro que não, senhor! Jamais tocaria numa mulher designada ao senhor – respondeu Selmo, com uma ponta de inverdade. – Mas, quando o senhor se encher dela, vai passá-la para mim, não é mesmo?

– Certamente! Quando eu me cansar dela, pode ficar com a garota. Mas creio que você terá que ter um pouco de paciência.

O servo seguia seu senhor com um largo sorriso.

– Que pena que Waldkron não seja um convento, senão seria mais fácil esperar.

– Se Waldkron fosse um convento, você dificilmente trabalharia lá, a não ser na plantação, com estrume entre os dedos – zombou o abade, fechando a cara e permanecendo em silêncio até alcançarem o porto.

No cais, ele apontou para um bote que se encontrava amarrado a certa distância.

– O dono daquele bote não tem nada contra fazer a travessia do lago à noite e também não faz perguntas inconvenientes. Ele ficará esperando por você assim que escurecer.

– Por que o senhor não leva logo a menina? Se eu me apressar, o senhor ainda consegue pegar o barco.

O abade deu-lhe uma cotovelada no peito.

– Não se faça de mais burro do que é. Todos terão o que falar se me virem, em plena luz do dia, aparecer com a moça no porto e embarcar com ela. À noite, todos os gatos são pardos e, se você ainda cobrir a cabeça com um capuz, ninguém o reconhecerá. Eu quase ia me esquecendo de algo. Aqui, uma garrafa com suco de papoula. Faça com que ela beba para não ter escândalo. E, por via das dúvidas, leve outra manta de monge para escondê-la.

O servo pegou a garrafa e o canudo com o documento, e dirigiu-se à igreja de São Pedro, em verdadeiro estado de contemplação. Hugo von Waldkron aproximou-se de um barco que, como sabia, em breve zarparia para Meersburg. Pouco depois, ele estava sentado com outros passageiros sobre uma enorme caixa de carga, sorrindo tão docemente como era apropriado a um servo de Cristo.

XIII

Durante suas andanças sem rumo, Wilmar dera de cara com Hugo von Waldkron e seu acompanhante, e não pudera deixar de perceber o sorriso de satisfação do gordo abade, que tanto contrastava com a fisionomia emburrada das semanas anteriores. Embora não tivesse conseguido entender a conversa que os dois homens tiveram em voz baixa, os gestos do abade apontando para a Ziegelturm não deixavam margem para dúvidas. A sua preocupação com Edviges crescera ao testemunhar a entrega do canudo com o pergaminho e de outro objeto. Wilmar passou a vigiar Selmo, que acompanhava a partida de seu senhor com uma fisionomia maldosa, enquanto passava, repetidamente, a mão sobre o canudo embaixo de seu manto.

A partida da embarcação onde se encontrava o abade sofreu um atraso, pois a tripulação teve que aguardar até que outro barco, com destino a Lindau, conseguisse velocidade suficiente para não obstruir sua passagem. Quando o olhar de Wilmar passou de relance pelo barco que ia a Lindau, viu Melcher fitando a cidade da popa. Por instantes, Wilmar se perguntou como o aprendiz teria conseguido dinheiro para a travessia, que não era nada barata, mas então percebeu que Selmo se afastava e seguiu-o, sem dispensar mais um segundo sequer a Melcher.

Quando o servo passou pela Ziegelturm e olhou para ela com mais atenção, Wilmar convenceu-se de que a canalhice da qual Edviges havia se tornado vítima teria continuidade no mesmo dia. Em uma cidade como Constança, pouco se mantinha em segredo, nem mesmo o fato de Hugo von

Waldkron ter alugado uma casa mais isolada na cidade de Maurach. E foi assim que Wilmar chegou à conclusão correta.

Desesperado, começou a se perguntar como poderia proteger Edviges das garras do abade de má fama. Se tivesse a força do lendário Hércules, teria derrubado os muros da torre naquele mesmo instante e tirado Edviges de lá, levando-a para longe. Mas ele não passava de um pobre ajudante sem força, nem poder ou influência, que, além disso, perdera seu mestre e, após o assassinato, poderia se dar por satisfeito se ainda conseguisse ser empregado por algum outro tanoeiro. Naquele momento, a sua própria desgraça começou a se apossar dele com a mesma intensidade que o infortúnio que acometera Edviges e, com os olhos cheios de lágrimas, ele tropeçava adiante.

Quando o Portão dos Escoceses surgiu à sua frente, ele acabou no meio de um grupo da infantaria do Palatinado. Um dos homens pegou-o e o empurrou para o lado como uma trouxa de trapos, dizendo-lhe coisas desagradáveis, mas sem bater nele, o que outros mercenários certamente teriam feito. Por instantes, Wilmar ficou lá, em pé, respirando com dificuldade. Aquele incidente trouxera-o novamente à realidade, distanciando-o da pergunta que o estava atormentando: se ele deveria acabar de imediato com a própria existência ou se deveria assassinar o abade antes. Ele ficou olhando para os soldados e não pôde deixar de pensar no elegante comandante que havia visitado seu mestre. Quem sabe o homem poderia ajudar Edviges? Mas, se Michel Adler salvasse Edviges, seu coração e sua gratidão pertenceriam ao oficial.

Wilmar travou uma curta batalha consigo mesmo para, finalmente, abaixar a cabeça, envergonhado, pois quase deixara seu ciúme ameaçar a segurança da moça que tanto amava. Se quisesse continuar vivendo de cabeça erguida, teria que fazer de tudo para ajudar Edviges, mesmo se tivesse que acabar testemunhando, com um sorriso fingido e o coração despedaçado, a felicidade dela com outro homem. Decidido, correu atrás dos soldados e segurou um deles.

– Por favor, senhor, poderia me dizer onde encontro seu comandante, o Michel?

– Ou na companhia das belas prostitutas em Ziegelgraben ou na taberna do Adler, na Katzgasse. – O homem levantou a mão para o elmo, como se quisesse coçar a cabeça, e refletiu: – Creio que ele foi em direção à taberna.

– Eu lhe agradeço, senhor. – Wilmar iniciou uma mesura e correu como pôde para a Katzgasse, sem se incomodar com os xingamentos de alguns cidadãos mais idosos, que reclamaram de sua falta de consideração.

Era hora do almoço e a taberna estava tão cheia que algumas pessoas tinham que tomar a sopa e comer o pão em pé, do lado de fora, enquanto mantinham as canecas de vinho no chão, entre os pés. Wilmar abriu caminho entre os clientes que se apinhavam no local, encontrando, para seu alívio, o comandante em um nicho, no canto mais afastado. O rosto de Michel não estava particularmente convidativo para se iniciar uma conversação, de forma que Wilmar balançava de um pé para o outro, enquanto pigarreava para chamar atenção. Como o oficial não parecia disposto a levantar os olhos da caneca vazia, Wilmar respirou fundo, mais uma vez, e cutucou-o no ombro.

Michel não havia percebido Wilmar até aquele instante, pois estava perdido em pensamentos com Marie. Ele a havia procurado, mais de uma vez, para conversarem. Mas ela não havia lhe dado ouvidos uma vez sequer; pelo contrário, ficara muda como um peixe e, na cama, apática como um galho serrado. Michel não sabia quem o irritava mais: se era aquela mulher teimosa ou ele próprio, por ser tão bobo de ir vê-la e jogar bom dinheiro pela janela por alguns minutos decepcionantes. Quando alguém o tocou no ombro, levantou a cabeça, irritado, e, involuntariamente, segurou no punho da espada.

– O que você quer, garoto?

Aquilo soou como "some daqui e deixe-me em paz!", pensou Wilmar e recuou, assustado, mas logo endireitou os ombros. Naquele momento, era-lhe indiferente se o homem o matasse a pauladas ali mesmo ou se ouvisse o que ele tinha a dizer.

– Tenho que conversar com o senhor urgentemente, comandante! Em particular! – Ele soou tão drástico e desesperado que Michel assentiu, contra a vontade.

– Mombert mandou você me procurar?

– Não, mas trata-se do meu mestre e da filha dele.

Wilmar olhou em volta e procurou um lugar onde pudesse se abrir com Michel, sem que uma dúzia de curiosos escutasse a conversa. Mesmo que o ajudante não tivesse dito nada, Michel compreendeu-o, pegou a caneca com uma mão e puxou Wilmar com a outra atrás de si. Ao pé da escada, ele apontou para cima.

– Vamos subir para meu antigo quarto. Apesar de meu irmão ter alojado hóspedes lá, eles não estão no momento. Só espero por você que o que você tem a me dizer seja realmente importante.

Wilmar só assentiu com a cabeça e tropeçou nos próprios pés de zelo e aflição. Ao chegarem ao topo, ele informou Michel, resumidamente, e com pouca clareza, sobre o assassinato de Felipe von Steinzell, a prisão de mestre Mombert e o fato de, mais tarde, ainda terem aparecido outros guardas que levaram Frieda Flühi e Edviges.

Michel ainda não havia ouvido nada a respeito daquilo e fez muitas perguntas para entender o que havia acontecido. A princípio, Wilmar limitou-se a contar o que acontecera na casa de Mombert Flühi e, depois, olhou para Michel de forma suplicante.

O comandante praguejou.

– Mombert Flühi teria assassinado o fidalgo Steinzell? Não dá nem para imaginar isso.

– Mestre Mombert certamente não fez isso. Ele gostava de gritar, mas nunca fez mal a ninguém. Não consigo imaginar como ele conseguiria tirar a vida de alguém tão mais forte que ele. E, se tivesse sido realmente ele, com certeza teria levado o morto para o pátio – onde qualquer um poderia ter entrado após pular a cerca – e limpado os rastros de sangue na casa.

– Não necessariamente. Nem todos os assassinos conseguem ter tanto sangue-frio depois de cometerem um crime. Ainda assim, acredito em você. Mombert também não seria tão bobo a ponto de mandar chamar o comissário, enquanto sua própria faca ainda estivesse enfiada no peito do morto. Ele só teria atacado Steinzell se o fidalgo tivesse tentado violentar a Edviges, mas isso não teria acontecido sem muito barulho e gritaria.

– Não ouvi nada, embora durma em um quarto ao lado da oficina, de onde se pode ouvir qualquer palavra dita mais alto no corredor. Mas o assassinato deve ter acontecido ali mesmo, pois a porta da frente estava trancada por dentro, bem como a porta da oficina que dá para o pátio.

– Não tenho explicação para isso. – Michel apertou os olhos e refletiu.

A explicação mais fácil era que mestre Mombert havia assassinado seu hóspede, mas, como Wilmar, também ele não acreditava nisso.

O ajudante tentava se lembrar de cada detalhe daquela manhã.

– Creio que Felipe von Steinzell foi assassinado em outro lugar e levado, furtivamente, para a casa de mestre Mombert.

– Então, alguém de dentro da casa deve ter aberto a porta para o assassino e depois colocado a tranca de volta. Mas isso é pouco provável.

Wilmar bufou e levantou a cabeça de supetão.

– Melcher pode ter feito isso! Ele olhou para o corpo com tamanha tranqüilidade, como se aquele não tivesse sido o primeiro morto que tivesse visto na vida, e chamou imediatamente a atenção do comissário para a faca de mestre Mombert, que ainda se encontrava cravada no peito do fidalgo. Talvez ele tenha deixado o assassino entrar por vingança, pois o mestre o tem castigado com a vara com freqüência, ultimamente, por ficar perambulando pela cidade, esquivando-se do trabalho. Também acho suspeito que, nas últimas semanas, ele tenha se gabado de um dinheiro que, segundo ele, recebia de amigos. Talvez ele tenha sido pago para espionar o mestre ou o fidalgo. Ainda há pouco, vi Melcher a bordo de um barco que zarpava para Bregenz... Não, para Lindau, e ainda me perguntei onde ele teria arranjado o dinheiro para a travessia.

– Nenhum juiz vai achar que isso prove sua culpa. Ele pode ter ganhado o dinheiro de uma forma ou de outra na cidade. Se um aprendiz quer se vingar, ele coloca um rato morto dentro da massa de pão da mulher do mestre. Ele não assassina um homem adulto ou permite a entrada de um assassino de aluguel dentro de casa, a não ser que...

Michel calou-se e fitou a rua através da pequena janela.

– A não ser que o crime tenha sido cometido por alguém que queria se livrar do Steinzell e usou Melcher como cúmplice. Mas quem poderia ter interesse na morte de um fidalgo praticamente desconhecido?

Wilmar mexia-se, nervosamente, sobre o banquinho. O comandante havia mordido a isca e ele podia dizer de quem suspeitava.

– O abade de Waldkron. Ele perseguia Edviges como o diabo a uma pobre alma e vira, no fidalgo Felipe, um rival. Agora, ele conseguiu livrar-se dele de tal forma que mestre Mombert acabou sendo acusado do crime e, com isso, também tirou o pai do caminho, que protegia Edviges dele. Depois, mandou trancar a moça na Ziegelturm, onde sua prima, Marie, já passara por tantos maus tratos. Temo que semelhante destino tenha sido traçado para Edviges, porque fiquei observando...

Michel já queria dizer que tudo aquilo não passava de conjecturas, mas, quando ouviu o nome de Marie, ele o interrompeu exaltado.

– O que aconteceu com Marie na Ziegelturm?

Wilmar olhou para ele surpreso.

– O mestre Mombert não lhe contou a história? Ele foi testemunha no processo contra a sobrinha dele e viu quando Marie acusou três homens de a haverem violentado na noite em que fora presa, tirando-lhe a virgindade. O juiz, entretanto, não acreditou nela e condenou-a a chicotadas adicionais por calúnia.

Michel sentiu-se como se tivesse levado uma surra.

– Marie foi violentada? Eu nunca soube disso? Naquela época, fui atrás dela, mas só soube das chibatadas. Espere! Deixe-me pensar!

"Não é de admirar", pensou ele envergonhado, "que Marie não sinta prazer em dormir comigo depois de uma experiência dessas. E eu, idiota, ainda pensei que estivesse lhe fazendo um favor..."

– Que homens foram esses? – perguntou Michel, com uma voz que fez o ajudante estremecer.

– Hunold, o guarda da cidade, o carroceiro Utz e Linhard Merk, o escrivão do pai dela na época e que, agora, vive no Monastério dos Frades Descalços como irmão Josephus – enumerou Wilmar.

– Hunold é um porco, que se diverte torturando mulheres. E Utz é um rato, que fica espionando todo mundo e vende seus segredos a preço de Judas. Do escrivão de Matthis Schärer, não sei de nada, mas, certamente, era tão execrável quanto os outros dois. Meu Deus, como Marie deve ter sofrido!

Michel levantou de um pulo, andou de um lado para o outro no quarto enquanto gesticulava furiosamente, como se quisesse acertar as contas com os calhordas naquele instante.

Wilmar puxou-o pela manga.

– Mas não se trata de Marie, comandante, e sim de Edviges. Se não fizermos nada, ela também será vítima de patifes como eles. A julgar pelo que consegui ouvir Waldkron dizer, só posso esperar o pior. Ele foi na direção de Meersburg, ainda há pouco, e, de lá, deve cavalgar para Maurach, onde alugou uma casa. Antes de embarcar, ele deu um canudo de pergaminho ao servo. Tenho certeza que Selmo recebeu ordens para tirar Edviges da torre e levá-la para ele. Se não conseguirmos libertá-la antes disso, o abade acabará violentando Edviges e, se o que eu ouvi falar dele for verdade, vai maltratá-la e torturá-la.

Michel deu uma gargalhada amarga.

– E como você pensa fazer isso? Não tenho o poder de requerer a libertação de Edviges.

Wilmar cobriu o rosto com as mãos.

– Então Edviges partilhará do destino de sua prima. Isso se ela sobreviver aos maus tratos de Waldkron. Ela é tão delicada e frágil...

Michel pegou-o pelos ombros e levantou-o.

– Agora, trate de não entregar os pontos tão facilmente e pare de se lamuriar! Antes de um sujeito como o abade Hugo conseguir pôr as mãos numa mocinha como Edviges, eu já meti a lâmina da minha espada nessa tramóia. Tem a minha palavra!

Por um momento, Michel pensou em ir para Marie e contar-lhe o que acontecera. Talvez, ela se tornasse mais afável se soubesse que ele estava protegendo seus familiares. Mas era ainda mais provável que ela o considerasse um fanfarrão e que lhe batesse a porta na cara. Não! Ele teria que libertar Edviges primeiro. Fazendo isso, teria mais possibilidade de conquistar a gratidão de Marie e, finalmente, aproximar-se dela. Ele ordenou que Wilmar repetisse, mais uma vez, em detalhes, tudo o que observara na casa de mestre Mombert e, mais tarde, no cais.

XIV

O crepúsculo se estendia como um véu escuro sobre a cidade quando Michel e Wilmar partiram de São João na direção da Ziegelturm. Os portões da cidade já haviam sido trancados há muito e, em épocas normais, teria sido impossível tirar uma menina de Constança, como se fosse um objeto contrabandeado. Mas, devido ao concílio, os guardas da torre deixavam as pessoas saírem a qualquer momento.

Michel ainda tendia a acreditar que Wilmar havia acusado o abade por ciúme, mas não excluía a possibilidade de o ajudante ter acertado na mosca. De qualquer forma, era improvável que o abade tivesse mandado seqüestrar a moça em plena luz do dia, sob os olhares de dezenas de testemunhas. Assim sendo, Michel segurou Wilmar na taberna, até o pôr do sol, e só saiu de lá com ele quando as ruas começaram a esvaziar. Ao verem um homem envolto em um manto com capuz apressar-se na direção da Ziegelturm, as dúvidas de Michel caíram por terra, ainda mais quando Wilmar lhe sussurrou ter reconhecido Selmo.

O homem carregava uma lanterna, que iluminava o pavimento à sua frente, e levava outra manta sobre o braço. Com passo firme, dirigiu-se ao portão da Ziegelturm e bateu nele. Demorou alguns instantes até uma pequena vigia abrir-se.

– Quem é? – perguntou alguém, mal-humorado.

– Em nome do Conselho da Cidade de Constança, abra a porta! – Selmo segurou o pergaminho que o abade Hugo lhe dera diante da portinhola de forma que o guarda conseguisse reconhecer o selo. Satisfeito, ouviu a tranca se mover, e entrou assim que uma brecha foi aberta.

– Fui incumbido de buscar a prisioneira, Edviges Flühi – esclareceu ele, com voz autoritária.

O vigia coçou a careca, sem saber o que fazer.

– A essa hora da noite?

Para intimidar o homem, Selmo colocou ainda mais empáfia na voz.

– Assim me foi dito!

– Então, está bem! Vou buscá-la.

O vigia saiu de lá e, em seguida, voltou com Edviges. O rosto da menina estava inchado e úmido de tanto chorar, mas percebia-se esperança nele.

– Vão me deixar ir? – perguntou ela a Selmo.

Selmo sorria bondosamente, imitando seu mestre o melhor que pôde.

– Isso será decidido lá aonde vou levá-la.

A moça entendeu como uma confirmação e perguntou, rapidamente, como se tivesse vergonha de ter pensado primeiro em si mesma, o que aconteceria com seus pais.

– Isso depende unicamente de você. Se você tiver juízo e fizer exatamente o que lhe mandarem, libertarão sua mãe em breve e serão clementes com seu pai. Você poderá colaborar para convencer o juiz da inocência dele.

Edviges juntou as mãos e prometeu comportar-se e fazer tudo que estivesse em seu poder para ajudar os pais. Selmo esforçou-se para não esboçar um sorriso maroto e para manter a fisionomia indulgente. Seu senhor ficaria satisfeito, pois, com sua ajuda, receberia uma amante dócil. Como mulheres costumam ser imprevisíveis e Selmo não quisesse se arriscar, tirou a garrafa com suco de papoula do bolso da manta, esvaziou seu conteúdo na caneca do vigia, que se encontrava sobre a mesa da guarita, e ofereceu-a para Edviges.

– Beba! Vai lhe fazer bem!

Edviges olhou enojada para o recipiente sujo.

– O que é isso?

– Um remédio. Ele impede que você adoeça em conseqüência da imundície do calabouço da torre. Se você beber direitinho, prometo que seu pai e sua mãe também receberão um pouco dele.

Edviges assentiu solícita e bebeu até a última gota, embora o líquido amargo a fizesse tremer. Selmo guardou a garrafa vazia de novo e colocou a outra manta com capuz sobre os ombros da moça.

– Deixe-nos sair! – ordenou ao vigia.

Este pegou a chave de cara amarrada, foi até a porta arrastando os pés e destrancou-a de má vontade.

Quando Selmo empurrou Edviges para a rua e ouviu a porta fechando-se atrás de si, não conseguiu segurar uma gargalhada contida. O guarda só compreenderia na manhã seguinte, quando fosse rendido, que havia libertado a prisioneira sem ter nenhuma ordem por escrito para justificar seu ato.

Selmo colocou o braço em volta do ombro de Edviges e puxou-a para si, como se quisesse evitar que ela caísse por causa dos buracos na rua. Ele percebeu como ela tremia sob a grossa manta e teve que conter seu desejo. A princípio, só poderia ficar imaginando, em sua fantasia, o que faria com a garota quando seu senhor tivesse se enchido dela. Um barulho fez com que olhasse em volta, mas, antes de conseguir se virar, algo acertou-o na cabeça e apagou-lhe a consciência.

Ao contrário de Selmo, Edviges havia percebido um braço com uma espada surgir da escuridão e o punho acertar seu acompanhante. Ao mesmo tempo, alguém pegou-a por trás e sufocou seu grito.

– Por favor, fique quieta, Edviges! Somos nós, o comandante Michel e eu. Viemos soltá-la.

– Soltar-me? Mas para quê? Iam me soltar de qualquer jeito! – Edviges quis se virar para Wilmar, mas o chão à sua volta começou a se levantar e ela caiu em um buraco fundo e escuro.

Wilmar conseguiu segurar a moça antes que caísse, suspendeu-a e procurou pelo comandante, mas a escuridão parecia tê-lo engolido.

Michel havia arrastado Selmo para um canto escuro da Ziegelturm e começou a revistá-lo. Ao encontrar o canudo com o pergaminho que Wilmar afirmara ter visto, acendeu novamente a lanterna de Selmo, deu uma olhadela no documento e empurrou-o sob o colete, bufando.

O ajudante aproximou-se dele e apontou com o queixo para Edviges, que estava em seus braços como um saco vazio.

– Ela desmaiou de repente, e não se mexe mais. Tenho medo de que seu coração tenha parado de bater.

Michel colocou a mão na garganta de Edviges e sentiu a batida fraca da carótida.

– Não se preocupe! Ela está viva! Acho que o sujeito a sedou. Ainda lhe fizemos um favor ao tirar-lhe a garota, senão ele teria que cruzar a cidade carregando-a nos braços.

Sua voz demonstrava como estava satisfeito com a rápida vitória.

– Vamos, dê-me a garota e pegue a lanterna. Temos que levá-la a um lugar seguro antes que o sujeito ali atrás acorde.

Wilmar não estava muito feliz em abrir mão de Edviges, mas era obrigado a admitir que Michel a carregaria com menos dificuldade. Somente agora ele percebeu que não havia feito nenhum plano para além da soltura de Edviges e prendeu a respiração.

– Temos que escondê-la em algum lugar onde nem o abade nem os guardas a encontrem.

– Já sei de um lugar onde ninguém pensará em procurá-la. Vamos levá-la para uma prostituta conhecida minha. Ela vai receber Edviges e cuidar dela.

– Para uma prostituta? – perguntou Wilmar, horrorizado.

Ele queria explicar a Michel que um bordel não era um esconderijo adequado para uma virgem inocente como Edviges, mas caiu em si que aquela não era a hora ideal para entrar em discussão. Cerrou os dentes e se apressou para manter o passo com as compridas pernas do comandante e iluminar-lhe o caminho. Pouco tempo depois, dobraram a esquina da rua que ladeava Ziegelgraben e, ao sinal de Michel, pararam na frente de uma das pequenas casas.

– Pronto, é aqui. Agora, você segue até o convento Zolfing, ou mais além, e joga a lanterna lá, em uma vala. Depois, volte para cá. Mas tome cuidado para bater na porta certa, senão ainda acabará tendo que se explicar a desconhecidos, o que não seria nada bom para a sua garota.

Wilmar ainda ouviu Michel aproximar-se da porta e usar a aldraba. Depois, afastou-se a passos largos para não deixar ao comandante tempo demais sozinho com Edviges.

XV

Quando Michel e Wilmar se aproximaram da casa, Marie, Hiltrud e Kórdula estavam sentadas na cozinha. Elas tinham acabado de se despedir dos últimos clientes e desfrutavam daqueles momentos ociosos, comendo pão branco mergulhado em vinho morno e temperado. Antes, tal guloseima estava muito além de suas posses. Enquanto as duas amigas conversavam sobre particularidades de alguns de seus clientes regulares, Marie permanecia, como de costume, em um canto, pensativa. De repente, ouviram bater na porta.

– Quem poderá ser? – Kórdula levantou-se e quis dar uma olhada, quando os dedos de Marie seguraram-na pelo pulso.

– Já fechamos! Quem vem a esta hora para boa coisa não deve ser.

Marie não podia explicar a ela que vivia morrendo de medo de ser reconhecida e temia que um assassino enviado por Ruppert estivesse batendo à porta.

A batida ficou mais forte. Hiltrud levantou a cabeça.

– É melhor ir ver. Quem sabe não é Madeleine ou outra amiga em apuros?

Sem esperar a reação de Marie, ela se levantou, apanhou o facão de açougueiro que também servia muito bem como arma e dirigiu-se para o corredor.

– Quem é? – perguntou alto o bastante para que a ouvissem do lado de fora.

– Sou eu, Michel.

Hiltrud enfiou a cabeça na cozinha.

– É seu comandante, Marie.

Marie fez uma careta e desdenhou com um gesto.

– Pelo visto, ele não se contentou com hoje de manhã! Quanta energia!

Kórdula olhou para ela com um olhar reprovador.

– Não sei o que você tem contra o rapaz! Eu ficaria feliz da vida com um cavalheiro generoso e educado como ele.

– Por mim, pode ficar com ele!

Hiltrud deixou as duas mulheres discutindo e abriu o ferrolho, decidida. À luz da cozinha, ela percebeu o peso que Michel carregava e guardou logo o facão.

– Quem é que você está trazendo para a nossa casa?

– Feche a porta e os contraventos das janelas. Ninguém deve nos ver – ordenou-lhe Michel.

Hiltrud não entendeu nada, mas fechou, rapidamente, a porta atrás dele e apontou para a cozinha.

– Marie está lá dentro.

Marie tinha escutado sua voz e levantou-se para recebê-lo com um sem-número de imprecações, quando viu a moça e engoliu em seco.

– Mas essa é Edviges! O que você está fazendo com ela? – Soou como se ela desconfiasse que Michel a tivesse seqüestrado.

Michel não estava disposto a responder com gentilezas.

– Me diga uma coisa, você vive no mundo da lua? Seu tio Mombert foi preso sob a suspeita de haver assassinado o fidalgo Felipe von Steinzell. E também prenderam a sua tia Frieda e Edviges, que deveria ser levada, esta noite, para um homem que a persegue há tempos e a tornaria sua amante. Mas Wilmar e eu conseguimos estragar os planos dele.

– Prenderam meu tio? – Marie mordeu os dedos e respirou profundamente. Depois, ódio estampou-se em seu rosto, junto com um sorriso furioso. – Isso é coisa do Ruppert! Mas essa será sua última patifaria.

Michel olhou para ela, sem entender.

– O magistrado Ruppertus Splendidus? O homem que queria casar com você? O que ele tem a ver com Edviges? Wilmar tem certeza de que o abade Hugo von Waldkron está metido nisso.

– Quem é Wilmar?

– O ajudante do seu tio. Foi ele quem me contou da prisão de Mombert e do plano infame contra Edviges. Ele vem já. Mas, agora, eu gostaria de poder colocar a sua prima em algum lugar. Com o tempo, ela está começando a ficar pesadinha.

– Venha! Vamos levá-la para o meu quarto, lá em cima. Hiltrud, você ajuda a gente? – Marie subiu alguns degraus, enquanto sua amiga pegava a moça desmaiada dos braços de Michel e empurrava-a para os de Marie. Juntas, elas a carregaram escada acima e deitaram-na na cama de Marie. Michel as seguiu com uma lanterna que Hiltrud lhe dera, mas teve que ficar no vão da porta, pois o quarto, lá em cima, não tinha espaço suficiente.

A filha de Mombert estava pálida como um boneco de cera e somente o fraco, embora constante, movimento do peito demonstrava que ainda estava viva.

Michel olhou para ela, preocupado.

– Acho que o sujeito de quem tiramos Edviges deu-lhe algo para beber para poder seqüestrá-la sem chamar a atenção. Ela desmaiou no meio da rua.

Hiltrud curvou-se sobre a menina e cheirou sua boca.

– Ela bebeu suco de papoula. E não foi pouco. Não deve acordar antes de amanhã à tarde, podem acreditar em mim.

– Espero que ela sobreviva. – Marie fitava a prima, preocupada.

Suco de papoula costumava ser usado como sonífero, mas quem se excedia não acordava mais. Dizia-se, com a mão a esconder as palavras, que grande parte das mulheres infelizes que eram encontradas mortas no leito havia conquistado o sono eterno por esse meio.

Hiltrud verificou o pulso de Edviges e balançou a cabeça.

– Não creio que ela esteja em perigo. A moça tem saúde e é forte.

Antes de Marie poder responder, ouviu-se mais uma batida na porta.

– Deve ser Wilmar – informou Michel.

– Vou lá abrir. – Hiltrud se esgueirou por ele e desceu as escadas.

Michel segurou Marie pelo braço.

– Você pode confiar nas outras duas? Ninguém pode saber quem salvou Edviges e onde ela está escondida.

Marie libertou-se da mão de Michel, como se ele a tivesse queimado, embora o fitasse com amabilidade.

– Hiltrud salvou minha vida e tornou-se uma amiga fiel. E Kórdula também não deve nos trair, principalmente em se tratando de homens que assediam moças burguesas inocentes e, assim, tiram de nós, prostitutas, o pão nosso de cada dia.

– Então está bem!

Michel olhou para fora do quarto e viu Wilmar no corredor, ao lado de Hiltrud, que o observava à luz da chama numa lasca de madeira. O ajudante ficou olhando para Hiltrud, que era um palmo maior do que ele, com uma cara tão apavorada como se temesse que ela o quisesse comer vivo.

Michel chamou ambos para cima.

– Tragam a terceira mulher junto. Temos que decidir o que fazer daqui por diante, mas não podemos nos arriscar que um passante grude a orelha na janela e ouça a nossa conversa.

Wilmar subiu as escadas, como se estivesse fugindo de um touro ensandecido. Hiltrud e Kórdula seguiram-no, rindo. Elas se divertiam às custas do garoto, que se sentou no canto mais afastado, levantou as pernas junto ao tronco e envolveu-as com os braços, para não tocar nas mulheres ao seu lado. Mas também os demais tinham que andar de quatro e manter a cabeça curvada até conseguirem se acomodar. Marie empurrou Edviges, sem mais nem menos, contra a parede, sentou-se na cama e olhou para os demais de cima. Michel aproveitou a oportunidade para encostar-se em suas pernas.

Quando todos estavam olhando para ele, cheios de expectativa, Michel contou, novamente, o que acontecera e o motivo pelo qual trouxera Edviges para Marie.

– O que Wilmar e eu fizemos – finalizou ele – não será do agrado das autoridades de Constança. Por isso, em hipótese alguma contem isso para alguém e mantenham a menina escondida de estranhos.

Kórdula estalou com a língua e balançou energicamente a cabeça.

– E como é que vamos fazer isso? Se Marie esconder a menina aqui, ela não vai mais poder trabalhar.

Marie levantou as mãos, tranqüilizando-a.

– Posso sim. Eu dou um jeito. Quando Edviges acordar, ela terá que se esconder no sótão enquanto eu receber meus clientes.

Ela apontou para as tábuas que formavam o teto do quarto. Tirando duas delas e subindo no seu baú, a prima alcançaria um esconderijo embaixo da cumeeira. Lá em cima, não havia muito mais espaço do que em um caixão e a construção também não era lá muito sólida, mas devia ser o suficiente para uma moça esguia como Edviges.

Wilmar protestou veementemente.

– Não! Não! Isso não dá! Lá em cima, Edviges vai ficar ouvindo tudo o que acontece aqui e acabará perdendo a inocência de sua alma. Ela não passa de uma virgem devota.

O olhar de Marie fez com que Wilmar gelasse.

– Você prefere que ela perca a inocência sendo violentada, nas condições mais repugnantes?

Michel colocou a mão sobre o joelho de Marie e sorriu tentando amenizar a situação.

– Você deve procurar entender as razões de Wilmar. Ele ama Edviges e está tentando protegê-la. Eu também não gosto da idéia de você continuar recebendo clientes.

– Marie tem que continuar, senão as pessoas vão começar a falar – respondeu Hiltrud apressadamente, ao perceber, pela cara de Marie, que ela ia acabar ofendendo o admirador fiel. – Elas começariam a se questionar por que ela não está mais levando ninguém para o quarto.

Marie respirou fundo, visivelmente engolindo sua resposta injuriosa.

– Hiltrud tem razão. Temos que continuar agindo como se nada tivesse acontecido.

Antes de Michel poder retorquir, ela começou a questionar Wilmar. Ela queria saber de tudo o que acontecera antes e depois do assassinato. O ajudante começou a se sentir mais à vontade enquanto relatava, detalhadamente, os acontecimentos das últimas semanas. Quando ele descreveu o momento em que encontraram o corpo, Marie cerrou os lábios. Ela achava que Felipe von Steinzell merecera aquele fim desonroso, mas teria preferido que o diabo tivesse buscado o fidalgo em outro lugar.

Quando Wilmar chegou ao fim, Marie balançou a cabeça.

– Por que você está tão convencido de que o abade do monastério Waldkron está por trás dessas intrigas?

– Porque, dessa forma, ele podia conseguir Edviges para si.

– Mas, então, ele poderia ter mandado alguém ficar à sua espreita quando ela estivesse a caminho da missa matinal – discordou Marie. – Ele já teria o seqüestro na consciência. Para que ainda acrescentar um assassinato? Ou você ainda tem algum outro motivo para achar que o abade e o fidalgo eram inimigos mortais?

Wilmar negou, atordoado.

Marie apoiou a cabeça nas mãos e permitiu que Michel brincasse com suas tranças, perdido em pensamentos, enquanto olhava para ela, esperançoso. Mas, depois de Michel haver defendido Wilmar com tamanha veemência, ela não estava disposta a verbalizar seus pensamentos. Durante a sua estadia no Castelo Arnstein, Marie ficou ciente do que se passava nas propriedades do fidalgo assassinado. Estava claro que Konrad von Keilburg não havia desistido da intenção de apossar-se daquelas terras e dos castelos que lá se encontravam.

A morte do fidalgo aproximava Keilburg mais um passo dos bens de Steinzell. E a prisão de Mombert não só trazia vantagens ao abade Hugo, que desejava ficar com Edviges, mas também a Ruppert, que, assim, conseguiria se livrar de um adversário teimoso perante a lei, seja por vingança ou porque Mombert sabia de algo que poderia tornar-se perigoso para Ruppert em tempos inoportunos. Marie sabia que Konrad von Keilburg e Waldkron eram hóspedes de seu ex-noivo. Para Ruppert não havia nada mais simples do que contratar um assassino e Marie estava convicta de que sabia quem era. Talvez, pensou ela, Utz tenha cometido um crime além da conta.

Ela deu um sorriso tentando animar Wilmar, que havia voltado a retrair-se.

– Você tem certeza de que esse Melcher deixou U... Eh, o assassino entrar em casa?

– Tenho! Certeza absoluta! Só ele poderia ter lhe dado a faca do mestre. Senão, como é que um estranho poderia saber onde encontrá-la?

– Então, temos que achar esse Melcher, antes que ele seja mandado para o inferno como testemunha indesejável. – Ela colocou a mão no ombro de Michel e olhou para ele, suplicante.

O comandante devolveu-lhe um olhar infeliz.

– Eu tenho as minhas ordens e não posso me ausentar de Constança.

– Mas eu poderia procurá-lo – gritou Wilmar. – Se eu pegar o primeiro batelão de carga para Lindau, Melcher só terá um dia de vantagem. Isso ainda daria para recuperar. Só que... – ele fez uma breve interrupção enquanto olhava para os demais, desconcertado. – Só que eu não tenho dinheiro para isso.

– Isso é o de menos. – Michel desamarrou o moedeiro do cinto e jogou-o para Wilmar. – O que tem aí deve dar. É improvável que o garoto fuja até a Boêmia ou a Hungria.

– Eu também posso lhe dar algumas moedas – ofereceu Marie.

Michel acariciou seu joelho.

– Isso é muito doce da sua parte. Eu enviarei dois de meus homens de confiança para acompanharem Wilmar e ajudá-lo a pegar Melcher. Duvido que ele volte por livre e espontânea vontade.

Marie fitou Michel, sombria.

– Isso ainda é pouco para mim. Temos que conseguir aliados poderosos contra nossos inimigos. Se, pelo menos, Arnstein estivesse em Constança.

Michel levantou a cabeça.

– Você quer dizer o cavaleiro Dietmar von Arnstein? Ele chegou anteontem.

Marie não escondeu a satisfação.

– E você sabe onde ele está alojado?

– Claro! Dietmar von Arnstein é o tema predileto das conversas entre meus homens. Eles se divertem com o fato de o cavaleiro ter trazido a esposa. Eles acham que há tantas prostitutas em Constança que um homem poderia ter uma mulher diferente por noite, durante três anos, e ainda não ter se deitado com todas.

Marie balançou a cabeça, em reprovação, fazendo as tranças voarem e baterem nas orelhas de Michel.

– Mas que conversa maldosa! Dietmar von Arnstein sabe o valor da sua esposa, e eu estou feliz em saber que a senhora Mechthild veio junto. Isso facilita as coisas!

A senhora do castelo de Arnstein não se deixaria enganar por Ruppertus com tanta facilidade quanto seu marido, pensou Marie satisfeita, e planejou visitar a dama já na manhã seguinte.

XVI

Se fosse por Marie, ela teria ido à casa na qual o conde de Württenberg hospedara, além de outros vassalos e aliados, também os Arnstein, logo após o nascer do sol. Mas Hiltrud segurou-a, pois ela devia estar presente quando Edviges acordasse. Caso contrário, existia o perigo de a menina não entender a situação e começar a gritar feito louca, atraindo a atenção de toda a rua.

Marie deixou-se convencer e, naquele momento, estava sentada na cama, de pernas cruzadas, ao lado de Edviges, costurando um vestido novo. De tempos em tempos, verificava as condições da prima. Como Marie teria de recusar todos os clientes por causa dela, Michel retornara cedo de manhã e anunciara, na porta da frente, em alto e bom som, que ela prestaria seus serviços a ele o dia todo. Assim sendo, os clientes que perguntavam por Marie já eram informados, de saída, pelos vadios das esquinas, e, das duas uma, ou voltavam para casa sem ter saciado seu desejo ou tinham de se contentar com Hiltrud ou Kórdula.

Michel ficou sentadinho aos pés de Marie e se satisfazia em, apenas, lhe estender linha e tesoura quando ela precisava ou em buscar-lhe algo para beber quando tinha sede. Diferentemente das visitas anteriores, Marie estava disposta a responder às suas perguntas e a contar-lhe sobre os cinco anos que havia passado na estrada. Embora ela procurasse manter a conversa em um tom divertido, Michel conseguia perceber nitidamente os temores e sofrimentos causados pela humilhação a que fora submetida e ficou todo arrepiado. Por vezes, chegou a se envergonhar de ser homem. Quando Marie lhe contou sobre as atrocidades causadas pelos mercenários de Riedburg, ele agradeceu a Deus que o fidalgo Siegward tivesse sucumbido pouco depois. Caso contrário, ele teria tido a tentação de oferecer Riedburg de presente a Satanás.

Um gemido e um tremor nos lábios de Edviges interromperam a conversa. Marie e Michel curvaram-se sobre a moça e esperaram ansiosamente. Não demorou muito até Edviges abrir os olhos e, confusa, olhar para o entorno desconhecido.

Ela ergueu-se parcialmente, mas, com outro gemido, deixou-se cair de novo.

– Oh, Deus! Estou com dor de cabeça e passando mal.

Nesse momento, ela reconheceu Michel, que a fitava, tentando animá-la, e arregalou os olhos. Quando quis dizer alguma coisa, seu olhar pousou no rosto Marie.

– Marie? Estou no céu? Quando foi que eu morri?

Marie sorriu e tocou a bochecha da prima.

– Você não está morta. Nem eu.

Edviges tentou sentar-se na cama novamente. Michel ajudou-a, apoiando-a e colocando um travesseiro atrás das suas costas. Ela sorriu-lhe, agradecida, e levou as mãos à cabeça, como se tivesse que segurar seus pensamentos com elas.

– O que foi que aconteceu? Como é que eu cheguei até aqui? Ah, é mesmo! Aquele homem, que me prometeu há pouco que me soltariam?

Michel acariciou seus cabelos, consolando-a.

– Isso foi uma mentira dita por um sujeito inescrupuloso que tinha a incumbência de levá-la para o abade Hugo.

Edviges gemeu novamente.

– Deus do céu! Era o servo de Waldkron. Como é que eu pude ser tão burra?

Marie passou, carinhosamente, a mão em sua testa e ofereceu-lhe uma caneca de vinho diluído.

– Você estava nervosa demais, priminha. Mesmo que você tivesse percebido, não teria ajudado em nada, pois Selmo teria feito você beber o sonífero à força para conseguir levá-la até o mestre dele sem problemas.

Edviges fitava a prima, incrédula.

– Mas como... Como é que ele conseguiu me buscar sem mais nem menos, como se eu fosse um pedaço de pano comprado por seu senhor.

– No fundo, você não passava disso mesmo. – Marie estendeu-lhe o pergaminho que Michel havia tirado de Selmo.

– Como vê, Alban Pfefferhart, Conselheiro da Cidade de Constança e Juiz Adjunto do Tribunal da Cidade, assinou o seu alvará de soltura.

– Pfefferhart? Não acredito! O senhor Alban é um homem honrado. – Edviges balançou a cabeça, surpresa, mas a assinatura no documento era clara.

Marie deu uma gargalhada maldosa.

– Nem todas as pessoas são o que parecem. É possível que Hugo von Waldkron tivesse conhecimento de coisas que Alban Pfefferhart quisesse manter em segredo. Mas não se preocupe. Não deixarei que esses canalhas se aproveitem da sua situação como fizeram comigo.

O vinho devolveu a Edviges um pouco de cor e pareceu reanimá-la.

– Por que você não deu notícias durante todo esse tempo? Todos nós pensamos que tivesse morrido.

– Acho que é melhor eu não contar para você tudo o que eu fiz durante os últimos anos – respondeu Marie amargurada.

As fitas amarelas voaram pelo ar com o gesto que ela fez ao dizer isso. Naquele instante, Edviges compreendeu o que sua prima quis dizer com aquilo e abaixou a cabeça, envergonhada.

– Lamento tanto!

– Bobinha, você não pode fazer nada... Muito pelo contrário, eu acho que você se tornou vítima do mesmo canalha. Mas, desta vez, vou acabar com a raça daquele sujeito e de todos os seus cúmplices.

Edviges estremeceu sob o tom das palavras cruéis da prima, lembrando-se, ao mesmo tempo, do artifício que o homem usara para conquistar sua confiança na noite anterior.

– E meus pais? O servo do abade disse que minha mãe seria posta em liberdade e que também tratariam meu pai com benevolência. Isso também era mentira?

– Temo que sim. Como suposto assassino de um nobre, seu pai será torturado e, provavelmente, condenado a uma morte atroz. Mas ainda não chegamos lá. Há provas de que outra pessoa matou o fidalgo. – Marie sorria de forma tão satânica que Edviges recuou um pouco, assustada.

– Wilmar acha que o aprendiz de vocês, Melcher, tem algo a ver com a situação. Se conseguirmos pôr a mão no sujeito, poderemos provar a inocência de seu pai. – Michel soou mais otimista do que realmente estava.

Marie bufou com desprezo.

– Enquanto não tivermos alguém que interceda por nós perante as autoridades, ninguém vai dar ouvidos ao que o garoto tem a dizer. Por isso, tenho que procurar aliados agora.

Ela se levantou e foi em direção à porta, para descer as escadas. Parou no meio do caminho e virou-se, mais uma vez, para a prima.

– Michel dirá o que você deve fazer daqui para a frente. Por favor, obedeça! Ninguém pode vê-la, pois, se os guardas souberem que está aqui, vão levá-la direto para o abade Hugo. Ouvi comentários sobre esse homem que você não vai querer saber.

Edviges olhou para ela sem entender nada. Mesmo assim, assentiu bem-comportada e prometeu obedecer tanto à prima quanto a Michel.

Com um suspiro de dúvida, Marie deixou a casa e atravessou a cidade com tanta pressa que alguns de seus clientes ficaram vendo-a passar, surpresos.

Quando Marie encontrou a casa onde os Arnstein estavam hospedados, parou, hesitante, e refletiu se estava agindo corretamente. Talvez ela devesse ter trazido o testamento de Otmar von Mühringen junto, mas as precauções que ela havia aprendido a tomar durante seus anos de prostituta errante haviam-na impedido de fazê-lo. Constança estava cheia de ladrões e cortadores de moedeiros atrás de qualquer objeto que tivesse uma aparência valiosa. Por isso, ela preferia que o comandante da guarda do cavaleiro Dietmar, Giso, fosse buscar o documento acompanhado de alguns soldados e levá-lo a Arnstein em segurança.

Ela criou coragem, aproximou-se da porta do prédio, em cujo frontão saliente havia, em alto-relevo, um imenso peixe artisticamente forjado em ferro, e bateu com a aldraba.

Uma serva abriu-lhe a porta e quis fechá-la, em seguida, quando se deparou com uma prostituta.

Marie colocou o pé na abertura.

– Estou procurando o cavaleiro Dietmar von Arnstein ou a senhora Mechthild.

A serva olhou-a arrogantemente.

– Eles não devem querer ver algo como você.

– Essa decisão não cabe a você tomar; portanto, deixe-me entrar.

Como a serva não fez menção de abrir caminho, Marie continuou tentando.

– Vou ficar aqui até você me anunciar aos senhores. Diga-lhes que Marie, que passou o inverno retrasado no castelo deles, quer lhes falar.

A calma e a seriedade nas palavras de Marie fizeram a serva hesitar.

– Então está bem, vou perguntar à governanta da senhora se posso deixá-la entrar. Mas, primeiro, tire o pé da porta.

– A governanta? Ainda é Guda?

Como a serva assentisse, Marie suspirou e recuou.

A serva fechou a porta, colocando o ferrolho pela metade, e saiu correndo. Não levou um minuto e a porta abriu-se novamente.

– Marie? Então, é verdade! É você mesmo!

– Guda! Como me alegro em ver você. – Se pudesse, Marie teria abraçado a governanta de Mechthild von Arnstein, mas limitou-se a fazer uma mesura.

– Entre! – ordenou Guda. – Deixe-me olhar para você. Você está com ótima aparência. Parece que as coisas não estão indo mal para você, desde que partiu de Arnstein.

Marie sorriu com aquela euforia toda. Guda parecia não ter idéia de como era a vida de uma prostituta errante. Mas estava feliz por estar sendo tão bem recebida e perguntou à governanta pela senhora.

O rosto de Guda iluminou-se de felicidade.

– A senhora Mechthild vai bem e o nosso raio de sol também. O garoto está crescendo maravilhosamente e não será filho único por muito mais tempo.

Marie levantou a cabeça, com interesse.

– A senhora Mechthild está grávida de novo?

– Está sim, mas ainda não dá para ver. Desta vez, ela não vai mandar chamá-la, pois o senhor Dietmar não quer mais saber de uma substituta para a mulher.

Aquilo soou como um aviso. Marie sorriu internamente. Ela supôs que estava se tornando perigoso para a senhora Mechthild acostumar o marido à presença de prostitutas bonitas. Agora que já tinha dado à luz o herdeiro tão esperado, sua posição em Arnstein tornara-se tão estável que ela conseguiria manter as servas longe do leito do marido.

Guda levou Marie para um quarto pequeno, mas ricamente decorado. O chão era de tacos de carvalho, e as paredes e o teto eram cobertos de painéis de pinho. A cama, a mesa e as cadeiras eram feitas de cerejeira e tinham um brilho avermelhado. Encostados na parede estavam o baú de viagem da senhora Mechthild e, ao lado, o berço, no qual o herdeiro de Arnstein dormia, sob o olhar vigilante de uma serva. Através de vidraças olho-de-boi amarelas, entrava uma luz suave no quarto, que iluminava o recinto tão bem a ponto de a senhora Mechthild, sentada ao lado da lareira, não ter a menor dificuldade de passar a linha pelo olho de uma agulha. O cavaleiro Dietmar estava sentado ao lado dela e dividia sua atenção entre o filho e a esposa. Quando Marie entrou, a senhora Mechthild levantou a cabeça.

– Bom dia, Marie! Mas que surpresa!

Embora sua voz soasse simpática, Marie percebeu certo contragosto. Também o cavaleiro Dietmar deixou transparecer que a visita de Marie lhe era desagradável. Pelo visto, não queria ser lembrado do tempo que passara com ela. Marie irritou-se com a fria recepção. Afinal, ela estava lá para ajudar o cavaleiro Dietmar e a esposa a recuperarem a herança perdida. Mesmo assim, não foi direto ao ponto, limitando-se a cumprimentá-los educadamente e a elogiar longamente o pequeno Grimald, a fim de atiçar o orgulho dos pais.

– Então, quer dizer que o vento a soprou mesmo para Constança? – perguntou a senhora Mechthild, finalmente.

Ela queria saber o que levara a jovem a se arriscar a voltar para a sua cidade natal após tudo o que havia acontecido lá. Diferentemente da época no castelo Arnstein, onde Marie pertencera à criadagem de quarto, a senhora Mechthild deixava transparecer, naquele instante, a diferença entre uma nobre senhora e uma desprezível prostituta.

Marie abriu os braços.

– Uma vez que todos os distintos senhores se reuniram aqui em Constança, eu não tinha como sobreviver em outro lugar. Portanto, não tive outra opção senão vir também. E, para dizer a verdade, tinha esperanças de encontrá-los aqui.

A senhora Mechthild levantou a sobrancelha esquerda.

– Você queria nos encontrar? Você deve ter ouvido dizer que estou grávida de novo e deve estar querendo oferecer seus préstimos. Mas, desta vez, não estamos mais interessados.

A dama fez uma cara de tamanho repúdio que parecia querer indicar a porta para a visita indesejada.

– Não, trata-se de outro assunto – respondeu Marie, apressadamente. – Eu tenho...

Ela se interrompeu, pois tinha quase revelado que o testamento do cavaleiro Otmar encontrava-se em seu poder. Esse trunfo, entretanto, ela ainda queria manter para si.

– Vocês já souberam do assassinato do fidalgo Felipe? – perguntou ela, em vez disso.

O cavaleiro Dietmar resmungou um "sim" e a senhora Mechthild assentiu, em silêncio.

– Suspeitam de meu tio – continuou Marie. – Mas não foi ele e pretendo provar isso. Para isso, preciso de amigos aos quais as autoridades e o juiz dêem ouvidos.

A senhora Mechthild olhou para Marie com desprezo.

– Então você veio para a casa errada. Primeiro, as provas contra o suspeito são tão graves que ninguém mais pode ter cometido o crime. Depois, não vamos atrair para nós a ira de Degenhard von Steinzell colaborando com o assassino do filho.

– Tio Mombert não matou o fidalgo Felipe. Foi mais uma das intrigas do magistrado Ruppertus Splendidus, que é tão inimigo de vocês quanto da família Steinzell. – Marie não soava menos imperiosa do que a nobre dama, mas não conseguiu convencê-la.

– Pelo visto, você ainda tem esperança de nos atiçar contra Keilburg e o irmão dele, para poder se vingar do magistrado. Mas eu não tenho a mínima intenção de fazer meus homens perderem uma gota de sangue sequer em prol de uma prostituta. Essa situação nos é favorável, uma vez que o cavaleiro Degenhard avaliará com cuidado quem são seus amigos, agora que o Habsburg foi despojado e exilado. E eu tenho certeza de que ele se aliará ao meu esposo.

– Deus dos céus, não estou pedindo nada de errado aos senhores! A única coisa que eu quero é justiça. – Marie tinha dificuldade de controlar sua crescente ira. – Além disso, não estou aqui de mãos abanando. Sei quem tem o testamento desaparecido de seu tio, Otmar von Mühringen, e posso consegui-lo para os senhores.

A senhora Mechthild deixou claro que não acreditava nela. O cavaleiro Dietmar, entretanto, levantou a cabeça, interessado, e fitou-a insistentemente.

– Será que é possível?

Como Marie não quisesse entregar o testamento de imediato, antes de receber a promessa de apoio para si e para o tio, ela ponderou freneticamente como deveria proceder daqui por diante. Ocorreu-lhe, então, uma idéia.

– Não sei se os senhores perceberam, mas irmão Jodokus demonstrou grande afeto por mim, no castelo Arnstein.

– Sei que ele lhe fez propostas indecentes. Mas você as declinou, para sorte sua. – A senhora Mechthild deu a entender, claramente, que não estava gostando do rumo da conversa.

Marie não podia ter escrúpulos quanto aos sentimentos da dama se quisesse alcançar seu objetivo.

– Soube, através de outras prostitutas, que Jodokus ainda está à minha procura. Pelo que sei, adotou outro nome e tornou-se um homem de posses. Mas não há como deixar de reconhecê-lo. Além disso, ele se gabou com uma de minhas amigas que tem documentos em seu poder que o enriquecerão ainda mais. Só pode tratar-se do testamento roubado, com o qual ele quer chantagear o magistrado Ruppertus. Se os senhores me ajudarem, irei ao encontro dele e pegarei o documento.

O cavaleiro Dietmar esfregou o queixo imberbe e olhou para a mulher, pensativo.

– Talvez devêssemos lhe dar ouvidos, minha querida. Com o testamento em mãos, Konrad von Keilburg teria que abrir mão de Mühringen e a herança de nosso filho praticamente dobraria.

A senhora Mechthild balançou a mão no ar como se quisesse espantar moscas.

– Ah! Isso não passa de alucinação de uma mulher derrotada. O testamento do cavaleiro Otmar foi destruído há tempos. E, mesmo que conseguíssemos encontrar Jodokus com a ajuda de Marie, a palavra de um monge fujão não valeria mais do que a de uma prostituta no tribunal.

Marie sentiu o chão se abrir sob seus pés. Se os Arnstein não a ajudassem, ninguém lhe daria ouvidos. Ao mesmo tempo, ela sentia uma ira crescer nela, como brasa incandescente.

– Isso não é nenhuma alucinação, senhora Mechthild. Eu posso e vou conseguir esse testamento para a senhora.

– Prometer é fácil, cumprir é que são elas! Você acha mesmo que eu me indisporia com o cavaleiro Degenhard baseada nas palavras de uma prostituta? É melhor você ir antes que eu me arrependa de tê-la recebido.

Aquilo soou tão definitivo que Marie não fez menção de continuar tentando convencê-la. Ela olhou para o cavaleiro Dietmar, inquiridora, mas ele só balançou a cabeça, decepcionado, e parecia se despedir, em pensamento, da bela propriedade de Mühringen. Pela primeira vez, Marie lamentou que a senhora de Arnstein vestisse as calças e que o cavaleiro Dietmar seguisse seus conselhos. Sem opção, ela se despediu em um tom de voz inapropriado para um casal distinto como os senhores de Arnstein e saiu furiosa do quarto. Guda, que queria levá-la ao quarto das servas para conversar um pouco, recuou diante do rosto enfurecido.

XVII

Marie havia contado com o auxílio dos Arnstein. Agora, ela se via diante de um monte de cacos. O processo contra seu tio começaria, nos próximos dias, com as sessões de tortura para forçar sua confissão e, depois, ele seria condenado a uma morte repulsiva. Marie havia evitado, até então, presenciar execuções, durante as quais a morte de um delinqüente tornava-se uma festa popular. Seu estômago já se virava pelo avesso só de ouvir o que as outras prostitutas lhe contavam. Agora, se sentia uma perdedora. Lágrimas de raiva e desespero inundaram-lhe os olhos e cegaram-na. Ela esbarrou contra uma passante e levou um empurrão tão forte que a fez bater contra o peito de um cavalo. O animal empinou-se, relinchando, e bateu com as patas dianteiras em sua direção. Marie ainda tentou se esquivar, mas levou um coice no ombro e caiu na imundície da rua, sob as gargalhadas de alguns curiosos. Por instantes, pareceu que o cavalo a pisotearia até a morte, mas então o cavaleiro conseguiu controlá-lo.

Marie levantou-se e olhou o rosto sorridente, emoldurado por uma barba loura bem cuidada, que a fitava de cima. O homem que, naquele momento, lhe oferecia a mão direita usava um colete ricamente bordado em ouro e prata, com o veado de Württemberg.

– O diabo que me carregue se você não for aquela linda prostituta do castelo de Arnstein!

O olhar do conde Eberhard deslizava sobre a silhueta de Marie e ele juntou os lábios como se quisesse puxá-la para si e beijá-la ali mesmo.

– Você vem comigo, não vem? – Aquilo era uma ordem.

Marie assentiu confusa, enquanto seus pensamentos davam cambalhotas. Eberhard von Württemberg não era amigo de Keilburg e seria um aliado bem mais poderoso do que os Arnstein. Ela jurou que conseguiria a ajuda do conde, mesmo que tivesse que servi-lo de todas as formas que a fantasia de um homem pudesse criar.

SEXTA PARTE

A Revolta das Prostitutas

I

A casa em Ziegelgraben estava tão cheia que não cabia mais nem um camundongo. Nos dois recintos do andar de baixo, as prostitutas apinhavam-se, lado a lado. E algumas mulheres haviam subido para o quarto de Marie, de onde punham a cabeça para fora, a fim de conseguir ouvir o que estava sendo dito lá embaixo. Mesmo assim, a casa não comportava nem metade das prostitutas presentes, de forma que Madeleine abrira porta e janelas para poderem ouvi-la também da rua. Ela própria entronara-se no fogão, coberto de junco, no quarto de Hiltrud. Para possibilitar a participação de todas na discussão, as prostitutas que se encontravam diante das janelas repetiam as palavras de Madeleine para o grupo que estava mais atrás.

Marie calculava que, aproximadamente, cem prostitutas estivessem ali reunidas. Comparado à quantidade de prostitutas que estavam trabalhando em Constança na época, não era muito, mas a maioria representava um grupo maior de amigas e estava ali para dar vazão à insatisfação sobre as condições que reinavam na cidade. Madeleine ouvia as reclamações de cada uma delas e fazia questão de se certificar se esta ou aquela queixa era confirmada pelas demais.

Quando mais nenhuma se manifestou, ela levantou a mão.

– Então, estamos de acordo que assim não dá mais!

Uma prostituta recém-chegada, que viera mais por curiosidade do que por reclamações justificadas, balançou a cabeça.

– O que você quer dizer com "de acordo"? Ainda não vi nada disso do que vocês estão falando. O que há de mau se um punhado de servas locais quer ganhar alguns centavos extras? O meu quarto não ficou vazio nem ontem nem anteontem. Essas lamúrias não passam de perda de tempo. Se eu tivesse ficado em casa, poderia ter atendido a meia dúzia de clientes.

Outras prostitutas reagiram com irritação e xingaram a novata. Madeleine pediu-lhes para ficarem quietas e olhou para a mulher, balançando a cabeça.

– Pelo visto, você não ouviu com atenção. Não se trata, aqui, de duas ou três servas. A maior parte das servas e muitas das esposas mais pobres oferecem-se a soldados rasos e monges descalços por alguns trocados. Além disso, muitas cidadãs burguesas e suas filhas não vêem nada de mais em abrir as pernas para cavaleiros e prelados por alguns xelins polidos. Tenho certeza de que as prostitutas baratas, nas pradarias para além dos portões, são as que mais sofrem com a concorrência desleal. Mas as assim chamadas "mulheres dignas" também tomam parte do nosso ganho e acabam abaixando os nossos preços. Que homem quer pagar o preço devido a uma prostituta se ele consegue o que quer por menos num beco escuro? Reflita: como prostituta, você tem que pagar um aluguel muito acima do normal, mesmo que você esteja ganhando pouco e, quando você trabalha para um cafetão, ainda apanha quando não ganha o bastante.

Kórdula adiantou-se e postou-se diante da novata.

– E o pior de tudo é que eu não vejo por que temos que andar com as fitas amarelas e, quando acabar o Concílio, sermos obrigadas a deixar a cidade, enquanto as senhoras burguesas continuam com a sua vidinha como se nada tivesse acontecido. E, mesmo se acontecesse o impossível e todas essas mulheres gananciosas acabassem partilhando a nossa sorte, haveria tantas prostitutas depois que a maioria de nós acabaria morrendo de fome.

Helma bateu palmas para chamar a atenção.

– Não se trata apenas da prostituição das senhoras e servas. Nesse meio-tempo, a maioria dos homens acha que toda e cada mulher e moça de Constança não passa de um bem acessível a todos, cuja recusa só serve para aguçar o desejo. Ontem, mais uma mocinha foi arrastada para os arbustos e violentada por alguns cafajestes. Quando os guardas chegaram, os patifes já tinham desaparecido.

– E o que foi que aconteceu há três dias? – gritou uma prostituta pela janela.

– Um fidalgo raptou a filha de um cidadão a caminho da missa. Depois, carregou-a para Überlingen, onde ela continua presa. E essa não é a primeira vez. Vocês também já devem ter ouvido falar da filha do mestre tanoeiro, que foi seqüestrada da Ziegelturm e continua desaparecida desde então.

Marie assentiu como as demais mulheres, embora lhe fosse difícil fingir irritação. Já havia algumas semanas que Edviges fora solta, mas aquele continuava sendo um dos temas mais recorrentes em tabernas e feiras. As pessoas se perguntavam o porquê de as autoridades se empenharam tão pouco no caso e não procurarem a menina e o seqüestrador com mais afinco. Segundo

Michel, Hugo von Waldkron, que ainda se hospedava na casa de Ruppert, também não havia tomado nenhuma atitude para saber do paradeiro de Edviges. Marie suspeitava que Alban Pfefferhart, do Conselho da Cidade, o refreara para evitar que sua participação nesse jogo sujo viesse à tona.

Pelo bem de Edviges, Marie esperava que a reunião terminasse logo, pois a menina estava escondida, há horas, no minúsculo esconderijo sob a cumeeira, onde não conseguia nem se virar. Além disso, devia estar tão quente lá em cima quanto no purgatório. Até ali embaixo, apesar das janelas abertas, o calor era tal que o suor escorria de todos os poros.

A voz de uma mulher com sotaque reto-romano ecoou com tamanha intensidade no ouvido de Marie que ela se encolheu.

– Sou a favor de enviarmos uma petição para o comissário do imperador, para colocá-lo a par da situação e pedir-lhe ajuda. Ele terá que se conscientizar de que as mulheres burguesas não devem competir conosco, prostitutas.

Madeleine recusou a sugestão.

– Já falei com o comissário quando ele visitou meu monsenhor. Ele mal ouviu o que eu tinha a dizer e, depois, ainda fez pouco caso de mim.

– Então, teremos que obrigar o homem a nos levar a sério – gritou uma mulher do quarto de Kórdula.

Hiltrud, que havia escutado tudo em silêncio até aquele momento, jogou a cabeça para trás e deu uma gargalhada amarga.

– Obrigar o comissário a algo? Isso só o imperador pode. E, para as de nossa classe, ele está mais distante do que a lua.

– Vamos ter que pensar em algo. – Madeleine colocou o dedo direito na bochecha e começou a pensar compenetradamente.

As prostitutas fitavam a francesa, cheias de esperança. Marie também se questionava o que a mulher estava tramando. Se ela queria chamar a atenção do comissário para os problemas das prostitutas, devia ser uma providência mirabolante.

Hiltrud cutucou Marie.

– O relógio da São Pedro acabou de bater a terceira hora da tarde. Você não tinha um encontro com Württemberg agora?

Marie olhou horrorizada para Hiltrud.

– Meu Deus! Eu tinha me esquecido por completo!

Ela se espremeu na direção do corredor, empurrou duas prostitutas que se encontravam na escada e subiu para o seu quarto. Marie havia prometido levar os últimos documentos da pasta de Jodokus. A maior parte ela conseguira levar para ele escondida sob a saia. Agora ela estava curiosa para saber como ele agiria contra Keilburg e seu pérfido meio-irmão.

Quando Marie subiu ao seu quarto, as prostitutas abriram-lhe caminho de forma que ela pudesse abrir o baú e retirar o embrulho para Württemberg. As mulheres esticaram os pescoços, curiosas, mas logo se viraram, decepcionadas, quando viram apenas roupas e alguns objetos de uso doméstico. Se esperavam ver as economias de Marie ali guardadas, a decepção foi grande. Marie levara seu dinheiro em outro lugar, pois o concílio também atraía muitos assaltantes e ladrões, que infernizavam a vida dos moradores da cidade.

Para não correr o risco de ser passada para trás por algum estranho ou, até, de ser acusada de latrocínio, como já ocorrera com outras prostitutas, Marie pedira a Michel para deixar suas economias nas mãos de um banqueiro em quem ele se fiasse. Ela não se sentia muito à vontade de ter feito isso, pois assim ficava à mercê de seu amigo de infância, mas ele era o único homem em quem ela depositava alguma confiança.

Quando Marie desceu as escadas, uma das mulheres perguntou-lhe, com inveja:

– Você vai sair, novamente, com seu elegante cavaleiro?

Como Marie não tinha vontade de lhe dizer aonde estava realmente indo, ela assentiu, apenas. Embaixo, só lhe deram passagem de má vontade, por ela querer sair da reunião mais cedo. Afinal, ela gozava do mesmo prestígio que Madeleine e era vista pela maioria como pessoa de confiança e conselheira.

Marie respondeu às perguntas e gritos com um sorriso de desculpas e saiu correndo. Na esquina seguinte, Michel juntou-se a ela com uma fisionomia irada. Mais uma vez, ela se irritou com a sua presença, sentindo-se vigiada e controlada por ele.

– Qual o motivo desse seu mau humor?

Michel olhou para ela, indignado.

– Como posso estar bem-humorado se não consigo deixar de me preocupar com você? Você anda tão despreocupada por aí como se a cidade fosse o lugar mais seguro do mundo. Mas nossos inimigos não dormem. Vi Selmo se esgueirando pelas redondezas. Ele parece continuar procurando quem fez o galo na cabeça dele e lhe tirou a moça. Insista com Edviges que ela não pode ser vista, principalmente pelas mulheres que ficam à toa na sua casa. A maioria delas deve estar disposta a delatar a sua prima ao abade Hugo – e você ao seu ex-noivo – por algumas moedas de prata.

Marie olhou para ele perplexa e sorriu, desculpando-se. Ela tinha sido tão descuidada a ponto de chamar a atenção das pessoas ou será que Michel estava vendo coisas? De qualquer forma, seu zelo fazia-lhe bem, mesmo que não quisesse reconhecer isso. Ela se propôs a ser um pouco mais gentil na cama, da próxima vez. Naquele dia, entretanto, não teria tempo para ele, pois o conde de Württemberg era um amante muito possessivo, que não a deixaria partir antes do anoitecer.

O conde a remunerava com tamanha generosidade que ela poderia passar o inverno seguinte com bastante conforto. Marie se sacudiu ao pensar nisso. Pelo visto, havia interiorizado de tal forma a vida de uma prostituta errante que só conseguia pensar de um abrigo de inverno a outro. E isso enquanto ela não precisava se preocupar com uma moradia até o fim do ano, pelo menos, pois o concílio continuaria durante os meses frios, permitindo-lhe ganhar o suficiente durante o resto do ano. Dessa vez, o inverno seria, financeiramente, mais rentável que as demais estações do ano, pois o frio certamente empurraria os distintos senhores para os leitos quentes das prostitutas – e para os das cidadãs de boa vontade.

A situação na cidade também irritava Marie, não tanto por temer uma receita menor, mas pela tranqüilidade com que as cidadãs de Constança haviam deixado de lado qualquer restrição moral e, ainda por cima, por receberem o aval dos maridos. Ela não era a única mulher que havia sido acusada injustamente de impudicícia, açoitada e desterrada. Mesmo prostitutas com culpa no cartório, que haviam sido acusadas de acordo com os ditames da lei, não costumavam se comportar de forma tão extremada quanto as honradas damas da cidade, que ainda insistiam em juntar a roda da saia quando cruzavam com uma meretriz.

Michel puxou-a pela manga.

– Você também não parece estar no melhor dos humores.

Marie levantou os ombros como se estivesse com frio.

– Tenho que refletir bem sobre alguns assuntos, dos quais a maioria não é muito agradável. Você já encontrou algum meio de tirar Edviges escondida da cidade? Ela vai acabar doente se tiver que continuar se escondendo naquele cubículo apertado e quente.

Michel abriu as mãos, lamentando-se.

– Levá-la daqui sem ser vista não é difícil, mas não sei de nenhum lugar onde pudéssemos deixá-la a salvo. Sozinha, para onde quer que vá, ela será vista como uma prostituta e tratada dessa forma. Não podemos levá-la nem para um convento, pois o abade Hugo acabaria descobrindo.

Marie apertou os lábios. Pelo visto, enquanto seu tio ainda estivesse sob as acusações de assassinato, não seria possível levar a prima para um lugar seguro. Esse também era um dos motivos pelos quais ela estava indo ao conde de Württemburg e de fazer tudo para agradá-lo. Ele era o único homem na face da terra que não só estava disposto, mas também era capaz de se empenhar por ela e seus familiares.

Para infelicidade de Michel, eles alcançaram rápido demais o prédio que o conde havia tomado para si e para seus amigos mais próximos. Diziam que Württemburg havia ameaçado os moradores originais e, assim, convencera-os a deixar a casa para ele e a se mudar para Radolfzell, onde tinham parentes. Como o conde Eberhard não podia ser considerado pobre, Marie supôs que o proprietário não conseguira resistir à tentação de uma bolsa cheia de florins polidos, cunhados com o veado. O boato, entretanto, agradava Württemberg, que permitia até que sua própria gente o espalhasse.

Para os critérios de Constança, era um prédio imponente, cujo andar térreo era feito de imensos blocos de pedra trabalhada, sobre o qual havia mais dois andares salientes com madeiramento ricamente talhado e um sótão especialmente amplo. As janelas tinham vidros importados de Murano pelo proprietário. Eles eram tão transparentes que mal se notava sua existência, e diferiam muito das vidraças olho-de-boi amarelas produzidas na região. Assim sendo, não era necessário abrir a janela quando se queria ver o que acontecia na rua. Quem morava ali não contava seus florins por unidade, e sim em sacos de três dúzias cada, pensou Marie, novamente, ao se aproximar da porta de carvalho talhada e bater com a aldraba. Um lacaio abriu-lhe a porta e deu-lhe passagem, enquanto Michel comprava uma caneca de vinho, supostamente proveniente da região mais ensolarada de Meersburg, de um mercador que atravessava as ruas da cidade com um barrilzinho às costas. Ele nem reparou como a bebida estava ácida, esvaziando a caneca em um só gole, sem tirar os olhos da casa na qual Marie havia desaparecido. Embora ele soubesse que, durante o tempo que passava com Württemberg, ela poderia receber meia dúzia de clientes em sua casa, incomodava-o saber que ela estava ali, como passatempo daquele mal-afamado galanteador. Michel encostou-se em um muro e passou a fitar as paredes da residência do conde com tamanha intensidade que poderia tê-las furado com os olhos.

Eberhard, conde de Württemberg, recebeu Marie em seu quarto de dormir. As cortinas de sua cama de dossel estavam abertas, deixando à vista as colunas de cerejeira torneadas.

A colcha de seda vermelha tinha seu brasão – o veado saltitante –, que também enfeitava diversas tapeçarias e cortinas do cômodo. A tapeçaria que mais se sobressaía pelo seu tamanho representava um veado, com a cornadura de 16 pontas, que derrubava um caçador incauto. Essa cena era simbólica. Württemberg não era nenhuma fera selvagem que ameaçava os demais, mas ai de quem o encurralasse.

Marie curvou-se diante do conde, que não aparentava muita nobreza em suas ceroulas e sua camisa aberta, e estendeu-lhe o embrulho.

– Trouxe os documentos restantes, nobre senhor.

O conde Eberhard pegou o embrulho, deu uma olhada no conteúdo e, com desinteresse, colocou-o sobre uma mesa em cujo tampo o veado de Württemberg estava marchetado. Seu olhar acariciou o rosto tenso de Marie, pousou por alguns instantes sobre os bem delineados morrotes sob sua blusa e, em seguida, pareceu atravessar o tecido de sua saia.

Marie viu como a calça do conde se avultava e sabia que, naquele instante, a única coisa que o interessava era um bom embate na cama. Assim sendo, ela abriu a blusa e tirou-a por cima da cabeça. A proeminência nas calças crescia, sua respiração se acelerava, enquanto ele passava a língua pelos lábios.

Durante suas conversas com Madeleine, Marie descobrira mais algumas coisas sobre como prolongar o desejo de um homem até ele quase não agüentar mais. Ela rechaçava muitas táticas que a francesa usava, mas seus artifícios eram suficientes para levar Württemberg praticamente ao delírio. Enquanto Marie continuava a se despir, movimentando-se numa dança misteriosa aparentemente inconsciente, o conde não agüentou mais. Pegou-a de um pulo e jogou-a na cama. Antes de Marie conseguir respirar, ele a possuiu, penetrando-a impetuosamente.

II

Pouco depois, Eberhard von Württemberg estava sentado no canto da cama, despido e visivelmente exausto, folheando os documentos de Marie. Tudo indicava que ele estava aguardando até a sua masculinidade se restabelecer. Apesar disso, seus olhos traíam o enorme interesse que os pergaminhos despertavam nele.

– Os documentos não deixam nada a desejar aos que você me entregou da última vez. Se fosse só pela lei e pela justiça, deveriam ser mais do que suficientes para tirar os bens e a vida de Keilburg, bem como levar à forca seu meio-irmão bastardo.

Marie percebeu resignação nas palavras dele e, decepcionada, exclamou:

– Isso significa que o senhor não pretende acusá-lo?

– Um pouco de paciência, minha criança! Eu só disse que, se fosse pela lei e pela justiça, tudo seria muito simples. Mas Keilburg e seu meio-irmão já conseguiram, mais de uma vez, fazer da verdade engodo e mentira, além de manipular sentenças judiciais a seu favor.

O conde Eberhard fez um gesto para que Marie lhe enchesse uma caneca com o vinho da jarra sobre o aparador, ao lado da porta, e se aprofundou no estudo dos documentos de novo.

– Estes papéis são valiosos demais para entregar a um tribunal. Em meu poder, eles estão em segurança, mas não posso avaliar o que aconteceria se caísse em outras mãos. Você bem sabe com que rapidez eles podem desaparecer ou tornar-se inválidos. Nem todos os juízes são imunes a uma boa gratificação. Assim, as nossas provas podem acabar no fogo ou nas mãos de nossos inimigos.

– Mas, então, como é que o senhor pretende usar esses documentos? – Marie não se deu o trabalho de esconder seu temor e sua decepção.

Eberhard von Württemberg jogou o amarrado de pergaminhos sobre a mesa e virou-se para ela.

– Só usarei essas provas quando Konrad von Keilburg estiver derrotado e seu irmão tiver sido desmascarado como caluniador e mentiroso. Antes disso, vou me preparar para uma contenda com ele e envolvê-lo em uma guerra. Se o imperador e os demais príncipes exigirem uma justificativa de minha parte, vou-lhes apresentar seus documentos. Isso acabará de vez com Keilburg.

"E lhe trará ricas terras e castelos fortificados", pensou Marie, que lia os pensamentos de Württemberg, escritos em sua testa. Mas, mesmo que Ruppert tropeçasse, algum dia, em suas próprias artimanhas, de pouca ajuda seria para ela e seu tio Mombert. E ela partilhou isso com o conde, com uma rispidez com a qual nenhum subalterno teria ousado dirigir-lhe a palavra.

– Se eu tivesse poder para isso, tiraria seu tio da torre com meus soldados – respondeu ele, com laivos de consciência pesada. – Mas não pense que não fiz nada. Apresentei o caso ao imperador, já que o assassinado é um convidado do concílio. Agora será o tribunal do imperador que julgará o processo. Assim sendo, o tanoeiro livrou-se da justiça municipal e, principalmente, da episcopal.

– Mesmo assim, ele ainda se encontra encarcerado sob a acusação de assassinato, embora seja inocente.

Württemberg levantou os braços, em encenado desespero.

– Minha menina, até mesmo você terá que reconhecer que nem tudo no mundo é tão simples quanto você imagina. Eu tive dificuldades para evitar que a sentença de morte de seu tio fosse decretada em um despacho rápido. Círculos influentes de Keilburg já insistiram junto ao bispo para que a sentença de seu tio fosse decretada de imediato, e os vassalos tiroleses estavam injuriados por ele ainda não ter sido amarrado na roda. Por sorte, a paz travada entre o suserano deles e o imperador superou, em importância, a execução do tanoeiro. Dessa forma, eles concordaram quando convenci o imperador a tomar o caso nas próprias mãos.

Marie fez beiço, com desdém.

– Mas isso não passa de um artifício que não leva a nada.

Nos lábios de Württemberg, delineou-se um sorriso de superioridade.

– Foi graças apenas a esse artifício, como você chama, que seu tio continua vivo. Se conseguirmos pôr as mãos no aprendiz Melcher, poderemos desmascarar o assassino verdadeiro e dar um golpe em Keilburg, contra o qual ele dificilmente conseguirá se defender.

Marie abaixou, entristecida, a cabeça. Os homens de Michel já haviam voltado fazia tempos. Somente Wilmar continuava procurando por

Melcher, que parecia ter desaparecido da face da Terra. E isso ela confessou a Württemberg.

Ele não esperara outra coisa.

– Se você quer saber, eu acho que ele já se encontra, há tempos, no leito do lago Constança.

Marie cobriu o rosto com as mãos.

– Por Deus! Não! Melcher é o único que pode provar a inocência do meu tio.

– Então, só nos resta esperar que ele ainda esteja vivo e que seu Wilmar o encontre – disse o Württemberg, sem muito otimismo.

Para consolar Marie, ele colocou a mão em volta de seu ombro e puxou-a para si.

– O processo contra seu tio não está perdido de saída. É preciso esclarecer ao imperador que o fidalgo Felipe queria violentar a filha de Flühi. Com isso já haveria a possibilidade de ele ser absolvido. Mas precisamos de um advogado de defesa que goze de excelente fama para ajudá-lo. Devo dizer que eu não sirvo como exemplo de uma vida muito decorosa.

O conde Eberhard riu com as próprias palavras.

– Não é fácil conviver com o imperador Sigismund, Marie. Os príncipes com direito a voto elegeram-no soberano do império e rei da Alemanha e, assim, fizeram dele o homem mais poderoso da cristandade. Entretanto, o intelecto necessário para desempenhar essa função não veio junto com o voto. Ele é mesquinho quando deveria ser indulgente, facilmente ofendido e desnecessariamente rude. Quando ele põe algo na cabeça, faz de tudo para conseguir, sem admitir que o contradigam. Lembre-se do tirolês, Frederico, que ele havia banido do império por ter auxiliado na fuga do papa João de Constança.

– Mas o imperador perdoou o Habsburg nesse meio-tempo, não perdoou?

– Porque não tinha outro jeito. Frederico tem muitos amigos que nem o imperador pode, simplesmente, ignorar. O papa foi preso novamente e, assim, o imperador não tem nenhum motivo para brigar com o Habsburg no momento. Sigismund só se incomoda com aquilo que lhe pesa no coração naquele instante, esquecendo todo o resto.

Marie lembrou-se do processo contra o papa João XXIII, que fora condenado perante todo o concílio por estar sentado no trono de Pedro indevidamente. O imperador havia destronado o mesmo papa que, em outubro do ano anterior, fora recebido com toda a pompa em Constança, e obrigou-o a beber do amargo cálice da derrota até a última gota. Acorrentado, o papa foi arrastado até Gottlieben, onde ainda se encontrava preso. Se o imperador já tratava um senhor bem-nascido daquela forma, o que não faria com um simples cidadão. Demorou um pouco para ela notar que Württemberg havia mudado de assunto.

– Afinal, você está ouvindo o que eu estou dizendo, mocinha? Eu disse que você deveria evitar falar sobre o magistrado Jan Hus, da Boêmia, nos próximos tempos, ou elogiá-lo dizendo tratar-se de uma pessoa correta. Os sermões dele têm desagradado o imperador. E o castigo de Sigismund não recai apenas sobre aquele que o provocou, mas também sobre os que se encontram no campo errado.

– Mas o que poderia acontecer? O magistrado Hus veio ao concílio por convite do imperador, de posse de um salvo-conduto imperial.

– Salvo-condutos imperiais também não são mais o que já foram – ironizou Württemberg.

Marie interpretou aquelas palavras pensando nela própria. Se o salvo-conduto não valia nada, então também ela corria perigo, pois nos autos da cidade de Constança estava descrito como ela deveria ser tratada caso retornasse. Ela se sentiu tão desprotegida quanto uma folha durante uma tempestade e, pela primeira vez, considerou ridícula a esperança de salvar o tio. Ela era tão marginal quanto um leproso, e seu plano de derrubar Ruppert por meios legais parecia-lhe audacioso demais naquele momento. Nem mesmo o conde, que fazia parte dos poderosos do império, tinha influência suficiente para libertar Mombert Flühi ou arrancar a máscara de falsidade do rosto de Ruppertus Splendidus, pois também ele corria perigo de acabar na rede de intrigas que o bastardo Keilburg sabia tecer com tamanha habilidade.

Era desesperador. Por um momento, Marie pensou em recolher seus documentos e levá-los, ela mesma, ao imperador. Mas rechaçou a idéia em seguida. Para uma mulher como ela, era impossível chegar a dez passos do imperador. E, mesmo que conseguisse, ele entregaria o material a um dos juízes da cidade, certamente um dos anfitriões do seu ex-noivo. O que aconteceria com as anotações de Jodokus e as provas por ele reunidas o conde já tinha lhe dito há pouco.

Se pudesse, ela retomaria o plano original de contratar um assassino de aluguel para Ruppert. Mas a morte dele não ajudaria em nada seu tio. Como quer que olhasse para a situação, Marie precisava de Württemberg. Ela só podia esperar que ele não estivesse apenas zelando pelos próprios interesses e acabasse deixando os dela de lado, por serem inconvenientes.

O conde Eberhard ficou atento à mímica do rosto de Marie e suspirou. Ela passaria a detestá-lo se ele não conseguisse evitar a execução de seu tio pela morte do fidalgo Felipe. Mas, se ele não quisesse pôr em risco seus próprios planos, não poderia se empenhar muito pelo tanoeiro. Mesmo que o aprendiz fujão voltasse e fizesse uma declaração em favor de seu mestre, era provável que o destino dele já estivesse selado.

Isso, no entanto, ele não podia dizer a Marie, pois o conde não só ainda tinha esperanças de poder ajudá-la a vingar-se de seu traiçoeiro ex-noivo, como também queria mantê-la junto de si o máximo possível. Uma parceira de leito tão bonita e solícita quanto ela não era muito usual. Com certo pesar, percebeu que Marie havia se tornado para ele mais do que uma amante qualquer. Era possível que o fato de ela ter lhe entregado uma arma tão útil contra Keilburg fosse razão para isso. Ela conseguira impressioná-lo, pois, até então, nenhuma mulher dirigira-lhe a palavra com tamanha franqueza ou depositara nele tanta confiança quanto ela.

Enquanto tentava concentrar-se no aspecto agradável de sua relação, o conde Eberhard se aproximou da janela. Quando já ia se afastar de novo, um jovem oficial trajando as cores do Palatinado, que ele já vira por perto algumas vezes, chamou-lhe a atenção. O homem estava encostado no muro de uma casa, do outro lado da rua, e fitava sua residência com a fisionomia tão irada, como se quisesse incendiá-la. Württemberg virou-se para Marie e fez um gesto, chamando-a para perto de si.

– Você está vendo aquele rapaz ali? Você acha que ele poderia ser um espião do Keilburg?

Marie riu, desdenhando.

– Ele? Um espião do Keilburg? Não, senhor! O senhor está enganado. Ele não é ninguém menos do que Michel Adler, de quem lhe falei. Trata-se de um velho amigo de infância, que se alistou a serviço do príncipe do Palatinado.

– Quer dizer que é ele o Michel? Pelo visto, é melhor eu não cruzar com ele numa rua escura.

O conde Eberhard fitou Marie incrédulo, por um instante, e começou a rir.

– Um amigo de infância, você diz? Parece que tem mais por trás disso. O rapaz parece mais um amante ciumento.

Marie riu junto.

– Michel com ciúme? Mas ele está sabendo que só venho aqui para exercer minha profissão. Ele jamais se irritou com meus clientes.

– Então, eu pareço ser uma exceção. Não sei se devo me sentir lisonjeado.

Württemberg avaliou Marie e achou que uma mulher como ela podia despertar sentimentos fortes em um homem. Nisso, seu desejo despertou. Ele estendeu os braços em sua direção e puxou-a para si.

– Vamos para a cama, mocinha. Tenho que partir em breve e quero fazê-lo com uma sensação agradável.

Marie obedeceu da forma mais sedutora possível. Enquanto estava embaixo dele, dando-lhe a sensação de ser único, ela maquinava uma maneira de ainda convencê-lo a se empenhar por Mombert e por sua mulher.

III

– Finalmente! – Michel livrou-se da parede da casa, que lhe havia servido de apoio durante mais de três horas, e aproximou-se de Marie.

A julgar pela fisionomia, ele parecia conter-se a custo. Marie lembrou-se das palavras de Württemberg e colocou as garras de fora. O que Michel estava pensando, afinal? Ela não era propriedade de ninguém e, se ele pretendia se comportar como um amante enciumado, seus caminhos teriam que se separar. Por um lado, a presença de Michel sempre reabria as antigas feridas em sua alma, tornando-a rabugenta como uma velha. Em companhia de estranhos, ela podia esquecer quem havia sido um dia. Já a presença dele – rapaz de porte e aparência elegantes – confirmava a ascensão dele e a queda dela. Por outro lado, ela não gostaria de ter de se privar de sua companhia, pois ele a ajudava como podia e suas visitas regulares conferiam à casa e às suas ocupantes certa segurança. Lá, como em todo lugar, havia clientes insatisfeitos e cafetões invejosos; mas, até agora, nenhum tivera a coragem de enviar uma tropa de arruaceiros para incomodá-las.

Ela concedeu a Michel um dos sorrisos que faziam parte de seu repertório profissional.

– O conde de Württemberg é um homem exigente e eu preciso fazer de tudo para mantê-lo de bom humor se eu quiser que ele me ajude com a minha vingança e, no pior dos casos, me defenda dos meus inimigos. Afinal, o salvo-conduto imperial também se aplica a nós, prostitutas, mas não impedirá Ruppert de mandar-me para o tronco da vergonha ou afogar-me no lago.

O tom de sua voz desafiava-o a um duelo, mas Michel não estava disposto a se deixar irritar.

– Eu sei disso e também compreendo você. Mesmo assim, não gosto da idéia de você estar à mercê de Württemberg. Ele também não é melhor do que os demais nobres. Enquanto ele vir alguma vantagem em ajudá-la, ele o fará; mas, assim que ele mudar de idéia, não hesitará em largá-la como se fosse bosta de cavalo.

– Muito obrigada por me explicar, mais uma vez, o quanto eu valho – rosnou Marie e começou a chorar copiosamente.

Ela não queria brigar com Michel e também sabia que ele não tivera intenção de ofendê-la ao usar a expressão "bosta de cavalo". Apesar disso, ele lhe havia lembrado a que classe imunda ela pertencia. Constança não era um ambiente bom para ela. Ali, prostitutas estavam sendo tratadas como cidadãs honradas, ou quase. Ninguém cuspia na frente delas quando andavam na rua, ou se incomodava quando deixavam de usar o símbolo de sua classe, ou fechava as portas da igreja, como era o caso em muitas outras cidades.

Tirando aquela vez no castelo de Arnstein, Marie nunca mais rezara com devoção; ao contrário, duvidara repetidas vezes da sua fé. Naquele momento, no entanto, sentia a necessidade de colocar suas preocupações aos pés da Santa Virgem e interceder por seus parentes. Ela olhou para cima e viu a torre da Santo Estevão elevando-se sobre os telhados próximos. Quando menina, ela havia assistido à missa com freqüência lá. Marie apressou o passo e dobrou a esquina da ruela que levava à igreja.

Michel seguiu-a, irritado.

– Ei! Aonde é que você está indo agora? Este não é o caminho para o seu casebre.

– Quero fazer uma oração na Santo Estevão.

Marie não se incomodou com Michel, que a seguia como uma sombra, e continuou seu caminho sem mais. Na frente do portão da Igreja, respirou fundo e olhou em volta. Como ninguém impediu-lhe a passagem, entrou sem hesitar.

Na penumbra, um frescor agradável recepcionou-a. Estava claro o suficiente para conseguir reconhecer as colunas imponentes e as paredes da nave. As altas janelas davam a impressão de quadros de vidro iluminados por trás e só permitiam a passagem de pouca luz do dia. As velas acesas na frente dos três altares formavam ilhas de refúgio, inundadas pela riqueza de cores das estátuas e das pinturas sagradas.

Marie contornou o altar principal, devotado a Santo Estevão, e dirigiu-se à *Pietá*, que simbolizava Maria com o Cristo retirado da cruz. Ali, também havia uma estátua de Santa Maria Madalena. Ela aparentava insignificância e era tão pequena que parecia estar, em todos os sentidos, na sombra da Mãe de Deus.

Marie perguntou-se como uma prostituta poderia ter desempenhado papel tão importante na vida de Jesus. Talvez porque o Filho de Deus sempre tenha se incomodado com o destino dos desprezados e dos oprimidos. Mas todos aqueles senhores empanzinados da igreja, como o abade Hugo von Waldkron, não se interessavam mais por isso. Marie tentou silenciar seus pensamentos rebeldes e lembrar-se da oração adequada.

Michel permaneceu a certa distância, encostado numa coluna, vigiando a nave. Mas não se via mais ninguém, além de algumas mulheres idosas, cansadas da vida, sentadas nos bancos da igreja. Ele observava Marie, ajoelhada diante do altar, com seus cabelos louros brilhando à luz das velas e envolvendo sua cabeça como uma auréola santificada. Por um instante, ficou imaginando como seria se ele a levasse como amante durante uma campanha de guerra. Ali, naquela cidade superpopulada, ele se sentia acorrentado como um cão de guarda e, por isso, reagia irritado demais aos humores de Marie.

Um susto despertou-o de seus pensamentos quando uma porta lateral se abriu e alguém entrou. Michel observou o recém-chegado e apoiou-se novamente, tranqüilizado. Era apenas um monge magro, com o hábito gasto de franciscano. Ele devia pertencer ao monastério dos monges descalços, que se encontrava nas imediações. O clérigo ajoelhou-se com a cabeça curvada e se arrastou como um ancião na direção do altar da Virgem. Michel percebeu o rosto cavernoso de jejum constante e sentiu o cheiro adocicado de sangue. Pelo visto, o monge se macerara há pouco. Naquele instante, ele se jogou aos pés da *Pietá*, interrompendo, assim, o diálogo que Marie travava, em voz baixa, com a Mãe de Deus e com a padroeira das prostitutas.

Marie levantou-se, deu dois passos para o lado, e ainda quis fazer uma última prece. Foi então que o monge olhou para ela e levantou as mãos, como se quisesse se defender. Seu rosto se contorceu como se estivesse padecendo sob os castigos do inferno.

– Afaste-se de mim, alma penada, e não me mortifique também neste lugar sagrado!

Marie fitou o monge, confusa. Ela se sentiu enojada dele e, ao mesmo tempo, molestada, embora o clérigo nem tivesse se aproximado demais. Ele se levantou e fez o sinal contra os demônios. Foi então que Marie reconheceu aqueles olhos sem cor.

– Linhard! Seu traidor desgraçado! – Havia tanto ódio em sua voz que o homem se encolheu e se aproximou ainda mais do altar.

De repente, ele pareceu cair em si e perceber que aquela visão não era um fantasma, mas uma pessoa em carne e osso.

– Quem me chama por esse nome, enterrado e esquecido por mim há tempos? – E ele empalideceu tanto quanto Marie jamais vira em pessoa viva. – É você? É você, mesmo, Marie Schärer, filha de mestre Matthis?

Marie olhou de cima para aquele homem, que ela gostaria de poder pisotear como um verme nojento, e já se preparava para jogar-lhe todo o seu desprezo na cara quando, ainda em tempo, reconheceu o perigo em que se encontrava. Se Linhard comentasse sobre aquele encontro com as pessoas erradas, sua vida não valeria nem mais um centavo de Halle. Superando-se da mesma forma que aprendera, a duras penas, durante sua vida nas estradas, ela se conteve e delineou no rosto uma fisionomia serena e simpática.

– Não sei o que quer de mim, honrado irmão. Meu nome é Berta e jamais o vi na minha vida.

Ela fez o sinal-da-cruz, murmurando, apressadamente, um "amém", curvou-se mais uma vez diante da Madona e dirigiu-se para a saída. Marie teve que se conter para não olhar para trás, pois tinha a impressão de que o olhar de Linhard abriria um caminho em seu corpo, como carvão em brasa.

Na porta, ela acabou se virando de novo e fez de conta que estava chamando Michel. Linhard encontrava-se de pé, com as costas para o altar, e mantinha a mão direita estendida em sua direção. Quando ele viu que ela se dirigia a um homem, fez o sinal-da-cruz e jogou-se ao chão, novamente, diante da imagem misericordiosa.

Michel aproximou-se de Marie do lado de fora da igreja e olhou para ela, curioso. Quando percebeu como ela tremia, colocou o braço em volta de seu ombro e apertou-a contra si.

– O que foi que aconteceu?

Seus dentes rangiam tanto que ela mal conseguiu falar.

– O monge! Era... Linhard. Ele me reconheceu.

Michel viu o horror estampado em seu rosto e soube, de imediato, que as humilhações e dores sofridas no passado estavam tomando conta dela e torturando-a. Mas ele não podia fazer outra coisa senão apoiá-la e guiá-la pelas ruas, como se ela fosse uma doente. Ele gostaria de poder mandá-la sair de Constança, porque, a partir daquele encontro, ela realmente não estava mais em segurança ali. Ele também estava namorando a idéia de atrair Linhard para uma ruela escura e torcer-lhe o pescoço, evitando assim que ele pudesse colocar Marie em perigo. Nenhumas das duas opções, entretanto, agradavam-no. Como ele não podia deixar a cidade, Marie voltaria a ser uma prostituta errante se ele a mandasse partir, e estaria completamente entregue à sua própria sorte; e matar um homem a sangue-frio também não era de seu feitio, mesmo tratando-se de um canalha tão asqueroso quanto Linhard.

Michel curvou-se sobre Marie e beijou-a na nuca.

– Cabeça para cima, mocinha! Primeiro, vou colocá-la na cama. Depois, você vai tomar um bom gole de vinho e dormir até tarde, para recuperar-se do susto. Não tenho a impressão de que ele sairá correndo para contar ao magistrado Ruppertus o encontro de vocês.

No entanto, o cuidado com que o oficial olhava em volta e mudava de direção sempre que pensava ver um monge no hábito dos descalços contradizia suas palavras.

Quando, finalmente, alcançaram a casinha em Ziegelgraben, eles encontraram, além de Hiltrud e Kórdula, também Helma e Nina, que estavam numa discussão acalorada. Nina tinha um olho roxo e um machucado profundo na testa, que sangrava muito. Hiltrud estava, justamente, fazendo um curativo nela. Embora Marie ainda estivesse sob o efeito do encontro imprevisto, ela se preocupou imediatamente com a situação da italiana.

– O que foi que aconteceu com você? Foi um cliente que bateu em você desse jeito?

Helma balançou a cabeça no lugar da amiga.

– Não, foi o nosso cafetão. Ele não gostou que ela estivesse presente durante a reunião aqui e, com isso, não pudesse receber clientes. Primeiro, ele só gritou. Mas, quando Nina respondeu, ele começou a bater nela. Conclusão: não vamos mais voltar para aquele brutamontes. Será que não podemos ficar com vocês? Sabemos que é apertado, mas Nina e eu não precisamos de muito espaço.

Marie e Hiltrud entreolharam-se assustadas. Já não tinha sido fácil esconder Edviges de olhos estranhos até então. Mas, se Helma e Nina também viessem morar ali, teriam que contar tudo para as duas, o que lhes parecia perigoso demais. Marie se perguntou como poderia recusar-lhes abrigo sem magoá-las e sem deixá-las, novamente, à mercê do cafetão. Naquele momento, Michel pigarreou e cutucou Helma.

– Aqui não há lugar suficiente para cinco prostitutas. Mas eu acho que posso ajudar vocês duas. Meu irmão mais velho, Bruno, quer montar um bordel em uma parte da casa dele. Vocês poderiam ficar lá. Se ele souber que vocês estão sob a minha proteção, as tratará bem e também não as enganará. Além disso, tenho bons amigos, que receberão de bom grado meus conselhos sobre onde encontrar moças limpas e simpáticas. E então? O que vocês acham disso?

– Talvez você também pudesse fazer parte da lista de clientes delas. – Nem Marie sabia o motivo de tamanha irritação.

Nina e Helma olharam para ela, atônitas. Michel, por sua vez, deu uma boa gargalhada.

– Mas, Marie, isso macularia sua reputação. Toda a cidade sabe que você é a única prostituta para a qual eu vou.

O rosto de Marie contorceu-se de ira; Hiltrud, entretanto, começou dando umas risadinhas até estourar de rir. Nina e Helma tentaram, em vão, camuflar o prazer que sentiam com aquela cena, pois seus ombros não paravam de tremer. A fidelidade com que Michel grudava em Marie, apesar da rispidez dela, era assunto predileto entre as prostitutas de Constança.

Helma respirou fundo, olhou para Michel e puxou, brincalhona, as fivelas de seu peitoral.

– A sua proposta não é de se jogar fora, soldado. Se cada uma de nós não puder ter seu próprio quarto, então, não poderemos faturar o bastante. Você se responsabiliza por seu irmão?

– Creio que sim! – Michel lembrava-se do tempo em que Bruno lhe dava um tapa na boca cada vez que ele o contradizia, mas isso já fazia muito tempo. Agora, seu irmão procurava fazer-lhe todas as vontades assim que ele punha os pés na taberna Adler, tentando ler cada um dos desejos expressos nos olhos do irmão. – Sugiro que sigamos diretamente para lá. E você, Nina, não se preocupe. Ele não vai rejeitá-la por causa do seu olho roxo. É até bom, pois, assim, ele também vai entender logo por que você saiu da casa de Rüdi. Se o seu cafetão vier para cobrar seus direitos, ele saberá lhe dar a resposta certa. Mas, se assim mesmo ele ainda tentar incomodá-las, mandarei meus homens para o bordel dele. Eles se encarregarão de não deixar nenhum quarto em pé.

A risada de Michel tirou um pouco do efeito daquela ameaça. Mesmo assim, as duas prostitutas estavam aliviadas, pois sabiam, por experiência própria, como um cafetão podia se tornar desagradável ao perder uma de suas fontes de renda. Elas ainda se despediram, rapidamente, das amigas e deixaram a casa tão apressadas como se temessem que a oportunidade pudesse lhes escoar pelos dedos.

– Graças a Deus! – suspirou Kórdula. – Já estava pensando que as duas nunca mais sairiam daqui. Ainda não tive nenhum cliente hoje.

– Nem eu – queixou-se Hiltrud. – Além disso, Edviges só conseguiu sair por alguns minutos de seu esconderijo, depois de ficar assando lá durante horas a fio. Agora ela pode finalmente comer alguma coisa.

– Vou avisá-la que já pode sair.

Marie foi para o seu quarto, subiu no baú e empurrou para o lado as duas tábuas que bloqueavam a entrada para o esconderijo. A cabeça de Edviges apareceu com tamanha rapidez que parecia estar prestes a sufocar. Ela estava vermelha feito um pimentão e coberta de suor.

– Não agüento mais, Marie. Tenho que ir urgentemente à latrina. Mais alguns minutos e eu teria feito aqui mesmo.

– Isso não teria sido muito bom. Helma tem bom olfato.

Marie ajudou a prima a sair do esconderijo apertado e deu-lhe passagem, para que a menina pudesse descer correndo as escadas. Por sorte, a casa tinha uma latrina construída na parte posterior, que podia ser alcançada sem que os vizinhos notassem. Poucos momentos mais tarde, podiam-se ouvir por toda a casa os suspiros de alívio de Edviges.

– Isso é o que eu chamo de por um triz – zombou Kórdula.

Ela lamentava por Edviges, mas não fazia nenhum segredo de que considerava a presença da moça um estorvo. Ela ainda queria acrescentar alguma coisa, mas vira um homem trajando o uniforme de oficial da cavalaria da Baviera do lado de fora e correu para abordá-lo. Marie, que descera as escadas, puxou Hiltrud pela manga.

– Pode ser que tenhamos que desaparecer em breve daqui. Fui reconhecida.

– Quem foi? – Hiltrud colocou a mão no pescoço, como se o susto tivesse lhe cortado a respiração.

– Foi Linhard, o antigo escrivão do meu pai. Ele me viu na igreja e me chamou pelo nome. Se ele contar para Ruppert ou para Utz, corremos o maior perigo.

Hiltrud pediu para Marie descrever o encontro em detalhes.

– Devemos deixar tudo preparado para poder fugir a qualquer momento. Mas o que você pretende fazer com Edviges? Se você a levar junto, ela também terá que trabalhar como prostituta.

Marie não sabia como responder àquela pergunta. Se Mombert fosse executado pela morte do jovem Steinzell, não haveria outra saída para Edviges. Nesse meio-tempo, Marie aprendera a conhecer sua prima o suficiente para prever que ela não agüentaria a vida de prostituta por muito tempo. Faltava-lhe a frieza necessária. Ela procuraria uma saída na água antes de o verão chegar ao fim.

– Ele se tornou um monge, foi isso que você disse? – Hiltrud levantou a cabeça, como se tivesse tido uma inspiração súbita. – Então, pode ser que você esteja prevendo um perigo onde não há nenhum. Linhard pode ter reconhecido você, mas será que ele vai traí-la? Se ele entrou para um mosteiro, deve ter se arrependido do que fez com você há muito tempo e decidiu se penitenciar por isso pelo resto de seus dias.

Marie ainda não havia visto a situação sob aquele ângulo. Mas, mesmo que as suposições de Hiltrud fossem verdadeiras, isso não queria dizer que elas estivessem em segurança. Linhard poderia colocar Ruppert em seu rastro sem querer. Quem sabe, o magistrado mantinha-o sob vigilância e já sabia do encontro deles. Marie estava convencida de que tendia a ver fantasmas. Tratando-se de seu ex-noivo, no entanto, ela preferia contar com o pior. Durante alguns minutos, ficou na dúvida entre fugir ou ficar. Sair correndo, em pânico, não resolveria nada. Se quisesse ver Ruppert na sarjeta, era possível que ela tivesse que arriscar a própria vida.

Marie sorriu amarga. Ruppert tinha tratado de fazer dela uma prostituta, mas, exatamente com isso, havia lhe dado armas que poderiam levá-lo à desgraça. Se ele a tivesse trancado em um convento, ela não teria conhecido nem Jodokus nem o conde de Württemberg.

IV

Nos dias que se seguiram, os humores de Marie mudavam mais rapidamente que seus clientes. Às vezes, ela temia qualquer sombra que os passantes projetavam na casa e sentia-se tão vulnerável quanto uma mosca numa teia de aranha. Em momentos mais otimistas, ela se reanimava com o fato de Ruppert e Utz ainda não a haverem reconhecido, embora ela tivesse se tornado uma figura popular na cidade. Era provável que eles não associassem a prostituta de Ziegelgraben com a filha do cidadão, aquela cuja vida eles haviam arruinado cinco anos antes. Era então que Marie mergulhava, novamente, em seus planos de vingança e se imaginava, triunfante, tirando o tio do cárcere com uma mão, enquanto a outra empurrava Ruppert e seus comparsas para dentro do calabouço. Esse otimismo, entretanto, não persistia por muito tempo.

Ela tinha que reconhecer que sentia medo do futuro. Independentemente do resultado, ninguém poderia ajudá-la. Ela era como a sujeira da rua, na qual todos podiam pisar, e isso não mudaria. Mas antes de terminar seus dias na miséria, como a maioria das prostitutas, ela ainda queria ver o causador de toda sua infelicidade terminar enterrado junto com as carcaças de animais mortos.

Assim sendo, Marie insistiu com o conde de Württemburg, durante a sua visita seguinte, para tomar uma atitude contra Konrad von Keilburg e seu irmão. O conde Eberhard levantou as mãos, lamentando.

– Eu faria isso de bom grado, minha menina, mas, no momento, minhas mãos estão atadas. O imperador está tão ocupado com seus próprios planos que ele levaria a mal se eu me preparasse para uma contenda contra Keilburg e reunisse minhas tropas. Ele cheira resistência e traição por todo lado, e condenaria qualquer um em um piscar de olhos. Agora que João XXIII foi riscado da lista dos papas por ser considerado indigno do título, e rebaixado a um simples cardeal, Baldassare Cossa, ele quer derrubar o próximo representante de Deus na Terra.

Eberhard von Württemberg riu e Marie perguntou-se se ele se divertia com os papas briguentos ou com o imperador.

A política dos poderosos não a interessava enquanto ela própria não corresse o perigo de acabar entre suas mós. Na esperança de ainda conseguir convencer Württemberg, ela entrou na conversa dele.

– E o que é que o imperador está planejando agora? – perguntou ela.

– Primeiro, ele quer derrubar o papa Gregório. Além disso, o magistrado Jan Hus é uma pedra no seu sapato, já que, segundo ele, os sermões subversivos de Hus são um perigo para a coroa. Sigismund também é rei da Boêmia e, ao que parece, o magistrado Hus conclama os boêmios a se revoltarem contra a igreja e seu protetor, o imperador e rei.

Mais uma vez, não dava para ver se Eberhard von Württemberg partilhava da opinião do rei.

Marie franziu a testa e olhou para o conde, balançando a cabeça.

– A julgar por tudo que ouvi, o magistrado Hus não está pregando nada que vá contra Deus e a ordem por Ele instituída. Que ele ataque a imoralidade dos prelados e a ostentação dos abades e bispos deveria ir ao encontro de cada cristão verdadeiro. Afinal, esses senhores foram nomeados pastores da cristandade e não seus carcereiros.

O conde Eberhard sorriu com indulgência.

– Que ninguém ouça essas palavras, Marie, caso contrário, até você será acusada de heresia. Semelhante opinião ameaça o poder das autoridades da Igreja e, indiretamente, também o do papa e o do imperador. Os poderosos deste mundo discordam de Jan Hus e de você, no que diz respeito à posição que têm e à função que exercem. Talvez discordem até do povo nisso. Também eu já ouvi os sermões do magistrado Hus e concordo com muito do que ele diz. A Santa Igreja deve ser renovada por completo e seus representantes devem ser colocados em seus devidos lugares. O magistrado Hus, no entanto, comete um erro ao acreditar que seus sermões conseguirão o efeito que ele almeja, esquecendo-se de que os que estão lá em cima dificilmente aceitarão ser rebaixados para uma posição inferior. O maior erro de todos, no entanto, foi Hus acreditar no salvo-conduto do imperador. Se Sigismund chegar à conclusão de que Hus se tornou supérfluo, poderá limpar o traseiro com esse pergaminho, pois não valerá mais nada.

Marie percebeu, por meio do tom grosseiro das palavras e do sorriso amargo do conde, como era desagradável para ele prestar homenagem a um homem tão imprevisível quanto Sigismund von Böhmen.

– Se Sigismund fosse um soberano com nobreza de espírito, eu poderia conversar abertamente com ele. Mas Keilburg tem o seu apoio e Ruppertus Splendidus conseguiu tornar-se benquisto por ele. Esse arrivista fica adulando tanto o imperador e seus conselheiros mais próximos que chega a enojar.

O conde calou-se abruptamente, como se já tivesse falado demais. Mesmo assim, Marie compreendeu o que ele quis dizer. Eberhard von Württemberg não tinha coragem de processar Konrad von Keilburg porque não sabia até que ponto seria do interesse do imperador fazer cumprir a justiça. No pior dos casos, concederia a Konrad von Keilburg o direito de posse do produto de seus roubos e ainda promoveria Ruppert alguns degraus. Marie teve a impressão de sentir o chão se abrir sob seus pés.

A manhã seguinte trouxe novidades que se alastraram pela cidade como vento. O papa Gregório XII renunciara ao trono de Pedro, por meio de seu representante, Carlo Malatesta, senhor de Rimini, e retornara a Recanati, como cardeal Angelo Correr. Dizia-se que, após haver fracassado militarmente, o imperador acabara comprando essa renúncia com generosas concessões, com o único propósito de se apresentar ao mundo como monarca supremo da cristandade. A próxima vítima do imperador não precisaria mais contar com quaisquer concessões ou misericórdia de sua parte.

Marie ouvira falar dos sermões de Jan Hus e admirava a firmeza com a qual ele defendia suas doutrinas. Muitos servos e cidadãos das classes mais pobres veneravam o magistrado originário de Praga e rezavam por ele. O imperador e os cardeais, no entanto, não gostavam de ser acusados de sanguessugas e opressores diante de todos e, em segredo, já o haviam condenado.

Havia tantas contradições no processo contra o magistrado Hus que aqueles que haviam escutado seus sermões ainda esperavam por clemência, enquanto o cavaleiro Bodman já levava os servos municipais de Constança para o Brüel, com o intuito de preparar a fogueira para Hus.

Para humilhar o revoltoso, o cardeal Pierre d'Ailly, que havia liderado o processo contra o magistrado, ordenou que as prostitutas presentes na cidade o acompanhassem durante sua derradeira caminhada. A maioria delas não se incomodou. Após haverem sido humilhadas com tamanha freqüência, se alegravam ao ver alguém em situação pior.

Marie gostaria de ter podido desobedecer à ordem, mas não queria chamar a atenção, correndo o risco de ser levada à presença de um d'Ailly furioso e acabar sendo vergastada. Os cidadãos dificilmente perderiam um evento desses, aumentando as chances de ela acabar sendo reconhecida por Utz. O carroceiro certamente soubera pela taberneira de Jodokus, em Estrasburgo, que o monge havia se divertido com uma vistosa prostituta loura, pouco antes de morrer, e associara a apressada partida dessa mulher aos documentos roubados. No momento em que ele a reconhecesse, sua vida não valeria mais que bosta de cachorro.

Hiltrud e Kórdula lamentavam, com loquacidade, o fim próximo do magistrado, e desejavam aos impiedosos juízes e, principalmente, ao imperador traiçoeiro, que havia faltado com a palavra, que contraíssem a peste. Apesar disso, elas se dirigiram, junto com Marie, para a praça em frente à igreja de São Pedro.

Quando as três chegaram, um grande número de prostitutas já se encontrava reunido lá. Algumas, que, como Madeleine, encontravam-se em Constança na função de amantes de clérigos, vestiam-se de forma tão provocante que atraíam os olhares de todos os homens. Seus bustos quase estouravam os espartilhos, exageradamente decotados e apertados, e as saias eram costuradas de forma a permitir que qualquer ventinho as fizesse esvoaçar mostrando o que havia por baixo.

Também Madeleine usava um vestido de tecido fino e transparente, mas não estava com disposição de atrair clientes. Quando ela cumprimentou e abraçou Marie e as demais, lágrimas brilhavam em seus olhos.

– Hoje, o frango errado está sendo assado – lamentou ela, baixinho. – Deixe que os corvos negros e os pássaros púrpuros acreditem que estamos nos divertindo com isso. Só Deus conhece os nossos pensamentos e nos recompensará por isso na vida eterna.

Elas não tiveram muito tempo para conversar entre si, pois os guardas da cidade apareceram e obrigaram-nas a atravessar o Portão Escocês e, de lá, seguir até o lugar da execução, a fim de formar um corredor para o herege boêmio. Marie encolheu quando descobriu Hunold entre os homens. O brutamontes do guarda aproximou-se de tal forma das prostitutas à sua frente que seu cotovelo roçava nos seios das mulheres. Marie voltou alguns passos e escondeu-se atrás de Helma e Kórdula. Hunold, entretanto, não tinha olhos para ela, somente para o decote de Madeleine.

– E aí, coisinha linda, que tal se nos divertíssemos um pouco logo mais, à noite? – perguntou ele.

A prostituta avaliou-o com sarcasmo.

– Se você tiver um *ecu d'or* para me pagar, com prazer. Caso contrário, será melhor você se dirigir às prostitutas baratas. Elas, certamente, ficarão muito felizes com a sua visita.

O sarcasmo de Madeleine feriu Hunold em seu ponto fraco, pois ele ficou roxo, lançou-lhe um olhar intimidador e começou a ameaçá-la. Quando outra prostituta lhe perguntou se ele sabia que estava ofendendo a amante de um nobre francês, ele acabou se encolhendo e saiu correndo atrás dos demais guardas.

Marie lembrava-se de Hunold como um sujeito bruto e teimoso, que gostava de amedrontar os outros. Naquele momento, ela constatava, com certa malícia, que o guarda só era insolente com aqueles que não podiam se defender, enquanto se tornava um verme rastejante diante de altos dignitários. Em qualquer outro momento, Marie se perguntaria que lição tirar dessa descoberta, mas, ali, ela não teve a menor vontade de fazer isso. Como as demais prostitutas, ela seguiu os guardas para fora do portão, mas postou-se de forma que não chamasse a atenção dos acompanhantes de Jan Hus.

Atrás das prostitutas, uma multidão de cidadãos mais humildes tentava passar pelo portão. Conseqüentemente, em pouco tempo, os guardas não conseguiram mais direcionar a turba que se formava. Marie viu Michel, que vestia uma armadura bem polida, marchando diante de seu pelotão de infantaria, para abrir caminho para o condenado e seus acompanhantes. Embora os soldados afastassem a população com suas lanças cruzadas, eles não conseguiam conter a multidão. Também o visconde Ludovico não conseguia chamar as pessoas à ordem. Quando seu cavalo foi cercado, ele ordenou que o cavaleiro Bodman, que liderava os servos municipais, fechasse os portões da cidade e só permitisse a passagem de pequenos grupos de curiosos. O condenado e os dignos senhores do tribunal tiveram que esperar até que a massa de espectadores tivesse se espalhado pelo Brüel e pelo adjacente Paradies, antes de poderem deixar a cidade.

Do corredor formado pelas prostitutas, com o qual os prelados queriam humilhar o dissidente boêmio, restava pouca coisa. Marie, bem como grande parte das meretrizes, havia sido empurrada até as fileiras dianteiras no local da execução, mas ela só se deu conta de como estava exposta ali quando o magistrado Ruppertus Splendidus, membro do séqüito do bispo de Constança, Frederico von Zollern, passou perto dela. Para sorte sua, ele só tinha olhos para alguns outros nobres senhores, sem dispensar sequer uma olhadela aos mais humildes. Marie continuou fitando-o até ele se acomodar, com a fisionomia cheia de presunção, em um dos bancos previstos para os nobres membros do concílio. Naquele momento, ela procurou se esconder atrás de um cavalariço bem alto.

Ruppert, no entanto, prestava mais atenção às pessoas do que Marie supunha. Seu olhar passava por senhores do conselho e mestres de guildas, que haviam acabado enredados no meio de feirantes faladeiras e das domésticas em aventais imundos, e captava alguns olhares invejosos. Agora, os bravateadores de Constança podiam testemunhar com que naturalidade o bispo Frederico e os demais nobres visitantes o tratavam como a um igual. Não demoraria muito e ele também teria livre acesso ao imperador e, quem sabe, seria aceito no círculo de seus conselheiros. Já lhe haviam confidenciado que alguns bispos e condes consideravam a ele, o filho mais novo de Heinrich von Keilburg, um nobre educado e agradável que se diferenciava, de maneira positiva, de seu irmão grosso e malcriado.

Ruppert partia do princípio de que muitos dos vizinhos e a maioria dos inimigos de seu irmão se sentiriam aliviados se ele tomasse o lugar de Konrad. Assim sendo, não demoraria muito e ele poderia pôr em ação o plano de livrar-se do conde. "Eu consigo tudo o que quero", pensou ele, em um acesso de exaltação. Foi então que se lembrou de haver encontrado resistência inesperada em um assunto que lhe era de suma importância, e ainda não descobrira o motivo para isso. Contra todas as expectativas, Mombert Flühi, que o processara várias vezes, continuava vivo. E sua filha também não dera mais o ar da graça.

Mas o que acontecera com Edviges não era culpa dele. Ele sorriu maliciosamente ao se lembrar do abade Hugo confessando-lhe o que fizera e pedindo-lhe ajuda. "Afinal, por que aquele imbecil também não esperara mais um pouco?" Para azar do clérigo, seu servo, Selmo, havia sido atacado, e a menina, junto com a ordem de soltura falsificada, havia sido seqüestrada. Isso preocupava muito o abade, embora Ruppert não acreditasse que o documento ainda existisse. Era de se supor que a menina tivesse sido vítima de mercenários, que a violentaram e jogaram no rio junto com o pergaminho incriminador.

Por um momento, Ruppert pensou em Edviges, com seus cabelos louros, motivo para as teimosas acusações de Mombert Flühi. Sua filha parecia-se muito com a filha de Matthis Schärer, Marie, e sempre lembrava o pai da fortuna que o cunhado perdera. Marie tinha sido verdadeiramente linda. Não restava dúvida de que um brutamontes como seu irmão ou Hugo von Waldkron teria se deitado com ela, em vez de permitir que um guarda a chicoteasse quase à morte para, depois, deixá-la morrer na beira da estrada. Ruppert, no entanto, não tinha o mínimo interesse no destino da moça. Ao contrário, sentia orgulho de ser capaz de controlar seu desejo sexual. Não fosse esse autocontrole, não teria conseguido tornar-se o herdeiro reconhecido e admirado de Keilburg. Se quisesse continuar trilhando seu caminho, não poderia se permitir qualquer fraqueza humana. Nisso, Rüppert pensou na meia dúzia de bastardos que seu irmão havia colocado no mundo com algumas servas, da qual ele também teria que se livrar se quisesse tomar posse da propriedade de Keilburg sem interferências.

Contra sua própria vontade, volta e meia Marie olhava novamente para seu ex-noivo, quase sufocando no ódio que sentia. Por isso, chegou a sentir-se aliviada quando os tambores rufaram anunciando a chegada do condenado e, assim, tirando-a de seus pensamentos assassinos. Todos os olhares voltaram-se, naquele momento, para o portão. Aqueles que conseguiam ver alguma coisa descreviam o que testemunhavam aos que se encontravam mais além.

Atrás de alguns monges que levavam uma cruz e balançavam incensórios, como se quisessem manter os demônios a distância, soldados da infantaria trajando armaduras levavam o magistrado Hus para fora da cidade. Quando o cortejo alcançou o espaço aberto em torno da fogueira, Marie pôde observar melhor o boêmio. Jan Hus caminhava ereto, com o rosto sério, sem deixar transparecer temor. Ele vestia uma túnica da vergonha negra, que simbolizava o inferno, para onde ele iria em breve. Na cabeça, tinha uma touca amarela, com dois demônios se engalfinhando e a palavra "herege" em latim.

Marie lembrou-se de seu próprio castigo e suas costas começaram a queimar e coçar tanto que ela pensou que não suportaria mais. Seu olhar passou, involuntariamente, do acusado para Ruppert. Ao contrário de Hus, o homem tinha tanta culpa acumulada que o solo deveria ter se aberto para engoli-lo.

Jan Hus foi levado até a fogueira, onde os servos do município o esperavam. Enquanto era amarrado nas toras de madeira e no tronco que se elevava do centro, Hus virou-se para Ludovico do Palatinado, que supervisionava a cena, de cima do cavalo, com a espada simbolicamente em riste.

– É-me concedida a graça de poder dirigir-me, pela última vez, ao povo?

– Para que você possa enfeitiçá-lo com suas bruxarias? Se você se atrever a dizer uma única palavra que não seja do meu agrado, mando amordaçá-lo.

– O que será um pouco difícil quando as chamas estiverem ardendo à minha volta. – O escárnio do boêmio era mais fino, mas mais certeiro do que a ameaça do Palatino.

Enquanto isso, os servos haviam terminado seu trabalho. Hunold checou, mais uma vez, as amarras do condenado, cuspiu na sua frente e pulou de cima da fogueira. Junto com os demais guardas, ele arrastou feixes de galhos e amontoou-os em volta da madeira mais grossa.

– Vá para o inferno! – Esse foi o desejo pouco devoto de Hunold para Hus. Depois, ele se dirigiu a uma bacia de ferro onde se encontravam várias tochas acesas e escolheu uma delas. Seu olhar procurou o do visconde, mas este lhe fez sinal para esperar um pouco. Sobre o calçamento da cidade ouviu-se um tropel de cavalos e, em seguida, o marechal Pappenheim e três acompanhantes cavalgaram pelo corredor mantido aberto, com dificuldade, pela infantaria do Palatinado. Pappenheim puxou as rédeas do cavalo em frente à pira e esperou até o nervoso cavalo parar de patear e virou-se para Hus.

– Sua Majestade Sigismund, Imperador do Santo Império Romano, Rei dos Alemães e Rei da Boêmia, concede-lhe a graça de renunciar às suas doutrinas falaciosas e retornar ao seio da Santa Igreja. Abjure e viverá!

Um murmúrio cresceu na multidão reunida. Parte dos presentes chegou a bater palmas. Marie, entretanto, havia conversado várias vezes sobre Hus com Württemberg para conhecer o jogo de cartas marcadas. Um mártir não servia nem ao imperador nem aos soberanos da Igreja. Eles haviam lhe mostrado do que eram capazes e ofereciam, no final, uma haste de palha. Cabia a ele aceitá-la se quisesse evitar a desgraça iminente. Se Jan Hus voltasse atrás, os ambiciosos abades e bispos teriam vencido. O homem poderia continuar com vida, mas seus seguidores se afastariam dele ou se curvariam, com ele, diante do clero romano. Caso contrário, ele queimaria, como aviso para todos que divulgassem mentiras semelhantes. Marie acreditava no que Hus havia dito, mas duvidava que valesse a pena morrer por isso. O sorriso singular nos lábios do boêmio revelava, entretanto, que ele pensava de outra forma.

Hus olhou para Pappenheim e riu na cara dele.

– Não! Não abjuro! Se eu fizesse isso, teria que reconhecer que a verdade é uma mentira e que a mentira é uma verdade. Além disso, acabaria eximindo o imperador de quebra de juramento. – Com isso, Hus se referia, em alto e bom som, ao salvo-conduto que lhe havia sido garantido por Sigismund e ao qual o imperador não havia se atido.

– Reflita bem e arrependa-se! – ordenou Pappenheim, uma vez mais.

Em vez de uma resposta, o acusado levantou os olhos ao céu e começou a entoar um cântico.

Por um momento, os responsáveis pela execução pareciam indecisos. O visconde aproximou seu cavalo da montaria do marechal do império e sussurrou-lhe algo. Finalmente, Pappenheim assentiu com a cabeça e, com a fisionomia furiosa, fez sinal para Hunold, que estava de pé ao lado da fogueira, mantendo a tocha de forma demonstrativa na mão.

– Guarda, execute sua função! – gritou o visconde, puxando o cavalo para trás, para afastá-lo das chamas.

Hunold já havia castigado muitas pessoas em sua vida, mas sempre se limitara a chicotear prostitutas e ladrões. Era a primeira vez que ele podia atear fogo a um homem. Quando aproximou a tocha dos galhos, sentiu-se no ápice de sua vida. Agora, ele era uma pessoa importante, que sempre seria respeitada ao cruzar com aristocratas e mercadores de peso.

Enquanto as labaredas cresciam, Jan Hus continuava cantando, sem vacilar. Algumas pessoas que se encontravam no Brüel acompanharam-no em coro, sensibilizadas, sem dar atenção aos cardeais e aos bispos, que se mexiam nervosamente em seus lugares, na dúvida se deveriam mandar os soldados dispersar a multidão ou se era melhor deixá-la continuar cantando.

Marie virou o rosto para não precisar ver aquele horror. Se pudesse, teria saído correndo, mas ela se encontrava de tal forma encurralada pela turba que mal conseguia respirar, que dirá andar. Perto dela, uma mulher desmaiou, mas a proximidade das pessoas impediu que caísse. Antes que algo pudesse lhe acontecer, seu acompanhante passou os braços à sua volta, para mantê-la em pé.

A certa altura, a voz de Hus desapareceu. Só restou o crepitar do fogo e a inquietação da multidão silenciosa. Marie olhou para o banco dos clérigos e viu que alguns não partilhavam da satisfação dos demais. Até na morte, Jan Hus havia triunfado sobre os dignitários da Igreja e marcado o imperador Sigismund com o estigma de Caim, por ter quebrado um juramento.

As pessoas ficaram ali, olhando para a fogueira até o fogo se extinguir. Sob o comando do visconde, os guardas da cidade apagaram as brasas incandescentes com água e juntaram as cinzas em uma tina grande, de ferro. Um homem que se encontrava perto de Marie explicou aos que estavam em volta que os restos do herege teriam que ser afundados no Reno.

– Pelo visto, os senhores bispos temem que um pássaro possa levar um bico cheio das cinzas dele para a Boêmia e entregá-las aos seus seguidores – acrescentou o estranho, irado, virando-se para ir embora.

A maioria conseguia se livrar do mal-estar rapidamente, começando a rir assim que cruzava os portões da cidade. Marie permaneceu por alguns instantes nas proximidades da mancha negra incendiada, o que restou da execução, tomada por pensamentos macabros.

Hiltrud, que também já havia deixado o lugar, sentiu falta da amiga ao passar por baixo do arco do portão da cidade e deu meia-volta. Quando viu o rosto petrificado de Marie, ela puxou a amiga pela manga com cuidado.

– Acorda, Marie! Você não pode ficar parada aqui. Cada um que passa fica olhando para você, cheio de curiosidade. Venha, vamos logo para casa!

Marie estremeceu e concordou. Ela se esquecera da própria segurança com a morte do reformador boêmio. Hiltrud arrastou-a atrás de si e tratou de se juntar a um grupo que se aproximava do Portão Escocês. Os vigias não se incomodaram com elas e deixaram-nas entrar na cidade sem qualquer problema. Enquanto se apressavam na direção de Ziegelgraben, Marie continuava pensando na execução do magistrado boêmio. Ela jamais se conscientizara tão claramente de que a justiça terrena era a justiça dos poderosos ou, como a senhora Mechthild teria colocado, a lei do mais forte. Uma profunda depressão apossou-se dela. Não seria atrevimento demais acreditar que alguém fraco e insignificante como ela, uma criatura da sarjeta, pudesse se vingar de um homem como o magistrado Ruppertus Splendidus? Quando elas alcançaram a casinha, encontraram a porta apenas encostada e deduziram que Kórdula havia chegado antes. Mas era Wilmar, que havia forçado a entrada. Ele estava sentado na cadeira, no quarto de Hiltrud, mantendo as mãos de Edviges nas suas. Ao seu lado havia um embrulho que só se reconhecia como uma pessoa à segunda vista. Era um garoto de seus 16 anos, cujos olhos arrogantes miravam as duas mulheres. Marie viu, no entanto, que os músculos do queixo tremiam. Se ele não tivesse sido habilmente amordaçado, provavelmente teria gritado de medo.

Wilmar puxou Edviges, que estava visivelmente constrangida com a situação, para perto de si e cumprimentou as duas mulheres com euforia.

– Finalmente, vocês chegaram! O que me dizem disso? Consegui pegar o Melcher. Fiquei procurando por ele durante semanas, sem conseguir encontrar uma pista sequer. Eu já estava prestes a desistir. Foi então que o vi pegando um barco em Lindau, para voltar para Constança, e peguei a embarcação seguinte. Como tantos outros, também ele queria ver o magistrado da Boêmia ser queimado. Descobri-o numa árvore, perto do Brüel, e o derrubei feito fruta madura.

Marie fitava Wilmar atônita.

– Como você conseguiu carregá-lo para dentro da cidade?

– Eu o amarrei, amordacei e pus dentro de um saco. Eu ia contar aos vigias do portão que tinha comprado um porco, mas não havia ninguém lá. Os homens também tinham ido ao Brüel para ver Johann Hus ser queimado vivo. Assim sendo, não precisei nem pagar imposto pelo meu leitãozinho. – A alegria de Wilmar pelo sucesso de sua empreitada era óbvia.

Edviges olhava para Wilmar com os olhos brilhantes.

– Agora, conseguiremos provar a inocência de meu pai, não é mesmo?

Wilmar assentiu, animado, mas Marie temperou sua euforia.

– Não será tão fácil assim. Teremos que esconder o garoto entre os soldados de Michel até o início do processo. Você, Wilmar, terá que combinar com

Michel para ele levar o garoto daqui hoje à noite. E pergunte-lhe também onde ele pode alojar você. Edviges, você vai voltar já para cima, para o meu quarto. Foi muita irresponsabilidade da sua parte descer e ficar aqui embaixo, onde os passantes podem reconhecê-la da janela.

Os dois jovens olharam tão assustados para Marie que ela quase deu uma gargalhada. Enquanto ela ficou observando Wilmar ajudar Edviges a subir as escadas, percebeu que seu desespero estava dando lugar a uma euforia que a deixava confusa. A execução de Jan Hus fora um episódio que não podia ter influência nas suas ações e na sua vida em geral. Agora que o imperador não estava mais ocupado com o magistrado boêmio, era possível que estivesse mais inclinado a satisfazer o desejo de Württemberg e realizar um processo justo contra o assassino do fidalgo von Steinzell.

Marie colocou o xale, pois estava esfriando lá fora, e correu para a casa de seu amante, o conde, para informá-lo sobre a captura de Melcher.

V

Marie não encontrou Eberhard von Württemberg. O porteiro informou-lhe que o imperador havia convocado os dignitários do império para discutir com eles como proceder doravante e pediu-lhe para retornar na manhã seguinte. Marie sentiu-se como se tivesse batido contra uma parede. A energia que ela acumulara para convencer o conde a tomar uma atitude se esvaía, desencorajando-a. Assim, ela retornou à sua casinha, com os ombros caídos, desejando, apenas, poder se esconder e dormir. Mas, quando ela subiu as escadas para o seu quarto, deparou com Edviges e Wilmar, sentados na frente da cama, de mãozinhas dadas. A devoção que os dois sentiam um pelo outro era algo que Marie jamais pudera sentir. Contra sua vontade, começou a sentir inveja. Em vez de mandar Wilmar embora, sua intenção original, e enxotar Edviges para o saco de palha no canto onde ela costumava dormir, sob a inclinação do telhado, Marie se virou, desceu novamente as escadas e foi ajudar Hiltrud na cozinha.

Quando se aproximou da casa de Württemberg, na manhã seguinte, o porteiro escancarou o portão antes mesmo de ela se anunciar. O homem parecia estar feliz da vida por vê-la tão cedo pela manhã.

– O céu seja louvado por sua vinda, Marie! Sua excelência está insuportável hoje.

Marie não precisava perguntar nada, pois dava para ouvir a voz furiosa de Württemberg da rua. No mesmo instante em que ela entrava na casa, passos apressados soaram na escadaria, seguidos de um barulho. Um lacaio pulava os degraus aos pares, conseguindo se esquivar, no último instante, de uma cadeira que o conde lhe atirara em um ataque de ira. Marie perguntou-se, amedrontada, o que poderia ter causado tamanha raiva. Ela estava a ponto de ir embora para retornar outro dia, mas acabou cerrando os dentes e subiu as escadas.

Eberhard, conde de Württemberg, encontrava-se na soleira da porta de seus aposentos, e já segurava outro objeto que, certamente, atiraria na cabeça do próximo que lhe dirigisse a palavra. Quando viu Marie chegando, deixou cair a tigela de prata, aproximou-se dela e apertou-a violentamente contra o peito. Seu hálito azedo e os olhos trêmulos revelavam que havia bebido demais. Sua camisa estava aberta e ele tinha arrancado um botão da braguilha. Marie compreendeu que algo havia acontecido e olhou para o conde inquiridoramente.

– O diabo que carregue o imperador! – exclamou ele, em vez de cumprimentá-la.

– O senhor se indispôs com ele?

– Se eu me indispus? Se eu tivesse me atrevido a pronunciar uma palavra sequer de contradição, ele teria me desterrado do império, do jeito que é teimoso. Depois de ter levado o magistrado boêmio à fogueira, nada mais o segura na cidade. Ele quer partir para a Espanha, o mais rapidamente possível, para se acertar com os reis locais sobre Pedro de Luna, ou melhor, sobre sua Santidade, Bento XIII. No momento, isso é mais importante para Sigismund do que todo o resto. Quando eu o interpelei sobre decisões em aberto, questões que já deveriam ter sido resolvidas há tempos, entre outras sobre o assassinato do fidalgo Steinzell, ele me dispensou rudemente. Durante a nossa discussão, descobri que ele já havia repassado o processo contra seu tio ao tribunal episcopal, por recomendação do digníssimo senhor Ruppertus von Keilburg. Realmente, tive que me segurar. Ruppertus von Keilburg, foi assim que ele chamou aquele bastardo miserável, que deveria ter sido carregado pelo diabo antes anteontem do que ontem. Agora, só falta

Sigismund nomear Konrad von Keilburg para duque da Suábia, afinal, ele já é poderoso o suficiente para isso.

Marie cerrou os punhos, numa ira contida.

– Aos poucos, acredito que o diabo ainda ajude gente como Ruppertus e o irmão a conseguir poder por meio das atrocidades que cometem. Diante do tribunal episcopal, meu tio já é um homem morto antes mesmo de o processo ter início.

O conde Eberhard puxou-a para junto de si, passou a mão em seus cabelos e tentou consolá-la em silêncio. De início, Marie quis afastá-lo, pois estava tensa demais; mas, depois, cedeu e apoiou-se nele.

– Justo agora que eu tinha novamente esperanças. Wilmar encontrou o aprendiz Melcher, que poderia testemunhar a favor da inocência de meu tio.

Württemberg fez um gesto de cansaço.

– Esse só nos seria útil se fosse o próprio imperador a fazer justiça e se pudéssemos apresentar as demais provas que incriminam Ruppertus Splendidus. Mas, para fazer Sigismund mudar de idéia, só mesmo se Deus descesse dos céus.

Eberhard von Württemberg largou Marie e aproximou-se da janela, como ele costumava fazer quando não estava satisfeito consigo mesmo.

Marie postou-se ao seu lado e segurou seu braço, como se o conde fosse a única pessoa que pudesse protegê-la em um mundo no qual todos os seus desejos e esperanças sempre acabavam despedaçados, enquanto fitava as aglomerações de pessoas que passavam. Seu olhar recaiu sobre um grupo de prostitutas que ela conhecia e que conversava animadamente enquanto ia na direção de Ziegelgraben. Por um momento, Marie perguntou-se, irritada, se haveria nova reunião em sua casa hoje. Estava cheia das lamúrias e reclamações inúteis. Foi aí que teve uma idéia. Ela respirou fundo e procurou pôr seus pensamentos em ordem. Somente quando Württemberg conseguiu desvencilhar seu braço das mãos crispadas de Marie e as beijou, marotamente, ela se conscientizou de que permanecera estática por instantes e enterrara as unhas na pele do conde, seu amante.

Desculpando-se, acariciou o braço do nobre e deu-lhe um sorriso brejeiro.

– O imperador ainda não partiu. Mantenha-se preparado, amanhã, na missa matinal da catedral, com alguns de seus homens. Eu me incumbo de fazer o milagre.

O conde apertou os olhos, avaliou Marie e chegou à conclusão de que ela estava falando sério.

– Está bem, mocinha, se você conseguir chamar a atenção do imperador para a nossa causa, receberá seu peso em ouro.

– Farei a minha parte.

Marie fez uma mesura e já queria se despedir do conde. Mas, ao ver a decepção estampada em seu rosto, ela tirou o vestido e deixou-se cair sobre a cama. Era melhor se ele pudesse encarar o dia seguinte relaxado e satisfeito.

VI

Enquanto o imperador Sigismund e seu séqüito se dirigiam à missa na manhã seguinte, inúmeras prostitutas seguiam para a catedral e se reuniam nos dois pátios. A princípio, ninguém prestou atenção nas mulheres, mas, à medida que elas iam aumentando em número, chegando a bloquear os portões da igreja, os vigias da cidade começaram a ficar preocupados. Seu comandante, cavaleiro Bodman, começou enviando alguns servos da municipalidade. Estes ordenavam, rudemente, que as prostitutas liberassem a passagem pelo portão principal.

Madeleine postou-se diante dos homens e colocou as mãos nos quadris.

– Queremos falar com o imperador.

Os servos tentaram cumprir as ordens que haviam recebido xingando e gesticulando furiosamente, mas as mulheres se aproximavam cada vez mais, com os rostos tão determinados que um dos homens deu meia-volta para reportar-se ao comandante.

Quando ele informou o que Madeleine havia dito e pediu novas ordens, o rosto de Bodman ficou roxo. Ele forçou seu cavalo a subir as escadas, voltando atrás em seguida, pois o número crescente de mulheres ameaçava encurralá-lo. A partir daí, passou a gritar para as mulheres. Tanto elas quanto ele sabiam, no entanto, que ele não tinha homens suficientes para detê-las. Alguém sugerira mandar chamar o pelotão de infantaria do Palatinado. Mas não havia sombra de seus soldados, e os mensageiros que deveriam chamá-los retornavam sem terem conseguido cumprir a missão.

Uma das prostitutas cutucou Marie no ombro, dando risadinhas.

– Eu vi seu namorado partir com o pelotão completo, cedinho pela manhã. Muita bondade da parte dele manter-se fora disto.

Marie assentiu, satisfeita. Michel conseguira manter a palavra. Ele agiria na hora certa, mas de forma bem diferente do que o cavaleiro Bodman imaginava. Marie sabia que seu amigo de infância corria um grande risco, pois, se este plano falhasse e Ruppert triunfasse, Michel pagaria com a vida.

Quando um grupo maior de prostitutas baratas estava subindo a rua para a catedral, o cavaleiro Bodman ordenou que os servos obstruíssem seu caminho. Algumas das prostitutas que se encontravam na escadaria correram na direção das colegas, impediram a passagem dos servos e cobriram-nos de insultos obscenos. Houve até aquelas que chegaram a levantar a saia e mostrar as nádegas desnudas.

Sob o olhar perplexo do comandante, as mulheres recém-chegadas passavam por entre a fila dos servos municipais e juntavam-se às demais. O cavaleiro Bodman ficou visivelmente nervoso, pois, a julgar pelo cântico do coro, a missa estava chegando ao fim. Ele aproximou o cavalo mais uma vez das prostitutas, ficou em pé nos estribos e levantou os braços, para chamar a atenção.

– Qual é o motivo deste tumulto? O imperador já deve estar saindo da catedral. Vocês querem que ele as considere uma turba de megeras selvagens e as enxote da cidade?

Madeleine concedeu ao cavaleiro um olhar que vinha do fundo de sua alma e sorriu docemente. Mas as suas palavras transformaram sua fisionomia em pura zombaria.

– Ficaremos aqui até o imperador nos ouvir!

O cavaleiro engoliu em seco.

– Mas vocês não podem obstruir o caminho do imperador! Tomem juízo e desapareçam, senão ordeno aos servos que as mandem para o diabo.

Madeleine riu na cara dele.

– Se não houvesse mais prostitutas, as coisinhas que você e seus homens têm entre as pernas morreriam de saudades. Além disso, pode dizer aos seus homens que aquele que bater na gente ou nos machucar encontrará as nossas portas trancadas no futuro.

– Você está querendo me chantagear, mulher? – Bodman levantou o punho, como se quisesse dar uma lição em Madeleine, mas deixou-o cair num gesto de impotência.

O que ele queria mesmo era dispersar o mulherio à mão armada, mas, se mandasse seus homens enfrentar prostitutas com lanças e alabardas, acabaria se tornando motivo de chacota para todos os seus colegas. E, depois da ameaça que Madeleine fizera em alto e bom som, ele não podia mais contar com todos os seus homens.

– Estou lhes avisando, o imperador ficará furioso! – gritou ele, suplicante, mas só recebeu umas risadinhas sarcásticas como resposta.

Pouco depois, o último "amém" ressoou dentro da catedral e, em seguida, os imponentes portões da igreja se abriram. Jovens da nobreza, de túnicas brancas, saíram seguidos de seis soldados da guarda imperial, envoltos em armaduras reluzentes. Eles só chegaram até o pé da escada, onde as prostitutas aglomeradas impediam a passagem. Impotentes, se viraram e olharam para o imperador, que estava nesse momento saindo, à frente de seus nobres e das autoridades da cidade.

A princípio, o rosto de Sigismund indicou surpresa, mas logo passou a expressar contrariedade. Estava acostumado a encontrar muitas pessoas no pátio dianteiro. Mas, até então, todas haviam se curvado diante dele, respeitosamente, e formado um corredor, pelo qual ele e seus acompanhantes podiam caminhar por entre a multidão, como em uma procissão. Naquele momento, entretanto, ele se deparava com mulheres semi-selvagens, que nem o cumprimentavam como lhe era de direito nem faziam menção de recuar e abrir caminho para ele. Seu olhar passava sobre o mar revolto de cabeças e acabou pousando, acusadoramente, sobre Bodman. O cavaleiro fez um gesto de impotência ao apontar para seus homens e gritou que o populacho de prostitutas só poderia ser afastado à força. Nesse meio-tempo, Madeleine havia conseguido atravessar o círculo formado pelo grupo de co-combatentes e encontrava-se bem em frente ao imperador. Ela fez uma mesura e olhou para ele com um sorriso que mesclava tanto um pedido de desculpas quanto uma provocação.

– Temos que falar com Vossa Majestade.

O imperador passou um olhar enojado por seu decote ousado e, sem jeito, começou a alisar seu pomposo manto, cujo tecido púrpura era enfeitado com brocado a ouro. Depois, ele levantou a cabeça, decidido, e olhou para Madeleine como se ela fosse um verme asqueroso que ousara cruzar seu caminho.

– O que você quer, mulher? – A pergunta de Sigismund revelou que ele estava disposto a comprar seu caminho com pequenas concessões.

Madeleine levou isso em conta com um sorriso polido.

– Nós, prostitutas, temos motivo de sobra para fazer reclamações. O comissário de Vossa Majestade, aqui na cidade, recusou-se a tomar conhecimento, por isso, temos que importunar Vossa Majestade pessoalmente.

– Vocês têm motivo de reclamação? E, no entanto, vocês cobram tanto por seus serviços que até meus vassalos se sentem extorquidos. – O imperador havia ouvido com freqüência os versos zombeteiros de Oswald von Wolkenstein e, por isso, não tinha como levar Madeleine a sério.

A prostituta francesa levantou a cabeça e fitou o imperador com olhar penetrante.

– Sim, temos motivo para reclamação. Vossa Majestade acredita que cobramos tanto por ganância? Mas não é bem assim...

– Ah, não é não? Chegou aos meus ouvidos que vocês agem como verdadeiras harpias e mal se contentam com o dobro do preço estipulado pela cidade.

O conselheiro Alban Pfefferhart postou-se entre Madeleine e o imperador e interrompeu-a, ansioso. Pelo visto, ele queria evitar que o senhor do Sacro Império Romano tivesse que continuar falando com uma prostituta.

Madeleine avaliou, com um olhar de desprezo, aquele homem; apesar de vestir sua melhor indumentária, parecia mais uma perdiz entre faisões dourados no meio daqueles nobres ricamente trajados.

– Vossos padeiros e açougueiros também não se atêm aos preços estipulados quando vêem uma prostituta chegando, ao contrário, cobram quatro vezes o preço de um filão de pão ou de uma lingüiça. Os preços máximos estipulados por Vossa Majestade só garantem aos nobres senhores uma existência relativamente em conta. Nós, prostitutas, temos que pagar o que nos é cobrado se não quisermos morrer de fome.

Pfefferhart apertou os lábios.

– Tomarei providências para que não sejam mais passadas para trás.

Ele pensou que havia acalmado Madeleine com sua promessa, mas a prostituta voltou-se, novamente, para o imperador.

– Esse foi apenas o primeiro ponto de nossa lista de reclamações. Na verdade, o de menor importância. Acima de tudo, o que nos incomoda é a concorrência desleal das mulheres locais, que levantam as saias para os membros do concílio e seus acompanhantes, favorecendo, assim, a queda dos nossos preços. A maioria das prostitutas foi acusada de falsidade por ínfimos delitos, e condenada à vida de prostituição. Outras, ainda em criança, foram vendidas a cafetões, como um saco de farinha, e têm que pagar por isso com o desprezo de seus semelhantes pelo resto da vida. Agora, nos perguntamos como as servas de Constança conseguem juntar um dote e as honradas esposas receber uma mesada extra com atos impudicos e, ainda assim, continuar sendo consideradas mulheres honradas.

O imperador olhou para Pfefferhart como se quisesse responsabilizá-lo pela situação constrangedora.

– Isso é verdade?

O conselheiro ficou tão branco quanto antes ficara vermelho.

– Bem, deve haver uma ou outra serva da cozinha que se envolve com um monge ou soldado por alguns centavos. É difícil fazer algo contra isso.

Madeleine riu, sarcástica, na cara de Pfefferhart.

– Uma ou outra serva, diz o senhor? Há mais mulheres de Constança que se entregam à prostituição do que prostitutas nos bordéis locais. E elas costumam fazê-lo com o conhecimento e consentimento dos maridos e pais. Como seus custos são inferiores aos nossos, podem pedir menos e, com isso, atrair os homens para si.

Uma prostituta barata de mais idade, que se postara ao lado de Madeleine, levantou o vestido sobre as costas e mostrou ao imperador as cicatrizes brancas que as cobriam.

– Foi isso que me fizeram quando me encontraram com um outro homem, que não o meu marido, na cama. Depois, fui expulsa da cidade sem um centavo no bolso e por pouco não morri na sarjeta à beira da estrada. Se, hoje, as tão honradas senhoras de Constança me tiram o pão da boca, não conseguirei sobreviver o inverno.

O imperador fitou o traseiro da mulher, que não tinha nada de bonito, e, a julgar pelo tom de voz indignado, ela parecia também querer culpar o conselheiro por isso.

– É verdade que honradas cidadãs e donzelas da cidade se entregam à impudicícia?

Pfefferhart levantou as mãos, em desespero.

– Perdoe-me, Majestade. Não tenho conhecimento disso.

– Então, é hora de aguçar os ouvidos, conselheiro! – aconselhou Madeleine. – Dê uma olhadinha na Casa da Espiga, na Ringwilgasse. Lá pega fogo!

Pfefferhart bufou.

– O cidadão Balthasar Rübli instalou um bordel ali, oficialmente.

– E permite que sua esposa, filhas e servas recebam clientes lá – gritou uma das companheiras de Madeleine que se encontrava mais atrás.

– Quem se prostitui não pode mais ser considerada uma senhora honrada. – As palavras do imperador exprimiam todo o desprezo de um nobre pela escória da sociedade. – Tomei conhecimento de suas reclamações e ordeno que todas as mulheres e moças de Constança, cidadãs ou servas, cuja acusação de impudicícia for comprovada, sejam tratadas como prostitutas. Elas serão chicoteadas e expulsas da cidade, sem ter o direito de jamais pôr os pés em Constança novamente.

Sigismund não havia terminado de pronunciar as últimas palavras e as prostitutas gritaram em júbilo e aclamaram sua sabedoria. Como as cidadãs e as donzelas tinham mais a perder do que apenas a reputação, não abririam mais as pernas tão facilmente. Se o dinheiro ganho com facilidade as atraía, a vida miserável de uma prostituta errante certamente não o faria. Naquele ínterim, outros participantes da missa haviam conseguido sair da catedral e tentavam descobrir o motivo do atraso na partida do imperador. Marie reconheceu Lütfried Muntprat, o cidadão mais rico da cidade; ao seu lado, Ruppertus Splendidus e o abade Hugo von Waldkron. Enquanto Ruppertus se divertia assistindo ao imperador fazer concessões para as prostitutas, dava para ver que o abade teria preferido ordenar aos soldados que despissem as mulheres para serem chicotedas ali mesmo.

Marie estremeceu ao pensar que a prima quase caíra nas mãos daquele homem e ficou-lhe claro que ela teria que tomar alguma atitude se quisesse que a revolta que iniciara alcançasse seu objetivo. Enquanto as prostitutas já se preparavam para abrir caminho para o imperador, ela se aproximou de Madeleine e levantou a mão.

– E o que acontece com as moças que caem nas mãos de canalhas covardes e perdem sua virgindade à força? – A voz de Marie reaproximou as prostitutas.

Ela viu muitos rostos curiosos e esperançosos voltados para si, endireitou as costas e subiu as escadas. Enquanto isso, seu olhar recaiu sobre Ruppert.

Seu ex-noivo reconheceu-a e, pelo visto, era como se a terra tivesse se aberto diante dele, expelindo um demônio. Seu primeiro golpe, entretanto, atingiria outra vítima.

Marie deu as costas ao ex-noivo e postou-se diante de Alban Pfefferhart.

– Gostaria de ter informações sobre a minha prima, Edviges Flühi, filha do tanoeiro Mombert Flühi.

– O que é que tem essa menina, mestre Alban? – perguntou o imperador, mal-humorado.

O conselheiro mordeu nervosamente os lábios.

– Essa é uma história tão misteriosa quanto desagradável, Majestade. Edviges Flühi foi encarcerada como provável cúmplice de assassinato, há algumas semanas, mas desapareceu na mesma noite, sem deixar rastro, da Ziegelturm, onde foi presa. Tudo isso é um mistério para mim.

– Sério? – Marie tirou o pergaminho do abade Hugo de dentro do xale e estendeu-o para Pfefferhart. – O senhor deve ter mais a ver com o caso do que quer admitir.

Enquanto Pfefferhart fitava o pergaminho, confuso, o abade Hugo deu um grito e empurrou os homens à sua frente para o lado, a fim de pegar o documento. Mas, justamente nesse instante, os guardas do conde de Württemberg cercaram-no impedindo que alcançasse o conselheiro. Pfefferhart leu o pergaminho, entendendo cada vez menos de que se tratava, e devolveu-o a Marie.

– Isso não é meu! Alguém aprontou uma tramóia bem ardilosa e assinou o meu nome embaixo. – Sua voz se atropelava de nervosismo enquanto falava.

Marie engoliu em seco e ficou sem saber como deveria proceder daí por diante. Pfefferhart parecia, realmente, não haver assinado o mandato de soltura. Agora, ela precisava de outra pedra para fazer o resto do bando hipócrita tropeçar. Antes de poder dizer mais uma palavra, o imperador chamou-a para perto de si, tirou o pergaminho de sua mão e entregou-o ao bispo de Constança. Este leu o documento em voz alta e olhou inquiridoramente para Pfefferhart.

– Isso é uma falsificação criminosa – certificou o conselheiro, mais uma vez, levando as mãos ao pescoço, como se a gola lhe estivesse apertando.

Marie deu uma olhada para Waldkron, que, nesse meio-tempo, havia se recomposto e ensaiava uma fisionomia de indiferença. Ele parecia estar certo de que ninguém associaria o pergaminho à sua pessoa. Marie jogou a cabeça para trás e sorriu para Pfefferhart.

– É possível que eu possa ajudar os senhores. Um amigo meu tomou esse documento do servo pessoal do abade Hugo von Waldkron, um sujeito chamado Selmo, depois de ele haver tirado minha prima da Ziegelturm.

– Então a moça ainda vive e está bem?

Pfefferhart suspirou aliviado quando Marie assentiu com a cabeça.

O abade Hugo, no entanto, ameaçou Marie com o punho em riste e gritou:

– Calúnia!

Marie ainda quis aconselhar Pfefferhart a perguntar ao vigia da Ziegelturm, quando um grupo de soldados do Palatinado, sob o comando de Michel, marchou para dentro do pátio da catedral. Eles arrastavam Selmo, que estava amarrado no meio deles e gritava palavrões, enquanto o vigia da Ziegelturm caminhava ao lado de Michel, gesticulando vigorosamente com os braços. Foi então que o homem viu Pfefferhart e abriu caminho no círculo das prostitutas sem o mínimo de consideração, o que provocou uma cascata de xingamentos. Mas, quando ele parou na frente do conselheiro e apontou para Selmo, fez-se silêncio repentinamente.

– Senhor, o rapaz ali, vestindo o hábito, é o monge que levou a menina naquela noite. Reconheço-o sem uma ponta de dúvida.

Pfefferhart avaliou Selmo, escoltado pelos soldados por entre as mulheres que deixavam passagem, e olhou para Michel, sem entender.

– Quem é esse sujeito?

Marie respondeu no lugar de Michel.

– Esse é o rapaz que eu acabei de acusar. Ele se chama Selmo e está a serviço do abade Hugo von Waldkron.

Pfefferhart partiu para cima de Selmo e sacudiu-o.

– Como é que você chegou a este pergaminho, seu sujeitinho?

– Que pergaminho? Não sei de nada! Prenderam-me injustamente e trouxeram-me para cá... – A voz de Selmo soou indignada, como se realmente fosse inocente, mas a forma como olhou para seu mestre traiu-o.

Pfefferhart virou-se para o abade e apontou acusadoramente o dedo em sua direção.

– Quer dizer que a falsificação foi feita por Vossa Reverendíssima! E como é que conseguiu o selo da cidade de Constança?

O rosto do abade ficou vermelho e ele se virou para o imperador.

– Não tenho absolutamente nada a ver com este caso. Nem o meu servo. Isso é uma conspiração, Majestade, que tem por objetivo prejudicar seus servos mais leais e, com isso, a coroa.

O imperador ficou indeciso e deu a entender que preferia confiar na palavra do abade. Foi então que o conde de Württemberg, que, até então, havia se mantido a distância, se aproximou.

– Temos palavra contra palavra aqui. Mas um selo falsificado é tão criminoso quanto uma calúnia. Há uma forma simples de livrar o abade Hugo dessa acusação. É só vasculhar seus aposentos aqui, em Constança, e sua casa, em Maurach. Se não encontrarem nada, trata-se, realmente, de uma calúnia.

O imperador assentiu aliviado, pois, assim, seria possível, finalmente, dispersar aquela multidão. Antes de poder dar qualquer ordem, Ruppertus Splendidus adiantou-se.

– Permita-me realizar essa busca, Vossa Majestade!

Sigismund abriu a boca, mas, antes de poder dizer qualquer coisa, a voz do conde Eberhard ecoou no pátio.

– Não, Majestade! Não permita isso! Assim, Vossa Majestade acabaria fazendo do bode o jardineiro.

O imperador cerrou os punhos e lançou um olhar de advertência para Württemberg. O conde Eberhard curvou-se, desculpando-se, e apontou para o magistrado.

– Acuso o magistrado Ruppertus Splendidus de perjúrio, falsificação, calúnia e incitação a assassinato e possuo provas suficientes para sua condenação. Por exemplo, ele mandou roubar o testamento original do cavaleiro Otmar von Mühringen e apresentou uma falsificação, que permitiu a transferência das propriedades de Mühringen para as mãos de seu meio-irmão, Konrad von Keilburg. Da mesma forma, por meio de testamentos falsificados e perjúrios, ele conseguiu que as propriedades Dreieichen, Zenggen, Felde e outras mais fossem indevidamente transferidas para o nome de seu pai, e, após a morte deste, para o nome de seu meio-irmão, Konrad von Keilburg.

Ruppert ficou encarando Marie, que esboçava um sorriso malicioso. Depois, incrédulo, levou as mãos à cabeça e deu uma gargalhada fingida.

– O senhor deve ter bebido demais ontem à noite e tido pesadelos horríveis, conde Eberhard. Caso contrário, não vejo como pode dar ouvidos a essas alucinações.

Württemberg nem chegou a conceder um olhar a Ruppert.

– Tenho provas incontestáveis para estas e outras patifarias do bastardo Keilburg.

Marie estava feliz de ter conquistado o conde como aliado. Se ela tivesse acusado Ruppert, não teria chegado longe. Ele teria rebatido suas acusações com tranqüilidade e a teria ridicularizado. Mas ele nada podia contra a palavra de um Eberhard von Württemberg, que superava o conde de Keilburg em influência e poder. Mesmo assim, ela não estava disposta a deixar o campo de batalha nas mãos dos nobres para travarem suas brigas por terras e castelos. Ela deu um puxão no manto do imperador, fez uma reverência e apontou para Ruppert.

– Acuso esse homem de haver assassinado meu pai e de haver me tirado a honra e a herança.

– Isso é ridículo! – Ruppertus fez menção de bater em Marie, mas alguns dos acompanhantes de Württemberg seguraram-no de imediato.

Alban Pfefferhart curvou-se diante do imperador.

– Permita-me ir revistar os aposentos do abade.

Quando Sigismund concedeu-lhe a permissão, o conselheiro fez sinal para que o cavaleiro Bodman o acompanhasse, com alguns de seus homens. Michel juntou-se ao grupo, com mais alguns de seus soldados.

O imperador deu uma olhada pela multidão aglomerada à sua frente, que, durante a discussão, havia duplicado com a chegada de mais cidadãos curiosos. Com um gesto rude, ele ordenou a seu séqüito que retornasse para o interior da catedral. Württemberg também mandou seus homens levarem o magistrado e o abade, que ofereciam forte resistência, de volta para a igreja. Marie ficou olhando para eles sem saber o que fazer. Um sinal do conde livrou-a de uma decisão.

As pessoas dentro da catedral entreolhavam-se sem entender e apenas a presença do imperador, que se sentara no trono mudo e zangado, impediu-as de começar a discutir em voz alta. Olhares curiosos e irritados dirigiam-se a Württemberg, que foi considerado o iniciador da revolta. Muitos também olhavam para Marie, que, em suas roupas simples com as fitas amarelas de prostituta, parecia um corpo estranho entre as autoridades do império ali reunidas e os aristocratas de Constança. Alguns apontavam com o dedo para ela e para o conde enquanto conversavam animadamente com os vizinhos, sem dúvida para informá-los de que ela lhe esquentava a cama regularmente.

O bispo de Constança, Frederico von Zollern, subiu ao altar e começou uma prece, menos porque se sentia inclinado a conversar com Deus do que para passar o tempo – não só para ele, mas para todos os presentes. Passou-se quase uma hora até Pfefferhart e Michel voltarem com o grupo. O conselheiro carregava uma caixinha comprida de madeira nos braços estendidos, como se tivesse medo de se sujar com ela, e colocou-a aos pés do imperador. Sigismund ordenou-lhe, com um gesto rápido, que colocasse seu conteúdo sobre o banco. Pfefferhart tirou um selo após o outro, como se cada um fosse uma ofensa contra ele próprio e contra todos os senhores ali reunidos.

– O abade de Waldkron não só possui o selo de Constança, como também de algumas outras nobres linhagens. Dificilmente eles chegaram ao seu poder por meios lícitos.

O abade Adalwig, de Santa Otília, que estava sentado na parte posterior da nave sul junto com o cavaleiro Dietmar e a senhora Mechthild, levantou-se e correu para a frente.

– Nos últimos 12 anos, o monastério de Waldkron tem sido agraciado sobremaneira com grandes doações que surpreenderam os herdeiros de muitos nobres falecidos, levando alguns até a passar por dificuldades. Estou convencido de que os selos foram utilizados na falsificação de testamentos.

Aquela acusação arrancou muitos nobres de seus bancos, e aqueles que tiveram que abrir mão de terras férteis, inclusive com aldeias que lhes traziam boa receita, em favor do monastério, começaram a reclamar seus direitos aos gritos. Demorou um bom tempo até Eberhard von Württenberg e Frederico von Zollern conseguirem acalmar os senhores. Mas o silêncio não perdurou. A um sinal de Pfefferhart, uma escrivaninha foi trazida por alguns dos soldados do Palatinado, sob a supervisão de Michel. A falta de cuidado dos homens ao trazerem o móvel não fizera bem à mesa ricamente torneada e marchetada.

O magistrado Ruppertus reclamou, indignado, tentando se livrar dos guardas.

Michel ordenou que seus soldados colocassem o móvel diante do altar.

– Tendo sido o magistrado Ruppertus também acusado de falsificação, achei conveniente revistar seus bens. Durante o processo, esta escrivaninha chamou a minha atenção. Encontramos várias cavidades, que servem de compartimentos secretos, e forçamos uma delas. Ela continha isto aqui. – Michel entregou ao conde de Württemberg um pergaminho com vários selos.

Este deu uma olhada no documento e riu, como se tivesse encontrado a prova para suas suspeitas.

– Este é o testamento verdadeiro do cavaleiro Kunos, tio de Gottfried von Dreieichen, que teria passado seus bens para o nome de Heinrich von Keilburg.

Marie parecia ser a única a perceber o alívio que ecoava na voz do conde Eberhard. Com aquela descoberta, Ruppert havia sido desmascarado de uma vez por todas. Ela também não se continha de felicidade, embora se perguntasse por que o homem não destruíra o documento. A explicação mais à mão devia ser chantagem. Um documento assim podia ser uma arma contra seu irmão, para o caso de ele se cansar dos serviços de Ruppert.

O testamento de Kunos von Dreieichen não era o único achado dentro daquela escrivaninha. Quando os servos despedaçaram o móvel a mando do imperador, surgiram outros documentos, junto com um livro de papel feito à mão, com mais da metade das páginas escritas com a letra bem legível de Ruppert.

Sigismund deu uma rápida olhada e entregou-o ao bispo Frederico.

– Parece-me latim, mas as palavras não fazem sentido.

O bispo franziu a testa e olhou para a primeira página, murmurou algo e folheou as páginas seguintes. Quando o imperador pigarreou, impaciente, ele olhou assustado e fechou o livro com um estampido seco.

– O texto está escrito em um código usado por clérigos para anotações secretas. Ruppertus Splendidus mantinha um diário, no qual anotava tudo o que fazia. Este documento contém o relato de todos os seus crimes. Sim, o homem é realmente culpado de todas as acusações feitas aqui e ainda tem muito mais injustiças na consciência.

– Então ele será julgado, bem como todos os seus cúmplices.

Para reforçar, o imperador bateu no banco da igreja e ordenou que os guardas amarrassem Ruppert e o abade de Waldkron e os levassem aos seus alojamentos.

VII

Os dias que se seguiram tornaram-se um verdadeiro pesadelo para Marie. Ela também havia sido levada para o convento Petershausen – onde o imperador Sigismund estava acomodado – e presa em um dos aposentos. Recebia uma refeição duas vezes ao dia e um pouco de água para se lavar, mas não pôde sair do quarto uma vez sequer. Após tantos anos de andanças, as paredes sufocavam-na, ainda mais por que ninguém lhe dizia o que pretendiam fazer com ela. Em sua fantasia, ela se via presa ao tronco da vergonha, sendo chicoteada, lentamente, até a morte, enquanto Ruppert observava, triunfante, em seus trajes de nobre.

Se alguém tivesse podido visitá-la, a sua detenção não lhe teria sido tão angustiante. Por meio de uma das freiras que cuidavam dela sem muita conversa, Marie conseguiu descobrir, após insistir muito, que uma prostituta, cuja descrição coincidia com a de Hiltrud, havia sido mandada embora diversas vezes. No terceiro dia, pouco antes de Marie enlouquecer, ou, pelo menos, assim pensava ela, Michel conseguiu aproximar-se de sua porta fechada e consolá-la com algumas novidades. Ele a informou, de forma concisa, que o imperador havia decidido adiar a viagem por alguns dias, para liderar, ele próprio, o processo contra Hugo von Waldkron e Ruppertus Splendidus. O conde Konrad von Keilburg e alguns dos comparsas de Ruppert haviam sido presos, entre eles Utz, Hunold, Linhard e Melcher. Michel também já sabia dizer que o guarda desmoronara ao ser confrontado com os instrumentos de tortura, confessando toda a barbárie que havia cometido contra ela e ainda outros crimes que havia executado por ordem do magistrado. Linhard também confessara, arrependido, enquanto Ruppert e Utz, apesar das provas contundentes, negavam tudo. Os nobres do círculo do imperador importavam-se menos com a justa punição dos criminosos do que com a partilha das ricas propriedades das quais Keilburg havia se apossado.

Marie já havia percebido isso, pois o barulho da briga entre os nobres chegava até o seu quarto. Ela começou a odiar aquelas pessoas, que só se interessavam pelo próprio bem-estar e poder, enquanto tratavam os mais humildes como bonecos de brinquedo. Afinal, tudo aquilo tinha a ver com seu destino e ela considerava extremamente injusto ter sido excluída do processo. Às vezes, quando a raiva cedia, ela se perguntava como seria dali para a frente. O objetivo pelo qual havia vivido seria alcançado no momento em que os homens que a haviam violentado e jogado na sarjeta fossem condenados e castigados. O que viria depois estendia-se como uma nuvem negra e ameaçadora diante dela. De qualquer forma, não continuaria a sua vida de prostituta errante pelas estradas, mas, para uma mulher apátrida e desonrada, só havia uma outra saída: a morte.

O quarto dia começou como os três anteriores. Marie foi acordada por uma batida na porta. Uma freira abriu-a e trouxe a bandeja com o mingau matinal. Sem dizer uma palavra, colocou-a sobre a mesa, pegou o penico e desapareceu, novamente, silenciosa como uma sombra.

Marie comeu sem muito apetite e, quando mais alguém bateu na porta, ela presumiu que quisessem buscar o prato pela metade e devolver-lhe o penico. Ela empurrou o resto do mingau e levantou-se. Para sua surpresa, entraram quatro freiras vestidas com os trajes da Segunda Ordem de São Francisco. As mulheres estavam sérias, chegavam a ser, até, um pouco solenes, embora não fossem antipáticas.

– Marie Schärer, temos a incumbência de vesti-la e levá-la diante de seu juiz.

A madre superiora balançou a cabeça esboçando um simpático sorriso. Mesmo assim, Marie sentiu um calafrio nas costas ao ouvir aquelas palavras.

Será que ela havia sido processada por se atrever a voltar para Constança? Ou será que alguém queria castigá-la por ter sido uma das instigadoras da revolta das prostitutas? Ela firmou as costas e se convenceu de que não tinham a intenção de tirar-lhe a vida, uma vez que haviam mandado as beatas mulheres e não os guardas municipais. Ela tirou a túnica que tivera que usar dentro do convento e pegou o vestido que as freiras lhe deram, junto com o cesto dentro do qual havia vindo. Era um dos seus vestidos. O melhor! Só que as fitas de prostituta eram novas, recentemente tingidas. Ela colocou o vestido, abotoou-o e fez entender às freiras, empurrando altivamente o queixo para a frente, que estava pronta. As quatro levaram-na no meio delas, como guardas, por corredores intermináveis onde não cruzaram com vivalma, até o pátio interno do convento. Uma carruagem fechada esperava por ela ali.

Como Marie hesitava, a madre superiora colocou a mão direita sobre seu ombro e empurrou-a na direção do veículo. Era grande o suficiente para acomodar todas elas e, para surpresa de Marie, tinha assentos estofados. Os nobres senhores que costumavam usar tais carruagens, pelo visto, não gostavam de maltratar seus traseiros. Embora Marie se perguntasse, apavorada, para onde estava sendo levada, acabou afastando seus temores e olhou para fora, através de uma fresta no couro que cobria a janela. Para sua surpresa, a carruagem atravessava a ponte do Reno em direção ao centro da cidade. Quando ela parou, pouco depois, Marie reviu o lugar que ela jamais teria querido rever – o monastério na ilha da Ordem dos Dominicanos, no qual ela havia sido condenada.

Pelo visto, naquela época, não estavam mais levando muito a sério a separação dos sexos nos conventos de Constança, pois as freiras escoltaram Marie através da vasta construção e levaram-na para o mesmo salão no qual, fazia mais de cinco anos, havia sido pronunciado seu veredicto. O lugar estava igual ao que ela tinha na memória, só que, dessa vez, estava completamente lotado. Oficiais de justiça e acompanhantes dos nobres encontravam-se encostados nas paredes em volta.

O imperador estava sentado em uma cadeira com encosto alto, ornado com os símbolos do império, sob um pequeno baldaquino. A vestimenta de combate – com a túnica comprida, vermelha, e o brasão de ouro, com a águia preta do império no peito – evidenciava a importância com a qual Sigismund da Boêmia encarava o processo. O rosto, entretanto, demonstrava impaciência e tédio. O mesmo não se podia dizer dos senhores ao seu redor.

Imediatamente ao seu lado estavam sentados o visconde Ludovico e o bispo de Constança, que apoiava a cabeça na mão direita e, com um sorriso distante e satisfeito, observava os que entravam. Ao lado do visconde, Marie viu Eberhard von Württenberg, que se aprumou ao vê-la entrar e piscou para ela com um sorriso quase jovial. "Conseguimos", pareceu querer lhe dizer, apontando com a cabeça o banco dos réus, onde se encontravam, além de Ruppert, seus comparsas Utz, Hunold, Melcher, Linhard e outros três, que Marie não conhecia. Com exceção de Linhard, que vestia o hábito de sua ordem e parecia completamente ensimesmado, com a cabeça baixa e as mãos devotamente em prece, todos os demais vestiam túnicas da vergonha e estavam acorrentados.

Quando Marie viu o olhar de ódio que Ruppert lhe lançou, desviou os olhos para a frente, onde se encontrava a mesa dos juízes. Por um momento, pensou que o coração tivesse parado de bater, pois lá se encontrava Honorius von Rottlingen, o juiz que, na época, a havia condenado. Também os adjuntos jurídicos eram os mesmos, e ela reconheceu até mesmo o escrivão do tribunal, que havia visivelmente envelhecido desde então. A fisionomia do padre Honorius von Rottlingen não dava uma impressão arrogante e enojada dessa vez, ao contrário, parecia tão obstinada como se ele próprio estivesse se julgando.

Quando Marie, a um sinal do juiz, foi levada a um banco ao lado da mesa dos juízes, ela conseguiu reconhecer os espectadores sentados mais ao fundo e descobriu, dentre eles, além do cavaleiro Dietmar, sua esposa e o abade Adalwig, de Santa Otília. Michel também estava presente. Mantinha-se ao lado da porta, trajando seu melhor uniforme, e dava uma impressão estranhamente pensativa.

Quando as quatro freiras se afastaram na direção da parede, Honorius von Rottlingen levantou a mão para exigir silêncio. Ele lançou um olhar para Ruppert, como se o responsabilizasse por todas as dificuldades que já havia tido e ainda viria a ter, e, em seguida, curvou-se diante do imperador. Diante do bispo de Constança, apenas fez menção de curvar-se. Pelo visto, ele não fazia parte de seu círculo de amizades.

– Estamos aqui reunidos, hoje, em nome do Pai, do Filho e do Espírito Santo, para fazer justiça. – Ele pronunciou aquelas palavras como se elas o estivessem sufocando. – Os réus Ruppertus Splendidus e Utz Käffli foram condenados por inúmeros crimes e serão executados amanhã, no Brüel. Ruppertus Splendidus será condenado a morrer na fogueira e suas cinzas serão jogadas no Reno, de forma que, no dia da ressurreição, não reste mais nada dele. Utz Käffli será amarrado à roda de despedaçamento.

Enquanto Utz ouvia o veredicto impassível, o magistrado deu um grito e amaldiçoou o juiz. Antes que pudesse dizer mais alguma coisa, foi amordaçado por dois guardas. Melcher, Hunold e os três outros levantaram a cabeça como se esperassem receber penas mais brandas. Assim que ouviram as palavras que se seguiram, no entanto, murcharam de novo.

– Hunold, o guarda acusado de violentar uma donzela, de falso testemunho perante o tribunal e de outros delitos surgidos durante o julgamento, será executado por estrangulamento. Essa punição também caberá ao aprendiz de tanoeiro Melcher, por cumplicidade de assassinato; ao balseiro Hein, por roubo e cumplicidade de assassinato; ao ajudante de mercador Adalberto e ao ex-monge Festus, por falsificação de documentos, cumplicidade de fraude e roubo. O último acusado, Linhard Merk, que agora é conhecido como irmão Josephus, será mantido, até a sua morte, em absoluta clausura no monastério. Todos esses homens foram cúmplices do acusado principal, Ruppertus Splendidus, e ajudaram-no a executar seus crimes hediondos.

Honorius von Rottlingen silenciou por um momento e, em seguida, olhou para Marie. Naquele momento, ele parecia estar mastigando um sapo venenoso.

– É do desejo de Sua Majestade, o Imperador, bem como de todos os nobres senhores do império aqui reunidos, fazer-lhe justiça, Marie Schärer, filha de Matthis Schärer, cidadão da cidade de Constança. Irmã Theodósia, cumpra com seu dever!

A madre superiora, que havia acompanhado Marie até o tribunal, recebeu uma tesoura de uma das irmãs, enquanto duas outras traziam uma bacia com carvão em brasa. Ela se aproximou de Marie, pegou uma das fitas de prostituta com a ponta dos dedos e cortou-a rente ao vestido. Com um gesto de repulsa, ela jogou a fita amarela na bacia de carvão, onde foi imediatamente consumida pelo fogo. Seu rosto se contorcia, como se tivesse que tirar vermes extremamente nojentos de uma videira, mas ela continuou com afinco até lançar a última fita ao fogo. Com visível alívio, fez um gesto para que as três outras irmãs terminassem a tarefa. Elas desdobraram uma túnica branca, colocaram-na sobre o vestido de Marie e, assim, levaram-na diante do juiz. Padre Honorius fez o sinal-da-cruz, com a mão direita pegou água benta, que um monge lhe estendera em uma bacia, e deixou-a escorrer pela cabeça de Marie.

– Em nome da Santíssima Trindade, absolvo-a de todos os seus pecados, Marie Schärer, e declaro-a tão pura e inocente como se tivesse acabado de deixar o ventre de sua mãe.

– Assim seja! – reforçou o bispo, sorridente.

Frederico von Zollern havia insistido para que o próprio Honorius von Rottlingen absolvesse Marie. Os tirânicos abades e monges do monastério da ilha haviam tratado, freqüentemente, seus antecessores no bispado de

Constança, e também a ele próprio, com especial inclemência. Com essa atitude, ele havia conseguido humilhar Honorius von Rottlingen, o mais altivo de todos, e, junto, aquela comunidade monástica inteira.

A princípio, Marie não compreendeu o significado de tudo aquilo. Ela, inocente? Nem as palavras de um padreco conseguiriam efetivar isso. Mas, se os cidadãos de Constança aceitavam aquele veredicto e lhe devolviam o direito de cidadania, ela poderia comprar uma casinha com o dinheiro que tinha e voltar a viver ali como cidadã honrada. Uma gargalhada maldosa fez com que se assustasse.

– Você pode absolver essa prostituta quanto quiser, seu corvo negro! – Utz deu um grito que ecoou no salão. – Assim mesmo, ela não haverá de esquecer os membros dos homens que teve entre as pernas. E o meu foi o primeiro. – Utz quis continuar, mas um guarda do tribunal colocou-lhe uma mordaça entre os dentes, de forma que ele só conseguia emitir sons incompreensíveis.

As palavras de Utz tiveram o efeito de um jato de água fria sobre Marie. Por um instante, ela tivera a ilusão de que os cinco últimos anos haviam sido apagados e que ela poderia voltar a viver em Constança. Mas, naquele momento, compreendeu que os demais cidadãos jamais esqueceriam seu passado. Os homens a veriam como uma vítima fácil e as mulheres lhe bateriam a porta na cara. Ocorreu-lhe também que, mais uma vez, Utz havia mentido. Não fora ele o primeiro, e sim Hunold, que se lamentava e tremia no banco dos réus. Marie não conseguia sentir piedade deles, embora tampouco sentisse qualquer alegria pela condenação de seus inimigos, almejada durante tantos anos.

Em vez disso, teve a impressão de estar diante de um abismo e procurar, em desespero, alguma saída. A única coisa que lhe poderia trazer um futuro era dinheiro. Para uma prostituta errante, ela era rica. Mas nem todo o seu ouro daria para comprar o direito de cidadania em alguma cidadezinha longínqua, mais duas cabras e ainda sobrar para viver humildemente. Com um suspiro, pensou na fortuna que, um dia, pertencera ao seu pai. Se lhe devolvessem, pelo menos, um terço, ela conseguiria construir para si e para Hiltrud um futuro digno.

Enquanto ainda procurava adivinhar como seria dali para a frente, padre Honorius respingou, novamente, água benta sobre ela e abençoou-a. Marie pensou que aquilo fosse tudo, mas as quatro freiras aproximaram-se dela novamente e colocaram um vestido azul-escuro sobre a túnica branca. Era ornado de ricos bordados e debruado com peles. Marie sentiu que se tratava de tecido de Flandres da melhor qualidade. As mais ricas e bem-vistas cidadãs de Constança vestiam-se assim apenas para a missa dominical. Para Marie, naquele momento, o vestido incomodava, pois o salão estava quente e, com três peças de roupa, o suor abundante escorria-lhe pelas costas, causando uma coceira infernal nas cicatrizes. Se pudesse, teria pedido a Mechthild von Arnstein, que se aproximava, para coçar-lhe as costas.

A dama tomou-a pela mão e levou-a diante do abade Adalwig, permanecendo ali sem soltá-la. Um cavaleiro do séqüito do visconde pegou a mão de Michel e ordenou que ele se postasse ao lado de Marie. O abade Adalwig sorriu amavelmente para o casal. Quando começou a falar, Marie pensou que o clérigo tivesse enlouquecido, pois ele estava lhes dando a bênção do matrimônio, sem haver-lhes perguntado se estavam de acordo. Marie virou-se para Michel, mas, como ele não protestou, ela também não teve coragem de fazê-lo.

– E, assim, os declaro marido e mulher! Amém!

O abade Adalwig estava visivelmente satisfeito consigo mesmo, pois conseguira pronunciar o sacramento do matrimônio sem errar nem gaguejar.

Durante a curta cerimônia, Michel acompanhara a surpresa crescente no rosto de Marie. Ela parecia extremamente confusa, como se, no final das contas, ainda tivesse sido levada para o tronco da vergonha. Sem querer, ele acabou se irritando com ela. Afinal, casar com ele era bem diferente do que ser condenada a açoitamento em praça pública. Depois, ele se lembrou de que, menos de 24 horas antes, ele tinha passado pelo mesmo.

Michel tivera que acompanhar seu suserano, o visconde Ludovico, a uma reunião na casa do conde de Württemberg, onde também encontrara, além do anfitrião, o bispo de Constança, Frederico von Zollern, o conselheiro Alban Pfefferhart, bem como a senhora Mechthild e o cavaleiro Dietmar von Arnstein.

Württemberg não jogou muita conversa fora e, logo após os cumprimentos, foi direto ao assunto.

– E agora, o que vai acontecer com Marie?

Alban Pfefferhart levantou as mãos, querendo se livrar do fardo.

– Aqui, em Constança, ela não pode ficar. Podemos devolver-lhe o direito à cidadania e dar-lhe uma casa onde pudesse morar, mas, noite após noite, os cafajestes da cidade se reuniriam no jardim de sua casa, na esperança de que sua moral continuasse devassa o suficiente para lhes proporcionar uma noite agradável. O conselho municipal, do qual também sou membro, sugere conferir-lhe o direito de cidadania em uma cidade distante, onde ela poderá viver em paz.

– Isso realmente seria o mais conveniente para vocês, seus covardes de Constança! – acusou o conde de Württemberg. – Mas, pergunto a vocês, como pode uma mulher sozinha viver sem ser molestada em cidade que seja deste império?

Nesse momento, Michel achou que seria hora de tomar a palavra.

– Marie precisa da proteção de um homem. Assim sendo, vou perguntar-lhe se não quer ficar comigo.

– Como amante? – A voz de Württemberg soou cortante, mas, em seguida, surgiu um sorriso largo nos seus lábios. – Não, não permitirei! Você terá que se casar com ela.

A senhora Mechthild sacudiu, indignada, a cabeça.

– Michel Adler é um oficial do visconde e um de seus subalternos. Ele não pode se casar com uma prostituta.

O bispo de Constança levantou os braços, apaziguando, e sorriu, como se tivesse tido uma idéia divertida.

– Para isso, há uma solução, senhora Mechthild. Permitam-me fazer a minha parte para um desfecho feliz.

– Então, estamos de acordo! – Württemberg deixou claro que não admitiria que o contradissessem, aproximou-se de Michel e bateu-lhe no ombro. – Isso será vantajoso para você, garoto. Se você se casar com Marie, eu o nomearei comandante do castelo em uma de minhas cidades. E se, então, alguém disser alguma gracinha sobre sua mulher, você terá minha bênção para mandá-lo para a torre.

Michel fitou Württemberg sem saber o que responder. Depois, seu olhar correu até o visconde, que parecia indeciso entre gargalhar com tudo aquilo ou dar um soco na mesa. Finalmente, o senhor Ludovico aproximou-se de Michel.

– O senhor é conhecido por intermediar casamentos, senhor Eberhard, principalmente quando se trata de suas amantes descartadas. No entanto, Michel é meu súdito, e assim permanecerá.

Com dificuldade, Michel procurou desfazer-se daquelas lembranças e convencer-se de que Marie lhe pertencia perante Deus e o mundo. A julgar por seu rosto frio, no entanto, ela parecia até mais distante do que durante os cinco anos nos quais ela caminhara pelas estradas e ele ascendera ao serviço do Palatinado. Antes de poder trocar uma palavra com ela, Eberhard von Württemberg e Ludovico von der Pfalz se aproximaram e apertaram-lhes as mãos.

O sorriso de Württemberg revelou a Marie quem tinha sido o responsável por essa última façanha. Se pudesse, ela teria lhe dito umas boas verdades a plenos pulmões. Afinal, ela não era uma boneca sobre a qual podiam tomar decisões à revelia, e Michel, certamente, teria merecido uma esposa melhor do que uma prostituta errante. Não houve como reclamar com o conde Württemberg, pois sempre surgiam mais pessoas para parabenizá-los. O cavaleiro Dietmar estava tão envergonhado que não teve coragem de encará-la. Alban Pfefferhart, ao contrário, dava a impressão de estar muito satisfeito, como se o casamento tivesse tirado uma mácula dele e de toda a cidade. Até mesmo o imperador rebaixou-se para colocar as mãos, rapidamente, nos ombros dos noivos e desejar-lhes sorte e uma grande prole.

Nesse meio-tempo, Marie não teve coragem de olhar para Michel e sentiu-se aliviada quando a senhora Mechthild pegou-a pelo braço e levou-a para fora do salão. Quando ela se virou ainda uma vez, no corredor, para dar uma olhada no salão, viu o visconde entregar uma caneca de vinho a Michel para fazer um brinde. Depois, a porta se fechou e Marie sentiu como se, novamente, tivesse sido condenada a um destino incerto. Ela se virou para a senhora Mechthild.

– Tudo isso é uma piada. Eu não posso casar com Michel!

A senhora do castelo apontou para o corredor que levava ao portão.

– Vamos! Alguém está aguardando você, impacientemente, e temos que nos apressar. No que diz respeito ao seu casamento, agora você é a esposa de Michel Adler, perante Deus e os homens. Compreendo que você esteja se sentindo atropelada, mas pareceu-nos a melhor solução. Você não é mais virgem, mas também não é viúva. Assim sendo, seria difícil contrair o sagrado sacramento do matrimônio com alguém sem confessar-lhe todo o seu passado. Para impedir que você tivesse que passar por semelhante constrangimento e sufocar, de saída, qualquer comentário, o conde Eberhard von Württemberg sugeriu seu casamento com esse amigo de infância, que a vem seguindo como uma sombra há muitas semanas. O Conselho da Cidade de Constança ficou satisfeito com a solução e os senhores Muntprat e Pfefferhart vão lhe presentear com generoso dote. Michel não está se casando com uma mulher pobre, Marie. O que você vai receber como compensação pela herança perdida de seu pai a tornará uma mulher muito rica.

Nas palavras da senhora Mechthild havia uma ponta de inveja. Apesar disso, ela sorriu, benevolente, para dispersar aquela impressão. Enquanto se sentava ao lado de Marie na carruagem, Mechthild tomou as mãos dela nas suas.

– Gostaria de oferecer minhas desculpas, Marie, pois fui injusta com você. Quando você veio ter conosco, há algumas semanas, eu estava convencida de que você queria tomar o meu lugar, de novo, no leito do meu esposo e de repente fiquei enciumada. Além disso, tive a impressão de que você queria nos usar, contando-nos algumas historinhas, para alcançar seus objetivos. Pelo conde Eberhard, soubemos que você, realmente, conseguiu reaver o testamento verdadeiro para nós. Agora, não só recebemos a propriedade de Mühringen, como também uma parte do terreno que outrora pertencia ao castelo Felden e que complementa o nosso território de forma ideal. Meu esposo e eu lhe somos muito gratos e gostaríamos de recompensá-la por isso. Caso haja algo que você gostaria de ter, fazendas, bosques ou vinhedos, por favor, não faça cerimônia.

A carruagem começou a andar, mas, dessa vez, Marie não tinha o menor interesse em saber para onde ia. Ela estava pensando em Hiltrud, que havia salvado sua vida e sempre a apoiara, apesar de se opor aos seus planos de vingança. Ela devia à amiga, igualmente, uma vida melhor e um pouco de felicidade. Marie não sabia se seria capaz de reacender o romance invernal entre a amiga e o pastor de cabras de Arnstein, mas valia a pena tentar.

– Se a senhora realmente quer demonstrar sua gratidão, presenteie à minha fiel companheira, Hiltrud, uma fazenda e permita que se case com seu servo Thomas.

A senhora Mechthild pareceu gostar da idéia.

– Com prazer! A fazenda teria que fazer parte de Arnstein ou você prefere que sua amiga fique perto de você?

Marie deu uma curta gargalhada.

– Adoraria ter Hiltrud perto de mim, mas não sei para que lado os ventos me levarão!

A senhora Mechthild colocou a mão na coxa de Marie e piscou-lhe, conspiratoriamente.

– O seu querido Michel foi nomeado pelo visconde Ludovico para o posto de comandante do castelo de Rheinsobern. Essa é uma das duas propriedades que couberam ao visconde após a divisão das terras de Keilburg.

– Bom para ele! – Marie deu de ombros ao ouvir a notícia, mas estava curiosa o suficiente para continuar perguntando. – Mas não havia nenhum herdeiro que contestasse seu direito sobre Rheinsobern?

– Os condes de Keilburg se apossaram de muitas terras usando de violência e trataram de se livrar de qualquer herdeiro que pudesse reclamar seus direitos sobre a propriedade, sozinhos ou com a assistência do bastardo Ruppert e de seus comparsas. Até agora tivemos sorte, mas, sem a proteção do conde de Württemberg, também teríamos acabado nos tornando vítimas da ganância de Keilburg. Aliás, o conde Eberhard acabou recebendo o castelo de Keilburg e todas as terras adjacentes. Bernhard von Baden ficou com três aldeias na Floresta Negra e uma cidadezinha às margens do Reno. Até mesmo o imperador reclamou três propriedades para poder repassar a alguns vassalos fiéis.

A senhora Mechthild começou a dar umas risadinhas.

– O único que acabou sem nada foi Frederico von Tirol, como castigo por sua indignação perante o imperador. Eberhard von Württemberg e Bernhard von Baden conseguiram convencer o imperador Sigismund de que, de outro modo, a influência dos Habsburg naquela região teria crescido em demasia. Eles não conseguiriam mais negar-lhe o título de duque da Suábia. Como a linhagem dos Habsburg já havia se tornado influente demais, o imperador excluiu Frederico da divisão das terras de Keilburg, como castigo *a posteriori*.

A senhora Mechthild informou Marie que Konrad von Keilburg já havia sido condenado e decapitado. Da mesma forma, Hugo von Waldkron, cuja pena de morte alguns príncipes da Igreja desejariam ter transformado em enclausuramento. Mas o imperador ficou irredutível, devido à ligação entre o abade e os Keilburg. Depois, ela continuou contando quem mais tirou vantagem do espólio de Konrad von Keilburg, e como os territórios que o abade Hugo von Waldkron havia anexado foram divididos. Não demorou muito e Marie perdeu o interesse em saber quem ficara com que castelo e que cidade fora destinada a que nobre. Ficou olhando para fora da janela, sonhadora, pensando em como seria sua vida ao lado de Michel. Mas não conseguiu terminar de formar uma idéia, pois a carruagem atravessava, naquele momento, a praça da feira e virava na ruela sob as arcadas que levavam para a feira na parte superior.

– Aonde está me levando, senhora Mechthild?

A senhora do castelo de Arnstein sorriu para ela, benevolente.

– Creio que você vai gostar de ver seus familiares de novo.

Só então Marie percebeu que, com a preocupação em executar seus planos e a raiva por ter sido trancafiada e excluída do processo, não pensara mais nenhuma vez em seu tio. Pelo jeito, com a acusação que fizera contra Ruppert, ela havia conseguido livrá-lo, e a sua esposa, da condenação por assassinato. De repente, seus olhos encheram-se de lágrimas de alívio, e ela mal pôde esperar que a carruagem parasse na entrada da Hundsgasse. A senhora Mechthild ficou olhando, sorridente, quando Marie pulou da carruagem, desceu correndo a ruela e empurrou o portão que dava no pátio de Mombert.

Pouco depois, Marie entrou na sala principal, onde encontrou seus parentes reunidos. Pelo visto, Mombert e sua esposa haviam sido libertados apenas naquele dia, pois ainda não pareciam compreender a virada repentina de seus destinos. Ambos estavam pálidos e muito magros. Sob a imagem da Virgem Maria, a velha Wina abraçava Edviges fortemente, como se não quisesse mais soltar a menina. Wilmar estava de pé, ao lado da porta, passando seu peso de um pé para o outro e fitando seu mestre, assustado. Quando Marie lhe fez um sinal de apoio com a cabeça, ele respirou fundo.

Mombert levantou-se e aproximou-se da sobrinha. Ele tentou falar, mas teve uma crise de choro que, a julgar pelos olhos injetados, não era a primeira do dia. Finalmente, ele se segurou em Marie e escondeu o rosto em seu ombro, como uma criança.

– Que alegria vê-la de novo! – Quase não dava para compreendê-lo. – Deus mandou você para cá, Marie. Sem você, a minha pobre esposa e eu teríamos sido torturados até morte e a minha Edviges teria se tornado a escrava de um canalha perverso. Você salvou todos nós.

Marie deu uma olhadela para Wilmar e balançou a cabeça, sorrindo.

– Você não deveria agradecer só a mim, tio Mombert, mas também a Wilmar. Se ele não tivesse libertado Edviges e encontrado Melcher, eu não teria conseguido fazer nada por vocês.

Edviges soltou-se do abraço de Wina e correu em direção ao pai.

– Você está ouvindo, não é, papai? Foi, principalmente, graças a Wilmar que eu estou aqui, sã e salva, na sua frente.

No seu olhar havia um pedido que Mombert não podia ignorar.

Ele empurrou a filha para os braços de Wilmar.

– Se é assim, vocês dois têm a minha bênção.

Wilmar transbordava de felicidade ao olhar para Marie, mas ela não conseguiu retribuir seu olhar, pois teve que cuidar da antiga governanta da casa paterna. Primeiro, Wina não teve coragem de encostar nela, mas, mal Marie sorriu em sua direção, encorajando-a, a governanta jogou os braços em volta dela e afirmava, aos prantos, que aquele era o dia mais feliz de sua vida. Marie acariciou-a e ninou-a nos braços como a uma criança. Como é bom ter alguém que ame a gente!

VIII

No dia seguinte, o imperador partiu. Ele deixou Constança com a fisionomia de quem julgava haver sido retido tempo demais naquela cidade. Também para Marie, a hora da despedida se aproximava. Se tivesse sido por ela, teria ido embora sem alarde, às escondidas, nas primeiras horas do alvorecer. Mas Pfefferhart deixara bem claro que era seu dever comparecer à execução dos homens que a haviam destinado a uma vida de desonra durante cinco anos e provocado a morte de seu pai. No caso de Hunold, Melcher e dos outros comparsas de Ruppert, tudo transcorrera rapidamente. O carrasco colocara a corda no pescoço dos homens e puxara-a até não se mexerem mais. Em seguida, fizera um nó na corda, para evitar que o criminoso ainda voltasse a si, e passara a estrangular o seguinte.

Utz, ao contrário, teve os ossos quebrados sem que antes lhe houvessem dado o golpe de misericórdia no peito. Depois, ainda consciente, amarraram-no na roda de despedaçamento. Apesar disso, ele não gritava nem pedia por uma morte mais rápida. Ao contrário, amaldiçoava o tribunal e se vangloriava de seus crimes. Ele parecia orgulhoso dos atos que cometera, pelos quais exigia um lugar de honra no inferno. Em altos brados, listava o nome dos cavaleiros e nobres que assassinara, dentre os quais o tio do cavaleiro Dietmar,

Otmar, e mais alguns testadores e herdeiros, cujos nomes Marie conhecia. Finalmente, ele ainda afirmou que estava nos planos de Ruppert assassinar Konrad von Keilburg e lamentava não ter tido tempo de fazê-lo.

Enquanto o carroceiro ainda listava, aos gritos, todos os seus crimes, Ruppert era levado à fogueira. O magistrado se lamentava com tal convicção que seria capaz de amolecer até uma pedra, e mendigava por sua vida, oferecendo seus serviços ao bispo de Constança, ao conde Eberhard von Württenberg e a qualquer outro dos nobres capazes de livrá-lo da fogueira. Em troca, no entanto, só recebia escárnio e desprezo dos cidadãos de Constança. Finalmente, os moleques de rua que haviam conseguido se esgueirar até a primeira fila começaram a jogar-lhe toda sorte de lixo que lhes caía nas mãos. Os servos do carrasco tiveram que carregá-lo até o tronco e segurá-lo para conseguir amarrar. Indiferentes às suas súplicas, eles distribuíam toras e chamiço em camadas, à sua volta, para acendê-los sob as ordens do juiz. Quando as chamas começaram a lamber seu corpo, seus gritos horripilantes ressoaram por Brüel.

Marie permaneceu ali o quanto era esperado dela. Logo depois, foi ao túmulo do pai, onde fez uma prece pela primeira vez. Michel, que a seguira desde as primeiras horas da manhã, apesar de ela não lhe conceder um olhar sequer, que dirá uma palavra, juntou-se a ela e ajoelhou-se para rezar também.

Quando ela quis voltar para a cidade, ele a puxou para si e levou-a, embora ela resistisse, para o porto, até uma barcaça do Reno que parecia estar lá só esperando pelos dois. A despedida rápida e dramática de Constança irritou-a, pois, após a execução de seu inimigo, ela havia se programado para passar alguns dias com Mombert e sua família, apesar de a profusão de lágrimas que acompanhava a gratidão de seus parentes a fatigar. Para sua surpresa, ela viu Mombert e seus familiares mais adiante, sentados na proa, observando os servos do barqueiro. Ela se livrou dos braços de Michel e fez um gesto, como se quisesse se aproximar do tio, mas acabou ficando na popa. Ela ainda não se sentia disposta a conversar com alguém.

Não seria fácil acostumar-se à vida nova de esposa de comandante de castelo, que traria consigo inúmeras obrigações. Primeiro, teria que se acostumar à idéia de que o objetivo que a levara a lutar pela própria sobrevivência havia sido alcançado. Durante cinco anos, desejara a morte de Ruppert com cada fibra de seu coração e, àquela altura, quando sua vergonha havia sido vingada, se sentia vazia e esgotada.

Assim que a correnteza começou a levar o barco e as muralhas de Constança ficaram cada vez mais para trás, ela deu um profundo suspiro. Marie não lamentava a despedida atropelada, mas era-lhe estranho não ter Hiltrud por perto. Ela teria conseguido abrir seu coração para a amiga, mesmo sabendo que acabaria levando um sermão por isso. Hiltrud, no entanto, preferira acompanhar a senhora Mechthild para Arnstein, a fim de buscar Thomas. Ela só os veria novamente no outono. Kórdula havia ficado em Constança para conseguir ganhar bastante dinheiro ainda. Após o final do concílio, ela pretendia procurar Marie e, com sua ajuda, abrir uma taberna em Rheinsobern.

De repente, Michel aproximou-se de Marie por trás e colocou as mãos sobre seus ombros. Ela já queria livrar-se dele, mas, então, ele começou a falar. Primeiro, evitou falar de si ou de ambos, e contou-lhe que seu tio Mombert ficara desgostoso de continuar morando em Constança e que recebera o privilégio do visconde Ludovico de se fixar em Rheinsobern como mestre tanoeiro. Wilmar, que lá se tornaria genro de Mombert, e a velha Wina acompanhavam a família.

Quando Michel começou a descrever a região aonde iam, Marie percebeu que não o estava tratando como ele merecia e abaixou a cabeça, envergonhada.

– Lamento muito, Michel! No que diz respeito ao casamento, quero dizer.

– Pois eu não lamento nem um pouco! – Michel puxou-a para si com um suspiro de satisfação. – Minha Marie! Sempre a amei, mas nunca tive a esperança de podermos, algum dia, vir a ser um casal.

– Mas será que você vai conseguir esquecer o que aconteceu nos últimos cinco anos?

– Não! E também não quero! Foi um período difícil para você, durante o qual demonstrou enorme coragem e valentia, justamente o que precisará como esposa de um guerreiro. Esses anos tampouco foram muito fáceis para mim, mas fizemos o melhor possível. Além disso, ao se casar comigo, você passou a ser a esposa de um comandante de castelo e do comissário oficialmente nomeado da cidade de Rheinsobern.

– Que foi condenado a viver com uma coisa como eu. – A voz de Marie soou amargurada.

Michel riu baixinho.

– Sou o que sou graças apenas a você, Marie. Se eu não a tivesse amado desesperadamente, jamais teria saído de Constança. E o nosso casamento me traz novas riquezas. Se você não tivesse aparecido agora, eu teria conseguido, com muita sorte, chegar a comandante de castelo em dez a 15 anos, e, assim mesmo, seria um castelo gélido, caindo aos pedaços, em algum lugar distante, escondido num bosque, nas montanhas. Certamente não seria uma propriedade importante como Rheinsobern. Normalmente, é necessário ser da nobreza para receber tal posto. Eu confesso que a minha ascensão de posto não me teria sido tão agradável se Rheinsobern tivesse sido concedido ao conde von Württemberg. Mas nosso suserano é Ludovico von der Pfalz, e o senhor Eberhard está bem longe.

Na voz de Michel, soou um resquício de ciúme, que o fez calar-se assim que percebeu. Perdido em pensamentos, ele brincava com um cacho do cabelo de Marie que brilhava no sol do anoitecer, e sorriu-lhe apaixonado. Quando sua cidade natal desapareceu a leste, ele levou Marie para a proa do barco.

– Você não deve mais olhar para trás, meu amor! Olhe para o futuro e nos verá juntos nele: à bela e rica senhora do castelo de Rheinsobern e a mim, seu esposo.

Marie riu.

– Esposo? Você já está quase falando como a senhora Mechthild.

– E por que não? Da próxima vez que nos encontrarmos com ela e o cavaleiro Dietmar, sentaremos à mesma mesa. E, quem sabe, um de nossos filhos levará uma das filhas deles para casa.

Mas isso estava um pouco distante demais para Marie. Aos poucos, entretanto, quanto mais pensava naquelas palavras, melhor elas soavam aos seus ouvidos.

EPÍLOGO

1410 d.C. – A situação, tanto no Sacro Império Romano da Alemanha quanto na cristandade católica, está igualmente confusa. O rei Ruprecht está morto e os dois primos, Sigismund e Jobst von Mähren, disputam a herança entre si. Sigismund sai vitorioso, mas ele também não tem condições de pôr fim às contendas e às lutas pelo poder entre as grandes linhagens. Além disso, a situação da cristandade coloca-o diante de problemas simplesmente insolúveis.

Não só um ou dois, mas três soberanos da Igreja reivindicam o direito de ser o sucessor legítimo do apóstolo Pedro, e lutam entre si com todas as forças. Simultaneamente, o clero está em franca decadência, que faz de monges e padres bodes tarados e, de abades e bispos, senhores feudais, que se incomodam menos com as almas que lhes são confiadas do que com a própria riqueza e grandeza.

Na Inglaterra, o pregador John Wycliffe já levantara sua voz contra os atos indignos do clero. E, em Praga, o magistrado Jan Hus ergue-se para denunciar os abusos dos nobres senhores. Quem se encontra no topo, no entanto, dificilmente se deixa rebaixar. Nenhum dos três papas – nem Gregório XII, em Roma; nem Bento XIII, em Avignon; nem João XXIII, em Pisa – quer renunciar e abrir caminho para a unificação da fé católica.

Por isso, o imperador Sigismund convoca um concílio em Constança. Mas apenas um dos papas, João XXIII, aparece pessoalmente, esperando, com isso, o apoio do imperador contra seus dois oponentes. Gregório e Bento enviam representantes. Mas como desfazer o nó se os reinos espanhóis apóiam um papa, a França, outro, e o imperador, um terceiro? Após longas negociações, João XXIII é declarado incapaz e riscado da lista. O nome João caiu em desgraça de tal forma que, em seiscentos anos, nenhum papa o escolheu. Somente no século XX, com o cardeal Ângelo Giuseppe Roncalli, haverá um Sumo Pontífice que escolherá esse nome, tornando-se o verdadeiro papa João XXIII. Gregório XII acaba renunciando voluntariamente ao papado, enquanto Bento XIII se agarra a ele até a sua morte. Apesar disso, após a eleição do candidato consensual Oddone Colonna como papa Martinho V, a influência de Bento XIII reduz-se drasticamente ao seu círculo mais próximo.

Apesar de o Concílio de Constança conseguir resolver o problema do papa, ele fracassou nas demais questões importantes. Não só deixou de dar um basta à ostentação e à amoralidade do clero, como também não procurou estabelecer um diálogo honesto com os críticos da Igreja. Jan Hus, que fora a Constança confiando no salvo-conduto emitido pelo imperador, é julgado diante de um tribunal episcopal, condenado à morte durante um processo questionável e queimado em Brüel, nos arredores daquela cidade. As conseqüências dessa traição se expressarão nas prolongadas e cruéis guerras dos hussitas e no início do distanciamento entre as populações de origem alemã e tcheca na Boêmia.

Pouco mais de cem anos depois do Concílio de Constança, na cidade de Wittenberg, um monge beneditino pendura suas 95 teses no portão da igreja local, dando, assim, continuidade ao trabalho de Wycliffe e Hus, chegando até a superá-los. Mas ele também não conseguirá reformar a Igreja Católica. Seu protesto dividirá os fiéis até muito além do império. A disputa com o novo credo, entretanto, não deixará de ter conseqüências para o clero católico nos conventos, que sofrerá mais mudanças nos cem anos que se seguiriam do que nos mil anos anteriores.

Durante o Concílio de Constança, a moral e os bons costumes na cidade se degeneram de tal forma que o menestrel Oswald von Wolkenstein, sarcasticamente, apelida a cidade, que se estende até os limites impostos por seus portões, de bordel. Assim, as prostitutas recém-chegadas têm que se defender contra a concorrência local e desleal com métodos radicais. Muitos dos nobres senhores, no entanto, simplesmente se apossam das moças que lhes agradam, como, por exemplo, o conde de Württemberg, que seqüestrou a filha de um cidadão de Constança em plena luz do dia, puxando-a para cima de seu cavalo e levando-a para seu alojamento.

A cidade de Constança ainda teve que se debater com as conseqüências do concílio durante muito tempo. Mesmo após uma geração, a expressão "filho do Concílio" equivalia à pior ofensa entre cidadãos locais.

markgraph

Rua Aguiar Moreira, 386 - Bonsucesso
Tel.: (21) 3868-5802 Fax: (21) 2270-9656
e-mail: markgraph@domain.com.br
Rio de Janeiro - RJ